중한 문학 교류와 번역 연구

김장선(金長善)

중국 천진사범대학교 외국어대학 한국어학과 교수, 학과장
천진사범대학교 한국문화연구센터 센터장
교육부 대학외국어교학지도위원회 비통용어분위원회 위원
중국한국(조선)어교육연구학회 학회지「중국(조선)어교육연구」 편집위원장
학술지「중한언어문화연구」 편집위원장

『위만주국시기 조선인문학과 중국인문학 비교연구』(역락, 2004),『만주문학 연구』(역락, 2009),『중국에서의 <춘향전> 번역 수용 연구(1939-2010년)』(역락, 2014) 등 저서와『中國飜譯文學史』(北京大學出版社, 2005),『中國東方飜譯文學史』(崑崙出版社, 2014),『外國文學史(東方卷)』(高等教育出版社, 2013) 등 공저를 펴냄.

중한 문학 교류와 번역 연구

초판 1쇄 인쇄 2022년 12월 5일
초판 1쇄 발행 2022년 12월 15일

지은이 김장선(金長善)
펴낸이 이대현
편집 이태곤 권분옥 임애정 강윤경
디자인 안혜진 최선주 이경진 | **마케팅** 박태훈
펴낸곳 도서출판 역락 | **등록** 1999년 4월 19일 제303-2002-000014호
주소 서울시 서초구 동광로46길 6-6 문창빌딩 2층(우06589)
전화 02-3409-2060(편집부), 2058(영업부) | **팩스** 02-3409-2059
전자우편 youkrack@hanmail.net | **홈페이지** www.youkrackbooks.com

ISBN 979-11-6742-433-4 93810

字數 356,486字

정가는 뒤표지에 있습니다.
파본은 교환해 드립니다.

중한 문학 교류와 번역 연구

김장선
金長善

역락

머리말

올해 '중한 수교 30주년'을 맞아 양국 정부 기관과 민간단체들은 다채롭고 풍성한 기념행사들을 진행하고 있다. 20년간 대학에서 한국어교육에 몸담아 온 나로서도 감회가 새롭다. 마침 어느 학회에서 '중한 수교 30년: 중국의 조선－한국문학 연구 역사와 전망'을 주제로 학술대회를 개최한다기에 참석하고자 발표 논문을 준비하게 되었다. 관련 자료를 찾다가 은연중 나의 문서에 중한 문학 교류와 번역에 관한 논문들이 적지 않게 있는 것이 눈에 띄어 살펴보았더니 근 20편이 되었다. 2005년 한국문학번역원의 프로젝트 <한국문학 세계화 방안 연구>의 공동연구원으로 '중국의 경우'를 쓰면서부터 중한 문학 교류사를 구상하고 집필 준비로 2007년 한국에 연수를 갔다. 그 후 바쁜 일상에 이리저리 치이다보니 흐지부지하게 되어 간헐적으로 소논문이나 발표하는 정도에 그쳤다. 어언 10여 년이라는 세월이 흘러 그 논문들이 세월처럼 어느 정도 쌓여 다시 손보기도 힘들게 되었다. 많이 부족한 나 자신을 깊이 반성하면서 중한 수교 30주년 기념 분위기를 타고 이 졸고를 15편 모아 '20세기 중국에서의 한국문학 번역 양상', '20세기 한국에서의 중국문학 번역 양상', '중국에서의 한국문학 교육' 등 세 개 부분으로 묶어 책으로 펴낸다. 독자들의 따끔한 비평과 조언을 바란다.

항상 밤잠을 설치면서도 말없이 따뜻한 커피와 생생한 과일을 내 책상머리에 놓아주던 사랑하는 아내 李貞子 여사에게 고마운 마음 전한다. 양자 얽힘으로.

이 책을 펴내기까지 여러 모로 배려해주시고 노고를 아끼지 않으신 도서출판 역락 이대현 사장님, 이태곤 이사님, 강윤경 대리님, 이경진 대리님에게 감사드린다.

2022년 12월

김장선(金長善)

차례

第2部

한국에서의 중국문학 번역

제3부

중국에서의 한국문학 교육

제1부

중국에서의 한국문학 번역

한국문학 해외교류 활성화 방안 연구

중국의 경우

주지하다시피 한중 문학교류는 2천여 년 전부터 이루어져 오면서 양국 문학 내지 문화의 발전에 마멸할 수 없는 기여를 하여왔다. 1992년 8월 한중 수교이후, 특히 21세기에 들어서서 한중 문학교류는 전례 없는 발전추세를 보여주면서 양국 간의 경제 문화 교류 및 그 발전에 커다란 추진 역할을 하고 있다. 한중 문학교류를 보다 활성화하는 것은 향후 양국 간의 경제 문화 등 여러 면의 교류와 발전을 지속적으로 돈독히 하고 활성화하는 데서 자못 중요한 역할을 하게 된다. 따라서 중국에서의 한국문학의 번역 이입을 활성화하는 작업은 너무나 의미 있는 긴요한 작업이라 하겠다.

아래에 이 작업을 추진할 방안을 검토해고자 한다.

1. 중국 사회에서 문학이 차지하는 비중

중국의 사상가 공자(孔子)는 일찍 문학의 사회공리성에 이렇게 밝혔다. "시(詩)는 사람을 감동하게 하거나 계몽할 수 있으며 사람들을 단결하게 하거나 불의를 비판할 수 있다." 다시 말하면 문학은 사회에 심원한 영향을 끼치게 된다고 지적하였다. 공자의 이 주장은 그 후 2천여 년간 중국문학이 굳게 지켜온 하나의 신조로 되었다. 근대사회에 들어와서 중국 근대 사상가 양계초(梁啓超)를 비롯한 사상 선각자들은 문학의 사회공리성(功利性)을 보다 중요시하면서 지어 소설을 인간을 개조하고 사회를 개조하는 도구로 취급하였다. "5·4"이후 즉 현대사회에 들어와서 현대 문학가들은 보편적으로 문학이 "인생을 위하고" "사회를 위한다"고 인정하였다. 중국 현대문학의 기수인 노신(魯迅)은 문학을 "사회를 개혁하는 기계"로 인정하고 병든 중국 사회를 구하기 위해 의학을 버리고 문학을 선택하였다. 1949년 중화인민공화국이 창건된 후 중국 당대(當代)문학은 "문예는 정치를 위해 복무하고 노동자, 농민, 병사를 위해 복무해야 한다"는 마오쩌둥의 문예사상에 좇아 완전히 정치에 종속되어 의식형태를 다스리는 하나의 도구로 되었다. "문화대혁명"시기에는 철저하게 정치선전도구로 되었고 "문화대혁명"이 결속되어서부터 80년대까지 개혁개방을 맞아 사상해방의 도구로 되었다. 이렇듯 중국 사회에서 문학은 고대로부터 20세기 80년대에 이르기까지 줄곧 정치문화의 중요한 일환으로 되어 부동한 역사시기의 사회정치를 실천화는 도구로 되었다. 한마디로 이 시기까지 문학은 중국에서 대중을 계몽하고 교양하며 사회정치제도를 확립, 확보하는 의식형태의 중요한 도구로 되었고 제반 사회정치문화영역에서 중심적 지위를 차지하게 되었다. 하여 문학가는 사회계몽가로, "인류영혼의 공정사(工程師)"로 인정받고 존중받았으면서 의식형태영역을 좌우지 하게 되었으며 독자들은 문학작품을 자각적으로 사회를 인식하고 세계관을 개조하며 인생수양을 쌓은 가장 중요한 도경으로 삼았다. 매 역사시기마다 대표작으로 인정받은 문학작품들은 전국 억만 인구 모두가 탐독하는 경전저작으로 되었고 그 부동한 역사시기 광범한 독자들의 인생에 커다란 영향을 끼쳤을 뿐만 아니라 심지어 전국적인 사상정치운동을 일으키는 계기로도 되었다. 예하면 1954년 평론 「홍루몽연구(紅樓夢研究)」가 전국적인 숙반운동(肅反運動)을 초래한 계리로 되였고 1965년 역사극 「해서의 파직(海瑞罷官)」이 "문화대혁명"을 일으킨 도화선의 하나로 되었으며 1977년 단편소설 「담임선생(班主任)」과 「상처(傷處)」가 전국적인 사상해방운동을 초래한 계기로 되었다.

1990년대 중반에 들어와서 중국은 개혁개방정책을 철저히 실행하여 전면적인 시장경제체제를 확립, 발전시켰고 대중들의 "혁명의식형태"는 "경제의식형태"로 전향하게 되었다. 따라서 제반 사회는 대변혁을 가져오게 되었다.

이때로부터 중국 사회에서는 "시장의식형태"와 "소비의식형태"가 합법화되고 재래의 정치문화가 소비문화로 전향하게 되었다. 시종 "인민을 단결하고 인민을 교육하는" 도구로 되어 의식형태영역을 좌우지 해오던 문학은 시장경제 및 소비문화의 충격 하에 그 지위가 전례 없이 추락되어 사상계몽의 정치문화 주역 역할을 상실하고 사회문화의 변두리로 밀리게 되었다. 하여 중국문단에서는 한동안 문학의 생사존망을 두고 논란이 벌어지기까지 하였으며 시대의 대변인으로, "인류영혼의 공정사"로 인정받던 작가들이 독자를 하느님처럼 모시는 처지에 이르게 되었다.

1980년대 초에 발행 부수가 백만 부 이상을 초월하던 중국의 가장 유명한 순수문학지 『인민문학』, 『수확(收穫)』, 『당대(當代)』 등은 1990년대 초에 이르러서는 10만 좌우로 추락하였고 21세기에 들어와서는 모두다 10만 부 이하로 추락하여 그 생존이 위기에 처하여 있다. 많은 작가들이 사회계몽의 사명감에서가 아니라 생계를 위해 글을 쓰거나 전통 문학 작가들은 신세대 작가들에 의해 교체 당하였다.

문학지위의 추락으로 하여 고민과 방황에 부대끼며 사회문화체재의 격변의 진통을 겪던 문학인들은 중국경제가 신속히 발전하여 대중들의 일상생활과 생활방식이 그들의 완전히 상상을 초월할 정도로 큰 변화를 가져오게 되고 중국의 자본 생산과 소비가 세계 경제체계에서 상상하지도 못했던 독특한 지위를 차지하게 되자 소비문화의 일환으로 전락된 문학의 현실 변화를 정면으로 받아들이지 않을 수 없게 되었다. 아울러 문학은 새로운 사회환경 속에서 새로운 위치를 차지하고 계속하여 그 존재의 가치를 보여주기 시작하였다.

최근 수년간 중국 사회에서 문학이 차지하는 비중은 중국 도서 시장의 항목별 현황 통계를 통해 구체적으로 보아낼 수 있다.

우선 1994년부터 2003년까지의 각종 항목의 도서 출판상 황을 통계해보면, 22가지 항목의 도서가운데서 절대대부분이 도서 품종(品種)과 인쇄수가 모두 늘어났는데 그중 품종과 인쇄수가 모두 두 배 이상 늘어난 항목으로는 마르크 레닌주의 마오쩌둥 사상, 철학, 사회과학 총론, 자연과학 총론, 생물과학, 의약 위생과 환경과학 등 7가지 항목이고 품종이 두 배 이상 늘어난 항목으로는 정치법률, 언어문자, 수학 물리 화학, 공업기술, 교통운수 등 5가지 항목이다. 인쇄수가 두 배 이상 늘어난 항목으로는 예술과 항공 항천(航天) 항목이고 품종과 인쇄수가 줄어든 항목은 천문 지리 과학과 종합 항목이며 인쇄수가 줄어든 항목은 공업기술 항목이다.

각종 항목 도서가 차지하는 품종과 인쇄수의 비중의 증감이 불일치하지만 그 변수는 일반적으로 0.01% 이하로 크지 않다. 품종 비중의 변화가 0.01% 이상인 항목은 모두 6가지인데 그중 공업기술, 언어문자, 정치법률 등 3가지가 그 비중이 상승하고 문학, 종합, 문화 과학 교육, 체육 등 3가지가 그 비중이 하강하였다. 공업기술, 언어문자, 정치법률 도서 품종이 상승선을 보이게 된 것은 사회의 발전과 더불어 컴퓨터기술과 인터넷이 보급되고 국제교류가 빈번해지고 법률의식이 높아졌기 때문이다. 인쇄수의 비중이 0.01%이상인 항목은 예술과 문화과학 교육 체육 등인데 전자는 그 비중이 커지고 후자는 그 비중이 작아졌다([도표 1]을 참조).

최근 10년간의 문학도서 상황을 귀납해보면, 문학의 사회적 지위는 날로 변두리로 밀리고 있지만 도서시장에서 차지하는 비중은 상대적으로 온정상태를 보이는데 제반 도서시장의 10% 이하 6% 이상 사이를 오르내리면서 평균 7% 좌우를 확보하고 있다. 문학의 사회적 지위는 변두리화 되었지만 제반 도서시장에서의 지위는 변두리화 되지 않았다고 할 수 있다. 특히 주목되는 것은 문학도서가 최근 10년간의 베스트셀러 도서가운데서 시종 엄청난 비중을 차지하고 있다는 것이다. (이에 대해서는 뒤 부분에서 상세히 설명하게 된다.)

[도표 1] 1994년과 2003년 각종 항목 도서 출판 상황[1]

도서 항목	1994년				2003년			
	종류	종류 비중%	인쇄수 (만 권)	인쇄수 비중%	종류	종류 비중%	인쇄수 (만 권)	인쇄수 비중%
맑스-레닌주의 모택동 사상	193	0.19	253	0.04	496	0.26	921	0.14
철학	963	0.95	735	0.12	2523	1.34	2061	0.31
사회과학 총론	987	0.98	672	0.11	2097	1.11	1786	0.27
정치 법률	3583	3.55	7123	1.21	8665	4.6	10039	1.51
군사	510	0.51	365	0.06	597	0.32	474	0.07
경제	7252	7.19	8217	1.38	14397	7.64	10776	1.63
문화 과학 교육 체육	42376	41.98	512493	86.21	77185	40.95	535055	80.72
언어 문자	3175	3.15	7657	1.29	8600	4.56	13692	2.07
문학	9735	9.64	12247	2.06	11771	6.24	14731	2.22
예술	5350	5.3	7809	1.31	10655	5.65	24856	3.75
역사 지리	3686	3.65	5612	0.94	6064	3.21	9899	1.49
자연과학 총론	321	0.32	1002	0.17	921	0.49	3590	0.54

1 陳斌「중국 출판업 10년 수자(數字) 보고서」『中國圖書商報』 2005년 1월 7일자 22면에서 인용.

수학 물리 과학 화학	1810	1.79	2962	0.5	3703	1.96	4019	0.61
천문학 지구과학	799	0.79	393	0.07	678	0.36	207	0.03
생물과학	394	0.39	186	0.03	800	0.42	630	0.1
의약과학	3844	3.81	3688	0.62	8472	4.49	7427	1.12
농업과학	2052	2.03	1628	0.27	3219	1.71	2330	0.35
공업기술	9887	9.79	17270	2.9	22508	11.94	15818	2.39
교통운수	672	0.67	960	0.16	1615	0.86	1335	0.2
항공 항천(航天)	122	0.12	32	0.01	179	0.09	82	0.01
환경과학	227	0.22	126	0.22	747	0.4	508	0.08
종합	3013	2.98	3102	0.52	2631	1.4	2607	0.39

최근 수년간 외국에서 수입한 도서가 제반 도서시장에서 차지하는 비중이 날로 늘어가고 있다. 특히 외국에서 수입한 베스트셀러의 표현이 날로 돌출하여 도서시장의 주목을 받고 있는데 그중 문학도서가 차지하는 비중이 자못 크다고 하겠다. 외국도서수입항목에서 차지하는 문학의 비중을 구체적인 도서수입 통계표를 통해 살펴보면 아래와 같다([도표 2]).

[도표 2] 최근 수년간 외국도서수입항목에서 문학예술 도서가 차지하는 비중[2]

년도	수입종차 (輸入種次)	수입량 (만 권)	수입금액 (만 달러)	수입종차 비중%	수입량 비중%	수입금액 비중%
1999년	115082	57.19	486.42	25.83	37.57	21.49
2000년	104966	71.38	442.97	23.13	34.29	18.23
2001년	51357	76.95	517.48	12.86	30.9	18.31
2002년	74977	58.08	538.8	14.64	22.5	20.55
2003년	104642	59.43	651.99	16.13	20.83	17.39

2 『中國圖書年鑑』, 湖北人民出版社 출판, 2000년 판, 2001년 판, 2002년 판, 2003년 판 참조, 인용.

1999년부터 2004년까지 중국의 출판업 시장은 부단히 확대되어 2004년에 이르러 제반 문화산업의 생산액은 3270억 원에 달하였다. 그중 도서가 차지하는 비중은 33.6%에 달한다. 도서시장의 확대와 더불어 수입도서시장의 규모도 확대되었는데 6년간의 제반 도서시장가운데서 대체적으로 14.5%의 비중을 차지한다. 컴퓨터, 영어, 경제 경영관리 등 항목의 도서들이 다년간 강세를 보였지만 2003년부터는 약세를 보이기 시작하고 대신 약세에 있던 어린이도서와 생활, 심리자문 항목의 도서들이 강세를 보이고 있다. 문학도서는 줄곧 수입도서의 우세로 되고 있다. 2003년부터 문학도서의 수입수량은 어느 정도 하강되었지만 단일 품종의 시장 효율은 의연히 첫 자리를 차지한다. 특히 「핼·버트」를 대표로 하는 마법 환상소설과 「그놈은 멋있다」를 대표로 하는 청춘문학이 수입문학도서시장의 절반을 차지하고 있다. 이런 도서들은 중국도서시장의 베스트셀러로 되어 중국도서시장의 구성에서 중요한 조성부분으로 되었으며 문학도서시장의 한 주류를 이루고 있을 뿐만 아니라 중국독자들의 관념과 이념 그리고 생활에 심원한 영향 끼치고 있으며 문화산업을 비롯한 제반 경제영역에도 홀시 할 수 없는 영향을 미치고 있다.

한마디로 말하면 수입문학도서는 양적 비중은 크지 않지만 그 문화영향력과 경제효율이 차지하는 비중은 상당하다.

2. 중국문학의 주요 특징

중국문학의 주요 특징에 대해서는 지금도 논의가 여간하지 않다. 부동한 역사시대에 부동한 특징을 보여주면서 부단한 변화를 보여 주었기 때문이다. 하지만 그 부단한 변화과정의 특징들을 귀납해보면 대체적인 주요특징은 찾아 볼 수 있다.

중국의 제일 전통적인 문학은 시이다. 『시경(詩經)』을 원초로 하는 중국시는 대저 서정시로 되어있다. 이런 시들은 외재적 사물에 대한 주관적 정감의지(情感意志)와 정감체험(情感體驗)을 표현하고 있는 것을 주요특징으로 하고 있다. 이 특징은 고대에서 현대에 이르기까지 줄곧 전승되어오면서 서정문학을 본위(本位)로 하는 표현문학으로 특징지어지고 이 특징 또한 중국문학만의 특징으로 굳어졌다. 다시 말하면 중국전통문학은 세계에 대한 정감체험에 치중하여 외재적 사물에 대한 표현이 아니라 주체로서의 작가의 정감과 의지를 표현하는 것을 위주로 하고 있다. 외재적 사물은 문학 활동 속에서 모방의 최종 대상이 아니라 다만 정감을 불러일으키는 자극 요소로 되며 오직 정감만이 시 내지 문학작품이 표현하는 최종 대상으로 된다.

중국전통문학은 표현을 중시하고 서정문학을 본위로 하면서 또한 보편성을 띤 정감을 표현하는 것을 특별히 강조하고 있다. 이 특징은 중국문학이론에서 정(情)과 이치(理)의 통일, 기(氣)와 도(道)의 통일을 요청하고 이런 통일론은 또한 부동한 역사시대의 세례를 거쳐 세속문화(世俗文化)에 기초한 우국우민(憂國憂民) 정신의 표현으로 특징지어졌다. 현대와 현시대에 이르러 이런 우국우민 사상은 나라와 민족의 운명과 발전에 대한 관심과 참여뿐만 아니라 개성 해방과 발전에 대한 관심으로 표현되고 있다. 한마디로 문학의 공리성(功利性)이 강조되고 있다는 것이다.

새 세기에 들어와서도 문학의 사회공리성에 대한 요청과 강조는 의연히 중국문학의 주요특징의 하나로 되고 있다. 시장경제체제의 충격 하에 전통문학 내지 순수문학이 변두리로 몰리고 있는 현시대 문단상황에 대비하여 나라에서는 거금을 내어 "모순(矛盾)문학상"을 비롯한 여러 가지 국가 급별의 문학상을 설치하여 문학가들로 하여금 중국문학의 전통적 특징 즉 우국우민의 사회공리성을 전승하여 나라의 주류 의식형태를 선전하고 인민들을 교육 계발하는 "주선률(主旋律)"작품들을 창작하도록 격려하고 있다.

"주선률"문학은 중국의 현 단계 사회주의 정통적 가치 취향을 대표하고 의식형태상에서 절대적 담론권리를 갖는 주류문학이며 "주선률"은 중화민족의 전통적 미덕과 "진, 선, 미" 등 인류의 공동한 정신경지를 추구하고 있다. "주선률을 선양하고 다양화(다원화)를 제창하는" 것은 현시대 중국의 문예시책으로 되고 있다.

중국문학의 다른 한 주요 특징은 대체로 소설장르에서 보여 지고 있다. 중국소설의 모체(母體)는 고대 신화전설과 사전(史傳)이라고 할 수 있다. 중국의 고대 신화와 사전은 비록 이야기 구성이 아주 간결하지만 이야기가 생동하고 인물이 돌출하다. 이어 중국소설은 지괴소설, 전기소설, 화본(話本)소설, 장회체(章回體) 소설 등 발전과정을 거치면서 대체로 작품제재와 예술형식 등 여러 면에서 통속화의 경향을 띠게 되었고 통속적인 이야기 구성에 치중하였다. 중국의 4대 고전 명작 「홍루몽」, 「삼국연의」, 「수호전」, 「서유기」 등이 바로 이런 특징을 잘 보여주고 있다. 근대, 현대에 와서는 봉건사회에 대한 비판과 민족해방에 관한 사회계몽의식을 띤 리얼리즘경향에 치중하여 소설의 제재나 주제가 모두 부녀문제, 아동문제, 농민문제, 노동자문제를 비롯한 정조, 혼인, 가정 등 구체적인 사회문제와 직결되어 있었다.

1950년대부터 1960년대 중반까지 중국소설은 "문학은 정치를 위하고 현실생활을 위한다"는 정치문화의 이념 하에 "혁명적 리얼리즘과 혁명적 낭만주의 가 결합된 창작방법"으로 "보편적이고" "웅대한" 사회성 제재－혁명역사제재와 인민민주혁명 및 사회주의건설현장을 "사시(史詩)"적으로, "전기(傳奇)"적으로 묘사하였다. "사시"적인 서사(敍事) 속에서 혁명역사를 "사실적으로" 재현하며 전기적인 묘사로 민족적인 현대서사형식을 보여주려 하였다.

1970년대 말부터 1980년대까지는 사상해방과 개혁개방이라는 정치문화의 이념 하에 작가의 "개인 기억", "생명형태", "언어 감수" 등으로 지식인과 농민들의 생활을 제재로 한, 어느 정도 "세속화" 혹은 "대중화" 경향을 띤 소설들이 창작되었다. 말하자면 통속소설에로 회귀하기 시작한 것이다.

이런 "대중화" 경향은 1990년대에 와서는 선명한 유행성, 도시성(都市性)과 현대성의 특징을 띠면서 대중문학으로 환원하고 오락기능과 소비특징을 띤 대중소설이 대두하였다. 이런 대중소설은 제재가 엽기적이고 이야기가 굴곡적이라는 특징을 갖고 있으며 흔히 신사실주의(新寫實主義) 창작수법이 활용되고 있다.

21세기에 들어와서는 청춘문학이 전통문학 내지 순수문학의 전통적 지위에 대담히 도전하여 제반 소설문학에서 중요한 비중을 차지하게 되었다. 청춘문학은 문학 작가와 독자가 모두 특징적으로 청춘세대라는 데서 기인한 것인데 그 제재가 개인의 사생활이고 이야기 구성이 단편적이며 자아 표현적이다. 청춘문학은 대중문화와 순수문학의 혼합물이며 새 세기 중국의 국제화와 시장경제체제하의 산물이라고 하겠다.

이렇게 중국 소설문학의 발전궤적을 살펴보면 비록 굴곡적이기는 하지만 대저 제재와 이야기구성이 통속적이고 전기적이며 리얼리즘창작 방법이 관통되어 있다는 특징을 추리해 낼 수 있다. 이 점 역시 중국문학의 주요특징의 하나로 된다고 보아도 무방할 것이다. 바꾸어 말하면 중국독자들은 통속문학에 집착하는 취향을 갖고 있다고 하겠다.

3. 중국독자들과 중국도서시장의 경향

독서는 인류가 지식을 전승하고 문화를 계승 발전시키는 기본 수단인 동시에 인생을 풍부히 하고 충실히 하는 중요한 수단으로 된다. 수천 년간의 찬란한 문화를 자랑하고 있는 중국은 그 문화사 못지않게 유구한 독서의 역사를 갖고 있는데 대체로 1995년을 계기로 새로운 독서시대에 들어서게 되었다.

1995년부터 전통적인 편집, 출판, 인쇄 등 도서출판업계가 전면적인 컴퓨터출판시대와 인터넷정보시대에 진입하여 도서출판이 신속하고 주기가 짧아 독자들을 쾌속독서시대로 이끌어가게 되었고 시장경제체제의 확립, 발전과 더불어 제반 사회가 국제화로 나아가면서 새로운 문화 경제 이념들이 밀물처럼 몰려들면서 베스트셀러가 정식으로 중국도서업계에 출현하게 되었다.

또한 이 시기를 전후하여 문화교육보급이 활성화되기 시작하고 시장경제의 관념이 접수 보급되면서 광범한 대중들이 앞날에 대한 불안 혹은 희망 등으로 착잡한 심리 갈등을 느끼게 되었는데 이는 자각적인 독서의욕을 불러일으켰다. 하여 전통적인 지식인 독서시대가 개방적인 대중 독서시대에로 전환하고 수천만 명의 독자가 급증하게 되었다.

수천만 명을 헤아리는 중국독자들의 기본상황과 독서취향은 어떠할까?

가. 중국독자들의 기본상황을 살펴보면, 중국독자들은 연령구조상에서 14-24세, 25-34세, 35-44세, 45-54세, 55세 이상 등 5개 부류로 나뉜다. 불완전한 통계에 의하면 대체적으로 14-25세 연령구조의 독자가 제반 독자군(讀者群)의 45%좌우를, 25-34세 연령구조의 독자가 20%좌우, 35-44세 연령구조의 독자가 15%좌우, 45-54세 연령구조의 독자가 8%좌우, 55세 이상이 4%좌우를 차지한다고 한다. 독자들의 문화수준은 대체로 중등학교 수준 및 그 이하가 10%좌우, 고등학교 수준이 25%좌우 전문대 및 대학교 수준이 55%좌우 석사 및 그 이상이 5%좌우라고 한다.

여기서 연령구조상 14-25세의 소년 청년 독자들이 독자군의 주류를 이루고 문화수준은 전문대 및 대학교 학생과 그 수준의 독자들이 주류를 이루고 있음을 알 수 있다. 이 독자층의 독서취향에 따라 제반 출판업계가 움직인다고 해도 과언이 아니다. 출판업계의 방향게시판으로 되는 베스트셀러도 주로 이 독자층에 의해 이루어지고 있다.

중국독자들의 도서 구매량(購買量)은 최근 10년간 평균 5-6권으로 되어 있고 평균 구매 금액은 11.35원-35.72원으로 되어 있다([도표 3]).

[도표 3] 1994-2003년 전국 매 인구 평균 도서 구매량과 구매 금액[3]

년도	평균 구매 금액(원)	평균 구매량(권)	평균 구매 금액 증폭(%)	도서 판매 금액 증폭(%)
1994년	11.35	5.25	12.94	7.31
1995년	15.39	5.51	35.59	38.51
1996년	21.78	5.93	41.52	43.07
1997년	25.33	6.04	16.3	17.46
1998년	27.85	6.17	9.95	11
1999년	28.20	5.82	1.26	2.13
2000년	29.77	5.55	5.57	6.15
2001년	32.01	5.43	7.52	8.39
2002년	33.86	5.47	5.78	6.47
2003년	35.72	5.26	5.49	6.14

위 통계표에서 보다시피 1994년부터 2003년에 이르는 10년간 중국 매 인구 평균 도서 구매량은 거의 제자리에서 맴돌면서 증가되지 못하고 있다. 중국독자들의 평균 도서 독서율(讀書率)이 그다지 높지 않을 뿐만 아니라 어떤 의미에서는 하강선을 긋고 있다는 것을 말해 준다. 향후 여러 가지 매체와의 접촉이 많아질수록 도서 독서율이 더 낮아질 것으로 예측된다.

3 「중국 출판업 10년 수자 보고서」, 『中國圖書商報』 2005년 1월 7일자, 22면에서 인용.

나. 대저 독서취향은 매 독자층마다 부동할 뿐만 아니라 시대의 변화에 따라 변하게 된다. 중국독자들의 독서취향도 최근 수년간 시대의 발전과 더불어 부단한 변화를 가져왔다.

1995년 이후 중국에는 "지식경제", "국제화", "학습형 사회" 등 여러 가지 새로운 문화, 경제 이념들이 창출 보급되고 전례 없는 시장경제체제가 전면적으로 확립되면서 사람마다 급속한 시대의 발전에 적응할 것이 요청되었다. 전대미문의 시대적 이념과 치열한 생존환경에 대한 곤혹과 방황, 인식과 실천 등 수많은 사회발전문제들은 중국 사람들을 당혹하게 하였고 이는 전민 독서의 중요성과 박절함을 절실히 느끼게 하였고 도서출판업에 급속한 발전기회를 창조하여 주었다.

이와 더불어 1995년부터 중국 도서출판과 도서발행체제가 계획경제체제로부터 시장경제체제로 부단히 전향되면서 신속한 발전을 도모하여 해마다 10만 종에 달하는 도서들이 출판 발행되었다. 도서 종류가 풍부해짐으로써 날로 급증하는 사회독서의 수요에 만족시킬 수 있게 되었을 뿐만 아니라 독자들의 독서 선택이 다양해지고 독서취향이 전이될 수 있게 되었다.

그리고 현대사회생활의 리듬이 빨라짐에 따라 독서는 전통적인 지식전수 기능뿐만 아니라 휴식과 오락의 기능도 갖게 되었고 영상매체와 인터넷의 충격에 대비하여 도서출판업계는 각가지 방법으로 도서에 취향을 부여하게 되었다. 이는 독자들의 부동한 독서취향을 만족시킬 수 있게 되었고 그 취향을 리드할 수 있게 되었다.

이런 제반 여건 속에서 중국독자들의 독서취향은 사회 정치, 경제, 과학기술, 교육, 사회풍모 등 여러 모로 시대적 특징을 보여주는 변화를 갖게 되었다.

ㄱ. 독서가 "휴식과 오락의 시대"에 진입하게 되었다. 주지하다시피 독서는 흔히 크게 학습형(學習形) 독서와 휴식형 독서로 나뉜다. 중국은 90년대 말부터 전면적인 소비시대를 맞게 되면서 재래의 정치문화가 소비문화로

전환하고 전통적인 학습형 독서가 휴식과 오락의 색채를 띤 휴식형 독서로 전환하게 되었다. 아울러 통속적인 도서가 다량 출판되고 내용이 옅고 사유가 단순한 도서가 날로 독자들의 취미를 자아내면서 도서 출판의 주류를 이루게 되었다.

ㄴ. 유행형(流行形) 독서가 경전형(經典形) 독서를 대체하여 독자들의 독서 취미가 양생(養生), 화장(化粧), 요리, 원예(園藝), 인생철학, 재산관리 등 생활형, 유행형으로 쏠리고 경전, 명작에 대한 독서를 멀리하게 되었다. 특히 청소년들의 경전독서시간이 날로 줄어들고 있다. 최근년에 베스트셀러의 앞자리를 차지하는 도서는 대부분이 연애소설, 청춘도서와 만화이다. 그리고 근 80%에 달하는 대학생들이 중국의 4대 고전명작 「수호전」, 「삼국연의」, 「서유기」, 「홍루몽」을 완전하게 읽어보지 못한 상황이다. 독서가 교육과 학습만을 위한 것이 아니라 사람들의 일상생활과 정신향수의 일부분으로 되었다.

ㄷ. 독서과정이 임의적이고 스낵형 독서가 정독형(精讀形) 독서를 대체하여 독서심리가 안정되지 못하고 있다. 하여 많은 명작들이 스낵형 도서로 축소, 개작되어 그 정신적 자양분이 크게 분실되고 있다. 독서가 일상생활 속에서 일종의 임의적 문화소비로 되었고 개성화의 색채를 띠게 되었다.

ㄹ. 최근년 독자들이 선호하는 구체적인 도서 항목과 구체적인 독서취향은 대체로 문학에 쏠리고 있다([도표 4]).

[도표 4] 최근년 독자들이 제일 선호하는 도서와 제일 잘 구매하는 도서 및 도서시장에서 제일 결핍한 도서와 제일 구매하고 싶은 도서[4]

도서 항목	제일 선호하는 도서(%)		제일 잘 구매하는 도서(%)		시장에서 제일 결핍한 도서(%)		제일 구매하고 싶은 도서(%)	
	2003년	2002년	2003년	2002년	2003년	2002년	2003년	2002년
소설	44.9	47.8	28.4	28.8	5.3	4.7	22.8	23.2
휴식, 생활, 관광	30.7	30.1	25.3	24.1	9.8	9.8	21.7	22.1
수필	24.9	24.3	15.4	15.7	5.3	5.2	12.9	13.7
전기(傳記)	20.3	15.9	10.6	8.8	10.4	10.4	11.8	8.5
컴퓨터, 인터넷	17.3	16.4	20.4	17.7	8.1	6.9	19.2	18.8
영어	16.0	16.7	26.8	25.5	5.2	7.1	19.6	18.8
재정 경제 관리	16.0	15.1	16.8	16.6	6.5	8.5	16.8	18.1
철학	15.2	13.5	9.8	8.9	12.0	12.6	10.8	10.7
실화문학	14.0	15.2	7.3	8.4	9.7	9.1	6.9	8.5
역사 지리	12.1	11.9	7.7	6.6	8.9	10.8	6.8	8.1
예술	11.4	12.5	10.1	10.9	16.9	14.6	11.6	12.1
과학기술 보급	11.1	9.9	8.0	7.5	20.5	26.5	10.3	9.6
도구서(工具書)	9.2	8.8	19.5	20.0	15.1	13.9	12.9	13.4
의학	8.9	8.8	8.9	8.7	7.5	9.9	8.7	6.9
법률, 정치	8.3	7.4	9.0	7.0	8.8	9.7	8.4	8.5
종합 과학기술	8.1	9.9	7.5	8.3	15.4	19.4	7.9	8.7
교육	5.5	4.8	11.7	10.0	9.3	10.9	8.3	6.5
기타	3.5	3.6	4.4	5.1	15.0	12.0	7.0	7.4
소년 아동	3.1	3.0	5.5	5.2	6.5	6.1	4.1	3.3

이 도표를 통해 아래와 같은 몇 가지 내용을 알 수 있다.

㉠ 독자들이 선호하는 도서는 소설, 휴식·생활·관광, 수필 등 순위로 되어

4 「2003년 중국 6개 도시 독자 조사 보고서」, 『中國圖書商報』, 2004년 4월 30일자 18면에서 인용.

있고 소설이 제일 선호하는 도서로 되고 있다. 생활의 질에 대한 인식과 추구가 날로 높아감에 따라 휴식·생활·관광 항목의 도서가 사람들의 인기를 끌고 있다. 총체적으로 볼 때 독자들이 제일 선호하는 도서는 문학도서이다.

㉡ 구매 상황을 보면 소설, 영어, 휴식·생활·관광, 컴퓨터 등 항목의 도서 구매비례가 20%이상을 차지한다. 그중 소설 구매비례가 제일 큰 비중을 차지한다. 독자들이 제일 선호하는 도서가 역시 제일 잘 구매하는 도서로 되고 있다.

㉢ 최근 도서시장에서 제일 결핍한 도서는 과학지식 보급 항목의 도서이고 소설, 수필 등 문학 항목의 도서는 상대적으로 독자들의 수요를 만족시키고 있는 상황이다.

㉣ 최근 독자들이 제일 구매하고 싶어 하는 도서는 소설, 휴식·생활·관광, 영어 순위로 되어있는데 그중 소설이 첫 자리를 차지한다.

최근 독서취향이 다양해지는 추세이기는 하지만 문학도서에 대한 선호도와 취향은 의연히 첫 자리를 차지하고 있음을 알 수 있다.

다. 최근 수년간 베스트셀러의 지위와 역할이 날로 높아지면서 도서출판업계의 최고인기를 끌고 있다.

주지하다시피 베스트셀러라는 개념은 미국에서 생겨난 것인데 흔히 일정한 사회조류를 대표할 뿐만 아니라 대중들의 독서 취향과 심리의 표현이라고 할 수 있다. 중국에는 1995년부터 베스트셀러라는 개념이 이입되고 또한 이입되기 바쁘게 중국도서시장과 도서출판의 방향표로 되어 이때로부터 중국도서출판업계는 베스트셀러 시대에 들어서게 되었다. 중국에서는 대체로 년 판매 수가 10만 권 이상인 도서를 베스트셀러로 인정하는데 다량의 도서들이 별로 이윤을 창조하지 못하는 상황이지만 몇 개의 베스트셀러가 막대한 이윤을 창조하고 있다. 뿐만 아니라 중국의 많은 베스트셀러는 흔히 시대의 정신과 일치성을 보이면서 사회문화와 시대의 발전에 적지 않은 영향

주고 있다. 베스트셀러는 경제적으로, 사회적으로 홀시 할 수 없는 역할을 담당하면서 나라와 사회의 발전을 크게 추진하고 있다.

1995년부터 2004년까지 중국도서시장의 베스트셀러를 정리해보면 대체로 역사제재소설, 삶의 지혜와 교양적 의의를 담은 수필, 외국에서 수입한 베스트셀러, 명인들이 펴낸 책, 순수문학, 인터넷문학, 자질교육, 경영관리, 어린이 도서 등 관련 항목도서들이 대부분 비중을 차지하고 있다.

ㄱ. 1999년부터 2004년까지 중국 서간발행업(書刊發行業)협회에서 조직, 선정한 전국 우수 베스트셀러를 항목별 수치로 정리해보면 다음과 같다([도표 5]).

[도표 5] 1999-2004년 전국 우수 베스트셀러 항목별 수치[5]

	1999-2000년		2001년		2002년		2003년		2004년	
	총 385종		총 576종		총 498종		총 543종		총 580종	
항목	품종(종)	비례(%)	품종(종)	비례(%)	품종(종)	비례(%)	품종(종)	비례(%)	품종(종)	비례(%)
사회과학	127	33.0	119	20.6	101	20.3	117	21.5	170	29.3
과학기술	185	48.0	165	28.6	129	25.9	159	29.3	120	20.7
문화교육			125	21.7	120	24.1	119	21.9	122	21.0
아동도서			64	11.1	58	11.6	58	10.7	68	11.7
문학예술			103	17.9	90	18.1	90	16.6	100	17.2
경 제	73	19.0								

5 『中國圖書商報』, 2001년 1월 4일자, 2002년 1월 2일자, 2003년 1월 3일자, 2004년 1월 16일자, 2005년 1월 28일자 참조.

보다시피 사회과학, 과학기술, 문화교육 등 항목의 도서들이 우수 베스트셀러의 앞자리를 차지하고 있는데 이는 중국독자들의 독서가 주로 공리성을 띠고있음을 의미한다.

ㄴ. 1995년부터 2004년까지 매 년의 10대 베스트셀러상황을 통해 도서시장의 맥박과 독자들의 문화소비심리를 짚어보기로 한다.

㉠ 1995년 10대 베스트셀러

「증국번(曾國藩)」(장편역사소설), 호남(湖南)문예출판사

「낭교에 남긴 꿈」(미국 장편소설), 외국문학출판사

「밀항자」(실화문학), 현대출판사

「바람같이 사라지다」(미국 장편소설), 리강(漓江)출판사

「류효경－나의 고백」(자서전), 상해문예출판사

「장애령 문집」(문학작품집), 안휘(安徽)문예출판사

「문화산책(文化苦旅)」(수필집), 상해지식출판사

「강희황제(康熙大帝)」(장편역사소설), 하남(河南)인민출판사

「김용(金庸)작품집」(무협소설집), 삼련(三聯)출판사

「평범한 세계」(장편소설), 백화(百花)문예출판사

1995년의 10대 베스트셀러는 모두 문학도서들인데 애상적이고 낭만적인 사랑이야기를 다룬 소설이 4권, 중국역사인물들을 묘사한 역사소설 2권, 우국우민의 내용을 담은 수필 1권, 통속소설 1권, 현실사회생활을 사실주의적으로 재현한 순수문학 소설 1권, 유명한 영화배우가 쓴 자서전 1권으로 되어있다. 이해에 중국독자들이 문학도서에 대해 각별한 취미를 갖고 있었음을 알 수 있다.

㉡ 1996년 10대 베스트셀러

「미래의 길」(경영관리), 북경대학출판사

「세월 따라 떠오르는 생각」(자서전), 상해인민출판사

「소핀의 세계」(철학소설), 작가출판사

「궐기하고 있는 중국」(사회학), 중앙편역(中央編譯)출판사

「아세아의 추세」(사회학), 원동(遠東)출판사

「남자는 화성에서, 여자는 금성에서 오다」(사회과학), 중앙편역출판사

「사랑 화랑(畵廊)」(장편소설), 춘풍(春風)문예출판사

「장측동과 좌좌목돈자」(실화문학), 작가출판사

「1997년 홍콩 회귀 풍운」(사회학), 중국공상련합출판사

1996년에는 명인자서전(2권)과 외국수입도서(4권)가 특징적이다. 명인들의 사생활에 대한 호기심이 강해짐과 동시에 국제화에 대한 관심이 높아졌음을 알 수 있다. 그리고 홍콩 회귀에 관한 시사도서가 베스트셀러로 된 것은 중국독자들의 시사에 대한 관심도 여간 높지 않음을 말해 준다.

㉢ 1997년 10대 베스트셀러

「세월」(자서전), 작가출판사

「즐거운 인생」(자서전), 상해인민출판사

「해변가에서」(자서전), 상해문예출판사

「연상(聯想)은 무엇 때문에」(경영관리), 북경대학출판사

「옛 사진」(사진도서), 산동화보(山東畵報)출판사

「송세웅의 자술」(자서전), 작가출판사

「미크로소프트웨어회사의 비밀」(경영관리), 북경대학출판사

「동방의 이야기」(사회학), 인문출판사

「영국 환자」(외국 장편소설), 작가출판사

「시대 3부곡」(장편소설), 문화예술출판사

1997년에도 명인자서전이 각별한 인기를 끌면서 베스트셀러 가운데서 큰 비중을 차지하고 있다. 세계적 기업의 경영관리에 대한 관심이 많아지고 있다. 옛 시절에 대한 추억 심리도 커가고 있음을 알 수 있다.

㉣ 1998년 10대 베스트셀러

「산거필기(山居筆記)」(수필집), 문회(文滙)출판사

「절대적인 사생활 비밀: 현시대 중국인들의 정감세계에 대한 구술 실록」(실화문학), 신세계출판사

「생활」(장편소설), 남해출판사

「북경대학의 이왕지사」(사진도서), 신세계출판사

「진애락정(塵埃落定)」(장편소설), 인민문학출판사

「주은래전(周恩來傳)」(전기), 중앙문헌출판사

「실락원」(일본 장편소설), 문화예술출판사

「왕몽설(王夢說)」(문학문집)

「옛 사진(제6집)」(사진도서), 산동화보출판사

「마준인을 알다」(실화문학), 중국문학출판사

1998년은 추억의 해라고 할 수 있을 정도로 추억을 제재로 한 도서들이 4권이나 된다. 그리고 명인도서에 대한 관심이 적어진 반면에 순수문학작품의 인기가 높아져 4권이라는 비중을 차지한다. 사생활에 대한 관심도 사라지지 않고 있다.

㉤ 1999년 10대 베스트셀러

「포위된 성(城)」(장편소설), 인민문학출판사

「보면 아주 아름다워」(장편소설), 화예(華藝)출판사

「학습의 혁명」(교육학), 상해삼련출판사

「상랭장하(霜冷長河)」(수필집), 작가출판사

「격조」(생활도서), 중국사회과학출판사

「역풍비양(逆風飛颺: 미크로소프트웨어, IBM과 나」(경영관리), 광명일보출판사

「산거필기(山居筆記)」(수필집), 문회출판사

「화계 우계(花季雨季)」(소년아동도서), 해천(海天)출판사

「옹정황제(雍正皇帝)」(역사소설), 하남문예출판사

「A 관리방식」(경영관리), 기업관리출판사

1999년 베스트셀러는 새로운 상황을 보여주고 있다. 소년아동도서와 생활도서가 처음으로 베스트셀러의 행렬에 들어서게 되었고 명인자서전 도서가 마침내 자리를 비우게 되었다. 「격조」는 생활세부문제를 처리는 내용을 담고 있는데 이는 경제생활수준이 높아진 후 사람들이 생활방식과 그 질에 관심을 갖고 자아수양을 쌓으려는 심리가 형성되고 있음을 말해준다. 교육학도서 「학습의 혁명」은 1억이라는 거금을 투자하여 여러 가지 광고를 내면서 베스트셀러로 만들어진 도서이다. 이 도서는 새로운 베스트셀러 창조방식을 시도하였다는데서 일정한 의미를 갖는다. 이 해에 또 하나의 특징은 한 작자(여추우)의 수필집이 두 권이나 베스트셀러로 되었는데 그중 「산거필기(山居筆記)」는 연속 2년이나 베스트셀러로 되었다는 것이다. 경영관리도서도 의연히 일정한 비중을 확보하고 있다는 점도 주목되며 순수문학 소설작품이 5권이나 되어 절반 비중을 차지하고 있다는 것도 자못 흥미롭다.

㉥ 2000년 10대 베스트셀러

「처음으로 되는 친밀한 접촉」(인터넷소설), 지식출판사

「고통스러우면서도 즐거워」(자서전), 화예출판사

「대욕녀(大浴女)」(장편소설), 춘풍문예출판사

「무지한 자 용감해」(장편소설), 춘풍문예출판사

「삼중문(三重門)」(청춘문학, 장편소설), 작가출판사

「천년 탄식(千年一嘆)」(수필집), 작가출판사

「미국의 자질교육」(교육학), 광동교육출판사

「주식매매의 몇 가지 기교」(경영관리), 세계지식출판사

「하버드 여학생 류역정」(실화, 교육학), 작가출판사

「핼 버트 시리즈」(마법환상소설), 인민문학출판사

2000년의 베스트셀러는 새 세기를 맞으면서 새로운 양상을 보이고 있다. 인터넷소설이 처음으로 베스트셀러로 되었을 뿐만 아니라 첫 자리를 차지하고 있다. 흔히 허상세계와 미묘한 인터넷 연애와 언어로 조합된 인터넷문학은 청소년들이 선호하는 유행뿐만 아니라 인터넷의 보급과 더불어 출판업계와 문학도들이 커다란 기대를 걸고 있는 새로운 발전공간으로 되기 시작하였고 인터넷을 비롯한 여러 가지 매체의 홍보 선양대상으로 되었다. 인터넷소설은 사회적으로 순서점진의 인식과정을 거치다가 2000년에 이르러 질적인 변화를 가져오게 되었다. 생활이 부유해지고 국제화교육에 접근하려는 심리와 이념이 형성되면서 외국으로 유학 가는 붐이 일기 시작하고 자녀교육과 외국유학에서 크게 성공한 사례가 수천만 학부모들의 관심을 끌게 되어 미국 네 개 유명대학의 입학통지서를 받아 "신화"를 창조한 류역정의 교양실화가 베스트셀러의 한자리를 차지하게 되었다. 핼 버트 시리즈 소설이 처음으로 이입됨과 동시에 일거에 베스트셀러로 되고 마법환상소설이

중국독자들의 인기를 끌기 시작하였다. "80년대 출생 작가"들의 "청춘문학"이 문단에 적지 않은 물의를 일으켰으나 청소년들의 자아의식과 개성을 선양하여 현실적으로 청소년독자들의 열광적인 인기를 모아 베스트셀러까지 되었다. 문학도서가 중요한 비중을 차지하고 명인자서전과 경영학 도서가 의연히 한자리를 차지하고 있다.

㉦ 2001년 10대 베스트셀러

「부유한 아빠와 가난한 아빠」(경영관리), 세계도서출판사

「그저 그러할 뿐이다」(자서전), 화예출판사

「하버드 여학생 류역정」(교육학), 작가출판사

「삼중문」(청춘문학, 장편소설), 작가출판사

「노르웨이의 삼림」(일본, 장편소설), 상해역문(譯文)출판사

「처음으로 되는 친밀한 접촉」(인터넷 소설), 지식출판사

「부유한 아빠 시리즈」(경영학), 세계도서출판사

「나는 노래에 미쳐」(청소년도서), 상해사서(辭書)출판사

「미루와 나눈 마음속 대화」(실화문학), 지식출판사

2001년에도 새로운 상황을 보여주고 있다.「하버드 여학생 류역정」과「삼중문」그리고「처음으로 되는 친밀한 접촉」등 3권의 도서가 2000년을 이어 연속 2년 베스트셀러에 자리 굳히고 있다.「하버드 여학생 류역정」은 류역정이 하버드대학을 비롯한 미국의 4개 대학의 입학 허가서를 받기까지의 자질교육과정을 기록하고 있는데 자질교육에 대한 새로운 이념을 중국의 수천만 학부모들에게 전파하고 자녀의 성공을 갈망하는 학부모들에게 귀중한 경험을 제공해주고 있다. 중국자질교육의 혁명을 불러 일으켰다고 할 수 있다. "청춘문학"의 선호도가 지속성을 보이고 있고 인터넷소설이 광범위하게 접

수되고 있으며 국제화에 접근한 자질교육이 계속하여 큰 관심사로 되고 있음을 말해준다. 사유재산이 늘어나면서 개인 재산 관리에 관한 도서가 인기를 갖게 되어 「부유한 아빠」 시리즈 도서가 베스트셀러로 된 것은 자연스런 일이라고 할 수 있다. 미국의 베스트셀러(「부유한 아빠」 시리즈)가 중국에 수입되어 중국의 베스트셀러로 되었다는 사실도 특징적이다. 애정소설(「노르웨이의 삼림」)과 명인자서전이 의연히 인기도서로 되고 있다. 2001년에 중국축구가 처음으로 월드컵추구경기에 참석하게 되어 수천만 중국 축구 팬들의 꿈이 이루어지게 되었다. 그 희열이 중국축구팀 코치 미루(米盧)에게 쏠리어 그에 관한 실화문학작품이 베스트셀러로 될 수 있었다.

◎ 2002년 10대 베스트셀러

「누가 나의 치즈를 건드렸나」(경영관리), 중신(中信)출판사

「쟈시아에게 보내는 편지」(경영관리), 하르빈출판사

「노르웨이의 삼림」(일본, 장편소설), 상해역문출판사

「제크 위르치 자서전」(자서전, 경영관리), 중신출판사

「성도, 오늘 밤 나를 잊도록」(청춘문학, 장편소설), 내몽골인민출판사

「국화꽃향기」(한국, 장편소설), 남해(南海)출판회사

「장지지침서(藏地牛皮書)」(관광안내도서), 중국청년출판사

「기미회본(幾米繪本)」(그림도서)

「단백질의 여자」(청춘문학, 장편소설), 상해인민출판사

「나는 노래에 미쳐」(청소년도서), 상해인민출판사

2002년에는 세계적 기업관리에 관한 경영관리도서가 3권으로 비교적 중요한 비중을 차지하고 있다. 중국경제가 세계화로 나아가는 발전 속도가 빨라지면서 세계적 기업의 경영관리와 그 이념을 수용하자하는 심리가 강렬

해지고 인적자원 관리와 양성의 중요성을 깊이 인식하기 시작하였다. 직장인들의 양성에 관한 경영관리도서 「누가 나의 치즈를 건드렸나」는 많은 기업에서 내부의 양성교재로 삼고 다투어 집단구매를 하는 호황을 이루었다. 애정제재를 다룬 청춘문학의 인기가 여전히 대단할 뿐만 아니라 외국의 애정소설에 대한 선호도 여간하지 않다. 「노르웨이의 삼림」이 2001년을 이어 2년이나 베스트셀러로 되고 있다. 「국화꽃향기」는 한국도서가 중국도서시장에 진입하는 첫 포를 쏘았을 뿐만 아니라 일거에 베스트셀러로 되어 이 책으로부터 문학도서의 판권무역에서 한국문학의 비례가 급증하게 되었다. 「국화꽃향기」의 일거 대성공은 아름다운 사랑이야기로서만이 아니라 2002년이 바로 "한류"가 바야흐로 하나의 사회조류를 형성하고 있던 황금시기였던 것과 갈라놓을 수 없다.

대중들의 경제생활에 어느 정도 여유가 생기면서 관광의 붐이 일기 시작하고 아울러 관광도서가 인기를 갖게 되었다. 최근 수년간 관광도서가 처음으로 베스트셀러의 한자리를 차지하게 되었다.

㉧ 2003년 10대 베스트셀러

「핼 버트와 봉황사」(마법 환상소설), 인민문학출판사

「직접 겪은 역사」(자서전), 역림(譯林)출판사

「왕몽의 자술: 나의 인생철학」(수필집), 인민문학출판사

「나의 청춘을 그에게 바쳤다」(자서전), 장강문예출판사

「우리 셋」(자서전), 생활·독서·신지 삼련서점

「편지를 쟈시아에게 전해 준다」(경영관리), 기업관리출판사

「집행」(경영관리), 기계공업출판사

「받아 당할 수 없는 생명의 가벼움」(외국, 장편소설) 상해역문출판사

「진로예·마음의 만남」(자서전), 장강문예출판사

「환상의 성(城)」(청춘문학, 장편소설), 춘풍문예출판사

2003년은 "사스"의 영향으로 도서시장이 근 반년동안 거의 공백기로 되어 시대적 특징이 선명하지 못하다고 하겠다. 특징적인 것은 명인 자서전과 수필집이 4권이나 되어 명인들의 책이 또다시 크게 선호되었다는 것이다. 인정세태가 날로 각박해지고 있는 현실생활에서 사람들은 마음으로 터놓고 교류할 수 있는 평등한 대화와 인간관계를 갈망하게 되었고 명인들의 자서전은 간접적으로나마 독자들과 내심세계의 교류를 진행할 수 있었다. 외국에서 판권을 수입한 경영관리도서가 2권으로 그 비중이 여전히 적지 않다. 이와 같이 외국베스트셀러를 수입하여 중국의 베스트셀러로 성공한 실례가 연이어 출현하면서 중국 도서산업의 시장을 크게 충격 추진하기 시작하였다. 마법 환상소설과 "청춘문학" 작품의 인기가 여전하여 베스트셀러에서의 문학의 위치를 확고하게 지키고 있다.

㉧ 2004년 10대 베스트셀러

「꿈에서 꽃이 얼마나 지었는지」(청춘문학, 장편소설), 춘풍문예출판사

「늑대의 유혹」(한국, 인터넷 소설), 세계지식출판사

「그놈은 멋있었다」(한국, 인터넷 소설), 세계지식출판사

「다빈치의 비밀번호」(외국, 장편소설), 상해인민출판사

「늑대 토템」(장편소설), 장강문예출판사

「아무런 이유도 없다」(경영관리), 기계공업출판사

「사소한 일이 승패를 결정한다」(사회학), 신화출판사

「현대판 삼국지」(경영학), 중신출판사

「아이에게 신심을」(교육학), 장강문예출판사

「자동적으로, 자발적으로」(경영관리), 기계공업출판사

2004년에 가장 특징적인 것은 한국의 인터넷 소설이 2권이나 일거에 베스트셀러로 되어 중국도서출판업계에 "한류"의 돌풍을 일으켰다는 것이다. 중국문학작품에서 별로 볼 수 없었던 순수하고 낭만적인 사랑이야기가 「국화꽃향기」를 이어 계속하여 수많은 청소년들의 깊은 감명을 자아내고 지대한 정신적 향수를 누리게 하였다. 따라서 "청춘", "인터넷", "한국"이라는 개념이 청소년들의 유행어로 되고 음악, 영화, 드라마, 의상 등 여러 영역에서 "한류"가 휩쓸기 시작하였다. 이는 2005년의 중국도서출판업계에 한국인터넷 소설의 폭발적인 인기를 도래시켰다.

경영관리도서가 계속하여 베스트셀러의 한자리를 차지하면서 경제건설을 중심으로 하는 중국의 시대정신과 보조를 같이하고 있다. 자질교육도 여전히 독자들의 변함없는 관심사로 되었다. "청춘문학"과 순수문학도 의연히 자리를 비우지 않고 있다.

ㄷ. 최근년 문학 베스트셀러를 통해 중국 문학도서시장의 맥박과 독자들의 문학 독서 취향을 구체적으로 알아보기로 한다.

1990년대 말까지는 「평범한 세계」, 「생활」 등 순수문학작품들이 문학도서시장에서 주도적 지위를 차지하고 저명한 전직 작가들이 문단을 이끌어나갔다. 하지만 2000년에 들어서기 바쁘게 문학도서시장은 구조상의 변화를 일으켰다. 전통과의 반역형상으로 출현한 청춘문학도들이 청춘문학의 돌풍을 일으키며 순수문학의 주도적 지위를 충격하기 시작하였다. 고등학교 학생이 창작한 장편소설 「삼중문」이 작가출판사의 패킹을 거쳐 청춘문학의 개념으로 문학도서시장에 출현함과 동시에 일거에 베스트셀러로 되어 청춘문학의 개념이 신속하게 독자들의 마음에 자리 잡게 되었다. 같은 해에 인터넷 소설 「처음으로 되는 친밀한 접촉」이 인터넷의 신속한 보급과 더불어 100만 권이라는 판매수치를 따내게 되었다. 이는 무수한 문학도들의 인터넷 문학에 대한 격정을 불러일으켰을 뿐만 아니라 출판계의 격정도 불러일으켜 새로운 문학발전공간을 개척하게 되었다. 그 뒤를 이어 2-3년 사이에 청춘문학을 이끌어나가는 대표 작가들이 탄생되고 그들의 작품들이 시리즈로 창작 출판되면서 문학의 사회영향력을 확대시키고 제반 도서시장에서의 문학도서의 비중을 안정시키게 되었다. 이 사이에 전종서, 왕몽, 왕안억 등을 비롯한 저명한 순수문학작가들의 작품들이 문단에서 큰 반향을 일으켰지만 도서시장에서의 판매량은 청춘문학보다 엄청나게 뒤떨어졌다. 그리고 이 시기에 외국의 청춘문학작품들이 적지 않게 수입됨과 아울러 귀여니의 「그놈은 멋있었다」, 김하인의 「국화꽃향기」 등 작품들이 베스트셀러로 되어 청춘문학의 영향력이 한결 커지게 되었고 청춘 문학 작가에 대한 우상화(偶像化)가 새로운 시대 조류로 되었다.

청춘문학의 폭발적 인기는 많은 대중도서 출판사들의 출판중점을 전략적으로 청춘문학에로 전이하여 청춘문학도서들이 밀물처럼 도서시장에 밀려들기 시작하였다. 최근 2-3년 사이에 청춘문학개념은 인터넷문학을 한데 융합시켜 가지고 문학도서시장의 주도권을 든든히 장악하게 되었다.

최근년에 여러 분야에서 여러 유형의 명인들을 출현시켰고 이들의 경력과 경험, 관점과 사상은 도서시장에 풍부한 자원을 제공하여 주었다. 또한 사회적으로 인정세태가 날로 각박해지는 현시대 사회상황에서 많은 대중들은 간접적으로나마 이런 명인들과 교류하면서 내심세계의 공감을 얻고자 하는 심리가 강렬해지고 있다. 다른 한편 가상세계의 생활을 반영한 도서들이 범람할 정도로 많아진 상황에서 취향을 바꾸어 실상세계의 진실한 생활을 반영한 도서들을 읽으려는 새로운 독서취향이 보여 지고 있다. 이런 여건 속에서 전기문학이 신속한 발전을 가져올 수 있게 되었다.

1992년에 중국이 세계판권공동협약에 가입한 후 한동안 번역소설은 자취를 감추다시피 하였다. 그러다가 1999년 후부터 주로 외국의 문학 베스트셀러들을 수입한 후 여러 모로 패킹하여 중국문학도서시장의 베스트셀러로 만들기 시작하였다. 「핼 버트」, 「국화꽃향기」, 「그놈은 멋있었다」 등 번역소설들이 모두 번역 출판되자마자 베스트셀러로 되어 문학도서시장에서 적지 않은 비중을 차지하게 되었다. 최근 몇 년간 해마다 외국번역소설들이 문학도서시장만이 아니라 제반 도서시장의 베스트셀러의 한자리를 확보하고 있다.

이외 일부 작가들의 수필문학이 어느 정도 시장을 갖고 있지만 시문학은 거의 시장을 잃고 있는 상황이다. 출판업계에서는 "시문학공포증"에 걸렸다는 설법까지 나돌고 있다. 최근 10년의 베스트셀러에서 시문학도서는 한 권도 찾아볼 수 없다. 재래로 시문학 대국으로 일컬어온 중국문단의 비애라고 하겠다.

[참조 1] 1999년부터 2003년까지 매년 문학도서 TOP100에 오른 문학도서의 장르 구성[6]

년도	전기문학	청춘문학	수필	외국문학	고전문학	현대, 당대 소설
1999년	9	1	43	17	4	26
2000년	4	3	38	23	3	29
2001년	3	5	34	15	4	39
2002년	6	7	30	26	2	29
2003년	16	21	24	17	2	20

최근 2-3년 문학도서시장에서의 10대 베스트셀러를 통해 상기한 특징을 보다 구체적으로 찾아볼 수 있다([도표 6]).

6 『中國圖書商報』 2004년 4월 2일자에서 인용.

[도표 6] 2003-2005년(1-4월) 문학도서시장에서의 10대 베스트셀러[7]

	2003년		2004년		2005년(1-4월)	
	작품	출판사	작품	출판사	작품	출판사
1	환상의 성(城)(청춘문학)	춘풍문예 출판사	꿈에 꽃이 얼마나 지었는가(청춘문학)	춘풍문예 출판사	다빈치의 비밀번호(미국, 장편소설)	상해인민 출판사
2	우리 셋(자서전)	삼련출판사	환상의 성(城)(청춘문학)	춘풍문예 출판사	늑대 토템(장편소설)	장강문예 출판사
3	직접 겪은 역사(미국, 자서전)	역림출판사	그놈은 멋있었다(한국, 인터넷 소설)	세계지식 출판사	섬(제4집)(청춘문학)	춘풍문예 출판사
4	왕몽 자술: 나의 인생철학(자서전)	인민문학 출판사	다빈치의 비밀번호(미국, 장편소설)	상해인민 출판사	1995-2005년 하지 및 미지(청춘문학)	춘풍문예 출판사
5	노르웨이의 삼림(일본, 장편소설)	상해역문 출판사	그놈은 멋있었다 2(한국, 인터넷 소설)	세계지식 출판사	D조의 화려함(청춘문학)	접력출판사
6	진로예·마음의 만남(자서전)	장강문예 출판사	늑대 토템(장편소설)	장강문예 출판사	피아노 교사(미국, 장편소설)	10월 문예 출판사
7	나는 청춘을 그에게 바쳤다(자서전)	장강문예 출판사	늑대의 유혹(한국, 인터넷 소설)	세계지식 출판사	감정만은 건드리지 말아(청춘문학)	장강문예 출판사

7 『中國圖書商報』 2004년 4월 2일자, 『中國新聞出版報』 2005년 1월 18일자, 『出版人』 2005년 제9/10기 합본 참조.

8	소설E시대-밤 장미 (장편소설)	현대출판사	내 힘으로 성공하리 (미국, 수필집)	장강문예출판사	세월은 무효 편지 (청춘문학)	춘풍문예출판사
9	받아당 할 수 없는 생명의 가벼움 (체스코어 장편소설)	상해역문출판사	왼손에 오른 손의 세월이 비껴있다 (청춘문학)	상해역문출판사	중국식 이혼 (장편소설)	북경출판사
10	문화산책 (수필집)	동방출판중심	우리 셋 (자서전)	삼련출판사	지옥의 제19층 (청춘문학)	접력출판사

2003년에 중국도서시장이 "사스"의 영향을 받아 전국도서판매시장의 판매 증가율이 4.5%에 불과한 상황에서도 문학도서는 여전히 9.28%의 증가율을 실현하였다. 최근년 문학 도서판매 증가율은 대체로 장편소설과 청춘문학에 의거하고 있다. 2003년은 2002년의 연속으로 청춘문학이 주류를 이루고 있는데 이는 문학도서의 주요독자가 중, 고등학교 학생과 대학생으로 되었기 때문이다. 현재 청소년독자가 재래로 주류독자로 되었던 성인독자들을 대체하고 도서시장에서 제일 중요한 독자군을 형성하고 있다. 특히 문화소비형 대중소설(청춘문학, 인터넷소설을 포함)시장에서 더욱 선명하다.

2003년에는 또 전기문학이 문학도서시장에서 비교적 큰 비중을 차지하고 있는데 이런 전기문학작품은 모두 정치계, 문학계, 텔레비전사회자, 영화계 등 사회적으로 청년들의 인기를 많이 갖고 있는 분야의 명인들이 쓴 작품들이다. 이런 명인들의 전기는 여러 가지 의미에서 청소년들의 호기심과 취미를 만족시킬 수 있기에 자연히 청소년들의 주요독서내용으로 되고 있다. 향후 명인들의 전기문학작품은 계속하여 문학도서시장의 주류도서의 하나로 될 것이다.

2003년에 또 한 가지 특징으로 되는 것은 외국문학작품들이 문학베스트셀러에서 의연히 비교적 큰 비중을 차지하고 있을 뿐만 아니라 세계문학조류와 보조를 같이하고 있다는 점이다. 다시 말하면 세계적인 문학베스트셀러가 신속히 수입됨과 동시에 중국의 문학베스트셀러로 되고 있다.

2004년의 문학도서시장은 "청춘문학의 해"라고 해도 과언이 아니다. 2004년 문학베스트셀러의 제1순위부터 제5순위 사이에서 청춘문학이 1, 2, 3, 5순위를 차지하고 15대 문학베스트셀러에서 8권이 청춘문학에 속한다. 청춘문학작품은 특별히 뛰어난 작가의 작품에만 국한된 것이 아니라 실력이 괜찮은 일반 작가들의 작품도 이에 속하고 있다. 현재 청춘문학의 가장 대표적인 작가는 궈징밍(郭敬明), 한국의 귀여니, 한한(韓寒)이라 할 수 있는데 이들은 청춘 문학 독자들의 우상으로 되고 있다. 2004년에 귀여니가 「그놈은 멋있었다」로 중국도서시장에 진출하여 대번에 청소년독자의 인기를 끌게 되자 「그놈은 멋있었다(2)」, 「늑대의 유혹」, 「늑대의 유혹(완결본)」 등 귀여니의 시리즈 작품들도 뒤따라 인기를 끌어 10대 문학베스트셀러 가운데 3권이나 뽑히게 되었다. 청춘문학 작가들 가운데서 오직 귀여니의 작품이 같은 해의 10대 문학베스트셀러에 3권이나 뽑히는 기적을 창조하게 되었다.

2004년 문학베스트셀러에서 외국 수입 번역 작품이 특별히 큰 비중을 차지하고 있다. 번역 작품이 제1순위부터 제5순위 사이에 3, 4, 5순위를 차지하고 있으며 15순위 가운데 6개석을 차지하고 있다(2002년과 2003년에는 4개석을 차지하고 2001년에는 1개석을 차지하고 있다). 특기할 것은 귀여니의 작품이 베스트셀러로 되기 전까지는 중국청춘문학도서 가운데서 수입한 번역문학작품이 거의 없었지만 귀여니의 출현이 이런 상황을 개변시켰으며 중국청소년독자들이 한국독자들과 마찬가지로 그의 작품을 선호하여 양국 청소년독자들이 상호 문화와 취향의 차이를 느끼지 못하고 있다는 것이다.

그리고 미국의 장편소설 「다빈치의 비밀」이 세계적으로 보조를 같이하면서 베스트셀러로 되었는데 이는 중국독자들이 외국의 현시대 문학작품에 대한 접수능력이 상대적으로 높아졌다는 것을 말해 준다. 향후 판권무역이 발전하고 국제간의 문화교류가 빈번해짐에 따라 많은 외국문학작품들이 중국문학도서시장에서 날로 더 큰 비중을 차지하게 될 것이다.

2005년(1-4월) 전반 년의 문학도서시장에서의 10대 베스트셀러가운데서 5권이 청춘문학도서이고 나머지 5권의 독자도 대저 청소년독자의 연령과 비슷하다. 그리고 2004년의 베스트셀러가 2권이 계속하여 베스트셀러의 위치를 확보하고 있다. 「피아노 교사」는 이야기구성이나 언어서술이 따분하다 할 정도이지만 노벨문학상 수상 작품이라는 영향력으로 인기를 갖게 되었고 「감정만은 건드리지 말어」는 드라마방송이 인기를 끈 덕분에 도서도 뒤따라 인기를 갖데 되었다. 이밖에 「늑대의 유혹」과 「늑대의 유혹」(완결본)의 인기가 주목되는데 후반 년에 베스트셀러의 한 자리를 차지할 것으로 추정된다. 한 마디로 2005년에도 청춘문학소설이 문학도서시장의 주류를 이룰 것이고 수입 번역소설도 여전히 베스트셀러의 한자리를 차지할 것이다.

중국도서시장에서 독자들이 제일 관심을 갖고 있는 도서는 문학도서이라고 할 수 있다. 사회경쟁이 날로 격렬해지고 생존압력이 날로 커가고 있는 현시대에서, 문학은 비록 현대사회생활의 핵심지대와 멀리 떨어져있지만 사람들의 정신생활영역에서는 아직도 변두리로 밀리지 않았을 뿐만 아니라 소설을 비롯한 각종 문학작품들은 의연히 사람들의 인생을 윤활하게 하는 심령의 삼계탕으로 되고 있다.

따라서 중국독자들의 독서취향과 문학도서시장의 경향은 도서출판업계뿐만 아니라 작가와 문학평론가들에게 커다란 영향을 주고 있으며 그 누가 먼저 이런 시대적 특징을 파악 활용하면 그 누가 도서시장 내지 문단의 강자로 될 것이다.

4. 중한 관계사

중한 관계사는 3천년이라는 유구한 역사를 갖고 있다.

주지하다시피 중국과 한국은 지리적으로 서로 잇닿아 있는 이웃일 뿐만 아니라 고대로부터 정치, 경제, 문화 등 여러 면에서 밀접한 관계를 맺고 상호 교류를 진행하여 온 친밀한 우방이다.

고조선시기부터 중국과 한국은 문학교류가 진행되었다. 중국의 한자(漢字)가 조선에 전해지고 조선의 「공후인」을 비롯한 한문시들이 중국에 전해졌으며 통일신라시기에는 당나라에 유학 온 유학생이 많을 때에는 216명이나 달하였다고 한다. 당시 대표인물 최치원은 중국문화를 정통하고 급제하여 관리로 있었으며 그의 문학작품들은 중조 양국에 널리 알려졌다. 그는 중국과 조선의 문화발전에 모두 중대한 기여를 한 위대한 문인으로 되었다.

조선시대에 명나라와 조선은 국정이 대체로 비슷하여 정치, 경제, 종교, 문화교육, 과학기술 등 여러 면에서 밀접한 교류가 진행되어 양국의 발전에 많은 기여를 하게 되었다. 18세기 초부터 청나라와 조선의 교류가 날로 빈번해지면서 양국 관계가 크게 발전하였다. 청나라의 실사구시와 경세치용(經世致用)의 학풍이 조선에 이입되고 청나라를 통해 서양 학술과 사상을 접촉하게 되었으며 홍대용을 비롯한 실학사상이 형성되었다. 실학파문학의 대표작가 이덕무와 박제가는 청나라 문인들과 교류하면서 한중문학의 교류와 양국의 문학의 발전을 크게 추진하였다.

한국과 중국은 근대에 들어서기까지 부단한 교류를 통해 공동으로 동방문화의 발전을 추진하였다.

근대에 들어와서 중국과 한국은 외국 열강들의 침략과 약탈을 당하여 고난에 시달렸고 1930년대부터 1945년까지는 함께 손잡고 피 흘리며 일본제국주의와 싸웠다. 1930년대에 이육사를 비롯한 한국의 애국문인들이 노신의

「고향」을 비롯한 중국현대문학작품들을 한국어로 번역 발표하여 중국의 현대사회현황과 현대문학 상황을 한국에 널리 소개였고 호풍(胡風)을 비롯한 중국의 진보적 문인들이 「질소비료공장」(이북명의 소설)과 같은 한국의 진보적 현대문학작품들을 중국어로 번역 발표하여 한국의 현대사회상황과 현대문학상황을 중국에 널리 소개하였다. 이런 문학교류는 양국간의 이해를 깊이 하였을 뿐만 아니라 현대문학의 발전에 일정한 추진 역할을 하였다.

'6·25' 전쟁이 폭발한 후 중한 양국의 관계가 단절되었다가 1980년대 말부터 민간교류가 진행되어 왔다. 1991년 1월과 4월에 한국과 중국은 각각 북경과 서울에 사무소를 설치하여 민간경제무역이 국가 간의 무역으로 진행되게 되었다. 1992년 8월 24일 중한 양국이 정식으로 수교하고 양국 간의 관계가 획기적인 발전을 가져오게 되었다. 중한 양국은 지리, 인문적으로 밀접한 관계를 갖고 있을 뿐만 아니라 경제무역관계에서 상호 보완하고 상호 이익을 보는 양호한 조건을 구비하여 양국의 경제무역과 합작은 비전을 이루었다.

1994년 3월 28일에 "중한 문화합작 협정"이 조인됨으로써 중한 문화 교류도 전면적인 발전을 가져오게 되었다. 1998년 중국문학예술계연합회의 초청으로 한국 국제문화교류협회가 중국을 방문하고 양 기관간의 문학예술교류 협약서를 체결하였으며 2000년 2월 28일부터 3월 5일까지 한국문화관광부 김순계 차관을 단장으로 하는 한국정부문화대표단이 중국을 방문하고 문화 체육, 관광 등 여러 면에서의 교류를 추진할 사항을 상담하였다. 같은 해 12월 12일부터 15일까지 중국 문화부 대외연락국 국장 이강을 대표로 하는 중국문화관원대표단이 한국을 방문하고 제4회 중한문화공동위원회 회의에 참석하였으며 13일에 중국문화부를 대표하여 한국 외교통상부 문화외교국 김승의 국장과 함께 "중화인민공화국정부와 대한민국정부의 2001-2002년 문화교류집행계획"을 조인하였다. 2001년 7월 1일부터 7일까지 한국 청와

대 대통령 비서실의 문화 체육 비서 동영여사가 중국을 방문하고 양국 문화교류를 추진할 데 대한 사항을 상담하였다. 2002년 3월 26일부터 29일까지 한국문화관광부 남궁진 장관을 단장으로 하는 한국정부문화대표단이 중국을 방문하고 "한중국민교류의 해" 개막식활동에 참가하였고 같은 해 3월 29일부터 4월 1일까지 중국의 문화부 순지아정 부장(장관)이 중국정부문화대표단을 인솔하여 한국을 방문하고 방문기간에 김대중 대통령과 회담을 갖게 되었다. 역시 같은 해 8월 23일에 한국문화관광부 박문석 차관을 단장으로 하는 한국정부문화대표단이 중국을 방문하고 문화교류사항을 상담하였다. 이렇듯 중한 양국은 정부 간에 빈번한 교류와 상담을 진행하면서 문화교류를 적극 추진하였다. 중한 문화교류는 양국의 문화 및 동방문화의 발전을 크게 추진하였을 뿐만 아니라 양국의 정치, 경제의 발전에도 중요한 역할을 하였다.

새 세기에 들어와 중한 양국은 양국 간의 정치 및 국제정치에 대해서도 건설적이고 우호적인 교류를 적극 진행하면서 양호한 합작관계를 갖고 한반도의 안정 내지 동북아의 안정에 마멸할 수 없는 기여를 하고 있다.

5. 중국 대중들의 한국에 대한 인식과 선호도

1950년대 초에 중한 관계가 단절되면서부터 중국 대중들의 한국에 대한 인식도 단절되다시피 하였다. 단순히 사회체제와 이념이 완전히 부동한, 가까우면서 먼 이웃나라로만 알고 있었다.

1980년대 초부터 중국은 전면적인 개혁개방시대에 들어서 국제교류가 활성화되었지만 역사 정치적 원인으로 하여 한국에 대해서는 개방정책을 실시하지 않아 중국 대중들은 여전히 한국의 국기조차 모르는 상황이었다. 그러다가 1988년 서울 올림픽을 중국에서 생방송을 하게 되면서 한국이 경제가 발달하고 전통문화가 풍부한 문명국임을 하루아침 사이에 문뜩 알게 되고 한국에 대해 관심을 갖기 시작하였다. 중한 수교 후 경제무역은 빈번해졌지만 문화교류와 대중들의 민간교류가 활발하지 못하여 한국에 대한 인식은 별로 깊어지지 못하였다.

1994년 3월 28일에 "중한 문화합작 협정"이 조인되면서 중한 문화 교류가 전면적인 발전시기에 들어섰다. 같은 해 5월 중국의 북경, 상해, 장춘 등 도시들에서 한국영화제를 개최하여 한국문화에 대한 인식과 이해를 추진하고 1997년에 중국 중앙텔레비전방송에서 한국 드라마 「사랑이 뭐 길래」를 방송하여 거대한 반향을 일으키면서 억만 시청자들이 한국문화의 매력을 느끼고 한국에 대한 관심이 많아지기 시작하였다. 이어 한국영화 「엽기적인 그녀」(1999년에 상영), 한국 드라마 「겨울연가」(2000년에 방송) 등 한국의 영상작품들이 중국에 이입 전파되면서 수천만 청소년들이 한국문화에 매료되어 상상도 못한 "한류"가 전국을 휩쓸게 되었다.

중국 대중들 가운데서 50대와 그 이상 세대들은 전통적인 사회 가정 윤리도덕과 가치관 및 생활방식을 주장하는 전통세대들이다. 1990년대 중반부터 제반 사회체제가 전면적인 시장경제체제로 전향되면서 중국의 전통적인 사회 가정 윤리도덕, 가치관 등이 와르르 무너지기 시작하자 전통세대들은 당혹함과 불안감으로 고민하였다. 그런 와중에 중국 중앙텔레비전방송에서 방송한 한국 드라마 「사랑이 뭐 길래」를 시청하게 되었다. 그들은 이 드라마에서 한국의 사회 가정 윤리도덕과 생활방식 그리고 가치관이 바로 그들이 바라는 바와 너무나 비슷함을 알게 되었고 한국의 전통문화를 통해 사라져 가는 중국의 전통문화를 엿보면서 간접적으로나마 정신적 향수를 누리게 되었다. 하여 이 드라마는 전통세대들 가운데서 커다란 반향을 일으키게 되었고 시청자들은 한국 드라마를 마치 이웃집 이야기를 보고 듣는 듯 한

친절함을 느끼게 되었다. 그 뒤를 이어 한국 드라마 「목욕탕 집 남자들」이 중앙텔레비전방송에서 방송되고 역시 「사랑이 뭐 길래」와 같은 반향을 불러일으켰다. 전통세대들은 한국의 밝은 사회 가정 윤리도덕이 중국에 이입 전파되기를 바라고 이를 내 가족과 주위 사람들에게 적극 선호하였다.

중국 중앙 텔레비전방송에서 이 점을 감안하고 제1터널과 제8터널에서 최근 2-3년간 연속하여 한국드라마를 방송하고 있는데 이 프로의 충실한 시청자가 대체로 50대 이상의 대중들이다. 이들은 한국의 윤리도덕뿐만 아니라 충효인의사상 및 애국정신에 깊은 감명을 느끼면서 가족성원들과 주위 사람들에게 이를 선호하고 있다.

30-40대의 중국 대중들은 대저 중국 경제건설의 주요 담당자들이며 가정의 주요 경제수입의 담당자이기에 이 세대들의 주요 관심사는 경제이다. 이들은 한중경제무역과 중국에 진출한 한국기업을 통해 한국의 발달한 경제와 선진적인 경제운영체제 및 기업문화에 대해 비교적 깊은 이해를 갖게 되었다. 이들은 세계적인 시장경제체제하에서 쌓은 한국의 선진경험을 적극 수용하면서 중한 경제무역의 발전을 추진하는 동시에 시장경제체제하에서의 한국의 성숙한 휴머니즘을 적극 선호하고 있다.

시대발전의 조류를 추구, 추진하는 주력군인 20대 좌우의 중국 청소년들은 전통보다 현대성을 더 쉽게 접수하면서 현실생활에서의 전통과 현대성의 모순을 고민하고 있다. 이 세대들은 영상매체와 인터넷 그리고 중국에 대량 진입한 한국유학생들을 통해 동양전통문화와 현대성이 잘 어울려진 한국의 문화를 접촉하고 대뜸 한국의 영화, 드라마, 음악, 요리, 의상, 인터넷 게임, 가전제품 등에 막대한 관심과 취미를 갖게 되었고 다투어 한국의 유행문화를 모방, 추구하기 시작하였다. 심지어 적지 않은 청소년들은 한국 유행문화에 매료되어 독실한 "합한족(哈韓族)"으로 되었고 "한류"의 주류를 선도하고 있다. 이들은 현재 중국도서시장에서도 "한류"를 형성하면서 "한류"의 의미와 영역을 보다 확대시켜가고 있다. 이들의 엄청난 문화소비는 한중 경제 문화의 발전에서 한 몫을 크게 담당하고 있다.

요컨대 한국은 밝은 윤리도덕과 충효인의사상을 숭상하고 나라를 내 집처럼 사랑하는 애국주의정신을 구비한 한민족을 자랑하는, 경제와 문화가 비교적 발달한 나라임을 중국 대중들은 잘 알고 있다. 그러면서 광범위한 중국 대중들, 그 가운데서도 20대 좌우의 청소년들이 전통과 현대성이 잘 접목된 한국의 선진문화를 널리 선호하고 있다.

이는 한국의 문화산업이 중국에 진출하여 대폭 발전할 수 있는 중요한 바탕으로 되고 있다.

6. 중국에서의 한국문학의 위상과 교류 현황

1) 중국에서의 한국문학의 번역 이입과 그 위상

중국에서 한국문학이 번역 이입되기는 1930년대 초기부터 시작된다. 1930년대 초에는 「조선전설」, 「조선민간고사(故事)」, 「조선동화」, 「조선현대아동고사(故事)집」 등 민간이야기와 동화가 번역 이입되었는데 이런 동화나 민간이야기는 그 텍스트가 한국어 원본이 아니라 일본어 번역본이었다. 이런 작품집들은 근본적으로 당시 한국문학의 참모습을 보여줄 수 없었다. 그러던 중 1936년에 중국의 저명한 현대 문예이론 비평가이며 시인이며 번역가인 호풍(胡風)이 「산영(山靈) - 조선대만단편소설집」을 번역 출판하였다. 이 소설집에는 「산영」, 「성묘하러 가는 사람」, 「초진(질소비료공장)」, 「소리」 등 한국현대단편소설 4편이 수록되었다. 이 작품들은 모두 프로문학 내지 프로동반문학으로 되기에 손색없는 작품들인데 가운데서 이북명의 「초진(질소비료공장)」은 1930년대 한국 프롤레타리아 소설의 대표작의 하나였다. 이 소설들은 일제식민통치하의 한국인민들의 비참한 생활처지 및 암흑한 사회현실을 폭로 비판하고 한국인민들의 각성과 투쟁모습을 보여주고 있다. 역자는 이 소설들을 번역 출판하여 일제식민통치하의 한국인민들의 비참한 운명에 대해 동정과 관심을 보여주고 당시 일제의 전면적인 침략을 당하고 있는 중국의 앞날에 대한 우려를 보여주었다. 역자는 당시 중국프로문학관에 입각하여 한국의 프로문학 내지 프로문학 동반 작품에 동감을 갖고 이를 선택, 수용하여 중국프로문학의 발전에 기여하고자 하였다. 과연 이 소설집은 출판된 이듬해 재판하였을 뿐만 아니라 1951년에 제5차 인쇄본이 출판되는 영향력을 과시하였다.

1941년에 위만주국(僞滿洲國)의 중국인문인들이 「조선단편소설선」을 번역 출판하여 위만주국에서 비교적 큰 반향을 불러일으켰다. 이 소설집에는 김동인의 「붉은 산」, 이광수의 「가실」을 비롯한 8편의 단편소설이 수록되었다. 이 소설선이 출판되기 전까지 위만주국의 중국인 문인과 독자들은 "조선의 문화세계에 대해 깜깜부지였다." "일본문학이 지어 북유럽의 문학을 알고 있지만 조선문학에 대해서는 망연하였다." 이 소설선을 본 중국인 독자들은 "조선문학의 수준은 근근히 이 번역본에 근거하여도 그 수준이 절대 낮지 않다고 판정할 수 있다."고 평가하였다.

이 두 작품집은 당시 중국 독자와 작가들의 호평을 받고 적극적인 영향을 주었으며 중국에서 처음으로 한국현대문학의 한 매력과 영향력을 과시하였다.

유감스럽게도 주지하는 원인으로 1950년대부터 70년대까지 한국문학은 중국에서 금지구역으로 되어 번역문학사상 공백으로 되고 말았다. 1979년 10월 제4회 전국문학예술일군대표대회에서 덩샤오핑이 문예일군들이 사상을 해방할 것을 호소하자 외국문학 번역을 포함한 많은 분야의 금지구역이 타파되기 시작하였다. 1980년 『외국문예』(제1호)에 건국 후 처음으로 "남조선 소설"이라는 이름으로 김동인의 「배따라기」, 김동리의 「까치 소리」, 박영로의 「고호」, 서기원의 「이 거룩한 밤의 포옹」, 안수길의 「제3인간형」 등 5편 소설이 번역 발표되었다. 그 전까지 한국문학에 전혀 낯설었던 중국 독자들은 이 작품들을 통해 한국문학의 존재와 그 수준을 어느 정도 알 수 있게 되었다. 1983년 2월 「남조선소설집」(전광용 등, 상해역문출판사)이 번역 출판되었는데 이 소설집에는 주요섭의 「사랑방 손님과 어머니」을 비롯한 30-40년대 작품들과 하근찬의 「수난 시대」를 비롯한 60년대 이후 작품 도합 17편이 수록되었다. 이 소설집은 중국 독자들로 하여금 한국문학을 비교적 상세하게 요해할 수 있도록 도움을 주었다. 1988년 12월에 「남조선 "문제소설선"」(사회과학문헌출판사)이 출판되었다. 이 소설집에는 이청준의 「잔인한 도시」, 홍성원의 「철들 무렵」 등 60-70년대 한국문학에서 독특한 유파를 이룬 작가들의 작품 14편을 수록하였다. 이 소설집은 한국의 60-70년대 문학을 보다 체계적으로 이해할 수 있게 하여 한국문학이 더는 그렇게 낯설지 않게 되었다.

80년대 후반에, 특히 88년 서울 올림픽을 전후하여 다량의 한국소설들이 단행본으로 번역 출판되기 시작하였다. 말하자면 1986년 3월 손창섭의 장편소설 「잉여 인간(漢城幻夢)」(高岱 譯, 廣西人民出版社), 1988년 4월 김성종의 장편소설 「미로의 저쪽(復仇的迷途)」(劉棟 譯, 黑龍江人民出版社), 1988년 정비석의 장편소설 「손자 병법(孫子兵法演義)」(陳和章 역, 吉林人民出版社), 1988년 7월 김성종의 장편소설 「부랑의 강(風流寡婦復仇記)」(陳雪鴻 등 역, 延邊人民出版社), 1989년 11월 최인호의 장편소설 「천국의 단계(天堂的階梯)」(崔成德 등 역, 長春出版社) 등 적지 않은 장편소설들이 번역 출판되는데 이런 소설들의 공동한 점이자 주요특징으로 되는 것은 모두가 통속소설이라는 것이다.

이렇게 1980년대 중국에서 한국문학은 다만 "남조선문학"으로, 낯설었던 존재로부터 그 존재의 가치가 알려지기 시작하였지만 작품이 양적으로 적을 뿐만 아니라 그 대부분 작품이 통속소설로 한국문학의 수준을 보여주지 못한데서 한국문학의 위상은 거의 운운할 수 없는 상황이었다.

90년대에 들어와서, 중한 수교가 이루어지면서부터 중국에서는 수십 년간 써오던 "남조선"이라는 호칭을 "한국"이라 개칭하게 되었고 중한 문학교류는 정상적인 궤도에 들어서게 되었다. 따라서 한국문학 번역 이입은 수십 년간의 "금지구역"이 타파되고 자유 발전시기를 맞게 되었다. 『세계문학』, 『역림(譯林)』, 『외국문예』 등 권위적인 외국문학 번역출판물들 뿐만 아니라 상해역문출판사를 비롯한 여러 유명한 출판사들에서도 부동한 시각으로 한국문학작품들을 적극 번역 출판하기 시작하였다.

1994년 『세계문학』(제3호)은 처음으로 "한국문학"이라는 명칭을 사용하여 한국단편소설 4편을 번역 발표하였다. 그 4편의 소설들로는 「배꽃 질 때(梨花)」(金芝娟), 「윤삼이(雷雨)」(黃順元), 「갯마을(浦口漁村)」(吳永壽), 「무녀도(巫女圖)」(金東里) 등 한국현대문학의 명작들이다. 매 편마다 작가 소개와 사진을 실었을 뿐만 아니라 50-80년대에 이르기까지의 한국문학발전상황의 윤곽을 간단히 보여준 「한국문학 40년 개관(韓國文學四十年概覽)」(崔成德)이라는 평론도 함께 실어 그 이해를 돕고있다.

1993년 8월 김소월(金素月)의 시집 『진달래꽃(踐踏繽紛的落花)』(張香華 역, 中國友誼出版公司)이 번역 출판되면서 본격적인 한국 명시 번역이 이루어지기 시작하였고 1995년 1월 이문렬(李文烈)의 소설 「우리들의 일그러진 영웅(扭曲了的英雄)」(學林出版社)이 번역 출판되면서 한국 현대 문학상 수상 작가들의 수상작품들이 번역 출판되기 시작하였다. 1997년 10월에는 이문열의 장편소설 『사람의 아들(人的兒子)』(衛爲 枚芝 역, 學林出版社)이 번역 출판되어 작가 이문열은 한국의 대표작가로 중국에 널리 알려지게 되었다.

1997년 1월 한말숙(韓末淑)의 장편소설 『아름다운 영가(美的靈歌)』(沈儀琳 역, 사회과학문헌출판사)가 번역 출판되었는데 역자는 「번역 후기」에서 이렇게 쓰고 있다.

> “중한 수교가 이루어진 어언 5년이 된다. 중한 문화교류는 날로 발전해가고 있으며 한국문화계의 벗들도 마치 우리 신변에 있는 것처럼 느껴진다. 우리들간의 합작은 보다 많은 열매를 맺게 되리라 믿어마지 않는다. 「아름다운 영가」 번역본을 문학애호가들에게, 특히 한국문학애호가들에게 선물하는 동시에 중한 두 나라 인민들이 양국 수교 5주년을 경축하는데 선물한다.”

보다시피 90년대 말에 이르러서는 한국문학 번역 이입은 단순한 문학교류만이 아니라 중한 양국간의 우호적인 교류를 돈독히 하는 유대로 되었다.

이 시기에 상기한 작품들 외에 안동민(安東民)의 장편소설 『성화(聖火)』(張琳 역, 인민문학출판사, 1995년 7월), 윤형두(尹炯斗)의 장편소설 『저 넓은 해변가에(在遼闊的海邊)』(金毅泉 張貴淑 역, 東方出版社, 1995년), 염상섭의 소설집 「삼대」(衛爲, 枚芝 역, 上海譯文出版社, 1997년), 권형술(權亨術)의 장편소설 『편지(塵緣未了)』(崔成萬 崔燕 역, 中國文聯出版社, 1999년 8월), 김성종의 장편소설 『아름다운 밀회(美妙的幽會)』(高岱 역, 상해역문출판사, 1998년), 정현웅(鄭賢雄 역, 연변대학출판사, 1996년), 김성종의 장편소설 『형사 오병호(刑警吳炳浩)』(高岱 顧祖孟 역, 學林出版社, 1998년) 등 작품들이 번역 출판되면서 제반 한국문학 번역 이입의 활발하게 진행되었다. 그러면서 한국문학의 위상을 밝히고 높일 수 있는 질적인 발전이 기대되었다.

하지만 이런 기대는 새로운 사회경제문화체제의 충격으로 하여 그냥 기대로 지나가고 말았다. 주지하다시피 90년대에 들어와서 중국의 경제체제는 완전히 사회주의시장경제체제로 전환하였을 뿐만 아니라 이 시장경제체제가 제반 사회체제에서 주도적 지위를 차지하게 되었고 모든 사회 구성이 그 영향으로 하여 환골탈태와 같은 격변을 겪게 되었다. 문학예술영역에서는 수십 년간 정치와 밀접히 결합되어 현실을 주목하고 현실을 파악하면서 문단의 주도적 지위를 차지하고 있던 전통문학이 그 영향력을 잃었을 뿐만 아니라 주도적 지위마저 상실하게 되었다. 반면에 소비주의의식형태가 성행됨에 따라 향락적인 소비문화가 크게 성행하면서 대중문학이 문단의 주류담론으로 되었다. 많은 문학인들이 분분히 문단을 떠나 "바다에 뛰어들고" 많은 순수 문학지들이 대중문학지로 전환하였으며 출판사들에서도 문학가치가 아닌 경제 가치를 첫 자리에 놓고 출판여부를 결재하게 되었다. 하여 "새 시기 문학"은 이미 지나간 역사적 형태로 완전히 굳어지고 대중소비문화가 주도하는 대중문학의 시대가 시작되었으며 많은 문학인들은 대중문화 내지 영상매체문화에 투입하여 "대중문화인" 내지 "영상매체인"으로 전환하였다.

80년대까지 외국문학번역은 대체로 정치제도의 영향을 받아왔지만 90년대에 와서는 주로 시장경제제도의 영향을 받게 되어 경제효율을 볼 수 없는 외국문학 번역, 출판은 거의 운운할 수조차 없게 되었다. 이에 적지 않은 외국문학 번역출행물들이 폐간되고 외국문학번역출판사들에서도 주로 대중문학번역출판에 시선을 모으게 되었다.

장기간 지속되던 정치적 장애를 물리치고 바야흐로 자주적이고 발전을 시도하게 되었던 90년대 한국문학 번역 이입은 전례 없는 시장경제체제하의 각 종 사회 여건의 강렬한 충격으로 말미암아 새로운 애로에 부딪치게 되었다. 그 주요 장애는 바로 매 권의 도서마다 도서판매시장의 여부에 따라 출판여부가 결정된다는 것이다. 다시 말하면 도서 출판은 무엇보다 먼저 경제이익을 첫 자리에 놓는다는 것이다. 한국현대문학의 실질적 수준을 보여줄 수 있는 대표작들은 그 대부분이 전통문학 내지 순수문학의 성격을 띠고 있어 대중문학과는 먼 거리를 두고 있었기에, 즉 도서시장이 없기에 이런 작품들의 번역 이입은 편집, 발행인들이나 번역가들의 시선 밖으로 밀려나게 되었다. 이 시기 중국에 번역 이입된 한국문학작품은 적지 않다고 할 수 있으나 진정으로 한국현대문학수준을 대표하는 작품은 몇 편 안 된다. 하다 보니 중국독자들은 여전히 한국문학의 진실한 모습을 제대로 볼 수 없었고 한국문학에 관심 있는 연구학자들도 한국문학의 위상을 올바르게 밝힐 수 없어 문학전공 학부생들을 대상으로 하고 있는 「동방문학사」와 같은 문학사들에 한국문학은 거의 공백으로 되었다. 다행히 조윤저의 「한국문학사」(사회과학문헌출판사, 1998년)와 김태준의 「조선한문학사」(사회과학문헌출판사, 1996년)가 번역 출판되어 어느 정도 그 공백을 메우고 있지만 이 저서들도 한국의 광복 후 문학은 다루지 못하여 역시 광복 후 문학은 체계적으로 알 바 없게 되었다.

이런 상황은 21세기에 들어와서야 커다란 변화를 가져오기 시작하였다. 한국 드라마가 중국 억만 시청자들의 시선을 사로잡으면서 "한류"가 형성되기 시작하고 이 "한류"는 한국문학 번역 이입에 새로운 생명력을 부여하게 되었다. 그 새로운 양상은 중국에서 방송된 한국 드라마들의 원본 혹은 드라마소설들과 한국영화소설들이 연속 번역 출판되면서 시작되었다. 2001년에 수천만 청소년 독자들의 심금을 울려준 「가을 동화」가 드라마소설로 번역 출판된 뒤를 이어 「아름다운 날」, 「친구」, 「엽기적인 그녀」, 「호텔」, 「이브의 모든 것」, 「겨울연가」, 「가슴에 새긴 너」, 「불꽃」 등이 소설로 번역 출판되어 중국도서시장에도 "한류"가 출현하였다.

2002년 김하인의 장편소설 「국화꽃향기」가 수십만 독자들을 감동시킴과 베스트셀러가 되어 한국 순수문학의 번역 이입의 새 국면을 개척하였다. 뒤따라 김동리의 「무녀도」, 홍성원의 「홍성원 단편선」, 이호철의 「남녘사람 북녘사람」, 윤대녕의 「미란」, 황석영의 「오래된 정원」, 박목월의 「나그네」, 한룡운의 「님의 침묵」 등 소설과 시들이 번역 출판되어 한국 현대 및 현시대 문학의 참모습을 어느 정도 보여 줄 수 있었다.

2004년에 귀여니의 인터넷 소설「그놈은 멋있었다」가 번역 출판되기 바쁘게 중국에는 한국 인터넷 소설의 붐이 일어났다.「그놈은 멋있었다」는 백만 청소년들의 대 인기를 끌어 2004년의 베스트셀러로 되었으며 작가 귀여니는 중국 청춘문학의 우상으로 되었다. 현재 한국 인터넷 소설은 중국 인터넷소설에 막강한 영향을 주면서 중국 인터넷문학도서시장을 주도하고 있다.

2000년에 김윤식 등 32인 공저로 된「한국현대문학사」가 번역 출판되어 1910년대부터 80년대까지의 한국문학사에 대해 비교적 체계적으로 소개되고 2003년에 조동일 등 공저로 된「한국문학론」이 번역 출판되어 한국문학의 특징 등에 대해 비교적 명확하게 논술함으로써 한국문학의 기본 윤곽을 보여주고 있다. 이런 문학사들은 문학전공 분야의 학자, 연구원이나 학생 등 극히 제한된 범위의 독자들만 갖고 있다. 최인훈의「광장」, 박경래의「토지」등 한국 현시대 문학수준을 대표하는 명작들은 거의 번역되지 못한 상황이기에 전통문학 내지 순수문학은 아직도 광범위한 독자들을 갖지 못하고 있다.

현재 중국에서의 한국문학의 위상은 대저 대중문학(통속문학), 그 중에서도 청춘문학이 시대의 앞장에 서서 풍부하고 다채롭게 발전하여 주로 청소년독자들이 애독하고 있다는 정도라고 할 수 있다. 한국문학의 주류와 세계문학사적 가치를 보여줄 수 있는 한국의 전통문학 내지 순수문학이 중국에 광범위하게 알려지고 나아가 한국문화가 중국에서 지속적으로 전파되면서 정치, 경제 등 여러 영역에서 적극적인 역할을 일으키자면 아직도 거리가 멀다고 할 수 있다.

2) 중국에서 번역 출판된 한국문학작품 집계(1980년대~2005년 7월)

작품	작가 및 역자	출판사	시간
ㄱ. 1980년대			
「남조선소설집」	전광용 등 저, 枚芝 등 역	上海譯文出版社	1983년 2월
「잉여시간」	손창섭 저, 高岱 역	廣西人民出版社	1986년 3월
「미로의 저쪽」	김성종 저, 劉棟 역	黑龍江人民出版社	1988년 4월
「손자병법」	정비석 저, 陳和章 역	中國青年出版社	1988년 4월
「부랑의 강」	김성종 저, 陳雪鴻 역	延邊人民出版社	1988년 7월
「남조선 "문제소설"선」	홍성원 등 저, 紫荊 등 역	社會科學文獻出版社	1988년 12월
「천국의 단계」	최인호 저, 崔成德 등 역	長春出版社	1989년 11월
ㄴ. 1990년대			
「남조선단편소설집」	정비석 등 저, 崔成德 등 역	吉林人民出版社	1991년 6월
「손자병법」	정비석 저, 陳和章 역	吉林人民出版社	1991년 7월
「장미부인」	유주현 저, 枚芝 역	上海譯文出版社	1991년 7월
「한국통속해학 소설집」	김용철 등 저, 高岱 역	學林出版社	1991년 12월
「손자병법」	정비석 저, 陳和章 역	中國青年出版社	1992년 2월
「진달래꽃」	김소월 저, 張香華 역	中國友誼出版公司	1993년 8월
「동방의 사랑」	허세욱 저	三聯書店	1994년 2월
「이젠 여자가 되고 싶다」	김현희 저, 關中山 역	中國人民公安大學出版社	1994년 5월
「마음속의 연인」	송영 저, 衛爲 枚芝 역	上海譯文出版社	1994년 6월
「마음 내 마음 네 마음 우리 마음」	정찬주 저, 金一 역	黑龍江朝鮮民族出版社	1994년 6월
「노산 시조선집」	이은상 저, 韋旭升 역	中國和平出版社	1994년 9월
「만리장성」	한갑동 저, 金蒼大 紫荊 역	黑龍江人民出版社	1994년 11월
「우리들의 일그러진 영웅」	이문렬 저, 金宰民 역	學林出版社	1995년 1월

작품	작가 및 역자	출판사	시간
「성화」	안동민 저, 張林 역	人民文學出版社	1995년 7월
「그 넓은 해변가에서」	윤형두 저, 金毅泉 張賢淑 역	東方出版社	1995년 8월
「특별감옥」	정현웅 저, 紫荊 역	延邊大學出版社	1996년 3월
「아름다운 영가」	한말숙 저, 沈儀琳 趙習 역	社會科學文獻出版社	1997년 1월
「삼대」	염상섭 저, 衛爲 枚芝 역	上海譯文出版社	1997년 6월
「한국아동소설선」	이재철 등, 雷紫荊 역	遼寧少年兒童出版社	1997년 8월
「사람의 아들」	이문렬 저, 衛爲 枚芝 역	學林出版社	1997년 10월
「우리〉나」	공천섭 저, 吴潤洙 韓永杰역	延邊大學出版社	1998년 6월
「형사 오병호」	김성종 저, 高岱 顧祖孟 역	學林出版社	1998년 8월
「새는 눈꽃처럼 떨어지지 않는다」	오세희 저, 權伍銑 등 역	長江文藝出版社	1998년 12월
「아름다운 밀회」	김성종 저, 高岱 역	上海譯文出版社	1998년 12월
「편지」	권형술 저, 崔成萬, 崔燕 역	中國文聯出版公司	1999년 5월
「慧語」	이외수 쌍근 저, 金宰民 王命前 역	學林出版社	1999년 11월
ㄷ. 2000~2005년 8월			
「아버지」	김정현 저, 范偉利 등 역	中國對外翻譯出版公司	2000년 7월
「은장도여, 은장도」	초이 김혜정 역, 金學泉 역	人民文學出版社	2001년 1월
「가을동화」	오수견 저, 童瑤 역	中央編譯出版社	2001년 12월
「아름다운 날들」	윤성희 저, 謝宛茜 역	中央編譯出版社	2001년 12월
「친구」	곽경택 저, 郭淑梅 역	中央編譯出版社	2001년 12월
「호텔」	강은경 저, 尹晨伊 역	中央編譯出版社	2002년 1월
「이브의 모든 것」	박지현 저, 尹晨伊 역	中央編譯出版社	2002년 1월
「엽기적인 그녀」		當代世界出版社	2002년 6월

작품	작가 및 역자	출판사	시간
「국화꽃향기」	김하인 저, 荀壽瀟 역	南海出版公司	2002년 7월
「겨울연가」	김은희·윤은경 저, 因思銳 역	當代世界出版社	2002년 8월
「유리구두」	강은경 저, 曾祥杰 역	當代世界出版社	2002년 8월
「지금은 연애 중」		當代世界出版社	2002년 8월
「등대지기」	조창임 저, 王東福 역	中國工人出版社	2002년 9월
「열한 번째 사과나무」	이용범 저, 李賀奎 역	新世界出版社	2002년 10월
「가슴에 새긴 너」	김민기 저, 王猛 역	新世界出版社	2002년 10월
「불꽃」	김수현 저, 黃勝 역	中國盲文出版社	2002년 11월
「칼라」	최호연 저, 孫 娜 역	文化藝術出版社	2002년 11월
「메별」	구효서 저, 張 娜 역	中國工人出版社	2002년 12월
「화산고교」		當代世界出版社	2003년 1월
「크리스마스에 눈이 오면」		哈爾濱出版社	2003년 1월
「짜장면」	안도현 저, 林文玉 역	哈爾濱出版社	2003년 1월
「일곱 송이 수선화」	김하인 저, 荀壽瀟 역	南海出版公司	2003년 2월
「연어」	안도현 저, 林文玉 역	接力出版社	2003년 3월
「국화꽃향기」(2)	김하인 저, 荀壽瀟 역	南海出版公司	2003년 4월
「바람의 아들」		中國盲文出版社	2003년 4월
「청춘의 덫」		中國盲文出版社	2003년 4월
「피아노」		中國盲文出版社	2003년 4월
「한 알의 모래 하나의 세계」	이철수 저, 于萌 역	哈爾濱出版社	2003년 4월
「천하여인」		哈爾濱出版社	2003년 5월
「연풍연가」		華夏出版社	2003년 6월
「8월의 크리스마스」		哈爾濱出版社	2003년 6월
「아홉 살 인생」	위기철 저, 靈兒 역	哈爾濱出版社	2003년 6월
「연애소설」		延邊大學出版社	2003년 6월
「미란」	윤대녕 저, 朴明愛 具本奇 역	上海文藝出版社	2003년 8월
「상도」	최인호 저, 王宜勝 역	世界知識出版社	2003년 8월

작품	작가 및 역자	출판사	시간
「하브를 사랑하나요」	김하인 저, 荀壽瀟 역	南海出版公司	2003년 8월
「제5열」	김성종 저, 吳榮華 역	時代文藝出版社	2003년 9월
「내 마음의 풍금소리」	하근찬 저, 太美玉 역	華夏出版社	2003년 10월
「연인」	정호승 저, 于萌 역	華夏出版社	2003년 10월
「몽유도원도」	최인호 저, 荀壽瀟 역	南海出版公司	2003년 10월
「잃어버린 너」	김윤희 저, 楊俊娟 역	海峽文藝出版社	2003년 11월
「남녘사람 북녘사람」	이호철 저, 崔成德 역	上海譯文出版社	2003년 11월
「홍성원 단편선」	홍성원 저, 韓東吾 徐敬浩 역	上海譯文出版社	2003년 11월
「나그네」	박목월 저, 許世旭 역	百花文藝出版社	2003년 12월
「소녀처럼」	김하인 저, 陳琳 역	南海出版公司	2004년 1월
「그놈은 멋있었다」	귀여니 저, 黃甕 역	世界知識出版社	2004년 1월
「마이너리그」	은희경 저, 陳雍晗 琴知雅 역	作家出版社	2004년 4월
「아침인사」	김하인 저, 荀壽瀟 역	南海出版公司	2004년 4월
「권지예 소설선」	권지예 저, 薛舟 徐麗紅 역	花城出版社	2004년 5월
「신경숙 소설선」	신경숙 저, 薛舟 徐麗紅 역	花城出版社	2004년 5월
「은희경 소설선」	은희경 저, 薛舟 徐麗紅 역	花城出版社	2004년 5월
「김인숙 소설선」	김인숙 저, 薛舟 徐麗紅 역	花城出版社	2004년 5월
「형님」	홍형도 저, 韓京旭 鄭仁甲 역	哈爾濱出版社	2004년 7월
「목란꽃 그늘」	김하인 저, 荀壽瀟 역	天津人民出版社	2004년 9월
「사랑한다면 그들처럼」	김랑 저, 張美花 李峰 역	朝華出版社	2004년 9월
「인연을 찾다」	서형주 저, 李小華 역	貴州人民出版社	2004년 9월
「나쁜 놈」	이림은 저, 蘇惠玲 역	貴州人民出版社	2004년 9월
「해신」	최인호 저, 洪梅 역	新世界出版社	2004년 10월
「신은 감옥에 있다」	나상만 저, 石美玉 역	中國青年出版社	2004년 10월

작품	작가 및 역자	출판사	시간
「승냥이」	김미희 저	西苑出版社	2004년 10월
「을화」	김동리 저, 韓 梅 역	上海譯文出版社	2004년 11월
「한국분단 소설선」	윤흥길 등 저, 金염 역	上海譯文出版社	2004년 11월
「남자의 향기」	하병무 저, 于萌 역	華夏出版社	2005년 1월
「키스중독증」(1-3)		華夏出版社	2005년 1월
「데디보이」	은계지 저, 萬玉波 역	作家出版社	2005년 1월
「사랑귀신」	유송매 저	文化藝術出版社	2005년 1월
「야만적인 남자」	이림은 저, 周麗娜 역	貴州人民出版社	2005년 1월
「매력적인 그 남자」	서형주 저, 陳宇萍 역	貴州人民出版社	2005년 1월
「늑대의 유혹」(완결본)	귀여니 저, 黃鸞 역	世界知識出版社	2005년 1월
「나는 그놈의 전부였다」	임은희 저, 金順貞 역	京華出版社	2005년 1월
「당신과 나의 일」	지수현 저, 王明輝 역	九州出版社	2005년 2월
「개기면 죽는다」	왕기대 저, 李敏 역	九州出版社	2005년 2월
「여자들의 아이덜」	서형주 저, 劉霞 역	貴州人民出版社	2005년 3월
「들꽃향」(1-2)	김민기 저, 金雪 역	安徽文藝出版社	2005년 3월
「국화꽃향기」(완결본)	김하인 저, 荀壽瀟 역	南海出版公司	2005년 3월
「사랑은 약속으로부터 시작되다」	이림은 저, 鄭婧敏역	貴州人民出版社	2005년 3월
「개기면 죽는다」(2)	왕기대 저, 李敏 역	九州出版社	2005년 3월
「개기면 죽는다」(3)	왕기대 저, 李敏 역	九州出版社	2005년 4월
「레드핫」	지호 저, 陳影 高靜 鄭艷 역	京華出版社	2005년 4월
「그놈은 멋있었다」(2)	귀여니 저, 黃鸞 역	世界知識出版社	2005년 4월
「님의 침묵」	한용운 저, 范偉利 역	上海譯文出版社	2005년 5월
「강안남자」	이원호 저, 徐濤 역	花城出版社	2005년 5월
「대장금」	김영현 저, 劉敏珠 역	人民文學出版社	2005년 5월
「우리 선생님짱」	이영 저, 李秀勇 역	天津科技飜譯出版公司	2005년 5월
「그 녀석과 나」	지수현 저, 韓美玲 역	作家出版社	2005년 5월
「봄 여름 가을 겨울 그리고 봄」	김기덕 저, 申玉芬 역	作家出版社	2005년 5월

작품	작가 및 역자	출판사	시간
「반하다」	왕기대 저, 李敏 역	九州出版社	2005년 5월
「반하다」(2)	왕기대 저, 李敏	九州出版社	2005년 6월
「반하다」(완결본)	왕기대 저, 李敏	九州出版社	2005년 6월
「애정조건」		內蒙古文化出版社	2005년 6월
「여자가 된다」	정이현 저, 洪梅 역	華藝出版社	2005년 6월
「그 애는 나를 친구라 부른다」	임은희 저, 李旭 역	金城出版社	2005년 6월
「상고전설의 잠자는 싸가지」	강가영 저, 金順貞 역	京華出版社	2005년 6월
「상고전설의 잠자는 싸가지」(2)	강가영 저, 金順貞 역	京華出版社	2005년 6월
「제5세대 멋있는 자」	이림은 저, 彭琪艷 역	貴州人民出版社	2005년 6월
「늑대의 유혹」	귀여니 저, 黃鸞 역	世界知識出版社	2005년 6월
「신데렐라」	서형주 저, 黃鳳 역	貴州人民出版社	2005년 6월
「오래된 정원」	황석영 저, 張健威 梁學薇 역	上海譯文出版社	2005년 7월
「그놈은 멋있었다」(완결본)	귀여니 저, 黃鸞 역	世界知識出版社	2005년 7월
「마음을 파는 여자」	오현정 저, 徐嵐 역	新世界出版社	2005년 7월
「내 사랑 영국 왕세자 사로잡기」(1)	이광련 저, 柏青 역	接力出版社	2005년 7월
「내 사랑 영국 왕세자 사로잡기」(2)	이광련 저, 柏青 역	接力出版社	2005년 7월
「B형 남자친구」	이혜정 저, 車南穎 역	九州出版社	2005년 7월
「악마 VS 왕자」	민은경 저, 王瑜世 역	朝華出版社	2005년 7월
「내 여자를 건드리지 마라」	김지연 저, 崔英梅 역	羊城晚報出版社	2005년 7월
「100일 계약」	다인 2 저, 鄭宜輝 역	大衆文藝出版社	2005년 7월
「호랑이는 멋있었다」	떠도는 청춘 저, 朴文榮 역	新世界出版社	2005년 7월
「두근두근 대는 이 순간」	조유정 저, 陳芳菲 역	中國三峽出版社	2005년 7월
「하루만 사랑해」(1-3)	李銳 역	漓江出版社	2005년 7월

작품	작가 및 역자	출판사	시간
「남자친구를 빌려드립니다」	김리한 저, 樂恒 역	漓江出版社	2005년 8월
「마음을 파는 여자」(완결본)	오현정 저, 徐嵐 역	新世界出版社	2005년 8월
「키스마크」(완결본)	김명숙 저, 王明輝 역	新世界出版社	2005년 8월
「전 신입생입니다」	푸른 과일 저	人民日報出版社	2005년 8월
「여우가 좋아」	유지애 저, 于麗麗 역	漓江出版社	2005년 8월
「연애기피증」	초은 저, 高靜 역	漓江出版社	2005년 8월
「풀하우스」	서유미 저, 薛舟 徐麗紅 역	中國社會出版社	2005년 8월
「내 이름은 김삼순」	지수현 저, 金株英 王蘇萍 역	上海人民出版社	2005년 8월

*일부 누락됨.

7. 중국과 가장 긴밀한 문학교류를 하고 있는 국가 및 그 교류 현황

1980년대 초부터 개혁개방을 실시한 후, 특히 1995년을 전후하여 제반 영역에서 시장경제체제가 전면적으로 확립됨에 따라 중국의 외국과의 문학교류도 전면적인 발전시기에 들어섰고 날로 국제화의 길로 나아가고 있다. 최근 수년간 중국에 번역 이입된 외국문학작품들은 중국독자들에 많은 정신적 향수와 즐거움을 가져다 준 동시에 중국문학도서시장에서 중요한 역할을 일으키고 있다. 이런 작품들은 단순히 문학적 가치만이 아니라 정치가치와 문화가치를 갖고 있으며 거대한 상업 가치를 가지고 있어 제반 도서시장 내지 기타 영역에 심원한 영향을 끼치고 있다. 이런 작품들은 실질적으로 동양문명과 서양문명의 상호 융합을 상징하기도 한다.

최근 수년간 중국과 가장 긴밀한 문학교류를 하고 있는 국가는 미국을 꼽게 된다.

이는 최근 수년간 중국에 수입된 외국도서 집계는 이 점을 사실적으로 잘 설명해주고 있다([도표 7]).

[도표 7] 2000-2003년 중국에서 수입한 외국도서 항목품종 수치 및 수입된 국가와 지구의 순위[8]

년도	제1위		제2위		제3위		제4위		제5위		전국 합계
	국가 지구	품종	국가 지구	품종	국가 지구	품종	국가 지구	품종	국가 지구	품종	
2000년	미국	2119	영국	714	대만	583	일본	393	독일	203	7343
2001년	미국	2586	대만	870	영국	635	일본	399	독일	258	8250
2002년	미국	4544	대만	1275	영국	1821	일본	908	독일	404	10235
2003년	미국	5506	영국	2505	대만	1319	일본	838	독일	653	12516

[참조 2] 2002-2003년 중국에서 수출한 도서 항목품종 수치 및 국가와 지구의 순위[9]

년도	제1위		제2위		제3위		제4위		제5위		전국 합계
	국가 지구	품종	국가 지구	품종	국가 지구	품종	국가 지구	품종	국가 지구	품종	
2002년	대만	755	홍콩	352	한국	103	일본	18	미국	9	1279
2003년	대만	472	홍콩	178	한국	89	일본	15	싱가포르	9	881

[참조 3] 1994-2003년 판권무역 통계 수치[10]

	1994년~1998년	1999년	2000년	2001년	2002년	2003년	합계
수입(종)	약 14500	6461	7343	8250	11517	12516	약 58100
수출(종)	약 1800	418	638	653	1317	811	약 5360

8 「1995-2005: 中國書業國際化的十年」, 『中國圖書商報』 2005년 1월 7일자에서 인용.

9 동상.

10 각주 8과 같음.

[도표 7]에서 보다시피 최근년 중국에 가장 많이 수입된 외국도서가 바로 미국도서이다. 수입된 미국도서의 수량은 제2위를 차지하는 국가, 지구의 도서 수량보다 2-3배나 더 많으며 제5위보다는 10배정도 더 많아 절대적으로 압도적인 수량으로 시종 제1위를 차지하고 있다.

최근 10년간 중국에서 제일 큰 영향력을 과시한 수입도서 18권 가운데서 미국도서가 11권이나 차지하고 있다. 이 18권 가운데서 문학도서가 모두 6권인데 그중 미국문학작품 2권을 차지하고 영국, 일본, 한국, 대만 등 국가와 지구의 문학작품이 각각 1권씩 차지한다.[11]

미국 도서와 문학작품이 중국에 제일 많이 수입되고 또한 제일 큰 영향력을 과시하고 있는 것은 경제, 문화, 과학기술 등 여러 영역에서의 미국의 독특한 지위와 그 국제적 위상이 중국독자들한테 각별한 영향을 미치고 있기 때문이다.

주지하다시피 현재 미국은 세계 최대 강국이다. 미국의 정보기술회사는 21세기 경제발전의 발동기로 되어 세계의 경제를 좌우지 하고 있다. 미국의 6대 첨단 기술 산업 이를테면 통신설비, 항공 항천, 컴퓨터와 소프트웨어, 의약, 과학의기, 신형재료 등 영역에서 세계의 첫 자리를 차지하고 있다. 그리고 미국의 문화는 개방성과 포용성, 진취성과 창의성(創新性)을 구비하고 있는 것으로 특징적이다. 창의성은 미국문화의 기본정신이며 미국의 Silicon Valley문화의 발전은 이를 충분히 말해주고 있다.

시장경제체제하에서 일체가 경제발전을 중심으로 하고 있는 중국 사회에서 선진적인 과학기술과 창신 정신은 가장 중요하고도 가장 결핍한 것으로 되었다. 하여 너나없이 다투어 미국의 선진적인 과학기술과 창신 정신을 요해, 장악하려 애쓰고 또한 그 모방에 열중하게 되면서 자연히 미국에로의

11 「10年最具影響力的引進版圖書」『中國圖書商報』 2005년 1월 21일자에서 참조.

유학, 연수가 수천만 중국 사람들의 제일 큰 꿈으로 되었다. 이런 꿈이 현실로 되게 하자면 우선 미국의 문화를 잘 알아야 했고 미국 문화는 흔히 문학작품에서 생활적으로 많이 구현되고 있다. 따라서 미국문학작품은 단순히 문학도서가 아니라 미국문화도서로 읽히게 되었다.

세계로의 진출을 지향하는 중국의 허다한 대형기업들은 세계적 기업들의 선진적인 경영관리 이념과 방법을 수용 활용하고자 열심히 노력하고 있는데 이런 이념과 방법은 대체로 미국의 기업체들의 소산이다. 하여 미국의 경영관리 이념과 방법에 대한 경제 경영학 도서가 수많은 중국기업가들의 전범으로 광범하게 읽히게 되었고 이에 보조적으로 문학도서들도 광범위하게 읽히게 되었다.

미국은 고도로 현대화한 국가이다. 현대화는 미국의 생산력과 사회의 거대한 변혁을 추진하였고 미국인들의 가치 관념과 생활방식을 개변시켰으며 경제 영역에서는 생산을 중시하던 데로부터 소비를 중시하는 데로 전환하였고 가치 관념은 절약을 중시하던 데로부터 소비와 향락을 중시하는 데로 전환하여 미국은 세계에서 제일 큰 소비시장으로 되었으며 이는 대중문화의 발전을 추진하였다. 대중문화는 미국현대사회의 산물이며 고도로 발달한 대중문화는 또한 현대사회의 주요한 징표로 된다. 미국의 대중문화는 통속화, 산업화, 상품화, 오락성, 소비성, 다변성 등 특징을 구비하고 있다. 대중문화는 엘리트문화를 충격하고 주류문화를 잠식하면서 미국인들의 생활에 중요한 영향을 끼치고 있다.

현재 중국은 제반 사회가 현대화건설에 총동원되어 있고 억만 대중들이 현대화 생활을 갈망, 추구하고 있다. 하여 현대성의 대명사로 되고 있는 대중문화 특히 세계대중문화를 주도해가고 있는 미국의 대중문화가 널리 수용 보급되기 시작하였다. 그중 청소년들의 현대성 내지 대중문화에 대한 추구와 모방은 너무나 열광적이다. 이들 가운데서 대부분은 매 가정의 외자식으로 태어나 고생을 모르고 향락만 누리면서 자란 세대들이라 향락주의를 위주로 하는 소비문화에 물들어있다. 미국의 소비문화가 세계 소비문화를 주도하는 만큼 이 세대들은 자연히 미국의 소비문화를 적극 지향하게 되었다. 이밖에 최근 수년간 중국의 경제가 급속히 성장하면서 적지 않은 부유층이 출현하게 되었고 이들은 가장 현대적인 생활을 지향하면서 현대성의 징표라고 인정하는 미국의 소비문화를 수용하는 것으로 생활의 질을 높이려 하고 있다. 대체로 이와 같은 원인으로 미국의 대중문학 내지 소비문화가 중국에서 아주 큰 선호도를 갖게 되었다.

중국에서의 미국 대중문화 내지 소비문화의 전파는 대저 할리우드 영화가 가장 큰 역할을 하고 있다고 할 수 있다. 할리우드 영화가 세계영화계를 주도하듯 수년간 할리우드 영화는 수입영화가운데서 선호도가 첫 자리를 차지하고 있으며 단순히 영화로만 아니라 많은 문화현상과 문화상품을 파생시키고 있다. 절대적인 인기를 끌고 있는 할리우드영화가 동명소설로 개작되고 미국의 베스트셀러소설이 할리우드 동명영화로 개작되는 가운데서 미국문학도서가 수많은 중국독자들의 인기를 갖게 되었다.

대체로 상기한 원인으로 미국도서 및 미국문학작품이 중국도서시장에서 커다란 비중을 차지하게 되었고 이는 또 중미 문학교류를 추진하게 되었다. 현재 중미 문학교류는 여느 나라 보다 훨씬 긴밀한 관계를 갖고 있다. 이런 긴밀한 교류는 여러 가지 도경으로 진행되고 있다.

ㄱ. 중국의 출판업계와 미국의 출판업계가 긴밀한 합작교류관계를 유지하면서 공동으로 문화소비를 크게 추진, 주도하는 문학도서들을 적극 개발한다.

ㄴ. 중국 출판업계가 미국에 사무소를 설립하거나 미국도서박람회에 적극 참석하여 미국 문학출판업의 발전추세를 현지에서 직접 요해 파악하면서 대저 미국문학베스트셀러들을 거의 동일한 시간에 수입하여 그 도서가 중국에서도 베스트셀러가 되도록 한다.

ㄷ. 중국작가협회와 미국의 중국작가연의회(全美中國作家聯誼會)가 긴밀한 합작교류관계를 맺고 협회 관원과 회원작가들 간에 상호 방문과 교류를 진행하면서 주로 미국의 중국작가연의회를 통해 미국문단의 진실한 상황을 전면적으로 심도 있게 요해한 후 이를 중국문단과 독자들에 소개하여 중국독자들의 독서시야를 넓혀주고 독서주류를 인도하여 준다.

ㄹ. 중국 대학과 출판업계에서는 미국 뉴욕대학 출판연구센터와 같은 국제적으로 유명한 대학의 출판연구 분야에 학생이나 실무일군들을 유학, 연수시키는 방법으로 국제적인 도서 출판 교류인재들을 양성하여 중미 도서교류의 실무 효율을 높인다.

ㅁ. 중국독자들의 취미와 미국문학의 특징을 상호 결합한 대중소설(통속소설)을 주여 수입 중점으로 삼고 시종 이 중점을 둘러싸고 교류를 진행하여 수입도서의 판매량을 비교적 큰 비중으로 확보하고 이는 또 도서출판과 문학교류의 양성 순환을 형성하였다.

8. 한중 문학교류를 활성화하는 방안

한중 문학교류는 한중 경제 문화 교류에서 날로 중요한 역할을 하고 있다. 한중 문학교류가 보다 더 원활하게 지속적으로 진행되게 하자면 한국의 정부, 사회단체, 출판업계, 문학계 등 여러 분야에서 정책적으로, 실무적으로 상응한 대안이 마련되어야 한다.

1) 중국에서의 한국문학의 위상을 높여야 한다

현재 중국에서의 한국문학의 위상은 한국의 경제적, 문화적 위상에 비하면 너무나 엄청난 차이를 갖고 있다. 중국의 대부분 독자들은 한국문학이라면 흔히 「국화꽃향기」를 대표로 하는 애정소설과 「그놈은 멋있었다」를 대표로 하는 인터넷 소설을 떠올릴 뿐 전통문학 내지 순수문학은 거의 모르는 상황이다. 한국문학의 위상은 아직 운운할 수준에 이르지 못했다고 해도 과언이 아니다. 이런 국면을 타개하고 한국문학의 위상을 경제적 문화적 위상 못지않게 높이자면 아래와 같은 대책을 연구하는 것이 바람직하고 하겠다.

ㄱ. 한국문화관광부와 중국문화부가 비교적 구체적인 문학교류협의서를 체결하여 정부차원에서 문학교류에 대해 정책적인 담보와 지지를 주어야 한다. 이를테면 국가적으로 상호 문학도서 번역 출판경비를 지원해주어 중점 대표작들의 번역 출판을 보장해주어야 한다. 문학명작들이 체계적으로 번역 출판되어 일정한 독자층이 형성되어야만 진정으로 한국문학의 위상이 높아질 수 있다. 현재 한국문학 번역원에서 한국 우수 작품들을 선정하여 중국어로 번역 출판하는 작업을 지원하고 있기는 하지만 그 힘이 크지 못하다.

ㄴ. 한국문화교류진흥단체와 중국대외문화교류협회가 합작하여 "한국문학의 해"와 같은 주제교류활동을 진행하면서 이를 언론매체를 통해 널리 홍보하여 전 사회적으로 한국문학에 대한 관심과 친근감을 갖게 해야 한다.

중국대외문화교류협회는 중화인민공화국 문화부의 직접적인 영도와 지지를 받으면서 국제민간문화교류에 종사하는 전국성적인 사회단체인데 각국간의 민간문화교류와 합작을 진행하고 여러 나라 인민들 간의 상호 요해와 우의를 추진하는 것을 종지로 삼고 있다. 이 협회가 진행하는 활동범위는 표현예술, 조형예술, 도서출판, 인원교류 등 다방면적인데 그 영향력이 아주 크다.

ㄷ. 한국펜클럽과 중국작가협회 간에 상호 방문을 비롯한 교류를 활발하게 진행하여 중국작가들의 한국문학에 대한 이해와 인식을 깊이 하고 한중문학 세미나 같은 학술활동을 통해, 특히 중국문학평론계를 통해 한국문단

의 현실 상황과 수준을 중국문단에 적극 소개하여 적어도 중국문단에서는 한국문학이 아세아에서 비교적 발달한 문학이라는 인상과 이해를 갖도록 해야 한다. 현재 중국도서시장에서 도서평가가 독자들에게 주는 영향이 날로 커가고 있는데 도서평가를 통해 도서정보를 얻는 독자가 해마다 평균 13.3%을 차지하고 있다.

그리고 두 협회 간에 상호 대표작가와 우수작품을 선발 추천하는 방법으로 질 높은 교류가 진행되도록 담보해 주어야 한다.

이런 대안은 한국문학의 위상을 높이는데서 가장 직접적인 효율을 발생하게 될 것이다.

중국작가협회는 중국공산당의 영도하의 중국 각 민족작가들이 자원으로 결합된 전문성적인 중앙 1급 인민단체이다. 이 협회는 전국 문학계의 유명인사들이 모인 단체인데 현재 39개 분회를 갖고 있으며 협회 내에 사무국, 인사부(人事部), 대외연락부, 창작연락부 등 직능부문이 있다. 그중 대외연락부는 국내외 작가들 간의 상호 방문과 문학교류를 배정, 추진하는 부서이다. 중국작가협회는 『문예보』, 『인민문학』, 『시간(詩刊)』, 『민족문학』, 『중국작자』 등 9개 신문과 문학지 그리고 작가출판사를 주관하고 있다.

학술연구와 교류활동을 추진하기 위해 소설창작위원회, 아동문학위원회, 소수민족문학위원회, 실화문학위원회, 군사문학위원회, 영화 드라마 문학위원회, 문학지사업위원회, 작가권익보장위원회, 중외(中外)문학교류위원회 등 11개 전문위원회가 설치되어 있다.

당대 중국문학창작을 번영 발전시키기 위해 중국작가협회에서는 노신문학상, 모순문학상, 송경령 전국 우수 아동문학상, 전국 소수민족문학창작상과 청년문학상 등 다섯 가지 전국적인 문학상을 평선 수상한다.

중국작가협회에서는 2003년부터 “100부 중국 당대 우수문학작품을 세계에로 진출시키는 공정”을 시행하면서 세계가 중국의 당대 작가와 문학작품을 더 많이 알게 하고자 노력하고 있다.

ㄹ. 중국에 인기 있는 작가 이를테면 김하인과 같은 작가와 한국 현시대 저명한 작가들로 한국작가방문단 혹은 한국작가강연단을 조직하여 한중문학연구 관련자들과 대학 한국어학과 학생들과 교류를 진행하면서 이들 가운데서 수준 높은 한국문학 번역가와 평론가들이 배출되도록 격려하여 향후 한국문학의 위상을 지속적으로 높일 수 있는 후진을 양성해야 한다.

2) 중국에서의 한국문학 번역 이입을 추진해야 한다

ㄱ. 한국출판업계와 중국출판업계 사이의 교류를 활성화하여 문학도서판권거래가 익숙하게 하고 중국출판업계로 하여금 한국의 문학도서 상황과 우수 도서들을 빠른 시간 내에 장악, 입수하게 하여 번역 이입 도서들이 부단히 공급되게 해야 한다.

ㄴ. 한중 출판업계가 합작하여 "한국문학 도서특수공로상" 혹은 "한국문학 번역상" 같은 상을 설치하여 한국문학도서의 번역 출판에 특수 공헌을 한 작가, 번역가, 출판업자 등을 격려해주어 그 지속적인 발전을 기해야 한다.

ㄷ. 한국의 작가와 출판사들이 합작하여 될수록 중국의 실력 있고 권위 있는 출판사와 교류 합작을 진행하면서 출판도서의 질을 높이고 독자들의 구매욕을 불러 일으켜 최소한 일정한 수준의 판매량을 확보하여 우선 출판사들의 경제이익을 보장해 주어야 한다. 출판사의 경제이익이 담보되어야 한국문학작품들이 체계적으로 지속적으로 번역 출판될 수 있다.

최근년에 한국문학번역도서들이 다량 출판되고 있지만 일부 도서의 질이 이상적이지 못하거나 한국문학번역도서들을 모방한 저질 도서들이 출현하여 한국문학의 위상과 출판사들의 경제이익에 적지 않은 영향을 미치고 있다.

중국독자들이 도서를 구매할 때 출판사에 의한 선택비중이 적지 않다. 다시 말하면 권위 있거나 품질이 담보되어있는 출판사가 출판한 도서들을 구매하는 비율이 높다는 것이다. 흔히 문학도서는 인민문학출판사의 도서를 먼저 그리고 많이 선택하고 외국문학번역도서는 상해역문출판사의 도서를 우선, 많이 선택하고 있다. 현재 한국문학작품을 번역 출판한 출판사가 무려 60여 개나 되는데 그중 유명한 출판사가 적지 않을 뿐만 아니라 무명 출판사도 적지 않다. 출판사가 정도 혼란하다 할 정도로 잡다하여 독자들의 한국문학도서에 대한 인상과 구매시선이 흐려져 있다. 이런 틈에 일부 무명출판사들에서 중국도서(주로 인터넷소설)를 한국번역도서처럼 패킹하여 (책표지에 한글까지 박아 넣는 정도이다.) 출판함으로써 적지 않은 독자들의 시선을 혼란스럽게 하고 있다. 이는 한국문학번역도서(주로 인터넷소설)의 판매량에 영향 주게 되고 나아가 출판사들의 도서출판에 영향 주게 된다. 자칫하면 한창 붐이 일고 있는 한국 인터넷소설이 얼마 안 되어 물거품으로 될 가능성도 있다.

ㄷ. 한국정부의 관련 부서나 한국출판업계의 공동단체 혹은 펜클럽에서 북경에 사무소를 설치하거나 대리인을 임명하여 전문적으로 한국문학번역과 그 출판사항을 추진하게 해야 한다. 이 사무소에서는 판권매매, 도서홍보 등 사항뿐만 아니라 실력 있는 번역가들을 선발 조직하여 작품번역의 질을 높이는 사항도 맡아보아야 한다.

한국 신원(信元)회사 북경사무소가 그 실례로 된다. 이 회사에서는 「가을동화」, 「겨울연가」 등 한국드라마 소설을 처음으로 중국어로 번역 출판되게 하였고 특히 「그놈은 멋있었다」를 중국에 진출시켜 일거에 중국의 베스트셀러로 되게 하였다.

여기서 짚고 넘어갈 것은 작품번역의 질을 높이기에 여러 모로 기해야 한다는 것이다. 번역은 제2창작이라고 할 만큼 중요하다. 번역작품이 원작의 내용과 스타일을 제대로 표현하지 못한다면 그 작품은 무미건조하게 되고 따라서 독자들을 잃게 된다. 현재 중국어로 번역된 작품의 질이 이상적이지 못하다. 작품의 제목마저 틀리게 번역되는 경우가 있다. 원래 한국의 전통문학 내지 주류문학은 주제사상과 내용이 심오하고 서사방식이 독특하여 그 번역이 참으로 쉽지 아니하다. 한국 전통문학 작품들이 중국독자들의 흥미를 자아내지 못하는 중요한 원인의 하나가 바로 번역의 질이 낮은 데 있다고 할 수 있다. 눈앞의 이익만 위해 번역의 질은 상관하지 않고 양만 추구한다면 얼마 지나지 않아 독자를 다 잃고 말 것이다.

따라서 우수한 번역가를 발굴, 선택하거나 의식적으로 양성하는 작업도 자못 중요하다고 하겠다.

[참조 4] 2000-2003년 외국도서를 수입 수출한 성(省), 시 순위

		2003년	2002년	2001년	2000년
수입(종)	1	북경 9536	북경 6780	북경 5550	북경 4480
	2	상해 1577	상해 696	상해 553	상해 551
	3	광동 1183	요녕 331	요녕 346	요녕 452
	4	광서 487	천진 237	길림 315	광동 228
	5	강소 300	호남 231	광서 226	강소 221
수출(종)	1	북경 321	북경 532	북경 381	북경 328
	2	상해 171	상해 232	요녕 60	요녕 70
	3	강소 48	요녕 114	절강 53	강소 41
	4	요녕 46	호북 99	사천 38	절강 30
	5	광동 30	강소 64	호북 38	사천 27

다. 중국에서의 한류를 문학 분야로 이어지게 해야 한다.

1997년에 한국드라마 「사랑이 뭐 길래」가 중국 중앙 텔레비전방송국에서 방송되어 중국 중년 노년들의 심금을 울려주면서 중년 노년들 가운데서 한국 붐이 일기 시작하고 1998년에 H.O.T.를 선두로 하는 한국유행음악이 중국청소년들의 폭발적인 인기를 자아내면서 합한족(哈韓族, 한국 팬)이 형성되

기 시작하였다. 2001년부터 「엽기적인 그녀」, 「조폭마누라」, 「겨울연가」 등 한국 영화와 드라마가 수백만 중국 청년들을 매료시키면서 전국적인 한국 붐이 일고 점차 복장, 컴퓨터게임 등 여러 면으로 확대되어 가면서 "한류"가 형성되었다. 최근에는 김하인의 「국화꽃향기」와 귀여니의 「그놈은 멋있었다」 등 한국 문학작품과 「전기」를 비롯한 한국컴퓨터게임이 중국에 상륙하면서 한류의 내용이 보다 풍부해지고 있다. 한류는 단순히 청소년들의 인기를 끌던 되로부터 현재 여러 가지 풍부한 문화내용을 부여하여 중국의 부동한 계층의 대중들을 흡인하고 있다. 하지만 한류는 아직까지도 대중문화의 범주에 속하며 자칫하면 한시기의 유행으로 끝날 가능성도 있다. 한류가 온당하게 지속적으로 유지되고 발전하자면 우선 한국의 경제가 지속적인 발전을 가져와야 하고 다음 한류의 문화내용을 부단히 풍부히 하고 다채롭게 해야 한다. 한류를 문학 분야에로 이어지게 하는 작업이 바로 그 중요한 내용의 하나로 된다.

한류를 문학 분야에로 이어지게 하자면 다음과 같은 대안을 생각해보아야 한다.

ㄱ. 한국 관광문화, 전통문화, 윤리도덕 등 여러 면에서 한국 사회생활과 문화를 생동하고 흥미롭게 반영한 소설들을 중국어로 번역 출판하여 한국문학이 우선 통속소설처럼 재미나게 가볍게 접수되게 해야 한다.

현재 현시대 수상작품들을 포함한 일부 한국 전통문학작품들이 중국어로 번역 출판되고 있지만 기대와 달리 독자들에게 잘 접수되지 못하고 있다. 한국의 전통문학 내지 주류문학은 대저 주제 사상성과 그 내함이 심오한데 사실 많은 중국독자들은 한국문화에 대한 이해가 깊지 못하기에 한국 사회 문제를 반영한 소설에 대해서 동감을 자아내지 못한다.

ㄴ. 중국문학도서의 주류독자가 바로 청소년들이기에 이들의 독서취향과에 따라 문학도서 출판계가 움직이고 있는 상황에서 한국의 현시대 청소년

들의 생활을 제재로 한 소설들을 많이 번역 출판하여 한국문학 독자들의 주류계층을 형성, 확보해야 한다.

ㄷ. 중국대중문화를 주도하는 주류계층(18-35세)의 문화심리경향을 긴밀히 주시하면서 명확히 파악한 후 그들의 새로운 문화심리수요를 만족시킬 수 있는 한국문학작품들을 번역 출판하여 한국문학작품이 대중문화생활의 한 수요로 되도록 해야 한다.

김하인의 「국화꽃향기」가 바로 성공적인 실례로 된다.

중국은 제반 사회가 경제건설을 중심으로 하는 시장경제체제로 진입하면서 전통적인 이념과 사회 가정 윤리도덕이 커다란 충격을 받아 젊은 세대들 속에서는 배금주의, 향락주의 등 각양각색의 주의(主義)를 추구하는 기풍이 만연되었고 날로 팽창되어 가는 물욕을 만족시키기 위해 여념 없다보니 인간관계가 더욱더 냉담해지고 혈육의 정, 우정, 애정 등을 모두 금전으로 계산하게 되었다. 하여 인간의 양지가 배척되고 사람들 내심의 정감공간이 물욕공간에 치우게 되었고 사막화 되어갔다. 이에 많은 청년들은 사랑의 순결성에 대해 의문을 갖게 되고 당혹해 하면서 방황하였다. 그러면서 또한 낭만적이고 순결한 사랑을 갈망하고 추구하였다. 이런 시대적 상황과 문화심리경향에 맞추어 김하인의 「국화꽃향기」가 독자들 앞에 나타났다. 이 소설은 낭만적이고 순결한 사랑이야기를 시적인 언어로 섬세하고 아름답게 묘사하여 참된 사랑을 갈망하는 수많은 청춘남녀들을 감동시켰다. 사람들은 오래동안 이처럼 단순하고 일체를 초월하는 사랑과 충성으로 넘치는 가정도덕관을 보지 못하였다. 소설은 독자들에게 사랑의 참뜻이 무엇인가를 보여주고 세속적인 사회에도 낭만적이고 순결한 사랑이 있음을 믿게 하였다. 특히 소설은 도시 여성들에게 본보기적인 지도역할을 하게 되었다.

따라서 김하인은 1995-2005년 10년간 중국독자들의 독서에 큰 영향 준 30여 명 작가 중의 한 사람으로 되었고 소설은 1년간이나 베스트셀러가 되었을 뿐만 아니라 전국문학도서 베스트셀러 가운데서 지속적으로 제1위를 차지하였다. 현재 중국독자들은 한국문단에도 이처럼 우수한 작품과 작가가 있다는 것을 알게 되었고 김하인의 기타 소설들이 시리즈로 연속 출판되면서 한류의 중국에서의 발전을 추진하고 광범한 독자들로 하여금 현시대 한국문화의 기본 면모를 요해하게 하였으며 한국문단의 위상을 한결 높이고 있다.

ㄹ. 중국에 인기 있는 한국 연예계 스타, 가수 등 명인들의 성장과정과 성공비결 같은 것을 내용으로 한 실화문학작품들을 창작, 번역하면서 일정한 인기를 모은 후 인물 전기소설, 역사소설 같은 작품들도 번역 출판하여 함께 읽혀지도록 해야 한다.

ㅁ. 중국에서 인기 있는 한국 영화와 드라마 그리고 만화와 컴퓨터게임을 문학성이 짙은 소설로 개편하여 번역 출판하도록 해야 한다. 최근년에 이와 같은 시도가 많이 보이고 있지만 그 문학성이 홀시 되어 단순히 통속소설에 그칠 뿐 순수문학소설로 넘어서지 못하고 있다. 이런 소설들에 문학성을 보다 기한다면 한국문학의 위상이 높아지지 않을 수 없을 것이다.

요컨대 중국에서의 한국문학교류를 활성화하려면 우선 중국문학의 전통적 특징과 중국독자들의 전통적 독서취향이 대체로 통속소설을 선호하는 만큼 통속소설의 특징을 갖고 있는 한국 소설들을 선택하여 중국에 번역 이입되게 하여 한국문학에 대해 취미와 관심을 갖도록 해야 한다.

다음 중국문학도서의 주요독자층이 16-30세의 청소년들인데 이 독자층은 시대발전의 조류에 앞장선 한국의 유행문화를 선호하지만 사실 한국의 역사문화에 대한 이해가 깊지 못함으로 한국전통문학에 대한 접수능력이 약하다. 이런 구체적 상황에 맞추어 한국 전통문학 내지 주류문학 먼저 청소년들이 선호하는 청춘문학 내지 대중문학작품들을 중국에 번역 이입하여 이 독자층의 동감을 자아내고 점차 한국문화에 어느 정도 익숙하게 하여 비교적 탄탄한 한국 문학 독자층을 형성되게 한 다음 그 뒤를 이어 한국의 주류문학 작품들이 번역 이입되도록 해야 한다.

그 다음 한중 정부의 관련 부서간의 교류를 활성화하여 문학교류를 위한 정책적인 받침이 이루어져야 하며 한중 작가 단체나 출판업계의 교류를 여러 방식으로 활성화하여 문학정보와 출판정보를 신속히 교류하면서 중국 시장경제체제하에서의 도서 번역과 출판이 순조롭게 이루어지게 해야 한다.

마지막으로 정부의 관련 부서나 민간단체들에서 번역 작품의 질을 보증하기 위한 대안들을 작성하여 번역 작품의 질을 진일보 높여 지속적으로 중국 독자층을 확보, 확대해야 한다.

<한국문학 세계화 방안 연구－한류현상을 계기로 본 중국과 동남아시아의 경우>(한국문학번역원, 2005년 12월)에 수록

참고문헌

『中國圖書商報』, 2001년 1월 4일자, 2002년 1월 2일자, 2003년 1월 3일자, 2004년 1월 16일자, 2004년 4월 2일자, 2004년 4월 30일자, 2005년 1월 7일자, 2005년 1월 28일자.

『中國新聞出版報』 2005년 1월 18일자.

『出版人』 2005년 제9/10기 합본.

胡風, 「山靈－朝鮮台湾短篇集」, 文化生活出版社, 1936年 4月.

王赫 編, 『朝鮮短篇小說選』, 新京 新時代出版社, 1941年 7月.

20세기 전반기 중국의 한반도 문학 번역 이입 양상

1. 시대적 상황

19세기 말 20세기 초에 중국은 제국주의 열강들의 침략으로 말미암아 반식민지 반봉건 사회로 전락되었고 1910년에 한반도는 일본제국주의의 식민지로 전락되었다. 1919년 중국은 '5.4'애국운동이 일어나면서 신민주주의 혁명이 시작되었고 같은 해 한반도는 '3.1'반일독립운동이 일어나면서 전면적인 민족독립운동이 시작되었다.

중국 자산계급혁명의 선구자 손중산은 1919년 '3.1'반일독립운동의 소식을 접하기 바쁘게 한반도의 독립을 승인할 것을 호소하였고 1921년 11월, 자신이 대통령을 맡은 광주호법정부(广州护法政府)와 대한민국임시정부가 상호 승인하는 합의를 보게 하였으며 1923년에는 이누요우아즈시(犬养毅)가 일본 수상으로 되자 그에게 특별히 서한을 보내 일본이 중국을 침략하고 조선을 합병한 범행을 견책하였다.[1]

한편 한반도의 무수한 독립운동가들은 중국에 이주하여 반일독립운동을

---

1 杨昭全, 『中国－朝鲜·韩国文化交流史』(Ⅳ), 昆仑出版社, 2004, 1404-1408쪽 참조.

전개하였다. 1919년 4월 상하이에 대한민국임시정부를 성립되고 1931년 일제가 '9.18'사변을 일으켜 중국 동북을 강점하자 동북에 이주한 한반도의 반일투사들은 중국의 동북항일투사들과 함께 항일유격대를 조직하여 일제와 무장투쟁을 진행하였고 1937년 '7.7'사변을 계기로 중국항일전쟁이 전면적으로 시작되자 중국 관내의 한반도 독립투사들은 조선의용대와 같은 무장조직을 결성하여 중국 인민들과 함께 일제와 혈전을 벌려 1945년 8월에 중국항일전쟁의 승리를 맞이하였다.

20세기 전반기에 중한 양국 인민들은 민족해방과 독립을 위해 서로 손잡고 피어린 항일투쟁을 진행하면서 중국과 한반도의 현대관계사를 썼다.

예로부터 한반도는 한자를 사용하면서 중국과 함께 한자문화권을 이루어 왔을 뿐만 아니라 중국으로부터 유교, 불교를 받아들여 전통적으로 사상문화면에서 큰 장애가 없이 의사소통이 쉽게 이루어졌다. 중국과 한반도는 당나라와 신라 시기부터 문화교류가 활발히 전개되면서 유구한 역사를 이어오다가 19세기 말에 이르러서는 그 교류가 거의 끊어지다시피 하였다. 하지만 이런 상황은 1910년대에 들어서면서 새로운 격변기를 맞게 되었다. 1910년대에 상하이의 조선인 교민단체들이 조선인 학교를 꾸리고 1920년대에 중국 동북에서 조선인 반일운동단체들이 학교를 꾸려 한중 문화를 전수하였다. 중국에 이주한 조선 혁명가와 문화인들은 중국 각지에서 『독립신문』(1919년 말, 韓文) 『신한청년(新韓青年)』(1920년 3월, 漢文), 『천고(天鼓)』(1921년, 漢文), 『카톨릭소년(天主少年)』 등 신문 잡지들을 간행하였고 『북향(北鄉)』과 같은 순수문학지도 간행하였다. 김택영(1850-1927), 박은식(1859-1926), 신규식(1879-1922), 신채호(1880-1936) 등은 중국에서 독립운동뿐만 아니라 각종 문화 활동을 진행하였고 김규식(1881-1950), 류자명(1894-1985), 주요섭(1902-1972), 정래동(1903-1985), 김광주(1910-1973), 이육사(1904-1944), 피천득(1910-2007) 등 문인들은 상해, 북경 등 지역의 대학들에서 공부하거나 강의하면서 중국문화를 습득함과 아울러 여러 가지 루트로 중국문화를 한반도에 적극적으로 소개하기도 하였다.

한반도가 일본식민지로 전락되자 중국의 정치 문화인들은 여러모로 한반도의 운명을 걱정하고 동정하였다. 1920년 4월 손중산은 『동아일보』 창간을 즈음하여 "동아일보의 출판을 축하 하며 천하가 평등하기 바란다(祝东亚日报出版, 天下为公)."는 제사를 써주었고 같은 8월 11일 『동아일보』에 「조선 문제와 중국(朝鲜问题与中国)」이라는 문장을 발표하여 일본은 조선인들의 독립을 승인해야 한다고 주장하였다.[2]

양계초(梁启超)는 『조선망국참사(朝鲜亡国惨事)』라는 저서를 출판하여 조선망국의 역사과정과 그 원인을 밝혔고 이대소(李大钊)는 조선 『현대평론』의 요청을 받고 이에 응하기 위해 1918년 『신청년』에 발표했던 산문 「금(今)」을 보내주었다. 이 산문은 『현대평론』 1927년 5월호에 발표되었다. 노신도 1920-30년대에 이유관(李又观), 김구경(金九经), 류수인(柳树人), 신언준(申彦俊) 등 한반도 문인들을 직접 만나 보면서 한반도의 운명을 관심하고 문학교류를 진행하였다. 곽말약(郭沫若), 장광자(蒋光慈), 소군(舒群) 등 문인들은 한반도와 관련된 문학작품들을 창작하여 한중 문학교류의 한 양상을 보여주었다.

상기한 바와 같이 20세기 10-40년대 중국과 한반도는 역사, 정치, 군사, 문화 등 여러 면에서 독특하고도 밀접한 교류 관계를 갖게 되었다. 이는 이 시기 중국과 한반도 간의 문학교류의 주요기반 내지 배경으로 되었다고 할 수 있다.

아편전쟁의 포성은 중국으로 하여금 군사에서만 아니라 사회, 정치 등 여러 면에서 서양보다 뒤떨어졌음을 깨닫게 하였고 이때로부터 중국의 유지인사들은 서양 문물을 적극적으로 받아들이기 시작하였다. 중국의 외국문학

---

2 동상서 1408쪽에서 재인용.

번역사는 19세기 말부터 양계초(梁启超), 엄복(严复), 임서(林纾) 등에 의해 서양 문학이 번역 이입되면서 시작되었다. 애초에 문학 번역에 대한 인식이 비교적 모호하였지만 문학 번역의 주요 목적을 정치 공리와 상업에 두고 대체로 원문을 발췌하여 번역하거나 내용을 개괄하여 번역하는 방식을 취하였다. 그럼에도 불구하고 이런 번역 작품들은 중국근현대문학의 형성 발전을 자극 추진하였다.

1917년 북경에서 출간된 『신청년(新青年)』에 호적(胡适)의 문장 「문학개량추의(文学改良刍议)」(제2권 제5호), 진독수(陈独秀)의 「문학혁명론(文学革命论)」(제2권 제6호) 등이 발표되면서 신문학운동이 개시되자 같은 해에 주수견(周廋鹃)의 『구미명가단편소설총간(欧美名家短篇小说丛刊)』이라는 상, 중, 하 3권으로 된 대형 외국문학작품집이 출판되면서 신문학운동에 동조하였다. 1937년 '7.7'사변 직전까지 신문학운동은 '계몽문학'에서 '문학 계몽'에로의 급속히 전환하면서, 다시 말하면 현대문학으로 전환하면서 문학 심미의식의 다원화를 강렬하게 요청하게 되었고 이는 각종 외국문예사조와 문학 관념의 수입을 자극하게 되었다. 아울러 외국문학작품에 대한 번역 이입이 활발한 양상을 보이게 되었다.

이 시기에 노신, 구추백(瞿秋白), 주작인(周作人), 모순, 곽말약, 정진택(郑振铎), 풍설봉(冯雪峰), 하연(夏衍) 등 중국현대문학대가들이 모두 외국문학 번역 이입의 선두에 섰고 러시아, 프랑스, 영국 등 서양문학작품 특히 서양 비판적 사실주의 문학작품들이 다량 번역되었고 소련 사회주의 사실주의 작품들도 많이 번역되었다. 당시 서양에서 흥기했던 모더니즘문학도 번역 소개되었다. 모순(矛盾)이 주간을 맡은 문예지 『소설월보(小说月报)』는 선후로 '러시아문학특집'(1921년 9월), '피압박민족문학특집'(1921년 10월), '프랑스문학특집'(1924년 4월) 등 특집과 총서들을 출간하여 외국 문학작품과 문학이론 유파 등을 체계적으로 번역 소개하였고 1934년 9월에는 전문적으로 외국문학을 번역 소개하는 문학번역전문지 『역문(译文)』이 출간되었다. 1935년 5월 정진택의 주관으로 상해생활서점에서는 『세계문고(世界文庫)』를 창간하였는데 이는 외국문학 명작들을 계획적으로 체계적으로 출판하는 대형 총서로 되었다.

1920년대에 러시아문학의 붐이 일면서 노신을 비롯한 많은 작가들의 문학창작에 적극적인 영향을 주었고 1930년대 중국 프로레타리아문학 및 좌익문예운동의 형성과 발전에 적극 영향 주었다.

1937년 '7.7'사변의 발발로 전면적인 항일전쟁이 시작되면서 문인들의 창작 번역 환경이 극히 악화되었다. 또한 항일구국이 시대의 주제가 되면서 사회문화환경과 문학 관념이 변화를 일으키고 외국문학 작가와 작품에 대한 번역 소개에서도 그 선택기준이 변화되었다. 이 시기에 사실주의문학이 시대의 주류를 이루었고 외국문학에 대한 번역 이입도 사실주의 작가와 작품이 주류를 이루었다. 1940년대에 들어서면서 외국문학 번역 이입이 점차 활발해지기 시작하였고 '신(新)러시아문학'에 대한 번역 이입이 제일 활발하게 진행되었다. 특히 태평양전쟁의 폭발과 더불어 세계 반파쇼통일전선이 이루어지자 소련위국(衛國)전쟁문학에 대한 번역 이입이 독특한 양상을 보여주었다.

1942년 11월 『소련문예(苏联文艺)』(時代出版社)라는 소련문학 번역전문지가 출간되고 1945년에는 10여 권으로 된 『소련위국전쟁문예집(苏联卫国战争文艺集)』(時代出版社)이라는 번역총서가 출판되었다. 이어 소련사회주의 사실주의 문학작품들이 점차 번역문학의 중점대상으로 되었다.

뿐만 아니라 이 시기에 영미 등 서구의 사실주의 작가와 작품들도 적지 않게 번역 이입되고 일본문학도 활발히 번역 이입되어 번역문학의 다원화 경향을 보여주었다. 여기서 일본문학 번역 양상에 대해 간과할 수 없다. 중일 갑오전쟁 이후 중국은 일본에 많은 유학생을 파견하였는데 그 수는 서양의 여러 나라에 파견한 유학생보다 훨씬 많았다. 이는 언어영역을 비롯한 여러 영역에서 중일 문학교류의 기본토대를 마련하게 되었다. 그리고 일본문학은 일찍 메이지유신시기부터 근대화로 전환하기 시작하여 중국보다 앞서 근현대화되었고 또 서양문학을 개방적으로 적극 수용하였기에 일본을 통해 간접적으로나마 서양문학을 폭넓게 수용할 수 있었다. 이는 폐쇄적이었던 중국문학의 근현대에로 전환을 자극하고 일본문학에 대한 번역 이입을 촉구하여 노신, 곽말약, 욱달부 등 중국현대문학의 대가들을 비롯한 적지 않은 문인들은 일본 유학을 통해 일본근현대문학 나아가 서양문학을 적극 수용하면서 그 문학시야를 넓힌 동시에 일본문학을 중국에 번역 소개하였다. 이 시기에 모리오가이(森鸥外, 1862-1922), 나쯔메 소우세끼(夏目漱石, 1867-1916), 무샤노고지사네야쯔(武者小路实笃, 1885-1976), 아꾸다가와 류노스께(芥川龙之介, 1892-1927), 기꾸지 히로시(菊池宽, 1888-1948) 등 일본문학대가들의 작품들이 적지 않게 번역 이입되었다. 이런 양상은 1937년 중국항일전쟁이 전면적으로 개시되면서 점차 사라지게 되었다.

보다시피 20세기 10-40년대 중국의 외국문학 번역 이입에서 서양문학이 절대적 주류를 이루고 물론 중일 관계의 독특성과 일본문학의 독특성으로 인하여 일본문학에 대한 번역 이입이 독특한 양상을 보여주고 있기는 하였지만 동양문학은 여러 가지 사회적 시대적 원인으로 하여 거의 주목 받지 못하였다.

2. 한반도 문학 번역의 흐름

신라와 당나라 시기부터 시작되었다고 하는 중국과 한반도의 문학교류는 19세기 말에 이르기까지 줄곧 한반도가 중국문학을 수용 이입하거나 번역하였을 뿐 중국의 한반도 문학에 대한 수용 이입이나 번역은 거의 없는 일방적인 교류라고 할 수 있다. 20세기에 들어서면서부터 이와 같은 국면이 타개되어 쌍방향 교류가 이루어지기 시작하였다.

20세기에 들어와 중국에서 한반도 문학작품을 번역 이입하기 시작한 것은 1930년대 초부터라고 할 수 있다. 1930년 5월, 중국현대문학의 대표적 작가의 한 사람인 욱달부가 편집을 맡은 진보적 간행물 『대중문예』[3]에 임화(1908-1953)의 시 「病監에서 죽은 녀석(狱里病死的伙计)」(白斌 역)과 권환(權煥)의 시 「타락(咳, 成这样了!)」(白斌 역)이 번역 발표되었는데 이는 중국에 번역 소개된 최초의 한국현대문학 작품들이라고 추정된다. 임화는 1920-30년대 한국의 대표적인 프롤레타리아 시인이었고 그의 시는 대체로 계급적 현실에 대한 시적 인식을 보여주는 계급시이다. 시 「病監에서 죽은 녀석」도 잔혹한 식민통치로 하여 질식하고 죽어가는 한국 사회 암흑상을 상징적으로 보여주고 있다. 권환(1903-1954) 역시 한국 프롤레타리아예술동맹의 대표자의 한 사람이고 시 「타락」도 이와 같은 주제를 보여주고 있다. 이 시들이 중국어로 번역되기 전에 '카프' 동경지부가 일본에서 발행한 일본어 잡지 『무산자(無產者)』에 발표되었고(역자가 이 잡지에 실린 작품을 원본으로 번역하였을 것임) 번역 작품이 '신흥문학전호(新興文學專號)(하)라는 특집에 실린 것, 또한 이 특집에 「좌익작가 연맹이 성립되었다!(左翼作家联盟成立了!)」라는 문장도 함께 실려 있었다는 사실을 감안할 때 두 수의 번역시는 단순히 한국 현대문학작품만이 아닌 중국좌익문학에 동조한 한국 프로문학의 대표작으로 된다고 하겠다. 다시 말하자면 당시 중국문단에서 작품의 주제성향 내지 작가의 정치성향을 한국문학을 번역 이입하는 첫째 가는 선정조건으로 보았다고 할 수 있다. 이와 같은 선정조건은 문학지 『현대소설』에서도 보여주고 있다. 『현대소설』은 1930년 제4, 5, 6호에 김영팔의 단편소설 「검은 손(黑手)」(深吟枯脑 译)과

3 『大眾文藝』, 1935年 5月, 第2卷 第4期, 鬱達夫, 夏萊蒂 編輯, 現代書局發行.

송영(宋影, 1903-1978)의 단편소설 「용광로(熔矿炉)」(白斌 역)를 번역 발표하였는데 이 두 작가가 모두 한국 프롤레타리아 문학의 대표자들이고 두 편의 소설도 한국 프로문학 작품들이다. 이어 1936년 3월, 호풍이 번역한 이북명의 단편소설 「질소비료공장(初陣)」이 『역문(譯文)』에 번역 발표되었고 같은 해 8월, 『문학계(文學界)』에 김두용(金斗鎔)의 단편소설 「노무자합숙소(站在一条战线上)」가 번역 발표되었다. 이 두 작품도 한반도 프롤레타리아 문학작품들이다. 여기서 한반도현대문학 모습을 중국문단에 처음으로 보여준 것이 바로 한국프로문학작품들이라는 것을 쉽게 보아낼 수 있다.

1930년대에 한반도의 전래 전설과 동화작품들이 단행본으로 연속 번역 출판되는 새로운 양상이 나타났는데 선후로 『조선전설(朝鮮傳說)』(清野 編譯, 上海兒童書局, 1930년 6월), 『조선민간고사(朝鮮民間故事)』(劉小惠 譯, 上海女子書局, 1932년 6월), 『조선문원(朝鮮文苑)』(赵素印 譯, 上海瑾花学社, 1932년 10월), 『조선동화(朝鮮童話)』(吳藻溪 編譯, 北平世界科學社, 1934년 2월), 『조선현대아동고사집(朝鮮現代兒童故事集)』(邵霖生 編譯, 南京正中書局, 1936년), 『조선현대동화집(朝鮮現代童話集)』(邵霖生 編譯, 上海中華書局, 1936년 11월) 등 민간이야기집과 동화집들이 번역 출판되었다. 이런 번역본들에는 흔히 서문이 있는데 그 서문을 통해 어느 정도 역자들의 번역 이입 자세를 찾아볼 수 있다.

청야(清野)가 편역한 『조선전설』에는 한국 건국신화부터 시작하여 인물, 산천, 동물, 식물 등 풍부하고 다양한 전설 동화들이 39편이나 실려 있어 출판되어 1932년 10월까지 3판 인쇄되는 인기를 끌었다.

『조선민간고사』는 프랑스 번역본을 원본으로 중역한 것이다. 역자가 15세 밖에 안 되는 소녀였지만 서문은 당시 문학대가였던 주작인(周作人) 그리고 장의평(章衣萍)이 공동으로 쓰고 역자의 부친 류반농(劉半農)이 직접 「교후어(校後語)」를 썼으며 프랑스 유학까지 한 적 있는 중국의 명화가 서비홍(徐悲鴻) 작품에 삽입된 인물삽화를 그렸고 책명은 북경대학 총장을 역임했던 저명한 교육가 채원배(蔡元培)가 썼다. 이런 양상은 무엇보다 어린 역자를 아껴주고 격려해주는 문화 거물들의 미덕으로 보이지만 한국민간이야기가 1930년대 중국 문화 거물들의 공동 노력으로 번역 출판되었다는 것만으로도 엽기적이라고 할 만큼 독특한 양상이 아닐 수 없다. 『조선민간고사』는 1933년에 중판되었다.

1934년에 번역 출판된 『조선동화』에는 27편의 한국동화가 번역 수록되었는데 「어린이들에게 하는 말(给小弟妹们)」이라는 오조계(吳藻溪)의 서문이 첨부되어 있다. 이 서문에는 이렇게 쓰고 있다.

> 나는 우리 어린이들이 이 자그마한 동화책을 읽으면서 조선 어린이들의 심경과 그들이 현재 처해있는 상황을 생각해보며 나아가 동방 여러 민족 및 세계 여러 민족들의 심경과 그들이 처한 현실 상황을 생각해보기 바란다. 사실 현재 우리가 처해있는 상황도 조선어린이들의 상황과 마찬가지라고 할 수 있다. 심지어 그들보다 훨씬 더 못하다고 할 수 있다. 이 점을 우리 어린이들이 특히 명심하기 바란다.[4]

서문의 내용과 출판 시기가 바로 중국 여러 지역이 일제식민지로 막 전락되어 가던 1936년이었다는 상황을 감안할 때 이 동화집은 단순한 조선동화 번역 소개가 아니라 중국 어린이들로 하여금 일제의 중국 침략야심과 만행을 명기할 것을 우회적으로 호소하기 위함이라는 역자의 번역 이입 자세를 보아낼 수 있다. 『조선문원』은 상, 하 편으로 나눠졌는데 상편 6권은 문선이고 하편 3권은 시선이다.

물론 한반도 전설 동화에 대한 번역 이입 활동은 같은 시기에 상해에서

---

4 吳藻溪 編譯, 『朝鮮童話』, 北平世界科學社, 1936年 5月, 1쪽 인용.

일본 아동문학과 민간문학에 대한 번역 이입의 붐이 일었던 것과도 일정한 관련이 있다고 하겠다. 중국의 아동문학, 동화 등 문학장르 개념은 바로 이 시기에 일본으로부터 직접 이입한 것이고 또 이 시기 중국에 번역 이입된 한반도의 전설 동화의 텍스트가 주로 한국어 원본이 아닌 일본어 번역본이었다. 여하튼 이 시기에 적잖은 한반도의 민간이야기와 동화들이 중국에 전해지고 또 어느 정도 어린 독자들에게 현실과 대비한 그 어떤 교훈적인 의미를 부여해주려 하였다는 데서 자못 의미 있다고 할 수 있다.

요컨대 20세기 10-40년대 중국에서의 한반도 문학의 번역 이입 양상을 살펴보면 비록 양적으로 많지 못하지만 나름대로 아래와 같은 특징을 뚜렷하게 보여주고 있다.

우선 이 시기 중국에 번역 이입된 한반도 문학작품들은 모두 역자가 일본을 통해 즉 일본어 번역문 혹은 원문을 텍스트로 선정하여 다시 중국어로 번역하였다. 한글 아닌 일본어를 통한 중역을 하게 된 것은 2천여 년간의 중한 문학교류가 한자로 진행되면서 거의 일방적인 문화발신국인 중국에 한국어통역관 같은 한글(한국어)인재가 양성되지 못한 것이 그 중요한 원인으로 된다. 자료에 의하면 1946년 남경에 동방어문점문학교(東方語文專門學校)에 한국어학과가 설립된 것이 중국 최초의 한국어학과라고 한다. 이 한국어학과는 열악한 환경 속에서 1948년 여름에 첫 졸업생을 10여 명 배출하였는데 그 졸업생들은 중국에서 양성한 첫 한국어전문인재로 되었다. 그러니 1940년까지 중국에는 한반도 문학을 번역할 수 있는 전문인재가 없었다고 할 수 있다. 이런 언어장애에도 불구하고 중국문인들은 한반도 문학에 관심을 갖고 그 번역 이입에 애써왔다. 그 번역이 비록 중역이기는 하지만 이는 2천여 년간 한반도의 일방적인 수용으로만 진행되어 오던 중한문학교류의 전통적 틀을 깨지고 쌍방향적인 교류가 시작되었다는 것을 의미하기에 자못 심원한 의미를 갖는다.

다음 이 시기 중국에 번역 이입된 한반도 문학작품은 장르상 절대부분 동화와 소설이었고 내용 주제상 대체로 한반도 프롤레타리아문학작품 내지 그 동반자작가작품이었다. 내용 주제상 이와 같은 특징을 갖게 된 것은 주로 역자들의 뚜렷한 수용 자세로 기인된 것이라고 할 수 있다. 당시 중국문단의 번역가들은 외국문학을 적극 수용하면서도 대체로 중국의 사회, 정치, 문화 및 시대 주제에 알맞은 외국문학작품들을 번역 이입의 선정조건으로 삼았다. 한반도 문학을 번역 이입한 중국 역자들은 비록 많지 않지만 그 대부분이 혁명적 혹은 진보적 작가들로서 중국 프롤레타리아문학 내지 일제저항 민족문학에 동조할 수 있는 한반도 작품을 그 선정 조건으로 삼지 않을 수 없었기 때문이다. 이를테면 『조선단편소설선』의 역자들은 한반도 현대문학작품을 통해 위만주국의 중국독자들에게 거의 같은 운명을 겪고 있는 한민족의 정감세계, 민족의식 그리고 작가들의 문학지향을 보여주는 한편 일제의 식민통치하에 생성된 역자 자신들의 복잡하고 독특한 정감과 민족의식 및 문학지향을 우회적으로 보여주었다고 하겠다. 이 점은 역자들의 서문이나 후기에서도 쉽게 찾아볼 수 있다.

그다음 이 시기 장혁주의 작품이 제일 많이 번역 출판되면서 중국에 한국문학의 대표자로 널리 알려졌다는 것이다. 그의 소설이 여러 편이나 여러 잡지와 작품집에 번역 발표되었을 뿐만 아니라 개인 단행본이 두 권이나 번역 출판되어 양적으로 절대적인 일인자로 되었다. 그 주요 원인은 당시 장혁주는 일본어로 창작 활동을 전개하여 초기에는 동반자작품들을 창작하였고 점차 일본문단에서 한국문단의 대표적 작가로 이름났을 뿐만 아니라 중국 역자 모두가 한국어를 구사할 없는 상황하에 텍스트를 한국어가 아닌 일본어로 하였기에 한반도 문학을 직접적으로 전면 접촉 이해할 수 없는 상황에서 작품 선정을 오직 일본문단의 상황에만 의거해야 하였기 때문이다.

따라서 당시 한반도 문단의 실제 수준과 상황을 잘 보여줄 수 있는 대표적 작가와 작품이 제대로 번역 이입되지 못하여 중한 문학교류를 보다 풍부히 할 기연을 잡지 못한 유감을 보여주고 있다.

3. 소설 번역 이입 양상

1936년 4월, 『산영(山靈) - 조선대만단편소설집(朝鮮臺灣短篇小說集)』(上海文化生活出版社)이라는 조선대만현대문학소설집이 번역 출판되면서 중국의 한반도 문학번역사에 한 획을 그었다.

『산영 - 조선대만단편소설집』은 한국현대소설 4편과 대만현대소설 2편이 수록되어 있는데 역자는 중국의 저명한 현대문예이론 비평가이며 시인이며 번역가인 호풍(胡風)이다.

역자 호풍(1902-1985)은 원명이 장광인(張光人)이고 필명으로 곡비(谷非), 고황(高荒), 장과(張果) 등을 썼다. 호풍은 1929년 가을 일본 동경에 가서 당시 생기발랄하게 발전한 일본프로문학운동과 구소련문학의 영향을 받게 되고 노신(魯迅)을 주장으로 한 중국신문학의 혁명전통에 대한 이해를 깊이 하게 된다. 그는 일본프로과학연구소 신문예학연구회(日本普羅科學研究所新文藝學研究會)에 참가하여 일본의 프로작가 고우구찌 간(江口渙), 고바야시 다끼지(小林多喜二) 그리고 프로시인들과 우의적인 교류를 갖게 된다. 프로간행물 『예술학연구』와 『프로문학강좌』에 중국혁명문학의 정황을 소개하고 일본반전동맹(日本反戰同盟)과 일본공산당에 가입한다. 1933년 봄에 유학생들의 좌익항일문화단체를 조직한 죄로 체포되었다가 그해 6월에 일본에서 축출 당하여 상해로 돌아온다. 이어 그는 좌익작가연맹 선전부장으로, 몇 달 후에는 서기로 되는 동시에 노신의 문학정신으로 청년회원들의 사회활동과 문학실천활동 및 문학학습을 지도하는데 전력한다. 1934년 말부터 직업작가생활을 시작한다.[5] 그의 번역소설집 『산영』은 1936년 4월 노신이 창의한 『역문총서(譯文叢書)』(黃源 主編)의 한 권으로 출판되었는데 출판되어 한 달 만에 재판되기 시작하여 1951년까지 5차 인쇄본이 나왔다. 그 후 1986년 3월, 인민문학출판사에서 『호풍역문집(胡風譯文集)』을 출판할 때 수록되었고 1999년 1월, 호북인민출판사에서 『호풍전집(胡風全集)』을 출판할 때에는 제8권에 수록되면서 수십 년간 주목 받아 왔다. 그 원인은 호풍이 쓴 「<산영>서(序)」에서 어느 정도 찾아볼 수 있다.

> 작년 세계지식잡지에 약소민족의 소설이 몇 기에 나누어 번역되었는데 나는 동방의 조선과 대만을 생각하게 되었다. 그들의 문학작품을 현재 응당 중국 독자들에게 소개해야 한다고 생각되어 「신문배달부(送報夫)」를 번역하여 투고하였다. 생각밖에 독자들의 감동을 자아내고 친우들의 흥취를 자아냈다. 하여 또 「산영」을 번역한 동시에 자료수집을 하여 역문집을 펴내려 하였다.
>
> 장혁주 씨와 양규(楊逵, 대만 현대작가) 씨의 소개에 의하면 조선신문학운동은 중국보다 10년 빨랐고 허다한 신구작가들을 배출하였을 뿐만 아니라 몇 가지 부동한 유파를 형성하였다고 한다. …… 유감스럽게도 나는 조선어를 모를 뿐만 아니라 대만방면의 재료 또한 얻을 수 없기에 다만 일본출판물에서 주의하여 수집할 수밖에 없었다. 결과 이 몇 편의 수확밖에 없게 되었다. 하기에 조선과 대만의 문학을 소개한다고 말하기는 당연히 너무나 부족하다. 하지만 현재까지 이 두 곳의 인민대중의 생활에 대하여 우리가 거의 모르고 있는 것을 생각할 때 이 책은 중국독자들에게 있어서 일정한 의의가 있을 것이다.[6]

---

5 『胡风自传』, 江苏文艺出版社, 1996年 6月, 1-2쪽 참조.

6 『胡风全集』(8), 湖北人民出版社, 1991年 1月, 675-676쪽 참조.

보다시피 호풍은 당시 중국문단에서 전혀 거론되지 않은 한반도현대문학과 대만신문학을 남달리 주목, 이해하고 이를 동방 약소민족문학으로 중국 독자들에게 알리려 하였다.

역문집 『산영』에 수록된 4편의 한반도 현대소설가운데서 장혁주(張赫宙, 본명 恩重, 1905-1998)의 소설이 2편을 차지한다. 주지하다시피 장혁주는 1930-40년대 전반기 한국현대문학의 대표적 작가로 일본문단에 이름났었다. 그는 전반적으로 볼 때 한국현대문학사에서 친일작가로 평가되고 있지만 문학창작초기 즉 1930년대 전반기에는 프로문학 동반 문학 경향을 띤 작품들을 창작하기도 하였다. 역문집의 서명(書名)으로 되기도 한 단편소설 「산영」은 1934년 6월 13일, 당시 일본의 유명한 잡지사인 개조사(改造社)에서 출판한 장혁주의 일본어소설집 『권이라는 사나이(權ト ィ フ男)』에 수록되었는데 이는 그의 문학창작 초기작품에 속한다.

소설 「산영」은 선길(仙吉)이네라는 한 화전민 가정의 비참한 파산과정을 생동하게 보여주고 있다. 선길이네가 원래 살던 우천읍은 군(郡)에 철로가 생기고 마을에 자동차가 달리면서부터, 지주는 재부가 날로 늘어나지만 농민들은 날로 가난해져 자작농에서 빈농, 화전민으로 전락된다. 선길이네도 분류계(奔流溪)라는 산골로 찾아와 화전민이 된다. 그러나 우천읍에서 ××와 ×××들이 와서 산이 나라의 소유라고 하면서 화전을 일구지 못하게 한다. 선길이네는 선후로 어머니와 동생이 굶주림과 병으로 죽게 된다. 선길이는 늙은 아버지를 심산 속에서 나와 살게 하기 위해 빚 대신 김병수의 첩으로 팔려 가나 사실 머슴이 되여 아버지조차 가보지 못한다. 그는 심산에서 홀로 사는 아버지가 너무나 걱정스러워 어느 날 지주 집에서 도망쳐 나오지만 결국 발각되어 도로 잡혀간다. 이듬해 봄에 선길이는 눈 속에 묻혀 굶어 죽은 아버지를 매장하며 통곡하는데 그 울음소리에 산 속의 수목마저 떤다. 소설은 “이런 화전생활을 하는 화전민은 날마다 격증하고 있다. 최근의 신문에 의하면 전 조선의 화전민이 이미 14만 호나 된다고 한다."라는 말로 끝난다. 비참한 사회의 한 측면을 리얼하게 보여준 소설이다.

단편소설 「성묘하러 가는 사람(墓參ニ行ク男)」 역시 장혁주의 문학창작 초기 소설인데 1935년 8월, 일본의 유명한 잡지 『개조』에 일본어로 발표되었다.

소설의 한 주인공 걸소(杰笑)는 ×××당의 운동가이다. 그는 21세 때 3.1운동으로 감옥에 들어갔다가 6년 후에 나온 후 w청년동맹에 가입하여 계속 계몽운동을 하다가 나순희라는 여자를 알게 된다. 걸소는 이 동맹의 최초의 여성 간부인 그녀를 사랑하나 그녀는 김렬이라는 간부와 동거한다. 그녀는 김렬의 기회주의적이고 허영심 많은 결함을 잘 알고 있었지만 동맹의 단합과 운동을 위해 그와 동거한다고 한다. 걸소는 김렬을 질투하기도 하고 부러워하기도 하며 나순희와 합작하여 운동하기도 한다. 후에 김렬이 ×××의 ×××를 접수하여 ××을 선언하자 걸소는 격분하여 기생집에서 놀아대고 있는 김렬과 격투하다가 김렬의 칼에 찍힌다. 나순희는 중상을 입은 걸소를 간호해주고 보호해준다. 후에 핍박에 의해 해삼위쪽으로 도피했던 걸소가 다시 해인사로 그녀를 찾아오나 그녀는 이미 병으로 사망되어 용문동 산정에 묻혀 있었다.

리얼리즘적으로 당시 복잡하고 비참했던 한국 정치운동권의 한 측면과 한 운동가의 형상을 잘 보여주고 있다.

단편소설 「초진(初陣)」은 1930년대 한국의 프로문학 작가 이북명(李北鳴)의 대표작이다. 이 소설은 원래 「질소비료공장」이라는 제목으로 『조선일보』에 1932년 5월 29일자부터 31일자까지 연재하다가 검열에 걸려 중단되고 작가가 체포되기까지 한다. 1935년 5월 일본의 『문학평론(임시 증간호)』에 「초진(初陣)」이라는 제목으로 일본어로 발표되는데 작가 이름을 이조명(李兆鳴)이라 달았다. 이 소설은 1930년대 한반도 프로소설의 대표작의 하나이다.

소설의 주인공 문길이는 질소비료공장에 출근하나 잔혹한 착취와 가난에 시달리다 못해 술로 허송세월 보낸다. 후에 상호를 비롯한 노동운동가들의 도움으로 점차 각성하여 비밀리에 친목회창립활동에 참가한다. 그들은 해고반대투쟁위원회를 조직하여 소위 산업합리화라는 명목으로 공장의 열악한 환경과 고된 노동에 지쳐 병든 노동자들을 해고시키려는 간교한 공장주와 맞서 투쟁한다. 나중에 문길이가 병을 고치지 못하고 죽게 되자 친목회에서는 의연금을 모아 장례식을 치르는데 그의 영구가 공장 문 앞을 지날 때 노동자들이 ≪××가(歌)≫를 비장하게 부른다. "들으라, 세계 근로자들이여…" 이런 비장한 노래 속에서 소설이 끝난다.

한국프로운동을 사실주의적으로 생동하게 묘사하고 또한 그 운동을 선동격려하는 대표적인 프롤레타리아 문학작품이다.

단편소설 「소리(聲)」는 한반도 현대작가 정우상(鄭遇尙)의 작품이다. 「소리」는 1935년 11월 일본의 『문학평론』에 「聲」이라는 제목으로 일본어로 발표되었는데 한민족 반일투사의 형상을 생동하게 보여주었는데 역시 대표적인 프로문학작품이다.

소설의 주인공 권팔룡은 순희의 남편인데 간도에서 가난한 사람들이 조직한 운동에 참가하여 적극적으로 활동하다가 상황이 긴장해지자 깊은 산 속으로 도피한다. 순희는 산 속의 사람들과 통신연락 활동을 하다가 용정촌의 영사관 경찰에게 잡혀간다. 그녀는 임신한 몸으로 일제의 잔혹한 고문을 당하면서도 굴함 없이 남편의 거처를 터놓지 않는다. 후에 그녀는 풀려나와 아들을 낳으나 활동하러 산에서 내려온 남편은 경찰에게 체포되어 서울 감옥에 갇힌다. 그는 장기간의 옥살이에 시달려 성대가 잘못되어 벙어리처럼 전혀 말할 수 없게 된다. 그는 감옥에서 의연히 완강하게 투쟁을 견지하는 동시에 동지를 통하여 아내 순희더러 다른 사람에게 재가하라고 권고한다. 한 것은 옥살이에 앞날을 알 길 없는 자신, 벙어리나 다름없게 된 자신 때문에 고생할 아내가 가슴 아파서였다. 하지만 순희는 남편을 끝까지 기다리겠다고 다짐한다.

이렇게 이 소설은 한민족 반일투사들의 굴함 없는 투쟁활동과 변함없는 사랑을 생동하게 보여주고 있다.

상기한 바와 같이 역문집 『산영』에 수록된 한반도 소설들은 모두 일제식민통치하의 한반도 인민들의 비참한 생활처지 및 암울한 사회현실을 폭로비판하고 또한 그들의 각성과 투쟁 모습을 그리고 있어 한반도 프로문학 내지 프로동반문학 작품이라 할 수 있다.

이런 소설의 주제경향에서만 아니라 역문집 「서문」에서도 호풍의 한반도 현대문학에 대한 번역 이입 자세를 엿볼 수 있다.

1930년대 중기부터 일제의 대륙침략확장 욕망이 날로 팽창되어 화북, 화동 등 중국의 전반 지역에 그 침략의 마수가 뻗쳐나갔다. 호풍은 당시의 이런 중국 정세와 일제의 침략야욕을 예민하게 포착하고 바야흐로 닥쳐 올 중화민족의 재난과 불행한 운명을 우려하면서 민족의식과 반일저항의식의 계몽을 프로문학의 한 사명으로 간주하였다. 하여 그는 남다른 시각으로 당시 일제식민통치하에 있는 한국의 불운과 한민족의 저항의식 경향을 보여주는 한국문학작품을 통해 중국의 독자와 문학인들의 민족운명에 대한 위기감과 불러일으키고 그 각성을 도모하고자 하였다.

호풍은 『산영』의 「서」에서 이렇게 쓰고 있다.

> ……나는 이 소설들을 주로 야밤중에 번역하였다. 주위가 조용해지고 다만 사구려 소리만 가끔 들리는 야밤중에 나는 점차 작품의 인물들 가운데 들어가 그들과 함께 고통을 겪고 몸부림쳤는데 때로는 지어 온 세상이 나의 주위로부터 빠져 가는 듯 하였다. 이럴 때 「초진」, 「신문배달부」 등 소설의 주인공들이 각성하고 분발하여 불굴의 정신으로 전진하는 것을 보게 된 나의 감격적인 심정은 실로 표현하기 어려웠다.

...... 이 몇 년간 우리 민족은 날로 생사존망의 변두리에 접근해가고 있다. 현재 이미 <동양평화보호(保障東洋和平)>를 철저히 실시해야 할 시기가 되었다. 이런 시기에 내가 <외국>의 이야기를 우리의 일로 읽은 원인에 대해서 독자 제군들은 꼭 체득하게 될 것이다.[7]

위에서 서술하다시피 소설 「산영」에서 묘사된 험악한 자연환경과 사회환경은 식민지한국의 실상이었다. 소설 「초진」은 한국노동운동의 발전 모습을 보여주고 있고 소설 「소리」는 한국 반일투사들의 불요불굴의 투쟁의지와 그 모습을 보여주었으며 소설 「성묘하러 가는 사람」은 한국 인테리들의 부동한 형상을 통해 그 운동가들의 복잡하고 굴곡적인 모습을 보여주고 있다.

호풍은 상기한 소설들을 번역 발표하여 일제식민통치하에 피눈물 나는 고난을 겪고 있는 한국 서민들의 비참한 운명에 대하여 동정과 관심을 보여주었고 일제식민통치하의 한국의 참상을 통해 바야흐로 일제의 전면적인 침략을 당하고 있는 중국의 앞날에 대한 연상과 우려를 보여주었다. 이는 중국독자들의 민족위기감을 불러일으키려는 역자의 깊은 심려이기도 하다. 그리고 역자는 한국서민들의 각성과 투쟁 모습을 통해 자신의 혁명의식과 반일정서를 우회적으로 터놓으면서 중국독자들의 민족의식과 반일민족정서를 불러일으키려는 심려를 실질적으로 보여주었다. 사실 이 역문집이 출판되어 1년 후에 즉 1937년에 "7.7"사변이 발발하여 일제가 중국에 대한 전면적인 침략을 감행하였다. 호풍의 시각이 참으로 민감하고 예리하였던 것이다.

호풍의 한반도 문학 내지 약소민족문학에 대한 수용 자세는 그의 자서전에서도 간접적으로 보아낼 수 있다.

---

7 동상서, 675-676쪽 참조.

…… 그때 나는 장혁주가 혁명작가가 아니라는 것을 확실히 몰랐다. 그가 어떤 작가든지를 막론하고 나는 다만 그의 작품만 보았다. 작품이 빈궁한 인민들을 동정하고 압박 착취자를 반대한 것이면 나는 곧 투쟁에 유리하다고 인정하고 응당 그 작품을 얻기 힘든 교재로 삼아야 한다고 생각하였다. 그때 그런 상황하에서 이런 작품을 얻을 수 있었다는 것은 너무나 쉽지 않은 일이었다.[8]

문학사상 장혁주는 확실히 문학창작 초기에는 프로문학동반작품을 창작하였었고 호풍이 그의 작품을 선택한 것도 틀린 일은 아니었다. 사실 당시 일본어로 번역된 한반도 프로문학작품은 너무나 적었고 독자들의 주목도 받지 못하였다. 그럼에도 「질소비료공장」이나 「소리」와 같은 대표적인 프로문학작품을 선택 번역하였다는 것은 호풍의 선명한 좌익문학입장과 남다른 수용 자세를 보여준다. 즉 호풍은 단순히 개인의 취미나 애호에서만이 아니라 우선 당시의 중국프로문학관에 입각하여 한반도 프로문학 내지 프로문학 동반 작품에 동감을 갖고 이를 선택, 수용하여 귀감으로 만들어 중국프로문학의 발전에 적극적인 영향을 주고자 하였다. 그의 이런 수용 자세는 당시 이 번역문집의 출판 광고에서도 실제적으로 찾아볼 수 있다.

1936년 1월, 잡지 『해연(海燕)』(史青文 主編, 上海海燕文藝社) 창간호 뒤표지에 문화생활출판사에서 출간하는 역문총서(譯文叢書)의 광고문을 실었는데 이 광고문 가운데 역문집 『산영』에 관한 내용이 적혀있다.

조선 대만의 민중들이 어떤 생활을 하고 있는가? 그들에게 문학이 있는가? 하지만 우리는 모두 여직 모르고 있다.

역사의 철제가 그 곳을 짓밟아놓았다. 자연히 유린, 고뇌 비애, 혈제 그리고

---

8 『胡风自传』, 江苏文艺出版社, 1996年 6月, 46-47쪽 참조.

항전이 생기기 마련이다. 또한 이러한 것들은 모두 입 밖으로 터져 나오기 마련이다.

여기에 선택된 소설들은 그들의 생과 사에 대해 선명하게 보여주고 있다. 색채가 짙고 내용이 침통하다. 약소민족의 문학을 말한다면 이 작품들이야말로 진정 약소민족의 고난 상을 잘 보여주고 있다고 할 수 있으며 문학과 생활의 관계를 말한다면 이 작품들이야말로 진정 독자들로 하여금 전부의 용기를 내여 합리한 생존을 위해 싸우자는 생각을 갖지 않을 수 없게 한다.

옹근 약 12-13만 자에 달하는데 모두 다 일본 잡지 혹은 일본어 단행본에서 선정 번역한 것이다. 그중 몇 편은 이미 발표한 적이 있는데 독자들이 많은 감동을 받았다고 한다.

보다시피 이 광고문은 비록 몇 구절 안 되지만 한민족이 겪는 고난에 대한 동정과 이를 리얼하게 보여준 한반도 문학작품에 대한 긍정적인 수용 자세가 역자뿐만 아니라 독자들에게서도 잘 나타나고 있음을 말해 준다. 이 광고문은 20세기 중국의 한반도 문학 번역에서 제일 처음으로 되는 한반도 문학 번역문 출간에 관한 광고로 추정되는 데서 또한 자못 의미 있다고 할 수 있다.

이외 역자도 이 번역문집이 일으킨 사회적 영향에 대하여 이렇게 말한 바 있다.

현재 나의 손에 있는 것은 1951년 제5차 인쇄본이다. 여기서 항일전쟁과 해방전쟁기간에 이 작품들이 독자들에게 상당한 수로 전파되었음을 알 수 있으며 공동한 적 일본침략자에 대한 적개심을 불태우는 작용을 하였음을 알 수 있다.[9]

9 『胡風譯文集』, 人民文學出版社, 1986年 3月, 2쪽 참조.

역문집 『산영』은 이렇게 역자의 독특한 수용 자세에 의해 처음으로 중국에 전파된 한반도 현대문학작품집으로 되는 동시에 중국프로문학과 항일민족문학에 적극적인 영향을 끼친 한반도 프로문학 내지 프로동반문학이기도 하다. 역문집 『산영』은 그 후 중국의 한반도 문학 번역 이입에서 하나의 전범으로 되었다.

이외 일부 잡지들에도 한국문학작품들이 번역 발표되었다. 1933년 『신보자유담(申報自由談)』에 한국 동요 「까마귀(乌鸦)」(全用 작, 穆木天 译)와 「목사와 제비(牧师和燕子)」(朴牙枝 작, 穆木天 译), 1934년 『모순(矛盾)』(제3권 제3-4호 합간)의 "약소민족문학특집(弱小民族文学专号)"에 조벽운(趙碧巖)의 단편소설 「고양이(猫)」(李剑青 역)가 번역 발표되고 『중화월보(中华月报)』에 장혁주의 단편소설 「쫓기는 사람들(被驱逐的人们)」(叶君健 역)이, 1934년 7월 『문학』(제3권 제1호)에 장혁주의 단편소설 「권이라는 사람(姓权的那个家伙)」(黃源 역)이 번역 발표되었다.[10] 이 작품들은 모두 일본어가 텍스트로 되어 중국으로 번역되었다는 것이 공동한 특징으로 된다.

1937년 "7.7"사변과 더불어 전면적인 중국항일전쟁이 폭발하면서 사회, 정치, 문화 등 사회적 환경이 열악해지자 바야흐로 활성화되던 중국의 외국문학 번역 이입은 크게 위축되었다. 1940년대에 들어서면서 중국문단은 시대적 특징이 뚜렷한 즉 반일민족구국을 주제로 한 작품들이 주류를 이루기 시작하였다. 따라서 외국문학 번역 이입도 갖은 곤란을 극복하면서 구소련의 조국보위전쟁문학작품을 비롯한 외국의 반전문학작품들을 번역 이입하기 시작하였다. 이 시기에 특히 주목되는 것은 동북륜함구(伪满洲国이라고도 함) 즉 일제식민통치하의 중국 동북에서 문학 활동을 전개하고 있던 일부

10 김재욱, 「한국 한국인 관련 중국현대문학 작품에 대한 역사시기별 개괄」, 『중국어문학지』 제22집, 중국어문학회, 2006, 204쪽에서 인용.

진보적 문인들이 그 열악한 사회여건 속에서도 목적의식적으로 한반도 문학작품들을 번역 이입하면서 우회적으로나마 민족의 시대적 주제에 동조하려 하였다는 것이다.

1941년 7월, 신경신시대사(新京新時代社)에서 번역 출판한 『조선단편소설선(朝鮮短篇小說選)』이 바로 이 점을 잘 보여주고 있다.

『조선단편소설선』은 전적으로 작풍간행회(作風刊行會)이라는 문학단체의 기획, 후원으로 번역 출판되었다. 작풍간행회는 원래 대련에 있는 향도문예연구사(響濤文藝硏究社)와 개척문예연구사(開拓文藝硏究社)의 부분적 성원들이 1939년 가을 봉천(지금의 심양)에서 조직한 문학단체인데 그 주요성원들로는 이부(夷夫), 목풍(木風), 석군(石君), 전병(田兵), 야려(也麗), 양야(楊野), 안서(安犀), 미명(未名), 성현(成弦), 목지(牧之), 고신(古辛), 최속(崔束), 진무(陳蕪), 왕각(王覺) 왕도(王度) 등이었고 그중 일부 성원들은 일찍 좌익문학활동에 참가하였다. 이 간행회는 대형계간 『작풍(作風)』을 비롯한 간행물 3종과 계렬 도서들을 출판하려 계획하였다.

하여 우선 1940년 11월에 『작풍』 창간호로 『작풍역문특집(作風译文特辑)』이 간행되었다. 하지만 이 특집은 출판 심사 때 발행금지라는 통고를 받게 되어 발행인들이 여러모로 소통하여야 했고 그 결과 일부 내용이 삭제된 후에야 발행될 수 있었다. 이 특집은 원래 아세아와 구라파의 약소민족과 피압박민족의 문학작품만 실으려 하였지만 위만주국경찰청의 심사로 하여 계획이 제대로 실행되지 못하였다. 그럼에도 불구하고 조선의 작품 3편과 불가리아, 스페인, 노르웨이, 러시아, 오스트리아 등 나라의 작품이 1편씩 실렸다. 이 작품들은 대체로 전쟁, 약탈, 추방 등을 반대하는 경향을 보여주고 있어 당시 중국독자들 속에서 적지 않은 반향을 불러일으켰다. 이 역문특집에 번역 수록된 조선작품은 이광수의 「가실」, 이효석의 「돈」, 김동인의 「붉은 산」 등 3편이다. 이 3편의 소설들은 그 후 『조선단편소설선』에 재수록되었다.

작풍간행회는 위만경찰당국의 간섭과 탄압으로 『작풍(作風)』 뿐만 아니라 기타 작품집들의 출판 계획을 제대로 실행할 수 없게 되었다. 특히 1941년 말에 이부, 양야, 왕각이 선후로 위만주국 경찰에게 체포되는 등 백색공포가 짙어지자 작풍간행회는 부득불 해체를 고하게 되었다.

『조선단편소설선』은 바로 이 간행회에서 출판 간행한 몇 개 안 되는 작품집중의 하나로 되는 동시에 위만주국 시기에 유일하게 단행본으로 출판된 한문판(漢文版) 약소민족소설집으로 추정된다. 이 소설선은 출판되어 몇 달 안 되어, 1941년 말에 발행인 왕각이 이 책을 출판한 죄와 기타 죄로 인하여 위만주국 경찰들에게 체포되고 감옥에서 혹형에 시달리다가 불행히 옥사하였다.[11]

『조선단편소설선』이 1941년 7월 20일, 신경신시대사에 의해 출판될 때 왕혁(王赫)이 편집을 맡고 왕각(王覺)이 발행인(發行人)으로 되었다. 이 소설선의 출판 경과에 대하여 자료의 부족으로 상세하게 알 수 없지만, 이 소설선의 내용과 이에 대한 당시의 여러 가지 평론문장들을 통해 어느 정도 역자와 편집 그리고 발행인 및 당시 독자들의 수용 자세를 알 수 있다.

『조선단편소설선』에는 김동인의 「붉은 산(赭色的山)」(古辛 譯), 장혁주의 「이치삼(李致三)」(遲夫 譯)과 「늑대(山狗)」(夷夫 譯), 이효석의 「돈(豚)」(古辛 譯), 이태준의 「가마귀(烏鴉)」(羅懋 譯), 김사량의 「월녀(月女)」(鄒毅 譯), 유진오의 「복남이(福男伊)」(羊朔 譯), 이광수의 「가실(嘉實)」(王覺 譯) 등 8편이 수록되었는데 역자들은 이 소설들의 일본어판을 원본으로 삼아 중국어로 번역하였다.

「가실」은 1940년 4월 10일, 모던일본사(モダン日本社)의 출판으로 된 『이

11 田兵, 「重新認識淪陷時期的文學」, 『東北文學研究史料』, 第3輯, 哈尔滨文学院, 1986, 181쪽에서 인용.

광수단편집 가실(李光洙短篇集 嘉實)』에 번역, 수록되었는데 왕각이 이 소설집에서 선정하여 번역한 것으로 추정된다. 「돈」은 『문예통신(文藝通信)』 1936년 8월호에 일본어로 발표되었다가 1940년 2월 15일, 교재사(教材社)의 출판으로 된 『조선소설대표작집(朝鮮小說代表作集)』(申建 譯編)에 수록되었는데 고신이 이 소설집에서 선정하여 번역한 것으로 추정된다. 「붉은 산」도 『조선소설대표작집』에 수록된 것을 고신이 선정하여 번역한 것으로 추정된다. 「이치삼」은 1938년 2월 『제국대학신문(帝國大學新聞)』에 번역 발표되었다가 1939년 2월, 장혁주의 소설집 『길(路地)』에 다시 수록되었으며, 「늑대」(일본어 제목은 <山犬>)는 1934년 5월 『문예수도(文藝首都)』에, 「가마귀」(일본어 제목은 <鴉>)는 1939년 11월 『모던일본』의 "조선특집호"에 먼저 번역 발표되었다가 1940년 3월 10일, 장혁주 편집하고 적총서방(赤塚書房)에서 출판한 『조선문학선집(朝鮮文學選集)』(第1卷)에 다시 수록되었으며, 「월녀」와 「복남이」는 1941년 5월 18일, 『주간조일(周刊朝日)』의 "반도작가신인집(半島作家新人集)"에 수록되었다. 중국어 역자들은 당시 일본문단에 이름난 조선인작가 장혁주와 이광수의 작품 그리고 『조선소설대표작집』, 『조선문학선집』, 『반도작가신인집』 등 당시 한국문학을 대표한다고 인정된 소설특집들에서 작품들을 선정하여 번역하였다고 본다.

『조선단편소설선』은 중국어 역자들이 언어의 제한으로 일본어판을 통해 한국의 작가 작품을 선정하였기에 선정에서 일정한 편차가 있겠지만 공동한 운명을 겪고 있는 약소민족문학에 대한 특별 기대 시야 속에서 번역, 출판되어 큰 반향을 불러일으켰다. 당시 신경(지금의 장춘)의 중국어신문가운데서 제일 권위적이었던 『대동보』에 극명(克名)이라고 서명한 「『조선단편소설』 독서잡기(讀書雜記)」가 두 회로 나누어 발표되었는데 이 문장을 통해 그 반향을 충분히 알아볼 수 있다.

…… 이왕 우리는 조선의 문화세계에 대해 깜깜부지였다. 그 민족가운데는 시인이나 작가가 한 사람도 나타날 수 없는 것으로 생각하였다. 마치 러시아문학의 위대한 빛을 발견하기 전에 사람들이 러시아에 그처럼 찬란한 문화가 있는 것을 생각지 못한 것과 같다. 조선, 더욱이 조선의 문화는 사람들에게 홀시되어 있었다.

…… 현재 신시대사에 의해 조선단편소설선이 출판되었다. 이는 하나의 위대하고 결심이 있는 사업이라고 말하지 않을 수 없다. ≪선(選)≫이라고 하지만 내가 보건대 결코 ≪선≫이 아니라 많은 조선단편소설가운데서 임의로 뽑아 출판한 것에 지나지 않는다. 조선의 창작은 근본적으로 많은 열과 힘을 갖고 있다고 하겠다. 열과 힘이 없으면 그들은 근본적으로 쓸 필요가 없다. 조선의 문인들은 만주문인과 같은 한가함이 없기에 구호를 부르지 않는다. 그러나 그들의 작품은 대중을 떠난 것이 하나도 없다. 마치 작가들이 영혼이 하나뿐이고 이 영혼 하나가 대중을 영원히 파악하고 있는 것 같다. 동시에 그들에게는 또 하나의 공통점이 있는데 그것은 곧 누구나 할 것 없이 작품을 수식하지 않고 솔직하게 써내려 가는 것이다. 그 솔직하고 순진한 힘은 참으로 대단한 것이다.

여기에는 영미인(英國美國人)들이 생각지 못하는 제재가 있고 백종인(白種人)보다 숭고한 정신이 있다. 비록 겨우 열 편에 불과하지만 사람들을 만족시키기에는 넉넉하다. 이 소설들을 본 후에는 그 누구도 예전의 안광으로 백의의 사람들을 보지 않을 것이다. 백의의 사람들, 그들의 영혼, 그들의 피는 그 어느 것도 백색인들보다 못한 것이 없다. … 어느 한 방면에서 우리는 하나의 공통한 운명이 있다고 생각된다. 그 운명은 곧 고민으로 죽도록 억눌려 사는 운명이다. 그렇다면 우리는 마땅히 어떻게 우리의 운명을 대해야 하는가? 만약 우리의 "고뇌의 상징"이 조선의 문화와 어깨 나란히 하는 정도로 승화한다면 우리의 구호는 비로소 헛되게 외치지 않은 것으로 되고 우리나라는 비로소 문화가 있다고 할 수 있다.

내가 여기까지 썼을 때 한 친구가 나에게 이 책을 너무 높게 평가하는 것이 아닌 가고 하였다. 혹시 그에게 나보다 더 위대한 이유가 있을 것이다. 하지만 나의 견해는 영원히 다른 사람에 의해 동요되지 않을 것이다. 왜냐하면 이 열 편의 작품이 이미 나의 들뜬 생각을 무너뜨릴 수 없는 견해로 굳어지게 하였기 때문이다.[12]

보다시피 이 평론은 이 소설선의 출판을 높이 평가하면서 이는 단순한 조선작품 번역 소개가 아니라 같은 운명에 처한 당시 재만 중국인 문인들을 참고 반성케 하는 적극적인 영향을 미치게 될 것임을 확신하고 있다. 다시 말하면 이 소설선은 중국인 문인들로 하여금 열과 힘을 다하여 현실을 수식하지 말고 솔직하게 묘사할 것을 암시, 자극하기 위해 번역 출판된 것이나 다름없음을 말해주고 있다. 이는 이 '소설선'은 목적의식이 선명한 번역 이입임을 방증해준다.

당시 동북 중국인문단에서 이름난 평론가 진인(陳因)도 『성경시보(盛京時報)』에 「조선문학략평(朝鮮文學略評)」이라는 논평을 3회에 걸쳐 발표하면서 '소설선'이 일으킨 적극적인 반향과 그 수용 자세를 잘 보여주었다.

의사를 제일 잘 표현하는 도구는 문학이라 할 수 있다. 두 개 민족의 상호 교류도 문학의 소개와 이해를 요청한다. 조선은 비록 우리와 거리가 가깝지만 문학상에서는 전혀 교류가 없었다고 할 수 있다. 우리는 일본문학 지어 북구문학을 알고 있지만 조선문학에 대해서는 망연하다.

조선에 결코 문학이 없는 것이 아니다. 또한 그들의 문학이 국제 수준급이 전혀 없어서가 아니다. ……

12 克名, 「朝鮮短篇小說」(上, 下), 『大同報』, 1941年 8月 5日, 8日자에서 인용.

> 조선문학의 지표는 다만 이 역본에 근거하여도 그 수준이 절대 낮지 않다고 판정할 수 있다.[13]

이와 같이 한국문학과의 교류의 필요성과 한국문학 수준에 대한 긍정적인 평가를 내린 후 진인은 평론가의 안목으로 이 책의 매 작품들을 내용소개부터 예술특징에 이르기까지 하나하나 상세히 분석 서술하였다.

그는 문장에서 「이치삼」은 "아주 농후한 희극적 미가 풍기는데" "희극의 배경에는 음산하고 비참한 색채가 있다."고 하고 「늑대」는 한물간 사랑 이야기를 쓰고 있는데 이는 작가의 세계관이 협소함을 보여준다고 하면서 이 소설은 "내가 보건대 아주 오래전에 쓴 작품인 것 같다."고 하였다. 그리고 「붉은 산」은 "민족정서가 아주 짙고" "이야기 구성이 비교적 완벽하다."고 하고 「돈」은 조선농촌의 농민형상이 너무 단순하게 그려졌는데 그 제일 주요한 원인은 작자의 세계관이 협소한 데 있다고 한다.

「까마귀」는 "한편의 비범한 작품이다. 작자는 전인들이 들어가지 못한 계곡에 들어가 사람들이 종래 잡지 못한 귀중한 짐승을 잡았다. 시범적인 시행을 하였다. 통 털어 말하면 아주 음산한 감을 느끼게 되는데 이런 기질은 앨른 포(艾倫坡)의 작품에서 볼 수 있다."고 평하였으며 「월녀」는 "아주 평범한 이야기를 쓰고 있"는데 이는 "핵심을 멀리 떠난 중용적인 작품이다."고 하면서, 중용의 원인은 당시 당국의 심사 때문에 중용을 선택하고 있는 중국인문단의 중용파(中庸派)를 생각하게 한다고 평하였다. 그리고 「복남이」는 "일종의 위대한 인성"을 "아주 원만하게 이야기한" 성공적인 작품이라고 하면서 또 "문학에 국경이 없는 것은 인성이 서로 통하여 거리가 없기 때문

---

13 陳因, 「朝鮮文學畧評－朝鮮短篇小說選」, 『盛京時報』, 康德 8年(1941年) 10月 1日자에서 인용.

이다."라고 평한다.

진인은 특히 「가실」에 대해서 아주 의미 깊게 평하였다.

> … 만약 이 소설에서 가실의 성격만 표현하였다면 가작이라 할 수 없다. 소설은 고대전쟁을 기재할 때 몇 곳은 아주 잘 썼다.…자연히 이런 전쟁에 대해 백성은 무엇 때문에 꼭 싸워야 하는가를 모른다. 다만 두 나라의 국왕과 장군들이 싸우려고 하면 각자의 나라 백성들을 속여 서로 교전하게 하는데 선전(宣戰)의 이유는 당연히 상대방이 전쟁을 일으켰기 때문이고 자기는 정당한 방어라는 것이다. 나중에는 승부를 막론하고 모두 장정이 결핍하게 된다. 지어 딸과 재산을 적대국에게 주게 되고 포로는 노예로 팔려가게 된다.
>
> 여기서 싸우고 있는 두 나라, 신라와 고구려의 백성들은 오히려 호악(好惡)상에서 공통한 인성을 구비하고 있다. 할진대 언젠가는 전쟁을 결속 짓게 것이다.[14]

대체로 문학작품은 한 문화환경으로부터 다른 한 문화환경으로 옮겨질 때 그 작품에서 일부 새로운 의의가 생성된다. 따라서 작품의 의의는 부동한 환경, 부동한 시대의 부동한 독자들에 의해 부동하게 해석된다고 하겠다.

조동일 교수는 『한국문학통사』에서 소설 「가실」은 이광수가 민족허무주의의 지론을 펴서 심한 규탄을 받을 때 쓴 것인데 "사랑을 위해 고난의 길을 자청한 가실"한테서 "희생정신의 가치를 느끼도록 하자는 데 창작 의도가 있다 하겠는데" "궁지에 몰린 자기 자신도 민족을 사랑하다가 희생을 겪는다고 변명하는 뜻을 은근히 보태 작품의 진실성을 더욱 약화시켰다."고 평하

---

14 陳因, 「朝鮮文學略評－朝鮮短篇小說選」, 『盛京時報』, 1941年 10月 22日자에서 인용, 이 문장은 10월 1일, 10월 8일, 10월 22일 세 번에 나뉘어 발표됨.

였다.[15]

하지만 소설 「가실」은 조선어에서 일본어로, 일본어에서 다시 중국어로 번역되는 과정에 이광수가 그 어떤 목적으로 창작하였든 간에 중국인 역자에 의해 그 텍스트 의미가 일부 새롭게 첨가되었다. 『조선단편소설선』에 실린 소설 「가실」(왕각 역)에는 주인공 가실이의 사랑에 대한 충성심을 보여주는 한편 20세에 징병되어 30세에야 고향에 돌아왔을 뿐만 아니라 또 전쟁에서 아들들을 다 잃고 어린 딸을 데리고 사는 신라의 늙은이, 역시 전쟁에서 아들을 잃고 어린 딸 하나를 데리고 사는 고구려의 늙은 부부, 무엇 때문에 싸워야 하는지도 모르는 장기간 지속되는 전쟁 속에서 비참하게 죽어가는 병사들 등등의 인물과 이야기들이 주선으로 그려져 있다고 하겠다. 하여 이 번역 작품의 기저에는 반전(反戰)정서가 선명하게 보여지고 있다.

김동인의 「붉은 산」은 임종을 앞둔 주인공이 고향의 붉은 산을 그리워하고 그 주위의 사람들이 애국가를 부르는 감명 깊은 결말로 위만주국의 조선인들의 짙은 민족정서를 보여준다. 위만주국에서 중국인도 조선인과 같은 마찬가지로 일제의 식민통치하의 피식민 민족으로 불운을 겪어야 하였다. 이런 불운에서 벗어나려면 모름지기 대중들의 민족의식과 저항의식을 계몽시켜야 하였다. 따라서 중국인문학도 민족계몽을 위한 진보적 민족문학이 박절히 요청되었다. 김동인의 「붉은 산」은 바로 중국인문단의 이런 기대시야에 알맞은 작품이 아닐 수 없었다.

상기 소설들은 자연발생적으로 번역 이입된 것이 아니라 현실의 요청에 의해 역자의 문화여과를 거쳐 번역 이입되었다고 볼 수 있다. 일제의 잔혹한 식민문화전제통치로 말미암아 동북의 중국인문학은 직접적으로 민족의식과 반일저항의식을 보여줄 수 없었기에 중국독자들의 기대시야에 알맞은 진보

---

15 조동일, 『한국문학통사 5』, 지식산업사, 1994년 1월, 103쪽 참조.

적인 작품들이 쉽사리 창작, 발표될 수 없었다. 이런 상황 속에서 중국인문인들은 우회적인 표현방법으로 이런 문학작품을 창작하는 한편 그 기대시야에 알맞은 외래 문학작품들을 번역 이입하는 것으로 그 심미치환을 시도하고 이런 번역작품을 전범으로 삼아 자기민족문학을 발전시키려 하였다. 『조선단편소설선』은 바로 이런 수용 자세에 의해 번역 이입되었다고 하겠다.

『조선단편소설선』은 『산영』을 뒤이어 중국에 번역 이입된 두 번째 한국 현대문학 소설집으로 볼 수 있다.

이외 동북륜함구에서는 장혁주가 개작한 고전 소설 「춘향전」이 『협화사업(协和事业)』(1940년 8월 15일~9월 15일, 4회로 나뉘어 연재됨)에 일본어로 발표된 뒤를 이어 1941년에 중국어 간행물에 중국어로 번역 발표되었다. "만주에 춘향전이 소개된 후부터 장혁주의 이름은 매 사람들의 마음속에 자리잡게 되었고 조선문학의 높은 수준은 사람들을 아주 놀라게 하였다."[16] 『춘향전』의 중국 번역 이입 양상은 졸저 『중국에서의 <춘향전> 번역 수용 연구』(역락, 2014) 참조하기 바란다.

4. 장혁주 작품의 번역 이입 양상

1940년대에 한반도의 작가와 작품이 개인 작품집으로 번역 출판된 것은 장혁주의 산문집 『조선의 봄(朝鮮春)』(范泉 譯, 上海文星出版社, 1943년 1월)과 장편동화 『흑백기(黑白記)』(范泉 譯, 上海永祥印书馆, 1946년 4월) 2편(현재까지 확인된 것)으로 추정된다. 『조선의 봄』은 장혁주가 일본어로 창작 출판한 산문집 『와까(风土记)』(赤塚书房刊行, 1942年 5月)에 수록된 산문들을 선정하여 번역 출

16 克名, 「朝鮮短篇小說」(上), 『大同報』, 1941年 8月 5日자에서 인용.

관한 것인데 「나의 작품들이 창작된 원인(我底作品的成因)」, 「봄이 오면(春来时节)」, 「조선의 봄(朝鲜的春)」, 「봄날의 향수(春愁)」, 「여름날의 조선풍경(夏的朝鲜风景)」, 「조선의 겨울(朝鲜的冬)」, 「아름다운 조선(美丽的朝鲜)」, 「어린 시절의 서천(幼时的西川)」, 「낙동강(洛东江)」, 「자연과 인간(自然与人)」, 「독사(毒蛇)」, 「다시 만나보고싶은 사람(希望再见的人)」, 「여정(旅情)」, 「해인사 기행(海印寺纪行)」, 「북선 여행(北鲜之旅)」, 「춘향과 몽룡(春香与梦龙)」, 「비극의 청춘(悲剧的青春)」, 「조선문학계의 현황(朝鲜文界的现状)」, 「조선문단의 대표작가(朝鲜文坛的代表作家)」, 「오늘의 조선문단(今日的朝鲜文学)」, 「내일의 조선문단(明日的朝鲜文学)」 등 21편 문장이 수록되어 있다.

첫 문장 「나의 작품들이 창작된 원인」에서는 한반도가 지리적으로 북부, 중부, 남부로 나뉠 뿐만 아니라 각 지역 사람들의 성격 및 생활환경도 각이함을 밝힘과 동시에 소설 「성묘하러 가는 사람」, 「무지개」, 「아귀도」, 「분기한 자」, 「산령」, 「권이라는 사나이」 등은 모두 조선의 이런 사회역사 풍토기를 그린 것이며 또한 이런 작품들이 창작되게 된 원인도 대체로 "나"의 이런 풍토에 대한 취미에서 기인한 것임을 피력하고 있다.

「봄이 오면(春来时节)」, 「아름다운 조선(美丽的朝鲜)」 등 문장들은 제목에서도 알 수 있다시피 한반도의 아름다운 자연풍토를 스케치식으로 보여주고 있으며 「조선문학계의 현황」, 「오늘의 조선문단」 등 문장은 당시 조선문단 풍토를 잘 보여주고 있다.

『조선의 봄』은 중국독자들이 1930-40년대 초반의 한반도의 자연과 사회 그리고 문학 풍토를 요해하는 작은 창구나 다름없었다고 할 수 있다. 거의 유일한 창구였다고 하여도 과언이 아닐 것이다. 이 책은 1946년 7월, 『조선풍경(朝鮮風景)』이라는 제목으로 상해영상인서관(上海永祥印书馆)에 의해 개명 출판되었고 1948년 1월 재판되기까지 하였다.

『흑백기』는 장혁주가 고전소설 『흥부전』을 『福實和诺羅實』이라는 제목으로 동화로 개작하여 일본어로 발표한 것을 다시 중국어로 번역한 것이다. 역자 범천(范泉, 본명은 徐煒)은 서문 「題記」에서 번역 동기를 이렇게 밝히고 있다.

> 아래의 이야기에는 이름이 흑보(黑實)라는 사람과 백보(白實)라는 사람이 등장한다. 그들은 형제 사이이지만 개성은 흑과 백으로 완전히 다르다. 이런 부동한 성격으로 하여 많은 감동적인 이야기가 벌어지게 된다. 우리는 이 이야기를 읽으면서 무엇이 가증스러운 미움이고 무엇이 위대한 사랑인가 하는 것을 알게 된다.
>
> 이 이야기는 제일 먼저 징키스칸의 고향 우리 중국의 북부 몽고에서 생겨났다. 몽고시대에 전해질 때의 제목은 '바가지 타는 처녀'(주1)이었는데 조선의 고려시대에 조선에 전파되면서 이야기 내용이 보충되어 복잡하고 아름다운 작품 『흥부전』으로 변하였다.
>
> 주1: 바가지는 덩굴식물의 일종인데, 열매가 마치 조롱박 같지만 하나의 단독적인 원형 열매이다. 아직 알맞은 역명이 없기에 이 책에서는 모두 음역하였다.
>
> ……
>
> 현재 일본어로부터 다시 중국어로 번역하였는데 이는 우리 조국의 원래 유산을 오랜 세월 이후, 장기간의 보존과 몇 차례의 수정을 거친 후, 다시 외국으로부터 되돌아오게 된 셈이다. 이 이야기는 우리의 것이고 우리 몽골인 조상들이 피로써 창조해 낸 것이다.
>
> 중국독자들로 하여금 이해하기 쉽게 하기 위해 역자는 일본어의 제목을 이야기에 나오는 인물들의 성격에 근거하여 중국의 습관적인 인명 즉 백보와 흑보로 개칭하였다. '기'자의 뜻은 『흥부전』의 '전'과 같은 뜻이다. 이렇게 『흑백기』가 중국독자들 앞에 나타나게 되었다.[17]

보다시피 역자는 무엇보다 『흥부전』의 주제가 권선징악을 선양한 것이기에 선정하게 되었고 그다음 『흥부전』 이야기의 원형은 징키스칸시대에 몽골족들에 의해 창작된 것으로 이는 중국의 문화유산이기에 중국에 도로 찾아와야 한다는 데서 선정 번역하게 되었음을 명확히 밝히고 있다. 뿐만 아니라 번역할 때 중국의 인명습관과 표기습관에 맞추어 주인공의 이름과 작품 제목을 개칭한다는 번역 자세도 명확히 보여주었다. 여기서 역자가 우연이 아닌 목적의식적으로 이 작품을 선정 번역하였음을 쉽게 알 수 있다.

『흑백기』는 책자 앞표지에 장편동화집라고 작품의 장르를 명확히 밝혀 놓았고 그 내용은 16장으로 나누고 매 장마다 소제목이 달려 있으며 진인교의 삽화 한 폭씩 삽입되어 있다. 내용부터 형식에 이르기까지 고전소설 아닌 전래동화로 개작된 것이다. 이런 개작은 역자 자신의 개작이 아니라 전적으로 일본문 번역에 의한 것인 만큼 이 역시 당시 중국어 역자들은 언어상의 제한으로 말미암아 일본어라는 번역 매개에 의해 어느 정도 제한되고 변형된 한반도 문학작품을 다시 중역하는 유감을 보여주고 있다.

『흑백기』는 1948년에 중판할 때 제목을 다시 『福實和诺羅實』로 바꿔 달았다.

이 외에도 기타 신문 잡지에 번역 발표된 한반도 문학작품들도 적지 않다. 1939년에 장혁주의 단편소설 「유랑(流荡)」(翠生 역)이 번역 발표되고 박목월(朴懷月)의 단편소설 「전투(战斗)」(马耳, 即 叶君健 역)가 번역 발표되었다.

1940년대 후반기에 중국은 항일전쟁의 승리 과실을 채 맛보기도 전에 치열한 국내전쟁이 폭발하여 1949년 10월 중화인민공화국이 창립되기까지 사회 정치 경제 문화 등 사회의 모든 분야가 전국적으로 참혹한 전쟁의 세례를 겪게 되었다. 외국문학 번역 이입의 제반 여건도 열악해지지 않을 수 없었다.

---

17 张赫宙, 范泉 译, 『黑白記』, 上海永祥印书馆, 1946年 4月, 初版, 2-5쪽에서 인용.

이 시기에는 공산당이 승리를 거듭함에 따라 국내의 모든 정세가 변하기 시작하여 외국문학 번역 이입도 구소련 프롤레타리아문학을 중심으로 하는 사회주의 리얼리즘문학이 번역 이입의 주요대상으로 되었다. 이렇게 번역 이입의 선정대상이 한 곳으로 기울이면서 한반도 문학에 대한 번역 이입은 침체되지 않을 수 없었다.

<外國文學硏究> 2004년 秋季號(2004년 8월)에 중국어로 게재

참고문헌

克名, 「朝鮮短篇小說」(上, 中, 下), 『大同報』, 1941.8.
吳藻溪 編譯, 『朝鮮童話』, 北平世界科學社, 1936.5.
鬱達夫, 夏萊蒂 編輯, 『大眾文藝』, 第2卷 第4期, 現代書局發行, 1935.5.
张赫宙 著, 范泉 译, 『黑白記』(初版), 上海永祥印書館, 1946.4.
陳因, 「朝鮮文學略評－朝鮮短篇小說選」, 『盛京時報』, 1941.10.
田兵, 「重新認識淪陷時期的文學」, 『東北文學研究史料』, 第3輯, 哈尔滨文学院, 1986.
『胡風譯文集』, 人民文學出版社, 1986.3.
『胡风全集』(8), 湖北人民出版社, 1991.1.
『胡风自传』, 江苏文艺出版社, 1996.6.

김재욱, 「한국 한국인 관련 중국현대문학 작품에 대한 역사시기별 개괄」, 『중국어문학지』 제22집, 중국어문학회, 2006, 193-219쪽.
杨昭全, 『中国－朝鮮·韩国文化交流史』(Ⅳ), 昆仑出版社, 2004.
조동일, 『한국문학통사 5』, 지식산업사, 1994.1.

20세기 전반기 중국에서의 한국아동문학 번역 양상

1. 들어가며

주지하다시피 중국아동문학과 한국아동문학은 모두 1910년대의 신문학 운동을 거쳐 20년대 초반에 형성되어 동시대에 근대화를 경유하였다. 양자 모두 일본으로부터 "동화"라는 용어를 이입 보급하고 신화, 우화, 소설 등 여러 가지의 장르를 아동문학에 포함하였을 뿐만 아니라 아동을 교도하는 교훈적이고 이념적인 내용 즉 교육 성격을 강하게 보여주었다.

중한 양국은 또한 1930년대부터 1940년대 전반기까지 공히 일제 식민지 시대를 경유하였다. 이런 정치, 역사, 문화 등 사회 배경 하에 일방적이던 중한 문학 교류가 이 시기부터 쌍방향 교류로 이루어지기 시작하였다. 다시 말하면 자고로 한국의 중국문학 번역 이입만 있고 중국의 한국문학 번역 이입은 거의 전무하였던 상황이 타파되었다.

중국에서 한국문학작품을 번역 이입하기 시작한 것은 1930년대 초부터라고 할 수 있다. 1930년 5월, 중국현대문학의 대표적 작가의 한 사람인 욱달부가 편집을 맡은 진보적 간행물 『대중문예』[1]에 임화(1908-1953)의 시 〈病監에서 죽은 녀석(狱里病死的伙计)〉(白斌 역)과 권환(權煥)의 시 〈이꼴이 되다니!(咳,

成这样了!)〉(白斌 역)가 번역 발표되었는데 이는 중국에 번역 소개된 최초의 한국현대문학작품들이라고 추정된다. 이 작품들은 모두 한국 프롤레타리아 문학작품들로서 한국현대문학 양상을 중국 문단에 처음으로 보여준 것이 바로 한국프로문학이라는 것을 쉽게 보아낼 수 있다. 하지만 이런 작품들은 대체로 여러 간행물에 낱개로 번역 소개되었을 뿐 단행본 출간을 비롯한 다량의 본격적인 양상을 보여주지 못한 유감을 남겼다.

다행히 1930년대에 한국의 전설, 동화 등 아동문학작품들이 여러 단행본으로 번역 출판되면서 한국근대아동문학의 다양한 양상을 보여주었다. 이 시기에 선후로 『조선전설(朝鮮傳說)』(淸野 編譯, 上海兒童書局, 1930년 6월), 『조선민간고사(朝鮮民間故事)』(劉小惠 譯, 上海女子書局, 1932년 6월), 『조선동화(朝鮮童話)』(吳藻溪 編譯, 北平世界科學社, 1934년 2월), 『조선현대아동고사집(朝鮮現代兒童故事集)』(邵霖生 編譯, 南京正中書局, 1936년 1월), 『조선현대동화집(朝鮮現代童話集)』(邵霖生 編譯, 上海中華書局, 1936년 11월) 등 민간이야기집과 동화집들이 번역 출판되었다. 1940년대에는 장혁주의 장편동화 『흑백기(黑白記)』(范泉 譯, 上海永祥印書館, 1946년 4월)가 번역 출판되었다.

본 논문은 주로 스코포스이론과 비교문학이론으로 상기 단행본들의 외적·내적 층위를 구체적으로 분석함과 아울러 제반 20세기 전반기 중국의 한국아동문학 번역의 양상을 총체적으로 밝혀보고자 한다.

2. 20세기 전반기 중국의 외국아동문학 번역 수용 양상

중국아동문학은 대체로 1922년에 출판된 엽성도(叶圣陶)의 창작 동화 「허

---

1 『大眾文藝』, 1935年 5月, 第2卷 第4期, 鬱達夫, 夏萊蒂 編輯, 現代書局發行.

수아비(稻草人)」를 그 효시로 하고 있지만 먼저 외국아동문학작품과 이론의 번역 이입이 있은 다음 국내 아동문학 창작이 시작된 양상을 보여주었다. 다량의 외국아동문학 번역 이입은 중국아동문학을 생성시켰을 뿐만 아니라 그 발전에도 지속적으로 영향을 미쳤다. 이와 같은 영향은 주로 번역 작품을 통해 이뤄졌다. 따라서 중국에서의 외국아동문학 번역 양상과 그 영향 연구는 자못 중요한 의미를 갖는다.[2]

20세기 전반기 중국의 외국아동문학 번역 연구는 1910-1919년, 1929-1929년, 1930-1939년, 1940-1949년 등 4개 단계로 나누어 고찰할 수 있다. 이 시기에 외국아동문학 작품이 총 535종 번역 출판되었는데 1930년대(1930-1939)가 최고로 총수의 48.3%(258/535), 1910-1919년은 최저로 1%(5/535), 1940년대는 39.3%(210/535)로 되어 있다. 그중 유럽아동문학 작품이 1위를 차지하는데 부동한 시기 총수의 80%(4/5), 32.8%(53/162), 74.8%(193/258), 77.7%(163/210)를 차지한다. 러시아/소련아동문학은 1910-1919년에는 단행본이 전무한 상황이었지만 1920-1929년에는 11종 번역 출판되어 이 시기 최고로 17.8%(11/62)를 차지하며 1930년대에는 32종으로 제2위(32/258)를 차지한다. 이 시기 1위는 영국(38종)이 차지한다. 1940년대에는 러시아/소련아동문학이 38.1%(80/210)로 2위인 영국(28종)을 훨씬 추월하여 절대적 1위를 차지한다. 1920년대부터 러시아/소련아동문학은 중국아동문학번역사의 주역으로 되었다.

이 시기 중국의 아세아아동문학 번역 출판 양상을 살펴보면 1910-1919년 1종(1/5, 아랍지역 작품), 1920-1929년 4종(4/62, 인도 2종, 터키 1종, 아랍지역 1종), 1930-1939년 28종(28/258, 일본 9종, 페르샤 1종, 인도 7종, 한국 3종, 터키

2 李丽, 『生成与接受－中国儿童文学翻译研究(1898-1949)』, 湖北长江出版集团湖北人民出版社, 2010年 6月, 173-174쪽 참조 인용.

1종, 아랍지역 7종), 1940-1949년 아세아주, 아프리카주, 아메리카주 등 3대주 작품 가운데 18종(18/47, 일본 5종, 한국 3종, 인도 4종, 이란 2종, 아랍지역 3종, 국가 불명 1종)으로 되어 있다. 그중 일본과 아랍지역(『아라비안나이트』)의 작품이 주류를 이루고 있고 한국 작품은 총 6종으로 아세아권에서 12%(6/51), 4위를 차지하고 있다.[3]

이 시기 외국아동문학 번역 전략을 살펴보면 초기에는 임의의 첨삭, 개편, 개작 등 자국화 경향을 보여주었고 1920년대부터는 원문에 충실하는 타국화 경향을 보여주었다. 원문 텍스트 선정 기준은 대체로 초기에는 유희성과 취미성이었고 1930년대부터는 리얼리즘(혁명적 리얼리즘과 비판적 리얼리즘)이었다고 할 수 있다. 원문 텍스트 장르는 동화가 절대적 우위를 차지하였다.

한국아동문학은 1930년대에 중국에 번역 이입된 만큼 이 시기 기본 특징들을 반영하고 있을 뿐만 아니라 나름대로 독특한 양상도 보여주고 있다.

3. 20세기 전반기 중국의 한국아동문학 번역 수용 양상

위에서 언급하다시피 20세기 전반기 중국에서 한국아동문학작품은 『조선전설』, 『조선민간고사』, 『조선동화』, 『조선현대아동고사집』(1936년 1월), 『조선현대동화집』, 장혁주의 장편동화 『흑백기』 등 6종의 단행본이 번역 출판되었다. 20세기 전반기 중국에서 번역 출판된 한국문학작품 단행본이 총 9종이라는 점을 감안하면 아동문학작품이 67%로 절대적 우위를 차지하여 이 시기 중국의 한국문학작품 번역 이입의 주류를 이루었다.

---

3 李丽, 『生成与接受－中国儿童文学翻译研究(1898-1949)』, 湖北长江出版集团湖北人民出版社, 2010年 6月, 27-33쪽 참조 인용.

스코포스 이론에 의하면 번역은 기능적으로 적절한 결과물을 생산하기 위한 번역 방법과 전략의 결정 기준, 즉 번역의 목적에 초점을 맞춘다. 아동문학 번역은 대체로 무엇이 아동에게 적합하고 유용하며 무엇을 읽고 이해할 수 있는가에 대한 그 사회의 인식에 따라 작품의 플롯이나 인물의 성격, 언어를 조절한다. 출판인과 번역자는 출판과 번역에서 주로 텍스트의 의도된 기능, 발신자와 주 독자층, 텍스트 수용 시간과 공간, 원문이 쓰인 동기 및 번역문으로 번역되는 동기 등 사항을 고려한다.

아래에 위 단행본들의 '서문', '번역 후기' 등을 통해 원문 및 번역문의 내용과 특징 그리고 번역자의 번역 동기, 번역 전략 등 여러 층위 양상을 구체적으로 살펴보기로 한다.

청야가 편역한 『조선전설』에는 인물, 산천, 동물, 식물, 부록 등 5개 부분으로 나눠 단군신화를 비롯한 풍부하고 다양한 전설 동화 39편 번역 수록되었다. 1930년 6월에 초판이 출간되어 1932년 10월까지 3쇄 출간되는 인기를 끌었다. 세계 각국 민간고사총서 제1종(世界各國民間故事叢書, 第一種)의 하나로 편집 출간되었다. 편역자는 이 책의 서문 「어린 독자들에게 알림」이라는 글에서 이렇게 쓰고 있다.

> 나는 국내 초등학교에서 교편을 잡고 있을 때 어린 친구들을 위해 과외도서 몇 권 사다가 문뜩 책 고르기가 어려움을 느끼게 되었다. 어떤 책은 가격은 싸지만 인쇄 상태가 너무 나빠 어린이들의 독서 취미를 불러일으키지 못하고 어떤 책은 인쇄 상태가 괜찮으나 가격이 너무 비싸기에 구매하기 어렵다. 하여 서점 아래 위층을 누비며 찾아보아도 아동도서는 많지 않았다. 이에 어린 친구들은 아주 실망하여 혼잣말로 불만을 토로하였다. "책이 왜 이렇게 없나요? 우리 단숨에 다 볼 수 있어요." 이때 나는 어린이들의 독서 욕망을 만족시키지 못하는 현실이 안타까워 저도 모르게 눈물을 흘렸다.

그 후 일본에 가서 일본의 아동도서가 참으로 많다는 것을 알게 되었다. 소년 이야기, 청년 위인전 등 다양한 책들이 많아 나는 속으로 일본 어린이들을 축복해주었다. 한편 우리나라 어린이들이 불쌍해졌다. 심심할 때 심심풀이로 볼 책이 없어 부모를 졸라 가진 돈으로 군것이나 사 먹어 배만 잔뜩 컸다.

하여 나는 값싸고 질 좋은 세계 각국 민간고사총서(世界各國民間故事叢書)를 출간하자고 태동도서국(泰東圖書局)에 편지를 썼다. 아쉽게도 이 출판국은 원고가 너무 많이 쌓여 당분간 출간이 불가능하다고 하였다. 나중에 장일거(張一渠) 선생이 아동서국(兒童書局)으로 소개해주어 이 책이 독자들과 대면하게 되었다. 이는 모두 장일거 선생과 아동서국 편집자의 힘으로 이뤄진 것이므로 우리는 이 자리를 빌어 감사를 드리지 않을 수 없다.

이 이야기 총서는 세계 각국의 재미있는 민간고사 다시 말하면 아동들이 읽기에 알맞은 이야기를 수집하여 극히 쉬운 문자로 독자들이 한번 보면 전혀 어려움 없이 다 알 수 있도록 하였다. 그 어떤 심오한 의미나 고아한 문장 같은 것은 일절 금하고자 하였다. 그리고 아동서국 편집자는 어린이들이 구매하기 어려운 일이 생기지 않도록 실익을 따지지 않고 책값을 아주 낮게 매겨 탄복을 금할 바 없다. 어린 친구들, 과자를 적게 먹고 책을 많이 사는 것으로 편집자의 고마운 마음을 저버리지 않기 바란다. 이는 나의 유일한 희망이다.

『조선전설』은 이 총서의 일종으로 어린이들은 틀림없이 재미나게 읽을 것이다.[4]

이 서문에서 우리는 당시 중국의 아동도서가 아주 적은 상황을 극복하는 일환으로 편역자가 외국아동도서를 번역 이입하였으며 『조선전설』은 이런 작업의 하나였다는 사실을 알 수 있다. 또한 이 총서는 비록 민간이야기집으

4 淸野 編譯, 『朝鮮傳說』, 上海兒童書局, 1930년 6월, 1-4쪽 인용.

로 이뤄졌지만 어린이들의 눈높이에 맞춰 취미성에 역점을 두었음을 알 수 있다. 『조선전설』에 수록된 한국전설들도 대체로 취미성을 기준으로 선정 편역되었다고 할 수 있다. 이 전설들의 구체적 내용 분석은 편폭의 제한으로 본 논문에서는 약하기로 한다.

편역자가 일본어로 된 세계 각국 민간고사를 이 총서의 원문텍스트로 한 만큼 『조선전설』 원문 텍스트 역시 일본어로 된 것이었다고 하겠다. 다시 말하면 한국어-일본어-중국어라는 편역 과정을 거쳤다고 본다. 필자는 아직 한국어 텍스트를 입수하지 못하였기에 일본어 텍스트와 중국어 번역문을 대조 분석하였다. 편역자는 대체로 원문에 충실한 타국화 번역 방법을 취하고 이해하기 쉬운 언어와 간결한 문장으로 가독성과 취미성을 체현하고자 하였다.

『조선민간고사』는 프랑스 번역본을 원본으로 중역한 것이다. 역자가 15세 밖에 안되는 소녀였지만 당시 문학대가였던 장의평(章衣萍)이 「서문1」을 쓰고 주작인(周作人)이 「서문2」를 써 주었다. 그리고 저명한 학자, 번역가이며 역자의 부친인 류반농(劉半農)이 직접 「수정 후기(校後語)」를 썼다. 이 책의 프랑스어 원문 텍스트의 삽화는 당시 프랑스에 유학 중이던 중국의 명화가 서비홍(徐悲鴻)이 그린 것인데 서비홍은 이 삽화를 중국어 번역문에서도 인용할 수 있도록 허락해 주었고 북경대학 총장을 역임했던 저명한 교육가 채원배(蔡元培)가 친필로 도서명을 써 주었다. 어린 역자의 작품에 문화 예술 거장들이 여러모로 협조해 준 양상은 제반 20세기 중국의 외국문학 번역 이입사에서 엽기적인 독특한 양상이라고 할 수 있다. 이런 양상으로 인한 것인지는 모르지만 『조선민간고사』는 이듬해 즉 1933년 3월에 재출판되기도 하였다.

이 책은 맨 뒷부분에 본사의 도서 출판 광고를 3면 첨부하였는데 『조선민간고사』 광고문도 실려 있다.

『조선민간고사』는 중국어로 된 원문이 없기에 류여사가 프랑스어로부터 중국어 백화문(白話文)으로 중역한 것이다. 이 책에는 아주 재미있는 이야기가 20편 수록되었는데 매 편마다 깊은 의미가 깃들어 있다. 또한 조선 민간의 신앙과 사상을 잘 반영하고 있어 우리에게 좋은 참고가 될 뿐만 아니라 감상거리를 제공해주고 있다. 류여사는 오래동안 프랑스 파리에 거주하면서 프랑스어를 정통하였기에 번역문은 자연스럽고 유창하며 전혀 지루하거나 따분하지 않다. 주작인의 서문과 류반농의 발문을 통해 이 점을 구체적으로 자세하게 논하였다. 서비홍의 삽화까지 넣어 아주 멋지게 펴냈다.[5]

이 광고문에서 우리는 이 책이 취미성과 교양성 그리고 가독성을 두루 갖추었음을 알 수 있으며 특히 한국의 민간신앙과 사상을 전파하는 역할도 담당하고 있음을 알 수 있다.

1934년 2월에 번역 출판된 『조선동화』에는 「다리 부러진 제비」, 「토끼의 눈」 등 27편의 한국동화가 번역 수록되었으며 1936년 5월 재출판되었다. 이 책에는 「어린이들에게(给小弟妹们)」라는 오조계(吳藻溪) 편역자의 서문이 첨부되어 있다. 이 서문에는 이렇게 쓰고 있다.

듣건대 올해는 독자들의 해－어린이 해라고 한다. 이 작은 동화책이 어린이들에게 주는 나의 선물로 되기를 바란다.

……

나는 우리 어린이들이 이 자그마한 동화책을 읽으면서 조선 어린이들의 심경과 그들이 현재 처해 있는 상황을 생각해보며 나아가 동방 여러 민족 및 세계 여러 민족들의 심경과 그들이 처한 현실 상황을 생각해보기 바란다. 사실 현재

5 劉小惠 譯, 『朝鮮民間故事』, 上海女子書局, 1932년 6월.

우리가 처해 있는 상황도 조선 어린이들의 상황과 마찬가지라고 할 수 있다. 심지어 그들보다 훨씬 더 못하다고 할 수 있다. 이 점을 우리 어린이들이 특히 명심하기 바란다.

독자들이 공부 열심히 하고 재미나게 놀기를 바란다.[6]

이 책의 초판이 출간된 1934년은 1931년 9.18사변으로 중국 동북 3성이 일제의 식민지로 된 지 3년이 되었고 재출판된 1936년 5월은 1937년 7.7사변이 일어나기 1년 전으로 일제의 중국 침략 야심이 바야흐로 팽창되던 시기였다. 이런 정세를 감안할 때 서문에서 우리는 이 동화집은 단순한 조선동화 번역 소개가 아니라 중국 어린이들로 하여금 일제의 중국 침략 야심과 만행에 폭로하고 애국심을 우회적으로 호소하고 있음을 알 수 있다. 한편 이 책은 필경 동화인 만큼 어린 독자들의 취미를 불러일으킬 수 있기를 기대하기도 하였다. 교양성과 취미성을 모두 강조하고 있다고 할 수 있다.

1936년에는 선후로 『조선현대아동고사집』과 『조선현대동화집』이 번역 출간되었는데 이 두 책의 편역자는 모두 소림생이다. 이는 아주 독특한 양상이라고 하겠다. 이 두 책의 출간 경유에 대하여 편역자는 이렇게 피력하고 있다.

손꼽아 헤아려 보면 내가 상해 한인인성학교(上海韓僑仁成學校)에서 중국어 교사로 일한 시간이 벌써 3년이 되었다. 이 지난 시간에 나는 해외에서 표류하는 천진난만한 이국의 어린이들과 함께 지내면서 자연스럽게 많은 특별하고 재미나는 일들을 겪게 되었다.

나는 강의 외 여유 시간에 늘 조선에서 출판된 아동도서 이를테면 어린이

---

6 吳藻溪 編譯, 『朝鮮童話』, 北平世界科學社, 1936年 5月.

노래, 고사, 동화 등을 중국어로 번역하였다. 원래 이 작품들을 이 학교 학생들의 아동 과외독서물로 만들어 그들의 중국어 수준을 높여주고자 하였다.

그러다 합계해보니 이런 번역 작품들이 여간 적지 않았다. 몇 년 전 동오(東吳)학교 동기 동창이 이 작품들을 정리하여 우리나라 어린이들에게 보여 주라고 나에게 제언하였다. 나는 이 말에 일리가 있다고 생각되어 반년 전에 짧디 짧은 동화 20여 편을 선정하고 책 이름을 『조선현대동화집』이라고 정한 후(왜냐하면 내용이 모두 현대 조선 아동 문학가들이 창작한 것이고 고대의 전설이 아니기 때문이다.) 원고를 중화서국(中華書局)에 넘겼다. 이 출판사에서 출간하는 세계 동화총서의 하나로 편입하여 단행본으로 출간하기로 하였다.

최근에 많은 친구들이 이 소식을 듣고 모두 나더러 이와 같은 일을 계속하라고 격려해주었다. "이 일은 아주 의미가 있다. 조선과 우리나라는 사적으로, 지리적으로 관련된 것이 특별히 많다. 그들의 아동문학은 몇 년 전 류반농 선생의 딸이 프랑스어 책에서 몇 편의 고사를 번역하여 북평(지금의 북경)의 어느 신문 전문란에 발표한 것 밖에 없다. 당신이 그 자리에서 이런 일을 하는 것은 제일 걸맞는다." 나는 이런 친구들의 말에 일리가 있다고 생각되어 또다시 시간을 짜내 계속하여 정리 작업을 하였다. 하여 또 몇 편의 고사를 선정하게 되었는데 역시 현대에 창작된 것이기에 책이름을 『조선현대아동고사집』이라고 정하고 우리나라 어린이들에게 내놓게 되었다.

이 책의 내용을 말한다면, 대부분 보편적인 표면 취미가 없지만 이면에는 조선 어린이들의 생활 실정이 반영되어 있다. 이런 실정이 우리에게 말해주는 것은 "가난의 보편성"이다. 그 가난의 원인을 표명하지 않았지만 우리나라의 총명한 어린이들은 이 책을 보면 분명 알게 될 것이다.[7]

---

7 邵霖生 編譯, 『朝鮮現代兒童故事集』, 南京正中書局, 1936년 1월.

여기서 우리는 『조선현대아동고사집』과 『조선현대동화집』은 편역자가 상해에 망명한 한국인들이 꾸린 한인학교 학생들의 중국어 과외 독서 자료를 만들기 위해 편역한 것이지만 여러 동창 친구들의 조언에 좇아 단행본으로 출간하였음을 알 수 있다. 우선 한국과 중국이 역사적으로 지리적으로 아주 특별한 관계가 많지만 한국아동문학은 중국에 거의 알려지지 않은 상황을 감안하여 출판한 만큼 중국에서의 한국아동문학 전파에 적극적 영향을 끼쳤다고 하겠다. 다음 『조선현대아동고사집』을 통하여 한국 어린이들의 가난한 생활 실정을 중국 어린이들에게 보여줌과 동시에 한국 어린이들의 가난은 일제 식민통치로 인한 것임을 암시해주고 있다. 바로 이 책이 출간된 이듬해에 '7.7'사변이 발발하면서 일제의 중국 침략전쟁이 전면적으로 시작되었다. 이 책 역시 교양성에 큰 목적을 두었다고 하겠다.

『조선현대동화집』은 출판 시간이 『조선현대아동고사집』보다 6개월 늦어졌지만 원고가 먼저 중화서국에 교부되어 세계동화총서의 하나로 출판이 정해지고 또한 편역자의 첫 번째 편 역본이었던 만큼 그 출간에 각별한 애정이 깃들어있다. 이 책에는 「호랑이와 곶감」, 「임금님의 귀는 당나귀 귀」, 「은혜 갚은 호랑이」 등 한국 어린이들에게 널리 전해진 동화 28편이 수록되었고 당시 비교적 유명한 출판인이었던 탕야아(湯冶我)의 서문과 편역자의 서문이 수록되어 있다. 우선 탕야아의 서문을 살펴보기로 한다.

> 동화의 교육적 가치는 근래의 새로운 발견이다. 동화는 취미적인 이야기에서 우리의 문학적 감상과 상상력 발전을 유발한다.
>
> 동창생 소유림 군이 상해한인성인학교에서 교사로 지낸 지 몇 년 잘된다. 그동안의 연구와 수집을 거쳐 『조선현대동화집』을 엮게 되었다. 비록 질적으로 우리를 만족스럽게 하지는 못하겠지만 이 20여 편의 짧디 짧은 이야기들 속에는 저그만치 우리로 하여금 이국의 흥미와 정서를 알게 하는 것이 있다. 뿐만아니

라 이 책은 국내에서 조선아동문학에 관한 첫 책자이기도 하다.

소유림 군은 몇 번이나 편지로 나에게 서문을 써 달라고 부탁하였다. 현재 책이 곧 출간된다고 하기에 나는 더 미룰 수 없어 급급하게 몇 구절 쓰면서 이 책을 국내 어린 친구들에게 소개하는 바이다.[8]

편역자의 동창생인 탕야아는 이 책의 출간 경위를 잘 알고 있을 뿐만 아니라 그 가치도 잘 알고 있기에 위와 같은 서문을 썼다. 무엇보다 이 책은 취미성과 교양성을 구비하고 있을 뿐만 아니라 문학성 즉 한국아동문학과 관련된 첫 책자로 한중 문학교류에 기여하고 있음을 명확히 밝히고 있다.

편역자 또한 서문에서 출간 경위에 대해 아래와 같이 소개하고 있다.

혹시 조선이 하나의 약소민족(弱小民族) 국가이기 때문이라고 할까. 우리나라와 조선은 지리, 역사적 관계가 아주 깊음에도 불구하고 우리들은 조선문학에 대하여 누구도 관심 갖지 않았다. 사실 조선은 피압박 약소민족 국가이기 때문에 그들의 작품에는 우리가 읽어야 할 작품들이 아주 많다.

내가 상해한인인성학교에서 글을 가르친 시간이 벌써 2년 지났다. 일찍 국내 여러 문학지에 몇 편의 단편소설을 소개한 것을 제외하고 현재 여기에 편집된 몇 편의 동화를 우리나라 어린이들에게 소개하는 바이다. 이 동화들은 모두 조선 국내의 당대아동문학 작가들이 창작한 작품들을 선택과 편역을 거쳐 성공적으로 수록된 작품들이다. 매 작품마다 모두 많게 적게 일정한 의미가 내포되어 있다.[9]

8 邵霖生 編譯, 『朝鮮現代童話集』, 上海中華書局, 1936년 11월, 「湯序」, 1-2쪽 인용.

9 邵霖生 編譯, 『朝鮮現代童話集』, 上海中華書局, 1936년 11월, 「自序」, 1-2쪽 인용.

편역자는 한국문학에 대해 관심 갖지 않는 당시 중국 현황을 안쓰러워하고 한국 못지 않게 일제 식민통치를 당하고 있는 중국 동북 3성과 같은 한중 간의 그 어떤 운명적 공통점으로 인하여 한국문학작품이 중국 독자들에게 제시하는 바가 적지 않음을 밝혔다. 또한 이 작품에 수록된 동화들도 모두 적극적 의미가 있음을 암시하였다. 다시 말하면 이 동화집은 무엇보다 교양적 의미에 초점을 두고 있으며 한중 문학교류에도 기여하고자 하였음을 알 수 있다.

장편동화 『흑백기』는 1940년대에 출간된 단행본으로 위 단행본들의 출판 경위와 다른 양상을 보이고 있다.

『흑백기』는 장혁주가 고전소설 『흥부전』을 『福實和诺羅實』이라는 제목으로 동화로 개작하여 일본어로 발표한 것을 다시 중국어로 번역한 것이다. 역자 범천은 서문 「題記」에서 이렇게 쓰고 있다.

> ……
>
> 아래의 이야기에는 이름이 흑보라는 사람과 백보라는 사람이 등장한다. 그들은 형제 사이이지만 개성은 흑과 백으로 완전히 다르다. 이런 부동한 성격으로 하여 많은 감동적인 이야기가 벌어지게 된다.
>
> 우리는 이 이야기를 읽으면서 무엇이 가증스러운 미움이고 무엇이 위대한 사랑인가 하는 것을 알게 된다.
>
> 이 이야기는 제일 먼저 징키스칸의 고향 우리 중국의 북부 몽고에서 생겨났다. 몽고시대에 전해질 때의 제목은 '바가지 타는 처녀'(주1, 바가지는 덩굴식물의 일종인데, 열매가 마치 조롱박 같지만 하나의 단독적인 원형 열매이다. 아직 알맞은 역명이 없기에 이 책에서는 모두 음역하였다.)이었는데 조선의 고려시대에 조선에 전파되면서 이야기 내용이 보충되어 복잡하고 아름다운 작품 『흥부전』으로 변하였다.

……

현재 일본문으로부터 다시 중국어로 번역하였는데 이는 우리 조국의 원래 유산을 오랜 세월 이후, 장기간의 보존과 몇 차례의 수정을 거친 후, 다시 외국으로부터 되돌아오게 된 셈이다. 이 이야기는 우리의 것이고 우리 몽골인 조상들이 피로써 창조해 낸 것이다.

중국 독자들로 하여금 이해하기 쉽게 하기 위해 역자는 일본어의 제목을 이야기에 나오는 인물들의 성격에 근거하여 중국의 습관적인 인명 즉 백보와 흑보로 개칭하였다. '기'자의 뜻은 『흥부전』의 '전'과 같은 뜻이다. 이렇게 『흑백기』가 중국 독자들 앞에 나타나게 되었다.[10]

역자는 무엇보다 『흥부전』의 주제가 권선징악을 선양한 것이기에 선정하게 되었고 그다음 『흥부전』 이야기의 원형은 징키스칸시대에 몽골족들에 의해 창작된 것으로 이는 중국의 문화유산이기에 중국에 도로 찾아와야 한다는 데서 선정 번역하게 되었음을 명확히 밝히고 있다. 뿐만 아니라 번역할 때 중국의 인명습관과 표기습관에 맞추어 주인공의 이름과 작품 제목을 개칭한다는 번역 자세도 명확히 보여주었다. 역자가 우연이 아닌 중국문학의 영향력을 확인하는 차원에서 목적의식적으로 이 작품을 선정 번역하였다고 할 수 있다.

실제로 『흑백기』는 책 앞표지에 장편동화집이라고 작품의 장르를 명확히 밝혀 놓고 그 내용을 16장으로 나눠 매 장 마다 소제목을 달아놓음과 동시에 진인교의 삽화를 한 폭씩 삽입하였다. 중국에서는 『흑백기』를 단순히 고전소설 『흥부전』의 개작이 아닌 내용부터 형식에 이르기까지 온전하게 전래동화로 수용하였음을 잘 보여준다.

10 朝鲜 张赫宙, 翻译者 范泉, 『黑白記』, 上海永祥印書館, 1946年 4月, 初版, 2-5쪽에서 인용.

『흑백기』는 1948년에 중판할 때 제목을 다시 『福實和诺羅實』로 개명하였다고 하는데 필자는 아직 확인하지 못한 상황이다. 여하튼 『흑백기』는 1930년대 중국의 조선설화, 동화집의 출간 바통을 1940년대까지 이어놓은 유일무이한 동화집이지만 1930년대의 취미성 교양성 번역 이입과 달리 중국문학의 영향력 확인 차원에서 출간된 것이 아닌가 싶다. 그럼에도 불구하고 이 흑백기는 중한 양국 간의 유구한 문화교류를 실증해주는 의미도 갖고 있음을 부언하지 않을 수 없다.

4. 나오며

상기한 바 중국은 20세기 20년대부터 다량의 외국아동문학작품과 이론을 번역 이입하면서 아동문학을 생성 발전시켰다. 초기에는 임의의 첨삭, 개편, 개작 등 자국화 경향을 보여주었고 1920년대부터는 원문에 충실하는 타국화 경향을 보여주었다. 원문 텍스트 선정 기준은 대체로 초기에는 유희성과 취미성이었고 1930년대부터는 리얼리즘(혁명적 리얼리즘과 비판적 리얼리즘)이었다고 할 수 있다. 원문 텍스트 장르는 동화가 절대적 우위를 차지하였다.

한국아동문학은 20세기 전반기에 6종의 단행본이 중국어로 번역 출판되었는데 이 시기 한국문학 중국어 번역본의 67%를 차지한다. 그 가운데서 5종의 단행본이 1930년대에 중국에 번역 이입되어 이 시기 기본 특징들을 반영하고 있을 뿐만 아니라 나름대로 독특한 양상도 보여주고 있다.

우선 1930년대에 출판된 5종의 단행본은 모두 당시 중국아동문학이 추구한 취미성과 교양성을 두루 반영하고 있으며 특히 교양성에 초점을 두고 있다. 다만 1940년대에 출판된 『흑백기』는 대체로 중국문학의 영향력에 초점을 두었다.

다음 상기한 6종의 단행본은 모두 출간되어 1-2년 사이에 재출판되는 양상을 보이고 있는데 이는 당시 한국아동문학작품이 중국 독자들에게 어느 정도 적극적 영향을 미쳤음을 반영한다고 하겠다. 일제 침략과 식민지 통치로 인하여 중한 양국 국민들 간에 운명공동체와 같은 상호 공감대가 형성되었던 당시 독특한 사회역사적 상황이 중한 문학 번역의 쌍방향적인 발전을 추진하였다고 해도 과언이 아닐 것이다.

그다음 6종 단행본의 원문텍스트는 모두 일본어나 프랑스어로 되어 있고 2중 혹은 3중의 번역을 통하여 출간이 이뤄졌다. 당시 중국에는 한국어 전공자가 전무한 상황이라고 할 수 있다. 그럼에도 불구하고 한국아동문학에 남다른 관심과 애정을 갖고 힘든 중역을 거쳐 위와 같은 단행본을 번역 출간하였다는 것은 참으로 독특한 양상이 아닐 수 없다. 한편 이런 언어적 장애로 인하여 중국에서의 한국아동문학 번역 이입 양상이 그다지 활발하지 못한 아쉬움을 보여준다고 하겠다.

요컨대 20세기 전반기 중국에서의 한국아동문학의 번역 이입은 제반 20세기 중한 문학 번역과 교류에 적극적 영향을 끼쳤을 뿐만 아니라 결코 간과할 수 없는 독특한 양상을 보여주고 있다.

<국제문화연구> 9-2호(2016년 12월)에 게재

참고문헌

劉小惠 譯,『朝鮮民間故事』, 上海女子書局, 1932.6.
吳藻溪 編譯,『朝鮮童話』, 北平世界科學社, 1936.5.
鬱達夫, 夏萊蒂 編輯,『大眾文藝』, 第2卷 第4期, 現代書局發行, 1935.5.
邵霖生 編譯,『朝鮮現代兒童故事集』, 南京正中書局, 1936.1.
邵霖生 編譯,『朝鮮現代童話集』, 上海中華書局, 1936.11.
张赫宙 著, 范泉 译,『黑白記』(初版), 上海永祥印書館, 1946.4.
清野 編譯,『朝鮮傳說』, 上海兒童書局, 1930.6.
李丽,『生成与接受－中国儿童文学翻译研究(1898-1949)』, 湖北长江出版集团湖北人民出版社, 2010.6.

20세기 전반기 중국에서의 장혁주 작품 번역 수용

1. 들어가는 말

주지하다시피 장혁주(张赫宙, 1905-1997)는 광복 전에는 식민지 조선을 '대표하는' 일본어 작가로, 1950년대에는 일본작가로 그리고 친일작가로 현재까지 논란이 많은 문인이다. 따라서 한국문학사에서의 위상도 명확하게 밝혀지지 못한 상황이다.

한편 근년에 한국학계에서는 장혁주를 보다 객관적으로, 전면적으로 그리고 정당하게 평가하고자 하는 노력이 지속되고 있다. 『장혁주소설선집』(호테이 토시히로 엮음, 시라카와 유타카 해설, 태학사, 2002년 11월), 「장혁주 소설 연구-'타자의 주체화'로의 과정을 중심으로」(申娓三, 영남대학교 대학원 석사학위논문, 2005년), 「장혁주와 김사량의 일본어 소설 비교 연구」(김도윤, 국민대학교 교육대학원 석사학위논문, 2006년), 「한·중 작가의 만주체험 문학 연구-만주국 건국 이후의 작품을 중심으로」(全华, 영남대학교 대학원 석사학위논문, 2010년 12월), 장혁주 일본어소설 연구-인왕동시대, 우수인생, 노지, 개간을 중심으로」(김지영, 국민대학교 대학원 석사학위논문, 2011년), 「장혁주 문학 연구-'조선'을 소재로 한 작품을 중심으로」(윤미란, 인하대학교 대학원 박사학위논문, 2012년) 등 연구 성과들이 그 대표적 사례로 된다. 이 연구 성과들에서는 대체로 장혁주는 광복 전 식민지 조선을 '대표하는' 일본어 작가라는 데 공통점을 보여주고 있다. 윤미란[1]은 "일본문단에서 일본어로 조선을 그리는 작가이면서 동시에 조선문학의 소개자이며 기획, 편집자 그리고 번역, 번안가로서 활동한" 작가로 장혁주 문학의 양상을 규명하고 있다.

장혁주와 그의 문학은 광복 전 한국, 일본 문단뿐만 아니라 중국의 한국문학번역사에서도 독보적인 양상을 보여주고 있다.

중국의 한국문학번역사는 20세기 20년대 중반부터 시작되었으며 40년대까지 초창기라고 할 수 있다. 이 시기 제반 양상을 살펴보면 대체로 한국 설화, 동화, 희곡, 현대시, 현대소설, 현대 수필 등 여러 장르의 작품들이 번역 소개되었는데 설화와 동화가 절대부분이고 현대시 4수, 현대소설 16편, 희곡 1편, 수필과 논평 21편(모두 장혁주의 수필집에 수록됨)으로 추정된다. 단행본으로는 설화 및 동화집 6권, 소설집 2권, 수필집 1권 번역 출판되었다. 양적으로나 질적으로나 많이 미흡하지만 중국독자들에게 한국문학의 존재 및 그 기본 양상과 당시 한국 사회의 이모저모를 보여주었다는 점은 높이 평가하지 않을 수 없다.

위와 같은 양상 속에서 장혁주의 작품은 단편소설 6편, 희곡 1편, 수필과 논평 21편 차지하며 단행본으로 수필집 1권, 동화집 1권 출간되어 이 시기 작품이 제일 많이 번역 소개된 작가이자 유일하게 개인 수필집과 동화집이 번역 출간된 작가이다. 하지만 한국학계든 중국학계든 중국에서의 장혁주 문학 양상에 대한 구체적이고 체계적인 연구가 이뤄지지 못하고 있는 상황이다.

---

1 윤미란, 「장혁주 문학 연구－'조선'을 소재로 한 작품을 중심으로」, 인하대학교 대학원 박사학위논문, 2012, 6면.

본문은 기존 연구 성과와 1차 자료에 대한 수집 정리를 바탕으로 20세기 전반기 중국에서의 장혁주 문학작품에 대한 번역 수용 양상을 구체적으로, 전면적으로 밝혀봄과 아울러 20세기 전반기 중국 한국문학번역사상의 장혁주 문학 위상을 규명해보고자 한다.

2. 1920-1940년대 중국의 한국문학 번역 양상

1920-1940년대는 중국의 한국문학번역 초창기라고 할 수 있다.

1925년 5월 25일, 중국현대문학사상 중요한 문학단체의 하나인 "어사사"(语丝社, 노신과 주작인을 핵심으로 결성됨)에서 발간한 주간지 『어사(语丝)』(第28期, 1면)에 개명(开明)이 "조선전설"이라는 명제 하에 「최치원」, 「투법(斗法)」, 「도문(掉文)」 등 조선전설 3편을 번역 게재하였다. 이는 중국 현대어(白话文)로 번역된 최초의 한국고전문학작품인 동시에 중국 한국문학번역사의 첫 작품으로 추정된다. 이어 1926년 5월 3일 『어사(语丝)』(第77期, 4면)에 류복(刘復)이 "국외 민가 2수(国外民歌2首)"라는 명제 하에 영어로 된 어느 외국민요집에서 「고려가요(高丽民歌)」와 「달단가요(鞑靼民歌)」를 선정하여 번역 게재하였다.

1930년 1월 15일 문학지 『현대소설』(제3권 제4호)에 김영팔(金永八)의 단편소설 「검은 손(黑手)」이 번역 게재되었다. 역자는 신음고뇌(深吟枯脑)이고 원문은 『조선지광(朝鲜之光)』 제63호에 게재되었다고 밝히고 있다. 이 작품은 최초로 중국에 번역 소개된 한국현대소설로 추정된다.

같은 해 즉 1930년 5월, 중국현대문학의 대표적 작가의 한 사람인 욱달부가 편집을 맡은 진보적 간행물 『대중문예』[2]에 임화(1908-1953)의 시 「病監에

2 『大众文艺』(现代书局发行), 1935年 5月, 第2卷 第4期.

서 죽은 녀석(狱里病死的伙计)」(白斌 역)와 권환(權煥)의 시 「이 꼴이 되다니!(咳, 成这样了!)」(白斌 역)가 번역 발표되었는데 이는 최초로 중국에 번역 소개된 한국현대시로 추정된다.

이어 선후로 단행본 『조선전설(朝鮮傳說)』(淸野 編譯, 上海兒童書局, 1930년 6월), 『조선민간고사(朝鮮民間故事)』(劉小惠 譯, 上海女子書局, 1932년 6월), 『조선동화(朝鮮童話)』(吳藻溪 編譯, 北平世界科學社, 1934년 2월), 『조선현대아동고사집(朝鮮現代兒童故事集)』(邵霖生 編譯, 南京正中書局, 1936년), 『조선현대동화집(朝鮮現代童話集)』(邵霖生 編譯, 上海中華書局, 1936년 11월) 등 설화집과 동화집들이 번역 출판되었다.

이외 일부 잡지들에 한국문학작품들이 번역 발표되었다. 1933년에 중국에서 가장 일찍 창간되고 역사가 가장 오래된 신문인 『신보(申報)』의 잡문전란 "자유담(自由談)"에 한국 동요「까마귀(乌鸦)」(全用 작, 穆木天 译)와 「목사와 제비(牧师和燕子)」(朴牙枝 작, 穆木天 译)가 번역 게재되고 1934년에 문예지 『모순(矛盾)』(제3권 제3-4호 합간)의 "약소민족문학특집(弱小民族文学专号)"에 조벽운(趙碧巖)의 단편소설 「고양이(猫)」(李剑青 역)가 번역 발표되고 종합간행물 『중화월보(中华月报)』에 장혁주의 단편소설 「쫓기는 사람들(被驱逐的人们)」(叶君健 역)이, 1934년 7월 문예지 『문학』(제3권 제1호)에 장혁주의 단편소설 「권이라는 사람」(黄源 역)이 번역 발표되었다. 그리고 1939년에 장혁주의 단편소설 「방랑(流荡)」(翠生 역), 박목월(朴懷月)의 단편소설 「전투(战斗)」(马耳, 즉 叶君健 역)가 번역 발표되었다고 하는데 이 두 작품은 아직 필자의 확인을 거치지 못한 상황이다.

1936년 4월, 단행본 『산령－조선대만단편소설집(山靈－朝鮮臺灣短篇小說集)』(胡風 譯, 上海文化生活出版社)이라는 조선대만단편집이 번역 출판되었다. 이 소설집에는 장혁주의 단편소설 「산령」과 「권이라는 사람」, 이북명의 「질소비료공장」, 정우상의 「소리」 등 한국현대소설 4편과 대만현대소설 3편(그중

1편은 부록)이 수록되어 있다. 이듬해 즉 1937년 5월 재출판 되면서 부록으로 수록되었던 대만소설 1편이 삭제되었다.

1939년 6월 "만주국"의 중국인 작가 외문(外文)이 신경에서 장혁주의 희극 <춘향전>을 중국어로 번역하여 『예문지』 창간호에 게재한다. 이는 최초로 중국에 번역 소개된 한국현대희극작품으로 추정된다.

1940년 11월, "만주국" 봉천(奉天, 지금의 센양시)에서 활약한 진보문학 동인인 작풍간행회(作风刊行会)에서 간행한 『작풍(作风)』(제1집, 金田兵 编著, 作风刊行会 发行)에 이광수의 단편소설 「가실(嘉實)」(王覺 譯), 이효석의 「豚(猪)」(古辛 譯), 김동인의 「붉은 산(赭色的山)」(古辛 譯)이 번역 수록되었다.

1941년 7월, 『조선단편소설선(朝鮮短篇小說選)』(王赫 편집, 王覺 발행)이 신경 신시대사(新京 新時代社)에서 번역 출판된다. 『조선단편소설선』에는 김동인의 「붉은 산(赭色的山)」(古辛 譯), 장혁주의 「이치삼(李致三)」(遲夫 譯)과 「늑대(山狗)」(夷夫 譯), 이효석의 「豚(猪)」(古辛 譯), 이태준의 「가마귀(烏鴉)」(羅懋 譯), 김사량의 「월녀(月女)」(鄒毅 譯), 유진오의 「복남이(福男伊)」(羊朔 譯), 이광수의 「가실(嘉實)」(王覺 譯) 등 8편이 수록되었다.

1941년 11월 "만주국" 신경에서 중국어 문학지 『신만주(新滿洲)』 1941년 11월호에 안수길의 단편소설 「부엌녀」가 번역 게재되었다.

1943년 1월 장혁주의 수필집 『나의 풍토기(我が風土記)』가 『조선의 봄(朝鮮春)』(范泉 译, 上海 文星出版社)으로 번역 출판되었는데 선후로 1946년 7월과 1948년 1월 『조선 풍경(朝鮮风景)』(上海 永祥印书馆刊)이라는 제목으로 재출판되었다.

1946년 4월 장혁주의 『흥보와 놀보』가 『흑백기(黑白记)』(范泉 译, 陈烟桥 插图, 上海 永祥印书馆)라는 제목으로 번역 출판되었다.

1920-30년대는 대체로 한국 전설과 동화가 여러 단행본으로 다량 번역 소개면서 주류를 이루고 한국현대문학작품은 대체로 여러 문예지를 통하여

소량 번역 소개되었다고 할 수 있다. 1940년대는 단행본으로 한국현대문학 작품들이 번역 소개되고 대체로 장혁주 작품이 주류를 이루었다고 할 수 있다.

3. 장혁주 작품의 번역 양상과 문학 위상

현재까지 필자가 확인한 바로는 1930년대에 한국현대단편소설이 총 8편이 번역 소개되었는데 그 중 「쫓기는 사람들(被驱逐的人们)」, 「권이라는 사람」, 「산령」, 「방랑」 등 4편이 장혁주의 작품이며 「권이라는 사람」는 문예지와 단행본에 게재 수록되고 「산령」은 조선대만단편소설집의 표제로 되었다. 이 8편 작품은 모두 당시 식민지 한국 사회의 암흑상을 사실주의적으로 보여준 프로문학 성격의 작품들이라고 할 수 있다.

소설집 『산령』의 역자 호풍은 이 단편집의 「서(序)」에서 이렇게 쓰고 있다.

> 이 작품들은 거의 모두 한밤중에 번역되었다. 주변은 모두 고요해지고 시가지의 번잡한 소리는 멀리 사라졌다. 다만 야식을 파는 상인의 쇠약하고 처량한 사구려 소리가 가끔 들릴 뿐이었다. 나는 번역을 하면서 점차 작품의 인물들 속으로 빠져들어갔다. 작품 인물들을 압박하는 그 크나큰 마귀의 손아귀에서 그들과 함께 고통받고 몸부림쳤으며 때론 지어 전 세계가 나의 주변에서부터 함락되는 것 같았다. 이런 상황에서 「질소비료공장」, 「우편배달부」와 같은 작품 주인들의 각성, 투쟁 그리고 불굴의 의지로 전진하는 것을 보고 나는 형용할 바 없는 감격을 느꼈다.[3]

---

3 朝鲜台湾短篇集『山灵』, 胡风 译, 文化生活出版社刊行, 1936年 4月 初版, p.2.

"「쫓기는 사람들」은 식민지 조선에 일본 자본주의의 침입으로 고향을 쫓겨난 경북 지방 한국농민의 모습과 동척의 수탈방법이 묘사되어 있어 한국 농촌의 궁핍화 양상이 잘 드러나 있다. 그리하여 이 작품이 게재된 『개조』지 1932년 10월호는 조선 내에 있어 발매가 금지 되었다."[4]

「권이라는 사나이」는 1933년 12월 『개조』지에 발표되었다. 이 소설은 '권'이라는 인물의 권력욕과 조선의 밀조술이라는 풍속물을 그리고 있지만 여전히 프로문학 색채를 보여주고 있다.

「산령」은 1936년 이전에 발표된 작품으로 역시 민족적, 계급적 경향을 띤 작품이다.

이 작품들은 모두 장혁주의 초기 작품들로 식민지 문제의식으로 민족의 비참한 현실을 반영하고 그에 저항하는 인물들에 공감하는 의식을 보여주었다.

역자 호풍은 이 소설집의 영향력에 대하여 이렇게 말한 바 있다.

"현재 나의 손에 있는 것은 1951년 제5차 인쇄본이다. 여기서 항일전쟁과 해방전쟁기간에 이 작품들이 독자들에게 상당한 수로 전파되었음을 알 수 있으며 공동한 적 일본침략자에 대한 적개심을 불태우는 작용을 하였음을 알 수 있다."[5]

「산령」은 중국 프로문학과 항일민족문학에 적극적인 영향을 끼친 한반도 프로문학 내지 프로동반문학이라고 할 수 있다.

---

4 申媚三, 「张赫宙 小说 研究－'타자의 주체화'로의 과정을 중심으로」 영남대 대학원 국어국문학과 석사논문, 2005.6, 6면.

5 『胡風譯文集』, 人民文學出版社, 1986年 3月, p.2 참조.

1940년대에는 한국현대소설 8편(『조선단편소설선(朝鮮短篇小說選)』에 수록됨)이 번역된 것으로 추정되는데 그중 장혁주의 작품 「늑대」와 「이치삼」이 있다.

「늑대」는 1934년 5월호 『문예수도』 지에 발표되었고 「이치삼」은 1938년 2월 7일 자 『제국대학신문』 제706호에 발표되었다. 「늑대」는 장혁주의 초기 작품이고 「이치삼」은 친일협력으로 작풍 전환이 이뤄진 시기에 창작된 작품이지만 일본 문단에 그에게 주문한 이국적 풍물 그리기에 맞춰 쓴 작품으로 조선적 풍물이 반영되어 있다고 하겠다.

당시 진인(陳因)이라는 "만주국"중국인 문학평론가는 「조선문학 약평-조선단편소설선」이라는 글에서 이 두 작품을 아래와 같이 평가하고 있다.

> 「이치삼」은 글자가 2천여 자되는 짧은 단편소설이다. 하지만 이렇게 짧은 편폭에 이야기를 아주 충분히 잘 쓰고 있다. 총체적 서술은 아주 긴밀하여 전혀 낭비하지 않았다. 이 소설은 눈물을 흘리게 하는 작품이다. 서두는 아지 긴장하여 독자들의 흥미를 자아내고 아주 극적인 색채가 짙다.(…중략…)
>
> 그러나 그 어떠한 어려움에 처한다 하더라도 시대는 이런 인간을 가엽게 여기지 않는다. 시대는 다만 건장하고 발전하는 시대를 이끌어갈 뿐 낙후한 자의 번화한 꿈이 이뤄지게 하지 않는다. 현재의 이병우는 언젠가는 꼭 쓰러지겠지만 이치삼은 영원히 복흥(复兴)하지 못할 것이다.
>
> 이런 망하지 않을 수 없는 인간의 뒤에 한 떼의 아이들을 배치하는 것은 작가가 인생에 대하여 여전히 희망을 주고 있기 때문이다. 비록 이 소설의 주제는 아주 별로이지만.
>
> 「늑대」는 (…중략…) 묘사가 너무 많고 경중이 실조되었으며 주제의 제재도 진부하다. 한 여인의 미친 사랑을 위해 연적을 살해한다. 농촌의 여인을 유혹하며 멋만 부리는 건달을 살해하는 것은 과거에는 용감한 행동이었겠지만 현재로

서는 결코 사람들의 칭찬을 받는 영웅적인 일이 아니다.

(…중략…)

현재 아직도 이런 순애보(비록 이 소설에서는 살인하지만 그 사람이 옥살이를 하는 것은 순애보가 아닌가?)와 같은 이야기를 쓰고 있다는 것은 작가의 세계관이 협소하다는 말해 준다. 필자는 이 소설이 아주 오래전의 작품일 것이라고 생각 한다.[6]

이 인용문에서 보다시피 소설 「이치삼」은 예술성이 높지만 주제는 평범한 작품이며 「늑대」는 예술성도 주제도 식상한 작품으로 평가되고 있다. 그러나 이 두 작품의 주제에 대해서는 부정적으로 평가하지 않고 있다. 『조선단편소설선』이 출간된 1940년대 초반에 장혁주가 이미 프로문학에서 방향전환을 한 작품들을 창작하였다는 사실을 감안할 때 친일경향이 없는 이 두 작품의 주제는 그나마 진보적이라고 하지 않을 수 없다. 실제로 당시 진인(陳因)도 『조선단편소설선』에 수록된 작품에 대해 긍정적으로 평가하였다. "조선에 결코 문학이 없는 것이 아니다. 또한 그들의 문학이 국제 수준급이 전혀 없어서가 아니다. (…중략…) 조선문학의 지표는 다만 이 역본에 근거하여도 그 수준이 절대 낮지 않다고 평가할 수 있다."[7]

1940년대 유일한 한국현대소설 번역집 『조선단편소설선』에 수록된 7명 작가의 8편 작품가운데 장혁주의 작품이 유일하게 2편 차지한다. 이 작품선에서 「이치삼」은 2순위, 「늑대」는 5순위로 수록되어 있지만 위 논평에서는 두 작품을 1순위와 2순위로 평가하고 있다. 장혁주와 그 작품이 남달리 주목받고 있었음을 잘 말해준다.

---

6 陳因, 「朝鮮文學畧評－朝鮮短篇小說選」, 『盛京時報』, 康德8年(1941年) 10月 1日자.

7 陳因, 「朝鮮文學畧評－朝鮮短篇小說選」, 『盛京時報』, 康德8年(1941年) 10月 1日자 인용.

1939년 6월 “만주국”의 핵심 문예지의 하나인『예문지』창간호에 장혁주의 희극 <춘향전>을 중국어로 번역 게재되었는데 이는 20세기 전반기 중국에서 최초로 그리고 유일하게 중국에 번역 소개된 한국현대희극작품으로 추정된다.

주지하다시피 장혁주의 희곡 <춘향전>은 1938년에 일본어로 창작 발표됨과 더불어 같은 해 3월 23일 일본 도쿄 築地소극장에서의 첫 공연을 이어 일본과 조선에서 순회 공연되면서 흥행을 이룬 당대 성공적인 희곡작품이다. 장혁주는 이 희곡을 창작할 때 “자연발생적인 민족문학으로서의 특성, 조선의 민정풍속을 가장 리얼하게 표현하고자”[8] 하였고 이를 통하여 “권세 혹은 관직 때문에 악정이 이루어지는 조선의 현실을 ‘조선의 민정풍속’으로 표현하면서 그 도덕적 비판을 가하고 있다”[9]고 할 수 있다.

중국어 번역자 외문(원명 單賡生, 1910-?)은 당시 “만주국” 중국인 문단의 양대 유파의 하나인 예문지파(藝文志派) 동인으로, 향토시 시인으로 특징지어진다. 외문은 외국의 희곡작품을 중국어로 번역하겠다고 예문지파 동인과 약속한다. 우연한 기회에 장혁주의 일어체 희곡 <춘향전>을 접하게 되고 군이(君頤)이라 극작가와 이 작품에 대해 논의한다. 희곡가 군이로부터 “만주국” 중국인 희곡문단 상황과 희곡으로서의 <춘향전>의 문학적 가치나 특징에 대한 평가 해설을 들으며 이 극본에 대한 이해를 깊이 한다. 외문은 <‘춘향전’ 역후지>의 절대부분 편폭을 장혁주의 <춘향전> 후기로 할애하였다. 이를 통해 당시 중국 독자들에게 전혀 알지 못했던 한국 고전 <춘향전>을 보다 전면적으로 소개 해주고 또 장혁주 일어체 희곡 <춘향전>의 창작 경위와 특징에 대해서도 일정한 이해를 갖도록 하였다. 이는 처음으로 한국 고전

---

8 장혁주,「후기」—<춘향전>,『新潮』5-3, 1938년 3월.

9 민병욱,「장혁주의 일어체 희곡 ‘춘향전’ 연구」,『한국문학논총』제48집(2008.4), 361-362면 참조 인용.

명작으로의 <춘향전>과 근대극으로서의 <춘향전>을 동시에 접하게 되는 중국 독자들에 대한 배려일 뿐만 아니라 <춘향전> 번역문의 사회 문학적 가치를 보다 충분히 각인시키는 역할을 하고 있다.

외문은 「'춘향전' 역후지」에서 이렇게 부언하고 있다.

> 번역에서 나는 신선순후(信先順後)원칙을 주장하였지만 이 작품을 번역할 때 곤란에 부딪치게 되었다. 원문에만 충실하면 문장이 자연스럽지 못하여 많은 부분에서 구두어로 표현하면서 의역하게 되었다.
>
> 이 극본은 일본에서 여러 차례 공연되었는데 극본이 부족한 우리 극단에서 고정(古丁)의 주장대로 즉 "만약 공연할 수 있는 극본을 일시 찾을 수 없다면 아예 외국 극본 예하면 일본, 유럽, 미국의 극본을, 그것이 고전 극본이라도 공연하는 것이 좋지 않을가 싶다"(<一知半解集> 第三十页)라는 주장대로 하면 이 극본은 공연할 기회가 있다고 하겠다.[10]

여기서 외문은 <춘향전>을 외국 극본을 번역하겠다는 언약을 위한 단순 대본 번역이 아니라 공연까지 사려한 공연대본으로 번역하였다는 점을 알 수 있다. 많은 부분에서 구두어로 표현하면서 의역하게 되었다는 것은 관람자까지 염두에 둔 번역이라고 해도 과언이 아닐 것이다.

이 번역문은 20세기 전반기에 최초로 중국에 번역 이입된 <춘향전>이자 최초로 단순 문자대본 번역이 아닌 공연까지 사려한 공연대본으로 중국에 번역 소개된 한국 근대극이라고 할 수 있다.

1943년 1월, 20세기 전반기 중국 한국문학번역사상 최초의 개인작품집

---

10 外文 역, 張赫宙, <春香傳>, 『藝文志』(月刊滿洲社, 滿洲文藝家協會 編輯) 창간호, 1939년 6월, p.215 인용.

『조선의 봄(朝鲜春)』(范泉 译, 上海 文星出版社)이 출간된다. 이 수필집에는 「나의 작품들이 창작된 원인(我底作品的成因)」, 「봄이 오면(春来时节)」, 「조선의 봄(朝鲜的春)」, 「봄날의 향수(春愁)」, 「여름날의 조선풍경(夏的朝鲜风景)」, 「조선의 겨울(朝鲜的冬)」, 「아름다운 조선(美丽的朝鲜)」, 「어린 시절의 서천(幼时的西川)」, 「낙동강(洛东江)」, 「자연과 인간(自然与人)」, 「독사(毒蛇)」, 「다시 만나보고 싶은 사람(希望再见的人)」, 「여정(旅情)」, 「해인사 기행(海印寺纪行)」, 「북선 여행(北鲜之旅)」, 「춘향과 몽룡(春香与梦龙)」, 「비극의 청춘(悲剧的青春)」, 「조선문학계의 현황(朝鲜文界的现状)」, 「조선문단의 대표작가(朝鲜文坛的代表作家)」, 「오늘의 조선문단(今日的朝鲜文学)」, 「내일의 조선문단(明日的朝鲜文学)」 등 21편 문장이 수록되어 있다.

주지하다시피 『조선의 봄』의 원문 텍스트는 장혁주의 일본어 수필집 『나의 풍토기(我が風土記)』(赤塚书房, 1942년)이다. 『나의 풍토기』는 대체로 한국, 일본, '만주국' 등 지역 풍토에 대한 느낌을 쓴 풍토기행문과 조선 예술의 풍토 즉 조선문학을 논한 글로 나눌 수 있다. 장혁주는 조선인라는 조건하에 일본문단에 호명되면서 조선민족의 기호를 반영한 작품들을 주문받고 창작하였다. 실제로 『나의 풍토기』에는 장혁주 시각에서 보고 느낀 조선적 상황을 보여주고 있다.

주지하다시피 20세기 전반기 중국에는 한국어를 장악한 학자는 거의 전문한 상황이었다. 따라서 한국어로 창작된 한국문학을 직접 중국어로 번역할 수 있는 번역가 또한 전문한 상황이기에 대체로 일본어 작품을 텍스트로 삼아야 했다. 이 시기 중국 대륙에서 조선의 자연풍토와 문학풍토를 보여준 한국작가의 일본어 작품이나 작품집을 널리 찾아보고 선정한다는 것은 여간 어려운 일이 아니었을 것이다. 또한 당시 일본에서 장혁주는 가장 대표적인 조선인작가로 널리 알려진 상황이기에 그의 작품은 쉽게 찾아볼 수 있었을 것이고 대표작으로 인정하지 않았을까 생각 된다. 하여 비록 장혁주의 정체성이 문제시되고 그 작품이 특정적인 한계를 지니고 있지만 『나의 풍토기』는 대체로 당시 조선의 자연풍토와 문학풍토를 보여주려고 하였다는 점을 감안하여 중국어 번역자 범천은 이 수필집을 『조선의 봄』이라는 제목으로 번역 출간하였다고 하겠다.

수필집 『조선의 봄』에 수록된 첫 문장 「나의 작품들이 창착된 원인」에서는 한반도가 지리적으로 북부, 중부, 남부로 나뉠 뿐만 아니라 각 지역 사람들의 성격 및 생활환경도 각이함을 밝힘과 동시에 소설 「성묘하러 가는 사람」, 「무지개」, 「아귀도」, 「분기한 자」, 「산령」, 「권이라는 사나이」 등은 모두 조선의 이런 사회 역사 풍토기를 그린 것이며 또한 이런 작품들이 창작되게 된 원인도 대체로 나의 이런 풍토에 대한 취미에서 기인한 것임을 피력하고 있다.

「봄이 오면」, 「아름다운 조선」, 「낙동강」 등 문장들은 제목에서도 알 수 있다시피 한반도의 자연풍토를 사생으로 보여주고 있고 「자연과 인간」, 「다시 만나고 싶은 사람」 등은 조선자연풍토 속 조선인들의 의식 및 생활 양상을 작가의 느낌으로 보여주고 있다.

「조선문학계의 현황」, 「오늘의 조선문단」, 「내일의 조선문학」 등 문장은 당시 조선문단풍토를 보여주고 있다. 이런 글들에는 이광수, 김동인, 염상섭, 이효석, 유진오, 이무영, 김남천, 한설야, 이기영 등 작가와 그 작품들을 몇 글자씩 나마 소개되어있고 신문학이 후의 조선문단사조에 대해서도 나름대로 간단히 평가하고 있다.

당시 조선의 자연풍토뿐만 아니라 문학풍토에 대해서 전혀 모른다고 해도 과언이 아닐 정도의 중국 독자들에게 있어서 『조선의 봄』은 희귀한 창구가 아닐 수 없었다. 거의 유일한 창구였다고도 할 수 있다.

이 책은 1946년 7월, 『조선풍경(朝鮮風景)』이라는 제목으로 상해영상인서관(上海 永祥印书馆)에 의해 개명 출판되었고 1948년 1월 제2판이 출간 되었을 뿐만 아니라 중화인민공화국이 탄생된 후 1950년 1월 제3판이 출간되었다. 1943년 1월에 출간된 『조선의 봄』의 책표지에 일본의 후지산을 방불케 하는 풍경이 그려져 있다면 1950년 1월에 출간된 『조선풍경』의 책표지에는 멋진 농촌 풍경이 그려져 있다. 주목하지 않을 수 없는 것은 이 책의 앞표지 뒷면에 『조선풍경』에 대한 안내문이 첨부되었다는 것이다.

> 향토문학의 수려한 필치로 조선의 인물성격과 산해경색(山海景色)을 상세하고 생동하게 묘사한 것은 다름 아닌 조선 좌익작가 장혁주의 이 시대의식이 충만된 "조선풍경"이다. 작가는 간결하고 예리한 문장으로 조선인민의 해방직전의 고난을 지면에 리얼하게 보여주었다. 이는 하나의 처절한 독백이고 진실한 고소이며 참혹한 선언이다.[11]

위 안내문에서 보다시피 1950년에 출간된 『조선풍경』은 작가가 좌익작가로 소개되고 단순히 조선의 인문 자연풍경을 묘사한 글이 아닌, 광복 전 조선의 고난을 폭로하고 고소한 글로 수용하고 있다. 『조선풍경』을 이렇게 소개 평가하게 된 것은 무엇보다 초판인 『조선의 봄』에 수록된 역자의 「전기(前记)」에서 비롯된 것이 아닌가 싶다.

> ……봄이 도래할 때면 땅속에 칩거하던 일체 숨겨진 힘들은 모두 대지위에서 생동한 변천을 보여줄 것이다. 생의 숨결은 암흑과 기와와 죽음을 몰아내고 정적을 깨뜨려 활기차게 하며 시든 것을 생기가 넘치게 할 것이다. "인간 세상의 봄"은 얼마나 사랑스러운가!
>
> 하지만 조선의 봄은 어떠한가? ……

---

11 张赫宙 著, 范泉 译, 『朝鲜风景』, 上海 永祥印书馆刊, 1950年 1月 三版.

> 문예작품은 마치 한 방울의 미세한 황산과 같이 두툼한 헝겁 층을 침투할 수 있다. 문예작품은 더욱이 미세한 바늘처럼 사람들의 피부를 가볍게 찌르면서도 그 아픔이 사람들의 마음속까지 파고들 수 있다. 이 책의 작가는 바로 이런 방법으로 사람들을 감동시킨다. 그는 솔직함과 정열과 사랑을 독자들에게 선물하고 정열적인 필치로 조선의 미래의 봄날을 강력하게 암시하였다![12]

「전기」에서 조선은 지금 칩거하는 생명체와 같지만 나중엔 생기 넘치는 봄날을 맞이할 것임을 확신하고 있다. 이 「전기」는 상해영상인서관에서 『조선풍경』으로 개명 출간할 때 삭제되었었는데 1950년에 출간할 때 상기한 안내문을 첨부하여 그 의미를 보다 크게 부여하고 있다. 초판 『조선의 봄』이든 제3판 『조선풍경』이든 모두 이 수필집을 진보적 경향의 작품으로 광복 전 조선시대 상황을 이해할 수 있는 창구로 수용하고 있다. 또한 작가 장혁주는 프로작가 또는 그 경향을 지닌 작가로 긍정적인 시선으로 평가하고 있다. 주지하는바 원문 『나의 풍토기』는 일본어로 창작하고 일본에서 출간된, 피식민자 작가의 능동성과 피동성이 혼합된 숙명적인 한계를 안고 있는 작품이다. 할진대 중국에서의 이와 같은 수용 양상은 작가 장혁주는 상상도 하지 못하였을 것이고 실제로 원 작품의 의미보다 파생된 의미와 영향력이 더 커졌다고 할 수 있다. 이는 장혁주와 그 문학을 전면적으로 평가함에서 있어서 유의하지 않을 수 없는 점임을 말해 준다.

초판 『조선풍경』이 출간되기 바로 직전인 1946년 4월, 당시 중국의 유명한 출판사의 하나인 상해 영상인서관에서 장혁주의 단행본 『흑백기(黑白记)』[13]를 번역 출간하였는데 이 출판사는 『흑백기』 출간 3개월 만에 『조선의 봄』을

---

12 张赫宙 著, 范泉 译, 『朝鲜春』, 上海 文星出版社, 1943年 1月 出版, 「前记」, p.2 인용.

13 张赫宙 著, 范泉 译, 陈烟桥 插图, 『黑白记』, 上海 永祥印书馆, 1946年 4月 出版.

『조선풍경』으로 개명하여 출간하였다. 이는 당시 중국에서의 장혁주의 문학 위상을 잘 방증해준다.

『흑백기』는 장혁주가 고전소설 『흥부전』을 『フンブとノルブ』이라는 제목으로 동화로 개작하여 일본어로 발표한 것을 다시 중국어로 번역한 것이다. 역자 범천(본명은 徐煒)은 서문 「題記」에서 번역 동기를 이렇게 밝히고 있다.

> ……
>
> 아래의 이야기에는 이름이 흑보라는 사람과 백보라는 사람이 등장한다. 그들은 형제 사이이지만 개성은 흑과 백으로 완전히 다르다. 이런 부동한 성격으로 하여 많은 감동적인 이야기가 벌어지게 된다. 우리는 이 이야기를 읽으면서 무엇이 가증스러운 미움이고 무엇이 위대한 사랑인가 하는 것을 알게 된다.
>
> 이 이야기는 제일 먼저 칭기즈 칸의 고향 우리 중국의 북부 몽고에서 생겨났다. 몽고시대에 전해질 때의 제목은 '바가지 타는 처녀'(주1, 바가지는 덩굴식물의 일종인데, 열매가 마치 조롱박 같지만 하나의 단독적인 원형열매이다. 아직 알맞은 역명이 없기에 이 책에서는 모두 음역하였다.)이었는데 조선의 고려시대에 조선에 전파되면서 이야기 내용이 보충되어 복잡하고 아름다운 작품 『흥부전』으로 변하였다.
>
> ……
>
> 현재 일본어로부터 다시 중국어로 번역하였는데 이는 우리 조국의 원래 유산을 오랜 세월 이후, 장기간의 보존과 몇 차례의 수정을 거친 후, 다시 외국으로부터 되돌아오게 된 셈이다. 이 이야기는 우리의 것이고 우리 몽골인 조상들이 피로써 창조해 낸 것이다.
>
> 중국독자들로 하여금 이해하기 쉽게 하기 위해 역자는 일본어의 제목을 이야기에 나오는 인물들의 성격에 근거하여 중국의 습관적인 인명 즉 백보와 흑보로

개칭하였다. '기'자의 뜻은 『흥부전』의 '전'와 같은 뜻이다. 이렇게 『흑백기』가 중국독자들 앞에 나타나게 되었다.[14]

역자는 무엇보다 『흥부전』의 주제가 권선징악을 선양한 것이기에 선정하게 되었고 그 다음 『흥부전』 이야기의 원형은 칭기즈 칸 시대에 몽골족들에 의해 창작된 것으로 이는 중국의 문화유산이기에 중국에 도로 찾아와야 한다는 데서 선정 번역하게 되었음을 명확히 밝히고 있다. 뿐만 아니라 번역할 때 중국의 인명습관과 표기습관에 맞추어 주인공의 이름과 작품 제목을 개칭한다는 번역자세도 명확히 보여주었다. 여기서 역자가 우연이 아닌 목적의식적으로 이 작품을 선정 번역하였음을 쉽게 알 수 있다.

실제로 『흑백기』는 책 앞표지에 장편동화집라고 작품의 장르를 명확히 밝혀 놓고 그 내용을 16장으로 나눠 매 장 마다 소제목을 달아놓음과 동시에 진인교의 삽화를 한 폭씩 삽입하였다. 중국에서는 『흑백기』를 단순히 고전소설 『흥부전』의 개작이 아닌 내용부터 형식에 이르기까지 온전하게 전래동화로 수용하였음을 잘 보여준다.

『흑백기』는 1948년에 중판할 때 제목을 다시 『복보와 놀보(福實和诺羅實)』로 개명하였다고 하는데 필자는 아직 확인하지 못한 상황이다. 여하튼 『흑백기』는 1930년대 중국의 조선 설화, 동화집의 출간 바통을 1940년대까지 이어놓은 유일무이한 동화집일 뿐만 아니라 중한 양국 간의 유구한 문화교류를 실증해주는 역할도 하였다고 본다.

---

14 原作 朝鲜 张赫宙, 翻译者 范泉, 『黑白記』(上海), 永祥印书馆, 1946年 4月, 初版, pp.2-5 인용.

4. 나오며

상기한 바 20세기 전반기 중국 한국문학번역사상 장혁주 작품 번역 양상은 가장 활발하고 독보적이었다. 이 시기 한국작가들의 작품은 대체로 소설 혹은 시작품이 1~2편 정도로 번역되었을 뿐 작가적 존재나 문학위상을 확인시키지 못한 상황이지만 장혁주의 경우는 소설, 희곡, 동화, 수필 등 다양한 장르를 아우르는 작품이 번역되어 한국현대문학의 다양한 장르를 중국에 선보인 역할을 하게 되었다. 그리고 이 시기 번역 출간된 단행본은 대체로 동화나 전설 또는 여러 작가들의 작품을 선정 수록한 공동 작품집으로 되어 있지만 개인 단행본이 2권이나 번역 출간된 작가는 장혁주가 유일무이하다. 뿐만 아니라 장혁주의 단행본은 수차례 재출간 되는 상황을 보이고 있다. 20세기 전반기 중국 독자들은 대체로 장혁주의 작품을 통해 다양한 한국현대문학작품들을 접하게 되었다고 하겠다. 다시 말하면 20세기 전반기 중국 한국문학번역사를 가장 풍요롭고 다채롭게 장식한 사람이 바로 장혁주라고 할 수 있다.

장혁주는 또한 20세기 전반기 중국 한국문학번역사상 당시 한국현대문학의 발전 양상과 유파 및 수준을 소개 반영한 전파자이기도 하다.

호풍은 일찍 1930년대에 장혁주를 통해 "조선신문학운동은 중국보다 10년 일찍 시작되고 허다한 신구작가들을 배출하였을 뿐만 아니라 몇 가지 부동한 유파를 형성하였다"[15]는 것을 알게 되었음을 밝혔고 1990년대에 출간한 자서전에서도 장혁주에 대해 필묵을 아끼지 아니 하였다.

> …… 그때 나는 장혁주가 혁명작가가 아니라는 것을 확실히 몰랐다. 그가

---

15 胡風 譯,『山靈－朝鮮臺灣短篇小說集』, 上海文化生活出版社, 1936年 4月,「서」, p.1 인용.

어떤 작가든 지를 막론하고 나는 다만 그의 작품만 보았다. 작품이 빈궁한 인민들을 동정하고 압박 착취자를 반대한 것이면 나는 곧 투쟁에 유리하다고 인정하고 응당 그 작품을 얻기 힘든 교재로 삼아야 한다고 생각하였다. 그때 그런 상황 하에서 이런 작품을 얻을 수 있었다는 것은 너무나 쉽지 않은 일이었다.[16]

20세기 전반기에 장혁주가 친일작가였음을 알지 못한 상황에서, 당시 일본어로 번역된 한반도 프로문학작품이 극히 적었던 상황에서 장혁주의 「산영」을 비롯한 소설을 선택 번역한 것이다. 역자 호풍이 단순히 개인의 취미나 애호에서가 아닌 당시 중국프로문학관에 입각하여 한국 프로문학 내지 프로문학동반 작품을 주목하고 공감하여 이를 중국프로문학에 수용 이입하고자 하였다고 할 수 있다. 당시 중국에서는 장혁주를 프로작가로 평가 수용하였다는 것은 분명한 사실이라고 하겠다.

1940년대 "만주국"의 평론가 극명(克名)은 「조선단편소설선」이라는 논평에서 이렇게 쓰고 있다.

만주에서 <춘향전>을 소개한 후부터 장혁주라는 이름은 많은 사람들의 마음속에 자리 잡게 되었고 조선문학의 수준은 놀라울 정도로 높다고 할 수 있다. 예전에 우리가 관찰한 조선 문화계는 다만 칠흑같이 캄캄한 상황으로 이런 민족에게는 시인이나 작가가 한 명도 나타날 수 없을 것 같았다. 마치 러시아 문학의 위대한 빛을 발견하기 전에 사람들이 러시아에 그처럼 찬란한 문화가 있는 것을 생각지 못한 것과 같다. 조선, 더욱이 조선의 문화는 일찍 사람들로부터 홀시되어 있었다.[17]

---

16 『胡风自传』, 江苏文艺出版社, 1996年 6月, pp.46-47 인용.

17 克名, 「朝鮮短篇小說」(上), 『大同報』, 1941年 8月 5日자 인용.

이 소설들을 본 후에는 그 누구도 예전의 안광으로 백의(白衣)의 사람들을 보지 않을 것이다. 백의의 사람들, 그들의 영혼, 그들의 피는 그 어느 것도 백색인들 보다 못한 것이 없다.……만약 우리의 "고뇌의 상징"이 조선의 문화와 어깨 나란히 하는 정도로 승화한다면 우리의 구호는 비로소 헛되게 외치지지 않은 것으로 되고 우리나라는 비로소 문화가 있다고 할 수 있다.[18]

1940년대 전반기, 한국문학에 대해 전혀 모르고 있던 '만주국' 독자들은 희곡 <춘향전> 중국어 번역문을 통하여 작가 장혁주 뿐만 아니라 한국문학의 높은 수준도 알게 되었으며 이런 조선의 문화를 적극 수용해야 함을 밝히고 있다.

같은 시기 "만주국"의 유명한 평론가 진인(陳因)도 "우리가 조선작가를 읽을 때 그(장혁주, 필자 주)의 작품을 많이 알아야 한다."[19]고 하면서 장혁주를 한국 대표작가로 소개하고 있다.

『조선단편소설선』의 편집인도 「후기」에서 장혁주의 말을 빌러 중국독자들에게 당시 조선문단 상황을 소개하여 주었다.

조선 작가 장혁주는 그들의 30년간의 신문학 추이와 금일의 작가에 대해 이렇게 불만을 토로한 적 있다. "조선의 신문학은 이광수의 장편소설 무정』을 출발점이라고 하더라도 중화민국 신문학의 창시에 비하면 수 년 앞섰다. 하지만 중국의 문학은 노신 등 작가들로 인하여 세계적 작품으로 인정받고 조선문학은 여전히 저조의 영역에서 배회하고 있다." 그는 또 이렇게 말하였다. "경성문단의 작가들로부터 비난을 받게 될 것임을 알고 있지만 당시 조선문학에 불만스러

---

18 克名, 「朝鮮短篇小說」(下), 『大同報』, 1941年 8月 8日자 인용.

19 陈因, 「朝鮮文學畧評－朝鮮短篇小說選」, 『盛京時報』, 康德8年(1941年) 10月 1日자 인용.

운 나는 부득이 이렇게 말하지 않을 없다.'

이 말에서, 아니 우리는 실제적인 연구에 의하면 이는 결코 졸렬한 기교 또는 저조한 의식이 그들의 진로를 방해한 것이 아니라 다른 원인이 있지 않은가 싶다.[20]

중국 독자들은 장혁주를 통하여 한국현대문학은 중국현대문학 보다 일찍 시작되었지만 그 발전이 중국에 비하여 너무나 낙오되어있음을 알게 되고 또한 그 원인은 단순히 작가의 기교나 의식수준의 미달 때문이 아니라는 것을 암시 받고 있다.

『조선의 봄』의 번역자 범천도 '장혁주 씨는 조선의 현대 소설가이며 그의 작품은 이미 중국에 소개되어' '중국 독자들에게 있어서는 결코 낯설지 않을 것이다.'[21]고 평가하고 있다. 중국에서는 장혁주가 조선 현대문학 작가로 널리 알려졌음을 말해준다.

범천은 『흑백기』의 머리말 「제기(题记)」에서는 이렇게 쓰고 있다.

『흥부전』은 조선의 사람들을 위하여 씌어졌기에 조선 고대의 풍속과 인정이 짙게 배어있다. 이는 기타 나라의 독자들로서는 이해하기 어려운 것이다. 하여 이 책의 작가 장혁주 씨는 『흥부전』에 근거하여 진지하게 다시 개작한 것이 일본어 『복보와 놀보(福宝和诺罗宝)』(주해 2, 놀보는 형 이름이고 복보는 동생 이름임)로 되었다. 『복보와 놀보』는 조선 고대의 풍속과 인정을 삭거하여 조선을 제외한 각국의 독자 모두가 이 이야기 내용을 감상할 수 있도록 하고 이야기 주제를 이해할 수 있게 하였다.[22]

---

20 『朝鲜短篇小说选』, 王赫 编, 新时代社, 1941年 7月, 「后记」, pp.117-118 인용.

21 张赫宙 著, 范泉 译, 『朝鲜春』, 上海 文星出版社, 1943年 1月 出版, 「前记」, p.1 인용.

22 张赫宙 著, 范泉 译, 『黑白记』, 上海 永祥印书馆, 1946年 4月 出版, 「题记」, p.4 인용.

장혁주는 한국 고전문학 작품을 개작하여 세계 각국에 적극 소개하는 한국문학 해외전파자로도 평가하고 있음을 알 수 있다.

요컨대 20세기 전반기 중국에서 장혁주의 작품은 대체로 신문 잡지에 번역 게재된 기타 한국작가들의 작품들과는 달리 단행본으로 번역 출간되었고 소설은 한국 프로문학 대표작으로, 희곡작품은 한국 근대극의 양상을 보여준 작품으로, 수필작품은 한국의 자연 인문 풍토 및 문예풍토를 보여준 풍토기행작품으로, 동화작품은 세계문학과의 교류 양상을 보여준 장편동화로 번역 수용되었다. 1950년까지 중국에서는 장혁주의 작품을 통해 한국문학과 한국 자연 인문 풍토를 알게 되었다고 해도 과언이 아닐 것이다. 따라서 작가로서의 장혁주는 한국 프로문학 내지 현대문학 대표작가로, 한국문학과 자연 인문 풍토 전파자로 평가되며 20세기 전반기 중국 한국문학번역사를 가장 풍부하게 장식한 진보적 작가로 자리매김하였다. 이는 같은 시기 한국문단과 일본문단에서의 장혁주의 문학 위상과는 전혀 다른 양상이 아닐 수 없다.

마지막으로 1949년 중화인민공화국의 탄생, 1950년대 초 한반도 정세의 급변과 세계 냉전체제의 형성 그리고 제반 한국문학에 대한 보다 전면적이고 깊은 이해, 중국의 한국어 번역 인재의 육성과 배출 등 제 원인으로 인하여 장혁주와 그의 작품은 1950년대 중반부터 한국문학번역 시야에서 가뭇없이 사라졌음을 부언한다.

<한중인문학연구>, 제51집(2016년 12월)에 게재

참고문헌

김지영, 「장혁주 일본어소설 연구」, 국민대학교 박사학위논문, 2011.

민병욱, 「장혁주의 일어체 희곡 '춘향전' 연구」, 『한국문학논총』 제48집, 한국문학회, 2008, pp.343-368.

신미삼, 「张赫宙 小说 研究－'타자의 주체화'로의 과정을 중심으로」, 영남대학교 석사논문, 2005.6.

윤미란, 「장혁주 문학 연구－'조선'을 소재로 한 작품을 중심으로」, 인하대학교 박사학위논문, 2012.2.

진 영, 「'흑백기'와 '흥부전'의 비교연구」, 『판소리연구』 제34집, 판소리학회, 2012, pp.282-315.

『大众文艺』, 第2卷 第4期, 1935年 5月.

『藝文志』(月刊滿洲社), 创刊号, 1939年 6月.

『新潮』 5-3, 1938年 3月.

王赫 编, 『朝鲜短篇小说选』, 新时代社, 1941年 7月.

张赫宙 著, 范泉 译, 『朝鲜春』, 上海 文星出版社, 1943年 1月 出版.

张赫宙 著, 范泉 译, 陈烟桥 插图, 『黑白记』, 上海 永祥印书馆, 1946年 4月.

张赫宙 著, 范泉 译, 『朝鲜风景』, 上海 永祥印书馆刊, 1950年 1月 三版.

胡風 譯, 『山靈－朝鮮臺灣短篇小說集』, 上海文化生活出版社, 1936年 4月.

胡風 譯, 『胡風譯文集』, 人民文學出版社, 1986年 3月.

胡风, 『胡风自传』, 江苏文艺出版社, 1996年 6月.

克名, 「朝鮮短篇小說」(上, 下), 『大同報』, 1941年 8月 5日, 8日.

陳因, 「朝鮮文學畧評-朝鮮短篇小說選」, 『盛京時報』, 康德8年(1941年) 10月 1日.

만주국 문학장에 이입된 한국문학

『조선단편소설선』 출간을 중심으로

1. 만주국 문학장의 '외래'문학

만주국(僞滿洲國을 약칭) 문학장은 식민과 피식민 그리고 '오족협화'라는 복잡한 구조적 특징으로 인하여 생성 초기부터 '외래'문학과 숙명적 관계를 맺게 되었다. 이런 관계는 주동 또는 피동적인 '외래'문학의 이입과 그 영향으로 반영되었고 이는 또한 제반 만주국 문학의 발전에 큰 영향을 끼쳤다. 일부 '외래'문학은 만주국 문학장 속의 일제 식민문학에 영합 일조하며 부정적 영향을 끼쳤는가 하면 일부 '외래'문학은 피식민 문학 내지 저항 문학의 한 부분으로 자리매김하며 긍정적 영향을 끼쳤다. 주지하다시피 만주국 문학장에서 '만계(滿系)'문학 즉 중국인문학이 피식민 문학의 주류를 이루었다. 따라서 본고에서의 '외래'문학은 만주국 건립 전의 중국 만주(동북) 지역 중국인문학을 주요기반으로 한 중국인문학에 만주국 시기 다른 지역 또는 다른 나라에서 이입된 문학을 의미하며 다른 지역의 문학은 대체로 중국 중원(산해관 이내)주류 문학을 의미한다.

만주국 중국인문학에 긍정적 영향을 끼친 '외래'문학은 결코 홀시 할 수 없는 양상을 보여주고 있다.

지리, 역사 등 여러 원인으로 말미암아 만주국 건립 전 중국인문학은 중원 문학과 많이 동떨어지고 낙오되어 있었다. 하여 만주 중국인문학은 근대에 특히 "5.4"신문학운동 이후 중원 현대문학을 적극 이입 흡수하여 그 발전을 도모하던 중 "만주국"의 건립과 일제의 식민통치로 인하여 좌절하게 된다. 열악하고 살벌한 식민통치 하에서도 재만 중국인 진보적 문인들은 여러 가지 방식으로 중국 좌익문학과 진보문학 이를테면 노신의 『웨침』, 『방황』, 파금(巴金)의 『家』, 노사(老舍)의 『낙타샹즈』, 욱달부 『沈淪』 등 소설, 곽말약의 『星空』, 장광자(蔣光慈)의 『戰鼓』 등 시, 조우(曹愚)의 『일출』, 『뢰우』, 전한(田漢)의 『南歸』 등 현대극을 적극 이입 전파하면서 중원 주류문학과의 접근과 합류에 기하였다. 이 시기 중원 문학은 비록 다른 지역 문학에 속하였지만 제반 '외래'문학에서 주류를 이루었다고 할 수 있다.

다른 한 면으로 만주국 문학장의 진보적 중국인 문인들은 식민통치의 압제와 탄압에도 불구하고 러시아 및 소련, 영국, 프랑스 등 외국문학작품과 일본의 진보작가 작품들을 적극적으로 번역, 이입하면서 피식민 문학을 보다 풍부히 하고 그 발전을 기하였다. 그중 러시아 및 소련 문학의 번역 이입이 가장 많고 뚜렷하였을 뿐만 아니라 그 영향력도 가장 컸다고 하겠다. 체호프의 소설 『부부』, 고골리의 희곡 『죽은 혼』, 숄로호프의 장편소설 『고요한 돈강』, 도스토옙스키의 소설 『죄와 벌』, 『악령』, 투르게네프의 소설 『사냥꾼의 수기』, 『아버지와 아들』, 『전야』, 톨스토이의 소설 『암흑한 세력』, 푸시킨의 시 『삶이 그대를 속일지라도』 등 러시아 비판적사실주의 대가들의 작품들이 다량 번역 이입되었다. 이런 작품들은 왕추형(王秋螢), 양산정(梁山丁), 의지(疑遲) 등 만주국 중국인 문학 중견작가들의 작가적 성장과 작품창작에 적극적 영향을 끼쳤다. 당시 중국인문학의 대표적 문학 경향의 하나였던 '향토'문학의 형성과 발전은 러시아 문학과 밀접한 연관이 있다고 할 수 있다. '향토'문학의 핵심인 '현실 폭로' 창작 경향은 바로 러시아 비판사실주의 정수를 수용한 것이라고 해도 과언이 아닐 것이다.

만주국 초기, 소군(蕭軍), 소홍(蕭紅), 김검소(金劍嘯), 서군(舒群) 등 애국문인들은 고리키, 마야곱스키 등 소련 사회주의문학 대가들의 작품들을 적극적으로 번역 이입하면서 이를 항일 저항문학의 중요한 일환으로 삼았다. 이들은 일제의 탄압으로 만주국 문학장을 떠나 관내로 이주하여서도 항일문학창작을 활발히 전개하여 중국현대문학사에서 '동북작가군(東北作家群)'이라는 족적을 남겼다.

만주국 전반기에 영국, 프랑스를 비롯한 유럽과 미국의 리얼리즘, 모더니즘, 낭만주의, 상징주의, 자연주의 등 세계 문학사조의 대표작들이 『대동보(大同報)』, 『성경시보(盛京時報)』, 『대북신보(大北新報)』 등 신문과 『사민(斯民)』, 『문선(文選)』, 『작풍(作風)』 등 잡지 동인지를 통하여 번역 이입되었는데 단테의 『신곡』, 모파상의 『목걸이』, 펄 벅의 『대지』, 조이스의 『율리시스』 등 작품들이 대표적 사례로 된다. 이런 '외래'문학작품들은 어느 뚜렷한 목표 없이 각자 나름대로 이입되었지만 일제 식민통치에 영합하는 국책문학과 달리 보다 자유롭고 순수한 문학을 추구하고자 하는 진보적 중국인문인들의 주장을 대변하였다고 볼 수 있다. 석군(石軍), 소송(小松), 작청(爵青) 등 문인들과 "냉무사(冷霧社)" 동인들이 그 대표적 작가로 된다. 하지만 만주국 후반기 특히 1941년 "문예지도요강"이 반포되면서부터 이와 같은 세계문학 이입은 금기시되었을 뿐만 아니라 "영국, 미국을 격멸하는 문학"이 국책문학으로 성행하기까지 하였다.[1]

일제 식민통치로 말미암아 만주국 문학장에서 일본문학은 '외래'문학의 절대적 주류를 차지하고 막대한 영향을 끼쳤다. 만주국 문학장에서 일계(日

---

1 李彬 著, 『1931-1945: 東北淪陷區文學與 "外來"文學關係研究』, 長春: 吉林人民出版社, 2011, pp.141-143.

係) 문학 즉 일본인문학은 그 식민 지배적 지위로 인하여 일본문학을 기준으로 만주문학을 주도해 나갔다. 야마다 세이자부로우(山田淸三郞)를 비롯한 일본 '전향' 작가들은 만주국 문학장에 이주하여 국책문학을 창작하였고 히노 아시헤이(火野葦平)의 『보리와 병사』를 비롯한 일본 '펜부대' 작가 작품들을 번역 이입하여 만주국 문학을 철저한 식민문학으로 만들고자 하였다.

한편 만주국에 이입된 일본문학 가운데서 일본 프로문학을 비롯한 진보진영작가들의 작품들도 적지 않았다. 비록 만주국에서 일본 진보진영작가들의 작품은 금지 대상으로 엄격히 통제되었지만 만주국의 진보적 중국인문인들은 여러 가지 방식으로 적극 이입하였다. 고바야시 다키지(小林多二喜)의 『게공선』, 도쿠나가 스가오(德永直)의 『태양이 없는 거리』 등 일본 프로문학 작품들이 이입되었고 이런 작품들은 만주국 진보문학에 적극적 영향을 끼쳤다. 그 외 일본근대문학 '백화파(白樺派)'의 대표적 작가인 무샤노코지 사네아츠(武子小路實篤)의 작품도 적극 이입되어 고정(古丁), 석군 등 중견작가들에게 일정한 영향을 미쳤다.[2]

본고는 만주국 중국인문학에 긍정적 영향을 끼친 '외래'문학 가운데서 비록 양적으로 많지 않지만 독특한 양상을 보여준 한국문학의 이입에 대해 조명해보자 한다.

2. 만주국 문학장에 이입된 한국문학

주지하다시피 만주국 건립 전부터 만주지역문학의 한 갈래로서의 조선인문학이 형성 발전하기 시작하였다. 만주국 건립과 더불어 숙명적으로 국책

---

2 李彬 著, 위의 책, pp.89-90.

문학에 영합해야 하는 피식민 문학으로 전락되었지만 재만 조선인 문인들은 한반도 문학과 다른 새로운 만주문학을 건설하자고 하였다. 하여 같은 공간에서 같은 피식민 문학으로 생성 발전해온 중국인문학은 언어, 문화, 사회 등 여러 면의 장애를 극복해 가면서 재만 조선인문학과의 교류를 시도하였다. 당시 대표적인 중국인 문학지 『신만주』에 안수길의 단편소설 「부엌녀」가 번역 발표되고 고재기의 평론 「재만선계문학(在滿鮮係文學)」이 게재된 것은 이 점을 잘 말해준다.[3] 뿐만 아니라 '외래'문학로서의 한국문학도 이입하여 또 다른 양상을 보여주었다.

한국문학이 '외래'문학으로 만주국 문학장에 이입되기 시작한 것은 대체로 1939년부터라고 할 수 있다. 1939년 6월, 만주국 중국인 작가 외문(外文)이 신경에서 장혁주 일어체 희곡 『춘향전』을 중국어로 번역하여 『예문지(藝文志)』[4] 창간호에 게재한다. 원문 텍스트가 일본어이기는 하지만 만주국 중국인 문단에서 처음으로 한국문학작품으로 번역 소개된 작품이다. 또한 중국에서 최초로 되는 『춘향전』 중국어 번역문인 동시에 장르적으로 한국 근대극의 첫 중국어 번역문이라는 자못 중요한 의미를 갖고 있어 한중 문학교류사에서 결코 간과할 수 없는 작품이라고 할 수 있다.

역자 외문(원명 單賡生, 1910-?)은 당시 "만주국" 중국인 문단의 양대 유파의 하나인 예문지파(藝文志派) 동인으로 그의 시작품은 향토적 색채가 짙은 "향토시"가 가장 대표적이라고 할 수 있다. 외문의 「'춘향전' 역후지(譯後誌)」을 통해 외문은 외국의 희곡작품을 중국어로 번역하겠다고 예문지파 동인과 약속한 후 어느 우연한 기회에 장혁주의 일어체 희곡 『춘향전』을 접하게 되고 『춘향전』을 친일 협화의 정치극이 아닌 예술성을 주장한 생활극으로

3 졸고, 『만주문학 연구』, 역락, 2009, pp.75-108.

4 滿洲文藝家協會 編輯, 「藝文志」, 长春: 月刊滿洲社, 1939.

판단 수용하였음을 알 수 있다. 많은 부분이 구두어로 의역되었다는 것은 공연까지 염두에 둔 번역이라고 해도 과언이 아닐 것이다. 원문은 비록 일본어로 되었지만 만주국 중국인 독자들에게는 온전한 한국현대극작품으로 이입된 작품임에 틀림없다.

만주국 문학장에 두 번째 번역 이입된 한국문학작품은 1940년 11월에 출간된 『작풍역문특집(作風译文特辑)』(동인지 『작풍(作風)』 창간호)에 게재된 이광수의 「가실」, 이효석의 「돈」, 김동인의 「붉은 산」 등 3편의 현대단편소설이다. 『작풍(作風)』 창간호는 작풍간행회에 의해 출간되었는데 이 간행회 주요성원들로는 이부(夷夫), 목풍(木風), 석군(石君), 전병(田兵), 야려(也麗), 안서(安犀), 미명(未名), 성현(成弦), 고신(古辛), 왕각(王覺) 등이었고 그중 일부 성원들은 일찍 좌익 문학 활동에 참가하였다. 이들은 자신들의 남다른 문학주장을 선양하기 위해 1940년 11월에 『작풍역문특집(作風译文特辑)』을 간행하였다. 이 특집에는 소설, 희곡, 산문, 시가, 논평 등 27편의 번역 작품이 수록되었다. 원래 아세아와 구라파의 약소민족과 피압박민족의 문학작품만 수록하려 하였지만 위만주국경찰청의 심열로 인하여 계획이 제대로 실행되지 못하였다. 이 특집은 출판 심사 때 발행금지라는 통고를 받게 되어 발행인들이 여러 모로 소통하여야 했고 그 결과 일부 내용이 삭제된 후에야 발행될 수 있었다. 그럼에도 불구하고 한국의 단편소설 3편과 불가리아, 스페인, 노르웨이, 러시아, 오스트리아 등 나라의 작품이 1편씩 실렸다. 『작풍역문특집』은 편집 후기에서 이렇게 쓰고 있다. "문예에 종사하는 벗들이여, 우리는 비록 흩어진 모래지만 한데 모여 선배들이 남겨놓은 사업을 이어나가 맛좋고 깨끗한 물들을 여과해 내자. 사람들이 마시면 곧 그들의 혈액으로 변할 것이다."[5] 편집 후기에서 바라던 바와 같이 이 특집에 수록된 작품들은 대체

---

5 『作風』, 沈阳: 作风刊行会, 1940, p.358.

로 전쟁, 약탈, 추방 등을 반대하는 경향을 보여주고 있어 당시 진보 저항문학을 지향한 중국인 작가와 독자들 속에서 적지 않은 반향을 불러일으켰다. 이 역문특집에 번역 수록된 한국 단편소설은 그 후에 출판된 『조선단편소설선(朝鮮短篇小說選)』에 재수록 되었는데 작품간행회 성원들의 지속적인 주목을 받은 작품이라는 것을 알 수 있다.

만주국 문학장에 세 번째 번역 이입된 한국문학작품은 1941년 7월, 신경 신시대사(新京 新時代社)에서 번역 출판한 단행본 『조선단편소설선』이라고 할 수 있다. 이 단행본은 만주국 내의 국민당 지하조직이 대중들의 항일 저항의식을 계몽 선양하기 위한 일환으로 번역 출판되었다고 하겠다. 이 점은 아래서 구체적으로 논의하려고 한다.

상기한 바와 같이 만주국 문학장에 이입된 한국문학 작품은 양적으로 적지만 피식민 중국인문학에 적극적이고 진보적인 영향을 끼쳤다고 할 수 있다.

3. 『조선단편소설선』의 출간

『조선단편소설선』의 출간은 만주국 내 국민당 지하조직인 국민당 요녕성 당무 전원 사무실(遼寧省黨務專員辦務處)의 전원(專員) 나대우(羅大愚, 1910-)와 밀접한 관련이 있다. 나대우는 1935년에 국민당 조직의 파견으로 일본 도쿄에 유학 가서 유학생들을 대상으로 '도쿄 독서회', '항전대연합(抗戰大聯合)' 등 애국 저항단체를 조직하여 항일 저항운동을 벌이었다. 1938년 11월 봉천으로 돌아와 '동북항전기구'를 비롯한 여러 지하 항일조직을 결성하며 1939년 국민당 요녕성 당무전원사무실(遼寧省黨務專員辦務處) 전원(專員)으로 임명되어 만주국과 주일(駐日)당무전원사무실을 총괄하게 된다. 나대우가 조직한 '동북항전기구'의 종지는 국민당 지하조직을 발전시키고 학생들 속에서 '독서회'를 조직하여 항일사상을 전파하고 국토를 회복하는 것이었다. 당시 '독서회'는 3인 1조(3人1組) 방식으로 발전하였고 중국 역사와 항일 관련 도서들을 소개하였다. 1940년 국민당 지하조직은 나대우의 지도하에 신경에 지하 항일단체 '독서회'를 설립하여 건국대학 학생들을 비롯한 청년학생들을 도와 진보서적을 읽게 하고 그들의 민족의식과 애국사상을 계발하고자 하였다. 아울러 반만(反滿)항일 태도가 명확한 학생들을 '독서회'에 가입시켰다. 건국대학교 '독서회' 성원들은 '전초(前哨)'라는 주간지를 창간하여 원고들을 직접 창작하기도 하고 외국의 진보서적들을 번역 발표하기도 하였다. 그들은 상해, 천진 등 중원지역에서 진보 애국도서들을 구입하였을 뿐만 아니라 매주 일본서점에 가서 일본공산당 및 좌익 진보 학자들의 도서 그리고 일본어로 번역된 소련 작품들을 구입하였다. 이들은 활동 경비가 따로 없기에 자비로 이와 같은 도서들을 구입하였다. 1941년 12월, 괴뢰경찰당국은 '전만독서회(全滿讀書會)', '회복회(恢復會)', '동북철혈동맹(東北鐵血同盟)' 등 비밀 항일조직의 성원들을 대거 체포하였는데 이와 관련되어 국민당 흑룡강성당무전원, 하얼빈당무전원 등도 함께 체포되었다. 이를 '12.30 사건' 또는 '貞星事件'이라 한다. 이 사건으로 인하여 '독서회'는 침통한 좌절을 당하였다.

나대우는 1940년 봄 신경에 '동북항전기구'를 결성하고 국민당 지하조직 '동북조사실' 영구분실(營口分室)주임 왕각(王覺)을 신경에 파견하여『대동보』 편집 신분으로 문화, 언론계의 조직 발전을 담당하게 한다. 당시 만주국의 신문 잡지는 모두 식민통치로 인하여 원고 심열을 받아야 했기에 이런 간행물을 통하여서는 애국주의 사상을 전파할 수 없었다. 진보진영의 독립적 출판사가 있어야 통제와 심열에서 어느 정도 자유로울 수 있었다. 1941년 구정이 지난 후 왕각은 봉천에 가서 나대우를 만나 출판사 설립 의향을 이야기하고 경제지원을 청구하였다. 나대우는 일찍부터 왕각과 같은 생각을 하고 있었기에 흔쾌히 허락하고 7000원을 투입하여 신경 대경로4도가(大經路四

道街) 어구에 있는 한 가옥을 구매하여 신시대출판사를 설립하였다. 왕각이 사장 겸 주간을 맡고 이광해(李光海)가 편집 겸 회계사를 맡았다. 신시대출판사 역시 괴뢰당국에 공식 등록한 출판사이기에 진보적인 도서는 내놓고 출판할 수 없었다. 하여 공개 출판된 문예작품들은 우회적 또는 은유적으로 독자들의 민족주의 사상과 진보사상을 계발하고 저항의 투지를 격려해야 하였다. 『불경독본』, 『효친시화(孝親詩話)』, 『프랑스는 패하였다』, 『영국은 어디로?』, 『인도의 외침』, 『ABCD포위선』, 『야수의 부르짖음』, 『전진훈고사(戰陳訓故事)』, 『조선단편소설선』 등이 이 시기 신시대출판사에서 출간한 책들이다. 『프랑스는 패하였다』라는 책은 건국대학교 '독서회' 성원들이 번역한 것인데 프랑스 작가 安德列莫拉의 작품으로서 주로 프랑스가 비록 나치스 독일에 패하고 점령되었지만 프랑스 전체 국민들이 계속하여 독일 침략군과 투쟁하고 또 어떻게 투쟁을 하며 어떻게 독일 침략군을 물리치는가를 쓰고 있다. 이런 책들은 출판된 후 당시 엘리트들이 애독하는 인기 도서로 불티나게 팔렸다고 한다.[6]

이와 같이 신시대출판사에서 출판한 도서들은 서점을 통하여 널리 전파되었을 뿐만 아니라 '독서회'를 통하여 만주국 각 지역에 개설된 비공개 독서실에 비치되어 진보 애국청년들에게 목적성 있게 전파되었다.

1942년 1월 15일, 불행하게도 왕각은 '12.30' 사건의 여파로 인하여 일본 관동군 헌병사령부 비밀경찰에게 체포되어 혹형을 당하다가 한 달 여 만에 옥사하였다. 이로 인하여 신시대출판사도 큰 좌절을 당하지 않을 수 없다. 그 후 국민당 동북당무전원사무실은 '12.30' 사건에서 희생된 국민당 당원들을 표창하고 기리기 위하여 봉천, 신경, 치치하얼, 영구 등 네 곳에 비밀리에

6 于祺元·徐春范, 『東北淪陷區的國民黨』, 長春: 長春市政協文史資料委員會編, 2005. pp.14-18, pp.37-43.

기념도서관을 설립하였다. 그 중 영구에 설립된 도서관은 나대우가 특별히 왕각을 기리기 위해 1944년 11월 1일 왕각의 고향에 왕각의 가명으로 명명한 "중원(仲元)도서관"이다. 이 도서관은 설립 당시 500권의 도서가 비치되었다.[7] 이처럼 만주국의 국민당 지하 저항조직은 광복직전까지 '독서회'의 전통을 이어 독서실 설립에 큰 의미를 부여하였다고 하겠다.

『조선단편소설선』은 1941년 7월 20일, 신경 신시대출판사에 의해 출판될 때 왕혁(王赫)이 편집을 맡고 왕각(王覺)이 발행인(發行人)으로 되었다. 이 책은 여러 역자가 함께 번역하였는데 그들은 모두 왕각을 비롯한 작풍간행회 성원 또는 '독서회' 성원들이었다. 또한 이들에 의해 기획되고 이들의 경제적 후원으로 번역 출판되었다. 그 구체적인 번역 출판 과정은 자료의 부족으로 보다 상세하게 알 수 없지만 당시의 여러 가지 평론문장들을 통해 이 책의 출간이 끼친 영향력을 간접적으로나마 알 수 있다.

우선 이 소설집에 수록된 작품들을 살펴보기로 한다. 『조선단편소설선』에는 김동인의 「붉은 산(赭色的山)」(古辛 譯), 장혁주의 「이치삼(李致三)」(遲夫 譯)과 「늑대(山狗)」(夷夫 譯), 이효석의 「豚(猪)」(古辛 譯), 이태준의 「가마귀(烏鴉)」(羅懋 譯), 김사량의 「월녀(月女)」(鄒毅 譯), 유진오의 「복남이(福男伊)」(羊朔 譯), 이광수의 「가실(嘉實)」(王覺 譯) 등 8편이 수록되었는데 그 중 「가실」, 「돈」, 「붉은 산」 등 3편은 『작풍역문특집』에 이미 수록되었던 작품들이다. 텍스트는 모두 일본에서 일본어로 발표된 작품들이다.

「가실」과 「붉은 산」은 『조선소설대표작집(朝鮮小說代表作集)』(申建 譯編, 1940년 2월 15일, 教材社)에, 「이치삼」은 장혁주의 소설집 『길(路地)』(1939년 2월)에, 「늑대」는 『조선문학선집(朝鮮文學選集)』(第1巻, 장혁주 편집, 1940년 3월, 赤塚書房)에, 「월녀」와 「복남이」는 "반도작가신인집(半島作家新人集)"(『주간조일(周刊

7 于祺元·徐春范, 위의 책, pp.291-292.

朝日)』, 1941년 5월 18일)수록되었다. 중국어 역자들은 당시 일본문단에 이름난 조선인작가 장혁주와 이광수의 작품 그리고『조선소설대표작집』,『조선문학선집』,『반도작가신인집』 등 당시 한국문학을 대표한다고 인정된 소설특집들에서 나름대로의 기준에 좇아 상기 작품들을 선정하여 번역하였다고 볼 수 있다. 상대적으로 폭넓은 범위에서 한국문학 작품들을 선정하고자 하였음을 알 수 있다.

하지만 중국 역자들이 언어적 한계, 지역적 한계 등 여러 가지 원인으로 인하여 그 선정에서 어느 정도 편차가 생기지 않을 수 없었을 것이다. 그럼에도 불구하고 피식민 민족으로 공동한 운명을 겪고 있는 약소민족문학에 대한 남다른 기대시야 속에서 위 작품들을 선정 번역, 출판하였다고 하겠다. 이 점은 작품간행회 성원들이『작풍역문특집』을 출간하기 전에 호풍(胡風)의『산영』[8]을 읽고 동감을 표한 데서 어느 정도 알 수 있다.『산영』에 대해서는 잠간 뒤로 미루어 논술하고자 한다.

『조선단편소설』이 출판되자 신경의『대동보』에 극명(克名)이라고 서명한 논평「『조선단편소설』 독서잡기(讀書雜記)」가 두 회로 나누어 발표되었는데 이 문장을 통해 당시 이 소설집에 대한 반향을 간접적으로나마 알아볼 수 있다.

> …… 이왕 우리는 조선의 문화세계에 대해 깜깜부지였다. 그 민족가운데는 시인이나 작가가 한 사람도 나타날 수 없는 것으로 생각하였다. 마치 러시아 문학의 위대한 빛을 발견하기 전에 사람들이 러시아에 그처럼 찬란한 문화가 있는 것을 생각지 못한 것과 같다. 조선, 더욱이 조선의 문화는 사람들에게 홀시되어 있었다.

8　胡风 译,『山靈－朝鮮臺灣短篇小說集』, 上海: 文化生活出版社, 1936.

……

현재 신시대사에 의해 조선단편소설선이 출판되었다. 이는 하나의 위대하고 결심이 있는 사업이라고 말하지 않을 수 없다. 『선(選)』이라고 하지만 내가 보건대 결코 『선』이 아니라 많은 조선단편소설가운데서 임의로 뽑아 출판한 것에 지나지 않는다. 조선의 창작은 근본적으로 많은 열과 힘을 갖고 있다고 하겠다. 열과 힘이 없으면 그들은 근본적으로 쓸 필요가 없다. 조선의 문인들은 만주문인과 같은 한가함이 없기에 구호를 부르지 않는다. 그러나 그들의 작품은 대중을 떠난 것이 하나도 없다. 마치 작가들이 영혼이 하나뿐이고 이 영혼 하나가 대중을 영원히 파악하고 있는 것 같다. 동시에 그들에게는 또 하나의 공통점이 있는데 그것은 곧 누구나 할 것 없이 작품을 수식하지 않고 솔직하게 써내려가는 것이다. 그 솔직하고 순진한 힘은 참으로 대단한 것이다.

여기에는 영국인, 미국인(英國美國人)들이 생각지 못하는 제재가 있고 백인(白種人)보다 숭고한 정신이 있다. 비록 겨우 10편에 불과하지만 사람들을 만족시키기에는 충분하다. 이 소설들을 본 후에는 그 누구도 예전의 안광으로 백의의 사람들을 보지 않을 것이다. 백의의 사람들, 그들의 영혼, 그들의 피는 그 어느 것도 백색인들 보다 못한 것이 없다. … 어느 한 방면에서 우리는 하나의 공통한 운명이 있다고 생각된다. 그 운명은 곧 고민으로 죽도록 억눌려 사는 운명이다. 그렇다면 우리는 마땅히 어떻게 우리의 운명을 대해야 하는가? 만약 우리의 "고뇌의 상징"이 조선의 문화와 어깨 나란히 하는 정도로 승화한다면 우리의 구호는 비로소 헛되게 외치지지 않은 것으로 되고 우리나라는 비로소 문화가 있다고 할 수 있다.

내가 여기까지 썼을 때 한 친구가 나에게 이 책을 너무 높게 평가하는 것이 아닌 가고 하였다. 혹시 그에게 나보다 더 위대한 이유가 있을 수 것이다. 하지만 나의 견해는 영원히 다른 사람에 의해 동요되지 않을 것이다. 왜냐하면 이 열편의 작품이 이미 나의 들뜬 생각을 무너뜨릴 수 없는 견해로 굳어지게 하였기

때문이다.[9]

이 논평은 소설선의 출판을 높이 평가하면서 단순한 조선작품 번역 소개가 아니라 같은 운명에 처한 당시 재만 중국인 문인들을 반성케 하는 적극적인 영향을 미치게 될 것임을 확신하고 있다. 다시 말하면 이 소설선은 중국인 문인들로 하여금 열과 힘을 다 하여 현실을 수식하지 말고 솔직하게 묘사할 것을 암시하고 자극하기 위하여 번역 출판된 것이나 다름없음을 말해주고 있다.

만주국 중국인문단에서 이름난 평론가였던진인(陳因)도 『성경시보(盛京時報)』에 「조선문학략평(朝鮮文學略評)」이라는 논평을 3회에 걸쳐 발표하였다.

> 의사를 제일 잘 표현하는 도구는 문학이라 할 수 있다. 두 개 민족의 상호 교류도 문학의 소개와 이해를 요청한다. 조선은 비록 우리와 거리가 가깝지만 문학상에서는 전혀 교류가 없었다고 할 수 있다. 우리는 일본문학 지어 북유럽 문학을 알고 있지만 조선문학에 대해서는 망연하다.
>
> 조선에 결코 문학이 없는 것이 아니다. 또한 그들의 문학이 국제 수준 급이 전혀 없어서가 아니다. ……
>
> 조선문학의 지표는 다만 이 역본에 근거하여도 그 수준이 절대 낮지 않다고 판정할 수 있다.[10]

이어 진인은 매 작품들을 내용부터 예술특징에 이르기까지 하나하나 상세

---

9 克名, 「朝鮮短篇小說」(上, 下), 『大同報』, 上海: 上海蓬路大同报馆, 1941. 1941年 8月 5日, 8日 인용.

10 陳因, 「朝鮮文學署評－朝鮮短篇小說選」, 沈阳: 『盛京時報』, 1941. 康德8年(1941年) 10月 1日자에서 인용.

히 분석 서술하였다. 특히 「가실」에 대해서 아주 의미 깊게 평하였다.

… 만약 이 소설에서 가실의 성격만 표현하였다면 가작이라 할 수 없다. 소설은 고대전쟁을 기재할 때 몇 곳은 아주 잘 썼다. … 자연히 이런 전쟁에 대해 백성은 무엇 때문에 꼭 싸워야 하는가를 모른다. 다만 두 나라의 국왕과 장군들이 싸우려고 하면 각자의 나라 백성들을 속여 서로 교전하게 하는데 선전(宣戰)의 이유는 당연히 상대방이 전쟁을 일으켰기 때문이고 자기는 정당한 방어라는 것이다. 나중에는 승부를 막론하고 모두 장정이 결핍하게 된다. 지어 딸과 재산을 적대국에게 주게 되고 포로는 노예로 팔려가게 된다.

여기서 싸우고 있는 두 나라, 신라와 고구려의 백성들은 오히려 호악(好惡)상에서 공통한 인성을 구비하고 있다. 할진대 언젠가는 전쟁을 결속 짓게 것이다.[11]

보다시피 진인은 중국어 번역문 소설 「가실」의 기저에는 반전(反戰)정서가 선명하게 반영되어 있다고 평가하고 있다.

김동인의 「붉은 산」은 임종을 앞둔 주인공이 고향의 붉은 산을 그리워하고 그 주위의 사람들이 애국가를 부르는 감명 깊은 결말로 만주국의 조선인들의 짙은 민족정서를 보여준다. 만주국에서 중국인도 조선인과 마찬가지로 일제식민통치하의 피식민 민족으로 불운을 겪어야 하였다. 이런 불운에서 벗어나려면 모름지기 대중들의 민족의식과 저항의식을 계몽시켜야 하였다. 할진대 「붉은 산」의 번역이 의미하는 바가 크다고 하겠다.

『조선단편소설선』의 「후기」에도 이렇게 씌어 있다.

---

11 陳因, 위의 신문, 1941年 10月 22日자에서 인용, 이 문장은 10월 1일, 10월 8일, 10월 22일 세 번에 나누어 발표됨.

조선과 우리나라는 역사적으로든 지리적으로든 모두 유구하고 긴밀한 관계를 갖고 있으나 양국 사이는 오래 동안 너무나 소원해진 것 같다. 이를테면 우리는 유럽이나 미국 사람들의 생활과 심리에 대해 모두 아주 깊이 알고 있고 인식하고 있지만 반대로 조선에 대해서는 망연하게 아무것도 모르고 있다. 물론 이는 여러 가지 원인이 있기는 하지만 여하튼 우리는 마냥 무관심하게 지낼 수는 없다. 우리의 이웃을, 우리와 혈연적 관계가 있는 형제를 어찌 무심히 대하리오.

양자 간 문화와 정감을 소통하는 데는 문학이 가장 좋은 도구의 하나이다. 한 것은 문학은 생활 내면에 존재하는 의식형태를 여러 각도에서 명확히 발굴하고 표현하기 때문이다. …… 문학을 소개하는 것은 결코 홀시할 수 없는 조치이다.[12]

여기서 『조선단편소설선』에 수록된 작품들은 중국인 독자들로 하여금 공동한 운명을 겪고 있는 조선민족의 정감세계, 민족의식을 알게 하였고 나아가 이 책을 번역 출간한 중국인문인들의 민족의식과 문학지향을 완곡하게 보여주었다고 해도 과언이 아닐 것이다.

위와 같이 『조선단편소설선』은 그 책 내용과 출판 자체가 자못 중요한 의미를 갖고 있을 뿐만 아니라 출간 양식도 독특한 양상을 보여주고 있다. 필자가 입수한 2권의 『조선단편소설선』 저작권을 비교해보면 서로 다른 양상을 보이고 있다. 아래에 도표를 통하여 같은 시기 즉 1941년에 공식 출판된 부분도서 66권과의 비교 속에서 그 양상을 구체적으로 살펴보기로 한다.

12 王赫 編, 『朝鮮短篇小說選』, 長春: 新時代社, 1941, p.117. 「後記」 인용.

1941년 만주국 부분 공식 출판물 저작권 인지와 인감, 가격 도표

도서명	저자/역자/편자	출판사	출판 시간	저작권	가격 및 변경		
					정가(定價)	인상	인하
巴金創作全集	李文湘	益智書店	1940.11	告知	一圓	无	无
山風	山丁	文藝刊行會	1940.7	印章	捌角	无	无
雜感之感	李季風	益智書店	1940.12	告知	六角	1.00	无
譚	徐古丁	藝文書房	1942.11	告知	壹圓貳角	无	无
純潔的處女	唐語	藝文書房	1942.2	印紙	九角八分	无	无
雷雨	奧斯托洛夫斯基	關東出版社	1942.9	告知	九角九分	1.50	无
朝鮮短篇小說選(A)	王赫 編	新時代社	1941.7	无	六角	无	无
朝鮮短篇小說選(B)	王赫 編	新時代社	1941.7	印章	六角	无	五角
日本普通尺牘	飯河道雄	東方印書館	1941.8	告知	肆錢六分	一圓五十錢	无
教育的話		益智書店	1941.7	無	七角	1.00	无
文章作法速成	朱楠秋	關東印書館	1941.5	告知	八角	1.50	无
生活的藝術	林語堂	啟智書店	1941.9	告知	壹圓捌角	无	无
魯迅傳	單外文	藝文書房	1941.12	印紙	九角八分	无	无
龍門鯉大俠1	不肖生	奉天廣藝書局	1941.5	告知	九角	无	无
龍門鯉大俠4	不肖生	奉天廣藝書局	1941.12	告知	九角	无	无
學生與社會	徐古丁	藝文書房	1941.12		壹圓四角	无	无
成功之路	王文光	新京書店出版部	1941.7	无	二元	无	无
氷心小說集	王麗萍	啓智書店出版部	1941.4	告知	壹圓	无	无
廢郵存底	沈從文 蕭乾	秋江書店	1941.7	印紙	八角	无	无
虎嘯龍吟3	竭秉鈞	益智書店	1941.8	告知	一元三角	无	无
船廠	冷歌	益智書店	1941.8	印章	伍角伍分	无	无
中國文藝史略	朱維之	關東出版社	1941.11	告知	壹圓貳角 二圓六角	无	无

玉蘭花(下)	壬秋女士	盛京書店	1941.10	告知	壹圓	无	无
脂粉飄零(下)	張恨水	大東書局	1941.6	告知	一元八	无	无
墨索里尼自傳	宗陶	廣益書店	1941.7	印章	一元五角	无	无
解語花	朱楠秋	東方書店	1941.4	告知	一元二角	无	无
家	巴金	啟明書店出版部	1941.6	無	三圓伍角	无	无
秋	巴金	啟明書店出版部	1941.1	無	三圓伍角	无	无
秋	巴金	啟明書店出版部	1941.1	無	三圓捌角	无	无
雨	朱楠秋	東方書店	1941.7	告知	一元	无	无
水不解花	張恨水	文藝書房	1941.3	告知	一元五角	无	无
秋影淚痕	於海亭	關東出版社	1941.11	告知	八角	无	无
迷惘	敬樂然	益智書店	1941.12	無	壹圓四角	无	无
羅亭	屠格涅夫	益智書店	1941.6	告知	一元一角	无	无
他的悔恨	趙恂九	實業洋行出版部	1941.8	告知	八角	无	无
世界名小說選4	王光烈	滿洲圖書柱式會社	1941.10	告知	壹圓八角	无	无
玉潔冰清2	張恨水	益智書店	1941.12	告知	一圓四角	无	无
林黛玉日記	葉光華	大東書店	1941.3	告知	八角	无	无
漢醫須知	李純	益智書店	1941.9	告知	貳圓	无	无
梨锈淚史	魏鴻祺	關東印書館	1941.4	告知	八角	无	无
羅賓漢漂流記	史中	廣益書店	1941.7	告知	伍角	无	无
文學與興趣	朱裕民	益智書店	1941.12	告知	壹元伍角	无	无
碧玉簪	曹鐵符	廣益書局	1941.4	告知	伍角	无	无
三俠劍55	王赫然	洪順德	1941.5	告知	七角	无	无
養雞須知	郭韻卿	益智書店	1941.8	告知	壹圓	无	无
流浪記	陸品清	益智書店	1941.11	告知	貳圓	无	无
世界發明家小史	王光烈	滿洲圖書柱式會社	1941.9	告知	壹圓七角	无	无
夜深沉	尹汐	文化社	1941.11	無	一元五角	无	无
孔子世家	陳邦道	滿洲圖書柱式會社	1941.10	無	九角整	无	无

東周列國志4	孫虛生	安東誠文信書局	1941.12	無	三元二	无	无
大地	賽珍珠	廣益書店	1941.6	告知	壹圓貳角	无	无
超人	海之萍	益智書店	1941.2	告知	壹圓	无	无
新青年日記	朱？	益智書店	1941.12	無	壹圓貳角	无	无
雲海爭奇記1	李慶？	震亞書店	1941.7	告知	九角	无	无
煙雲	茅盾	益智書店	1941.1	告知	六角五分	无	无
初學演算法大成	孫虛生	誠文信書局	1941.3	告知	六角	无	无
日本會話全集	趙錫純	博文印書館	1941.3	告知	貳圓伍角	无	无
春城歌女	李薰風	大東書局	1941.1	告知	二元	无	无
小揚州志	劉雲若	關東印書館	1941.6	告知	貳圓	无	无
古城秘密	亞森羅賓	文藝書局	1941.11	告知	三元	无	无
千家詩	？	東亞書店	1941.9	告知	一元三角	无	无
怨鳳啼凰	張恨水	大東書局	1941.1	告知	壹圓五角	无	无
溫病條辨	滿洲醫書刊行會	大學書房	1941.7	印紙	貳圓	无	无

*총 66권(1941년 출판)

위 도표에서 1940년, 1941년, 1942년의 도서들의 저작권을 살펴보면 절대 대분이 저작권 무단 복제를 차단하는 고지가 직접 찍혀있고 일부는 저작권 소유나 인세를 밝히는 인지 또는 인감이 있다. 그리고 극히 일부분 도서들의 가격이 인상되었음을 알 수 있다. 필자가 합계한 1941년 출판 도서 66권 중 인지가 있는 것이 3권, 인감이 있는 것이 3권이 있고 가격이 인상된 도서가 3권, 가격이 인하된 도서 1권이 있다. 유일하게 가격이 인하된 책이 바로 『조선단편소설선』이다.

도표에서 『조선단편소설선』은 그 출간 양상을 두 가지로 보여주고 있음을 알 수 있다. 한 가지 양상은 저작권 고지나 인지, 인감이 없을 뿐만 아니라 책 가격도 정가 6각(定價六角, 60전에 해당함)으로 인쇄된 가격대로인 것이다. 다른 한 가지 양상은 저작권에 인세를 확인하는 인감(編者 王赫의 인감)이 찍혀

있고 책 가격은 6각(六角)으로 인쇄된 원 정가에 개정 가격 5각(改正定價五角)이라는 도장이 찍혀 인하되어 있는 것이다. 필자는 첫 번째 양상을 A형, 두 번째 양상을 B형이라 칭한다. 당시 절대대분 출판사의 도서 출간 양상과 신시대출판사의 설립 목적과 과정, 편집인과 발행인, 역자 그리고 출판경비의 내원 등을 두루 감안하여 볼 때 대체로 A형은 '독서회'가 주관한 비공개 도서실에 무료로 비치하고자 한 비판매용이고 B형은 어렵게 마련된 출판경비 회수 또는 출판사 운영 경비 마련을 위하는 한 편 광범위한 독서 권장을 위해 박리(薄利)로 판매하는 판매용이 아닌가 싶다. 만주국 후반기 전쟁정세가 심각해짐에 따라 각종 물자의 결핍으로 인하여 물가가 날로 치솟는 상황에서, 실제로 위 66종의 도서 중 『조선단편소설선』이 유일하게 가격이 인하되었다는 것은 비정상적이라고 할 만큼 특수 양상이 아닐 수 없다. 어느 회고록에 의하면 당시 왕각이 이 책의 출판을 위해 봉천에 있는 가옥을 처분하였다고 한다. 여러 가지 실제 상황을 감안해 볼 때 『조선단편소설선』은 여느 도서들과 달리 단순히 출판사의 영리를 위한 도서가 아니라 '독서회' 성원들의 애국 저항 투쟁과 광범위한 독자들의 진보 저항 의식의 계몽을 위한 목적으로 출판된 도서라고 감히 추정해 보게 된다.

필자가 입수한 B형 속표지에는 '봉 상무(奉商務)' '11.6.6'라는 볼펜으로 쓴 기록과 도서번호가 매겨져 있다. 여기서 '봉 상무'는 봉천의 어느 상무기구 또는 상무를 관장하는 관청부처로도 볼 수 있고 '11'은 강덕(康德) 11년 즉 1944년을 의미한다고 할 수 있다. 『조선단편소설선』은 1941년 7월 신경에서 출간되어 1944년 6월 6일까지도 봉천에서 판매 유통되면서 만주국에서 꽤 오래 꽤 널리 판매되었다. 따라서 어느 한 시일에 어느 한 지역에서만 잠깐 영향을 끼친 것이 아니라 만주국 후반기를 거의 어우르는 3년 가까이 만주국 전 지역에 영향을 미쳤다고 하겠다.

사실 필자가 소장하고 있는 2권의 『조선단편소설선』은 몇 년 전 각각 장춘시와 서북지역의 청해성(青海省) 서녕(西寧)시에서 입수한 것이다. 장춘시에서 A형을 입수하고 서녕(西寧)시에서 B형을 입수하였다. 당시 신경은 '독서회'가 맹활약한 지역이었고 서녕(西寧)시는 국민당 통제 구역으로 만주국과 수 천리 떨어져 있었다. 70여 년이 지난 근년에 B형 『조선단편소설선』이 서녕시에서 발견되었다는 것은 실화라고 믿기 어려운 일이 아닐 수 없다.

4. 나오며

위에서 잠깐 언급한 바 있는 『산영』의 출간 양상에 대해 좀 더 상세히 살펴보기로 한다. 『산영』은 중국현대문학의 대표적 평론가, 문예이론가 및 번역가인 호풍이 1936년 4월에 조선대만단편집이라는 부제를 달고 번역 출판한 번역집이다. 이 소설집에는 장혁주의 단편소설 「산영」과 「권이라는 사람」, 이북명의 「질소비료공장」, 정우상의 「소리」 등 한국현대소설 4편과 대만현대소설 3편(그중 1편은 부록, 1937년 5월 재출판시 삭제됨)이 수록되어 있다. 현재까지 필자가 확인한 바로는 1930년대에 중국에서 한국현대단편소설이 총 8편이 번역 소개되었는데 『산영』에 수록된 작품들을 비롯하여 모두 당시 식민지 한국 사회의 암흑상을 사실주의적으로 보여준 프로문학 성격의 작품들이라고 할 수 있다.

『산영』의 역자 호풍은 이 단편집의 「서(序)」에서 이렇게 쓰고 있다.

> 이 작품들은 거의 모두 한밤중에 번역되었다. 주변은 모두 고요해지고 시가지의 번잡한 소리는 멀리 사라졌다. 다만 야식을 파는 상인의 쇠약하고 처량한 사구려 소리가 가끔 들릴 뿐이었다. 나는 번역을 하면서 점차 작품의 인물들 속으로 빠져 들어갔다. 작품 인물들을 압박하는 그 크나큰 마귀의 손아귀에서

그들과 함께 고통 받고 몸부림쳤으며 때론 지어 전 세계가 나의 주변에서부터 함락되는 것 같았다. 이런 상황에서 <질소비료공장>, <우편배달부>와 같은 작품 주인들의 각성, 투쟁 그리고 불굴의 의지로 전진하는 것을 보고 나는 형용할 바 없는 감격을 느꼈다.[13]

그 후 역자 호풍은 이 소설집이 당시 사회에 미친 영향에 대하여 이렇게 회고한 바 있다.

"현재 나의 손에 있는 것은 1951년 제5차 인쇄본이다. 여기서 항일전쟁과 해방전쟁기간에 이 작품들이 독자들에게 상당한 수로 전파되었음을 알 수 있으며 공동한 적 일본침략자에 대한 적개심을 불태우는 작용을 하였음을 알 수 있다."[14]

『산영』은 1930년대에 중국 프로문학과 항일민족문학에 적극적인 영향을 끼친 한국 프로문학 내지 프로동반문학 작품집이라고 할 수 있다.

주지하다시피 국민당의 소극적 항일로 인하여 일제가 만주국을 손쉽게 건립하였지만 실제로 만주국에서의 국민당 항일 저항 운동은 결코 사라진 것은 아니었다. 국민당 내 진보 애국 계층은 항일을 위해 조직적으로 동북 출생의 진보 애국 청년들을 일본으로 유학 보냄과 동시에 도쿄에서 '독서회'와 같은 애국조직을 구성하여 항일 역량을 육성하였다. 나대우가 그 대표적 인물로 된다. 나대우를 핵심으로 한 '만주국' 내 국민당 항일 지하조직과 도쿄 '독서회' 연장으로서의 만주국 '독서회' 성원들은 저항운동의 일환으로

---

13 胡风 译, 앞의 책, p.2.

14 胡風, <胡風譯文集>, 北京: 人民文學出版社, 1986年 3月, p.2.

신시대출판사를 설립하고 대중들의 민족의식과 저항의식의 계몽을 위한 독서들을 출판하였다. 그중 하나가 바로 『조선단편소설선』이다.

『조선단편소설선』은 제반 만주국 문학장에서 유일하게 중국어로 번역되어 단행본으로 출판된 약소민족소설집으로 추정되며 만주국 내 중국인 독자 나아가 제반 중국 독자들에게 처음으로 단독으로 선보인 한국현대문학작품집이다. 또한 그 부동한 출간 양상을 통해 만주국 내 피식민 민족으로서의 중국인의 심층에 내재된 민족의식 내지 저항의식의 투영이라는 중요한 의미가 부여되어 있음을 알 수 있다. 그 의미는 1930년대 호풍의 『산영』 못지않다고 하겠다.

요컨대 『춘향전』, 『작풍 역문특집』, 『조선단편소설선』 등 만주국 문학장에 이입된 한국문학은 양적으로 많지 않지만 1930년대 『산영』의 연장선에서 그 바통을 이어받아 1940년대에 만주국 문학장에, 나아가 제반 중국 문단에 결코 홀시 할 수 없는 긍정적 영향을 미쳤다고 하겠다.

<한중인문학연구> 제62집(2019년 3월)에 수록

참고문헌

김장선, 『만주문학 연구』, 역락, 2009.
克名, 「朝鮮短篇小說」(上, 下), 『大同報』, 上海: 上海蓬路大同报馆, 1941.
李彬, 『1931-1945: 東北淪陷區文學與 "外來"文學關係研究』, 長春: 吉林人民出版社, 2011.
滿洲文藝家協會 編輯, 「藝文志」, 长春: 月刊滿洲社, 1939.
王赫 編, 『朝鮮短篇小說選』, 長春: 新時代社, 1941.
于祺元·徐春范, 『東北淪陷區的國民黨』, 長春: 長春市政協文史資料委員會編, 2005.
陳因, 「朝鮮文學畧評－朝鮮短篇小說選」, 沈阳: 『盛京時報』, 1941.
胡风 译, 『山靈－朝鮮臺灣短篇小說集』, 上海: 文化生活出版社, 1936.
胡風, <胡風譯文集>, 北京: 人民文學出版社, 1986.
『作風』, 沈阳: 作风刊行会, 1940.

안수길의 소설 「부억녀」 중국어 번역문 연구

1. 들어가며

주지하다시피 안수길은 위만주국시기의 조선인문학을 선도해나가면서 이 시기 문학의 기본 흐름을 보여준 대표적 작가이다. 1944년 4월에 그의 첫 창작집 『북원』(간도 예문당)이 간행되었는데 이는 이 시기의 유일한 개인창작집이었다. 『북원』에는 중, 단편소설 12편이 수록되었는데 단편소설 「부억녀」가 그중의 한편을 차지한다. 사실 소설 「부억녀」는 먼저 『만선일보』(1940년 2월 13일-15일 학예란에 연재)에 발표된 작품이다. 이 소설은 비록 평범한 생활사를 짤막한 편폭으로 다루고 있지만 재만중국인문인의 요청에 의해 제일 처음으로 위만주국시기에 중국어로 번역, 발표된 재만조선인작가의 (유일한?) 조선문 소설로 추정된다. 따라서 오래동안 학계의 흥미를 자아냈으나 자료의 제한으로 하여 오기(誤記)되기도 하고 오판(誤判)되기도 하면서 지금까지 하나의 수수께끼로 되었다. 일전에 필자는 바로 소설 「부억녀」의 중국어 역문을 발굴해냄으로써 다행으로 이 수수께끼의 실마리를 쥐게 되였다.

2. 와전된 사실

작가 안수길은 소설 「부억녀」가 중국어로 번역된 과정을 이렇게 회고하고 있다.

> 그런데 한번은 신경의 고 재기씨로부터 오랑씨가 주간인 중국어 잡지 『신천지(新天地)』에서 재만 각계 민족의 작품 특집을 하게 됐는데 조선인 작가로 나더러 작품 한 편 출품해 달라는 부탁을 받았다고 편지가 왔다.
>
> 그래서 『북원』 수록작 중에서 「부억녀(富億女)」를 내놓기로 했다. 마침 신경에 갈 일이 있어 그 작품 가지고 갔는데 고씨가 오랑씨를 만나는 것이 좋겠다고 해서 그의 편집실에 고씨 인도로 찾아갔다.
>
> 오랑씨는 시인이고 그의 부인 오영(吳瑛)이 소설가였다. 오랑을 만난 자리에서 나는 "당신네나 우리나 다 같은 처지니 협조해서 문학 활동을 하자"고 말해더니 "시시(是是)"하고 대뜸 호응해 주었다. 오영을 못 만난 것이 유감이었다.
>
> 중어(中語)로 번역된 「부억녀」는 일·노(백계)·만계(滿系)의 작품 한 편씩과 함께 활자화하여 나왔다. 그런데 「부억녀」의 여주인공은 우리나라 농촌의 처녀인데 게제된 여인의 삽화가 우리나라 처녀라기보다 중국 처녀처럼 그려져 있는 것이 웃음을 자아냈다. 중국인 화가가 그린 탓이리라.
>
> 오랑씨와는 그후 문통(文通)도 있었으나 일인 작가와 노인 작가는 만난 일이 없었다.[1]

안수길의 이 회고록에 의거해 김윤식 교수는 『안수길 연구』에서 이렇게

---

1 안수길, 「룡정·신경시대」－중국조선민족문학대계(10), 『소설집(안수길)』, 연변대학 조선언어문학연구소 편, 흑룡강조선민족출판사, 2001년 11월, 560면 재인용.

쓰고 있다.

> 「부억녀」란 무엇인가. 앞에서도 이미 지적한 바와 같이, 이 작품은 만주계 쪽에서 처음으로 그리고 유일하게 조선계 작품을 요구한 것에 제공된 작품이다. 안수길이 고재기의 소개로, 만주어(중국어)계 순문학지 『신천지(新天地)』의 주간 오랑(吳郞)을 찾아간 것은 『북원』을 낸 1943년 이후이다. 시인 오랑과 부인이며 작가인 오영(吳瑛)은 만주계 문인의 대표적 존재이자 만주문예가협회 회원으로, 특출한 존재였다. 『신천지』에 재만 각계 민족문학 특집호를 내고자 했을 때 안수길이 지목되었고 중국어로 번역된 「부억녀」가 일본계, 백계 러시아계, 만주계 등과 나란히 실렸다. 안수길은 훗날 「부억녀」의 주인공이 한국 농촌처녀인데, 『신천지』에 게재된 삽화가 중국처녀로 그려져 있어 우스웠다고 적고 있다.[2]

이렇게 작가 안수길은 소설 「부억녀」가 『신천지』에 번역, 발표된 것으로, 『신천지』를 중국어 잡지로 기억하고 있으며 또 「부억녀」를 『북원』 수록작 중에서 내놓은 것으로 기억하고 있다. 김윤식 교수는 안수길의 이 회고록에 따라 그 발표시간을 1943년 이후로 보고 있다. 학계에서도 이에 준하고 있다. 그러나 필자는 중국어 번역문의 발굴을 통하여 이는 안수길의 오기이고 김윤식교수가 이를 따른 탓에 잘못 평가된 것임을 발견하게 되었다. 사실 『신천지』는 당시 대련에 있은 신천지사에서 1925년부터 1945년까지 간행한 순일본어 월간지였고 소설 「부억녀」의 발표지는 신경(지금의 장춘)의 한어문 잡지 『신만주(新滿洲)』이며 그 발표시간은 1941년 11월이었다.

---

2 김윤식, 『안수길 연구』, 정음사, 1986, 104면 재인용.

3. 『신만주』와 오랑부부

잡지 『신만주』는 1939년 1월 1일 만주도서주식회사가 신경에서 창간한 한어문 종합성잡지이다. 리사장 구월오정(駒越五貞)이 주필 겸 발행인으로, 리사 왕광렬(王光烈)과 계수인(季守仁)이 편집으로 되어 1945년 4월까지 제7권 제4기로 종간되였다. 이 잡지는 '충애효의협화(忠愛孝義協和)를 종지'로 하였지만 지역특색이 선명한 문학작품을 적지 않게 발표하였고 1940년대 위만시기의 권위적인 간행물로 되였다.

이런 잡지에 '재만 조선계 작가의 대표적인 존재가 안수길임을 확인'하고 그의 작품을 선정하고 번역 발표한 편집자가 있었으니 그들은 바로 오랑과 오영 부부이다.

오랑의 원명은 계수인이다. 그는 1930년대 말부터 40년대 중반에 이르는 사이에 활약한 시인인데 「철창」, 「5월의 밭갈이」, 「도살장에서」 등이 그 대표작이라 할 수 있다. 당시 오랑은 시인보다 주로 『신만주』의 주요편집으로 이름났다. 「만주문단의 결산과 전망」, 「1940년 전 만주문단을 돌이켜 본다」 등 평론을 발표하기도 하면서 권위적인 간행물의 주요편집답게 만주문단을 주름잡고자 하였다. 그는 『신만주』의 주필이 일본인인만큼 일본인과의 거래도 비교적 많았는데 1943년 8월에는 동경에서 열린 제2차 대동아작가대회에 만주국 대표의 일원으로 참석하였고 현세부응의 글들을 발표하기도 하였다. 하여 학계에서는 지금까지 오랑을 거의 언급하지 않고 있으며 오랑에 관한 자료도 아주 적다. 하지만 문학발표원지가 아주 적었던 당시 상황에서 권위적인 간행물의 주요편집으로 활약한 오랑이였으니 당시 문단에서 일정한 영향력을 갖고 있었던 것만은 사실이다.

오랑의 부인인 오영(吳瑛)은 필명이 영자(渶子)이다. 1936년에 『봉황』 월간에 첫 단편소설 「밤중의 변동」을 발표하면서부터 문단의 중시를 일으켰고 소홍(蕭紅)의 뒤를 이어 만주에 나타난 재능이 뛰어난 여작가로 인정받았다. 오영은 24세에 단편소설집 『량극(兩極)』(1939년)을 출판하였고 뒤이어 「황폐한 원림」, 「말라버린 꽃」 등 중, 단편소설들을 발표하여 만주문단의 다산작가로, 영향력이 있는 여류작가로 '창작정력이 유일하게 왕성한 작가'로 되였다. 오영의 대부분 작품은 여성을 주인공으로 하고 있으며 여성의 시각으로 여성의 영혼을 탐색하면서 여성의 사회적 문제들을 많이 폭로하였다. 오영은 주로 여성의 약점에 착안하여 여성성격 문화와 생명문화의 내재적 기인을 심입하여 해부하고 분석하면서 여성들을 위하여 처량하고 애상적인 노래를 불렀다. 이렇듯 오영은 강렬한 창작의식과 뚜렷한 창작지향으로 여성문제를 집요하게 추구하면서 당시 문단의 중견작가로 이름을 굳혔다.

오영은 작가인 동시에 편집인이었다. 오영은 반월간 「사민(斯民)」의 편집으로 있었고 『만주문예』(부정기 문예간행물)의 주필이기도 하였으며 「세계명소설선」을 편찬하기도 하였다. 오영은 또 「만주여성문학의 작가와 작품」, 「만주여성문학을 논함」 등 평론들을 발표하여 만주여성 작가와 작품에 대해 총화, 평가하면서 만주여성문단을 전면적으로 파악하고 있었다.

오영 역시 일부 현세부응의 글들을 썼었고 1942년 11월에 만주국의 대표로 동경에 가서 제1차 대동아작가대회에 참석하는 등 사회활동도 진행하였다.

여하튼 오랑·오영부부는 당시 만주문단에서 일정한 영향력과 인기가 있은 문인들이였고 만주문단을 전면적으로 장악하고 있는 편집인이었다.

4. 「부억녀」와 <재만일만선아(在滿日滿鮮俄) 각계 작가전 특집>

"어째서 안수길은 만주국 문학의 조선계 작품으로 「원각촌」라든가 「벼」, 「새벽」 등을 내세우지 않고, 만주와는 아무 관련없는 <부억녀>를 제출한 것일까."[3]

이 의문을 풀자면 우선 『신만주』에 발표된 <재만일만선아 각계 작가전 특집>을 찾아 분석하는 작업이 급선무라 하겠다.

『신만주』는 1941년 11월호에 <재만일만선아 각계 작가전 특집>이라는 특집란을 설정하여 로씨야인 작가 아르메니·네스미로브(阿而魔尼·聶斯米羅夫)의 소설 「빨간 머리 련꼬(紅頭髮的蓮克)」, 조선인 작가 안수길의 소설 「부억녀(富億女)」, 중국인 작가 전랑(田瑯)의 소설 「비바람속의 성새(風雨下的堡壘)」, 일본인 작가 삽민표길(澁民飄吉)의 소설 「태평가의 저택(泰平街的邸宅)」(상) 등 4편의 소설을 함께 발표하였다. 발표순은 「빨간 머리 련꼬」, 「부억녀」, 「태평가의 저택」, 「비바람속의 성새」로 되었고 「태평가의 저택」이 중편소설로 전반부가 발표된 외 기타 3편은 모두 단편소설이다.

소설 「빨간 머리 련꼬」는 이런 이야기를 쓰고 있다. 홍군이 해삼위에 진입한후 유흥업소를 폐쇄하고 창녀들을 해방시킨다. 어느 부잣집 하녀였던 빨간 머리 련꼬는 남달리 예쁘게 생긴지라 홍군 간부의 귀부인으로 될 수 있었으나 송(宋)가라는 중국인이 애초에 눈독을 들이고 그녀가 홍군들과 접촉하기 전에 기회를 빼앗아 청혼하면서 함께 하얼빈에 가서 장사를 하자고 꼬인다. 레와또브라는 사나이가 하얼빈으로 가려고 중쏘변경지대의 삼림속에서 헤매다가 한 오두막에서 웬 여인을 발견한다. 그녀는 조선인 옷을 입고 머리에 로씨야 수건을 쓰고 있었다. 그녀가 바로 련꼬였다. 송가라는 중국인이 그녀를 다른 중국인에게 팔아버리고 그 중국인이 또 말 한필과 아편 반근(250그램)에 그녀를 한 조선인에게 팔아버렸는데 그 조선인이 그녀를 데리고 훈춘으로 가는 도중에 도망하여 지금 로씨야로 되돌아가는 길이다. 레와또브의 설복하에 련꼬는 로씨야에 가지 않고 수분하에 가겠다고 한다. 그들은 열나흘을 걸어 수분하의 한 작은 마을에 찾아든다. 거기서 아편밀매를 하는

3 동상서, 106면.

한 로씨야인을 만난다. 그 사람은 중국 관헌을 속이기 위해 소매점을 꾸리고 있었다. 소매점에서 이틀 휴식하고 떠나려고 할 때 련꼬는 울면서 소매점의 하녀로 남겠다고 한다. 련꼬는 자신이 레와또브와 결혼할 자격이 없는 비천한 인간이기 때문이라고 말한다. 하여 레와또브가 사랑스런 동행자와 작별하고 홀로 하얼빈으로 간다.

주지하다시피 소설 「부엌녀」의 이야기는 아주 짧다. 천한 집에서 천하게 자란 부엌녀라는 추녀가 시집가서 학대받으며 살다가 그만 아이를 잃고 시집에서 쫓겨나 친정집에 돌아온다. 얼마 후 그녀는 동네 머슴의 유혹을 받는데 그만 집사람들의 구박을 받다가 병들어 죽는다.

소설 「태평가의 저택」(상)은 이런 이야기를 쓰고 있다. 빠리 풍격이 짙은, 눈덮힌 북방도시의 토요일 저녁, 일비야(日比野)씨가 번화한 거리를 방황하며 행복을 누리는 길가의 뭇가정들을 부럽게 바라보면서 자책감에 빠진다. 오래전부터 가정을 배반하고 다른 여인들과 살던 그로서는 집에 갈 용기가 없기 때문이다. 하여 그는 세 번째 여인의 집으로 가려고 발길을 옮긴다. 도중에 불현듯 어구(魚具)상점을 발견하고 어구를 좋아하는 아들을 위해 낚싯대를 산다. 이에 용기를 얻고 태평가에 있는 저택으로 향한다. 이 저택은 그의 원집인데 안해가 지금 아들딸들을 데리고 살고 있다. 염치를 불문하고 집에 들어서니 안해가 출장가는 시동생을 역까지 바래주러 가고 집에 없다. 둘째 아들이 그를 '사장님 오셨나요'하며 어색하게 맞이한다. 아들은 어머니가 너무 가련하다고 하면서 아버지더러 집에 돌아오라고 한다. 그러면서 아들은 어른들의 세계를 염오한다고 한다. 나중에 그는 지난밤에 시동생을 바래주러 역에 간 안해가 오늘 아침에야 집에 돌아온 것을 알게 된다.

소설 「비바람속의 성새」는 상술한 소설들과는 전혀 다른 이야기를 쓰고 있다. 소설은 서두에 '이는 오래전의 옛이야기다'라고 밝히고 이야기가 시작된다. 밤중에 지주 당평무의 성새에 가죽트렁크 여덟 개를 실은 마차 한

대가 들이닥치더니 조폭하게 생긴 한 사나이가 마차에서 내리자마자 빈칸을 내놓으라고 호통친다. 주인 당평무가 시가지의 남녀노소 모두가 이 성새에 피난왔기에 빈칸이 없다고 사정하는 것도 물리치고 자기가 데리고 온 병사들을 시켜 방 한 칸을 독차지한다. 하여 원래 있던 피난민들은 밖에 쫓겨난다. 이 사나이는 바로 현의 재정국 국장 겸 경찰국 국장 조씨이다. 그의 맞은편 칸을 현장 풍씨가 차지하고 한창 아편을 피우며 앞날을 걱정한다. 한 것은 그들은 지금 토비들에게 반달너머 포위되어 있었기 때문이다. 한편 경찰국장의 부하가 취사원더러 닭을 잡아 국장부인께 올리라고 야단친다. 취사원이 그러면 내일 마실 물이 없게 된다고 사정하나 막무가내였다. 새날이 밝을 무렵 토비들이 진공해 온다. 그런데 성새에는 물이 없어 난리가 난다. 나중에 한 병사가 물을 길으러 보루밖에 나가다가 총에 맞아 죽는다. 이윽고 현장과 관리들은 토비가 보내온 투항권장서를 놓고 투항이냐 저항이냐를 토론한다. 성새의 주인은 저항하다가 성새가 포연탄우에 박살나 자기의 재산이 날려날 것 같아 속으로 투항하기를 바란다. 현장은 성새를 지켜낼 것 같지 못해 속으로 투항하려 하면서도 투항한 후 토비들에게 피해를 입을까봐 걱정되어 감히 결단을 내리지 못한다. 경찰국장은 투항하면 자기가 갖고 온 여덟 개의 트렁크를 고스란히 빼앗길 것이지만 저항하면 그래도 트렁크를 지켜낼 희망이 조금이라도 있다고 생각되어 투항을 반대한다. 토비들이 성새 밑까지 진공해오자 급해난 경찰국장은 자기가 갖고 온 트렁크 하나를 내놓는다. 그 속에는 수류탄이 가득했다. 사실 국장이 남모르게 군수품을 독점하고 자기 배를 채우려 하였던 것이다. 그들은 그 수류탄으로 토비들을 격퇴시킨다. 이튿날 새벽에 구원병이 나타난다. 그런데 구원병은 성새가 이미 함락된 줄로 여기고 성새에다 대포를 마구 쏜다. 하여 현장과 피난민들을 아우성치며 성새의 뒷문을 열고 줄행랑을 놓는다. 경찰국장의 나머지 일곱 개 트렁크가 포격당하는데 권총을 가득 넣은 트렁크, 여우달피가죽옷을 가득 넣은 트렁크, 금은덩어리와 돈을 가득 넣은 트렁크 등으로 그 내용물을 드러내놓는다. 나중에 사람들은 성새의 한 땅굴에서 질식해 죽은 경찰국장을 발견한다.

이상 4편의 소설을 간추려 보면 앞의 세 편은 모두 여인들의 비참한 운명을 그리고 있다. 이는 바로 오영의 문학적 지향과 맞아떨어지는데 이를 우연한 일치 혹은 교묘한 일치라고만 볼 수 없을 것 같다. 안수길이 소설가 오영을 만나보지 못한 것을 유감이라고 밝히고 있듯이 당시 오영은 오랑 보다 더 널리 알려진 재능있는 소설가였고 편집인이었다. 비록 오랑이 안수길더러 작품 한편 출품해달라고 부탁하였다고 하지만 부탁할 때 모르긴 해도 그 어떤 요구를 제기하였을 것이다. 이에 대해서는 본 호 편집후기에서 그 단서를 희미하게나마 찾아 볼 수 있다. "순문예에 「재만일만선아 각계 작가 전특집」을 내놓았다. 설계초기에는 생각한 것이 아주 원만한 것 같았으나 작가를 청하여 집필시킬 때에야 비로소 이 일이 쉽지 않은 일임을 알게 되었다. 원래 편폭이 적은데다가 민족구별이 있어 무엇보다 먼저 작가를 선택하는 문제가 편집자를 아주 난감하게 하였다. 그 후의 난제는 더욱 많았다. 하여 겨우 4편을 내놓게 되었는데 결과 삽민표길 씨의 「태평가의 저택」은 절반밖에 싣지 못하였다."[4] 여기서 적어도 안수길과 편폭의 제한성은 말해주었을 것이라고 추정해 볼 수 있지 않을까 한다. 또한 시인인 오랑이 소설가인 부인 오영과 그 어떤 상론이 있었거나 오영의 그 어떤 영향을 받았을 것이라고 생각해 보는 것도 너무 무리한 것은 아니지 않을까 한다. 서로 모르는 세 민족작가의 세편의 소설 모두가 약속한 듯이 오영이 추구한 소설주제와 너무나 비슷하기 때문이다.

소설 「비바람속의 성새」는 비록 서두에 오래전의 옛이야기라고 밝히고

---

4 『신만주』 제3권 제11호, 140면.

있지만 사실 당시 만주국내의 중국인들 사이의 불화와 무능 그리고 부패를 폭로한 것이라고 보는 것이 옳은 이해라 생각된다. 왜냐하면 오랑 중심의 중국인편집들이 자기 민족의 현실상황을 잘 알고 있는 원인도 있겠지만 더욱이는 그들이 일제식민통치하에 문학 활동을 하지만 그들 나름대로의 주체성이 없을 수 없었기 때문이다. 다른 민족들의 소설들은 그 주제가 비슷하지만 중국인의 소설만은 홀로 독특한 주제를 다루었다는 사실은 바로 이들의 주체성을 말해준다고 보는 것이 바람직하지 않을까 한다.

5. 나오며

위만주국시기의 권위적인 간행물 『신만주』에서 처음으로 내놓은 재만 각계 민족작가전특집에 조선인 작가 대표로 안수길이 선정되고 소설 「부억녀」가 유일하게 (지금까지 알고있는 자료에 의함) 중국어로 번역, 발표되었다는 것은 그의 재만시기의 작가적 위치를 다른 한 측면으로 다시 한 번 명확히 실증해준다.

안수길의 대표작이라 할 수 없는 소설 「부억녀」가 어찌하여 『신만주』에 조선인문학을 대표하여 중국어로 번역, 발표되었는가 하는 원인은 확증하기 어렵지만 주로 아래와 같은 원인으로 가히 추정해 볼 수 있다.

편집 오랑이 어느 정도 주체성을 잃지 않은 친일도 저항도 아닌 중간노선으로 순문학적인 편집원칙을 세운 기초위에 평소에 받게 된 부인 오영의 문학지향의 영향으로, 발표할 작품의 주제를 선정할 때 여성문제로 그 주제를 정했을 것이다. (시인인 오랑이 소설에 대해서는 부인이자 이름난 소설가인 오영의 영향을 받을 가능성과 기회가 너무나 많았을 것은 사실이라 할 수 있겠다.) 이 점은 특집의 작품들과 그 편집후기에서 엿볼 수 있다. 따라서 안수길은 오랑으로부터 편폭과 주제의 제한성을 암시받고 「부엌녀」를 내놓았을 것이다. 필경 처음으로 재만조선인문학작품이 중국어로 번역, 발표되는 찾기 힘든 기회였고 또 안수길은 재만조선인문학의 존재를 중국인들에게 알리고자 자기의 대표작이 아니더라도 편집의 요구에 맞추어 「부엌녀」를 선택했을 것이다.

그리고 다른 한 측면으로 본다면 재만조선인 문학을 대표하게 된 안수길로서는 당시 조선인문학의 생존공간을 확보하기 위한 보호책으로 민족의 개척사나 정착사를 다룬 모가 난 '목적문학'을 회피하고 순문학적인 작품을 선택하였을지도 모른다. 「부엌녀」의 한어역문이 발표되기 전인 1941년 3월에 일제가 '예문지도요강(藝文指導要綱)'을 반포하고 만주국문학예술을 진일보 엄하게 통제하였기에 문학생존공간이 그야말로 시시각각 위협당하고 있어 보호책을 쓰지 않을 수 없는 것이 당시 상황이었다. 안수길의 이런 깊은 의도가 면바로 오랑의 편집의도와 알맞았다고 볼 수도 있지 않을까.

요컨대 필자가 발굴해낸 소설 「부엌녀」의 중국어 번역문은 작가 안수길 연구에서, 나아가 재만 조선인문학연구에서 찾아보기 힘든 소중한 자료임에 틀림없다. 여러 학자들의 공동한 연구를 기대한다.

<문학과예술> 2002년 5월호(2002년 8월)에 게재

참고문헌

『신만주』 제3권 제11호.

『북원』, 간도 예문당, 1944년 4월.

안수길, 「룡정·신경시대」—중국조선민족문학대계(10), 『소설집(안수길)』, 연변대학 조선언어문학연구소 편, 흑룡강조선민족출판사, 2001년 11월.

김윤식, 『안수길 연구』, 정음사, 1986.

20세기 후반기 중국에서의 한국문학 번역 이입 양상

1. 들어가며

문학번역은 의식형태, 문예이론, 후원시스템 등 여러 면에서 도착어(譯入語)문화의 영향을 받게 된다. 20세기 후반기 중국의 문학 번역 이입은 정치의식형태의 영향을 많이 받아 대체로 시대 정치의 수요를 만족시키는 것을 번역가치의 기본취향으로 삼았다.

주지하다시피 20세기 50년대 초에 "6·25"전쟁의 폭발과 더불어 중한 양국은 사회주의 진영과 자본주의 진영이라는 냉전체제하의 적대국이 되어 70년대까지 양국 간의 교류는 전혀 운운할 수조차 없게 되었다. 80년대에 들어서서 중한 양국의 정치관계는 적극적인 방향으로 발전하기 시작하였고 80년대 말 90년대 초 세계 냉전체제가 무너지면서 급속한 발전을 가져오게 되었다. 1992년 8월 획기적인 중한 수교가 이루어져 40년간의 적대관계가 결속되고 본격적으로 우호적인 합작 교류 발전단계에 들어서게 되었다. 21세기에 와서 중한 양국은 지속적으로 우호 발전관계를 확보하면서 동북아 내지 세계의 평화와 경제 문화발전에 이바지하고 있다. 이와 같이 20세기 후반기 중한 양국 관계는 굴곡적인 변화발전궤적을 보여주었다.

중한 문학교류는 양국 문화교류의 중요한 한 부분으로 되며 문학 번역 이입은 문학 교류의 중요한 요소로 된다. 20세기 후반기 중국에서의 한국문학 번역 이입은 이 시기 중국의 정치의식형태와 중한 양국관계의 변화발전에 따라 부동한 양상을 보여주었다. 본고에서는 주로 그 양상을 구체적으로 밝혀보는 동시에 이 시기 중한 문학교류의 특징도 밝혀보고자 한다.

2. 20세기 50-70년대의 한국문학 번역 이입 양상

1949년 10월, 중화인민공화국이 성립됨과 더불어 중국은 문학예술은 우선 정치를 위해 복무해야 한다는 문예시책을 명확히 제정하고 거침없이 시행하였다. 50-70년대 중국은 외국문학 번역 이입에 대해 특별한 번역정책이나 번역 선택표준을 제정하지 않았지만 당시의 정치의식형태와 문예시책은 문학 번역 이입에 대해 직접적이고도 주도적인 영향을 주었다. 이 시기 중국의 정치의식형태는 "우수하고" "진보적인" 외국문학작품을 번역 이입할 것을 요구하였고 또한 이런 "우수하고" "진보적인" 것에 대한 해석은 정치의식형태의 변화에 따라 변하였다.

50년대에는 대체로 주제의식 면에서는 사회주의와 공산주의 의식형태에 부합되고 창작방법 면에서는 리얼리즘 특히 사회주의 리얼리즘의 창작원칙이 구현된 작품을 "우수하고" "진보적인" 작품으로 취급하고 외국문학의 번역 이입도 이런 표준에 따라 진행되었다. 당시 소련 사회주의 리얼리즘문학이 이 표준에 제일 알맞았기에 50년대 문학번역의 중점으로 되었다.

60년대 초 중국과 소련 관계가 악화되면서 소련문학작품의 번역 이입이 대폭 줄어들었고 1964년 후에는 대체로 정지상태에 처하였다. 60년대에는 대체로 조선, 베트남, 알바니아 등 인민민주국가의 문학작품들이 번역 이입의 중점으로 되었는데 이는 당시 정치적으로 이런 나라들과 단결하여 세계적인 사회주의진영을 구축하여야 하였고 그러자면 이런 나라들과의 친목관계를 도모하는 중요한 유대의 하나로 되는 문학작품의 번역 이입이 요청되었기 때문이다. 그러다가 "문화대혁명"시기에 와서는 제반 문학이 극단적으로 정치의식형태에 조종, 이용되면서 외국문학 번역 이입은 거의 정지되다시피 하였다. 한마디로 말하면 이 시기 국제정세와 국내 정세가 외국문학 번역 이입을 좌우지 하였다고 할 수 있다.

여기서 그냥 지나칠 수 없는 것은 이 시기 조선문학에 대한 번역 이입 양상이다. "6.25" 전쟁의 폭발과 더불어 중국과 조선 양국 관계는 순치(脣齒) 관계로 되었고 조선문학 번역 이입은 이 친목관계를 돈독히 하는 중요한 한 장치로 되었다. 1950년 12월, 전국문학예술계 기관 잡지 『문예보(文藝報)』(제3권 제5호)에 「조선문학근황(朝鮮文學近況)」(金波)이라는 글이 실리면서 조선문학이 소개되기 시작하여 1951년 10월, 조기천, 김상오 등의 시집 「조선은 싸운다(朝鮮在戰鬪) – 조선시선(朝鮮詩選)」(華東人民出版社 出版)이 번역 출판되면서 본격적인 조선문학 번역 이입이 시작되었다고 하겠다. 50년대 전반기에는 대체로 "6.25" 전쟁을 묘사한 작품들이 번역 이입 되었고 그 후반기에는 이기영의 장편소설 「고향(故鄕)」(新文藝出版社, 1957년 5월), 최서해의 소설집 『최서해소설집(崔曙海小說集)』(人民文學出版社, 1959년 6월) 등 광복전 조선 카프 내지 신경향파 작가들의 작품들도 번역 이입되면서 보다 전면적인 수용양상을 보여주었다. 건국 10년 사이, 즉 50년대에 70여 종에 달하는 조선문학작품들이 번역 출판되었다. 60년대 전반기에는 윤세중(尹世重)의 장편소설 「시련 속에서(在考驗中)」(作家出版社, 1964년 8월)를 비롯한 조선의 복구건설을 묘사한 작품들이 번역 이입 되었는데 그 작품들은 대부분이 당시 조선문학의 대표적 작품들이었다. 60년대 후반기부터 70년대 전반기까지 "문화대혁명"으로 말미암아 조선문학 번역 이입은 쇼크 상태에 처하게 되었다. 1977

년, "문화대혁명"이 결속되어 처음으로 복간된 외국문학번역 잡지 『세계문학(世界文學)』 제1기(내부발행)에 이명균(李明鈞)의 단편소설 「초지에서 만난 사람들(在草地上遇到的人們)」과 박사영(朴士英)의 단편소설 「농장의 아침(農場的早晨)」이 번역 발표되면서 조선문학은 60년대 전반기를 이어 또다시 번역 이입되기 시작하였다.

50년대 전반기부터 60년대 전반기까지 당시 중국의 유일한 외국문학번역 잡지였던 『역문(譯文)』(1959년부터 『세계문학』이라 하였음)은 거의 매 호마다 조선문학의 동태를 보도하였는데 이런 보도는 조선문학의 발전과 보조를 같이 하다시피 하였다. 70년대 말에도 이와 못지않게 조선문학의 발전 동태가 신속히 보도되었다. 이런 보도들은 조선문학의 발전상황을 제때에 소개하여주었을 뿐만 아니라 그 번역 이입을 크게 추진하였다.

이 시기 조선문학에 대한 번역 이입이 이렇듯 중요시되었다면 한국문학 번역 이입 양상은 어떠하였는가? "6.25" 전쟁을 겪으면서 중한 양국 관계는 적대관계로 되었고 1992년 중한 수교가 이뤄지기 전까지 중국은 한국을 "남조선"이라 칭하였다. 70년대까지 양국은 상호 교류가 거의 단절되다시피 하였다. 이런 사회 정치 역사 상황에서 한국문학은 자연히 "우수하고" "진보적"인 문학으로 될 수 없었을 뿐만 아니라 감히 운운할 수조차 없게 되었다. 따라서 50년대부터 "문화대혁명"이 결속되기까지 근 30년에 달하는 기나긴 역사의 흐름 속에서 한국문학작품은 소설 한 편, 시 한 수조차 번역 이입되지 못하였다. (광복 전 작품들은 조선문학의 범주에서 번역 이입되었다.)

물론 이 시기에 한국문학에 대한 소개가 전혀 없었던 것은 아니었다. 1963년 7월, 한창희(韓昌熙)의 「미제 통제하의 남조선문학(美帝控制下的南朝鮮文學)」이라는 보도가 『세계문학』(1963년 제7호)에 발표되었는데 이는 중국에서 처음으로 '남조선문학'이라는 표제로 한국문학 상황을 소개한 글로 된다. 이 보도는 조선에서 발표된 2편의 평론, 즉 이원곤(李元棍)의 평론 「남조선문학의 현황」(『노동자』 1963년 제4호)과 박호범(朴虎范)의 평론 「죽음과 절망을 선양한 문학－지난해 남조선문학의 현황」(『문학신문』 1963년 제14호)이라는 두 문장의 내용을 요약하여 소개한 글이다. 이 글은 "오늘날 미제의 통제하에 있는 남조선문학은 진보작가들의 창작자유가 유린당하고 내용이 반동적이고 퇴폐적인, 미제의 전쟁정책과 식민정책을 위해 복무하는 반동 작품들이 문단을 휩쓸고 있다"고 쓰고 있다.[1] 이 보도를 이어 1964년 1월에 한창희는 평론 「미제국주의 통제하의 남조선문학(美帝國主義控制下的南朝鮮文學)」(『세계문학』, 1964년 제1-2호)을 발표하여 당시 한국문학의 상황을 보다 구체적으로 소개하였다. 이 평론에서는 "남조선반동문학의 주요한 주류의 하나는 반공문학과 전쟁문학"이라고 지적함과 동시에 "남조선의 민족양심이 있고 정의감이 있는 작가들은 현재 극단적으로 어려운 환경에서 애써 현실을 정시하면서 남조선인민들의 박절한 문제들을 반영하고 있다"라고 쓰고 있다.

이 두 편의 문장에서 보다시피 이 시기 한국문학은 전적으로 이데올로기의 시각에서 소개되고 있다. 이런 문장마저 현재 필자가 알건대 겨우 2편 정도이다.

70년대 후반기 "문화대혁명"이 결속됨과 더불어 중국의 문예시책은 점차 조정, 변화되기 시작하였다. 1978년 5월 27일, 제3회 전국문학예술계연합회(全國文學藝術系聯合會) 제3차 회의에서 모순(矛盾)은 "문예정책을 조정하는 것은……마오쩌둥이 남긴 염원"[2]이라고 하면서 "문화대혁명" 후 처음으로 조심스럽게나마 문예정책을 조정할 것을 제출하였다. 이어 "백화제방, 백가쟁명(白花齊放, 百家爭鳴)"이라는 문예방침이 『헌법』으로 철저하게 제정되었고 『문예보(文藝報)』는 1979년 제1호부터 9호까지 연속하여 사상을 해방할 대한

---

1 韓昌熙, 「美帝控制下的南朝鮮文學」, 『世界文學』, 1963년 7호, 118-119면에서 인용.

2 『文藝報』, 1978년 제1호.

문예비평문장을 발표하면서 문학예술계의 사상해방을 주장하였다.

1978년 12월, 광주에서 전국 외국문학사업계획회의가 열리고 "외국문학연구사업 8년(1978-1985)계획"이 통과되었다. 이는 십 년간 지속된 "문화대혁명"이 결속된 후 처음으로 열린 외국문학사업회의였다. 이 회의에서는 중국외국문학학회를 설립하였는데 이는 중국 역사에서 처음으로 창설된 전국 외국문학사업자 단체이다. 이 학회의 설립은 중국의 외국문학사업이 역사발전의 새 시기에 들어섰다는 표징으로 된다. 외국문학사업자들은 이에 적극 호응하여 외국문학영역에서 사상을 해방하고 "금지구역"을 타파할 것을 주장하여 나섰다.

1979년 10월 30일, 제4회 전국문학예술일군대표대회(全國文學藝術工作者第四次代表大會)에서 덩샤오핑은 "문예에 대하여 당은 명령을 내린다거나, 문예로 하여금 임시적으로, 구체적으로, 직접적으로 정치임무에 종속하도록 요구할 것이 아니라 문학예술의 특징과 발전규칙에 따라 문예일군들을 도와 여건을 마련하여 주어 그들로 하여금 부단히 문학예술을 번영하게" 하여야 한다는[3] 「축사」를 발표하였다. 덩샤오핑은 이 「축사」에서 또 "우리나라의 고대와 외국의 문예작품 및 표현예술 가운데서 모든 진보적인 것과 우수한 것을 거울로 삼고 따라 배워야 한다"고[4] 지적하면서 문예일군들이 사상을 해방할 것을 요구하였다. 등소평의 이 「축사」는 중국공산당의 새로운 문예방침의 기조로 되었다. 이런 새로운 문예방침은 재빨리 실천으로 옮겨지면서 다년간의 "금지구역"으로 되었던 외국문학 번역 이입이 해금되어 새로운 번영기를 맞게 되었다. 50년대 초부터 "금지구역"으로 되었던 한국문학 번역 이입도 이때에 와서 늦게나마 서서히 막을 올리게 되었다.

---

3 鄧小平, 「在中國文學藝術工作者第四次代表大會上的祝辭」, 『鄧小平文選』(1975-1982年), 人民出版社, 1983年 7月, 185면에서 인용.

4 각주 3과 같은 책 182면에서 인용.

1979년 12월, 『세계문학』(1979년 제6호)에 박충록(朴忠祿)이 해제를 쓰고 장림(張琳)이 번역한 김지하(金芝河)의 시가 발표되었다. 김지하는 "저명한 남조선 애국시인"으로 소개되고 「1974년 1월」, 「서울」, 「서대문 101호」 등 15수의 시가 번역 발표되었다. 김지하와 그 시는 비록 "남조선" 작가 작품으로 번역 이입되기는 하였지만 이는 중국에서 처음으로 20세기 60-70년대 한국문학작품을 번역 이입한 것으로 된다. 김지하가 "남조선"의 대표적인 반체제 작가라는 특수한 신분으로 하여 처음으로 "금지구역"을 돌파할 수 있게 되었다고 하겠다. 이 점은 해제에서 쉽게 찾아볼 수 있다. "그는 첨예한 정치투쟁 속에서 창작을 진행하면서 예술을 투쟁의 무기로 남조선인민들이 파시즘독재통치를 반대하고 독립을 쟁취하는 투쟁을 성원하였다. …… 김지하는 지금 옥중에서 투쟁을 견지하고 있다. 각 국 인민들의 성원운동은 여전히 계속되고 있다."[5]

이 번역 이입의 시각은 "전통"적인 시각에서 완전히 벗어나지 못하였지만 몇 십 년간 봉쇄되었던 "금지구역"을 돌파하려는 첫 시도를 보여 주었다는 데서 자못 중요한 의미를 갖는다.

3. 20세기 80-90년대 초기의 한국문학 번역 이입 양상

70년대 말의 조심스러운 첫 시도를 뒤이어 1980년 초에 『외국문예(外國文藝)』(1979년 창간, 내부발행)가 한국문학 번역 이입의 두 번째 시도를 보여 주었다. 그런데 이 시도는 겨우 두 번째로 되는 시도임에도 불구하고 참으로 담대하고 파격적이었다.

5　『世界文學』, 1979년 제6호, 64면에서 인용.

『외국문예』는 1980년 제1호에 남조선 단편소설 5편을 번역 발표함으로써 건국 후 중국에서 처음으로 "남조선"소설을 번역 이입한 것으로 되었다. 이 5편의 소설들로는 김동인의 「배따라기(船歌)」, 김동리의 「까치 소리(喜鵲叫)」, 박영로의 「고호(古壺)」, 서기원의 「이 거룩한 밤의 포옹(深夜的擁抱)」, 안수길의 「제3인간형(第三種類的人)」 등인데 모두 위위(衛爲) 역으로 되었다.

역자 위위는 이 소설들을 번역 발표하면서 우선 "역자의 말" 형식으로 "남조선"문학 상황과 편집의도를 설명하였다.

> "근래에 남조선 문단은 비교적 활약하고 있다. 남조선 문예잡지의 보도에 의하면 1977년에 공식적으로 발표된 문학작품이 400여 부에 달하여 번역작품을 출판하는 데만 열중하던 상황이 개변되었다. 50년대 남조선에는 전쟁문학이 유행하였고 60년대에는 폭로문학(참여문학이라고도 함)이 성행하였다.……70년대에 들어와서는 농촌문제가 다시 문학의 주제로 되기 시작하였다. ……
>
> 1975년에 남조선 삼중당(三中堂)에서 남조선의 저명한 평론가와 작가들인 김동리, 백철, 안수길, 이어녕, 황순원 등이 편집한 『한국대표문학전집』을 출판하였다. 이 전집은 순문학 대표작가들의 대표작품들을 체계적으로 수록하였는데 도합 43명 남조선작가의 48부 중편과 장편 그리고 135편의 단편소설들이 망라된다. 우리는 그 중에서 5명 작가의 5편의 단편소설을 선택하여 우리나라 문학 연구자들에게 제공한다."

이어 역자는 5명 작가와 그 작품을 요약하여 소개하면서 보다 상세한 해설을 시도하였다. 여기서 한 가지 놀라운 것은 매 작품마다 첫 머리에 먼저 그 작가의 사진을 싣고 있다는 것이다. 수십 년간 한 걸음도 내디딜 수 없는 "금지구역"으로 되었던 한국문학작품을 일거에 그 작가의 사진까지 함께 박아 번역 발표한다는 것은 참으로 대담한 돌파가 아닐 수 없다. 이는 당시

"남조선"문학에 대해 전혀 낯설었던 중국 독자들의 시야를 크게 충격 주었다.

1980년 12월, 중국외국문학학회 제1차 회의가 성황리에 열리고 회의에서는 "계속하여 사상을 해방하고 실사구시로 외국문학사업을 전개하자"는 주제를 제출하면서 보다 대담하게 "금지구역"을 타파할 것을 주장하였다. 아울러 전국적으로 외국문학영역에서 사상을 진일보 해방하고 "금지구역"을 대담히 돌파하는 붐이 일게 되었다.

1981년, 중국 사회과학원 외국문학연구소에서 편찬한 내부간행물 『외국문학동태(外國文學動態)』 제1기에 김정(金晶)의 평론 「남조선문학소개(南朝鮮文學簡介)」가 발표된다. 이 글은 한국현대문학의 제반 윤곽을 중국독자들에게 처음으로 비교적 체계적으로 보여주었다는데서 자못 중요한 의미를 갖고 있다.

문장은 우선 서두에서 필자가 이 글을 쓰게 원인을 간단히 밝히고 있다. "장기간 자료의 결핍과 여러 가지 원인으로 하여 우리는 남조선문학에 대한 요해가 거의 '공백'으로 되었다. 현재 아주 한정된 자료에 근거하여 30년 이래의 남조선문학에 대해 간단히 소개하여 참고로 제공하는 바이다." 이어 문장은 한국현대문학을 "50년대 전후문학", "60년대 신감각파", "70년대 문학" 등 세 개 부분으로 나누어 대표 작가와 작품을 간단히 소개하면서 이 시기 문학을 비교적 생동하게 보여주었다.

1982년 5월, 『외국문예사조(外國文藝思潮)』(중국 사회과학원 정보연구소) 제1집에 심의림(沈儀琳)의 문장 「남조선의 소설 창작과 문학평론 경향(南朝鮮的小說創作和文學評論傾向)」이 발표되어 한국현대소설문학상황이 소개되었다. 이 글에서는 주로 "하층인"들을 주인공으로 한 소설을 소개하고 "폭로문학"에 대해 보다 상세히 소개함과 아울러 소설 창작에서의 상업주의 경향과 문예비평에서의 종파주의 경향에 대해서도 언급하였다.

같은 해 10월, 중국외국문학학회 제3차 이사회가 소집되어 계속하여 사상을 해방하고 "금지구역"을 타파하면서 새로운 발전시기를 맞이할 것을 주장하였다.

1983년 1월 『외국문예사조(外國文藝思潮)』(제2집)는 「남조선 간행물이 평가한 25년간의 "문단신인"(南朝鮮報刊評價25年來的"文壇新秀")」(儀琳)이라는 글을 발표하여 50-70년대에 거쳐 『동아일보』를 비롯한 여러 신문사들에서 주최한 "신춘문예"상 수상 작가들을 소개하였는데 이는 한국현대문학상에 대한 첫 소개로 된다.

이와 같이 한국문학에 대한 번역 이입이 조심스럽게나마 여러 모로 해금되기 시작하다가 1983년 2월 『남조선소설집(南朝鮮小說集)』(全光墉 等著, 枚芝等譯, 上海譯文出版社)이 번역 출판되면서 큰 돌파를 가져오게 된다.

『남조선소설집』은 "번역후기"에 이렇게 쓰고 있다.

> "우리는 남조선의 상황에 대해 비교적 생소하며 남조선문학에 대해서는 아직 소개되어 있지 않다. 이런 상황이 우리로 하여금 남조선에서 직접 온 일부 자료들을 발굴하여 관련 분야에 참고로 제공할 수 없을까 하는 문제를 생각하게 하였다. 하여 우리는 이 소설집을 펴내게 되었는데 이 소설집이 광범한 독자들에게 일부 구체적인 감수를 얼마간이라도 가져다 주기를 바라마지 않는다."[6]

이어 "번역후기"는 독자들에게 조선반도의 분단사와 "남조선"의 현실상황을 간단히 소개한 후 한국문학을 광복 전후, 50년대, 60년대, 70년대로 나누어 매 시기의 특징들을 소개하고 나서 나중에 이렇게 쓰고 있다.

> "우리는 이 소설집을 편집할 때 남조선문학의 원류와 현실상황을 고려하여 부동한 시기 부동한 유파의 대표 작가와 작품을 애써 선택하여 독자들에 참고로

---

6 全光墉 等著, 『南朝鮮小說集』, 上海譯文出版社, 1983年 2月, 661면에서 인용.

제공함으로써 광범한 독자들로 하여금 남조선 문학상황을 개괄적으로 요해하고 또 이를 통해 남조선 사회의 일부 측면들을 볼 수 있도록 하였다. 이 소설집에 수록된 17편의 장편, 중편, 단편 소설들을 본다면 「배따라기(船歌)」, 「백치 아다다(白痴阿達達)」, 「실비명(沒有碑銘的墓碑)」, 「사랑 손님과 어머니(厢房里的客人和媽媽)」 등은 해방 전 작품에 속한다. 다시 말하면 이 작품들은 남조선작가들의 30-40년대 작품 혹은 조선 30-40년대 생활을 묘사한 작품들로서 이미 문학사에 평정이 되어있다.……「죽고싶어 하는 여인(眞摯的愛情)」, 「두 파산(双方的破産)」, 「고호(古壼)」 등은 50년대에 발표된 작품들인데 이 소설들은 남조선 초기의 혼란과 이승만 시기 사회풍기의 부패상을 보여주고 있다. 「제3인간형(第三種類型的人)」, 「까치 소리(喜鵲叫)」, 「이 거룩한 밤의 포옹(深夜的擁抱)」, 「수난 시대(受難的兩代)」 등 소설은 전쟁이 남조선인민들에게 가져다 준 고난을 묘사하고 있는데 이 작품들은 전쟁문학에서 일정한 대표성을 띠고 있다. 기타 작품들은 모두 60년대 이후의 작품들인데 그 창작방법이 서양 모더니즘의 영향을 받았음을 쉽게 보아 낼 수 있다. 그 중 「서울 1964년 겨울(漢城一九六四年冬)」이 특히 그러하다. 하지만 남조선에서는 이 작품에 대한 평가가 아주 높다. 이런 작품들을 통해 우리는 남조선 인민들은 과거나 현재나 마찬가지로 모두 낙후하고 빈궁한 처지에 있음을 알 수 있다. 우리가 선택한 작가들은 진보인사라고는 할 수 없다. 어떤 작가는 심지어 어용문인이기도 하다.”[7]

보다시피 “번역후기”는 편집 의도를 아주 상세하게 밝히면서 독자들의 올바른 이해를 돕고자 하였는데 그 편집 시점은 아주 개방적이면서 또한 보수적이다.

소설집에는 도합 17편의 작품이 수록되었는데 매 작품마다 먼저 작가소개

7 동상서 669-670면에서 인용.

를 하였을 뿐만 아니라 그 작가의 사진까지 실어 『외국문예(外國文藝)』처럼 파격적이라 하겠다.

이외 한 가지 짚고 넘어갈 것은 이 소설집은 출판 발행될 때 그 발행이 공식적이 아니라 내부발행(內部發行)이었다는 것과 내부발행임에도 불구하고 그 인쇄 수가 3만 9천 부에 달하였다는 것이다. 여기서 80년대 초 중국에서의 한국문학 번역 이입은 개방의식과 보수의식의 합류 속에서 해금의 "진통"을 겪었음을 보아 낼 수 있다.

여하튼 이 소설집의 출판은 수십 년간 다가설 수 없는 "금지구역"으로 되었던 한국문학이 실질적으로 "해금"되어가고 있음을 충분히 보여주었다.

이를 뒤이어 여러 문학 간행물들에서 보다 대담하게 한국문학작품들을 번역 발표하기 시작하였다. 『세계문학』은 1984년 제2호에 홍성원(洪盛原)의 소설 「철들 무렵」(韓東吾 역)을 번역 발표하여 한국소설 번역 발표의 첫 걸음을 내디디었다. 『외국문학연구(外國文學硏究)』는 1983년 제4호에 「근년의 남조선문학 동향(近年來南朝鮮文學動向)」이라는 평론을 발표하여 한국문학연구에 대한 개방의 자세를 보여주었다.

80년대 후반에 특히 88년 서울 올림픽을 전후하여 다량의 한국 소설들이 단행본으로 번역 출판되기 시작하였다. 말하자면 1986년 3월 손창섭의 장편소설 「잉여 인간(漢城幻夢)」(高岱 譯, 廣西人民出版社), 1988년 4월 김성종의 장편소설 「미로의 저쪽(復仇的迷途)」(劉棟 譯, 黑龍江人民出版社), 1988년 정비석의 장편소설 「손자병법(孫子兵法演義)」(陳和章 역, 吉林人民出版社), 1988년 7월 김성종의 장편소설 「부랑의 강(風流寡婦復仇記)」(陳雪鴻 등 역, 延邊人民出版社), 1989년 11월 최인호의 장편소설 「천국의 계단(天堂的階梯)」(崔成德 등 역, 長春出版社) 등 적지 않은 장편소설들이 번역 출판되는데 이런 소설들의 공동한 점이자 주요특징으로 되는 것은 모두가 통속소설이라는 것이다.

이 시기 사회 정치적으로 개혁개방 정책이 전면적으로 실행됨에 따라 사상해방의 사조가 한 차례의 고조를 이뤄 문학예술영역에서도 다년간의 "금지구역"들을 대담히 돌파하고 세계문학의 사조와 합류하고자 하였다. 장기간 문단을 좌우지 했던 주제 선행론(先行論)이 사상해방의 사조에 크게 희석되었고 작가들은 창작에 앞서 독자들의 기대시야를 중요시하게 되었으며 독자들은 문학작품의 주제 보다 우선 이야기서술에 더 큰 관심과 취미를 갖게 되었다. 다시 말하면 문학영역에서 사회대중문화의 물결이 일기 시작한 것이다. 통속소설은 바로 이런 사회대중문화의 한 구성 부분을 이루면서 전례 없이 발전하게 되었다.

주지하다시피 통속소설의 주요특징의 하나가 바로 세속적이라는 것이다. 또한 세속적이라는 것은 흔히 대중적인 것이라는 것을 의미한다고 하겠다. 독자들은 통속소설을 통해 세속적인 것을 알게 되고 세속을 통해 대중문화 내지 그 인정세태를 알게 된다. 그리고 이런 대중문화는 그 사회문화의 주요한 구성 부분을 이룬다.

수십 년간 철저하게 단절, 외면되어 가까우면서도 크게 낯설었던 한국이 88년 서울 올림픽을 전후하여 중국인민들의 시야에 안겨왔고 재빨리 새로운 관심사로 되었다. 한국에 대해 사회 정치적으로 관심이 컸을 뿐만 아니라 대중문화 내지 그 인정세태에 대한 관심도 여간 크지 않았다. 한국통속소설은 바로 이런 관심사와 궁금증을 풀어줄 수 있는 하나의 좋은 도경으로 될 수 있었다. 이런 기대시야 속에서 한국통속소설들이 다량 번역 이입되었는데 상기한 한국통속소설들은 그냥 재미로만 읽힌 것이 아니라 한국의 대중문화 내지 인정세태를 보여주는 하나의 거울로 되었다고 하겠다.

물론 중한 양국 간에 아직 수교되지 않은 상황에서, 사회 정치 문화적으로 아직까지 민감하였던 특수 상황에서 한국통속소설에 대한 번역 이입이 중한 문학교류의 가능성을 보여 주었다는 점도 묵과할 수 없다.

여기서 또 한 가지 간과할 수 없는 것은 1988년 12월에 번역 출판된 『남조선 “문제소설”선(南朝鮮“問題小說”選)』(金晶 主編, 社會科學文獻出版社)이다. 이 소설집에는 「철들 무렵(寧靜的莽林)」(洪盛原), 「잔인한 도시(殘忍的都市)」(李清俊) 등 14편의 소설들이 번역 수록되었는데 이 소설집의 출판에 대해 감수를 맡은 심의림(沈儀琳)은 「머리말」에서 이렇게 쓰고 있다.

“이 소설집의 편집자의 의도는 선명하고도 강렬하다. 편집자는 60-70년대 남조선문단에서 남달리 독특한 유파를 이루고 있는, 사실주의경향을 띤 작가들의 작품들을 선택 수록하였다. 독자들은 이 소설집에 수록된 10여 편의 개성이 부동한 참여문학 작품들을 통해 남조선의 부동한 계층 인민들의 운명의 한 측면을 볼 수 있을 것이다. 이 점으로부터 볼 때 이 소설집은 독자들에게 심각한 인상을 남길 뿐만 아니라 편집자의 독창성적인 식견을 알게 될 것이다.”

이어 「머리말」에서는 60-70년대 제반 참여문학과 소설집에 수록된 작가 작품에 대해 하나하나 상세히 해제를 쓰고 나서 나중에 이렇게 끝맺고 있다.

“듣는 바에 의하면 이 소설집은 원래 80년대 초에 출판하기로 계획하였으나 여러 가지 원인으로 하여 다년간 침체되어 있었다고 한다. 다행히 각종 우여곡절을 거쳐 마침내 햇볕을 보게 되었다. 이 소설집의 출판은 편집자의 견인불발의 집요한 추구를 보여준다. 우리는 또 사회과학문헌출판사의 전략적인 안광에 탄복해마지 않는다. 물론 개방정책이 없었다면 이 소설집은 아마 영원히 햇볕을 보지 못할 수도 있을 것이다. 이 소설집은 주제가 아주 심각한 작품집이다. 중국사람으로서 이웃 나라와 지역의 경제발전의 경험과 교훈에 대해 알아야 할뿐만 아니라 문예작품을 통해 이런 나라와 지역의 역사, 문화와 사회도 알아야 한다.”

위에서 알 수 있다시피 이 소설집은 편집자의 뛰어난 식견과 용기로 원래

80년대 초에 벌써 출판하려고 계획하였으나 당시 중국의 제반 사회 정치 문화 환경에서는 한국문학에 대한 번역 이입은 의연히 "금지구역"으로 되어 햇볕을 보지 못하였다.

"해금"의 분위기가 짙어지게 되자 상해역문출판사는 1983년에 내부발행의 형식으로 출판했던 『남조선소설집』을 1989년 10월에 『이 거룩한 밤의 포옹(深夜的擁抱)』라 개명하여 공식발행의 형식으로 다시 출판하였다.

이렇듯 중국에서의 한국문학 번역 이입은 80년대 말에 와서야 실질적으로 "해금"되기 시작하였다고 하겠다.

4. 20세기 90년대의 한국문학 번역 이입 양상

90년대에 들어와서 중국은 대내, 대외적으로 전면적인 개혁개방을 실행하여 전례 없는 발전을 가져오게 되었다. 1992년 8월 24일, 중한 수교가 이루어지면서부터 중국에서는 수십 년간 써오던 "남조선"이라는 호칭을 "한국"이라 개칭하게 되었고 중한 양국관계는 정치, 경제, 문화 등 여러 면에서 비약적으로 발전하였다.

중국에서의 한국문학 번역 이입도 수십 년간의 "금지구역"이 타파되고 자유 발전시기에 들어섰다. 『세계문학』, 『역림(譯林)』, 『외국문예』 등 권위적인 외국문학번역 잡지들뿐만 아니라 상해역문출판사를 비롯한 여러 유명한 출판사들에서도 부동한 시각으로 한국문학작품들을 적극 번역 출판하기 시작하였다.

1994년, 『세계문학』(제3호)은 처음으로 "한국문학"이라는 명칭을 사용하여 한국단편소설 4편을 번역 발표하였다. 그 4편의 소설들로는 「배꽃 질 때(梨花)」(金芝娟), 「윤삼이(雷雨)」(黃順元), 「갯마을(浦口漁村)」(吳永壽), 「무녀도

(巫女圖)」(金東里) 등 한국현대문학의 명작들이다. 매 편마다 작가 소개와 사진을 실었을 뿐만 아니라 50-80년대에 이르기까지의 한국문학발전상황의 윤곽을 간단히 보여준 「한국문학 40년 개관(韓國文學四十年槪覽)」(崔成德)이라는 평론도 함께 실어 그 이해를 돕고 있다.

1993년 8월 김소월(金素月)의 시집 『진달래꽃(踐踏繽紛的落花)』(張香華 역, 中國友誼出版公司)이 번역 출판되면서 본격적인 한국 명시 번역이 이루어지기 시작하였고 1995년 1월 이문렬(李文烈)의 소설 「우리들의 일그러진 영웅(扭曲了的英雄)」(學林出版社)이 번역 출판되면서 한국 현대 문학상 수상 작가들의 수상작품들이 번역 출판되기 시작하였다. 1997년 10월에는 이문열의 장편소설 『사람의 아들(人的兒子)』(衛爲 枚芝 역, 學林出版社)이 번역 출판되어 작가 이문열은 한국의 대표작가로 중국에 널리 알려지게 되었다.

1997년 1월 한말숙(韓末淑)의 장편소설 『아름다운 영가(美的靈歌)』(沈儀琳 역, 사회과학문헌출판사)가 번역 출판되었는데 역자는 「번역 후기」에서 이렇게 쓰고 있다.

> "중한 수교가 이루어진 어언 5년이 된다. 중한 문화교류는 날로 발전해가고 있으며 한국문화계의 벗들도 마치 우리 신변에 있는 것처럼 느껴진다. 우리들 간의 합작은 보다 많은 열매를 맺게 되리라 믿어마지 않는다. 「아름다운 영가」 번역본을 문학애호가들에게, 특히 한국문학애호가들에게 선물하는 동시에 중한 두 나라 인민들이 양국 수교 5주년을 경축하는데 선물한다."

보다시피 90년대 말에 이르러서는 한국문학 번역 이입은 단순한 문학교류만이 아니라 중한 양국 간의 우호적인 교류를 돈독히 하는 유대로 되었다.

이 시기에 상기한 작품들 외에 안동민(安東民)의 장편소설 『성화(聖火)』(張琳 역, 인민문학출판사, 1995년 7월), 윤형두(尹炯斗)의 장편소설 『저 넓은 해변가에

(在遼闊的海邊)』(金毅泉 張貴淑 역, 東方出版社, 1995년), 권형술(權亨術)의 장편소설 『편지(塵緣未了)』(崔成萬 崔燕 역, 中國文聯 出版社, 1999년 8월), 김성종의 장편소설 『아름다운 밀회(美妙的幽會)』(高岱 역, 상해역문출판사, 1998년), 정현웅(鄭賢雄 역, 연변대학출판사, 1996년), 김성종의 장편소설 『형사 오병호(刑警吳炳浩)』(高岱 顧祖孟 역, 學林出版社, 1998년) 등 작품들이 번역 출판되면서 제반 한국문학 번역 이입의 활발하고 질적인 발전이 기대되었다.

하지만 이런 기대는 새로운 사회경제문화체제의 충격으로 하여 그냥 기대로 지나가고 말았다. 주지하다시피 90년대에 들어와서 중국의 경제체제는 완전히 사회주의시장경제체제로 전환하였을 뿐만 아니라 이 시장경제체제가 제반 사회체제에서 주도적 지위를 차지하게 되었고 모든 사회 구성이 그 영향으로 하여 환골탈태와 같은 격변을 겪게 되었다. 문학예술영역에서는 수십 년간 정치와 밀접히 결합되어 현실을 주목하고 현실을 파악하면서 문단의 주도적 지위를 차지하고 있던 전통문학이 그 영향력을 잃었을 뿐만 아니라 주도적 지위마저 상실하게 되었다. 반면에 소비주의의식형태가 성행됨에 따라 향락적인 소비문화가 크게 성행하면서 대중문학이 문단의 주류담론으로 되었다. 많은 문학인들이 분분히 문단을 떠나 "바다에 뛰어들고" 많은 순수문학지들이 대중문학지로 전환하였으며 출판사들에서도 문학가치가 아닌 경제 가치를 첫 자리에 놓고 출판여부를 결재하게 되었다. 하여 "새 시기 문학"은 이미 지나간 역사적 형태로 완전히 굳어지고 대중소비문화가 주도하는 대중문학의 시대가 시작되었으며 많은 문학인들은 대중문화 내지 영상매체문화에 투입하여 "대중문화인" 내지 "영상매체인"으로 전환하였다.

80년대까지 외국문학번역은 대체로 정치제도의 영향을 받아왔지만 90년대에 와서는 주로 시장경제제도의 영향을 받게 되어 경제효율을 볼 수 없는 외국문학 번역, 출판은 거의 운운할 수조차 없게 되었다. 이에 적지 않은 외국문학번역 간행물들이 폐간되고 외국문학번역출판사들에서도 주로 대중문학번역출판에 시선을 모으게 되었다.

장기간 지속되던 정치적 장애를 물리치고 바야흐로 자주적이고 발전을 시도하게 되었던 90년대 한국문학 번역 이입은 전례 없는 시장경제체제하의 각 종 사회 여건의 강렬한 충격으로 말미암아 새로운 애로에 부딪치게 되었다. 한국현대문학의 실질적 수준을 보여줄 수 있는 대표작들은 그 대부분이 전통문학 내지 순수문학의 성격을 띠고 있어 대중문학과는 너무나 먼 거리를 두고 있었기에 이런 작품들의 번역 이입은 편집, 발행인들이나 번역가들의 시선 밖으로 밀려나게 되었다. 이 시기 중국에 번역 이입된 한국문학작품은 적지 않다고 할 수 있으나 진정으로 한국현대문학 수준을 대표하는 작품은 참으로 몇 편 안 된다. 뿐만 아니라 그중 일부 작품은 한국의 경제후원으로 번역 이입된 것이다.

5. 나오며

20세기 중국문학은 시종 정치문화의 지배하에 생존 발전하여 왔다. 50년대부터 90년대 초에 이르기까지 중국에서의 한국문학 번역 이입은 사회정치제도의 깊은 영향으로 말미암아 "금지구역"으로 몰려 자유롭게 발전할 수 없었다. 90년대에 중한 수교가 이루어지면서 그 "금지구역"이 완전히 해제되어 새로운 발전시기를 맞게 되었지만 전례 없는 시장경제체제의 충격으로 또다시 새로운 사회정치문화 격변의 소용돌이에 휘말려 자유로운 발전을 운운할 수 없게 되었다.

이와 같이 20세기 후반기 중국에서의 한국문학 번역 이입은 사회정치제도의 영향하에 근 반세기 동안이나 자주적이고 활달한 발전을 가져오지 못하고 굴곡적인 발전궤적을 긋게 되었다. 다행이 이런 우여곡절 속에서 90년대 말부터 점차 새로운 양상 즉 "한류(韓流)"가 배태되기 시작하여 새 세기에 한국문학 번역 이입은 참신한 양상을 보여주게 되었다. "한류"에 대한 연구는 향후 작업으로 남긴다.

<世界文学评论> 제2호(2006년 10월)에 중국어로 수록

참고문헌

韓昌熙, 「美帝控制下的南朝鮮文學」, 『世界文學』, 1963년 7호.

『文藝報』, 1978년 제1호.

鄧小平, 「在中國文學藝術工作者第四次代表大會上的祝辭」, 『鄧小平文選』(1975-1982年), 人民出版社, 1983年 7月.

『世界文學』, 1979년 제6호.

全光墉 等著, 『南朝鮮小說集』, 上海譯文出版社, 1983年 2月.

金晶 主編, 『南朝鮮"問題小說"選』, 社會科學文獻出版社, 1988年 12月.

정비석의 『소설 손자병법』 중국어 번역문 수용 양상

1. 들어가며

문학은 문화의 외재적 표현일 뿐만 아니라 문화의 표현수단이자 중요한 전파 매개이기도 하다. 문학작품은 소비자(독자)의 독서 수요와 정신체험을 만족시킬 뿐만 아니라 문화정보 및 그 내포도 전달하기에 문화가치를 구비하게 된다.

번역 이입된 외국문학 역시 이입국 문학의 한 구성요소를 이루는 만큼 나름대로의 문화가치를 구비하게 되며 그 영향을 과시하게 된다. 문화 그 자체가 하나의 복잡한 정체인 만큼 번역 이입된 외국문학의 문화가치는 이입국 문화와의 상호 연관 속에서 복합적, 다층적으로 구성, 체현된다고 하겠다.

한국현대문학은 1930년대부터 중국에 번역 이입되기 시작하여 현재까지 많은 작품들이 중국번역문학사의 한 구성요소를 이루면서 작품마다 나름대로 문화가치를 갖고 그 영향을 미치게 되었다. 하지만 그중 적지 않은 작품들은 그 문화가치와 영향력의 다소를 평가하기에는 너무나 미진하다고 할 수 있다.

현재, 한국현대문학의 중국어 번역 이입 양상에 대한 연구는 괄목할 만성과들을 이루고 있지만 대부분 번역 이입 양상에 대한 1차 자료의 수집 정리나 이데올로기와의 관계, 번역 방법 등에 관한 연구로서 그 문화가치나 영향력에 관한 연구는 부진한 한계를 보이고 있다.

본 논문은 이러한 한계 극복의 일환으로 정비석의『소설 손자병법』중국어 번역문의 문화가치와 영향력을 밝혀보고자 한다.

필자의 연구에 의하면 중국에 번역 이입된 한국현대문학작품 가운데서 정비석의『소설 손자병법』중국어 번역문이 중국문화에 끼친 영향이 남다를 뿐만 아니라 자못 대표적이다. 이 점을 밝혀보는 것은 중국에서의 한국문학 번역 이입과 전파, 한국현대문학과 중국문화 등 연구에 일조하게 될 것이다.

2. 손무의 <손자병법>과 정비석의『소설 손자병법』

주지하는바 손무의 <손자병법>은 시계(始计), 작전(作战), 모공(谋攻), 군형(军形), 병세(兵势), 허실(虚实), 군쟁(军争), 구변(九变), 행군(行军), 지형(地形), 구지(九地), 화공(火攻) 용간(用间) 등 병법 13편으로 구성되었다. 각 편은 전쟁 상황의 진전에 따라 각각 개별적으로 서술되어 하나의 독립성을 보여주면서도 전편이 유기적으로 연관되어 있다. <손자병법>은 비록 6600여 자의 한자로 구성되었지만 중국 나아가 세계적으로 가장 훌륭한 군사전략개론서로 동서양의 수많은 군사이론가들이 광범위하게 활용하는 불후의 명작이다.

<손자병법>은 2000여 년의 유구한 역사적 흐름 속에서 최고의 병서(兵书)로 군사영역에서 많이 이용되었을 뿐만 아니라 정치, 외교, 경제 등 기타 인문사회 영역에서도 널리 활용되었다. 세계 냉전체계가 해체된 후 세계는 대체로 현대 상업전쟁의 각축장으로 변하였다. 하여 현대기업경쟁이 군사전쟁처럼 벌어지면서 <손자병법>은 세계적 범위에서 현대기업인들의 경력전

략의 지침서로 되어 실제 경영에서 그 가치를 빛내고 있다.

정비석의 『소설 손자병법』은 문자 그대로 손무의 <손자병법>을 소설화한 문학작품이다. 작가 정비석은 1936년에 등단하여 1991년 타계하기까지 50여 년간 꾸준히 창작활동에 매진하여 200여 편의 단편소설과 38편의 장편소설을 남겼다고 한다. 그는 주로 신문, 잡지와 같은 대중매체에 작품을 연재하여 인기를 끌면서 한국의 대표적인 대중소설작가로 자리매김하였다.

유감스럽게도 그는 대중소설작가라는 이유로 현재까지도 한국문학사에서 주변부로 치부되어 그 작품에 관한 연구가 상당히 부진되어 있다.

『소설 손자병법』은 1981년에 <한국경제신문>에 연재되기 시작하여 1984년 2월 고려원에서 4권 단행본으로 초판 발행되었다. 이 초판은 1993년 7월까지 64쇄 발행되었고, 1993년 12월에 2판 발행되어 1995년까지 4쇄 발행되었다. 1995년 7월 3판이 발행되어 1996년 1월에 3쇄 발행되었고 1996년 4월 4판이 발행되어 같은 해 12월에 3쇄 발행되었다. 이어 1997년 7월 5판이 발행되었다. 『소설 손자병법』은 출간 후 5판까지 무려 200만 부가 팔렸고 뒤이어 여러 가지 언어로 번역되어 해외까지 널리 전파되었다.

『소설 손자병법』은 총 4권으로 구성되었는데 1-3권은 주인공 손무와 그의 손자 손빈이 춘주 전국 시대에 병법서를 저술하는 과정을 그리고 있다. 그 과정에 손무는 강여상(姜吕尙) 즉 강태공의 병법서 「육도(六韬)」를 비롯한 선인들의 병법서를 섭렵하는 동시에 당시 할거 했던 춘추 제후국의 전쟁터를 답사하면서 병법을 연구하고 오(吴) 나라의 원수로 되어 10년간 몸소 전쟁을 지휘하면서 병법을 체험 연구한다. 손무는 나중에 고국 제(齐) 나라에 돌아와 서당을 만들어 마을 아이들에게 글을 가르치는 한편 손자(孙子) 손빈의 뛰어난 군사적 재능을 발견하고 그와 함께 계속하여 병법을 연구하다가 세상을 떠나면서 자신이 저술한 병법서를 손빈더러 보완 완성하도록 한다. 그 후 손빈의 손을 거쳐 <손자병법>이 완성된다. 아울러 작가는 "그 당시에 할거

(割据) 했던 수많은 영웅 호걸들을 총동원시켜가면서, 그들 사이에 일어났던 무궁무진한 권모술수와 파란 만장했던 수많은 전쟁들을 다채롭게 엮어 나가느라고 노력"하였다.[1]

이와 달리 제4권은 『소설 손자병법』의 이해를 돕고자 작자가 실제 현실생활과 결부하여 <손자병법>을 현대문으로 해설한 해설문으로 구성되었다. 작가는 제4권 "머리말"에서 이렇게 쓰고 있다.

> 무릇 사람이 살아간다는 것은 일종의 전쟁(战争)이다. 그러므로 생존 경쟁이 치열한 현대 사회에서 낙오자가 되지 않으려거든 『소설 손자병법』과 아울러 <손자병법>의 해설서인 이 책도 많이 읽어 주기를 바란다.
>
> 독자들의 편의를 위하여 <손자병법> 원문(原文) 과 번역 뒤에 병법(兵法)을 현대에 응용할 수 있도록 해설을 첨부했으며, 각 해설의 요점을 기억하기 쉽도록 간략하게 밝혀 놓았다. 그리고 요점과 『소설 손자병법』과의 연계성 및 색인(索引)을 정리하였으니 참고하여, 나날의 생활에 많은 도움이 되었으면 하는 바람이다.[2]

여기서 『소설 손자병법』은 상대적으로 독립적인 두 개 부분으로 구성되었지만 상호 보완의 관계를 갖고 있음을 알 수 있다.

요컨대 『소설 손자병법』(전 4권)은 "천하의 손무와 그의 손자 손빈, 제세의 호걸 오자서와 경국지색 서시, 와신상담으로 야망과 복수의 칼을 가는 5패 16국의 제왕들, 그 희대의 영웅, 미녀들이 역어 가는 흥망성쇠와 이합집산의 드라마를 통해 인간사의 철리를 새삼 깨우쳐 주는 감동적인 소설"로 한국

---

1 정비석 장편소설 『소설 손자병법』(1), 고려원, 1997년 7월, <작가의 말>에서 인용.

2 정비석 장편소설 『소설 손자병법』(4), 고려원, 1997년 7월, <머리말>에서 인용.

출판사상 최대의 베스트셀러로 되었다.[3]

3. 『소설 손자병법』의 중국어 번역문과 그 영향

정비석의 『소설 손자병법』은 1988년 4월 중국청년출판사(≪孙子兵法演义≫(上下, 郑飞石 著, 陈和章 译, 中国青年出版社, 1988年 4月 第一版))에 의해 중국어 번역문이 출간되었는데 이는 중국 대륙에서의 첫 중국어 번역문으로 된다.

사실 중국 대륙의 번역문은 타이완 타이베이 난류출판사(台湾台北, 暖流出版社)에서 1987년에 번역 출간한 『소설 손자병법』(진화장 역)을 번인(翻印) 한 것이다. 다시 말하면 타이완에서 첫 중국어 번역문이 출간 되었다. 타이완에서 출간된 번역문은 당시 상권(247쪽), 하권(262쪽) 총 2권으로 되었고 '베스트셀러시리즈 6, 기업인이 꼭 읽어야 할 지능 싸움 소설'이라는 서브타이틀로 출간되었다. 당연히 번역자는 타이완 사람이었다.

중국 대륙의 번역문은 타이완 번역문 그대로 표지 앞면에 '세계 베스트셀러의 하나', '기업인이 꼭 읽어야 할 지능 싸움 소설'이라는 수식어를 붙였고 표지 뒷면에는 '중국청년출판사에서 현대기업인 지능 싸움 소설을 장중하게 출간 한다'라는 수식어와 함께 아래와 같은 장문의 내용 소개가 첨부되었다.

> 현대 세계 일류의 기업인들은 경제 경쟁의 기교를 능숙하게 익힌, 지혜와 용기를 모두 구비한 사람들로서 상인(商人)은 전장의 장군 같은 지략이 있어야 한다. 하여 일본, 남조선, 타이완, 싱가포르 등 아세아 4소룡(四小龙)의 기업인들은 모두 손자병법을 즐겨 읽는다. 하지만 손자병법이 너무 심오하고 난해하여

---

3 정비석 장편소설 『소설 손자병법』(1), 고려원, 1997년 7월, 표지 뒷면에서 인용.

남조선의 유명한 작가 정비석이 현대기업인들의 지능 싸움과 기싸움 수요로부터 출발하여 춘추전국시대의 풍부하고 다채로운 정치, 군사, 외교 투쟁 이야기로 손자병법의 풍부한 사상을 전반적으로 해설하였다. 많은 이야기들은 모두 진주처럼 손자병법의 지혜를 빛내고 있다. 이 책을 읽으면 심오하고 난해한 병법이 현대기업인들이 손쉽게 이해할 수 있는 비법으로 된다. 이 책에는 서시의 사랑이야기도 엮여있는데 읽노라면 감탄을 금할 수 없다. 이 책은 출간된 후 남조선의 베스트셀러가 되어 100만부 판매되었고 타이완, 홍콩 등 지역에서 중국어로 번역 출간되었다.[4]

이 책은 하권에 또 <출판설명>이 첨부되었는데 이렇게 쓰고 있다.

『소설 손자병법』은 남조선의 베스트셀러이다. 작가는 우리나라 춘추시대의 이야기를 통하여 어느 정도 현대기업관리의 귀감을 보여주었다. 비록 이 책의 어떤 관점은 우리가 찬성하지는 않고 일부 역사 사실에 오류가 있지만 우리는 이 책에서 이런 저런 계시를 받을 수 있다. 하여 우리는 이 책을 번인 출판하여 독자들에게 참고용으로 제공하는 바이다.[5]

위 인용문에서 보다시피 대륙에서의 『소설 손자병법』 중국어 번역문은 군사용 병서가 아닌 현대기업관리의 귀감으로 출판되었다고 할 수 있다.

정비석의 『소설 손자병법』은 1991년 7월, 길림인민출판사에 의해 또 다른 번역문으로 번역 출판되었다. 이 번역문도 책 앞표지에 '세계 유명한 베스트셀러', '기업인이 꼭 읽어야 할 지능 싸움과 모략의 소설'이라는 서브타이틀

---

4 郑飞石 著, 陈和章 译, ≪孙子兵法演义≫(下), 中国青年出版社, 1988年 4月, 第一版, 표지 뒷면에서 인용.

5 郑飞石 著, 陈和章 译, ≪孙子兵法演义≫(下), 中国青年出版社, 1988年 4月, 第一版, 587쪽.

로 출간되었다. 이 번역문은 번역 출판과 관련하여 <출판설명>에서 이렇게 쓰고 있다.

> <손자병법>은 역사 군사 저서로 우리나라의 우수한 문화유산이며 해내외의 주목을 받고 있다. 손자의 모략과 손자의 이야기는 옛날부터 지금까지 널리 전해오면서 남녀노소의 찬송을 받고 있다. 『소설 손자병법』은 남조선의 정비석 선생이 <손자병법>과 관련된 역사 이야기로 <손자병법>의 역사 배경을 구체적으로 생생하게 그려내어 손자의 총명 재질과 군사사상을 보다 형상화하였다. 작가는 손자의 군사 책략을 상업, 기업 등 면의 경쟁에 인입하여 독자들에게 계시를 주고 있다.
>
> 『소설 손자병법』은 비록 관점과 일부 역사 사실에 오류가 있지만 일가지견으로 감상하고 참고할 가치가 있다고 본다. 독자들은 쓸모없는 것을 버리고 정화를 취하는 자세로 적극적인 면에서 유익한 것을 섭취하기를 바라마지 않는다.
>
> 이 책은 편찬 과정에 진화장, 곽화약(郭化若), 도한장(陶汉章), 양총기(杨冢祺), 요유지(姚有志) 등의 일부 번역 작품과 장절을 채용하였다. 이에 진심으로 감사드린다.[6]

이 번역문도 『소설 손자병법』은 상업, 기업 등 면에서 계시를 주는 소설임을 밝히고 있다.

이 번역문은 중국청년출판사 번역문과 마찬가지로 『소설 손자병법』 원본 제1-3권을 상, 하권으로 나눠 수록하였는데 매 장의 제목만 다를 뿐 내용은 중국청년출판사 번역문과 동일하다. 다시 말하면 타이완 번역문을 매 장의

---

6 ≪孙子兵法演义≫(下)(南朝鲜), 郑飞石 著, 吉林人民出版社, 1991年 7月 第一版, 第一次印刷。741쪽에서 인용.

제목 외 그대로 채용하였다. 그리고 하권에 '<손자>역문', '<손자병법>과 고대 병서', '손자와 36계', '<손자병법>과 세계 역대 군사가', '손자 사상이 현대 전략에 미친 영향', '손무의 모략', '<손자병법>과 걸프전' 등 문장을 57쪽 분량(0.8%)을 첨부하여 <손자병법>에 대한 독자들의 이해를 돕고 있고자 하였다. 이는 『소설 손자병법』 원문 제4권－'병법해설'과 비슷한 역할을 한다고 하겠다. 이 첨부 내용으로 중국청년출판사의 번역문과 차별화하였다.

중국 대륙에서의 두 가지 번역문은 모두 『소설 손자병법』이 중국의 상업, 기업 관리에 적극적인 참조가치가 있음을 시사하고 있다.

중국청년출판사에서 출판한 번역문은 1쇄 5만 부, 1990년 10월 2쇄 3만 부, 1992년 2월 3쇄 2만 부 총 10만 부 출간되었고[7] 길림인민출판사에서 출판한 번역문은 1쇄 1만 700부, 2쇄 6000부 출간되었다.[8] 필자의 연구에 의하면 『소설 손자병법』은 20세기 중국에서 중국어로 번역 출간된 한국현대소설 단행본 가운데서 그 출판 부수가 제2위를 차지한다.

이 시기 한국현대소설이 중국 대륙에서 부동한 출판사에 의해 2종의 번역문이 출간되고 해적판(1994년)까지 나온 것은 『소설 손자병법』이 유일무이할진대 그 영향력을 가히 짐작할 수 있다.

『소설 손자병법』이 이와 같은 영향을 미치게 된 원인은 무엇인가?

우선 이 시기 한국현대소설이 중국에서 번역 출판된 양상을 살펴보기로 한다.

주지하는 바 1950년대 초반부터 1992년 8월, 중한 양국이 수교하기 전까

---

7 ≪孙子兵法演义≫(上下), 郑飞石 著, 陈和章 译, 中国青年出版社, 1988年 4月 第一版第一次印刷, 印数 50, 000册, 1990年 10月 第一版第二次印刷, 印数 50, 001-80, 000册, 1992年 2月 第二版第三次印刷, 印数 80, 001-100, 000册.

8 ≪孙子兵法演义≫(上下),(南朝鲜) 郑飞石 著, 吉林人民出版社, 1991年7月第一版, 第一次印刷, 印数 10, 700册, 1992年 4月 第二次印刷, 10, 700-16, 700册.

지 한국의 1950년대 직후부터 창작 발표된 문학작품은 중국에서는 남조선 문학작품으로 명명되었고 아울러 그 번역 출판은 극히 드물었다. 남조선 작가 작품으로 중국에서 처음으로 번역 발표된 것은 김지하의 <시>를 비롯한 시 15수가 <세계문학> 1979년 6월호에 게재된 것이다. 게제시 "김지하는 애국시인일 뿐만 아니라 반파쇼의 입장에서 민주투쟁의 앞장에 선 용감한 전사"로 "조선인민의 위대한 수령 김일성 주석께서 김지하의 신변을 지극히 관심하고 있다"고 시인 김지하를 2쪽에 달하는 큰 편폭으로 자세히 소개하였다.[9] 이후 중국 사회과학원 외국문학연구소에서 편찬한 <외국문학동태>(비공개 간행물) 1981년 1호에 김정(金晶)의 <남조선문학 소개>가 게재되면서 남조선 문학소개가 간헐적으로 이어져왔다. 1986년 3월 광서인민출판사(广西人民出版社)에서 <서울환몽(汉城幻梦)>이라는 제목으로 손창섭(孙昌涉)의 장편소설 <길>을 중국어로 번역 출판하였다. 번역자는 고대(高岱)이다. 중국에서 필자의 연구에 의하면 이는 중국에서 처음으로 번역 출간된 한국현대소설 단행본이다. 이 소설은 <내용소개>에서 이렇게 쓰고 있다.

> <서울환몽>은 자본주의사회의 암흑면을 폭로한 통속소설이다. …… 소설은 남조선 하층 인민들의 생활에 대한 생생한 묘사를 통하여 자본주의사회 정치의 암흑면과 인생의 험악함을 잘 보여주었다.
>
> 소설은 통속적이고 난해하지 않으며 언어가 유창하고 이야기가 생동하며 인정미가 넘친다. 특히 인물의 내심세계를 세부적으로 진실하게 그리고 있다.[10]

여기서 우리는 이 소설은 자본주의사회의 암흑면을 폭로하는 소설인 동시

---

9 <世界文学>, 1979년 6월호, 64쪽 참조.

10 南朝鲜 孙昌涉 著, 高岱 译 <汉城梦幻>, 广西人民出版社, 1986年 3月 第一版, 표지 날개에서 인용.

에 생동하고 인정미 넘치는 통속소설임을 알 수 있다. 즉 주제가 자본주의 사회의 암흑면을 폭로하는 것으로 당시 중국 사회주의사회의 우월성을 반증해주고 문학적으로 당시 중국 독자들의 구미를 당기는 통속소설이라는 것이다. 이는 당시 중국문단이 외국문학작품을 번역 이입할 때 흔히 참조하는 가치표준의 하나라고 할 수 있다. 이 소설을 뒤이어 김성종의 장편추리소설들이 번역 출판되면서 당시 중국에서 일고 있던 추리소설 붐에 가세하였다. 이 시기 중국에서 번역 출간된 한국현대소설 단행본은 모두 10권으로 집계되는 데 『소설 손자병법』을 제외하고 모두 자본주의 사회의 암흑면을 폭로한 비슷한 주제의 통속소설과 추리소설이었다. 이 점에서 『소설 손자병법』의 수용 양상이 남다름을 알 수 있다. 즉 번역 이입 목적이 각별히 뚜렷하고 대담하였다고 할 수 있다. 비록 이 시기 중국에서 번역 출간된 한국현대소설 단행본 가운데서 출판 부수가 제2위를 차지하지만 유일하게 부동한 출판사에 의해 2종의 번역본이 출간되고 해적판(1994년)까지 나온 만큼 중국독자들이 제일 선호한 작품이었음을 알 수 있다. 따라서 그 영향력도 가히 짐작할 수 있다.

다음 이 시기 중국의 병서로서의 <손자병법> 출판 양상을 살펴보기로 한다. <손자병법사서전명(孙子兵法辞书典名)>[11]에 따르면 1952년부터 1992년 10월까지 중국 대륙에서 출판한 저서 단행본은 총 110부에 달한다. 그중 <손자병법>과 상업, 기업관리 등을 관련시킨 저서는 총 10부에 불과하며 그 첫 번째 저서는 1984년 4월에 광동성(广东省) 비공개 간행물로 출간된 <손자병법과 기업관리>이다. 이 책의 저자는 이세준(李世俊), 양선거(杨先举), 담가서(覃家瑞)이지만 펴낸이는 곤명공장장경리연구회(昆明厂长经理研究会), 광동성공장장연구회(广东省厂长研究会)이다. 이 책의 <편집자의 말>에서는 출간

---

11 吴如嵩 主编, <孙子兵法辞书典名>, 白山出版社, 1995年 7月.

목적을 이렇게 밝히고 있다.

> <손자병법>은 일종의 군대를 지휘하는 방법이다. 군대를 지휘하는 방법은 실제적으로는 인류를 관리하는 방법 중의 하나이다. 중국의 관리학을 연구, 확립하기 위하여, 중국특색의 사회주의 4개 현대화를 건설하는 길을 모색하기 위하여 <손자병법> 중의 일부 보편적 의의를 갖는 관리사상, 원칙, 방법 등을 오늘날의 기업관리에 적용하고자 한다. 이런 시도는 아주 의미가 깊다고 생각한다.
>
> 우리가 펴내는 『손자병법과 기업관리』라는 이 책이 기업관리 방법을 연구하고 기업 소지를 높이며 기업경영 결책 수준을 높이고 경제효율을 높이는데 어느 정도 도움이 되기를 바란다. 아울러 군부대 건설과 '군대와 지방 양용 인재(军地两用人才)' 육성에 기여하기를 바라며 이는 군부대에서 군사를 배우는데 도움이 될 뿐만 아니라 장병들이 그 과정에 기업관리 방면의 지식을 배우도록 할 수 있게 될 것이다.[12]

이 책은 또 '서언'에서 이렇게 쓰고 있다.

> <손자>를 기업관리에 적용하는 것은 과거 국내 연구가 너무나 적었다. 이 과제는 1978년 당의 11기 3중전회가 개최된 후 점차 주목받기 시작하였다.…… 사람들이 4개 현대화를 건설을 위하여 우리나라 기업관리를 어떻게 잘 할 것인가를 연구하는 과정에 조심스럽게 <손자> 중의 일부 과학적인 사상을 기업관리에 적용하기 시작하였다.……[13]

---

12 李世俊 杨先举 覃家瑞 著, <孙子兵法与企业管理>, 昆明市厂长经理研究会、广东省厂长研究会, 1984年 4月, '编者的话'에서 인용.

13 李世俊 杨先举 覃家瑞 著, <孙子兵法与企业管理>, 昆明市厂长经理研究会、广东省厂长研究会, 1984年 4月, '导论' 2쪽에서 인용.

이 책은 1984년 8월 광서인민출판사에 의해 공식 출판되었는데 비공식 출판 때 보다 일부 내용이 보충 보완되었다. 이 책의 '서언'은 아래와 같이 쓰고 있다.

> <손자병법>을 기업관리에 적용한다는 명제를 제기하면 어떤 사람들은 <손자병법>은 고대의 병서로 군대를 지휘하는 도를 말하고 있는데 이를 현대기업관리 특히 중국 특색의 기업관리학을 창설하는 것과 연관시키는 것은 마르크스주의와 모택동 사상에 부합되는가, 억지가 아닌가 하고 말할 것이다. 이에 대해 우리의 생각을 피력하고자 하니 이 문제에 관심 있는 사람들은 참고하기 바란다.
>
> …… 자본주의 국가 및 자본가들은 '전쟁'(상업전쟁)에 적응하기 위해 분분히 승리의 책략을 모색하고 있다. <손자>의 대립 모략에서의 교묘한 견해는 자본가들로 하여금 이를 배우고 연구하는 대상으로 되게 하였다. 그들은 이 속에서 치열한 경쟁 속에서 생존 발전하는 방법을 배우려고 한다.
>
> 우리나라는 대외개방 정책을 시행하는 만큼 국외 자본가들과 장사를 해야 하고 국외 선진기술과 자본을 인입하여야 한다. 그러나 자본주의 국가와의 무역에서 사기당하지 않기 위하여 또 우리가 외국인 상인들과의 경쟁에서 이기기 위하여, 우리나라 제품이 국제시장에 자리 잡기 위하여 우리는 <손자>를 잘 배우고 우리나라 조상이 전해준 비법－<손자>를 적용하여 그들을 이겨야 한다.……[14]

이 책은 또 '후기'에서 "<손자병법>사상을 기업관리에 적용하는 것과 관련하여 우리에게 참고로 제공할 국내 전문저서가 없다"고 밝히고 있다.[15]

---

14 李世俊 杨先举 覃家瑞 著, <孙子兵法与企业管理>, 广西人民出版社, 1984年 8月, '导论' 12쪽에서 인용.

15 李世俊 杨先举 覃家瑞 著, <孙子兵法与企业管理>, 广西人民出版社, 1984年 8月, '后记' 215쪽

위 인용문들에서 보다시피 <손자병법>을 기업관리에 적용하고자 한 시점은 중국이 개혁개방시기이고 자본주의사회에서는 이미 이를 적용하고 있음을 알고 있는 상황이었다. 그리고 <손자병법>을 기업관리에 적용하고자 하는 발상 자체가 당시에는 조심스러운 시도였고 그 관련 연구는 거의 공백이었다.

이 책은 1992년 8월 11쇄로 총 32만 850부 출간되는 기록을 남겼는데 당시 독자들이 <손자병법>을 기업관리에 적용한 도서들을 얼마나 기대, 갈망하였는지를 알 수 있다.

이 시기 <손자병법>과 상업, 기업관리 등을 관련시킨 저서들의 출간시기를 보면 1988년부터 1992년 사이에 집중되었는데[16] 정비석의 『소설 손자병법』 중국어 번역문이 출간된 시기인 1988년 4월(중국청년출판사 초판)과 1991년 7월(길림인민출판사 초판)과 동시간대라고 할 수 있다. 1984년의 『손자병법과 기업관리』가 첫 저서로 되고 『소설 손자병법』은 두 번째 저서로서 <손자병법>을 상업, 기업관리와 관련시킨 선주자라고 해도 과언이 아니다. 더욱이 알기 쉽고 생생하게 소설화한 것은 『소설 손자병법』이 첫 주자이자 유일무이하다.

에서 인용.

16 李世俊 杨先举 覃家瑞 著, <孙子兵法与企业管理>, 广西人民出版社, 1984年 8月.
吴德刚 著, <孙子兵法在财经领域的应用>, 辽宁大学出版社, 1988年 7月.
杨先举 著, <兵法经营十谋>, 解放军出版社, 1988年 11月.
梁宪初 著, <商用孙子兵法>, 中国卓越出版公司, 1988年 12月.
(加拿大) 陈万华, (中)陈炳福 著, <孙子兵法及其在管理中一般应用>, 复旦大学出版社, 1989年 6月(英文版).
吕存祥 编著, <孙子兵法与企业经营谋略>, 陕西人民出版社, 1989年 6月.
肖长书 李贵 著, <孙子兵法与经营之道>, 高等教育出版社, 1989年 10月.
老简 著, <孙子兵法与经营之道>, 黑龙江人民出版社, 1991年 10月.
岳兴录 著, <孙子兵法与企业公共关系策划>, 中国华侨出版社, 1991年 12月.
邱复兴 编著, <孙子兵法与经营谋略>, 白山出版社, 1992年 7月.

이밖에 『소설 손자병법』은 타이완, 홍콩 등 지역에서 이미 그 가치와 영향력이 충분히 인증된 상황인 만큼 대륙에 미친 영향도 가히 가늠할 수 있지 않을까 싶다.

4. 나오며

한국현대문학이 중국문화에 미친 영향은 과연 어떠한지 또한 실제로 영향을 미쳤을까 하는 의구심마저 생기게 하는 것이 한중 문학연구의 한 현황이라고 할 수 있다.

본 논문은 이러한 현황 극복의 일환으로 정비석의 『소설 손자병법』 중국어 번역 양상을 위와 같이 살펴보았다.

『소설 손자병법』은 중국이 사상 정치 영역뿐만 아니라 경제 영역에서 수십 년의 전통적인 것을 타파하고 대담하게 새로운 것을 탐구 시도하는 개혁개방시기를 맞았을 때 중국어로 번역 이입되었다. 이 책이 출판되기 전 만해도 중국에서는 대체로 <손자병법>은 단지 병서로 군사, 정치 영역에서만 활용되는 것으로 알고 있었다고 할 수 있다. 당시 중한 수교가 이뤄지지 않았고 중국이 시장경제체제에 진입하지 않은 역사적 배경 속에서 <손자병법>을 기업관리에 적용한 한국 소설이 중국 대륙에서 번역 출간되었다는 것은 획기적이라고 할 수 있다. 특히 2종의 번역본 모두 표지에 '세계베스트셀러의 하나', '기업인이 꼭 읽어야 할 지능 싸움 소설'이라는 수식어를 붙이고 출간되었다는 것은 당시 중국 독자들이 기업관리와 관련된 지식과 경험을 봄날의 단비처럼 갈망하고 있던 상황에서 중국 전통지혜의 보물인 <손자병법>을 경제 영역에서도 충분히 훌륭하게, 그리고 세계적으로 적용, 활용할 수 있다는 메시지를 던져준 것이나 다름없다.

요컨대 정비석의 『소설 손자병법』은 중국의 전통지혜를 한국 현대 사회와 경제에 접목시키는 대담한 발상을 보여주었고 중국 대륙에서의 중국어 번역본 출간은 개혁개방시기 중국 독자들에게 <손자병법>은 단순히 병서가 아니라 경제 영역에서도 뛰어난 지침서로 된다는 메시지로 된 독특한 수용 양상을 보여주고 있다. 더욱이 읽기 쉽고 이해하기 쉬운 소설로 이런 메시지를 전함으로써 이론 저서와 달리 광범위한 독자들을 확보하게 되었다고 하겠다. 이 소설은 단순히 대중소설로 중국 번역문학에 영향을 미쳤다기보다 중국 개혁개방시기의 기업관리 문화 건설에 적극적인 영향을 미쳤다고 해도 과언이 아닐 것이다. 제반 20세기 중국에서의 한국현대문학 번역 이입 양상을 살펴볼 때 각별히 문화적 가치와 영향력이 광범위하게 과시한 것은 정비석의 『소설 손자병법』이 유일무이하다고 할 수 있다.

<국제문화연구> 8-2(2015년 12월)에 게재

참고문헌

정비석 장편소설『소설 손자병법』(1-4), 고려원, 1997년 7월.

≪孙子兵法演义≫(上下), 郑飞石 著, 陈和章 译,中国青年出版社, 1988年 4月 第一版, 1992年 2月第二版.

≪孙子兵法演义≫(上下)(南朝鲜), 郑飞石 著, 吉林人民出版社, 1991年 7月 第一版.

李世俊 杨先举 覃家瑞 著, <孙子兵法与企业管理>, 广西人民出版社, 1984年 8月.

吴如嵩 主编 <孙子兵法辞书典名>, 白山出版社, 1995年 7月.

≪外国文学动态≫ 1979-1999年.

陈昆福, ≪孙子兵法在世界商战中的古今应用≫, ≪滨州学院学报≫ 第24卷5期, 2008年 10月.

韩胜宝, ≪孙子兵法在海外≫, ≪滨州学院学报≫ 第27卷5期, 2011年 10月.

邵青, ≪<孙子兵法>在海外传播述评≫, ≪军事历史研究≫, 2013年 4期.

제2부

한국에서의 중국문학 번역

20세기 전반기 한반도의 중국문학 번역 이입 양상

1. 시대적 상황

주지하다시피, 한반도는 19세기말부터 서양문물을 받아들이면서 개화기에 들어섰다. 1910년 "한일합방"은 진보적인 한반도 지식인들로 하여금 민족독립과 해방을 위하여 사회적으로 계몽과 교육을 통한 근대사회건설이 민족적 급선무라고 인식하고 문화운동을 전개하면서 계몽기를 맞았다. 한반도의 외국문학 번역 이입도 대체로 19세말 즉 갑오경장이후부터 시작되어 1910년대에 많은 한반도 청년문학도들이 일본유학을 통하여 서양문학을 적극 수용하는 가운데 1918년 8월『태서문예신보(泰西文藝新報)』가 출현되면서 본격화되었고 1920-30년대 문학작품 번역에 관한 논의가 활발히 이루어짐과 더불어 외국문학작품 번역 이입도 활발히 전개되었다. 이 시기에는 서양문학 특히 영미문학과 러시아문학이 대폭 번역 이입되면서 한반도의 외국문학 번역 이입 무대에서 중국문학만이 독주해오던 전통적 국면을 획기적으로 타개하였다. 서양문학 번역 이입이 시대적 주류를 이루었고 따라서 모더니즘문학과 같은 서양문예사조들이 한반도에 활발히 소개 보급되어 1930년대에는 한국모더니즘문학이 자리 잡는 등 적극적인 수용 변용이 이루어지면서 한반도 근현대문학의 형성과 발전을 크게 추진하였다.

하지만 1930년대 말부터 1945년 "8.15"해방직전까지 일제의 식민통치가 날로 잔혹해져 외국문학 번역 이입은 침체기에 들어가지 않을 수 없었다. 또한 해방직후 5년간 즉 광복으로부터 6.25전쟁의 발발 직전까지 한반도 문단은 좌, 우익 단체의 분리와 대립으로 인한 첨예한 정치운동, 문학운동 그리고 한민족문학의 건설을 위한 몰입으로 하여 외국문학 번역 이입은 소외되다시피 하였다.

이와 같은 변화다단하고 열악했던 사회·역사·문화 환경 속에서 중국문학에 대한 번역 이입은 많은 우여곡절을 겪으면서도 끈끈히 맥을 이어 한중 문학교류의 명맥을 이어갔다.

2. 중국문학 번역의 흐름

한반도에서 제일 처음 한글로 번역 이입된 외국문학작품은 바로 중국문학 작품이다. 한반도에서의 중국문학 번역 이입은 서양문학과는 달리 일찍 17세기 전반기부터 시작되었지만 사회, 정치, 역사, 문화 등 여러 여건의 제한으로 줄곧 활성화되지 못하다가 19세기 말 20세기 초에 개화기를 맞으면서 비로소 활성화되기 시작하였고 이를 토대로 20세기 10년대부터 질적, 양적으로 진정 본격화되기 시작하였다.

개화기에 한반도는 쇄국에서 개국으로의 전환 즉 봉건에서 근대에로의 전환으로 인한 격변과 '을사조약', '한일합방'으로 인한 망국의 수난을 겪어야 했다. 이에 한반도의 애국계몽지사들은 애국계몽운동을 일으켰고 애국계몽문인들은 애국계몽운동의 일환으로 문학계몽을 시도하였다. 장지연(張志淵), 신채호, 현채(玄采) 등 애국문인들은 소설을 통해 대중들에게 민족의식을 고취하고자 자신이 익힌 한학(漢學)지식을 활용하여 중국의 역사전기소설들을 한글로 번역 이입하였다. 이 번역 작품들은 20세기 한반도 중국문학 번역 이입사의 첫 페이지를 써 놓았다고 하겠다.

1906년 11월, 양계초의 전기소설 『匈加利愛國者噶蘇士傳』(역자 미상)이 『朝陽報』(제1권 9호-?, 1906년 11월 10-?)에 번역 발표된 것이 20세기 한반도에서 처음으로 번역 이입된 중국문학작품이라고 할 수 있다. 이 작품은 1908년에 이보상(李輔相)의 번역으로 광학서보(廣學書鋪)에 의해 다시 출간되었다. 이 시기에 양계초의 역사소설 『淸國戊戌政變記』(현채 역, 學部編輯局, 1900년 1월), 『越南亡國史』(현채 역, 普成社, 1906년 11월) 등 작품들도 번역 출판되었다. 『越南亡國史』는 1907년 10월에 주시경의 번역본이 출판(로익형칙사 출판)되기도 하고 같은 해 12월에 이상익(李相益)의 번역본도 출판(玄公廉 출판)되는 특별한 양상을 보여주었다.[1] 이런 번역소설의 소재는 제목에서 알 수 있다시피 주로 亡國史나, 獨立史 등 내용으로 한반도의 운명과 연관 있는 다른 나라의 역사 혹은 서구 영웅의 일대기를 다룬 전기소설이었다. 이점은 역자의 서언(序言)이나 발문(跋文)에 잘 나타나는데, 역문들은 대체로 번역보다는 번안에 가까운 정도로 우리 민족에게 자립 의지를 고취시키고 있다.

이런 역사 전기소설들은 문학성이 많이 떨어지고 있지만 역자들이 문학을 애국계몽운동의 한 무기로 하려는 데 입각하여 이 작품들을 당시 시대적 필요성을 많이 갖는 문학작품으로 인정하고 목적의식적으로 선정 번역한 것이다. 무엇보다 작품의 주제성향이 번역 이입의 중요 조건으로 되었다.

이와 같은 개화기를 거쳐 1910년대에 들어서면서 『삼국지』를 비롯한 중국문학 명작들이 활발하게 번역 이입되기 시작하였다. 1913년에 박건회(朴健會)의 번역으로 된 소설 『서유기』(前集, 오승은 작, 朝鮮書館)가 번역 출판된 뒤,

---

1 金秉喆 編著, 『世界文學飜譯書誌目錄總覽』(1895-1987), 國學資料院, 2002年, 1-5쪽 참조.

(刪修)『삼국지』,[2] (懸吐)『삼국지』,[3] (諺文)『西漢演義』(1-2)[4] 등 중국고전소설들이 단행본으로 연이어 번역 출판되었다. 다만 이런 번역본은 모두 전문(全文) 번역본이 아닌 부분 발취나 축약된 번역본이라는 유감을 갖고 있다.

이 시기에는 단행본보다 여러 신문 잡지들을 통한 번역 이입 활동이 더 활발히 전개되어 신문 잡지가 번역 이입의 활무대로 되었으며 양백화를 비롯한 몇몇 번역가들이 그 주역을 담당하였다.

3. 중국고전문학의 번역 이입 양상

1937년 '7.7'사변으로 중국 항일전쟁이 전면적으로 폭발한 후 일제가 한반도에 대한 전면적인 통치가 더욱더 가혹해지면서 제반 한반도 문학이 암흑기에 들어가게 되었고 중국현대문학의 진보적인 작가 작품들에 대한 번역 소개 및 출판도 침체기에 처하지 않을 수 없었다.

그 와중에 중국고전문학에 대한 번역 소개가 새롭게 활발해지면서 한중 문학교류의 맥락이 계속 이어지게 되었다.

1930년대 초에 장지영(張志瑛, 1887-1976)이 『홍루몽』을 『조선일보』[5]에 번역 연재하면서 1910-20년대의 중국고전문학번역의 맥락을 끈끈히 이어 놓은 뒤를 이어 1939년에 박태원의 『지나소설집(支那小說集)』이 번역 출판되면서 1930년대의 중국고전문학 번역 내지 제반 중국문학 번역에 대한 맥락이

2 (刪修)『삼국지』(前後集), 나관중 작, 朴健會 역, 京城書館, 1915년.

3 (懸吐)『삼국지』, 李桂滉 역, 永豐書館, 1916년.

4 (諺文)『西漢演義』(1-2), 작가 미상, 李桂滉 역, 永昌書館, 1917년.

5 장지영, 『홍루몽』, 『조선일보』, 1930년 3월 20일-1931년 5월 21일, 총 302회, 원작의 제40회까지 번역, 洌雲 譯/夕影 畵.

계속 이어지게 되었다.

박태원(朴泰遠, 1910-1986)은 어릴 때부터 한문을 익히고 "열하문살적부터" "잠을 請하느라 손에 잡았던 것은, 主로 支那의 稗史小說類"일[6] 정도로 중국소설을 탐독하였다. 게다가 숙부 박용남이 1920-30년대 중국문학번역의 제일인자였던 양백화와 절친한 덕분에, 양백화의 지도와 도움으로 박태원은 자신의 글이 "最初로 活字化"된 정도로 문학지망생시절에 양백화의 薰陶를 직접 받는 행운을 지니기도 하였다.[7] 따라서 박태원은 어려서부터 중국문화를 접촉 이해하게 되었고 중국문학에 대한 소양을 깊이 쌓게 되었고 이는 또한 그로 하여금 『지나소설집』을 번역 출판할 수 있도록 이끌어주었다고 하겠다.

『지나소설집』은 1939년 4월 인문사에 의해 번역 출판되었는데 이는 20세기 한반도에서 역자 한 사람이 처음으로 중국고전 단편소설들을 단행본으로 번역 출판한 것으로 된다. 『지나소설집』에는 10편의 단편소설들이 번역 수록되어 있는데 모두 『古今奇觀』와 『東周列國志』에서 선정한 것이다. 이 소설집의 번역 출판에 대해 박태원은 「후기」에서 이렇게 밝히고 있다.

> 자리에 들어서도 곧 잠들지 못하고 한時間、或은 두세時間씩 책상을 뒤적이는 것은、열아문살적부터의 나의 슬픈 버릇이었거니와、내 나이 弱冠을 지나서부터 이렇듯 잠을 請하느라 손에 잡았던 것은、主로 支那의 稗史小說類이다.
>
> 그 中에、한번 읽어 滋味 있던 것은 或、이를 두세번도 읽어 보았고、너덧번씩 읽고도 물리지 않은 것은、다시 興이 일른대로 우리말로 고쳐 보니、이리하여 얻은 것에도、열두篇 의 이야기를 골라 한卷으로 엮은 것이 곧 이『支那小

6 朴泰遠, 『支那小說集』, 人文社, 1939년 4월, 338쪽 참조.

7 박태원, 「춘향전 탐독은 이미 취학이전」, 『문장』, 1940년 2월 참조.

說集』이다.

그러나 이것들은 原文에 忠實한 飜譯은 아니다. 「五羊皮」「鬼谷子」「亡國調」의 세篇은 본대 『東周列國志』에서 이야기를 求한 것이라, 그 같은 章回小說 속의 한토막 이야기가, 그대로 短篇의 體裁를 가출수 없기도 하였거니와, 「賣油郞」 以下 일곱篇의 作品과 같이 『古今奇觀』中에 手錄되여 있는 것까지도 우리말로 옮기는 데 있어 나는 比較的 自由로운 態度를 가지려 하였다. 이는 대개 내가 支那文學의 硏究 또는 紹介를 爲하여 붓을 든 것이 아닌 까닭이다.

그렇다고 原作을 無視하고 內容에 나의 創意를 加한 것은 또한 아니다. 다만 一字一句를 疎忽히 않는 譯者의 態度가 아니었음을 이곳에서 밝히어 둘따름, 내 套로 「秦重」과 「美娘」의 再會로서 이야기를 끝 막고, 뒤에 남은 辭說을 버린 「賣油郞」一篇을 除하고는 모두 그 內容에 있어 原作에 忠實하였다.

이 中에서 「賣油郞」은 『朝光』誌에, 「亡國調」는 『四海公論』誌에, 「五羊皮」「杜十娘」以下 여덟篇은 모두 『野談』誌에, 各各 한벜씩 發表하였던 것들이다.

이제 讀者의 便宜를 爲하여, 아래에 出處를 밝히어 둔다.

△「杜十娘」-『古今奇觀』第五回「杜十娘怒沈百寶箱」 △「賣油郞」-『古今奇觀』第七回「賣油郞獨占花魁」 △「洞庭紅」-『古今奇觀』 第九回 「轉運漢巧遇洞庭紅」

△「羊角哀」-『古今奇觀』第十二回「羊角哀捨命全交」 △「床下士」-『古今奇觀』第十六回「李汧公窮邸遇俠客」 △「芙蓉屛」-『古今奇觀』 第三十七回 「崔俊臣巧合芙蓉屛」 △「黃柑子」-『古今奇觀』 第三十八回 「趙縣君喬送黃柑子」 △「五羊皮」-『東周列國志』 第二十五回「智荀息假途滅虢、窮百里飼牛拜相」, 第二十六回「歌扊扅百里認妻」

△「亡國調」-『東周列國志』 第六十八回 「賀虎祁師曠辨新聲」

△「鬼谷子」-『東周列國志』 第八十七回 「辭鬼谷孫臏下山」, 第八十八回 「孫臏佯狂脫禍、龐涓兵敗桂陵」 第八十九回 「馬陵道萬弩射龐涓」[8]

---

8 朴泰遠, 『支那小說集』, 人文社, 1939년 4월, 338-339쪽에서 인용.

박태원은 청소년 시절부터 중국문학작품 특히 중국패사류소설들을 읽는 것이 버릇처럼 될 정도로 중국문학을 애독하였고 "支那文學의 硏究 또는 紹介를 爲하여 붓을 든 것이 아닌" 문학 지망생으로 문학창작을 위한 습작으로 이 소설들을 번역하였음을 알 수 있다. 이 점은 그도 밝히다시피 "原文에 忠實한 飜譯은 아니"라 실제로 이 소설집의 번역 작품들은 대체로 제목이 원문에 얽매이지 않고 골자를 보여주는 간단명료하게 자유롭게 지어지고 원문의 시나 평어들이 삭제되는 등 일부 내용들이 첨삭되어 표현과 내용이 한글로 보다 자연스러워지고 서술에서 일부 고루한 서사체를 생동한 대화체로 바뀐 특징들을 띠고 있다는 데서 잘 보여주고 있다. 또한 이 소설집에 수록된 대부분 작품들은[9] 이미 여러 잡지에 발표되었던 작품들이었다는 것도 그가 처음부터 『지나소설집』과 같은 번역문집을 내기 위해 의도적으로 집중 번역한 것이 아니라 평소에 마치 창작하듯 한 편씩 번역 발표하였음을 말해 준다.

박태원은 문학소양을 쌓기 위해 번역을 시작하여 번역 작품에 일부 창작적인 요소들이 첨부되었지만 "原作을 無視하고 內容에" "創意를 加한 것은 또한 아니"라 "「賣油郎」 一篇을 除하고는 모두 그 內容에 있어 原作에 忠實하였"고 후기에 "讀者의 便宜를 爲하여" 번역 작품의 "出處를 밝히어" 두었다. 이는 박태원이 중국문학작품을 번역할 때 구체적 작품의 상황에 따라 의역과 직역의 두 가지 번역방법을 영활하게 사용하였음을 말해 준다. 이 점은 그의 『삼국지』, 『수호전』, 『서유기』 등 중국 고전 장편소설 번역에서도 특징

9 박태원 역, 「賣油郎」, 『朝光』, 제4권 2호, 1938년 2월. / 박태원 역, 「杜十娘」, 『野談』, 제4권 3호, 1938년 3월. / 박태원 역, 「芙蓉屛」, 『野談』, 제4권 8호, 1938년 8월. / 박태원 역, 「黃柑子」, 『野談』, 제4권 7호, 1938년 7월. / 박태원 역, 「五羊皮」, 『野談』, 제4권 1호, 1938년 1월. / 박태원 역, 「亡國調」, 『四海公論』, 제4권 8호, 1938년 8월. / 박태원 역, 「鬼谷子」, 제4권 2호, 『野談』 1938년 2월, 이 작품은 발표 때 제목이 「손무자병법외전」임.

적으로 잘 보여주고 있다.

『지나소설집』을 통한 중국고전단편소설 번역을 이어 박태원은 1940년대 초부터 중국 고전 장편소설 번역에 전념하기 시작하였다. 박태원은 중국 4대 고전명작 중의 하나인 『삼국연의』를 『신역 삼국지』라는 명제로, 1941년 4월부터 1943년 1월까지 『신시대』에 22회로 나누어 번역 연재하였다.

『신역 삼국지』의 번역저본은 확정할 수 없으나 연구에 따르면 박태원이 1933년 4월 아동도서관(亚东图书馆)에서 출판한 『삼국연의』(罗贯中 著, 汪原放 句读)에 관심을 갖게 된 것으로 추정되어 이것이 저본이 아닐까 조심스럽게 추정해 본다. 이 저본과 대조해보면 『신역 삼국지』는 번역 분량이 이 저본의 10분의 1 정도 번역한 것으로 보인다.[10] 그 번역특징을 살펴보면 대체로 내용상 원문에 충실히 하는 직역을 사용하였고 형식상 여러 가지 방식으로 제목, 서술순서 등을 변형시키는 의역을 사용하였다. 이를테면 원문의 매회 내용을 대체로 1장 4-6절로 나누어 소제목을 달고 통폐합하거나 시어와 평어를 첨삭 처리하는 등 방식으로 사용하였다. 『신역 삼국지』는 비록 완역은 아니지만 1년 10개월이라는 긴 시간 연재되면서 "그间 读者诸位에 绝赞을 받았다."[11]

박태원은 『신역 삼국지』를 번역 연재하는 한편 역시 중국 4대 고전명작 중의 하나인 장편소설 『수호전』을 번역하여 1942년 8월부터 『조광』에 연재하기 시작하여 1944년 12월까지 27회로 나뉘어 연재되었다. 박태원은 일제 말부터 중국 고전명작 『수호전』 번역을 시도하였으나[12] 완역하지 못하고 민족해방의 공간 속에서 완역하게 되었다. 이 완역본은 1948년부터 12월부터

---

10 최유학, 「박태원 번역소설 연구」, 서울대학교 석사학위논문, 2005년 12월, 67-68쪽 참조.

11 박태원 역, 「신역 삼국지」, 『신세대』, 1943년 1월, 187쪽에서 인용.

12 박태원 역, 『수호전』, 『조광』, 1942년 8월-1944년 12월, 총 27회. 70회본 『수호전』의 절반 정도 번역됨.

1950년 1월까지 3년에 걸쳐 번역 출판되는데[13] 이는 한국에서 처음으로 되는 한글 완역본으로 된다. 역자는 이와 같은 획기적이고 거대한 공정을 완수하였음에도 불구하고 역문에 후기 한 편 쓰지 않았다. 따라서 역자의 번역 자세나 과정 등에 대해 구체적으로 알 바 없는 유감을 보여주고 있다.

하지만 역자가 『수호전』에 각별히 큰 관심을 갖고 십 년 가까이 그 번역을 시도해 왔고 짧은 민족해방 공간에 심혈을 기울여 완역하였음을 알 수 있을 뿐만 아니라 제1권이 출판되어 일 년 만인 1949년 12월 10일에 재판되었다는 사실은 이 완역본의 성공을 충분히 알 수 있다.

박태원의 『수호전』은 그 번역저본을 확정할 수 없으나 기존 연구에 의하면 대체로 상해 상무인서관의 『120회 수호』[14]와 아동도서관의 『수호』[15]를 저본으로 하지 않았나 본다.[16] 박태원의 『수호전』은 번역 분량이 대체로 『수호』의 전체의 절반 정도 번역한 셈인데 그 번역특징은 『신역 삼국지』에서 보여준 번역특징과 비슷하다고 할 수 있다. 다시 말하면 원문의 매 회를 1장 5-7절로 나누어 소제목을 달아놓는가 하면 소설 내용을 첨삭 처리하여 축약하는 등 변화로 직역과 의역의 유기적인 활용 자세를 보여주고 있다. 가장 특징적인 것은 저본을 120회본 『120회 수호』와 70회본 『수호』를 함께 사용하면서 결말은 70회본을 저본으로 하였다는 것이다. 즉 결말을 송강이 초안을 받아 108명의 호걸들이 하나하나 죽어가는 비극으로 끝나는 것이 아니라 108명의 호걸들이 양산박에 모두 다 모이는 것으로 끝나는 것으로 선택하였다는 것이다. 이는 『수호전』의 관핍민반(官逼民反)의 주제사상을 보

13 박태원 역, 『수호전』, 제1권 1948년 12월 20일, 제2권 1949년 2월 20일, 제3권 1950년 1월 15일.

14 施耐庵 著, 『一百二十回的水滸』, 上海商務印書館, 1929年.

15 施耐庵 著, 汪原放句讀, 『水滸』, 14版, 亞東圖書館, 1933年.

16 최유학, 「박태원 번역소설 연구」, 서울대학교 석사학위논문, 2005년 12월, 53-55쪽 참조.

다 뚜렷하게 보여주었다고 할 수 있으며 나아가 역자의 당시 일제식민통치하의 사회현실에 대한 비판의식을 보여준다고 할 수 있겠다. 1940년대 후반에 중국고전문학 번역 이입에서도 하나의 획기적인 성과물이 나왔으니 바로 박태원의 『수호전』 완역본이다.

박태원은 『삼국지』 번역에 이어 중국 4대 고전명작 중의 또 다른 작품 『서유기』 번역을 시도하였다. 그는 『삼국지』 연재 중단 5개월 후인 1943년 6월부터 『삼국지』을 번역 연재하였던 『신시대』에 『서유기』를 번역 연재하기 시작하여 1945년 2월까지 총 21회 연재하였는데 그 번역 분량은 원본의 약 1/3정도에 달한다.

역시 번역 저본을 확정할 수 없으나 동아도서관에서 출판한 『서유기』[17]와 대조해보면 그 번역특징은 대체로 『지나소설집』에 보여준 특징과 비슷하다고 하겠다. 연구에 따르면 『서유기』 번역본은 "각 회의 제목들이 전부 삭제되고 대신 '제 몇 절'이라고 절만 밝혀 놓았으며 절 제목은 따로 없"다. 그리고 "단락 바꾸기는 원문을 따르지 않고 자유로 하였고" "삭제 및 축약 번역이 많다." 또한 "기타 필요한 변형을 가하"여 "대화체와 서술체를 상호 변형하여 번역하기도 하였고 원문의 시점을 변형하여 번역하기도 하였다."[18]

위와 같이 박태원은 1940년대 전반기에 근 5년에 걸쳐 중국 4대 고전명작 중 『홍루몽』을 제외한 기타 명작을 모두 번역 연재하였다. 물론 모두 완역은 아니지만 당시 상황에서는 참으로 거사가 아닐 수 없다.

이외에도 박태원은 중국 고전 단편소설 「침중기」를 번역 발표하기도 하였다.[19] 주지하다시피 「침중기」는 당나라 심기제(沈既济)의 전기소설인데 송나라의 『문원영화(文苑英华)』와 『태평광기(太平广记)』에 수록된 명작으로 일찍

---

17 吳承恩 著, 汪原放句讀, 『西遊記』, 亞東圖書館, 1923年.

18 최유학, 「박태원 번역소설 연구」, 서울대학교 석사학위논문, 2005년 12월, 72-75쪽 인용.

19 박태원 역, 「침중기」, 『춘추』, 1943년 7월.

한국 고전문학에 일정한 영향을 미쳤다. 박태원은 이 소설 번역에서 내용과 형식 여러모로 직역에 가까울 정도로 원문에 충실하여 장편소설 번역보다 다른 특징을 보여 주었다.

1940년대 전반기 박태원은 중국고전명작 번역 이입에 몰입하여 양적 질적으로 일인자로 되어 이 시기 한국의 중국고전문학 번역대가로 되었다고 할 수 있다.

1940년대 전반기에 박태원 뿐만 아니라 양주동, 김억, 박종화 등 문인들도 중국고전문학 번역 이입에 관심을 갖고 1944년 8월, 공동으로 『지나명시선』(1-2)[20]을 번역 출판하였다.

『지나명시선』 제1집에는 이병기가 번역한 이백 시선 83수와 박종화가 번역한 두보 시선 40수가 수록되었다. 또한 이병기가 쓴 평론 「李太白의 生涯와 文章」과 박종화가 쓴 평론 「杜子美传」이 수록되어 시인 이백과 두보의 생평과 시를 총괄적으로 소개하여 독자들의 이해를 돕고 있다.

이병기는 이백 시선 번역문 서두에 수록된 평론 「李太白의 生涯와 文章」의 서두에서 이렇게 쓰고 있다.

> 文章으로 李白을 依例히 일컬었다. 우리가 돌잡이할 때에도 「文章은 李太白」이라고 하고 그와 같은 文章이 되기를 빌었다. 과연 그 이름은 모르는 이가 없으리라. 그들 우리 祖上의 한사람으로 알고 있는 이도 없지 않으리라. 그러나 그는 中国사람이오 盛唐의 最大詩人이었다.[21]

---

20 李秉岐, 樸鐘和 譯, 『支那名詩選』(第一集), 漢城圖書株式會社發行. 1944年 8月. / 樑柱東, 金億 譯, 『支那名詩選』(第二集), 漢城圖書株式會社發行, 1944年 8月.

21 李秉岐, 朴钟和 译, 『支那名诗选』(第一集), 汉城图书株式会社发行, 1944年 8月, 「李太白诗选」 3쪽에서 인용.

이어 문장은 이백의 자로부터 시작하여 그의 선대(先代), 태백이라는 이름의 유래, 어린 시절부터 62에 타계할 때까지의 낭만적이고 파란만장한 인생을 스케치 방식으로 묘사하고 나서 이런 평가를 내렸다. "李白은 淹博한 识见과 多方面의 造旨가 있으며 그 作风은 悲壮、飘逸、颓放、沈痛、香艳、闲適 등의 많은 境地를 가지고 넘치는 兴趣와 灵感으로 때로 붓을 들으면 사람을 놀래는 佳妙한 诗篇을 이루는 것이다."[22] 역자가 「蜀道难」, 「将进酒」 등 이백의 대표시를 선정 번역한 것도 바로 이와 같은 이해 평가에서 비롯한 것이라 하겠다.

문장은 맨 나중에 역자의 번역 의도를 이렇게 밝혀 놓았다.

> 이번 八十三篇을 골라 번역해보았다. 워낙 남의 文学作品은 내말로 옮기기란 쉽지 않은데 汉诗처럼 그中에도 李白诗처럼 어려운것을 促迫한 时日을두고 하자니 흐뭇허게는 될수없다. 워낙 그 声响, 色彩같은건 到底히 옮길수 없으매 겨우 그意思나 잃지않으려 한것이다. 意思도 어느건 漠然하여 모집어 말하기 어려우나 그려도 하노라 하였으며 이걸 보시는 분도 짐작하실줄도 생각는다.[23]

역자는 이백의 시가 어려움을 감안하여 대체로 의역을 하였음을 밝히고 나서 번역문과 원문을 함께 나란히 수록하는 편집 방법으로 원문과 대조 속에서 번역문을 읽도록 하여 원문에도 충실하고 독자들의 이해에도 도움을 주는 독특한 번역 자세를 보여주었다.

---

22 李秉岐, 朴钟和 译, 『支那名诗选』(第一集), 汉城图书株式会社发行, 1944年 8月, 「李太白诗选」 7쪽에서 인용.

23 李秉岐, 朴钟和 译, 『支那名诗选』(第一集), 汉城图书株式会社发行, 1944年 8月, 「李太白诗选」 7쪽에서 인용.

아침에는 모진 범을 피하고	朝避猛虎
저녁에는 긴 배암을 피하나	夕避長蛇
이를 갈고 피를 빨어	磨牙吮血
사람 죽임 乱麻와 같다	杀人如麻
锦城이 비록 질겁다 해도	锦城雖雲樂
집으로 일즉 돌아감만 하랴	不如早还家
蜀道의 어려움, 하늘오르기보다 어렵고야	蜀道之难难於上青天
조심히 西으로 바라보며 叹息할뿐 이어라	侧身西望长咨嗟

锦城은 成都府城이름.

—「蜀道难」에서[24]

위에서 보다시피 역자는 이백의 시 「蜀道难」를 의역한 동시에 원문을 함께 수록하여 독자의 이해를 돕고 있을 뿐만 아니라 의역으로 인한 예술적인 특징의 변형을 독자들이 원문과의 대조를 통해 보완할 수 있도록 하였다.

박종화도 이병기와 마찬가지로 두보 시선 번역문 서두에 수록된 평론 「杜子美传」에서 두보의 증조(曾祖)부터 "팔자 기구한" 일생을 소개하고 나중에 이렇게 썼다.

后代의 诗人 元稹이 杜甫를 评하여 말하되 위으론 风雅를 肉薄하고 아레론 沈佺期宋之问을 兼하고 말은 蘇武 李陵을 빼앗고 气는 曹植 刘桢을 삼키고 颜延年 谢灵运의 孤高를 가리우고 徐陵 庾信의 流丽까지 섞이여 모두다 옛사람의 体势를

24 李秉岐, 朴钟和 译, 『支那名诗选』(第一集), 汉城图书株式会社发行, 1944年 8月, 「李太白诗选」 72쪽에서 인용.

어덧스며 지금 사람의 独专을 兼하엿나니 만일 仲尼로 하여금 그要旨를 锻炼한다면 오이려 그만은것을 도모할는지 믈을것이라 诗人已来에 아직 子美같은이 없다하다.[25]

역자의 두보에 대한 이해가 전문가 수준이라고 해도 과언이 아닐 것이다. 역자가 「闻官军收河南河北」, 「丽人行」 등 두보의 대표시를 선정 번역하였다는 데서도 이 점을 충분히 알 수 있다.

三絃六角 풍뉴소리 귀신도 감도할듯	簫鼓哀吟感鬼神
잡답한 宾從들은 모두다 要路의 勢道집일네	宾從雜還實要津
나종오는 안장말 으젓도해라	从来鞍馬何逡巡
마루앞 다와서 錦茵에든다.	当轩下马入锦茵
버들꽃, 눈처럼날러 힌마름을 덮어대고	楊花雪落覆白蘋
青鸟는 날러가 붉은 红巾물어온다.	青鳥飛去銜紅巾
뜨거운 勢道삼가하여피하시오	炙手可熱勢絕倫
갓가이가서 꾸지람 듯지마소.	愼莫近前丞相嗔

红巾은 妇人이 内燕(안잔치) 할때쓰는 首巾.

―「丽人行」에서[26]

두보의 시 「丽人行」에서 박종화는 대체로 의역을 하면서 그 이해를 돕기

25 李秉岐, 朴钟和 译, 『支那名诗选』(第一集), 汉城图书株式会社发行, 1944年 8月, 「杜诗选」 6쪽에서 인용.

26 李秉岐, 朴钟和 译, 『支那名诗选』(第一集), 汉城图书株式会社发行, 1944年 8月, 「杜诗选」 85-86쪽에서 인용.

위해 번역문과 원문을 함께 나란히 수록하고 일부 난해한 어휘나 시구에 주해를 상세히 달아주고 있는데 이와 같은 특징은 전반 「杜诗选」에서 뚜렷하게 보여주고 있다.

『지나명시선』 제2집에는 양주동이 번역한 『시경』 44수와 김억이 번역한 백낙천 시선 60수가 수록되었다.

양주동은 『시경』 번역문 먼저 「小引」이란 짧은 평론을 써서 『시경』을 간략하게 소개하고 있다.

> 诗经은 周初로부터 列国时代에 이르기까지 우흐른 朝廷과 宗庙에 쓰는 乐章으로부터 밑으론 民间间巷에서 부르는 歌谣무릇 三百有余首를 採錄한것이니 實로 中国文学의 渊源을 이루는 最古의 诗集으로서 原来 孔子의 所編이라 이른다.
>
> 子夏의 诗序에 依하면 诗에는 由来 六義가 있으니 곧 风、赋、比、兴、雅、颂이 그것이라. 그러나 이中의 「兴、赋、比」三者는 诗法이오 「风、雅、颂」三者가 诗體이다. 「风」이란 이른바 里巷의 歌谣로서 흔히 男女间의 情歌가 많은데、周召二南은 「乐而不淫、哀而不伤」(孔子)으로 正风이라 이르며 邶以下는 모다 變风인바 郑、衛의 소리가 그중에도 淫乱이 많다하야 儒者流가 이를 擯斥하여왓으나 民谣의 素樸味、率直性으로 도로히 可愛한 點이 많다. 「雅」와 「颂」은 모다 朝廷과 郊廟의 乐歌인데、雅의 原義는 「正」으로서 政에 가 大小가 있으므로 小雅、大雅의 別이 있다하며(子夏序)、또 變风과같이 變雅도 있다.
>
> 譯은 처음 各體 골고로 取하고저 하였으나、自然 民谣體인 「风」이 大部分을 占하게 되였다. 雅、颂은 由来 拮倔莊重하매 譯하기도 어렵거니와 譯出한 대야 一般读者에게는 자못 無味乾躁하겠기 때문이다.[27]

27 梁柱东, 金亿 译, 『支那名诗选』(第二集), 汉城图书株式会社发行, 1944年 8月, 「诗经」 3쪽에서 인용.

봄날은 따뜻하고 길기도한데	春日遲遲、
다복쑥을 부즈린히 뜻노라면	采蘩祈祈。
불연듯 여인의맘 슬허치나니	女心傷悲、
집떠나 公子님께 가야할신세.	殆及公子同歸。

—「七月」에서[28]

위에서 보다시피 양주동은『지나명시선』제1집의 번역특징을 그대로 살려 번역문과 원문을 함께 나란히 수록하여 원문에도 충실하고 독자들의 이해에도 도움을 주었다.

김억은 백거이의 시 역문 서두에「白樂天의 文章과 人物」이라는 평론을 실어 백거이의 조상부터 시작하여 거의 전반 일생을 소개함과 아울러 그의 시 특징을 소개한 후 나중에 자신의 번역 자세를 이렇게 밝혀 놓았다.

> 이러한 大作을 나는 所謂 譯詩에 對한 나의 主張대로 意譯을 하야 써 옴겨놋노라하엿읍니다. 이것들이 얼마만치 原意를 傳햇는지、譯者인 나로서는 그것을 알길이 없거니와 만일 엇지엇지하야 조곰이라도 原作者의 뜻을 傳하엿다 하면 나에게는 다시없는 光榮인 同時에 또는 엇지엇하야 原作의 뜻을 함부로 잡아놓앗다면 나는 그 任을 끝까지 지지아니할수가 업습니다. 그리고 잘못될것이 잇다하면 조곰도 사양말으시고 낫낫이 指摘하야 써 비슷한것이라도 만들어주시기 바랍니다.
>
> 그리고 그밖에 短詩들은 내가 읽어서 興나는것을 골은데 지내지 아니하엿을뿐이오 別로 다른뜻이 잇는것이 아니외다.[29]

---

28 梁柱东, 金亿 译,『支那名诗选』(第二集), 汉城图书株式会社发行, 1944年 8月,「诗经」87쪽에서 인용.

29 梁柱东, 金亿 译,『支那名诗选』(第二集), 汉城图书株式会社发行, 1944年 8月,「白樂天诗选」,

김억은 이런 자세로 「長恨歌」, 「琵琶行」 등 서사시와 단시를 도합 60수를 선정 번역하여 본 시집에 수록하였다.

絕代佳人 임금님 못새그리워	漢皇重色思傾國
넓은天下 求타가 탄식는고야.	御宇多年求不得
楊氏네집 아가시 햇건만	楊家有女初长成
閨門의깊은곳서 자라난탓가,	養在深閨人未識
아름다운 그자태 아는이업네.	天生丽质难自弃

— 「長恨歌」에서[30]

여기서 김억은 양주동과 마찬가지로 번역문과 원문을 함께 나란히 수록하여 원문에도 충실하고 독자들의 이해에도 도움을 주는 『지나명시선』 제1집의 번역특징을 그대로 살리고 있음을 알 수 있다.

『지나명시선』은 수록한 작품이 폭넓고 양 많고 역자가 여럿이지만 제반 번역 자세와 편집원칙이 일관적이고 뚜렷하여 당시의 높은 번역수준을 보여주고 있다.

4. 중국현대문학의 번역 이입 양상

1940년대에 중국고전문학 번역 이입이 활발한 양상을 보여주면서 중국문학 번역의 주조를 이루었지만 중국현대문학에 대한 번역 이입이 결코 전혀

14-15쪽에서 인용.

30 梁柱东, 金亿 译, 『支那名诗选』(第二集), 汉城图书株式会社发行, 1944年 8月, 「白樂天诗选」, 18쪽에서 인용.

외면당한 것은 아니었다.

상기하다시피 1920-30년대 전반기에 중국현대문학이 거의 실시간으로 한국에 번역 소개되다가 1937년 '7.7'사변 후 침체기에 처하지 않을 수 없게 되었다. 1930년대 말부터 일제가 중국침략전쟁의 전략적 수요에 의해 한국에 중국 정세를 여러모로 소개하기 시작하였다. 한국의 진보적 문인들은 이 새로운 정세를 민감히 포착하고 이를 중국현대문학 번역 이입에 활용하였다.

1940년대 전반기에는 주로 『매일신보』, 『인문평론(人文評論)』, 『삼천리(三千里)』, 『조광(朝光)』 등 신문 잡지에 중국현대문학 작가와 작품들이 번역 소개되었다.

1939년 12월호 『인문평론』에 중국좌익작가연맹(左聯)의 열사(烈士)인 호야빈(胡也頻)의 소설 「蜜月旅行」이 번역 발표되었다. 호야빈의 소설은 주로 "혁명+연애" 패턴으로 혁명적 지식인들의 형상을 보여주었다. 소설 「蜜月旅行」은 전염병이 방치된 사회, 오만한 영국인 의사, 무능한 병원 등 열악한 사회환경의 피해로 신혼부부의 아름다운 인생의 꿈이 깨여지는 비극을 보여주고 있다.

역자 尙勉은 역문 뒤 끝에 호야빈을 이렇게 소개하고 있다.

> 胡也頻은 中國女流作家 丁玲과 매우 關係가 깊었다. 그는 一九二四年 北京서 魯迅 門下에서 여러가지로 革命文學의 原理와 指導等 多方面으로 活動하였다. 그때 丁玲과 非公式 結婚을 하고 熱熱한 사랑과 文學的作品을 내놓았다. 그러나 胡는 其後 中國을 휩쓰는 革命文學 等에 휩쓸여 結局 一九三一年 二月에 上海에서 被殺되고 말았다.[31]

31 「胡也頻의 소설 「蜜月旅行」」, 『인문평론』, 1939년 12월호, 136쪽에서 인용.

여기서 역자는 호야빈이 혁명적 작가일 뿐만 아니라 국민당에게 살해당하였다는 사실마저 밝히고 있다. 비록 국민당에게 살해당했다는 사실을 직접 밝히지는 않았지만 중국문학에 관심이 있는 독자들은 이를 쉽게 알 수 있다. 번역된 작품이 호야빈의 "혁명+연애" 패턴의 대표적 작품은 아니지만 "좌연" 열사의 작품이 『인문평론』에 소개되었다는 것은 특기할 일이 아닐 수 없다.

1940년 6월호 『삼천리』에 '新支那文學特輯'이 실렸는데 시가, 수필, 소설 등 세 개 부분으로 나누어 중국현대문학 작가 작품을 번역 소개하였다.

시가 부분에는 민요와 현대시 6수가 번역 게재되었는데 첫 머리에 중국의 매국역적 왕정위(汪精衛)가 남경괴뢰정권의 '건국'을 위해 지었다는 시가 「新中國의 建國歌」가 실린 것이 아주 특징적이라고 하겠다. 서두에 왕정위 자신이 지은 것이고 작곡도 되어 이미 典禮에서 연주도 되었음을 상세히 밝히고 있지만 역자는 밝히지 않았다. 이는 역자가 본지의 편집 의도와 요구에 의해 이 시를 번역한 것이지 결코 자원해서 한 일이 아님을 제시해준다. 이 시 외에 민요 2수 즉 박영희(朴英熙) 번역으로 된 「鴉雀歌」, 「누이는 로새타고(小妹妹騎驢)」와 현대시 3수 즉 임학수(林學洙) 번역으로 된 「哀詞」(氷心女士), 「黃浦江口」(郭沫若), 「偶然」(徐志摩) 등이 실렸는데 모두 역자가 밝혀져 있다. 「新中國의 建國歌」의 선정, 번역은 역자가 이름을 밝히지 않을 정도로 달갑게 한 일이 아닌 특수한 사례라는 것을 방증해준다고 하겠다.

수필 부분에는 곽말약의 일본인 부인 佐藤富子이 곽말약의 일본시절 문학생활 고뇌를 추억한 수필 「나의 男便郭沫若」과 黃河學人이 주작인의 북경 자택을 찾아 인터뷰한 「周作人訪問記」가 번역 수록되었다.

소설 부분에는 임어당의 장편소설 『북경호일』(朴泰遠 역), 소군(蕭軍)의 단편소설 「사랑하는 까닭에」(崔貞熙 역), 릉숙화(凌淑華)의 단편소설 「花之寺」(朴啓周 역) 등 3편이 실렸다. 소설 매 편마다 작가와 작품을 소개한 역자의 글이 첨부되어 독자들의 이해를 크게 돕고 있다.

위에서 서술하다시피 임어당은 중국현대문학의 대표적 작가의 한 사람이고 장편소설 『북경호일』은 반일 저항의식을 보여주고 있다. 역자는 「林語堂과 北京好日」이라는 역자의 글에서 작가 임어당의 이력을 간단히 소개하면서 "如何튼 文豪 魯迅을 잃고 一時 落莫의 情을 禁할 길 없는 支那文學界에 있어서 林語堂의 出現은 全혀 혜星的으로 小說界가 갑가기 白花요 亂하게 된 듯싶은 느낌을 우리에게 준다."고 평가하였다. 역자는 소설 『북경호일』에 대해서는 이렇게 소개하였다.

> 「北京好日」은 博士가 米國에서 英語로 發表한 長篇이다. 이 小說은 「義和團事件」으로하어 資産家 姚一族이 故鄕 杭州로 避難을 가는데서부터 이야기가 始作된다. 原著의 副題目으로 「支那近代生活의小說」이라 씨어 있는바와 같이 支那의 家庭生活이 어떠한것인가, 그 結婚風習은 어떠하고 主從關係는 어떠하며 北京은 어떠한 곳이고 支那의 文明은 어떻게 變하여가고 있는 것인가, 또 그가운데 젊은男女는 어떻게 戀愛하고 어떻게 살아가는것이며 어떠한 生活의 享樂이 支那人에게는 있는가…… 大體 없는것이라고는 없는 巨篇이다.[32]

보다시피 작가는 노신 이후의 혜성으로 소설 『북경호일』은 중국 근대 생활을 소설화한 거작으로 소개 평가하였다. 중국 근대 생활 속에 우회적이기는 하지만 반일저항의식이 흐르고 있다는 점이 바로 이 소설의 중요한 특징의 하나이기도 하다. 원인은 알 바 없지만 이 소설은 연재, 완역되지 못하고 1회분으로 끝나 큰 유감을 남겨 놓았다.

소군은 중국현대문학 동북작가군[33]의 대표적 작가의 한 사람으로 그의

32 『三千里』, 1940년 6월호, 259쪽에서 인용, 역자의 말.

작품들은 대체로 동북의 암흑상과 고난상 그리고 항일투쟁 모습을 보여주고 있다. 역자는 「蕭軍과 「사랑하는 까닭에」」라는 역자의 글에서 작가 소군을 이렇게 소개하고 있다.

「사랑하는 까닭에」의 作者 蕭軍은 北滿의産、四五年前부터 上海文壇에 데뷔하여 盛名을 날리고 있다. 長篇으로는 『八月의 鄕村』과 『同行者』가 있고 短篇集으로 『羊』, 『江上』, 『十月十五日』 等의 書가 있다.[34]

역자가 지적한 長篇소설 『八月의 鄕村』은 소군의 대표작일 뿐만 아니라 동북작가군의 대표작이며 중국현대문학의 대표작의 하나이다. 이 소설은 1935년 7월 상해노예사(上海奴隸社)에서 출판한 "노예총서(奴隸叢書)" 가운데의 하나로 출판되고 비밀리에 간행되었는데 한 항일의용군 소분대가 길림지구 반석(盤石)지역에서 진행한 항일투쟁 모습을 리얼하게 보여주고 있다.

노신은 "노예총서"의 「서언」에서 이 소설에 대해 이렇게 평가하였다.

……나는 동3성이 강점당한 것을 반영한 소설을 몇 편을 보았다. 이 『8월의 향촌』은 아주 훌륭한 소설이다. 비록 단편소설들을 이어 놓은 것 같은 점이 있고 구성과 인물묘사의 수법이 파제예브의 「괴멸」과 비할 수는 없지만 엄숙하고 긴장하다. 소설 작자의 심혈과 잃어버린 하늘, 땅, 수난당한 인민 그리고 잃어버린 풀숲, 수수, 철써기, 모기 등이 하나로 엉켜 독자들의 눈앞에 뚜렷하게 나타나 보이는데 이는 중국의 일부분과 전부, 그리고 현재와 미래, 죽음의 길과

---

33 東北作家群: 중국 동북에서 문학활동을 하다가 '9.18'사변 이후 상해 등 내지로 탈출하여 일제하의 동북의 암흑상과 반일투쟁을 문학작품으로 구현하여 항일구국을 호소한 동북 출생의 작가들의 통칭.

34 「蕭軍과 「사랑하는 까닭에」」, 『三千里』, 1940년 6월호, 233쪽에서 인용, 역자의 말.

삶의 길을 보여준다.[35]

노신의 이와 같은 평가와 같이 이 소설은 민족의 위기와 국토상실감 등을 진실하게 그려냈는데 이는 당시 상해에서 처음으로 동북 내지 중국의 항일 구국이라는 시대적 주제를 직접적으로 표현한 작품으로 된다.

장편소설 『동행자』는 한 동행자의 형상을 통해 동북땅에 각성과 희망이 있음을 보여주고 있다. 따라서 당시 소군은 항일문학의 대표적 작가로 불리게 되었다.

위에서 보다시피 역자가 소군과 그 대표작을 아주 간략하게 소개하지만 이는 역자의 남다른 시각과 용기를 보여준다고 하겠다.

물론 역자가 번역 발표한 소설 「사랑하는 까닭에」는 "北方의 都會에서 病身의 戀人과 사랑의 둥주리를 짓고 있는 作者 自身의 生活記錄으로 그 貧困과 戀愛도 單純한 詠嘆에 그치지 않고, 人間愛와 友情과 人生의 깊은 探求에 미쳐"[36] 있어 『八月의 鄕村』과 같은 제재와 주제가 다루어지지 않고 있는 유감을 갖고 있다.

단편소설 「花之寺」의 작가 릉숙화는 중국신문화운동시기 여성해방사조 속에서 출현한 여류작가 가운데의 한 사람이다. 그의 첫 소설집 『花之寺』(新月書店, 1928年)는 담담하고 섬세한 필치로 명문가와 중산계층에서 살고 있는 온순한 여성들의 적막하고 우울한 정신세계를 그려내면서 여성들의 개성해방을 호소하였다.

역자 역시 역문에서 릉숙화는 "新文化運動의 初期의 重要한 女流作家로서 謝氷心女士와 함께 有名하다."[37]고 정확하게 평가 소개하였다. 단편소설 「花

---

35 魯迅, 「序言」, 『八月的鄕村』, 人民文學出版社, 1980年 10月, 2쪽에서 인용.

36 「蕭軍과 「사랑하는 까닭에」」, 『三千里』, 1940년 6월호, 233쪽에서 인용, 역자의 말.

37 朴啓周, 「凌淑華女史의 略歷」, 『三千里』, 1940년 6월호, 290쪽에서 인용.

之寺」는 작가의 첫 소설집 제목으로 선정된 바와 같이 여성들의 개성해방을 호소한 대표작의 하나이다.

『삼천리』의 '新支那文學特輯'이 실린 소설들은 진보적 작가와 항일작가의 진보적 작품들로서 당시 한국 문단과 독자들이 중국현대문학의 진보적 작가와 그 작품을 접촉 이해하는 데 일조하였다고 할 수 있다.

이외 간과할 수 없는 것은 『조광(朝光)』(1941년 6월호)에 번역 발표된 단편소설 「골목안(小巷)」이다. 이 소설은 역자는 1936년에 「노신 추도문」과 노신의 단편소설 「고향」을 번역 발표하여 중국현대문학 특히 노신에게 커다란 관심을 보여준 작가 이육사이고 원작품의 작가는 당시 일제강점기 동북문학(僞滿洲國文學, 또는 在滿文學이라고도 함)의 중국인문단(中國人文壇)에서 제일인자로 평가받은 고정(古丁)이다. 고정은 문학창작 초기에 현실 비판정신을 보여준 사실주의 작품들을 창작 발표하다가 점차 일본인문인들의 힘을 입어 예문지파(藝文志派)를 이끌어갔고 1940년대에는 위만주국 대표로 "대동아문학자대회(大東亞文學者大會)"에 참석하여 식민통치자와의 협력을 보여주기도 하였다.

역자 이육사는 역문 서두에 「소개」라는 글을 덧붙여 고정을 소개하였다.

> 이作家의 經歷에 對해서는 譯者도 잘알지 못한다. 다만 「平沙」를 써서 康德六年度에 民生部大臣賞을 獲得하자 一世에 喧傳된 것을 아는사람은 아나 事實은 그전에도 注意할 몃개作品을 썻다는 것은「平沙」전에 나온 이作家의 作品을 읽어보아서 알수있는 것이다. 그리고 이 사람의 作品集으로는 「奮飛」外에 「一知半解集」이란 雜文集이있고 「浮沈」이라는 詩集도 있는줄안다, 作品의 맨도리는 滿洲라는 特殊한 風土속에서 主題를 골느는데도 그리려니와 作品을 處理해나가는데 妙를 어든 것은 그作品을 읽으면 어덴지 芥川龍之介의 作品을 읽는듯한 느낌이 있는것이다. 作家의 半生을 잘알지는 못해도 지금은 新京서 發行되는 「藝文志」의

企劃系司務主任이라는 분주한 일을 보는모양인데 創作生活에 影響이 업기를 讀者와 함께 빌어둔다.[38]

비록 짧은 글이기는 하지만 고정에 대한 소개가 비교적 상세하고 포괄적이라고 할 수 있다. 특히 고정 작품의 특징이 만주 풍토를 주제로 삼고 있는 것이라는 점을 잘 밝혀내고 있다. 소설 「골목안」은 바로 만주 풍토의 한 부분이라는고 할 수 있는 만주사회 최하층 사람들의 참담한 생활상을 보여주고 있다. 소설은 금화(金華)라는 늙은 창부가 혹독한 생활난에 못 이겨 차디찬 가을밤 거리에서 손님을 기다리다가 쓰러져버린다. 지나가는 사람들은 발목이 걸리면 "빼드러졌구만 그래"라는 한마디 던질 뿐이다. 일제가 선양한 "낙토만주(樂土滿洲)"와는 전혀 다른 풍토의 만주를 보여준다고 할 수 있다. 이육사가 이런 작품을 선정하여 번역 발표하였다는 것은 참으로 독특한 수용 자세라고 하지 않을 수 없다.

1940년대에 중국현대문학 번역 이입에 정진하여 남달리 뛰어난 성과를 이룬 역자들이 출현하였다. 그중 이명선, 윤영춘 등이 바로 그 대표자들이라고 할 수 있다.

5. 노신 작품의 번역 이입 양상

노신의 작품이 제일 처음으로 한반도에 번역 소개된 것은 단편소설 「狂人日記」이다. 「狂人日記」는 유수인(1905-1980, 본명 柳基錫, 또는 柳基石, 호는 青園, 柳絮)에 의해 1927년 8월 『東光』(제16호)에 번역 발표되었는데 완역이었다.

38 심원섭, 『원본 이육사전집』, 집문당, 1986년 6월, 87쪽에서 인용.

유수인은 당시 아나키즘운동을 한 사람으로 문학번역가는 아니었지만 오랫동안 노신과의 교류를 추진한 것으로 보인다. 주작인의 일기에 의하면 그는 1922년 7월 22일에 주작인의 댁을 방문하였는데 그때 노신이 주작인과 함께 살고 있어 노신을 만났을 가능성도 크다. 1928년 9월 1일의 노신일기에는 "朝鮮柳君來, 未見"이라고 적혀있는데 여기서 유수인이 노신과의 면담을 청구한 것으로 보인다. 여하튼 유수인이 「狂人日記」를 번역한 것은 결코 우연이 아님을 잘 알 수 있다.

주지하다시피 「狂人日記」는 1918년 5월 『新青年』에 발표되었는데 사람을 잡아먹는 가족제도와 봉건례교의 폐해를 폭로하고 있다. 이 소설은 중국현대문학사에서 첫 백화문(白話文) 소설로 중국신문학의 시작을 효시하는 획기적인 작품이다. 이와 같은 작품이 1920년대에 한반도에 번역 이입되었다는 것은 한반도 독자들로 하여금 중국신문학의 맥락을 그 애초부터 정확하게 알 수 있게 하였다는 데서 자못 의미 심각하다고 하겠다.

「狂人日記」에 뒤이어 1930년 3월 27일부터 4월 10일까지 『中外日報』에 노신의 소설 「상처(傷逝)」가 「愛人의 死」라는 제목으로 번역 연재되었다. 역자는 정래동이고 완역이었다. 소설 「상처」는 노신이 '청년들의 애정 제재를 다룬 유일한 소설'인데 여성이 인격적으로 독립하자면 반드시 경제제도를 개혁해야 한다는 주제사상을 보여주고 있다. 이는 당시 중국 사회에서 참으로 진보적인 주장이 아닐 수 없다.

정래동은 노신 작품 번역에만 그치지 않고 노신에 대한 전면적 소개와 비평도 전개하였다. 그는 1931년 1월 『조선일보』(1월 4일-30일)에 「魯迅과 그의 作品」이라는 평론을 연재하여 한반도에 노신문학을 체계적으로 전면 소개하였다. 문장은 "1. 序言, 2. 魯迅自敍傳略, 3. 「吶喊」, 4. 「彷徨」, 5. 「吶喊」과 「彷徨」, 6. 「野草」, 7. 魯迅의 用語, 8. 結論" 등 8개 부분으로 나뉘어 이루어졌다. 작자는 서두에서 이렇게 쓰고 있다.

中國의 文藝復興이라고 하는 文學革命을 胡適 陣獨秀 등 諸氏가 提唱하였다고 한다면, 文學革命을 實行한 사람은 여기에 論하려 하는 魯迅(본명은 周樹人)일 것이다. ……처음으로 새 形式과 새 內容과 새 體裁를 創用한 사람은 곧 과거 十數年間 中國文壇에서 獨步하다시피 한 魯迅일 것이다. 그러므로, 筆者는 이러한 意味에서 魯迅을 中國文學革命의 實行者라고 부르고 싶다.[39]

이어 문장은 노신의 "자서전략"을 통해 노신의 신원을 밝힌 후 『吶喊』의 「自序」를 소개하면서 "그가 文藝를 選擇한 目的, 小說을 쓰게 된 動機 및 原因과 그의 藝術에 대한 態度를 詳細히" 알려 주었다.[40] 이 부분에서는 「狂人日記」, 「頭髮的故事」, 「고향」, 「아Q정전」 등 『吶喊』에 수록된 15편의 소설을 소개하였다. 그러면서 당시 이미 한반도에 번역 소개된 노신의 소설 「狂人日記」, 「아Q정전」, 「고향」에 대해서 이렇게 평하고 있다.

「狂人日記」는 古來의 惡習에 傳染된 사람들의 本色을 暴露시키는 데 대하여 一般人은 그 사람을 "狂人"이라고 하여, 그 사람의 意見을 相對도 하지 않고 度外에 置之하며, 심지어는 抹殺까지 하려 한 것을 그린 것이고, 「阿Q正傳」은 當時 中國의 소위 精神文明의 餘孽로 인하여 自滿自足한 思惟로써 事實을 曲解하는 것이랄지, 또는 中國農民의 蒙昧한 것과 勢利하는 知識分子의 虛僞 및 欺騙으로 인하여 發生하는 無識한 農民의 犧牲 등을 表現한 것이어서, 淸末, 民初의 中國의 一般的 思想傾向 및 鄕村의 現實을 描寫한 點으로 보아, 魯迅의 作品으로 重大性을 가지게 되며, 동시에 共通點을 發見할 수 있다.[41]

---

39 정래동, 『정래동전집 I 』(학술론문편), 금강출판사, 1971년 6월, 298쪽에서 인용.

40 동상서 305쪽 참조.

41 동상서 312쪽에서 인용.

이와 더불어 「아Q정전」의 경개를 소개하였는데 "筆者는 어느 것을 重視하고 어느 것을 輕忽히 할 수가 없어" "너무나 길어졌다." 또한 「고향」의 경개도 따로 전문 소개하면서 "노신의 희망에 대한 의견을 보"여주고 역자 정래동이 번역한 작품 「상처」에 대해서는 이렇게 평하고 있다.

> 「彷徨」중에 「傷逝」篇은 一篇이 전부 戀愛로부터 共同生活까지 또 그 후의 離緣까지가 다 있는 戀愛事件이다.
>
> 이 一篇은 魯迅이 친히 經驗한 것인 것 같고, 그의 親近한 사람에게 들은 일이 있지마는, 그것은 別問題로 하고, 하여간 魯迅의 全 創作을 다 쓰러넣고도 戀愛問題를 쓴 것은 이 一篇을 들 수 있다. 이 篇의 戀愛는 모던보이, 모던걸들이 朝花夕落으로 輕浮하게 땐스홀이나 新婚旅行이나 「모터카아」로 다니는 戀愛를 그린 것이 아니고, 生活은 極度로 貧困하고, 女子로 말하더라도 모던 女學生이 아니고, 그 男子도 讀書者 文學青年으로 볼 수는 있으나, 時髦한 文學青年이 아니고, 말하자면 時代로 본다면, 모두 벌써 지나간 過去式의 戀愛이다.[42]

노신의 여느 작품들과 달리 생활의 극도로 되는 빈곤으로 인한 여인의 불행한 연애사를 쓰고 있다는 것이 이 작품의 독특한 특징임을 밝히고 있는데 정래동이 이 작품을 번역한 것도 이 독특한 제재 및 여성 인격의 진정한 해방의 출구에 관하여 남다른 관심을 보여준 데서 비롯되지 않았나 싶다.

정래동은 문장의 맨 나중에 "不完全하나마 이로써 魯迅의 半生의 작품에 관한 紹介를 다 하였다."고 쓰고 있는데 여기서 그가 전면적으로 노신을 소개하고자 하였음을 확인할 수 있다.

이 시기에는 또 『동아일보』의 남경, 상해 특파원으로 활약한 신언준(申彦

---

42 동상서 345-346쪽에서 인용.

俊, 호 隱岩, 1904-1938)이 노신을 직접 방문하고 서신도 교류하면서 한중 문학 교류의 한 페이지를 장식하였다. 그는 1933년 5월에 상해에서 일본이 경영하는 "內山書店"에서 노신을 만나 인터뷰하고 그 이듬해 4월 『신동아』(1934년 4월, 제30호)에 「中國의 大文豪 魯迅訪問記」라는 인터뷰를 발표하였다. 이 글은 노신을 만나게 된 경위와 노신에 대한 인상, 그리고 노신과의 인터뷰에서 노신이 문학에 투신하게 된 계기 및 원인, 아Q정전에 대한 평가, 중국문단에 대한 평가 등에 대한 노신의 진솔한 생각을 그대로 스케치 방식으로 서술하였다.

문장은 "그의 生活은 全部가 프로레타리아의 模型이다. 그는 입으로 붓으로만 无产阶级을 부르짓지 아니하고 그의몸 그의生活이 即无产阶级과 같은 样式을 가지고 있다."[43]고 소개하면서 노신을 무산계급작가로 평가하였다. 그리고 나중에 "그는 나더러 조선文坛의 어느분이든지 自己가 只今准备中인 中国文坛이라는 刊行物에 조선 文艺의历史的记述及现势를 介绍하여 달라고 特別付托을 하였다. … 또 그는 短篇文章를 新东亚에 投稿하여주겠다고 约束하였다."[44]고 쓰면서 노신이 조선문단에 대해 관심을 갖고 있을 뿐만 아니라 상호 교류도 약속하였음을 명확히 밝혔다. 특히 간과하지 말아야 할 것은 이 문장과 함께 노신이 신언준에 보낸 친필편지와 노신의 초상화(소묘)도 함께 게재하였다는 사실이다. 이는 노신과 신언준 내지 조선문인들간의 우호내왕과 교류를 신빙성 있게 잘 보여준다고 하겠다.

이 시기에 노신을 주목한 사람이 또 한 사람 있으니 그가 바로 이육사(본명 李源祿, 1904-1944)이다. 1936년 10월, 노신이 사망하자 이육사는 대뜸 『조선일보』(10월 23일-29일)에 「魯迅追悼文」을 4회로 연재하여 노신을 추모함과

43 申彦俊, 「中國의 大文豪 魯迅訪問記」, 『신동아』, 4권 4호(제30호), 1934년 4월, 150쪽에서 인용.

44 동상 152쪽에서 인용.

아울러 두 달 후인 12월에 잡지 『朝光』에 노신의 단편소설 「고향」을 번역 발표하였다.

「魯迅追悼文」은 서두에 작자가 노신을 만나게 된 경위를 소개하면서 추모의 정을 보여준 후 「아Q정전」, 「고향」, 「공을기」 등 노신의 대표작들의 문학사적 위치를 기술하였다. 이어 노신이 작가로 된 출발점에 대해 기술하고 1928년 혁명 문학가들의 노신에 대한 공격, 및 문화 전사로서의 노신에 대해 최대의 경의를 갖게 됨을 기술하였다. 문장은 나중에 "이偉大한中國文豪의 靈아페 고요히 머리를 숙이면서 나의 個人的으로 困難한 情形에 依하야 文豪魯迅의 輪廓을 뚜렷이 그리지 못함을 慚愧히 알며 붓을 놋키로 한다."고 끝을 맺었다. 그 후 두 달 지나서 이육사는 노신의 대표작의 하나인 단편소설 「고향」을 『朝光』(1936년 12월호)에 번역 발표하였는데 역문 첫머리에 노신의 사진과 약전이 실렸다는 것이 아주 특징적이다. 소설 「고향」은 작가의 중국 농민들에 대한 동정 그리고 그들의 각성과 해방을 바라는 마음을 보여주고 있는데 노신의 대표작의 하나이다. 특히 이 소설이 대표작으로 될 수 있었던 것은 무엇보다 소설의 마지막 구절에서 보여준 희망에 대한 묘사이다. 이육사는 이 구절을 이렇게 번역하고 있다.

> 생각하면 희망이라는 것은 대체 「있다」고도 말할 수 없고 또는 「없다」고도 말할 수 없는 것이다. 그것은 마치 지상에 길과 가튼 것이다. 길은 본래부터 지상에 있는 것은 아니다. 왕내하는 사람이 많어지면 그때 길은 스스로 나게 되는 것이다.[45]

소설에서 노신이 중국 농민들의 해방의 길을 찾을 수 있기를 희망하였다

45 노신 작, 이육사 역, 「고향」, 『조광』, 1936년 12월호, 296쪽에서 인용.

면 이육사는 이 번역문을 통해 과연 무엇을 희망하였을까? 애국시인이면서 독립운동가인 그는 완곡하게나마 한반도의 '노신'의 출현 나아가 민족독립의 길을 모색할 수 있기를 희망하지 않았을까 본다.

상기하다시피 이 시기 중국현대문학은 거의 실시간으로 한국에 번역 소개되었고 그 작가와 작품은 대체로 진보적인 경향이 뚜렷한 중국현대문학의 대표작가와 그 작품들이었다.

6. 양백화의 중국문학 번역 양상

양백화(梁白華, 1889-1944)의 원명은 양건식(梁建植)이고 백화, 국여(菊如) 등 필명을 사용하면서 200여 편에 달하는 소설, 수필, 평론 번역문 등 다양한 장르의 글을 발표하였는데 그 중 중국문학작품에 대한 번역 소개 및 연구가 보다 많은 비중을 차지하기에 일반 문인이 아닌 중국문학자 및 번역가로 자리매김하게 되었다.

1910년대에 한반도 학생들이 외국 유학을 거의 모두가 일본으로 선택하였을 때 양백화는 남달리 중국을 선택하고 십 년 동안 중국 유학을 하였다고 한다. 그의 중국 유학 시기는 현재 확실하게 확인할 수 없지만 대개 1909년부터 1918년으로 추정된다. 그는 중국 유학 시절에 중국 언어문화를 실천적으로 배우면서 한반도 전통문학의 중요한 연원으로 되어온 중국문학에 관심을 갖고 보다 깊은 이해와 연구를 하게 되었다. 이런 남다른 경력과 실력은 그로 하여금 한반도에 중국문학을 번역 소개하는 선두에 서게 하였다고 하겠다.

그는 처음에 「述夢瑣言」(수필, 月窓居士 述, 『佛教振興會月報』 제4호, 1915년 6월), 「破鏡歎」(소설, 今來 작, 『佛教振興會月報』 제7호, 1915년 9월) 등 일부 무명의

중국작품들을 번역 발표하다가 1918년에 중국 고전 4대 명작의 하나인 『홍루몽』을 『매일신보(每日申報)』(1918년 3월 23일-10월 4일, 총 138회)에 번역 연재하면서 본격적인 중국문학 번역 활동을 시작하였다. 그는 『홍루몽』을 번역 연재하기 전날 『매일신보』(1918년 3월 21일)에 「紅樓夢에 就하여」라는 문장을 발표하여 『홍루몽』에 대해 전반적인 소개를 한 동시에 자신의 번역 태도를 이렇게 밝혀 놓았다.

> 朝鮮에 久히 支那의 小說이 輸入된 以來로 『水滸傳』의 譯書는 임의 世에 此가 傳하거날 此와 竝稱하난 『紅樓夢』이 姑無함은 朝鮮文壇의 一恥辱이라. 所以로 本譯者가 玆에 蔑學을 不拘하고 가장 大膽히 冒險的으로 此書를 因하야 原作者에게 累를 及할가 함이라. 然하나 此書는 朝鮮에셔 由來로 難解의 作이라 稱하야 第一類의 漢學者도 讀破치 못한 것을 譯述함인즉 江湖의 讀者도 譯者의 先히 着手한 點만 嘉타하야 비록 誤譯이 間有할지라도 深責치 안이할 것은 確信하난 바 어니와 本 譯者가 此 小說을 譯出함에 當하야 可能한 程度에서 原文에 忠實코져 하얏스나 原文中에 些少 褻氣가 有한 處에난 不得已 結構를 傷치 안난 範圍內에서 改譯하야 原作의 妙趣를 傳치 못한 것도 有하며 또 對話중에 現來하난 俗語에난 支那人이라야 비로소 趣味가 有하고 朝鮮人에 在하야난 反히 惡戱를 起케할 것이 不少한 故로 此는 或은 詞를 그대로 譯한 곳도 有하며 或은 그 意味만 取하야 純然한 朝鮮語로 譯述한 것도 有하며 原文中에난 往往 語音의 相似 又난 錯雜을 利用하여 時時 滑稽 諧謔의 妙文을 成한 자 有하난 此난 支那에셔라야 於是呼 趣味가 有할 것이오. 朝鮮에는 無意味한지라 故로 此와 如한 것은 或은 註譯에 限하여 譯出하기도 하고 或은 省略의 不得已함에 至한 것도 有하니 此난 讀者 諸氏의 海諒을 望하난 바며 또 並하여 此 小說의 初 幾回까지난 將來의 伏線의 事件 文章으로써 滿하고 五回 以後에 至하여 비로소 蔗境에 入할 것이오.

양백화는 『홍루몽』이 『수호전』과 같은 중국 명작이지만 당시 조선에 제대로 번역 소개되지 못하였음을 밝히고 이는 조선문단의 일대치욕이기에 자신이 모험적이나마 번역을 시도하였다고 하면서 작품이 극히 난해하여 오역이 면치 못할 것이며 가능한 원문에 충실하며 또 일부 난해한 부분은 원래 내용을 변하게 하지 않는 범위에서 개역하게 될 것이라고 쓰고 있다. 이러한 번역 태도는 실제로 신문에 연재된 『홍루몽』 번역문에서 직접적으로 보여지고 있다. 『홍루몽』 번역문은 당시 신문 잡지에서 여전히 한자 혼용 문장을 사용하고 중국어 문장을 보편적으로 직역하였던 상태에서 대담히 벗어나 통속적이고 현대적인 자유로운 문체를 사용하였다. 이를테면 딱딱한 대화체를 당시 생활어로 부드럽게 풀어쓰고 복잡하고 난해한 중국 인물 호칭을 한국어로 맞춰 자연스럽게 하였고 특히 번역에서 제일 어려운 원문의 시사곡(詩詞曲)을 번역할 때 기계적으로 시사곡의 운에 맞추지 않고 한국의 전통적인 시조가락에 맞춰 원문의 정서와 한국독자들의 정서를 어울리게 하였다. 그는 또 번역 연재 중에 <역자의 말> 혹은 주석으로 오역이나 오식 등을 수정하기도 하고 독자들과 대화를 나누기도 하였다.

> 東湖生에게
>
> 貴下의 敎示狀은 보았습니다. 그러나 다만 유감으로 생각하옵는 바는 그 시기가 조금 늦음이요 또는 支那의 소설은 大小作을 勿論하고 그 문체가 원래 되기를 現今의 쓰는바 소위 언문일치체로 되었은즉 이를 번역함에는 不可不時文의 언문일치체로 譯出하는 것이 적당할 줄로 생각함이외다. 그리고 이를 예고한 바와 같이 현대어로 번역함에는 원문의 科擧, 壯元, 小姐, 老爺라 하는 것보다 문관시험, 급제, 아가씨, 대감이라 의역하는 것이 어느 의미로는 나을 듯하기에 이를 취함이요 또는 재래의 지나소설의 飜譯例套를 한번 타파해보자는 愚見에서 나온 것이 올시다. 귀하의 厚意는 대단히 감사하옵는 바 올시다. 그만.[46]

보다시피 이 글은 동호생이라는 독자가 번역문을 왜 문언문투가 아닌 언문일치로 하고 있는가에 대해 이견을 제출한 것에 대한 답장이다. 그는 애초부터 현대어로 번역한다고 밝혔고 또 가능한 부드러운 한글을 사용하여 의역한다는 입장을 변함없이 견지할 것임을 보여주고 있다.

양백화의 이와 같은 번역 자세는 당시 중국문학 번역에서 선봉적이었던 만큼 『매일신보』에 번역 연재된 『홍루몽』도 20세기 한반도의 중국문학번역사의 중요한 이정표로 되었다.

양백화의 이런 번역 자세는 무엇보다 그의 중국문학에 대한 깊은 이해와 연구에서 비롯되었다고 할 수 있다. 그는 『홍루몽』 번역 연재에 앞서 「小說西遊記에 就하여」[47]라는 평론을 발표하여 소설 『서유기』가 도교소설 아닌 뛰어난 불교소설임을 주장하였다. 당시 중국에서도 아직 그 가치가 제대로 운운되지 못한 상태에서 이 주장은 참으로 대담하고 긍정적인 것이었다. 이어 그는 「支那의 小說及戲曲에 就하여」[48]라는 평론을 발표하여 중국의 원, 명, 청, 시기의 소설과 희곡에 대하여 사적으로 서술 소개하였는데 그 중 특히 희곡에 특별한 비중을 두었고 나중에 중국의 소설과 희곡이 한국에 끼친 영향에 대해서도 언급하였다. 이런 평론들은 중국문학에 대한 해박한 지식과 깊은 연구가 없이는 거의 불가능한 것이었다. 그는 중국문학을 연구하는 목적은 대저 "자국 문학의 발달에 資코자 함"이라고 하였다. 명확한 연구목적은 그 연구를 추진하게 되고 깊은 연구는 또한 관련 작품에 대한 번역 소개를 추진하게 되었다. 그가 훗날 『홍루몽』 번역과 평론을 수차례 걸쳐 거듭 시도한 점에서도 이를 잘 알 수 있다. 그는 1925년에 『석두기(石頭記)』라는 제목으로 『홍루몽』 번역을 두 번째로 시도하였고[49] 1926년에는 「홍

46 『홍루몽』 제23회, 『每日申報』, 1918년 4월 23일자에서 인용.

47 양백화, 「小說 西遊記에 就하여」, 『朝鮮佛教叢報』, 제3호, 1917년 5월.

48 梁建植, 「支那의 小說及戲曲에 就하여」, 『每日申報』, 1917년 11월 6일-9일.

루몽 시비－중국의 문제소설」[50]이라는 평론을 발표하여 중국문학사에서의 『홍루몽』의 중요성과 학설을 소개하여 『홍루몽』에 대한 깊은 연구와 이해를 보여주었다. 1930년에도 「중국의 명작소설－홍루몽의 고증」[51]이라는 평론을 발표하여 『홍루몽』에 대한 지속적인 관심과 학구적인 수용 자세를 보여주었다. 양백화가 20세기에 한반도에서 처음으로 『홍루몽』을 번역 발표할 수 있게 된 것은 결코 우연이 아니었던 만큼 그는 당시 한반도 문단의 중국문학 연구와 소개에서 선구자적인 중국문학자로 자리잡기 시작하였다. 그가 『홍루몽』 번역에 이어 중국 4대 명작 중의 또 다른 작품들인 『수호전』과 『삼국연의』에 대한 번역을 시도하였다는 사실이 이 점을 잘 말해 준다.

양백화는 1926년에 『신역수호전(新譯水滸傳)』[52]이라는 제목으로 『수호전』 번역을 시도하였는데 이는 그가 『수호전』을 『삼국지』나 『금병매』보다 더 훌륭한 "최고의 문학서"로 생각하였기 때문이라고 한다.[53] 『신역수호전』은 완역이 아닌 선역(選譯)으로 노지심의 이야기 부분만 번역되었고 원저는 "金聖歎의 傑作" 『水滸書』이었고 의역을 하였다. 양백화는 1929년 5월부터 『매일신보』에 『삼국연의』를 번역 연재하기 시작하여 1931년 9월에 총 859회로 완역하는 거사를 이루었다.[54] 양백화의 『삼국연의』 번역본은 그 저본은 정확히 알 수 없지만 역자가 대체로 원문에 충실하면서도 경우에 따라 일부 구절을 생략하거나 의역하기도 하였다는 번역 자세를 알 수 있다. 또한 역자는

---

49 白華, 『石頭記』, 『시대일보』, 1925년 1월 12일-6월 8일, 원작 제3회까지 연재.

50 양백화, 「紅樓夢是非－中國의 問題小說」, 『동아일보』, 1926년 7월 20일-9월 28일까지, 총 17회에 걸쳐 연재.

51 양백화, 「중국의 명작소설－홍루몽의 고증」, 『동아일보』, 1930년 5월 26일-6월 25일 총 17회.

52 양백화 역, 「新譯水滸傳」, 『新民』(제9호-18호), 1926년 1월-10월, 선역, 필자 미확인.

53 양백화, 「水滸傳 이야기」, 『동아일보』, 1926년 1월 2-3일자 참조.

54 양백화 역, 「三國演義」, 『매일신보』, 1929년 5월 5일-1931년 9월 21일, 총 859회, 원작 120회 전부를 완역.

신문 연재의 특성을 고려하여서인지 번역에서 목차를 재설정하기도 하고 쉽고 자연스러운 한글을 추구하였는데 사실 이는 한국독자들이 쉽게 이해할 수 있도록 하는 데 도움이 되었다. 이 『삼국연의』는 단행본으로 간행되지 못하였지만 최초로 중국고전소설을 현대 한국어로 완역하였다는 점에서 20세기 한국의 중국문학번역사에서 획기적인 한 페이지를 차지하게 되었다. 역자 양백화는 1910년대-1930년대에 맨 먼저 중국 4대 고전명작 가운데의 『홍루몽』, 『수호지』, 『삼국연의』 등 3편을 현대어로 선역 혹은 완역하였을 뿐만 아니라 공안(公案)소설 「奇獄」[55]과 화본(話本)소설 「賣油郎」(『月刊野談』, 1935년 9월 제13호), 「劍俠」(『月刊野談』, 1935년 12월 제14호) 등 중국고전소설들을 적지 않게 번역 혹은 번안하기도 함으로써 현대 중국고전소설번역의 제일인자로 불리게 되었다.

양백화는 중국고전소설 뿐만 아니라 중국희곡에도 각별한 관심을 갖고 그 연구와 번역 소개도 적극적으로 추진하여 중국희곡 번역 이입의 제일인자로 되었다. 그는 일찍 1917년에 발표한 「支那의 小說及戱曲에 就하여」라는 평론에서 중국전통희곡들에 대해 이렇게 언급한 바 있고 1919년에는 중국전통희곡 「비파기」를 『매일신보』(3월 26-27일)에 선역 연재하였는데 이는 비록 짧은 선역이기는 하지만 20세기 한반도에서 중국전통희곡을 처음으로 현대문으로의 번역을 시도한 것으로 된다. 양백화는 「비파기」 역문 서두에 이렇게 쓰고 있다.

> 歌劇 琵琶記(南曲)는 距今六百年前元末의 俊才高側誠字난 東嘉의 傑作으로 元劇中著名한 戱曲이니 적 北曲西廂記와 幷하야 雙璧이라 일컷난것이올시다. 그러나

55 冷佛 작, 양백화 역술, 「奇獄」, 『매일신보』, 1919년 1월 15일-2월 24일 연재. 청나라 말엽의 혼인제도로 인한 가정비극 등을 보여주고 있다.

一部의 譯者는 정으로 文으로 西廂記는 琵琶記에 不及한다함니다. 西廂記는 佳人才子花前月下私期密約의 情이오 琵琶記는 孝子賢妻敦倫重誼纏綿悲惻의 情이올시다. 또 西廂記의 文은 妙文이나 處處에 方言과 土語를 셕거 美人을 顚不剌, 僧侶를 老潔郎이라 稱하는 것이 잇셔 그 佳趣를 損하는 微瑕가 잇스나 琵琶記는 全篇을 通하야 이러한 缺點이 업셔 完璧이라 可히 일을만한것이올시다. 淸의 李調元의 曲話에 이 琵琶記는 人情을 體貼하고 物態를 描寫함에 妙다 生氣가 잇고 또 한 風敎에 裨益이 有하다하얏스며 또 陳眉公은 이를 畵圖에 比하야 西廂은 一幅의 著色牧丹 또는 一幅艶粧美人이라 하고 琵琶를 一幅의 水墨梅花 또는 一幅의 白衣大士라한 것은 매오 奇警한 觀察이라 할것이오 또 馮猶龍이 王鳳洲의 鳴鳳記를 닑고 落淚치 앗는 사람은 반다시 忠臣이 안일것이오 高東嘉의 琵琶記를 닑고 落淚치 앗는 사람은 반다시 孝子가 안이리라한 것은 어느 意味로 아마 動치 못할 批評인 듯합니다. 이에 관해 詳細한 解說과 論評은 後日著書(放任支那小說戱曲史著述中)로 發表할 企劃이다.

東嘉의 琵琶記를 作한 그 動機에 關하야는 毛聲山의 引用한 大0素隱을 据하건대 東嘉의 友王四라하는 知名士가 顯達노써 操를 改하야 그 妻周氏를 棄하고 當時 宰相不花氏의 婿가 된 것을 東嘉가 救코져 하다가 不得한매 琵琶記를 作하야 이를 諷하니 그 名을 蔡邕에 托함은王四가 小時에 賤하야 일즉이 人에게 傭菜함이오 牛丞相에 托함은不花家가 牛渚에 잇슴이오 記함에 琵琶로 써 일함함은 그中에 四個王字가 有함이오 太公이라함은 東嘉가 自寓함이라하얏스며 또 眞細錄에는 明祖가 元人의 詞曲0彙刪하다가 琵琶記를 보고 異라하더니 後에 그王四를 爲하야 作함인줄 알고 맛침내 王四를 拘하야 法曹에 셔 하얏다하얏습니다. 조금 牽强傳會之說갓흐나 參考로 말삼할이외다.

朝鮮에셔 支那戱曲으로 飜譯되기난 아마 西廂記밧게 업는줄노아옵늬다. 이는 달은 까닭이 안이라 原來戱曲이란 그 內容이 唱하도록 全혀 詞曲으로되야 難解의 詞句가 多한所以외다. 今에 余기淺學을 不顧하고 그 歌辭는歌辭대로 될수 잇는限

限度까지는 原文의 音調에 彷彿하도록 飜譯하야가려함니다. 그러나 그 曲調, 韻脚, 字句, 平仄은 普通詩賦와 全然히 異한 歌劇인 故로 그 片言隻句의 微에 含함妙味佳趣를 傳해가는 到底히 不可能이외다. 그리기에 原意를 傷치 안토록 意譯을 試한곳이만하 譯文은 다만 그 形을 繪하고 그 神을 摹치 못하얏스며 다만 그 言을 記하고 그 聲을 寫치 못한때문에 그 人을 動하기맛치 巴峽의 猿聲과 蜀棧의 鵑語을 듯는 것 갓치 血淚汪汪하야 紙端에 溢出할듯한그 眞摯酸楚한 精神의 全玉文字를 化하야 庸劣無味한 瓦磚을 맨든 罪는 이 余가 甘受하고 깁히 붓 그리는배올시다.

余가 이 琵琶記를 譯述하는 것은 다만 余가 支那의 小說戲曲을 硏究하는見地에셔 支那에는 幾百年以前브터 그 文章으로 그 內容으로이와갓치 發達한 歌劇이잇다함을 江湖讀者들에게 紹介도하며 幷하 이런 戲曲을 朝鮮舊劇에 應用하얏스면하는 微意에셔 出함이오 決코 其他東洋倫理의 舊道德問題에 對하야는 余의 關知하는배만이외다.

支那의 舊劇은 原來 그 構造가 聽劇이오 看劇이 안인 故로 現代劇과 比하면 大端히 幼稚하야 年代와 處所도 表示를 안이하며 幕도 업고 背景과 器具도 업스며 또 代名으로 「外」「末」까흔 名詞를 씀니다. 卽以下本文에 「外」「末」(淨)(女子)이라함은 中年以上의 「小生」(旦)(鮎)(女子)이라함은 靑春으로 一劇의 主人公노릇하는 사람이扮하는것이오 또 本文에 올나온다함은 舞臺上로 올나온다함이오 「下場詩」라함은 一場의 演劇을 맛치고 唱優가 舞臺를 내려갈때에 各各一句式불으는 詩올시다. 讀者는아라두시옵서셔.[56]

중국전통희곡은 그 자체의 구조와 문학 특징의 복잡성과 특수성으로 하여 번역에서 어려움이 참으로 만만치 않다. 하여 일찍 20세기 이전에 중국고전

---

56 楠壽 唱, 白華 譯, 「비파기」, 『매일신보』, 1919년 3월 26일자에서 인용.

소설에 대한 번역은 여러 형태로 시도가 많았지만 희곡은 거의 없었다. 겨우 『西廂記諺解』가 그 시도를 보여주는 데 그쳤는데 사실 역주를 달아 언해한 데 지나지 않고 또 소설식으로 변형되기까지 하였다.

이와 달리, 위 글에서 보다시피 양백화는 「비파기」의 창작 경위와 희곡적 특징에 대해 상세하게 소개한 한편 원문에 충실하면서도 직역이 극히 어려울 때 가능한 원문의 내용을 손상 주지 않게 의역도 시도하겠다는 것 그리고 발달한 중국희곡을 조선의 전통극에 활용하기를 바라는 마음에서 번역한다는 자신의 번역 태도를 상세하게 보여주고 있다. 다시 말하면 양백화는 처음부터 선구적이고 학구적인 자세로 중국희곡을 번역하였다고 하겠다. 그리고 우연이나 수동적이 아닌 적극적인 수용 자세로 중국전통희곡과 현대극을 번역 이입하였다. 그는 1921년 1월에 「비파기」(『新天地』 제1호)를 다시 선역 발표하였고 이어 「도화선전기(桃花扇傳奇)」,[57] 「당체화(棠棣花)」,[58] 「왕소군(王昭君)」,[59] 「馬嵬驛에서」,[60] 「사현추(四絃秋)」,[61] 「서상가극(西廂歌劇)」,[62] 「시극서상(詩劇西廂)」,[63] 「탁문군(卓文君)」,[64] 「양귀비(楊貴妃)」,[65] 「모델」,[66] 「반금련(潘金蓮)」,[67] 「왕소군」,[68] 「카페의 一夜」,[69] 「말괄량이」,[70] 「화가와 모델」,[71] 「도상

---

57 孔云亭 작, 양백화 역, 「桃花扇傳奇」, 『東明』, 1923년 1월-5월.

58 양백화 역, 「棠棣花」(작가 미상), 『開闢』, 제39호, 1923년 9월.

59 양백화 역, 「王昭君」(작가 미상), 『開闢』, 제54-55호, 1924년 12월-1925년 1월.

60 양백화 역, 「馬嵬驛에서」(작가 미상), 『東光』, 제42호, 1926년 8월.

61 蔣藏園 작, 양백화 역, 「四絃秋」, 『如是』, 제1호, 1928년 6월.

62 양백화 註釋, 「西廂歌劇」, 『조선문단』, 제9-12호, 1925년 6월-12월.

63 王實甫 원작, 郭沫若 脚色, 양백화 역, 「詩劇西廂」, 『文藝公論』, 제1, 3호, 1929년 5-7월.

64 郭沫若 작, 양백화 역, 「卓文君」, 『조선일보』, 1931년 4월 29일-5월 14일.

65 王獨淸 작, 양백화 역, 「楊貴妃」, 『조선일보』, 1931년 5월 20일-6월 25일.

66 熊佛西 작, 양백화 역, 「모델」, 『매일신보』, 1931년 6월 19일-27일.

67 歐陽預倩 작, 양백화 역, 「潘金蓮」, 『文藝月刊』, 제4호, 1932년 3월.

68 郭沫若 작, 양백화 역, 「王昭君」, 『매일신보』, 1932년 8월 2일-16일.

69 田漢 작, 양백화 역, 「카페의 一夜」, 『매일신보』, 1932년 8월 19일-9월 7일.

의 공부자(途上의 孔夫子)」,[72] 「형가(荊軻)」[73] 등 근 20편에 달하는 중국희곡작품들을 번역 발표하였다. 그 중 「비파기」는 부동한 신문 잡지에 4차례나 선역 혹은 완역으로 발표되었는데 이는 중국전통희곡의 대표작으로 완벽하게 번역 소개하려는 역자의 의지를 보여준다. 양백화는 1927년에 「비파기」를 『동광』에 재발표할 때 1919년에 『매일신보』에 발표할 때 역문 서두에 첨부한 소개문을 그대로 다시 첨부 발표하였고 「서상가극」를 번역 발표할 때에도 서두에 아래와 같은 서문을 첨가하였다.

> 中國戱曲에 오즉 北曲의 代表作 西廂記는 우리 朝鮮에 紹介된지가 꽤 오래다. 그러나 아즉 오늘날까지 조흔 譯書가 업서 吾人에게 不滿을 만히 주엇다. 그럼으로 筆者는 이前에劣함을 돌아보지안코 現中國의 靑年詩人郭沫若氏의 删訂本을 土臺로하야 本志에 今月號부터 譯載하기로한바 그뜻은 첫재는 이 劇을 近代的舞臺에 上演할 수 있게 改編하야써 中國舊劇改良에 一助가되게하랴함이오. 둘째는 이 劇을 近代文學의 體裁에 맛게 하야中國舊文學을 이해케할方便을 삼자함이니 그體裁로말하면 (가)每齣에 若干背景을 加하고 一齣를 能히幕을 맨들수있는 것은 맨들고 못맨들 것은 數幕에 난후어 힘써 排場動作과 唱白을 서로 一致케 하얏스며 (나)대개 無謂한 傍白과 獨白은 거의 删去하얏고 (다)대개唱白은 全혀 實獲齋藏板을 좃찻스니 原本은 金聖嘆의 删改한것이만흠으로删改한곳이 原本에 比하야조흔 것은 間或金本을 採用하야스며 關漢卿의 續한바 四齣는 모다 删去하얏고 (라)詞中의 親字와 밋增白은全劇統一스으로 보아 間間이 增改한것이잇스며 (마)全書는모다 近代의 西洋歌劇或은 詩劇의 體裁를 取한것이다. 그런대 한마듸 말할 것은

70 歐陽予倩 작, 양백화 역, 「말괄량이」, 『東光』, 제37호, 1932년 9월.

71 熊佛西 작, 양백화 역, 「화가와 보넬」, 『新生』, 제45호, 1932년 9월.

72 임어당 작, 양백화 역, 「途上의 孔夫子」, 『중앙일보』, 1932년 11월 1일-5일.

73 歐陽予倩 작, 양백화 역, 「荊軻」, 『三千里』, 제65호, 1935년 9월.

本文의 詞曲을 그대로 두고 飜譯치 아니함은 첫재는 詞曲은 詩와 가타 所謂옥이 라는 것이 그다지만치 안키로 漢文造詣가 족음잇는 이 면 그 意味를 알수 잇슴으로 먼저 讀者에게 그 原文의 妙味를 알리랴함이오. 둘재는 筆者가겨를이업슴이니 그까닭에 註釋을 끄테부치기로하엿다.[74]

양백화는 「서상가극」을 단순히 중국전통희곡의 대표작으로만 한국에 번역 소개하고자 한 것이 아니라 당시 중국현대시의 대표자였던 곽말약이 왕실보의 「서상기」를 근대 무대에 올리기 위해 근대문학의 체재에 맞게 개작한 것이라는데 주안점을 두고 번역 소개하였다는 것을 알 수 있다. 다시 말하면 중국의 근대극을 한국에 번역 소개하려는 수용 자세로 곽말약이 개작한 「서상가극」를 선정 선역하였던 것이다. 양백화는 이 「서상가극」을 「시극서상」이라는 제목으로 『文藝公論』에 재발표하기도 하면서 그 수용 자세를 보다 선명히 보여주었다.

곽말약의 현대역사극 「왕소군」은 양백화에 의해 두 번이나 신문 잡지에 번역 연재되었는데 원작이 1923년에 발표된 시간에 맞춰보면 처음으로 1924년 12월 『開闢』에 선역으로 번역 연재되었다는 것은 거의 실시간에 한반도에 번역 소개된 것이다. 양백화는 당시 중국현대희곡의 동향을 면밀히 주시하면서 그 대표적 작가들의 작품들을 적극 번역 소개하였다. 그는 「왕소군」을 완역하여 발표할 때 첫 회 말기에 첨부한 역자 후기에 "譯者-本戱曲은 現今中國文壇에 牛耳를 잡고잇는 郭沫若氏의 有名한 三部作-앵(섭앵-필자 주), 王昭君, 卓文君 중의 一篇을 옴겨논것인바 卓文君 一篇은 昨春에 譯者가 朝鮮日報紙上에 譯載한 일이 잇으며 本篇은 朝鮮內에서는 처음 飜譯되는것인바"[75]라고 쓰고 있다. 양백화는 곽말약의 「왕소군」, 「당체화」, 「탁문군」 등

---

74 양백화 역, 「西廂歌劇」(작가 미상), 『조선문단』, 제9호, 1925년 6월에서 인용.

역사극을 번역 소개하였을 뿐만 아니라 구양자천, 전한, 왕독청, 정시림, 웅분서 등 당시 중국현대희곡의 개척자들의 작품들도 적극 번역 소개하였다. 번역된 작품들은 현대장르에 국력의 쇠퇴로 인하여 작품의 남녀주인공들이 갖은 고난을 겪거나 어두운 사회현실에서 여성들의 해방을 주창하는 제재와 주제를 담고 있다.

이외 양백화는 「도화선전기」,[76] 「장생전」,[77] 「제갈량이 죽지 않았던들」[78] 등 중국 전통극도 번역하였는데 번역에서 원칙적으로 중국 전통극의 특성을 최대한 정확하게 전달하기 위해 원전에 충실한 직역을 견지하였다.

상기한 바와 같이 양백화는 중국희곡문학 번역에 전력하여 전통극, 현대극 그리고 희극, 비극 등 당시 중국희곡의 다양한 장르와 제재를 전면적으로 섭렵하고 번역 이입하여 한국에서의 중국희곡번역의 제1인자의 역할을 하게 되었다.

양백화는 중국고전문학 번역뿐만 아니라 중국현대문학 번역에서도 제1인자의 역할을 하였다. 그가 처음으로 번역한 중국현대문학작품은 1925년 8월 24일 『시대일보』에 번역 발표한 곽말약의 단편소설 「목양애화(牧羊哀話)」이다. 이 소설은 일본 식민지로 된 한국의 비운을 슬퍼하고 한국 민중의 구국운동에 동정을 표하고 있다. 유감스럽게도 이 작품은 제1회분만 발표되고 중단되었다가 7년 후 『東方評論』(1932년 7월 제3호)에 완역 발표되었다.

양백화의 중국현대문학 번역 수용 자세는 1929년 1월 25일 개벽사(開闢社)

---

75 곽말약 작, 양백화 역, 「王昭君」, 『매일신보』, 1932년 8월 2일자에서 인용.

76 양백화는 「도화선전기」를 두 번 선역 발표함. 첫 번째는 『東明』(孔云亭 작, 1923년 1월-5월)에, 두 번째는 『시대일보』(孔尙任 작, 1925년 6월 8일-29일)에 선역 발표함.

77 洪昇 작, 양백화 역, 「長生殿」, 『매일신보』, 1923년 10월 3일-1924년 3월 13일, 총 158회, 완역.

78 夏綸 작, 양백화 역, <제갈량이 죽지 않았던들(원제 南陽樂傳奇)>, 『신민』 제20호, 1926년 12월.

에서 출간한 『중국단편소설(中國短篇小說)』이다. 이 번역집에는 단편소설 「頭髮 니야기」, 「兩封回信」 등 15편[79]이 수록되어 있는데 현재 한반도에서 처음으로 중국현대소설이 단행본으로 출간된 본격적인 중국현대소설 번역집으로 추정된다. 이 소설집은 제명은 『中國短篇小說』로 되어있고 목차와 첫 작품의 첫 부분에는 『中國短篇小說集』으로 되었다. 현재 공개된 자료[80]에 의하면 이 책의 '역자의 말'이나 저작권에 역자의 이름이 밝혀져 있지 않다. 하지만 박재연 교수의 논문 「양백화의 중국문학 번역 작품에 대한 재평가」[81]를 비롯하여 학계에서는 하동호의 『한국근대문학의 서지 연구』에서 이 책이 "양백화 외"라고[82] 표기된 데 근거하여 양백화가 주요 역자라고 보고 있다. 필자는 이 점을 확인하지 못한 상태라 비록 의구심이 없지 않으나 본고에서는 이들의 연구 성과에 따라 주요 역자를 양백화로 보았다.

『中國短篇小說』에 수록된 소설들은 모두 1920년대 초반에 창작 발표된 중국현대소설들인데 대체로 지식인과 소시민들의 생활상, 연애결혼의 자유와 여성해방 그리고 혼란하고 부패한 사회상 등을 반영하고 있다. 역자는 이 소설집 「역자의 말」에서 자신의 번역 초지를 이렇게 밝히고 있다.

> 여긔에 選譯한 小說 十五篇은 모다 最近 十年內의 作品이다. 이것의 原著者들은 대개로 中國文壇에서 일흠을 傳하는 이들이다. 허나 여긔의 作品이 그들의 代表

---

79 노신의 「頭髮 니야기」, 楊振聲의 「阿蘭의 母親」, 吳鏡心의 「範圍 內에서」, 馮文炳의 「깨끗한 봉투」, 蒲伯英의 「셔울의 共和」, 南庶熙의 「光明」, 葉紹均의 「兩封回信」, 馮叔鸞의 「離婚한 뒤」, 陳大悲의 「民不聊死」, 徐志摩의 「船上」, 빙심의 「小說의 結局」, 何心冷의 「내 안해의 남편」, 盧隱의 「초어스름에 온 손님」, 許欽文의 「口約三章」, 凌叔華의 「花之寺」.

80 이상덕 편, 『中國短篇小說集』, 선문대학교 중한번역문헌연구소, 2006년 11월.

81 박재연, 「양백화의 중국문학 번역작품에 대한 재평가－현대 희곡과 소설을 중심으로」, 『中國學硏究』, 제4집, 1988년, 249쪽.

82 河東鎬 저, 『韓國近代文學의 書誌硏究』, 깊은 샘, 1981년 11월, 25쪽 참조.

的 傑作이라고 말할 수는 업다. 그것은 내가 모파산(Maupassant)의 Pierre et Jeau 라는 小說序文에서 말한거와 갓치『당신의性情)에 따라 당신의 가장 適宜하다고 認하는 形式으로 우리에게 아름다운 作品을 보어주구려!』하는 高尙한 思想을 가지지 못한 까닭으로 다못 나의 嗜好에 따라 或은 우리들의 需要를 보아 이멧篇을 選擇하게 되엿슴으므로 作者들 中에서는 원통하게 생각하는 이도 업지 안을 것이다.

나는 이멧篇을 選擇하노라고 一箇月以上의 時間을 보내엿고 冊數효로는 二百餘卷을 뒤적거리엿다. 그러나 結果는 나의 當初의 豫想대로 되지 못한 故로 이러케 努力하얏다는 말을 하기에도 甚히 붓그럼을 견듸지 못하는 바이다. 그 原因은 여기에 잇섯든 것이다.

나는 恒常 이러케 생각하엿다. 남들은 엇던 것을 耽讀하든지 말할 것 업고 우리는 特히 우리 朝鮮靑年들은 닑으면 피가 끌어올으고 닑고 난 뒤에는 그 썩고 구릿 냄새 나는 生活속에서 에라! 하고 뛰여나올 만한 元氣를 도아주는 革命的 文藝를 닑어야 한다고 하엿다. 同時에 나는 우리가 남달리 더럽고 긔구한 生活을 오래동안 繼續한 歷史를 등에 지고 잇는 그갑으로 반드시 政治上으로 大政治家가 생기고 文學上으로 大文學者가 생길 것을 깁히 미더왓다. 한데 그동안 國內의 만흔 讀者와 作家들은 大體로 나의 이 생각과 이 企望에서 멀니 背馳하야가는 現狀에 잇슨 것이 事實이다. 그럼으로 나는 中國文藝作品 中에서 以上에 말한 革命的 小說을 尋究하야 그것을 紹介하려하엿든 것이 곳 나의 初志이엿다. 하나 여긔에도 그러케 훌륭한 傑作은 업섯다. 해서 當初에 마음 먹엇든 選擇의 標準을 곳치게 되고 보니 卽 이러한 結果가 잇게 되엿다.

中途에서 變更한 標準은 다못 中國의 民情 生活狀態及 그들의 把持한 思想을 顯示 或은 暗示한 作品을 取하기로 하고 또는 各作家의 作風을 紹介하기 爲하야 서로 다르고도 만흔 量을 要하게 됨으로 自然히 한作家의 作品中에서도 第一 쩔은 것을 빼여오게 되엿다. 그러면서도 나는 如前히 우리가 닑으면 조곰이라도

感動됨이 잇슬 것을 探索하노라고 애를 무던히 썻다.[83]

위에서 보다시피 양백화는 중국문학을 번역 소개할 때 가급적이면 유명작가의 유명작품을 선정하되 그 중 "혁명적 문예" 작품을 선정 소개하고자 하였다. 즉 "조선 청년들은 읽으면 피가 끓어오르고 읽고 난 뒤에는 그 썩고 구린 냄새 나는 생활에서 '에라' 하고 뛰어나올 만한 원기를 돋아 주는 혁명적 문예를 읽어야 한다고"는 목적으로 "중국 문예작품 중에서 이상에 말한 혁명적 소설을 심구하여 그것을 소개하려 하였던 것이"다. 다시 말하면 중국 현대문학 번역 수용은 우선 중국의 혁명적 문예를 한국에 소개하려는 자세에서 비롯되었다고 하겠다. 물론 당시 상황의 제한으로 그의 "당초의 예상대로 되지 못한" 아쉬움도 있어 실제 작품에 수록된 작품들은 이런 번역 목적에 꼭 알맞은 작품들은 아니었다.

하지만 그 이듬해에 그는 노신의 소설 「아Q정전」[84]을 24회에 걸쳐 완역으로 연재하면서 이런 유감을 보완할 수 있었다. 현재까지 확인된 자료에 의하면 양백화의 이 번역본은 한국에서 제일 처음으로 되는 노신의 「아Q정전」 번역본이다. 양백화가 첫 번째로 노신의 대표작 「아Q정전」을 한국에 번역한 것이다. 여기서 주목할 것은 1945년까지 한국에서 번역 발표된 노신의 작품은 모두 5편인데 그 중 양백화가 두 편을 번역하였고 그 중 한 편은 「아Q정전」이라는 것이다. 주지하다시피 노신의 「아Q정전」은 작가의 대표작일 뿐만 아니라 제반 중국현대문학의 대표작인 만큼 역시 양백화의 「아Q정전」 번역본은 한국의 중국현대문학번역사에서 또 하나의 이정비로 되는 작품이라고 할 수 있다. 역자의 중국현대문학 흐름에 대한 명철한 이해가 없다면

83 이상덕 편, 『中國短篇小說集』, 선문대학교 중한번역문헌연구소, 2006년 11월, 1-2쪽에서 재인용.

84 노신 작, 백화 역, 「아Q정전」, 『조선일보』, 1930년 1월 4일-2월 16일 총 24회 연재.

불가능한 일이라고 하겠고 이 작품의 번역은 당시 한반도 독자들이 중국현대문학을 올바르게 이해하는데 중요한 일익으로 되었다고 할 수 있다. 1931년에 양백화는 당시 중국현대문학의 대표적 작가의 한 사람인 욱달부의 소설 「피와 눈물」[85]도 번역 발표하면서 그 수용의 시야를 보다 넓혔다.

양백화는 중국현대시에도 관심을 갖고 그 번역에도 적극적인 자세를 보여주었다. 사실 그가 중국신문학 내지 현대문학에 대한 번역은 신시 번역으로부터 시작되었다고 하겠다. 그는 1922년부터 곽말약의 시 「봄을 맡은 女神의 노래」, 호적의 시 「죽음의 유혹」 등을 비롯한 많은 신시들을 번역 발표하였다.[86] 이런 번역시들은 중국의 전통적인 시 형식에서 벗어나 자유로운 형식으로 자유와 희망, 광명과 분투 등 시인들의 자유로운 새 세상을 갈망하고 추구하는 정신세계를 보여주고 있다. 시의 형식과 내용 모두가 한국문단의 시야를 넓혀주고 있었다.

양백화는 또한 당시 중국신문학운동의 흐름을 면밀하게 주시하면서 그 주류를 명철하게 파악하고 선후로 「胡適氏를 中心으로 한 中國의 文學革命」,[87] 「中國의 思想革命과 文學革命」,[88] 「反新文學의 出版物이 流行하는 中國文壇의 奇現象」,[89] 「中國文學革命의 선구자 靜庵 王國維」,[90] 「文學革命과 革命文學」[91]

85 郁達夫 작, 양백화 역, 「피와 눈물」, 『新生』, 제37호, 1931년 12월.

86 傲梅女史, 양백화 역, 「햇빛」, 『東明』 제14호, 1922년 12월./ 智珠女史, 양백화 역, 「다님」, 『東明』, 제15호, 1922년 12월./ 곽말약, 양백화 역 「봄 맡은 女神의 노래(司春的女神)」, 『東明』, 제17호, 1922년 12월./ 곽말약, 양백화 역, 「봄은 왔다(春之胎動)」, 『東明』, 제19호, 1923년 1월./ 곽말약, 양백화 역, 「등산(登山)」, 『東明』, 제19호, 1923년 1월./ 곽말약, 양백화 역, 「죽음의 유혹(死的誘惑)」, 『東明』, 제19호, 1923년 1월./ 沈尹默, 양백화 역, 「月」, 『東明』, 제20호, 1923년 1월./ 田壽昌, 양백화 역, 「漂白의 舞踊家」, 『東明』, 제38호, 1923년 5월./ 康白情, 양백화 역, 「풀」, 『東明』, 제40호, 1923년 6월.

87 양백화, 「胡適氏를 中心으로 한 中國의 文學革命」, 『開闢』, 제7-8호, 1921년 1-2월.

88 양백화, 「中國의 思想革命과 文學革命」, 『동아일보』, 1922년 8월 22일-9월 4일.

89 양백화, 「反新文學의 出版物이 流行하는 中國文壇의 奇現象」, 『開闢』, 제44호, 1924년 2월.

90 양백화, 「中國文學革命의 선구자 靜庵 王國維」, 『조선일보』, 1930년 3월 14-17일.

등 평론과 역문들을 발표하여 중국신문학운동의 흐름을 거의 실시간으로 한국에 소개하였다. 주지하다시피 중국신학문학운동 1919년부터 시작되었다. 양백화는 중국신문학운동의 대표작의 한 사람인 호적의 문학 주장을 민감히 포착하고 일찍 1921년 『개벽』 신년호에 「胡適氏를 中心으로 한 中國의 文學革命」이라는 평론을 연재로 발표하였다. 그는 이 평론에서 "胡適氏의 「建設的文學革命論」은 形式的 革命에 最後의 斷定을 與하야 內容的 革命에 着手할 楔子가 되엇다."고 서두를 떼면서 호적을 중심으로 한 신문학운동지형 특히 문학혁명에 대해 비교적 자세하게 소개하였다. 「中國의 思想革命과 文學革命」이라는 역문에서는 "(1) 現中國은 文藝復興時代 (2) 陳獨秀를 先驅로 하여 (3) 思想革命의 根本精神 (4) 反孔教와 道德革命 (5) 孔教革命과 大同論 (6) 文學革命과 胡適 (7) 文學革命과 新人 (8) 胡適著의 建設的文學革命論 (9) 中國文學의 將來 등 9개 부분으로 나누어 중국신문학운동의 초기양상을 소개하고 있다. 「反新文學의 出版物이 流行하는 中國文壇의 奇現象」이라는 문장에서는 "최근의 중국문학계에서 '반신문학' 즉 복고적 경향이 엄청난 기세로 대두되는 것은 중국 신문학운동의 전도에 큰 암영을 던지고 있다."고 하면서 중국신문학운동에서 나타난 저해세력에 대해 이야기함과 동시에 작자의 우려와 비판적 태도도 보여주었다.

양백화가 중국신문학운동을 적극 소개한 목적은 그의 평론과 역문들에서 직접 찾아볼 수 있다. 그는 「中國의 思想革命과 文學革命」이라는 역문에서는 대체로 호적의 「文學改良芻議」와 「建設的文學革命論」을 번역 소개하면서 "吾人은 이것이 多少間이라도 朝鮮靑年에게 或은 老人에게 더욱히 中國思想이 骨髓에 저즌 一般父兄에게 暗示가 될가하야 이에 飜譯하는 바이다."고 밝혔고 호적의 「新詩談」 역문 서두에서는 호적의 "문학혁명과 백화시를 제

91 양백화, 「文學革命과 革命文學」, 『동아일보』, 1930년 4월 1일.

창한 동기와 그 주장을 엿볼 수 있고 또는 족히 우리 한시단에 유력한 경고적 참고가 되기로 이에 역술하노라."[92]고 밝혔다. 「中國文學革命의 선구자 靜庵王國維」에서는 왕국유의 소설과 희곡에 대한 보수적 문학관의 재정립 사상과 그 선구자적 역할을 이야기하면서 "더불어 조선문학 연구의 방향도 재점검하기 위한 것"이 이 글의 목적임을 밝혔다. 양백화는 단순히 번역가만이 아닌 중국신문학운동의 전신자이기도 하였다.

따라서 양백화는 당시에 벌써 "朝鮮唯一의 中華劇 研究者요 飜譯者" 또는 "중국문학의 유일한 거장"이라는 평가를 받게 되었고[93] 후세에는 "20-30년대에 유일하게 중국문학을 번역 소개한 번역 문학가"[94]라는 높은 평가를 받게 되었다.

1910-40년대에 양백화가 중국문학 번역의 제일인자였다면 이 시기 한국에서 보편적으로 제일 주목받은 중국현대문학 작가는 노신이었다고 할 수 있다. 노신이 처음으로 한국에 알려지게 된 것은 1921년 2월 『개벽』에 연재된 「胡適氏를 中心으로 한 中國의 文學革命」이라는 양백화의 평론에서인데 노신에 대해 이렇게 쓰고 있다. "小說로 魯迅은 未來가 有한 作家이니 그 「狂人日記」(新青年4의 5)와 如한 것은 一迫害狂의 驚怖的 幻覺을 描寫하야 至于今中國小說家의 未到한 境地에 足을 入하얏다."[95]

---

92 남윤수·박재연·김영복 엮음, 『양백화문집』(3), 강원대학교 출판부, 1995년 10월, 305쪽에서 재인용.

93 『개벽』 1924년 2월호(통권44호)의 長白山人(이광수)의 글과 『조선문단』 1924년 11월호(통권2호)의 「문사들의 이모양 저모양」을 참조.

94 金榮福, 「白華의 文學과 그의 一生」, 박재연·金榮福 편, 『양백화문집 I』, 지양사, 1988년 7월, 285-292쪽 참조.

95 양백화, 「胡適氏를 中心으로 한 中國의 文學革命」, 『개벽』 제8호, 1921년 2월, 122쪽에서 인용.

7. 이명선의 중국문학 번역 양상

이명선(李明善, 1914-1950)은 1937년 경성제대에 입학한 후 중국현대문학을 전공하면서 중국현대문학 번역 이입에 각별한 관심을 두었다. 그는 학부생 때에 선후로 「魯迅애 對하야」(『朝鮮日報』 1938년 12월 5일), 「現代 支那의 新進作家」(『每日申報』 1938년 12월 11일), 「支那의 新進作家 蕭軍의 作風」(『每日申報』 1939년 2월 19일), 『魯迅의 未成作品』(『비판』 11권 1호, 1940년 1월) 등 평문을 발표하면서 노신과 그 작품에 대한 소개와 작자의 이해, 그리고 일부 중국 신진작가들을 소개하였다. 신진작가 소개 가운데서 동북작가군의 대표자들인 端木蕻良과 소군에 대한 소개 특히 소군에 대한 소개가 특징적이다. 이명선은 소군에 대해 이렇게 쓰고 있다.

> 그의 作風이라든가 傾向이라든가에 對하야는 언제고 좀 仔細히 써보고저 하나 如何間에 그가 現代 支那文壇에서 가장 活潑한 活躍을 하며 만흔 讀書를 獲得하고 잇는 것은 事實이며, 더구나 그가 滿洲 出身으로 滿洲의 馬賊, 軍閥, 農民, 放浪者, 勞動者 等 各種의 人間의 生活과 性格을 가장 生新한 봇끗트로 다른 누구보다도 如實히 그려내는 것도 事實이여서 滿洲와 因緣이 깁흔 우리로서는 만흔 興味를 가지고 그의 作品을 읽을 수 잇는 것이다.[96]

이명선은 소군의 작품이 만주제재를 다루고 있다는 데 관심을 두었고 이런 작품은 한국독자들이 각별한 흥미를 갖게 될 것임을 밝혔다. 당시 중국문단에서 항일구국 작가로 평가받던 소군을 한국에 소개한다는 것은 독특한 시각이 아닐 수 없다.

---

96 이명선, 「支那의 新進作家 蕭軍의 作風」, 『每日申報』, 1939년 2월 19일자에서 인용.

1940년 이명선은 「노신 연구」라는 학사논문으로 학사학위를 받았는데 이는 이명선이 노신에 대해 얼마나 많은 관심을 갖고 있었는지 잘 말해준다.

1945년 광복 후 이명선은 朝鮮文化建設中央協議會, 조선문학동맹 등 조직에 참석하여 한국문화 건설에 적극 참여하였다. 한편 그는 중국현대문학 번역 이입에도 정력을 기울여 1946년 6월 단행본 『맨발』(宣文社出版部 刊)을 출판하였다. 이 단행본은 이명선의 최초로 되는 저서일 뿐만 아니라 한국에서 두 번째로 출판된 중국현대단편소설 작품집이기도 하다. 이 소설집은 겉면에는 『맨발』이라는 책 이름을 썼지만 역자의 서언과 저작권 면에는 『중국현대단편소설선집(中國現代短篇小說選集)』이라고 쓰고 있다. 역자는 「서언」에서 이 단행본에 대해 이렇게 설명하였다.

> 이 조그마한 「中國現代短篇小說選集」을 꿈이는데있어 이것을 다시 二部로 나누어 第一部에는 中國作家로서 朝鮮을 主題로한 小說로 比較的 有名한 것三篇을 選擇하여 넣고 第二部에는 그 以外의 中國文壇을代表할만한 네作家의 作品을 適當히 配置하였다.
>
> 第一部에 屬하는 張光慈의 「鴨綠江上」과 郭沫若의 「牧羊哀話」는 中國新文學의 初期의 作品으로 發表된지가 임이 二十年이 훨신넘는 極히 浪漫的인 作品이다. 그內容이 朝鮮을 主題로 하였으니만큼 또 둘다 作家들이 有名한이만큼 朝鮮에는 벌서 前에 紹介되었어야 할것임에 不拘하고 現在까지 알려지지 몯한 것은 그思想이 모다 反日的이엇기 때문이다. 勿論 現在의 朝鮮의 現實은 임이 이들이 글인 二十年前의 朝鮮과는 매우 달으며 「鴨綠江上」의 李孟漢이나 「牧羊哀話」의 尹子英의 行蹟이 全的으로 是認될것인지 어쩐지는 疑問이다. 譯者는 三一運動을 記念하는것과 마찬가지 意味에서 이두篇을 飜譯하여 朝鮮의解放을 記念하고저한다.
>
> 또 한篇 郭沫若의 「닭」은 우의 둘과는 全然 作風이 닮고 制作年代도 훨신 새로워 中國作家의 朝鮮을 보는 눈이 얼마나 進步하고 適確하여젔나를 表示하여준다.

더구나 여기에 나타나는 在日朝鮮勞動者의 問題는 이번 戰爭을 通하여 더욱 激化하였든만치 解放의 좋은 記念이 되리라 믿는다.

第二部에는 魯迅과 老舍 巴金 葉紹鈞의 作品을한篇식 收錄하였는데 多少나마 다傾向이 닮고 作風이닮다. 이中에서 魯迅은 中日戰爭勃發直前에죽고 葉紹鈞은 임이 老衰하고 老舍와 巴金은 現在 한참 作品活動을 하는 中堅作家다. 그러나 생각하여보면 그들은 다같이 中國의 新文學을 길러오고 북돋어온 代表的 作家들이다. 그리고 그들은 이번의 苛酷한 長期抗戰의 試鍊에도 능히 견데어 한사람도 落伍하지않었다. 魯迅이도 살었으면 반드시 이들의 先頭에 섰을것이다.

이번 戰爭中의 作品이 하나도없어 섭섭하나 그것은 後日을 기달이는수 밖에 없다.[97]

보다시피 이 단행본에 번역 수록된 작품은 옹근 7편밖에 안 되지만 역자의 뚜렷한 번역 이입 목적에 따라 2부로 나누어 편집 수록되었다. 역자는 "三一運動을 記念하는 것과 마찬가지 意味에서" "朝鮮의 解放을 記念하고저" 제1부에 "朝鮮을 主題로" 하였거나 "中國作家의 朝鮮을 보는 눈"을 보여준 작품들을 선정 수록하였다. 제2부에는 "中國의 新文學을 길러오고 북돋어온 代表的 作家"이면서 또 "苛酷한 長期抗戰의 試鍊에도 능히 견데어" "落伍하지 않은" 작가들의 작품들을 선정 수록하였다. 여기서 역자가 말한 "長期抗戰"은 바로 8년간 겪은 중국 항일전쟁을 일컫는 것이다. 이를 통틀어 보면 역자는 일제 식민통치하의 조선의 비참한 운명을 동정하고 일제의 침략과 통치에 비협력 또는 저항을 보여준 작가들의 작품을 선정 번역하였던 것이다. 이 점은 역자의 단행본 「해설」에서도 충분히 보여주고 있다. 단행본 「해설」은 말 그대로 단행본에 수록된 작품과 그 작가에 대해 보다 상세하게 소개하

97 李明善, 『맨발』, 宣文社出版部 刊, 1946年 6月, 「序言」, 1-2쪽에서 인용.

고 있다.

작품 「鴨綠江上」의 작자 張光慈는 "일즉이 로서아에 留學하야 詩集「新夢」을 著作하고 歸國後에는 연하여 詩集「哀中國」「鄕情」을 發表하였으며 다시 小說에 進出하야 「少年飄泊者」「短褲黨」「野祭」「菊分」「衝出雲圍的月亮」 等을 發表하였다. 一九二八年에 太陽社를 結成하고 創造社의 郭沫若들과 左翼文學運動을 領導하였었으나 蔣介石의文化彈壓으로 太陽社도 解散하고 一九三一年 上海서 쓸쓸이 病死하였다.
「鴨綠江上」은 그의 初期의 作品으로 로시아 留學時代의 懷古談인데 이 主人公인 朝鮮의 亡命客 李孟漢의 實在如何는 알수 없으나 그때에는 있음직도 한 일이다. 우리는 너무나 浪漫的인 이作品을 批評의 對象으로하기前에 二十年前것이라는 年代를 考慮하여 따뜻한 손으로 어루만지는 雅量을 자저야할 것이다."[98]

작품 「牧羊哀話」의 "作者 郭沫若은 四川者 樂山縣人으로 日本 九州帝大 醫學部를 卒業하고 一九二○年에 歸國하였는데 같이 日本에 留學하였든 몇몇 同志들과 上海에 創造社를 結成하야 北方의 文學研究會의 「人生을 爲한 文學」에 反對하야 「藝術을爲한藝術」의 浪漫主義의 文學運動을 活潑히 展開하얐다. 以來 作家로 詩人으로 文學批評家로 政治家로 中國古代史研究家로 多方面에 그 天才와 情熱을 기울이어왔다. 著作에는 「中國古代社會研究」, 「三個叛逆的女性」, 「漂流三部曲」, 「女神」, 「豫言者之詩」, 「橄欖」, 「水平線下」, 「我的幼年」, 「反正前後」, 「創造十年」 等等이 있다.
「牧羊哀話」는 그의 留學時代에 作品으로 北京서 渡日하는 途中에 鐵道로 朝鮮을 겆인 經驗을土臺로 하야 創作한 初期의 作品으로 勿論 金剛山에는 들린일이 없었다. 朝鮮의 實情과 多少어그러지는 點도 나타나나 그의 浪漫的 詩情과 正義를

98 李明善, 『맨발』, 宣文社出版部 刊, 1946年 6月, 「解說」, 1쪽에서 인용.

> 사랑하는 純情만은 充分히 엿볼 수 있다.[99]

> 작품 「닭」의 작가 "郭沫若은 一九二三年以來 急角度로 左傾하여 蔣介石의 北伐에도 參加하여 政治的實踐運動에도 들어갔었으나 一九二七年의 淸黨運動으로因하야 日本에 亡命하얐다. 後에 다시 歸國하야 左翼文藝運動에 盡瘁하다가 一九三〇年에 또 蔣介石의大彈壓을 받어 다시 또 日本에 亡命하였다. 千葉縣 市川에 살며 日本婦人과 아이들 넷을 거느리고 中國古代社會硏究에 沒頭하였다. 「닭」은 實로 이時代의 身邊에 이러난 小事件을 그린것으로 「牧羊哀話」에 比하면 같은 朝鮮人에 對한 同情이면서도 觀念的인 浪漫主義에서 適確히 現實을 把握한 眞摯한 現實主義로 發展한 것을 알 수 있다.
>
> 一九三七年 日本의 中國侵略戰이 터지자 妻子를 내어버리고 재빠르게 脫出하야 祖國의 抗戰陣營에 率先 參加하였다. 「祖國의 同胞의 危機에 臨하야 누가 自己의一身一家의 安全을 생각할가보냐」-이것은 그의 脫出記의 一節이다."[100]

위의 3편 소설은 제1부에 수록된 작품들이다. 역자는 이 소설들이 시간상 발표 년대가 오래된 작품이라 예술성이 떨어지는 작품임을 밝히면서도 그 내용이 모두 조선과 관련된 것인 만큼 독자들더러 "따뜻한 손으로 어루만지는 雅量"을 가질 것을 바랬다. 즉 역자는 작품의 예술성보다 내용과 주제를 번역 이입의 첫 원칙으로 삼았다고 하겠다.

> 작품 「故鄕」의 작자 魯迅은 "너무나 有名한 中國 最大의 作家로 그야말로 中國新文學의 아버지라고 불를수 있을것이다. 氏族改良主義者로서 出發하야 一九二七

99 李明善, 『맨발』, 宣文社出版部 刊, 1946年 6月, 「解說」, 2쪽에서 인용.
100 李明善, 『맨발』, 宣文社出版部 刊, 1946年 6月, 「解說」, 3쪽에서 인용.

年에 創造社와의 大論爭을 겆이어 左傾하고 以來 國民黨의 野蠻的彈壓 속에 毅然히 뻗이어 中日戰爭 勃發 直前에 죽을 때까지 그는 中國文壇의 良心을 혼자서 代表하다싶이 하였다. 朝鮮의 李光洙와 對照하야 感慨無量한 바가 있다.

「故鄕」은 有名한 「阿Q正傳」과 아울러 그의 代表作으로 冷徹한 諷刺로 一貫한 그에게 이러한 抒情的인 一面이 있다는 것은 그의 人間性을 理解하는데 한重要한 文獻이 될것이다. 이속에 描寫된 故鄕은 곧 魯迅의 故鄕이며 「나는」 곧 魯迅의 自身으로 一種의 身邊小說이라 하겠는데 魯迅의 여러 作品中에서 이 「故鄕」을 特히 愛讀하는 것은 譯者 혼자만이 안일것이다."[101]

작품 「開市大吉」의 작자 "老舍는 「老張的哲學」, 「趙子曰」, 「蛤藻集」 等 많은 作品을 發表한 中堅作家다. 그의 유-모라스한 作風은 각금 魯迅이나 혹은 林語堂과 比較되나 이들과도 勿論닮고 他人이 模倣할래야 할수 없는 特異한 것이 있다. 뿐만이 아니라 그는 本是 北京出身으로 純粹한 北京의 白話體를 그대로 作品에 使用하야 참된 大衆文學의 建設을 爲하야 한 개의 좋은 標本을 보여주었으며 참된 白話小說은 그로부터 始作되었다고 極言할수도 있을 것이다. 何如間 魯迅의 死後 中國文壇에서 가장 注目받는 作家다.

「開市大吉」은 흔히 商家에서 「開市大吉 萬事亨通」이라고 써붙이는데서 떼어온 것으로 엉터리 醫師의 營業繁昌記다. 一種의 暴露小說이면서도 조곰도 意識的으로 暴露한다는 感을 주지 안는데에 이 作家의 非凡한 手腕이 있을것이다."[102]

작품 「復讐」의 작자 "巴金은 四川省 成都의 出身으로 佛蘭西에 留學한 일도 있다. 處女作 「滅亡」을 가지고 文壇에 登場한以來 三部作 「家」, 「春」, 「秋」를 爲始

---

101 李明善, 『맨발』, 宣文社出版部 刊, 1946年 6月, 「解說」, 4쪽에서 인용.

102 李明善, 『맨발』, 宣文社出版部 刊, 1946年 6月, 「解說」, 4-5쪽에서 인용.

하야 數많은 作品을 發表하여 왔다.

「復讐」는 暗殺者의 心理를 그린 作品으로 場所도 人物도 外國에 取하였으면서도 조곰도 궁색한데가 없이 流暢하게 事件을 展開식힌 手法은 如前히 그가 꽤 여러해동안 佛蘭西에 留學한 德澤일 것이다. 그리고 로서아의 猶太人의 壓迫은 帝政時代의 일로 革命以後의 로서아의 民族政策이 世界에서 가장 進步的인 것은 自他가 共認하는바며 區區한 辨明이 必要치 않을 것이다.

最近에 新聞의 報道에 依하면 巴金은 重慶서 「불」이라는 小說을 썼는데 그속에는 朝鮮의 革命家들을 主人公으로 하였다 한다. 있음직한 일이다."[103]

작품 「맨발」의 작자 "葉紹鈞은 新文學 初期부터 「文學硏究會에 參加하야 꾸준히 作家生活을 繼續하여왔다. 그는 以前에 小學校教員」이었었음을로 그方面에 取材한 것이 많고 動搖彷徨하는 小市民들의 時代的苦惱를 着實한 筆致로 그리어왔다. 『隔膜』, 『火災』, 『線下』, 『城中』, 『未厭集』은 모다 短篇集이고 長篇으로는 「倪煥之」가 唯一한것이다. 이 以外에 童話도 많이 썼다.

「맨발」은 農民大會에 臨席한 晩年의 孫文과 農民들과의 親近感을 强調한 作品인데 作者의 말대로 孫文은 故鄕에서 十五歲가 될때까지 맨발로 나단기는 貧困한 生活을 하였든것이다. 이것을 그저 平凡하게 英雄의 出世譚으로 만들지 않은데에 이作品의 生命이 있을것이다.

第二次 國共合作이 더욱 前進하는 요지음에 第一次 國共合作 當時의 이作品을 懷古하여 記念으로 하고저 한다."[104]

위 4편 작품은 제2부에 수록된 작품들인데 그 공통점은 작가 모두가 "中國

103 李明善, 『맨발』, 宣文社出版部 刊, 1946年 6月, 「解說」, 5쪽에서 인용.

104 李明善, 『맨발』, 宣文社出版部 刊, 1946年 6月, 「解說」, 6쪽에서 인용.

의 新文學을 길러오고 북돋아온 代表的 作家"들이며 작품들은 봉건사회제도에 대한 비판 혹은 낡은 사회제도를 뒤엎는 혁명투사의 형상을 보여주고 있다는 것이다.

이명선의 중국현대문학 번역 이입에서 민족의식과 진보적 문학의식이 크게 뒷받침되었다고 하겠다.

이명선의 「中國의 新文學革命의 敎訓」이라는 평론에서도 이 점을 쉽게 보아낼 수 있다. 이 평론은 먼저 중국의 문학혁명을 回顧하고 이어 신문학 혁명 경과를 소개한 다음 조선의 신문학 혁명에 대해 이렇게 쓰고 있다.

> 朝鮮은 新文學運動에 있어 中國보다 約 十年의 先輩다. 딸아서 文學革命도 中國보다 먼저 論議되고 實行되었을 것이다. 다만 朝鮮은 中國이 半植民地인데 比하야 純粹한 植民地인지라 文學革命이 中國에서 不完全하얐으면 朝鮮에서는 더 한層 不完全하얐을 것이라고-적어도 原則的으로는 이렇게 規定밖에 없다.
>
> ……
>
> 中國에서는 國民黨의 進步的인 文化運動에 對한 相當히 慘酷한 彈壓이 있었으나 그래도 一九三二年에는 新文學革命이 있었고 三四年에는 拉丁化運動으로까지 發展하야 相當한 成果를 보았으나 朝鮮에서는 이러한 前進은 커냥 이러한 時期를 契機로 하야 日本帝國主義의 野獸와 같은 酷毒한 彈壓이 年年이 强化되어 退步의 一路를 걸어 今日에 이르렀다. 우리는 爲先 이 慘憺한 現實을 正視하고 여기서 出發하여야 한다.
>
> ……
>
> 要컨대 朝鮮에서도 新文學革命은 必要하다. 絶對로 必要하다. 新文學革命없이는 적어도 文化 方面에 있어서는 모-든 問題가 空에서 空으로 公轉할 念慮가 充分히 있다.
>
> 解放된 朝鮮 文化는 新文學革命을 出發點으로 하야 大膽하게 그 第一步를 내디

디어야 할 것이다.[105]

이명선은 해방된 조선은 마땅히 중국의 신문학혁명을 경험 삼아 완전한 신문학혁명을 하여야 함을 호소하고 있다.

이명선은 「中國의 抗戰文學－'國防文學' '民族革命戰爭의 大衆文學'의 논쟁」이라는 평론에서는 중국의 '국방문학'과 '민족해방전쟁의 대중문학'과의 논쟁을 객관적으로, 체계적으로 소개한 후 문장의 맨 끝에 「附記」를 달아 이 글을 쓴 의도를 이렇게 밝혔다.

> 八·一五 解放 直後의 奔忙 中에서 쓴 이 글을 지금 그대로 내놓는 것은 나의 本意는 아니다. 더구나 現在 朝鮮서 '民族文學'의 스로간을 가지고서 여러 가지로 論議되며 中國의 이 論爭이 많어 參考되리라는 것을 고려할 때에 이러한 粗雜한 紹介文을 그대로 내놓는 것은 無責任함을 免하지 못할 것이다. 그저 여러 讀者들의 寬容과 是正을 바랄 뿐이다.[106]

이명선은 중국항전문학을 소개한 목적은 조선의 '민족문학' 논의에 참고가 되게 하고자 하는데 있다고 하였다.

요컨대 이명선은 주로 조선의 해방, 신문학혁명, "민족문학" 논의 등에 도움을 주고자 중국현대문학을 번역 소개하였다고 하겠다.

---

105 李明善, 「中國의 新文學革命의 教訓」, 『文學』 창간호, 1946년 7월, 『李明善全集』(2), 도서출판 보고사, 2007년 1월, 79-80쪽에서 재인용.

106 李明善, 「中國의 抗戰文學－'國防文學' '民族革命戰爭의 大衆文學'의 논쟁」, 『文學평론』, 朝鮮文學社, 1947년 6월, 『李明善全集』(2), 도서출판 보고사, 2007년 1월, 130쪽에서 재인용.

8. 윤영춘의 중국문학 번역 양상

윤영춘(1912-1978)은 일찍 1937년부터 시작품을 창작 발표하기 시작하여 1947년에 시집 『無花果』를 간행하였다. 시인으로서의 윤영춘은 중국현대문학 특히 중국현대시에 각별한 관심을 갖고 중국현대시 번역 이입 그리고 그 시인 소개와 평가에 진력하여 1940년대에 중국현대시 번역 이입에 크게 기여한 사람으로 자리 잡게 되었다.

윤영춘은 1937년 6월 活葉이라는 필명으로 『白光』 잡지에 「現代中國新詩壇의 現況」이라는 평론을 발표하여 주작인을 비롯한 중국현대시인들을 소개하기 시작하여서부터 1947년에는 선후로 「徐志摩論」(『京鄕新聞』, 1947년 6월 28일), 「中國文壇의 巨星 郭沫若論」(『白民』, 제5권 4호, 1947년 7월), 「中國抗戰詩」(『新天地』, 1947년 8월) 등 평론들을 발표하여 중국현대시와 그 대표적 시인들을 전면적으로 적극 소개 평가하였다.

「徐志摩論」에서는 서지마의 시와 그 창작 특징에 대해 체계적으로 상세하게 소개하였고 「中國文壇의 巨星 郭沫若論」에서는 곽말약의 사회 문학 활동과 시문학의 특징을 구체적으로 시 분석을 하면서 상세하게 소개하였다. 「中國抗戰詩」에서는 항전시의 형성과정과 특징을 체계적으로 소개한 후 애청의 「橋」와 「그가 일어나다」(他起來了), 서지(徐遲)의 「압에는 大勝利가 잇다(前方有了一個大勝利)」, 뢰몽(雷蒙)의 「母親」 등 대표적 시 4수를 함께 번역 발표하였다. 『現代支那詩抄』(『人文評論』, 新年特大號, 1941년)가 번역 발표되면서부터 윤영춘은 중국현대시의 번역에서 두각을 나타내기 시작하였다.

『現代支那詩抄』에는 胡適의 「一笑」, 周作人의 「小河」, 朱自淸의 「잠자라 적은 사람아(睡罷小小的人)」, 王獨淸의 「威尼市(베니스)」, 兪平伯의 「어리석은 바다(愚的海)」, 朱湘의 「死」, 葉紹鈞의 「夜」, 郭沫若의 「RECONVALESCENCE」, 鄭振鐸의 「雁蕩山之頂」, 劉延陵의 「水手」, 汪靜三(汪靜之)의 「我願」, 徐玉諾의

「小詩」, 劉大白의 「사랑의 根과 核(愛的根與核)」, 趙景深의 「泛月」, 謝氷心의 「繁星」 등 중국현대문학의 저명한 시인 15명의 시 15수가 번역 수록되었다. 『現代支那詩抄』는 특별히 역문과 원문을 한 지면에 나란히 실어 독자들의 역문 이해에 많은 도움을 주고 있을 뿐만 아니라 역자의 원문에 대한 충실한 번역 자세를 보여주고 있다. 윤영춘은 이를 바탕으로 하여 1947년에 한국의 첫 중국현대시집이라고 할 수 있는 단행본 『現代中國詩選』을 번역 간행하기에 이른다.

『現代中國詩選』의 내용 및 그 번역 의도를 보다 상세히 알기 위해 우선 「序文」 전문을 보기로 한다.

> 古詩歌의 拘束的 舊殼을 벗고 新形態의 詩로 解放되어나온 中國詩歌는 너무나 絢爛한 時代를 이루어 놓은 感이 있다.
>
> 그年華가 비록 채 三十남짓한테 그템포는 急進的 革命的으로 展開되어 드디어 中國文學의 全分野에 亘한 一大革新을 이루어 놓고 만것이다. 이 뚜렷한 革命에 加餐하여 오날에 이르기까지 꾸준히 珠玉같은 詩를 써온 先進詩人과 그후 續出한 後進詩人들의 詩를 우리文壇에 紹介코저 數年前에 몇몇분의 承諾을 받고 菲才拙譯을 苛酷한 日帝의 彈壓아래 大端한 制約을 받으며 多少 發表했었으나 그것으로써 도저히 紹介의 一役을 다했다고는 볼 수 없어서 늘 아쉬운 맘 끝없든 중에 급기야 우리에게 解放의 鐘소리가 들려 오고 말았다. 이제 이冊을 刊行함에 새삼리 自由의 世界를 맞는듯한 感이 난다.
>
> ○
>
> 第一部는 文學革命으로부터 今日에 이르기까지의 스케-취요 第二部는 諸詩人의 紹介인대 이들은 著者의 主觀的 立場에서 쓴 概說에 不過하며 第三部는 詩譯과 原文인데 詩譯은 原文에 퍽으나 留意했으나 군데군데 意譯된곳도 없지 않다.
>
> 詩選의 配列은 主로 詩壇에서 活躍한 詩人의 年代順으로 했으나 間或 어그러진

곳도 있을는지 모른다.

第四部는 이번 戰爭詩歌와 最近 中國詩壇의 動向을 紹介한 것인데 詩譯과 原文도 함께 실리었다. 殉國的 熱情을 가진 젊은 愛國詩人들의 詩를 吟味케 됨을 스스로 기뻐하는 바이다. 그리고 이 한책에 Text와 함께 拙著가 섞인 關係上 筆者의 著로 이름했음을 酌量하시라.

○

짓터오는 祖國의봄고 함께 이한冊이 滿開花한 中國新詩를 즐기는 분에게 갸륵한 도음이 되어진다면 나로서는 더비길 데 없는 幸인가 한다.

따라 처음으로 우리文壇에 나오는 이 詩選에 直接 間接으로 聲援해주신 여러분들께 衷心으로 謝意을 表하는 바이다.[107]

역자는 중국현대시와 그 시인들을 數年 前에 번역 소개하고 하였으나 苛酷한 日帝의 彈壓아래 大端한 制約을 받아 紹介의 一役을 다 하지 못하다가 급기야 解放의 鐘소리를 듣고 이 冊을 刊行하게 되었다. 아울러 이 시집은 문학혁명부터 현재까지의 문단 상황, 현대시인들에 대한 소개와 평가, 시역문과 원문, 항전시가 소개와 그 번역 작품 등 4부로 나뉘어 편집되어 역자의 다년간 걸친 중국현대시에 대한 이해 및 그 번역 이입의 성과물을 집대성하고 있다. 이는 또한 1940년대 한국의 중국현대시문학의 번역 이입의 집대성이라고도 할 수 있다.

시집은 무엇보다 먼저 「現代中國詩壇一瞥」라는 평론을 수록하여 중국의 문학혁명으로부터 1940년대에 이르기까지의 중국현대시단의 발전과정을 체계적으로 개괄 소개하여 독자들에게 중국현대시문학에 대한 총체적인 윤곽을 그려주었다. 이어 「現代中國詩人片貌」라는 평론을 수록하여 본 시집에

107 尹永春 著, 『現代中國詩選』, 靑年社, 1947년 7월, 「序文」, 1-2쪽에서 인용.

번역 수록된 중국현대시인들을 하나하나 소개 평가하여 번역시의 이해에 큰 도움을 주고 있다. 이 평론에서는 여러 중국시인들의 문학 특징들을 아래와 같이 소개하고 있다.

> 호적 "氏는 美國意像派詩의 影響을 많이 받었다. 간혹 그의 詩는 왈드힐맨과 熱血詩人 빠이론 그러고 一九〇〇年以來 英國詩壇에서 理想主義를 노래하든 메스필드, 따라메어等의 詩와 恰似한 點이 많다."[108]

> 주자청 "氏의 作家的 傾向은 哀傷的 浪漫性이 濃厚하면서도 十九世紀末的 浪漫派詩의 溫微한 思想을 多少 加味한듯하다. 사상이 너무 溫微하기 때문에 큰感激을 주는 것이 적다고 한면, 큰失敗도 없다고 볼 수 있다. 氏는 無韻詩 全盛期의 詩人이었으니 만치 그의 文學的 活動範圍도 넓었으려니와 文學硏究會의 主要 멤버로 그의 存在는 뚜렷했고 新文學 過渡期의 詩人으로 없어서는 안 될 큰 存在이다."[109]

> 서옥낙 "氏는 亦是 無韻詩 時期의 後期, 自然主義的 色彩를 가진 詩人으로, 朱自淸 後輩로 보아도 妥當할듯하다. 童話비슷한, 神話를 取材하여 읊은 詩도 不少하다."[110]

> 유평백의 "詩를 艱深難解라하나 그러치도않다. 타고르의 詩처럼 神秘的 色彩가 군데군데 뵈이는듯도 하나, 그의 取材가 타고르처럼 宗敎的範圍에 局限되지 않고 좀더 廣範圍라하면 語弊있을른지 몰르나 左右間 多方面으로 複雜한 感이 있다. 文字에 퍽은 留意하여 너무나 精鍊된듯한 感도 있으나 어덴지 몰르게 迫力

108 尹永春 著, 『現代中國詩選』, 靑年社, 1947년 7월, 6쪽에서 인용.
109 尹永春 著, 『現代中國詩選』, 靑年社, 1947년 7월, 7쪽에서 인용.
110 尹永春 著, 『現代中國詩選』, 靑年社, 1947년 7월, 7쪽에서 인용.

을 주는 彈力性이 있음이 그의 多樣的 風格임을 否定할 수 없다.

이 詩人은 素朴한 寫景詩에 長技가 있으며 偶句가 더욱 좋아서 音律을 잘 和諧시켜준다."[111]

곽말약의 "一貫한 精神은 反抗이다. 그의 反抗的 精神은 한밤중의 火炬와 같하야 灼灼히 青年의 맘과 文藝를 愛好하는 青年의 맘을 燃燒시킬 뿐더러 그의 强烈한 힘에 그만 吸引 되어지고야 마는 것이다. 그는 언제든지 時代의 앞에 섰으며 困苦과 奪鬪하면서도 不屈不撓하였다. ……

어느 作品에서든지 그 인스피레숀이 豊富함을 알수 있으며 偉大한 힘에 넘치는 震動的 表現, 奔馳的表現, 紛亂한表現, 率直한 表現, 立方的表現이 그의 特色으로 볼 수 있다.

中國新詩의 意義는 不同한點이 多少있다. 하나는 新詩가 그저 新詩로서 一貫했다고 하면 또 하나는 中國固有의 詩보다도 새롭고 歐州의 固有의 詩보다 새로운 것이라고 볼 수 있으니 이後者의 代表的詩人은 郭氏 일 것이다."[112]

주상은 "그性情이 平庸的이 아니고 積極的인 듯 싶다. 비둘기같이 兀傲한 詩人이다. …… 詩想은 古典的이면서 唯美적 境界에 徘徊하는 同時 그의 詩的 方式은 卽 表現技巧는 變化的이며 積極的이었다. 十四行 英體詩도 許多하다."[113]

郭紹虞은 "短詩를 主로" 썼는데 "短詩時期"에 異彩를 날리어 詩人으로서의 文壇地盤을 加一層 確保한 者"이다.[114]

---

111 尹永春 著, 『現代中國詩選』, 青年社, 1947년 7월, 8쪽에서 인용.

112 尹永春 著, 『現代中國詩選』, 青年社, 1947년 7월, 9-11쪽에서 인용.

113 尹永春 著, 『現代中國詩選』, 青年社, 1947년 7월, 13쪽에서 인용.

114 尹永春 著, 『現代中國詩選』, 青年社, 1947년 7월, 14쪽에서 인용.

엽소균의 “詩想과 風格은 一向 田園詩人 陶淵明의 影響을 받은듯한 點이 있다. 「藊豆」같은 것이 그 一例일 것이다. 아무리 進步的 作家라도 過去 數千年의 傳統을 輕視치않고 도로혀 重視하며 그 傳統의 土臺우에 새론 文學을 建設하겠다는 一般 中 文人, 特히 이 詩人의게 있어서는 이 點에 佩服하지 않을수 없다.”[115]

류연릉은 “汪靜之와 詩의 傾向은 어덴지 모르게 合流되는 點이 있었다. 文字에 拘束을 받지 않고 自由形式 取하여 아름답게 自然과 正義와 人道를 노래한 詩人이다.”[116]

鄭振鐸의 “詩는 客觀的 美를 노리기보다 主觀的 美를 表現하렴에 더 애를 쓴듯하다. ……이 詩人의 初期作品은 寫實主義 傾向이 많었으나 後來하여 多少의 變遷을 뵈었다. 그것은 卽 現實의 不滿으로부터 온 生活의 厭倦的 態度를 뵈인 것이 아닐가고도 생각된다.”[117]

사빙심은 “詩人 自身이 하는 말과 같이 印度 타고르의 影響을 많이 받었다. 小詩인 것만치 極히 篇段的 으로 되었으며 思想的 零碎로 因하여 一貫된 思想이 무었이라고 말하기 어려우나 大分하여 宗教詩가 多數이며 卽興詩도 不少하다. 퍽으나 內省的인 同時에 律語에 反對者라고 볼만치 形式에 拘束 받지 않었다.”[118]

서지마의 “多量의 詩歌中 唯美主義와 印象主義의 色彩를 包含한 것이 많으나, 決코 消極的이 아니고, 積極的이다. ……그의 積極的 態度는 運命에 對한 宣戰을

115 尹永春 著, 『現代中國詩選』, 靑年社, 1947년 7월, 15쪽에서 인용.
116 尹永春 著, 『現代中國詩選』, 靑年社, 1947년 7월, 16쪽에서 인용.
117 尹永春 著, 『現代中國詩選』, 靑年社, 1947년 7월, 17쪽에서 인용.
118 尹永春 著, 『現代中國詩選』, 靑年社, 1947년 7월, 18쪽에서 인용.

내리다싶이 했다. 「精神의 勝利는 偉大」하다고 외침은 卽 움직일 수 없는 信念과 自信力을 表現함이다. 이런 點으로 보아 왈드힐맨과 類似한 點이 많다고 볼 수 있다."[119]

왕독청은 "浪漫色彩를 多含한 詩人이었으며 「弔羅馬」같은 一首는 極히 奔放한 點으로 郭沫若과 類似한 點이 많다. 늘 빠이론을 嗜好한다고 하는 點으로 보아, 抒情詩 特히 戀詩에 능난 하리라는 우리들의 推想도 過히 틀림없으리라."[120]

왕정지는 "自然을 利用하여 人生을 노래했고 人生의 最高膳物인 사랑을 노래한 것이다. 그렇다고 그의 詩가 象徵的 色彩에 가까운 것으로 볼 것도 아니다. 眞情하게 말하면 그의 詩의 太半은 童心에서 나왔으며, 一見英國스티븐손의 影響이 많은 것 같이도 생각된다."[121]

류대백은 "形容詞를 남달리 잘 썼다. 音律의 美과 形容詞의 魔力은 長技었으나 思想的으로는 너무 溫微하면서도 消極的이어서, 무슨 큰感激을 주는 것은 없었다. 疊句의 善用으로 著名하다."[122]

조경심은 "亦是 短詩가 長技이며, 明朗하며, 活潑하며, 多情하다. ……卽興詩가 많고 素描의 美가 많어서 퍽으나 肉感的인듯 싶다."[123]

---

119 尹永春 著, 『現代中國詩選』, 青年社, 1947년 7월, 19쪽에서 인용.

120 尹永春 著, 『現代中國詩選』, 青年社, 1947년 7월, 20쪽에서 인용.

121 尹永春 著, 『現代中國詩選』, 青年社, 1947년 7월, 21쪽에서 인용.

122 尹永春 著, 『現代中國詩選』, 青年社, 1947년 7월, 22쪽에서 인용.

123 尹永春 著, 『現代中國詩選』, 青年社, 1947년 7월, 22쪽에서 인용.

윤영춘은 위와 같이 『現代中國詩選』에 선정된 시인들을 빠짐없이 상세히 소개하고 나서 그들의 시 36수를 『現代中國詩選』에 번역 수록하였다.[124] 역문 뒤에는 원문을 따로 수록하여 역문의 이해를 돕고 있다. 여기에 수록된 36수의 시들은 그 예술적 특징이 나름대로 다양하지만 주제는 대체로 진보적이고 혁명적인 경향을 띠고 있다고 할 수 있다. 다시 말하면 주제 예술면에서 모두 중국현대시의 수준을 대표하고 있어 한국독자들에게 중국현대시의 참신한 면모를 집중적으로 잘 보여주고 있다고 하겠다.

시집은 제4부분에 「戰爭詩歌」라는 평론과 그 대표적 시들을 번역 수록하여 이 시집의 다른 한 독특한 일면을 보여주고 있다. 평론 「戰爭詩歌」에서는 중국항전시에 대해 이렇게 소개 평가하고 있다.

> 이번 抗戰十年 동안의 民族革命戰爭은 文學에 있어서 五四革命의 傳統과는 한 거름 더나아가 좀더 大衆的이오. 理論을 떠나 實踐으로 옴기는 必然的의 歸趨에 이르렀다고 볼 수 있다. ……
>
> 抗戰中國의 文壇은 全般的으로 藝術을 爲한 藝術이라기보다 中國民族을 爲한 藝術이었으며 瞬間 瞬間 危機에 부닥치는 現實에 全力을 置重하여 戰線主義에로 달리지 않을 수 없었음을 더 말할 必要도 없다. ……
>
> 抗戰中에 詩는 참으로 눈부실 만치 커다란 成果를 거두었다. 詩 쓰는 이가

---

124 『現代中國詩選』에 번역 수록된 시들로는: 胡適의 「한번 웃음(一笑)」, 朱自淸의 「잠자라 애기야(睡罷小小的人)」와 「悵惘」, 徐玉諾의 「生命」, 兪平伯의 「나와 詩(我與詩)」와 「어리석은 바다(愚的海)」, 郭沫若의 「地球 나의 어머니(地球我的母親」, 「筆立山頭展望」, 「黃海中의 哀歌(黃海中的哀歌)」, 「夕幕」, 朱湘의 「棹歌－1. 水心, 2. 風朝, 3. 雨天, 4. 春波, 5. 夏荷」, 郭紹虞의 「會後」, 「希望」, 「마음(心意)」, 엽소균의 「感覺」, 「藊豆」, 「江濱(江浜)」, 「밤(夜)」, 「損害」, 劉延陵의 「河邊」, 「姉妹의 노래(姉妹之歌)」, 「竹」, 「사공(水手)」, 鄭振鐸의 「雁蕩山頂(雁蕩山之頂)」, 「夜遊三潭印月」, 「J君의 말(J君的話)」, 謝氷心의 「小詩(十九首)」, 徐志摩의 「五老峯」, 王獨淸의 「베니스(威尼市)」, 汪靜之의 「나의 願(我願)」, 劉大白의 「사랑의(愛的根與核)」, 趙景深의 「泛月」 등이다.

在來보다 훨씬 더 많이 나왔을 뿐더러 文藝雜誌와 新聞學 藝面 같은데는 特別히 詩가 많이 실리우고 用紙와 印刷難으로 詩集刊行이 大端히 困難했을 법함에도 不拘하고 적지 않는 詩集이 나왔다는 것은 戰勝과 함께 기뻐하지 않을 수 없다.

勿論 質과 量에 있어서 많은 進步를 뵈어주었다. 詩集은 나오는대로 各戰線 지어 遊擊地區에 까지 配布되었으며 또는 詩朗讀과 詩展覽까지 있어서 그 收穫은 자못 컸다. 매양 다른 部門에서 보다 더 많은 讀者와 聽衆을 가졌음은 오로지 詩에서인가 한다. 軍人과 農村과 工場에서까지 愛讀者가 가장 많이 났으며 武漢, 桂林, 重慶 等地에서 가장 刮目할만치 活潑하였다. 重慶에서는 正式으로 詩歌朗誦隊가 組織되어 이 方面에 커다란 推進力이 되고 이밖에도 詩슬로간 詩展覽 같은 것은 하나의 抗戰武器로서 活動했다 해도 過言이 아니며 새론 藝術活動의 主要部門으로 再認識하지 않을 수 없다. 詩技術과 朗誦技術을 檢討하고 再吟味코저 重慶 全國文協에서 開催한 「詩歌晩會」는 적지 않은 成果를 뵈어주었다. 아무튼 詩人의 理想과 感情은 抗戰에 集中되었으니만치 在來의 吟風弄月투의 詩와 엄청나게 다른局面을 뵈어주었고 심지어 「新月」, 「現代」 두派에 屬하든 舊詩人들까지 約束이나 한듯이 抗戰에 武裝하고 詩壇에서 活躍해준 일은 기쁜 일인 同時에 불 속에서 쓰디쓴 經驗을 겪은 新進詩人들의 참으로 뼈저리게 心琴을 따리는 데가 있다.
……

이제 이 新進詩人들의 詩를 全部 紹介치 못함을 遺憾으로 생각하며 몇분의 優秀한 것만을 골라서 紹介하는 바이다."[125]

보다시피 이 평론은 중국항전시의 전반 형성 발전과정을 한국독자들의 눈앞에 체계적으로 그려주고 있다.

「戰爭詩歌」에는 애청(艾靑)의 시 「나무(樹)」, 「橋」, 「그가 일어나다(他起來了)」,

---

125 尹永春 著, 『現代中國詩選』, 靑年社, 1947년 7월, 131-134쪽에서 인용.

로려(魯藜)의 시 「夜會」, 서지(徐遲)의 시 「앞에는 大勝利가 있다(前方有了一個大勝利)」, 백암(白岩)의 시 「張夫人(張大嫂子)」, 「負傷兵(受傷的兵)」, 「王大娘」, 뢰몽(雷蒙)의 시 「母親」 등 총 9수가 번역 수록되었다.

『現代中國詩選』이 간행되어 한 달 후인 1947년 8월 역자는 『新天地』에 「中國抗戰詩」라는 평론을 발표하였는데 이 평론은 『現代中國詩選』에 수록된 「戰爭詩歌」의 평론을 보완한 것으로 그 내용이 거의 일치할 뿐만 아니라 『新天地』에 번역 발표된 항전시 4수(애청의 「橋」와 「그가 일어나다(他起來了)), 서지(徐遲)의 「압에는 大勝利가 잇다(前方有了一個大勝利)」, 뢰몽(雷蒙)의 「母親」는 『現代中國詩選』의 「戰爭詩歌」에 수록되어 있는 작품들이다. 이는 역자가 중국현대시 가운데서 항전시를 각별히 주목하여 왔을 뿐만 아니라 그 한국에의 번역 소개도 각별히 중요시하였음을 알 수 있다. 역자는 이를 통해 한국 항일저항시가 일제의 가혹한 탄압으로 하여 거의 공백으로 되다시피 한 유감을 민족해방의 공간에서나마 간접적으로 달래보려고 하지 않았을까 생각해 본다. 나아가 역자는 이런 번역 이입 활동을 통해 당시 해방 공간에서의 민족문학 건설에 일조하고자 하였다고 해도 과언이 아닐 것이다.

1940년대 후반에 중국고전문학 번역 이입에서도 하나의 획기적인 성과물이 나왔으니 바로 박태원의 『수호전』 완역본이다.

박태원은 일제 말부터 중국 고전명작 『수호전』 번역을 시도하였으나[126] 완역하지 못하고 민족해방의 공간 속에서 완역하게 되었다. 이 완역본은 1948년부터 12월부터 1950년 1월까지 3년에 걸쳐 번역 출판되는데[127] 이는 한국에서 처음으로 되는 한글 완역본으로 된다. 역자는 이와 같은 획기적이

---

126 박태원 역, 『수호전』, 『조광』, 1942년 8월-1944년 12월, 총 27회, 70회본 『수호전』의 절반 정도 번역됨.

127 박태원 역, 『수호전』, 제1권 1948년 12월 20일, 제2권 1949년 2월 20일, 제3권 1950년 1월 15일.

고 거대한 공정을 완수하였음에도 불구하고 역문에 후기 한 편 쓰지 않았다. 따라서 역자의 번역 자세나 과정 등에 대해 구체적으로 알 바 없는 유감을 보여주고 있다.

하지만 역자가 『수호전』에 각별히 큰 관심을 갖고 십 년 가까이 그 번역을 시도해 왔고 짧은 민족해방 공간에 심혈을 기울여 완역하였음을 알 수 있을 뿐만 아니라 제1권이 출판되어 1년만인 1949년 12월 10일에 재판되었다는 사실은 이 완역본의 성공을 충분히 알 수 있다.

요컨대 제반 20세기 10-40년대 한국의 중국문학 번역 이입은 당시 특수한 사회 역사 정치 문화 및 서양문학의 충격 하에 자유롭고 활발한 모습을 보일 수 없었다. 하지만 많은 유지인사들의 피타는 노력으로 중국문학 특히 중국현대문학의 대표적 작가와 작품을 거의 실시간으로 적극 번역 소개하여 한국현대문학이 중국문학과 맥락을 같이 하도록 일익을 다하였다. 이는 유구한 역사를 갖고 있는 중한 문학교류의 맥락을 이어 놓았을 뿐만 아니라 그 발전을 크게 추진하였다.

<국제문화연구> 4-1(2011년 2월)에 중국어로 게재

참고문헌

『開闢』, 1921.1-1925.1.
『東光』, 1926.8.
『東明』, 1922.12-1923.6.
『동아일보』, 1922.8.22.-1930.6.25.
『文藝公論』, 제1-3호, 1929.5-7.
『文藝月刊』, 제4호, 1932.3.
『문장』, 1940.2.
『매일신보』, 1917.11.6.-1932.9.7.
『四海公論』, 제4권 8호, 1938.8.
『三千里』, 1935.9-1940.6.
『신동아』, 4권 4호(제30호), 1934.4.
『시대일보』, 1925.1.12.-6.29.
『신민』, 1926.1.-12.
『新生』, 1931.12-1932.9.
『신세대』, 1943.1.
『野談』, 1938.1-8.
『如是』, 1928.6.
『인문평론』, 1939.12.
『조광』, 1936.12-1944.12.
『조선일보』, 1930.1.4.-1931.6.25.
『조선문단』, 제9-12호, 1925.6-12.
『朝鮮佛教叢報』, 제3호, 1917.5.
『중앙일보』, 1932.11.1.-5.
『춘추』, 1943.7.

金秉喆 編著, 『世界文學飜譯書誌目錄總覽』(1895-1987), 國學資料院, 2002.
나관중 작, 朴健會 역, (删修)『삼국지』(前後集), 京城書館, 1915.
남윤수·박재연·김영복 엮음, 『양백화문집』(3), 강원대학교 출판부, 1995.10.
魯迅, 『八月的鄉村』, 人民文學出版社, 1980.10.

박재연·金榮福 편, 『양백화문집Ⅰ』, 지양사, 1988.7.
박재연, 「양백화의 중국문학 번역작품에 대한 재평가－현대 희곡과 소설을 중심으로」, 『中國學硏究』, 제4집, 1988.
朴泰遠, 『支那小說集』, 人文社, 1939.4.
施耐庵 著, 『一百二十回的水滸』, 上海商務印書館, 1929.
施耐庵 著, 汪原放句讀, 『水滸』 14版, 亞東圖書館, 1933.
심원섭, 『원본 이육사전집』, 집문당, 1986.6.
梁柱东, 金亿 译, 『支那名诗选』(第二集), 汉城图书株式会社发行, 1944.8.
李桂浣 역, (懸吐)『삼국지』, 永豐書館, 1916.
李桂浣 역, (諺文)『西漢演義』(1-2), 작가 미상, 永昌書館, 1917.
李秉岐, 朴钟和 译, 『支那名诗选』(第一集), 汉城图书株式会社发行, 1944.8.
吳承恩 著, 汪原放句讀, 『西遊記』, 亞東圖書館, 1923.
尹永春 著, 『現代中國詩選』, 青年社, 1947.7.
이명선, 「支那의 新進作家 蕭軍의 作風」, 『每日申報』, 1939.2.19.
李明善, 『맨발』, 宣文社出版部 刊, 1946.6.
『李明善全集』, 도서출판 보고사, 2007.1.
이상덕 편, 『中國短篇小說集』, 선문대학교 중한번역문헌연구소, 2006.11.
정래동, 『정래동전집Ⅰ』(학술론문편), 금강출판사, 1971.6.
최유학, 「박태원 번역소설 연구」, 서울대학교 석사학위논문, 2005.12.
河東鎬, 『韓國近代文學의 書誌硏究』, 깊은 샘, 1981.11.

1950년대 한반도의 중국문학 번역 이입 양상

1. 들어가며

주지하다시피 1950년 "6.25"전쟁의 폭발과 더불어 한반도는 남반부와 북반부로 분단되었을 뿐만 아니라 사회주의 진영에 속하는 조선민주주의인민공화국과 자본주의 진영에 속하는 대한민국 간의 적대국 구도를 이루게 되었다. 한반도 북반부의 조선민주주의인민공화국은 중국과 혈맹관계를 맺게 되어 양국 간의 문학 교류는 전례 없이 활발해졌고 이는 또한 중조 혈맹관계를 보다 돈독히 하는 역할을 하게 되었다. 하지만 한반도 남반부의 대한민국은 중국과 적대관계로 되어 일체 문학교류가 단절되지 않을 수 없었다. 이런 단절상태는 1980년대 말에 와서야 조금씩 완화되기 시작하여 1992년 중한 수교가 이루어져서야 비로소 정상화 되었다.

이와 같은 특수한 사회 역사적 환경 하에, 천 여 년간 지속되어 온 중국과 한반도 간의 문학 교류는 1950년대부터 전례 없이 북반부와 남반부로 분단되어 선명한 대조를 이루는 부동한 양상을 보여주게 되었다. 이는 중한 문학 교류사에서 가장 이례적인 양상으로 꼭 짚고 넘어가야 할 부분이다.

따라서 본고는 1950년대 한반도에서의 중국문학 번역 이입 양상을 살펴보되 북반부와 남반부로 분별하여 살펴보려고 한다.

2. 한반도 북반부의 중국문학 번역 이입 양상

한반도 북반부 즉 조선민주주의인민공화국에서의 중국문학 번역 이입 양상은 자료 이용의 제한과 연구의 부족으로 말미암아 필자가 알고 있는 번역작품들만 연대별로 간단히 밝혀보고자 한다.

1950년대에 조선은 “6.25”전쟁과 더불어 ‘조중 경제 및 문화 협정’, ‘조중 문화 합작 협정’ 등 정치 역사 문화적인 대전환을 맞게 되면서 중국문학 번역 이입도 전례 없는 황금기를 누리게 되었다.

우선 중국문학 번역작품집만 보더라도 류백우(劉白羽) 등의 작품집『영용할 세 전사』[1](문화전선사, 1952년), 곽말약(郭沫若)의 희곡『굴원(屈原)』(국립출판사, 1954년), 하경지(賀敬之) 정의(丁毅)의 희곡『백모녀(白毛女)』(국립출판사, 1954년), 주립파(周立波)의 장편소설『폭풍취우(暴風驟雨)』(상/하, 김응룡 역, 국립출판사, 1955년), 소설집『항미원조단편집』(국립출판사, 1955년), 소설집『어머니의 죽음』(국립출판사, 1955년), 위림 편저, 황계광 오소무 공동 집필의 소설집『영원히 잊지 않으리』(리순영 역, 민주청년사, 1955년), 평론집『중국문학평론집』(국립출판사, 1955년), 곽말약 등의 시집『항미원조시선』(리순영 등 역, 국립출판사, 1955년), 전간(田間)의 시집『전간시선집(田間詩選)』(리순영 역, 조선

---

1 류백우 등 저『영용할 세 전사』, 문화전선사 1952년 8월 30일, 이 책에는 류백우의「영용할 세 전사」(하앙천 역), 청예의「섬강의 얼음장」(박태순 역), 림립의「장발량과 그의 은사」(한계홍 역), 한풍의「윤청춘」(백억 역), 위위의「누가 가장 사랑스런 사람인가」등 단편소설과 실화가 수록되었다. 이 번역문집은 조선민주주의인민공화국의 첫 중국당대문학 번역작품집으로 된다.

작가동맹출판사, 1955년), 진기통(陳其通)의 희곡 『만수천산(萬水千山)』(안효상 역, 국립출판사 1955년), 왕창정의 희곡 『위기일발』(박시준 역, 국립출판사, 1955년), 소설집 『량식(糧食的故事)』(국립출판사, 1956년), 파금(巴金) 등의 소설집 『황문원동무(黃文元同志)』(차범순 역, 국립출판사, 1956년), 소설집 『당비(黨費)』(민주청년출판사, 1957년), 소설집 『샘터에서』(국립출판사, 1957년), 조수리(趙樹理)의 장편소설 『이가장의 변천(李家庄的變遷)』(백억 역, 국립출판사, 1958년), 주립파의 장편소설 『쇳물은 흐른다(鐵水奔流)』(리순영 역, 국립출판사, 1958년), 정령의 장편소설 『태양은 상간하를 비춘다(太陽照在桑干河上)』(상/하, 국립출판사, 1958년), 조수리의 장편소설 『삼리만(三里灣)』(국립문학예술서적출판사, 1958년), 장극가(臧克家) 편 시집 『중국신시선 1919-1949』(박홍병·리순영 공역, 국립문학예술서적출판사, 1958년), 진의(陳毅) 등의 시집 『세계의 분노』(국립문학예술서적출판사, 1959년) 등 20부의 작품집이 번역 이입되었다.[2]

위 번역 작품집들을 장르로 볼 때 시, 소설, 희곡, 실화 등 여러 문학 장르가 모두 포함되어 있고 소재 및 주제로 볼 때 조선전쟁 및 조중 우의를 노래한 것, 중국 해방전쟁 및 혁명투쟁을 반영한 것, 중국 현대 당대 문학 대표작 및 중국 당대 문예정책 등에 관련한 내용들이 포함되어 있다. 체계적이고 전면적으로, 실시간으로 구체적인 번역 이입 양상을 보여주었다고 할 수 있다.

여기서 특기할 것은 노신 작품이 『로신선집』 5권으로 편역되어 번역 출판되었다는 것이다. 『로신선집』은 국립출판사에서 출판하였는데 제1집과 제2집은 1956년에, 제3집과 제4집은 1957년에, 제5집은 1958년에 출판되었다. 옮긴이는 제2집에 안효상 역으로 밝혀진 외 더 밝혀지지 않았다. 노신은

---

2 신정호, 「북한의 중국문학 연구(1949-2000)」, 『中國學報』 제49집, 한국중국학회, 2004.6, 349-354쪽 참조.

비록 중국현대문학의 대표자이기는 하지만 그의 작품은 모두 1920-30년대의 작품으로 1950년대 중조 문학교류의 주제와 어느 정도 거리가 있었다고 할 수 있다. 그런 작품들이 불과 3년 사이에 5권으로 된 선집으로 번역 출판되었다는 것은 중국에서의 노신의 문학사적 지위 및 중국문학에 대한 조선의 적극적이고 전면적인 수용자세에서 비롯된 것이 아닌가 싶다.

이외 진등과(陳登科)의 소설 『활인당(活人塘)』, 륙주국(陸柱國)의 소설 『상감령(上甘嶺)』, 오운택(吳運鐸)의 실화 『일체를 당에 바쳐(把一切獻給黨)』, 양삭의 장편소설 『삼천리강산(三千里江山)』, 『중국아동문학선집(中國兒童文學選集)』 등 작품 및 작품집들이 번역 출판되었다.[3] 소설 『상감령』과 『삼천리강산』은 조선전쟁을 제재로 한 명작으로 중국당대문학사의 한 자리를 차지하는 작품이다.

1950년대 조선의 중국문학 번역 이입은 중조 양국간의 혈맹관계를 과시하고 돈독히 하는 일익을 담당하면서 대성황을 이루었다고 할 수 있다.

3. 한반도 남반부의 중국문학 번역 이입 양상

"6.25"전쟁을 겪으면서 한반도 남반부 즉 대한민국은 자본주의 이념을 확고부동하게 다지면서 사회주의 이념과 관련된 문학은 절대적 금기 대상이 되고 자본주의 이념의 문학이 전면 수용 대상이 되었다. 따라서 1950년대에 한국문학은 외국문학 수용에서 중국과의 천여 년간 지속된 교류 전통이 그야말로 일조일석에 단절되어야 하는 위기에 처하게 되었다.

하지만 중국문학을 정통한 한국문인들은 이런 악천후 속에서도 중국문학

---

3 「中國文學在國外」, 『文藝報』 1959년 10월, 제19-20호, 86쪽 참조.

번역 이입 전통을 고수하고자 그 돌파구를 찾기에 전념하였다. 결과 1950년대 한국은 중국문학 작품 번역 이입에서 고전 문학과 같은 비공산 계열의 소설 또는 프로레타리아 계열에서 그 색채가 비교적 희박한 일부 작가들의 작품만 선정하여 번역 이입하게 되었다. 금기에도 어긋나지 않고 전통적 맥락도 끊기지 않은 현실적 대안이었다고 할 수 있다.

1950년부터 1959년까지 발간된 중국문학 번역작품을 장르별로 정리해 보면 소설 32권, 시집 6권, 희곡·수필·평론·기타 8권 정도다.[4]

우선 소설을 구체적으로 살펴본다면 『<中國怪談>剪燈新話(上)』(瞿佑 著, 尹泰榮 譯, 眞誠堂, 1950년), 『三國志』(羅貫中 著, 趙豊 譯, 現代社, 1952년), 『水滸傳(上, 中, 下)』(施耐庵 著, 편집부 역, 正音社, 1952년), 『玉樓夢(1-4)』(玉蓮子 著, 편집부 역, 永昌書館, 1952년), 『三國志』(羅貫中 著, 徐仁局 譯, 平凡社, 1952년), 『<單卷完譯>三國志』(羅貫中 著, 方基煥 譯, 學友社, 1952년), 『<中國探偵小說>平妖傳』(羅貫中 著, 孫昌涉 譯, 高麗出版社, 1953년), 『<單卷完譯>西遊記』(吳承恩 著, 金龍濟 譯, 學友社, 1953년), 『阿片꽃(新世界文學叢書2)』(余華 著, 金一平 譯, 正音社, 1954년), 『마른잎은 굴러도 大地는 살아있다』(林語堂 著, 李明奎 譯, 珊瑚莊, 1954년), 『<單卷完譯>三國志』(羅貫中 著, 金思燁 譯, 文運堂, 1954년), 『紅樓夢』(曹雪芹 著, 金龍濟 譯, 正音社, 1954년), 『中國傳奇小說集』(林語堂 편, 劉光烈 譯, 進文社, 1955년), 『阿Q正傳(梗)(要約世界文學全集1)』(魯迅 著, 편집부 역, 古今出版社, 1955년), 『大地의 悲劇(인생)』(巴金 著, 洪永義 朴靜峰 譯, 凡潮社, 1955년), 『暴風속의 나무잎』(林語堂 著, 李明奎 譯, 青丘出版社, 1956년), 『마른잎은 굴러도 大地는 살아있다』(林語堂 著, 李明奎 譯, 同學社, 1956년), 『水滸傳』(施耐庵 著, 朴榮濬 역, 글벗집, 1956년), 『<單卷完譯>水滸傳』(施耐庵 著, 尹鼓鍾 역, 學友社, 1956년), 『金瓶梅(1-5)』(曹雪芹 著, 金龍濟 譯, 正音社, 1956년), 『金瓶梅』(曹雪芹 著, 鄭桓 譯, 先進文化社, 1956년), 『暴風속의 나무

4 金秉喆 著, 『韓國現代飜譯文學史研究』(上), 乙酉文化史, 1998년 4월, 132-142쪽 참조.

잎』(林語堂 著, 李明奎 譯, 同學社, 1957년), 『玉樓夢(1-5)』(玉蓮子 著, 金丘庸 譯, 正音社, 1957년), 『完譯三國志(1-5)』(羅貫中 著, 金東里 黃順元 許允碩 譯, 博英社, 1958년), 『楊貴妃』(南宮博 著, 禹玄民 譯, 正音社, 1958년), 『全增(圖像)三國志演義(1-10)』(羅貫中 著, 李成學 譯, 先進文化社, 1958년), 『붉은 大門』(林語堂 著, 金龍濟 譯, 泰成社, 1959년), 『完譯水滸傳(上, 中, 下)(中國古典文學選集1, 2, 3)』(施耐庵 著, 崔暎海 역, 正音社, 1959년), 『孫悟空의 冒險』(吳承恩 著, 李元燮 譯, 新丘文化社, 1959년), 『紅樓夢(上,下)』(玉蓮子 著, 崔暎海 譯, 正音社, 1959년) 등 32권이다.[5]

다음 시집을 살펴보면 『中國詩集(世界抒情詩選6)』(張萬榮 역, 正陽社, 1954년), 『杜詩諺解』(杜甫 著, 劉允謙 譯, 通文館, 1955년), 『李太白詩選』(李太白 著, 金龍濟 譯, 人間社, 1955년), 『唐詩新譯』(任昌淳 譯, 學友社, 1956년), 『唐詩精解』(이방섭 역, 成文閣, 1959년), 『杜詩諺解抄』(杜甫 著, 李丙疇 譯, 探求堂, 1959년) 등 6권이다.[6]

그다음 희곡·수필·평론·기타 등을 살펴보면 희곡 『琵琶記(梗)(要約世界文學全集1)』(高明 著, 편집부 역, 古今出版社, 1955년), 수필 『續 生活의 發見』(林語堂 著, 李鐘烈 譯, 學友社, 1954년), 수필 『林語堂隨筆集』(林語堂 著, 金信行 譯, 同學社, 1957년), 수필 『生活의 發見』(林語堂 著, 申泰和 譯, 三文社, 1959년), 실화 『나는 毛澤東의 女秘書였다』(蕭英 著, 金光洲 譯, 首都文化社, 1951년), 실화 『自由의 江-나는 쏘련군 大尉였다』(河淸 著, 梁在漢 譯, 進明文化社, 1959년), 수기 『北京幽憤: 中共女大生의 手記』(閻마리아 著, 朴京穆 譯, 合同通信社, 1955년), 수기 『北京의 黃昏』(劉紹唐 著, 李相崑 譯, 中央文化社, 1955년) 등 8권이다.[7]

상기한 작품들의 이입 과정과 그 특징을 『中國怪談 剪燈新話』, 『中國傳奇小說集』, 『楊貴妃』, 『中國詩集(世界抒情詩選6)』 등 몇몇 대표적 작품집을 통해 살펴보기로 한다.

---

5 金秉喆 著, 『韓國現代飜譯文學史研究』(上), 乙酉文化史, 1998년 4월, 134-135쪽에서 인용.

6 金秉喆 著, 『韓國現代飜譯文學史研究』(上), 乙酉文化史, 1998년 4월, 136쪽에서 인용.

7 金秉喆 著, 『韓國現代飜譯文學史研究』(上), 乙酉文化史, 1998년 4월, 142쪽에서 인용.

『中國怪談 剪燈新話』(상)의 역편자 윤태영은 「서언」에서 이 책을 번역 편찬하게 된 계기에 대해 이렇게 쓰고 있다.

> 현재를 알고자 할진대, 과거를 알아야 할 것이며, 자기를 살피자면 남을 살펴야 할 것이다.
>
> 우리와 과거로부터 가장 접촉이 많았던 중국의 것을 알고자 한 것은、근래에 와서 일어난 생각이 결코 아닌 것은 지금 새삼스러웁게 말할 필요도 없다. 그러나, 우리가 지금까지 옆 나라인 중국의 것을 받아들인 것은, 겉에 나타난 정치나 그렇지 않으면 유교도덕에 관한 것이었고, 한 발 더 나아가서 그 곳 사람들의 깊은 국민성이라든지 또는 인간성에 대하여서는 의외로 소홀히 생각하였던 것이었다.
>
> 우리는, 그들 중국 사람들이 어떠한 내면 생활을 하였나 하는 것을 알고 싶은 것이다. 더욱이 현재의 토대인 과거에 있어서, 그들은 어떠한 것을 보고 있었으며, 또 느끼고 생각하여 왔던가를 찾아 보고 싶었다.
>
> 이러한 뜻에 있어서 중국의 괴담(怪談)으로 유명한 전등신화(剪燈新話)를 우리나라 말로 고쳐 본 것이다.
>
> 그렇다고, 우리의 현재 생활과 거리가 먼, 그것을 그대로 옮긴다는 것은 그리 흥미 있는 일이라고 볼 수가 없다. 그러므로, 필자는 될 수 있는 대로 우리나라 사람들이 쉽사리 가까이 할 수 있게 취사선택(取捨選擇)하여 고쳐 본 것이다. 이런 뜻으로 보아서, 다소 원작보다 윤색(潤色)을 한 곳이 있고, 또 쓸 데 없이 장황한 것은 이것을 짤라 버리기도 했다.
>
> 여기에 나오는 이야기들은 겉으로만 본다면, 한 괴담이요, 기담(奇談)에 지나지 않는다고 생각하실 분이 있을는지도 모른다. 그러나, 좀 더 깊이 읽어 본다면, 속에 흐르고 있는 국가 관념이나, 인생 철학에 대하여 깊이 느끼고 또 깨닫는 바가 많이 있음을 알 것이다. 다만 겉의 글만을 읽고, 『수박 겉 핥기』식이 되지

않기를 바라 마지않는다.

일견(一見) 허황하면서도 깊은 진리(眞理)가 숨어 있는 그들, 중국 옛 사람들의 정신을 찾아 주신다면, 필자로서 끝없는 기쁨을 느낄 것이다.[8]

윤태영은 한국과 중국은 과거부터 접촉이 많았고 또 현재의 토대인 과거에 있어서 중국인들의 내면세계는 어떠하였을까 하는 것을 알고자 이 책을 번역하게 되었음을 밝힘과 아울러 한국독자들의 이해를 돕기 위해 취사선택과 윤색이라는 의역(意譯) 방법을 취하였음을 밝혔다. 그리고 이 책은 얼핏 보면 괴담과 기담에 지나지 않지만 사실 이 글 속에서 국가 관념, 인생 철학 등 깊은 진리를 알 수 있음도 제시하였다. 즉 한중 양국은 문화적으로 유구한 교류가 이어져 왔고 중국고전문학작품은 비록 괴담이기는 하지만 한국독자들에게 적지 않은 깨달음을 줄 수 있는 교양 작품이기에 이를 번역 이입하게 되었다고 하겠다. 중국문학이 금기 대상으로 된 상황에서 중국고전문학작품을 교양 작품으로 번역 이입하였다는 것은 참으로 쉽지 않은 선택이 아닐 수 없다.

『中國傳奇小說集』의 역자 劉光烈은 「역자의 말」에서 이렇게 쓰고 있다.

이 中國 傳奇小說은 中國 歷代文豪들의 名作를 中國이 産出한 世界的 英文學者 林語堂이 英譯한 “Famous Chinese short stories”를 抄譯한 것이다. 林語堂에 對하여는 그가 『우리나라와 우리國民』, 『生活의 發見』, 『北京의 瞬間』等을 英文으로 써서 美國에서 第一流의 『꾿·셀러』로 洛陽의 紙價라느니보다 世界의 紙價를 올린 사람이다. 進文社의 趙豊衍兄으로부터 이 抄譯을 부탁하였으므로 未熟한대로 試圖하여 보았다. 譯者로서는 誠實히 하느라고 하였으나 많은 잘못이 있지 않을가

8 瞿佑 著, 尹泰榮 譯, 『<中國怪談>剪燈新話(上)』, 眞誠堂, 1950년 3월, 「서언」 1-2쪽에서 인용.

> 念慮하는 바이다.
>
> 또 原著의 題目은 林語堂이 英譯 卷首에 붙인 中國語原名대로 引用하였으나 人名·地名은 모두 原著에 對照를 겨를치 못하고 英譯音대로 漢字를 넣은 것을 讀者에게 未安히 안다.그러나 이것은 "스토리"의 內容과는 別關係가 없으니 만일 必要하다면 後日의 增補를 期하는 바이다.[9]

주지하다시피 중국 전기소설들은 모두 중국어로 창작된 만큼 그 번역본 또한 중국어 원저를 텍스트로 정하는 것이 기본 상식이다. 하지만『中國傳奇小說集』은 역자 劉光烈이 밝히다시피 임어당이 영어로 번역한 번역문을 텍스트로 번역한 것이다. 이에 역자도 원저와 대조하지 못한 것을 독자에게 미안하게 생각한다고 하였다. 이런 안타까운 양상을 보이게 된 것은 대체로 이 시기 중국 대륙과의 문화교류가 철저히 단절되어 중국문학작품 원저 구입이 어렵게 되고 따라서 텍스트 선별의 공간이 거의 없었기 때문이 아닌가 본다. 중국문학 번역 이입이 열악한 환경에 처해 있음을 충분히 보여준다.

『楊貴妃』(南宮博 著, 禹玄民 譯, 正音社, 1958년)의 역자는 「후기」에서 우선 양귀비의 일대기를 소개하고 나서 나중에 이렇게 쓰고 있다.

> 우리나라에도 最近 各 大衆雜誌에서 讀者의 口味를 돋구려고 貴妃의 얘기를 서로 다투어 揭載하나 그것은 모두가 短篇的인 것에 不過하다.
>
> 本書는 現中國의 著名한 歷史小說家인 南宮博著의 「楊貴妃新傳」을 譯한 것이다. 著者는 이밖에도 貂禪、王昭君、桃花扇等 有名한 歷史小說을 많이 내고 있다. 그

---

9 林語堂 편, 劉光烈 譯, 『中國傳奇小說集(新世界文庫4)』 進文社, 1955년 6월, 「譯者의 말」 1쪽에서 인용.

의 卓越한 小說手法은 讀者들로 하여금 숨막히는 재미를 가지고 읽어내려가게 하고도 남는다.[10]

이 글에서 우리는 당시 한국독자들이 중국 역사 인물들을 취급한 중국문학작품들을 애독하였고 또 이를 만족시키기 위해 중국문학작품들이 번역 이입의 대상이 되었음을 알 수 있다. 한편 유구한 한중 문학교류의 명맥은 독자층에서조차 결코 쉽사리 단절할 수 없음을 보여준다고 할 수 있다.

『中國詩集(世界抒情詩選6)』(張萬榮 역, 正陽社, 1954년)은 당송시기 저명한 시인들의 시와 기타 시기의 명시를 모은 애송시편 두 부분으로 나뉘었는데 이백, 백거이, 두보 등 27명 당송 시인의 시편 111수와 애송시편 67수가 번역 수록 되어있다. 이 시집은 역문과 중국어 원문이 함께 수록되어 원문과 대조 속에서 역문을 이해하도록 편집되어있다. 그리고 당송시기의 시 부분은 역문 앞부분에 시인 소개가 있어 독자들의 역문 이해를 돕고 있다.

여기서 이백에 대한 소개만 그 실례로 들어보기로 한다.

李白(中701-762) 唐詩人, 字는 太白. 號는 青蓮. 四川에서 少年時代를 보내고 뒤에 諸國을 放浪, 襄州 漢水로부터 洞庭湖에 배를 띄워 長江으로 내려가 金陵으로부터 唐代 屈指의 繁華한 거리 揚州에서 豪放한 生活을 하고 雲夢에 이르러 25歲頃 結婚한 모양인데, 35歲 때 太原에 놀고, 山東 任城에서 孔巢文, 韓準, 裵政, 張淑明, 陶沔等과 함께 徂徠山에서 만나 所謂 竹溪六逸의 交遊를 맺고 天寶元年 -742年 翰林院에 들어가 玄宗 楊貴妃의 華麗한 宮廷에 있어 詩와 술과로 名聲이 높았으나, 結局 술이 原因이 되어 44年 寵愛를 잃고 失脚, 陳留에 이르러 道士가 되고, 뒤에 江南 各地에서 玄宗의 아들 永王의 謀叛에 加入한 罪로 57年 潯陽獄에

10 南宮博 著, 禹玄民 譯, 『楊貴妃』, 正音社, 1958년 2월, 212쪽에서 인용.

갇혔다가 이듬해 夜郎에 流配, 途中 容赦되어 後에 江南에 있어 大宗의 寶應元年 拾遺를 拜命, 11月 當塗에서 死亡.

李白은 自然兒로 悲喜哀歡대로 胸中의 情을 노래로 읊어 그 作品은 天衣無縫의 神品이라고 하거니와, 當時 그와 竝稱 받은 詩人 杜甫가 새로운 詩風을 일으킨 것과는 달리 李白은 漢魏六朝以來의 詩風을 集大成했다. 모랄에 敏感하고 政治에 關心을 보이는 杜甫에 比해 天上謫仙人의 稱을 받듯이 現實을 떠난 感情의 所有者였다.

安祿山의 亂에도 戰火가 波及하지 않는 江南 富庶地에 있은 까닭도 있지만, 戰爭의 影響을 조금도 받지 않은 이 事實이 이를 證明한다. 岑參風의 豪快한 戰爭詩도 짓고 王維나 孟浩然과 같은 閒適自然, 隱逸의 詩도 읊었다. 그러나 더욱 더 술과 계집이 있었다. 唐文化의 爛熟期에 生을 받아 그 頹廢的 風紀에 젖은 데다가 不遇했기 때문에 술과 계집에 憂愁를 잊으려한 것은 當然할 것이다.

詩文集으로 "李太白集"30卷이 있다.[11]

인용문이 좀 장황하기는 하지만 여기서 우리는 『中國詩集(世界抒情詩選6)』은 역자가 단순히 작품 번역에 머문 것이 아니라 제반 작가 소개를 비롯한 전면적이고 보다 깊이 있는 번역 자세에 임하고 있었음을 보여준다. 이 시기 한국의 중국문학 번역가들이 높은 번역 수준에 이르렀다고 해도 과언이 아닐 것이다.

1950년대 한국에서 제일 많이 번역 소개된 중국문학 작가 작품으로는 임어당과 그 작품들이라고 하겠다. 『林語堂隨筆集』(林語堂 著, 金信行 譯, 同學社, 1957년)의 역자 김신행은 이 수필집에서 이렇게 쓰고 있다.

---

11 張萬榮 역, 『中國詩集(世界抒情詩選6)』, 正陽社, 1954년 6월, 20쪽에서 인용.

萬天下의 讀者들로부터 絶對的인 歡迎을 받고 있는 中國의 偉大한 文豪林語堂(Lim yutang. 1895-)의 作品이 이미 우리나라에 紹介된것만 하여도 五六種을 헤아리게 되었다. 그 大部分은 小說이 었지만 林語堂은 本來 論文및 隨筆家로서 더 有名한 것이며 그의 作品의 特色은 그의 心中에 지니고 있는 생각을 讀者들에게 그대로 傳하여 주는 點이라 하겠다. 銳敏한 知識과 圓熟한 表現와 痛快한 諷刺와 婉曲한 유-모어의 모든 것이 讀者로 하여금 魅了하지 않을 수 없을 것이다.

이 冊子는 一九三三年頃에 自國 知識人 特히 大學生들에게 보내었든 作品이 收錄된 華文版『中國文化精神』및『語堂代表作』을 飜譯合本한 것으로 一般作品과 性格을 달리하고 있다. 이 作品이 最初 上海에서 出刊되었을時 不過二週日이 못가서 二十萬部나 賣盡되었다는 事實은 이 冊子의 眞價를 如實히 證明하는 것이다.[12]

위 인용문에서 보다시피 역자는 임어당이 중국의 위대한 문호로 소설가일 뿐만 아니라 수필가임을 밝힘과 아울러 중국어 원작을 텍스트로 정하여 그 원본 및 역본의 신빙성을 기하고 있다.

실제로 이 시기 임어당의『마른잎은 굴러도 大地는 살아있다』,『暴風속의 나무잎』,『붉은 大門』,『生活의 發見』,『續 生活의 發見』,『林語堂隨筆集』등 소설과 수필들이 중판, 혹은 이본으로 활발히 번역 이입되면서 중국문학의 일인자로 번역 소개되는 독특한 양상을 이루었다.

대만 작가 임어당이 중국문학의 일인자로, 그 작품들 또한 제일 많이 번역 소개될 수 있은 것은 물론 그의 문학적 위상 때문이기도 하겠지만 무엇보다 1950년대 한중 양국의 특수 상황에 의해 비롯된 것이라고 해도 무방할 것이다. 다시 말하면 당시 한국은 중국 대륙과는 적대적 관계로 일체 교류가 단절된 상황이었지만 대만과는 "수교"하여 대중국 문학교류는 대만이 그

12 林語堂 著, 金信行 譯,『林語堂隨筆集』, 同學社, 1957년 11월, 1쪽에서 인용.

대타 또는 창구로 되었기 때문이라고 하겠다. 이 역시 1950년대 한국의 중국문학 번역 이입에서의 또 다른 양상이라고 하지 않을 수 없다.

4. 나오며

문학의 영향과 수용과정에 있어서 때로는 그 영향원(影響源) 보다 수용자가 처한 환경 및 시대의 요구가 더 중요한 요소로 된다.

1950년대 한반도 북반부 즉 조선은 조중 양국 간의 혈맹관계를 과시하고 돈독히 하는 입지와 수요에서 중국문학 번역 이입을 중요시하고 적극 추진하여 "6.25"전쟁 및 조중 우의, 중국 해방전쟁 및 혁명투쟁, 중국 당대 문예정책 등을 주제로 한 중국 현대 당대 프로레타리아문학의 대표적 작가와 작품을 전면적으로 실시간적으로 번역 소개하였다. 1950년대 조선은 중국문학 번역 이입은 전례없는 대성황을 이루었다.

한편 한반도 남반부 즉 한국은 중국과의 적대적 관계로 말미암아 천여년간 지속된 문학 관계가 단절되어야 하는 위기에 처하게 되었다. 이에 중국문학 번역자들은 고전 문학과 같은 비공산 계열의 소설 또는 프로레타리아 계열에서 그 색채가 비교적 희박한 일부 작가들의 작품을 선정하여 번역 이입함으로써 중국문학 번역 이입에서 금기에도 어긋나지 않고 전통적 맥락도 끊지 않은 지혜로운 자세를 보여주었다. 또한 대만 작가 임어당이 중국문학의 일인자로 그 작품들이 다량 번역 이입되는 독특한 양상도 보여주고 있다. 이런 양상은 1950년대 한중 양국 간의 특수한 관계 양상을 보여줌과 아울러 한국 번역자와 독자들의 중국문학에 대한 끊을 수 없는 애정을 보여준다고 하겠다.

물론 번역 이입된 작품이 양적으로 많지 못하고 전례없이 위축된 아쉬움도 보여주고 있다.

요컨대 1950년대 한반도의 중국문학 번역 이입은 중국과의 사회 제도 및 이념의 동질성과 이질성으로 말미암아 남북으로 분별되어 각자 서로 부동한 양상을 보여주고 있다. 이는 1950년대 한반도의 중국문학 번역 이입은 대체로 사회 정치 문화 역사 등 여러 객관적 여건의 절대적 영향 하에 전개되었음을 말해준다.

<神州> 2014-4호(2014년 4월)에 중국어로 게재

참고문헌

金秉喆 著, 『韓國現代飜譯文學史硏究』(上), 乙酉文化史, 1998.4.

南宮博 著, 禹玄民 譯, 『楊貴妃』, 正音社, 1958.2.

류백우 등, 『영용할 세 전사』, 문화전선사, 1952.8.30.

林語堂 著, 金信行 譯, 『林語堂隨筆集』, 同學社, 1957.11.

林語堂 편, 劉光烈 譯, 『中國傳奇小說集(新世界文庫4)』, 進文社, 1955.6.

신정호, 「북한의 중국문학 연구(1949-2000)」, 『中國學報』 제49집, 한국중국학회, 2004. 6, 339-360쪽.

張萬榮 譯, 『中國詩集(世界抒情詩選6)』, 正陽社, 1954.6.

瞿佑 著, 尹泰榮 譯, 『<中國怪談>剪燈新話(上)』, 眞誠堂, 1950.3.

「中國文學在國外」, 『文藝報』, 제19-20호, 1959.10.

1960년대 한국의 중국문학 번역 이입

1. 들어가며

'6.25'전쟁을 거친 후 남북은 동서 냉전 체제로 대립되면서 분단이 형성되자 한국은 이념이 대립되는 사회주의 사상 문제와 관련된 문학은 금기의 대상이 되고 자유민주주의 구미문화가 무차별적으로 수입되는 개방의 대상이 되었다. 이런 분위기 속에서 1950년대에 한국문학은 외국문학 수용에서 중국과의 유구한 교류 전통이 단절되고 서구 모더니스트의 실존주의문학을 수용하게 되었다.

이 시기 중국문학 번역 이입은 금기 대상 혹은 특수 대상으로 취급되어 그 양상 또한 특수하지 않을 수 없게 되었다. 이에 대해 김병철 교수는『韓國現代飜譯文學史硏究』에서 이렇게 밝힌 바 있다.

> 중국문학은 소설이나 시·수필 등이 1950년 이전에 그리 많지는 않았지만 梁白華·尹白南·朴泰遠·丁來東·金光洲 등(그들의 번역 내지 논저 서지 목록은『韓總覽』의 1950년 이전의 서지 목록을 참조)에 의하여 번역되었다. 그러나 해방 후 특히 6.25이후는 중국은 우리와는 적대 관계에 있는 나라였으므로 소련 문학

의 경우와 마찬가지로 특히 제한된 범위 내에서 비공산 계열의 소설만이 예를 들자면 삼국지류의 고전 또는 怪奇物이 번역되었을 뿐이다. 1950년대 이후의 프로레타리아 계열의 소설은 비교적 그 색채가 희박한 魯迅·林語堂·謝氷瑩·郁達夫·巴金·蔣光慈·臺灣 作家 夏之炎·白先勇·朱自淸·許地山·王書用·黃春明 등의 작품이 조금씩 번역되었고, 중공 치하의 중공의 프로작가의 작품은 전연 알 길이 없었다. 중공의 경우 소련과는 달라서 해방 후 6.25이전까지 당싱의 우리 나라의 중국문학자 내지 문사들은 공산주의의 종주국인 소련에만 주력했고, 중공에는 주력하지 않은 것 같다.[1]

이 시기 사회, 정치적 이변으로 말미암아 중국 문학작품은 금기대상으로 되어 수천 년간 이어온 한중 문학교류의 맥락이 일조일석에 단절되어야 하는 위기에 처하게 되었다. 하지만 중국문학을 정통한 한국문인들은 이런 살벌한 사회 문화 환경 속에서도 중국문학 번역 이입을 고수하고자 지혜와 노력을 아끼지 아니하고 그 돌파구를 찾기에 전념하였다. 그 결과 1950년대 한국은 중국문학 작품 번역 이입에서 고전 문학과 같은 비공산 계열의 소설 또는 프로레타리아 계열에서 그 색채가 비교적 희박한 일부 작가들의 작품만 선정하여 번역 이입하게 되었다. 금기에도 어긋나지 않고 전통적 맥락도 끊기지 않은 현실적 대안이었다고 할 수 있다.

1950년부터 1959년까지 발간된 중국문학 번역작품을 장르별로 정리해 보면 소설 32권, 시집 6권, 희곡·수필·평론·기타 8권 정도다. 이 시기 임어당의 『마른잎은 굴러도 大地는 살아 있다』, 『暴風 속의 나무잎』, 『붉은 大門』, 『生活의 發見』, 『續 生活의 發見』, 『林語堂隨筆集』 등 소설과 수필들이 중판, 혹은 이본으로 적극 번역 이입되면서 중국문학의 일인자로 번역 소개되는

---

1 金秉喆, 『韓國現代飜譯文學史硏究』(上), 乙酉文化史, 1998년 4월, 132-133쪽에서 인용.

독특한 양상을 이루었는데 이는 1950년대 한국의 중국문학 번역 이입에서의 또 다른 특징이라고 하지 않을 수 없다.

이 양상과 특징은 1960년대에까지 이어져 갔다.

2. 1960년대 한국의 중국문학 번역 양상

1950년대 한국의 중국문학 번역 이입 양상은 1960년대에도 대체로 그 지속성을 보여주었다.

우선 소설을 살펴보면 단행본으로 도합 116편[2]이 출간되어 양적으로 보면 1950년대보다 훨씬 많아 보이지만 그 중 『수호전』, 『삼국지』를 비롯한 일부 고전명작들이 여러 가지 역본으로 수차례 번역 출간되고 작품들의 내용 성격상 1950년대와 별 차이가 없어 그 실질적 양상은 1950년대의 연장선이라고 할 수 있다.

이 시기 한국어로 번역된 중국 고전문학 소설들로는 『三國志(1-5)』(羅貫中 著, 金東成 譯, 乙酉文化社, 1960년), 『(單卷完譯) 三國志』(羅貫中 著, 金明煥 譯, 百忍社, 1961년), 『(單卷完譯) 三國志』(羅貫中 著, 李元燮 譯, 眞文出版社, 1961년), 『三國志』(羅貫中 著, 方基煥 譯, 三文社, 1961년), 『完譯三國志(1-3)(中國古典文學選集1-3)』(羅貫中 著, 崔瑛海 譯, 正音社, 1961년), 『(單卷完譯) 三國志』(羅貫中 著, 申泰和 譯, 三文社, 1962년), 『三國志(全5卷)』(羅貫中 著, 申泰和 譯, 世昌書館, 1964년), 『三國志』(羅貫中 著, 편집부 譯, 三協出版社, 1964년), 『三國志(上·中·下)(中國古典名作全集1)』(羅貫中 著, 金光洲 譯, 創造社, 1965년), 『(原本)三國志(1-5)』(羅貫中 著, 편집부 譯, 鄕民社, 1965년), 『三國志(1-3)』(羅貫中 著, 편집부 譯, 向民社, 1965년), 『(原本)國文三國志

2 金秉喆, 『韓國現代飜譯文學史硏究』(上), 乙酉文化史, 1998년 4월, 333쪽 참조.

(1-5)』(羅貫中 著, 편집부 譯, 世昌書館, 1965년), 『三國志(1-5)』(羅貫中 著, 李炳注 譯, 奎文社, 1966년), 『完譯三國志(1-5)(中國古典文學選集14)』(羅貫中 著, 朴鐘和 譯, 語文閣, 1967년), 『後三國志(1-5)』(羅貫中 著, 李元燮 譯, 東洋出版社, 1968년), 『後三國志(1-5)』(羅貫中 著, 趙誠出 譯, 文友社, 1968년), 『三國志(1-3)』(羅貫中 著, 金光洲 譯, 三中堂, 1968년), 『(新譯)水滸誌(上)(新譯名作全集1)』(施耐庵 著, 朴榮濬 譯, 先進文化社, 1960년), 『(新譯)水滸誌(下)(新譯名作全集2)』(施耐庵 著, 李成學 譯, 先進文化社, 1960년), 『水滸誌(1-5)(中國古典文學選集1)』(施耐庵 著, 李周洪 譯, 乙酉文化社, 1960-61년), 『水滸傳』(施耐庵 著, 崔瑛海 譯, 正音社, 1961년), 『(單卷完譯) 水滸傳』(羅貫中 著, 申泰和 譯, 三文社, 1961년), 『水滸傳(上·下)(中國古典文學選集4-5)』(施耐庵 著, 崔瑛海 譯, 正音社, 1962년), 『水滸傳(上·中·下)(中國古典名作全集2)』(羅貫中 著, 金光洲 譯, 創造社, 1965년), 『水滸誌』(施耐庵 著, 李庸學 譯, 大韓出版社, 1966년), (八峰)『水滸傳(1-5)』(施耐庵 著, 金八峰譯, 語文閣, 1966년), 『水滸誌』(施耐庵 著, 史石甫 譯, 不二出版社, 1967년), 『水滸誌(1-3)』(施耐庵 著, 千世旭 譯, 仁文社, 1968년), 『(新譯)玉樓夢(新譯名作全集3)』(玉蓮子著, 方基煥 譯, 先進文化社, 1960년), 『玉樓夢』(玉蓮子 著, 任昌淳 譯, 三文社, 1961년), 『(單卷完譯)玉樓夢』(玉蓮子 著, 申泰和 譯, 三文社, 1961년), 『玉樓夢(1-5)』(玉蓮子 著, 金丘庸 譯, 正音社, 1961년), 『玉樓夢』(玉蓮子 著, 李文鉉 譯, 大韓出版社, 1962년), 『玉樓夢』(玉蓮子 著, 方基煥 譯, 大韓出版社, 1966년), 『玉樓夢』(玉蓮子 著, 方基煥 譯, 不二出版社, 1967년), 『紅樓夢(上·下)(中國古典文學選集11-12)』(玉蓮子 著, 金龍濟 譯, 正音社, 1962년), 『紅樓夢(1-5)』(玉蓮子 著, 李周洪 譯, 乙酉文化社, 1963년), 『(新譯)西遊記(新譯名作全集6)』(吳承恩 著, 金潤成 譯, 先進文化社, 1960년), 『西遊記』(吳承恩 著, 金龍濟 譯, 三文社, 1961년), 『(完譯)西遊記』(吳承恩 著, 金光洲 譯, 良書閣, 1961년), 『(單卷完譯) 西遊記』(吳承恩 著, 申泰和 譯, 三文社, 1962년), 『西遊記(上·中·下)(中國古典文學選集8,9,10)』(吳承恩 著, 金光洲 譯, 正音社, 1963년), 『西遊記(上·中·下)(中國古典名作全集3)』(吳承恩 著, 金光洲 譯, 創造社, 1965년), 『西遊記(1-4)』(邱永漢 著, 鄭麟永 譯, 民音社, 1966년), 『西遊記(1-3)』(吳承恩 著, 李周洪 譯, 語文閣, 1966

년), 『西遊記』(吳承恩 著, 韓民教 譯, 成東文化社, 1967년), 『孫悟空』(吳承恩 著, 韓民教 譯, 翰林社, 1962년), 『(新譯) 金甁梅(新譯名作全集9)』(曹雪芹 著, 鄭桓 譯, 先進文化社, 1960년), 『金甁梅(上·下)(中國古典文學選集6-7)』(曹雪芹 著, 崔瑛海 譯, 正音社, 1962년), 『金甁梅(上·中·下)(中國古典文學選集2)』(曹雪芹 著, 金東成 譯, 乙酉文化社, 1962년), 『金甁梅』(笑笑生 著, 趙植 譯, 大韓出版社, 1962년), 『金甁梅』(曹雪芹 著, 金潤成 譯, 不二出版社, 1967년), 『(丘庸)列國志(1-5)』(여소여 著, 金丘庸 譯, 語文閣, 1964년), 『列國志(上·中·下)』(여소여 著, 金東成 譯, 乙酉文化社, 1964년), 『聊齋志異(上·中·下)』(蒲松齡 著, 崔仁旭 譯, 乙酉文化社, 1966년), 『(中國古典)聊齋志異(上·下)』(蒲松齡 著, 金光洲 譯, 良書閣, 1967년), 『剪燈新話·老殘遊記(世界文學全集62)』(瞿佑 劉顎 著, 李慶善 金時俊 譯, 乙酉文化社, 1964년), 『唐代小說選(乙酉文庫49)』(蔣防 外 著, 郭夏信 譯, 乙酉文化社, 1969년), 『華春實話小說集 三國人』(華國亮 著, 역자 미상, 利文閣, 1961년), 『(中國色情小說)好色一代記(肉蒲團)』(李笠翁 著, 朴高山 譯, 百忍社, 1962년), 『今古奇觀』(抱甕老人 著, 趙靈岩 譯, 正音社, 1963년), 『快傑鞍馬天拘』(작자 미상, 趙靈岩 譯, 靑雲社, 1963년), 『肉蒲團』(李笠翁 著, 金春洙 譯, 庚文出版社, 1963년) 등이다.[3]

이외 문교출판사에서 1966년에 東洋傑作選集으로 金潤成 역『金甁梅』, 史石甫 역『水滸誌』, 方基煥 역『楚漢誌』 등 중국 고전명작들을 번역 출간하여 중국문학 번역 이입을 보다 풍부케 하였다.

이 시기에 번역된 중국 고전문학 시집으로는『唐詩新譯』(李元燮 譯, 成文閣, 1961년), 『杜詩諺解抄(中國古典文學選集8,9,10)』(杜甫, 李丙疇 譯, 集賢社, 1963년), 『寒山詩』(寒山, 金達鎭 譯, 법보원, 1964년), 『唐詩(玄岩新書22)』(李白 外, 李元燮 譯, 玄岩社, 1965년), 『詩經(世界古典文學6)』(孔子, 宋貞姬 譯, 光文出版社, 1967년), 『詩經(國譯사변록3)』(孔子, 盧台俊 譯, 民族文化推進會, 1968년), 『詩經(世界古典文學4)』(孔子, 金學主 譯, 韓國自由敎養推進會, 1969년), 『楚辭』(屈原, 宋貞姬 譯, 韓國自由敎養推進會,

---

3 金秉喆, 『韓國現代飜譯文學史研究』(上), 乙酉文化史, 1998년 4월, 328-332쪽에서 인용.

1969년) 등이다.[4]

중국 고전 소설 번역에서 가장 주목되는 것의 하나가 바로 을유문화사에서 1960년 1월부터 체계적으로 번역 출간한 중국고전문학선이다. 이 선집에는 『三國志(1-5)』(金東成 譯, 1960년), 『水滸誌(1-5)(中國古典文學選集1)』(李周洪 譯), 『金瓶梅(上·中·下)(中國古典文學選集2)』(金東成 譯), 『紅樓夢(1-5)』(李周洪 譯), 『聊齋志異(上·中·下)』(蒲松齡 著, 崔仁旭 譯), 『西遊記(1-3)』(金東成 譯), 『列國志(上·中·下)』(金東成 譯) 등이 수록되었다. 이 선집은 매 책자의 뒷면에 수록된 작품들을 일목요연하게 소개하고 있는 것이 아주 인상적이다. 『水滸誌』는 "松江을 中心으로 한 百八豪傑들이 梁山泊에 雄據하여 腐敗한 貪官汚吏들을 膺懲하는 가슴 후련한 이야기들"을 쓰고 있다고 소개하고, 『三國志』는 "諸葛亮을 中心으로 하는 群雄들의 武勇談! 東洋의 智慧, 東洋人의 情緒가 縱橫으로 엮어진 古典!"이라고 쓰고 있으며, 『金瓶梅』는 "色情描寫의 赤裸裸함으로 物議를 일으킨 東洋의 데카메론! 金蓮·瓶兒·春梅 三人의 女主人公이 提示하는 女性의 生態"라고 소개하고 있다. 『西遊記』는 "孫悟空을 中心으로 各容各色의 妖怪惡魔가 登場하여, 神出鬼沒·變幻自在한 活躍을 하는 一大 파노라마!"라고 소개하고 『列國志』는 "五覇七雄이 明滅하는 亂世를 背景으로 權力에 굶주린 奸雄과 妖花淫女들이 千態萬變하는 人間性의 斷面을 그려낸다."고 소개하고 있으며 『聊齋志異』는 "神仙·여우·鬼神·精靈·異人 등을 素材로 하여 奇談·怪說·故事·艶事가 면면히 펼쳐지는 獵奇文學의 最高峰!"이라고 소개하고 『紅樓夢』은 "沒落하는 大貴族의 家庭을 中心으로 賈寶玉·林黛玉의 아름답고 구슬픈 戀愛의 줄거리가 展開되는 中國小說史上 獨步的作品!"이라고 소개하고 있다. 여기서 이 선집에 수록된 작품들은 모두 스토리가 엽기적이고 구수한 奇書라는 공통점을 갖고 있음을 알 수 있다.

---

4 金秉喆, 『韓國現代飜譯文學史硏究』(上), 乙酉文化史, 1998년 4월, 334쪽에서 인용.

『水滸誌』의 역자 이주홍(李周洪)은 역문의 머리말 「解題를 兼해서」에서 이 소설의 번역과 관련해서 이렇게 쓰고 있다.

「三國志演義」·「西遊記」·「金甁梅」와 아울러 明代小說 中의 四大奇書라고 하는 이 「水滸傳」은 그중에서도 가장 많은 讀者을 가지고 있는 作品임은 다시 말할 것이 없다.

「水滸傳」이 어느 때쯤 해서 우리나라에 흘러들어왔는지는 詳考할 길이 없으나, 이것에 刺戟을 받아 「洪吉童傳」을 지은 作者 許筠이 「水滸傳」을 百讀이나 했다는 말만을 믿더라도 이미 李朝中葉시절에는 널리 民間에 읽혀지고 있었던 것임을 알 수 있고, 또 이 小說에서 影響을 받아 많이 敷衍脚色된 이야기로서는 林巨正의 武勇談 같은 것이 그 例가 될 것이다.

그러나 우리나라의 古典小說도 大部分이 그러하듯이, 이 「水滸傳」도 作者와 쓰여진 年代가 분명치 않을 뿐 아니라 版을 달리한 雜本까지 많아서 어느 것이 眞本인지 假本인지 學者들 간에는 異論이 많다.

……

지금 流布되고 있는 七十回本에다가 施耐庵作 羅貫中補라 하는 것은 適切한 매김이 못된 것 같이 생각이 된다.

……

目次만에서도 보여지듯 결국 「水滸傳」의 主題는 不義와 正義의 對決이요, 汚吏와 良民의 鬪爭史다.

때문에 執權者가 얼마나 이 小說을 꺼렸나 하는 것은 淸朝가 民心에 미치는 부싯깃 같은 影響力을 두려워해서 닿는 대로 불살라 없애는 둥 힘을 다해 그 流通을 禁한 것으로도 알 수 있지만, 우리나라의 固陋한 學者님들도 이 小說을 毁斥해, …… 이 「水滸傳」의 擬作이라 할 수 있는 「洪吉童傳」의 作者 許筠을 誣譏해서 "許筠者 文章籍甚一代而賦性妖妄, 行又怪悖……云云"하고, 「明倫錄」에서는

"許筠大地一怪物也……筠一生所爲, 善惡具備, 亂常瀆行……興妖造讖"이라고까지 한 것을 보면 가히 這間의 事情을 짐작할 수 있는 것이다.

그러나 그러한 事情은 지금도 마찬가지여서, 저 지난해 筆者가 이 小說을 連載하기 시작할 때에도 李承晩 勢道天下에서 어떻게 이런 作品을 써갈 작정이냐 걱정해 주기도 하고, 때로는 隱喩가 너무 露骨的이라고 귀띔도 해주는 친구들이 있었던 것을 그냥 눌러서 써온 셈이다.

끝으로 이 譯本에 대한 몇 가지의 얘기를 한다면, 흔히 많이 쓰는「水滸傳」의 <傳>을 <誌>로 바꾸어 넣은 것은 다만 音便을 좇아서 그렇게 한 것뿐이고, 章別은 原文 가운데서 地名 혹은 人名을 뽑아 題目을 삼는 한편, 原著와는 달리 첫머리의 楔子는 回에서 뺐고, 譯도 直譯을 피해 어디까지나 자유로운 姿勢에서 創作的 手法으로 現代化를 꾀했기 때문에, 字句對照式의 正確한 飜譯을 期待했던 讀者들에게는 意外의 것이 되어 있을 것으로 안다. 嚴格한 意味로서는 譯만으로 이름붙일 수가 없게 되어 있는 것이라고도 하겠다.

나아가서 筆者는 上下의 層에 고루 鑑賞의 便宜를 주고 싶다는 생각에서 국문을 解得할 정도만 된다면 어떤 사람에게도 理解가 될 수 있도록 쉬운 말로만 表現하기를 힘써서 官名·兵器名 같은 것도 일부러 괴팍한 것은 버리고 모두 익히 알고 있는 것으로 바꾸거나 줄여 놓았다.

이 小說은 三 년 전부터 시작해서 지금도 釜山日報에 連載하고 있고 또 때를 같이 해서 連續放送도 釜山文化放送局에서 每日 繼續中에 있다. ……[5]

이 글은 1960년 11월에 쓰여진 것이라고 한다.

『紅樓夢』 역시 「解說」에서 작가, 형태, 연구상황 등에 대해 자세히 소개함

---

5 施耐庵 著, 李周洪 譯, 『水滸誌(1)』, 乙酉文化社, 1960년 12월, 「解題를 兼해서」 1-12쪽에서 인용.

과 아울러 나중에 이렇게 쓰고 있다.

> 이 小說이 우리의 文學社會에도 寄與하는 바가 클 것이 있을 것을 믿으며, ……譯詩에 많은 힘이 되어주신 李載浩教授에게 感謝를 드려마지않는다. 그리고 回마다의 小題目은 역자가 적당히 붙인 것임을 부언해 둔다.[6]

역자는 이 소설이 한국문학에 큰 영향을 미칠 것임을 확신하고 번역한 것이고 또 번역에서 가장 핵심적이고 힘든 시 번역에 역점을 두어 책임감 있는 자세를 보여주었으며 회마다 소제목을 붙여 한국독자들의 취미와 정서에 맞추는 탁월한 번역 재주를 보여주었다.

이 시기 한국어로 번역된 중국 현대문학 소설들로는 『阿Q正傳』(魯迅 著, 李家源 譯, 精研社, 1963년), 『朱紅文』(林語堂 著, 金龍濟 譯, 青樹社, 1963년), 『北京好日(林語堂全集3)』(林語堂 著, 尹永春 譯, 徽文出版社, 1968년), 『暴風 속의 나무잎(林語堂全集4)』(林語堂 著, 張梁鉉 譯, 徽文出版社, 1968년), 『則天武後(林語堂全集5)』(林語堂 著, 梁炳鐸 譯, 徽文出版社, 1968년), 『女兵自傳·紅豆·離婚(世界文學全集19)』(謝氷瑩 著, 金光洲 譯, 乙酉文化社, 1964년), 『中國女流文學20人集』(謝氷瑩 等著, 權熙哲 譯, 女苑社, 1965年), 『故鄉(世界短篇文學全集7-東洋篇1)』(魯迅 著, 金光洲 譯, 啓蒙社, 1966년), 『李君의 慘死(世界短篇文學全集7-東洋篇2)』(徐志摩 著, 盧東善 譯, 啓蒙社, 1966년), 『沈淪(世界短篇文學全集7-東洋篇3)』(郁達夫 著, 丁來東 譯, 啓蒙社, 1966년), 『안개(世界短篇文學全集7-東洋篇4)』(謝氷瑩 著, 金光洲 譯, 啓蒙社, 1966년), 『외로운 사람들(世界短篇文學全集7-東洋篇5)』(陳紀瀅 著, 沈昌化 譯, 啓蒙社, 1966년), 『師弟之間(世界短篇文學全集7-東洋篇6)』(王藍 著, 金光洲 譯,啓蒙社, 1966년), 『十戒(世界短篇文學全集7-東洋篇7)』(徐速 著, 沈昌化 譯, 啓蒙社, 1966년), 『藍과 黑(上·下)』(王藍 著, 崔榮芳

---

6 李周洪 譯, 『紅樓夢』(一卷), 乙酉文化社, 1969년 9월, 「解說」, 5쪽에서 인용.

李聖愛 譯, 三一閣, 1967년), 『20世紀世界女流文學選集第3卷 東洋篇』(謝氷螢 等 著, 權熙哲 譯, 新太陽社, 1967年), 『낮과 밤이 없는 女子』(美美郎 著, 역자 미상, 文音社, 1968년), 『(實錄小說)阿片戰爭(1-5)』(陳舜臣 著, 柳呈 譯, 三省出版社, 1968년), 『隋煬帝戀史(1-4)』(작자 미상, 禹玄民 譯, 創研社·黎明社, 1969년) 등이다.[7]

여기서 노신, 임어당, 사빙영 등 세 작가의 작품이 남달리 많이 번역 이입되었음을 쉽게 찾아볼 수 있다. 이들은 모두 중국 대륙 작가이지 "중공대륙"의 작가가 아니라는 특징을 지니고 있다.

중국현대문학 수필집으로는 『無關心』(林語堂 著, 金信行 譯, 同學社, 1960년), 『隨筆集「良心」』(林語堂 著, 鄭東勳 譯, 青山文化社, 1962년), 『왜 사느냐고 묻는다면(나의 教養精選集16)』(林語堂 著, 朱曜燮 譯, 徽文出版社, 1962년), 『生活의 發見(世界思想教養全集11)』(林語堂 著, 金秉喆 譯, 乙酉文化社, 1963년), 『人生의 饗應·빈들빈들 놀며 지냄을 論함(世界隨筆文學全集2中國·日本篇)』(林語堂 著, 鄭成煥 譯, 東亞出版社·東西文化社, 1966년), 『生活의 藝術(林語堂全集1)』(林語堂 著, 尹永春 譯, 徽文出版社, 1968년), 『나의 祖國·나의 겨레(林語堂全集2)』(林語堂 著, 朱曜燮 譯, 徽文出版社, 1968년), 『機械와 精神·中國의 유어머(林語堂全集2,3)』(林語堂 著, 尹永春 譯, 徽文出版社, 1968년), 『林語堂隨筆集』(林語堂 著, 鄭東勳 譯, 青山文化社, 1968년), 『林語堂新作에세이(生活讀書심포지음8)』(林語堂 著, 尹永春 譯, 培英社, 1969년), 『林語堂의 에세이 孔子』(林語堂 著, 閔丙山 譯, 玄岩社, 1969년), 『生活의 發見(世界隨想文學全集5)』(林語堂 著, 金基德 譯, 文元閣, 1969년), 『집을 뛰쳐나간 노라는 어떻되었는가·끊없는 薔微·페어플레이는 時期尙早다·죽음·非攻·出關·小品3편(世界隨筆文學全集2中國·日本篇)』(魯迅 著, 鄭成煥 譯, 東亞出版社·東西文化社, 1966년) 등이다.[8]

그외 이 시기에 번역된 현대 희곡과 기타 장르 작품들로는 희곡 『孔子와

---

7 金秉喆, 『韓國現代飜譯文學史研究』(上), 乙酉文化史, 1998년 4월, 328-332쪽에서 인용.

8 金秉喆, 『韓國現代飜譯文學史研究』(上), 乙酉文化史, 1998년 4월, 328-332쪽에서 인용.

衛侯夫人(林語堂全集1)』(林語堂 著, 車柱環 譯, 徽文出版社, 1968년)과 논설『東洋의 智慧(世界文學全集60)』(孔子 外, 車柱環 譯, 乙酉文化社, 1964년),『論語(世界思想大系1)』(孔子, 역자 미상, 新太陽社, 1965년) 등이 번역 이입되었고 또『孫文傳記(現代偉人傳記選集11)』(작자 미상, 崔根德 譯, 新太陽社, 1964년),『四十自述(나의 思想的自叙傳6)』(胡適 著, 車柱環 譯, 三中堂, 1964년),『林語堂의 家庭(林語堂全集2)』(林語堂 著, 尹永春 譯, 徽文出版社, 1968년),『새벽을 기다린다(枕戈待旦)(林語堂全集5)』(林語堂 著, 朱曜燮 譯, 徽文出版社, 1968년),『浮生六記: 흐르는 인생의 찬가(乙酉文庫20)』(沈復 著, 池榮在 譯, 乙酉文化社, 1969년) 등 전기가 번역 이입되기도 하고『世界野談實話全集2 中國篇』(具素青 편, 乙酉文化社, 1965년),『太平王國(世界記錄文學全集3)』(李秀成 著, 柳呈 譯, 三省出版社, 1966년) 등 야담집이 번역 이입되었다.[9]

그리고『蔣介石回顧錄(現代偉人傳記選集13)』(蔣介石 著, 李熹春 譯, 新太陽社, 1964년),『(어느 女性의 告白)다시피는 꽃』(李華(原名 陳寒波), 金一平 譯, 兒童文化社, 1962년),『太陽을 등진 大陸: 毛澤東間諜實記』(陳寒波 著, 金一平 譯, 文正出版社, 1968년) 등 회고록과 수기가 번역되는데 이 작품들은 주로 장개석과 모택동에 관한 글로 이는 당시 한국의 반공 정세와 정서를 보여주는 특수한 양상이라고 할 수 있다.[10]

위에서 보다시피 임어당은 1950년대의 이어 1960년대에도 중국문학번역 이입의 일인자로 그 작품이 제일 많이 번역 이입되었다.

1960년대 한국의 중국문학 번역에서 하나의 새 양상이 나타났는데 그것은 바로 중국 현대 무협소설 번역 이입이다.

이 시기 한국어로 번역된 중국 무협소설들로는『情狹誌(上·中·下)』(尉達文

9 金秉喆,『韓國現代飜譯文學史研究』(上), 乙酉文化史, 1998년 4월, 334-336쪽에서 인용.

10 金秉喆,『韓國現代飜譯文學史研究』(上), 乙酉文化史, 1998년 4월, 336쪽 참조.

著, 金光洲 譯, 新太陽社, 1962년), 『(武俠小說)群俠誌(1-5)』(臥龍生 著, 金一平 譯, 民衆書館, 1966년), 『武遊記(1-5)』(臥龍生 著, 王嗣常 譯, 奎文社, 1967년), 『(武俠小說)義俠誌(1-3)』(臥龍生 著, 金修國 譯, 有文出版社, 1967년), 『(中國奇情武俠小說)飛龍(1-8)』(臥龍生 著, 王日天 譯, 耕智社, 1968년), 『(武俠小說)無名簫(1-5)』(臥龍生 著, 金修國 譯, 有文出版社, 1968년), 『(武俠小說)天涯記(1-6)』(臥龍生 著, 金修國 譯, 有文出版社, 1968년), 『夜笛(1-4)』(臥龍生 著, 王嗣常 譯, 奎文社, 1968년), 『(中國武俠情小說)劍風曲(1-4)』(臥龍生著, 松雲山 譯, 大韓出版社, 1969년), 『飛燕(1-5)』(臥龍生 著, 王日天 譯, 耕智社, 1969년), 『武林天下(1-4)』(臥龍生 著, 王嗣常 譯, 奎文社, 1969년), 『雙鳳旗(1-8)』(臥龍生 著, 宋文 譯, 鄕友社, 1969년), 『劍曲圖』(臥龍生著, 崔昭汝 譯, 大韓出版社, 1969년), 『(中國武俠小說)黑衣怪人』(司馬翎 著, 史文國 譯, 仁文社, 1968년), 『(中國武俠小說)情劍誌(1-6)』(司馬翎 著, 朴鐘鍵 譯, 仁文社, 1968년), 『(中國武俠奇情小說)白骨令(1-2)』(司馬翎 著, 松雲山 譯, 大韓出版社, 1968년), 『(中國武俠奇情小說)白骨令(3-4)』(司馬翎 著, 松雲山 譯, 大韓出版社, 1969년), 『劍氣千幻錄(1-5)』(司馬翎 著, 宋文 譯, 鄕友社, 1969년), 『劍神(1-5)』(司馬翎 著, 金修國 譯, 有文出版社, 1969년), 『(中國武俠小說)飛虎誌(1-3)』(沈綺雲 著, 千世旭 譯, 不二出版社, 1967년), 『(中國武俠小說)飛虎(1-5)』(沈綺雲 著, 金光洲 譯, 同和出版公社, 1968년), 『豪遊記』(古如風 著, 金光洲 譯, 三信書籍, 1968년), 『風雲劍(1-5)』(古如風 著, 金光洲 譯, 尙書閣, 1969년), 『況沙谷(1-5)』(上官鼎 著, 宋文 譯, 仁文社, 1968년), 『(武俠小說)黑龍傳(上·中·下)』(左大藏 著, 金光洲 譯, 民衆書館, 1967년), 『白夜城(1-5)』(諸葛青雲 著, 尹月步 譯, 奎文社, 1969년), 『血影人(1-5)』(諸葛青雲 著, 王日天 譯, 新亞出版社, 1969년) 등이다.[11]

이와 같은 중국무협소설의 번역 이입은 한국의 현대 무협소설의 발생 발전에 커다란 영향을 끼치게 되었다. 이 점은 제3절에서 구체적으로 살펴보기로 한다.

---

11 金秉喆, 韓國現代飜譯文學史硏究』(上), 乙酉文化史, 1998년 4월, 328-332쪽에서 인용.

1960년대에 또 하나의 특수한 양상은 바로 중국 고전문학사를 다룬 대표적 문학저서 『中國文學史』(胡雲翼 著, 張基權 譯, 한국번역도서주식회사, 1961년)와 『中國小說史』(魯迅 著, 丁來東·丁範鎭 譯, 錦文社, 1964년)가 번역 이입되었다는 것이다.[12]

주지하다시피 『中國文學史』의 저자 호운익(1906-1965)은 중국문학사연구와 시사(詩詞)연구에 큰 영향을 끼친, 20세기 중국 고전문학연구영역에서의 탁월한 학자이다. 『中國文學史』는 원래 『新著中國文學史』(上海北新書局, 1922년)라는 서명으로 초판이 출간되었다가 1931년에 『中國文學史』(上海教育書店 출판)라는 서명으로 중판되었다. 1957년 10월 대만제일서점(臺灣第一書店)에서 이를 번인(飜印)하였는데 역자는 이 번인본을 텍스트로 선정하였다. 『中國文學史』는 출간되어서부터 줄곧 중국 대학 필독 교재 및 참고서로 선정되었다.

『中國小說史』의 저자 노신은 일찍 1920년대부터 중국현대문학 대가로 한국에 널리 알려졌고 그의 소설들도 적잖게 번역 이입되었다. 하지만 그의 문학연구 저서로 한국에 번역 이입된 것은 『中國小說史』이 처음이라고 하겠다. 『中國小說史』는 1931년에 수정본 초판으로 출간될 때 『中國小說史略』이라는 서명으로 출간되었다. 이 저서는 중국에서 처음으로 출간된 중국소설사로 지금까지 줄곧 중국소설연구의 지침서로 평가받고 있는 명저이다.

1960년대에 중국문학이 금기로 된 엄혹한 상황에서 이와 같이 중국문학연구의 대표적 저서들이 한국어 번역 출판되었다는 것은 참으로 독특한 상황이 아닐 수 없다. 물론 이 두 저서가 '공산' 색채가 없는 중국고전문학을 다루었다는 내용상 독특한 점이 있기는 하지만 한국독자들이 중국문학을 체계적으로 이해하는 데 큰 역할을 하였다고 해도 과언이 아닐 것이다.

중국문학의 대표작들이면서 공산 색채의 의심이 철저히 배제된 고전명작

---

12 金秉喆, 『韓國現代飜譯文學史研究』(上), 乙酉文化史, 1998년 4월, 335쪽 참조.

들이 선정의 대상 혹은 기준으로 되었다고 할 수 있다. 중국문학과의 전통적 맥락을 조심스럽게 이어감과 동시에 당시 사회·정치·문화 환경에 순응하는 번역 자세를 엿볼 수 있다.

3. 명가 명작 소개와 번역

1) 김광주 번역본 『三國志』

이 시기 『三國志』번역에서 대표적이라고 할 수 있는 것은 김광주 역본 『三國志』[13]라고 할 수 있다. 이 역본은 120회 족본판(足本版) 全譯으로 한국어 완역본의 하나라고 할 수 있는데 그 번역에 대해 역자 김광주는 「解說」에서 이렇게 쓰고 있다.

> 『三國志』에 관해서는 우리 年代의 사람치고는 누구나 共通되는 아득한 追憶이 있다고 생각된다.
>
> ……
>
> 몇 卷이었으며 어떠한 冊이었는지 지금 그것을 확실히 말할 수는 없고, 이른바 漢文에다가 한글로 토를 단 『三國志』라고 생각되는데, 그들은 그 여러 卷의 冊을 매일 밤 계속해서 朗讀하고 듣고 하면서, 曹操가 나오면 憎惡感을 참지 못하여 주먹을 쥐고, 劉玄德이 勝利하면 신바람이 나서 快哉를 부르고, 諸葛孔明의 神出鬼沒한 計策이 成功하면 아슬아슬한 快感에 陶醉하면서 손에 땀을 쥐곤 하던 일들을 나는 지금도 잊어버릴 수 없다.
>
> 이것이 譯者에게 五十 년 전의 일이라고 생각할 때, 우리들의 아버지, 할아버

13 羅貫中 著, 金光洲 譯, 『三國志(上·中·下)(中國古典名作全集1)』, 創造社, 1965년 5월.

지 年代로만 거슬러 올라간다 해도 『三國志』란 것이 얼마나 긴 歲月을 두고 우리들 周邊에서 읽혀 왔다는 것을 쉽사리 알 수 있다.

……

그러면 현재 우리 周邊에서는 어떠한 『三國志』가 읽혀지고 있느냐? 譯者는 그런 것을 여기서 따질 아무런 흥미도 없고 또 그렇게 할 필요도 없다. 다만 이 『新譯本·三國志』가 意圖한 要點만을 솔직히 讀者들에게 밝혀 두고자 할 따름이다.

1. 어떻게 하면 보다 더 읽기 쉽고, 재미있는 『三國志』를 만들어 보느냐 하는 企圖에서, 整理作業을 해 봤다는 점이다. 이것은 첫째로, 複雜多端한 權謀術數와 싸움 속에서 자칫하면 혼란을 일으키기 쉬운 讀者의 머리 속을 譯者와 함께 整理해 나가면서 읽어 보자는 目的에서였다.

2. 그러기 위해서, 原本 百二十回를 每回마다 비슷한 分量 속에 집어넣고, 煩長한 說明의 重複, 지루한 對話 등을 整理했으나, 어디까지나 原本에 忠實하고 군더더기를 붙이지 말고 人名·地名·官名의 하나하나를 疎忽히 하지 않도록 힘썼다.

3. 每回마다 原本이 가진 두 줄의 說明式 小題目을 그대로 풀어 놓은 이외에, 그 回의 전체적인 줄거리에서 혹은 特異한 事件에서 集約 또는 强調할 수 있는 小題目 하나씩을 먼저 붙였는데, 이 역시 독자가 언제, 어디서, 어떤 한 卷을 펼치고 어떤 한 回를 읽어 보더라도, 興味津津한 가운데 손쉽게 吟味할 수 있도록 하자는 意圖에서였다.

…… 이 新譯本의 原本으로 삼은 것도 『足本 三國演義』(世界書局版)이다.

…… 그러면 우리는 여기서 『三國演義』의 中國文學史上에 있어서의 價値를 어떻게 評價해야 할 것이냐? 이 問題에 관해서는 우리들 自身이 그 價値를 判斷하느니보다는 中國文人들 自身의 몇 가지 見解를 아래에 附記함으로써 讀者의 參考로 드리고자 한다.

胡適之는 그의 「胡適文存」 가운데서, 『三國演義』는 文學的 作品이라기보다는

> 絶好한 通俗歷史로서 몇千 年의 通俗教育史上 어떤 冊도 이 冊이 지니는 魔力을 따라갈 수 없다고 結論을 지었으며, 李辰冬이란 사람은 이 新譯本의 原書의 序文인 「三國演義的價値」라는 一文中에서, 原作者를 羅貫中으로 前提해 놓고, 그가 비록 歷史的인 事實을 어떻게 揑造, 歪曲, 改正, 補充해서 전혀 다른 새로운 人物을 創造해 냈다손 치더라도, 歷史를 推飜하고 時代와 暗黑政治에 反抗하고 果敢히 自己感情으로 新世界를 創造해 보려고 한 努力을 높이 評價해야 한다고 主張했으며, 역시 原書 序頭에 收錄한 「三國演義考」라는 一文中에서, 筆者 趙笞狂은 같은 性質의 歷史演義體 小說의 그 어떤 作品도 스케일과 波瀾萬丈한 情節에 있어서 도저히 이 『三國演義』를 따를 수 없다는 點을 指摘하고 있다.[14]

인용문이 좀 장황하기는 하지만 우선 여기서 『三國志』는 예로부터 대를 이어 한국독자와 청자들을 매료시킨 명작이며 역자는 어려서부터 익숙한 작품임을 알 수 있다. 역자는 매 회 소제목, 인명, 지명 등 원문의 중요하고 난해한 부분에 대해서는 중국어 원문을 함께 싣는 방법으로 번역의 오차를 극복하고 원문에 충실하고자 하였다. 또한 독자의 정확한 이해를 돕고 함께 독자들의 독서 수준과 취미에 맞추어 일부 지루한 부분을 정리하고 매 회마다 알기 쉬운 소제목을 붙여주는 창조적인 번역 자세를 보여주었다. 그리고 이 작품의 문학적 가치에 대해서는 중국문인들의 평가를 통해 통속역사성과 파란만장한 정절을 밝힘과 동시에 나관중은 기존의 역사를 뒤집고 시대와 암흑정치에 반항하고 과감히 자기감정으로 신세계를 창조하려고 하였음을 밝히고 있다. 나관중에 대한 평가가 참으로 주목되는 부분이 아닐 수 없고 김광주의 『三國志』 이해와 번역 자세가 남다르다고 하지 않을 수 없다.

---

14 羅貫中 著, 金光洲 譯, 『三國志(上·中·下)(中國古典名作全集1)』, 創造社, 1965년 5월, 「解說」 1-4쪽에서 인용.

김광주는 이 번역본을 이어 1968년에 개작에 가까운 이본『三國志』(1-3, 三中堂)를 번역 출판하여 지속적인 이입 양상을 보여주었다.

이 시기 박종화의『三國志』[15]도 1967년 한 해에 초판에서 6판까지 간행되는 성황을 이루었다.

이와 같은 중국고전문학작품들은 중국문학의 대표작들이면서 공산 색채의 의심이 철저히 배제되어 당시 사회·정치·문화 환경에 순응하면서도 중국문학과의 전통적 맥락을 조심스럽게 이어가는 번역 자세를 보여준다고 할 수 있다.

2) 이가원 번역본『阿Q正傳』

李家源 選譯으로 된『阿Q正傳』[16]은 이 시기 노신 작품 번역에서의 대표작이라고 할 수 있다. 역자 이가원은 魯迅의 小說選으로『阿Q正傳』을 번역 출간하면서「序」에서 이렇게 쓰고 있다.

> 魯迅은 封建中國에서 태어나 封建中國의 부정을 文魂으로 生을 마친 사람이다.
>
> 孫文의 생애를 중국혁명의 역사라고 말하는 데 비하여 魯迅의 일생을 반제·반봉건의 中國新文學의 역사라고까지 말하고 있다. 五·四를 전후하는 二十年 간의 최고의 文學者인 동시에 評論家로서 항상 中國新文學을 이끌어왔으니 그의 위대한 文學精神이야말로 중국의 現代文學과 더부러 항상 中國新文學을 이끌어 왔으니 그의 위대한 文學精神이야말로 중국의 現代文學과 더부러 영원히 찬란한 광채를 발할 것이다.
>
> 그러나 우리나라에서는 그의 작품에 대하여 그다지 널리 소개되어 있지 않은

15 月灘 朴鍾和 譯,『三國志(全五卷)』, 三省出版社, 1967년 3월.

16 魯迅 著, 李家源 譯,『阿Q正傳』, 精研社, 1963년.

> 것이다. 譯者의 寡聞일지는 모르겠으나 一九四六年에 金光洲·李容珪 두 분의 共譯으로 『魯迅短篇小說集』이 겨우 나왔을 뿐이다.
>
> 이제 譯者는 魯迅의 제一소설집 『吶喊』과 제二소설집 『彷徨』에 수록된 二十五편 중에서 그의 대표적인 「阿Q正傳」, 得意作인 「故鄕」·「傷逝」 등과 그 밖에 비교적 통속적인 작품 七편, 모두 十편을 뽑아서 우리말로 옮겨 보았다.
>
> 魯迅의 用語는 최근의 小說을 읽고 있는 사람들에게는 좀 난해한 느낌이 없지 않으나 그것은 白話文學 草創期의 작품이며 게다가 당시의 독자층의 幅과 오늘날의 그것과는 상당한 간격이 있으므로 어쩔 수 없는 일이다. 난해하다는 것도 결국은 魯迅의 날까로운 諷刺的인 말을 感得하는 곤난일 것이다. 諷刺를 이해하려면 아무래도 그 당시의 사회정세에 밝지 않으면 안 될 것이니 이는 文學을 이해함에는 당연히 붙어 다니는 문제이며 비단 魯迅의 작품에만 국한되는 것은 아닐 것이다. 그리고 「阿Q正傳」에는 더욱이 많은 諷刺가 숨겨져 있으므로 한층 곤난을 느낄 것으로 생각된다.[17]

역문집은 표제를 노신의 대표작은 「阿Q正傳」을 그대로 明揭하고 「序」에 앞서 노신의 사진을 넣었을 뿐만 아니라 「序」에 이어 「解說」을 달아 우선 노신을 전면 소개, 평가한 후 수록된 10편의 작품에 대하여 간략하게나마 한 편 한 편 소개하고 있다.

> 一, 阿Q正傳
>
> 「阿Q正傳」은 一九二一年 『辰報副刊』에 "巴人"이라는 필명으로 連載한 중편소설이다. 이 소설은 후에 各國語로 번역되어 세계적으로 알려짐과 동시에 魯迅의 이름을 不朽한 것으로 만든 대표작이다.

---

17 魯迅 著, 李家源 譯, 『阿Q正傳』, 精研社, 1963년, 3-4쪽에서 인용.

阿Q는 한마디로 말하면 중국인의 대명사이다. 중국 四千年의 전통이 만들어 낸 하나의 슬피해야 할 성격이다. 自大하고도 事大的이며 反省心도 없는가하면 意志도 없고 다만 인습적 관례와 목전의 이익에 좌우되는 심히 가난한 퇴폐적 민족성을 상징한 하나의 人格이다.

이 작품은 九장으로 나누어져 있는데 제一장에서는 구소설파의 林紓와 신문학파의 胡適을 嘲笑하면서 阿Q를 소개하고 있다. 제二·三장에서는 阿Q의 精神勝利法이 설명되어 있고 제四·五장에서는 이 정신승리법이 젊은 女僧의 "씨 못 받을 阿Q놈!"이라고 한 말 때문에 점점 무너져 가는 과정이 그려져 있다. 마음이 들떠 거리를 쏘다니다 돌아왔지만 辛亥革命의 희생물이 되어 총살 당하기까지가 제六장으로부터 제九장까지이다.

阿Q를 그려낸 방법에는 一種의 諷刺的 手法이 있어 이 작품은 諷刺를 목적으로 한 작품으로 보기 쉬우나 사실은 愛情을 밑바닥에 감춘 冷徹한 "리얼리즘"으로 시종하고 있다. 魯迅은 이 소설에서 辛亥革命의 不徹底性과 당시의 혁명정세를 잘 그려 냈다. 魯迅의 人間愛는 그 신랄한 毒舌 뒤에 깊숙히 숨겨져 있으면서 우리들에게 자기 자신의 결점을 凝視하고 魂을 淸新케 하는데 용감하지 않으면 안 된다는 것을 절실히 요구함과 동시에 온갖 중국인의 급소를 찌르고 있다. 그가 처음으로 渡日했을 무렵부터 시작된 人性 및 國民性改造에의 追求가 여기에서 비로소 크게 開花한 것이었다. 그리하여 거기에는 魯迅의 작가 역량의 大成이 보임과 동시에 국가와 민족을 一身에 抱擁한 인간적 위대함이 있었다.[18]

역자는 위와 같은 방식으로 「孔乙己」, 「葯」, 「明日」, 「頭髮의 故事」, 「故鄕」, 「端午節」, 「토끼와 고양이」, 「祝福」, 「傷逝」 등 9편 소설들도 소개 평가하고 있다. 「阿Q正傳」 소개에서 보다시피 역자는 당시 한국의 정치의식형태 담론

18 魯迅 著, 李家源 譯, 『阿Q正傳』, 精研社, 1963년, 10-11쪽에서 인용.

의 영향이나 문단의 중국문학 배제나 부정의 분위기와 전혀 상관없이 이성적인 문학적 담론으로, 역사적 심미적 비평 기준으로 왜곡이나 오독이 아닌 순수한 심미적 측면에서 작품의 주제 내용과 그 예술적 가치를 분석 평가하는 번역 이입 자세를 보여주고 있다. 번역문학이 독자들의 문학 심미 욕구를 만족시켜주고 민족문학의 발전을 추진시킨다는 역할을 충분히 보여준 역자라고 할 수 있다. 이는 역자가 당시 『中國文學思潮史』, 『韓國漢文學史』, 『燕巖小說硏究』 등 저서를 펴낸, 중국문학을 정통한 한국 漢문학자로서 냉전적 정치의식 형태에서 벗어나 합리적 미학 입장에서 중국문학을 이해 해석하고 있었기 때문이 아닌가 본다.

3) 謝氷瑩과 「女兵自傳」

1960년대 한국에 번역 소개된 중국 여류작가들로는 謝氷瑩, 童眞,[19] 琦君,[20] 林海音,[21] 艾玫[22] 등이 있는데 그 가운데서 사빙영(謝氷瑩)의 작품이 제일 많이 번역 소개되었다. 그 작품들로는 「언니」,[23] 「안개」,[24] 「女兵自傳」,[25] 「紅豆」,[26] 「離婚」[27] 등 5편으로, 그 중 「언니」는 『20세기세계여류문학선집』에 번역 수록되었고 「안개」는 『세계단편문학전집』에 번역 수록되었으며 「女兵自傳」, 「紅豆」, 「離婚」 등 3편은 『세계문학전집19집』에 번역 수록되었다.

---

19 童眞, 「最大의 浪費」, 權熙哲 譯, 『20世紀世界女流文學選集第3卷(東洋篇)』, 新太陽社, 1967年.

20 琦君, 「달은 지네, 소리도 없이」, 權熙哲 譯, 『20世紀世界女流文學選集第3卷(東洋篇)』, 新太陽社, 1967年.

21 林海音, 「촛불」, 權熙哲 譯, 『20世紀世界女流文學選集第3卷(東洋篇)』, 新太陽社, 1967年.

22 艾玫, 「改心」, 權熙哲 譯, 『20世紀世界女流文學選集第3卷(東洋篇)』, 新太陽社, 1967年.

23 謝氷螢 等 著, 權熙哲 譯, 『20世紀世界女流文學選集第3卷(東洋篇)』, 新太陽社, 1967年.

24 謝氷螢 等 著, 金光洲 趙演鉉 編, 『世界短篇文學全集7(東洋篇)』, 啓蒙社, 1966年.

25 謝氷螢 著, 金光洲 譯, 『世界文學全集19』, 乙酉文化社, 1964年.

26 謝氷螢 著, 金光洲 譯, 『世界文學全集19』, 乙酉文化社, 1964年.

27 謝氷螢 著, 金光洲 譯, 『世界文學全集19』, 乙酉文化社, 1964年.

특히『세계문학전집19집』은「女兵自傳」,「紅豆」,「離婚」등 3편으로만 편찬되어 있어 사빙영의 번역작품집이라고 할 수 있다.『세계문학전집19집』은 이 시기 유일무이한 중국 여류작가 단행본으로 된다. 사빙영은 중국 여류작가 일인자로 번역 소개되었다고 할 수 있다.

주지하다시피 사빙영의 이 단행본에 대해 번역자 김광수는「解說」에서 이렇게 쓰고 있다.

> "……나는 당신을 알게 되었소……젊고 勇敢한 中國 친구, 그리고 奮鬪的인 新女性을……"
>
> 이것은 一九二八年 謝氷瑩의「從軍日記」가 出版(上海春潮書局)되고 나서 그 讀本을 읽은 佛蘭西의 로망 로랑이 著者에게 보낸 親函 속에 있는 한 句節인데, 距今 三○餘年 前의 中國에 있어서는 一個女性의 몸으로서 軍裝을 하고 戰線에 나섰다는 것은 驚異的인 事實이었고, 또한 家庭과 社會에 대한 叛逆的인 行爲라고까지 인정된 모양이다.
>
> 이「女兵自傳」은 물론 그 題名과 같이 一個女子가 戰線에 나서기까지의 自傳的인 이야기이며, 이 作品의 主旨는 作者 自身이 다음과 같이 말하고 있다.
>
> "個人的인 生活을 主幹으로 하고 허다한 人物의 經驗을 配合하여 하나의 傑出한 人物을 만들어서 이 作品의 女主人公을 삼았으며, 이 人物에게 관련되는 가지가지 사실을 가져다가 二○世紀 前期의 中國社會의 演變을 反映시키고, 특히 中國의 젊은 女性들의 心理와 生活上의 轉向을 私塾에서 學校에 이르기까지, 家庭에서 社會에 이르기까지, 纏足反對에서 軍服을 입게 되기까지, 頑固한 結婚制度에서 自由戀愛에 이르기까지 말해보고, 거기서 하나의 人類의 尊嚴性을 强調하고, 한걸음 더 나아가서 구체적인 事實로써 몇 千年 동안 家庭에 파묻혀 있던 중국여성도 廚房을 박차고 男性과 同等하게 祖國과 民族을 위한 神聖한 使命을 짊어지게 되었다는 점을 표현해볼 意圖였다."

이 作品이 그 당시의 中國女性들을 위해서는 爆彈과 같은 宣言이 되었고, 낡은 制度와 因襲에 대한 革命歌가 되어서 異色的인 베스트 셀러가 되었던 것은 물론이고, 오늘날 臺灣에 와서까지 해마다 版을 거듭하여 出版되고 있다는 이유도 一個 女流作家가 영원히 女性의 편에 서서 女權을 주장하고 人間性을 부르짖으며, 社會惡에 挑戰하여 奮鬪하고 있다는 점에 있을 것이다.

현재 自由中國 臺北文壇의 藝術評論家인 楊海宴은 이 作品을 다음과 같이 評論하고 있다.

"이 作品은 作者의 個人的 生命의 奮鬪史일 뿐만 아니라, 이 苦難의 年代에 있어서 우리 民族이 生存을 찾고자 애쓰는 血淚의 記錄이기도 하다. 封建·革命·北伐에서 全民族이 怒吼하고 일어선 抗戰에 이를 때까지 作者는 바로 新舊交替의 거창한 潮流 속에 휩쓸려서 成長하고 奮鬪했으며, 苦痛에 대한 頑强한 몸부림 속에서 즐거움과 웃음과 勝利를 획득했다. 이런 모든 점이 作者 자신의 體驗 속에 우러난 것인지라, 이 作品 가운데 表現된 가지가지의 事實은 일종의 자연스러우면서도 深刻하고, 심각하면서도 親切한 맛을 가지고 一般 小說에서 볼 수 없는 魅力으로써 讀者의 心琴을 찌를 수 있는 것이다. ……이것은 하나의 勇敢하고 屈服을 모르는 宣言이다……"

「紅豆」는 평범한 愛情問題이면서도 특수한 환경 속에서 中國現實의 社會問題, 臺灣의 養女問題, 臺灣人과 大陸人의 感情의 隔膜問題, 大學教授의 待遇問題 등을 다루어본 作品으로서, 그 女主人公에게서는 여섯 번이나 結婚을 逃避한 作者 自身의 그림자를 濃厚하게 찾아내지 않을 수 없다는 것이 中國讀者들의 定評인만큼, 역시 一貫的으로 흐리고 있는 것은 時代와 環境에 대한 反抗精神이다.

이러한 정신은 다음 작품 「離婚」 속에서도 보다 더 강렬히, 보다 더 노골적으로 表現되고 있으며, 그것이 또한 「女兵自傳」과 같은 스타일의 告白體(日記體)라는 점에서, 女性自身의 古今을 막론하고 가장 심각하고 切實한 愛情·結婚·離婚, 특히 中國의 一夫多妻制度에 대하여 대담하고 솔직하게 파고 들었다는 점에서 그 迫眞力이 讀者에게 커다란 共鳴을 줄 수 있는 作品이다.

謝氷瑩은 現年이 五七歲, 中央軍政政治學校와 北平師範大學 國文系를 졸업하고, 日本 早稻田大學 文學院에서 二年間 專攻, 現 自由中國文壇에서는 老將級에 속하는 유일한 女流作家다.

湖南婦女戰地服務團長, 北平師範大學 國文系 講師·華北文法學院 敎授를 거쳐서 現任 臺灣師範大學 敎授로 中國語文學會 理事·中國文藝協會 理事 兼 小說組 主任·臺灣婦女寫作協會 監事·中國青年協會 理事 등 職啣을 가지고 老境으로 접어들면서도 꾸준한 활약을 하고 있다.

끝으로 이 全集에 「女兵自傳」이 選定된 후 外一篇의 選定이 되지 못한 채 오랜 時間이 흘렀으나, 「紅豆」와 「離婚」(作者自身의 寄書, 短篇集 『空谷幽蘭』에서) 두 篇은 作者의 自選이나 다름없다는 점을 특히 附記해두며, 解釋에 있어서 어느 나라 文章이나 공통된 일이지만, 中國白話文에 있어서는 標點符號 「,」「;」「:」「。」 등이 엄격히 구별되어야 하는데 한글로서의 텃치랄까 혹은 文章의 呼吸이랄까, 이 符號를 그대로 따를 수 없는 경우가 허다했다는 것을 作者에게 알리지 않을 수 없다.

다시 말하자면 「,」「;」 등의 境遇를 譯者 任意로 「。」로써 代置해버린 譯文이 許多하게 있는데 이는 우리 글로 「하고」「하니」「하여서」「하며」「하였더니」 같은 것을 수없이 되풀이할 수 없다는 점에서 온 飜譯의 苦衷이며, 原文을 토막쳐 놓은 感이 있을지 모르나 原意에 어긋남이 없도록 拙譯이나마 試圖했다는 것을 作者 謝氷瑩은 諒解해주기 바란다.

參考삼아 謝氷瑩의 作品年譜를 出版年代順으로 附錄해둔다.[28]

위에서 보다시피 번역자 김광주는 소설 「女兵自傳」에 대해 잘 알고 있을

28 謝氷瑩 著, 金光洲 譯, 『世界文學全集19』, 乙酉文化社, 1964年, 1-3쪽.

뿐만 아니라 그 문학사적 가치를 높이 사고 일찍 세계문학전집에 선정해 놓은 바이다. 또한 사빙영에 대해서는 사빙영 자신이 직접 短篇集 『空谷幽蘭』을 부쳐주는 정도로 익숙하다. 아울러 번역에서 표점부호마저 일일이 신경을 쓰며 작자의 양해를 바라고 있다.

전면적인 긍정과 수용 자세로 번역에 임하고 원문에 충실하여 직역하는 번역 전략을 취하였다. 이는 사빙영의 작가 신분과 「女兵自傳」 등 작품의 이중성으로 가능하였다고 할 수 있다.

사빙영은 작가 신분적으로 "자유중국" 작가이면서도 대륙작가이기도 하다. 『세계문학전집19집』에 수록된 작품도 대륙에서 창작 발표된 작품이기는 하지만 "중공대륙" 즉 중화인민공화국 시기의 작품이 아니다. 이런 이중성은 한 면으로는 당시 한국의 정치 사회 의식형태 면에서 통제를 받지 않게 되었고 다른 한 면으로는 문화 문학 면에서 중국문학 수용의 전통을 이어갈 수 있게 되었다.

『세계문학전집19집』은 1977년 6월까지 14판 발행되는 성황을 이루면서 1970년대까지 중국 여류작가의 대표자로 인기를 누렸다.

2008년 10월 초고

<博覽群書> 2014년 4호(2014년 4월)에 중국어로 게재

참고문헌

金秉喆 著,『韓國現代飜譯文學史研究』(上), 乙酉文化史, 1998.4.
權熙哲 譯,『20世紀世界女流文學選集第3卷(東洋篇)』, 新太陽社, 1967.
羅貫中 著, 金光洲 譯,『三國志(上·中·下)(中國古典名作全集1)』, 創造社, 1965.5.
魯迅 著, 李家源 譯,『阿Q正傳』, 精研社, 1963.
朴鍾和 譯,『三國志(全五卷)』, 三省出版社, 1967.3.
謝氷螢 著, 金光洲 譯,『世界文學全集19』, 乙酉文化社, 1964.
謝氷螢 等 著, 金光洲 趙演鉉 編,『世界短篇文學全集7(東洋篇)』, 啓蒙社, 1966.
李周洪 譯,『水滸誌(1)』, 乙酉文化社, 1960.12.
李周洪 譯,『紅樓夢』(一卷), 乙酉文化社, 1969.9.

1980년대 한국의 중국문학 번역 양상

1. 들어가며

'6.25'전쟁 이후 한국은 제반적인 반공체제로 1960-1980년대 전반기까지 외국문학 번역 이입도 검열과 통제를 받아야 하였다. 따라서 이 시기 중국문학 번역 이입은 금기 대상 혹은 특수 대상으로 취급되어 그 양상 또한 특수하지 않을 수 없게 되었다.

1950년대 한국은 중국문학 작품 번역 이입에서 고전 문학과 같은 비공산 계열의 소설 또는 프로레타리아 계열에서 그 색채가 비교적 희박한 일부 작가들의 작품만 선정하여 번역 이입하게 되었다. 금기에도 어긋나지 않고 전통적 맥락도 끊어지지 않은 현실적 대안이었다고 할 수 있다. 이런 양상은 1960-1970년대까지 그 지속성을 보여주어 대체로 『수호전』, 『삼국지』 등을 비롯한 일부 고전명작들이 여러 가지 번역본으로 수차 번역 출간되었다. 이 시기에 번역 이입된 작품들의 내용 성격상 1950년대와 별 차이가 없어 그 실질적 양상은 1950년대의 연장선이라고 할 수 있다.

1970년대까지 중국문학의 대표작들이면서 공산 색채의 의심이 철저히 배제된 고전명작들이 선정의 대상 혹은 기준으로 되었다고 할 수 있다. 중국문학과의 전통적 맥락을 조심스럽게 이어감과 동시에 당시 사회 정치 문화 환경에 순응하는 번역 자세를 엿볼 수 있다.

이런 자세는 1980년대 전반기까지 이어지다가 1980년대 중반부터 민주화 운동 및 소련사회주의체제의 변혁과 더불어 반공체제의 검열과 통제가 점차 해금되면서 중국문학 번역 이입은 30여 년간의 답보적 침체 양상이 타파되고 공산색채의 현대문학작품들이 번역 이입되면서 파격적인 새 양상을 보이기 시작하였다.

본고는 바로 중국현대문학 번역 이입의 해금 직전 직후인 1980년대 한국의 중국문학 번역 이입 양상을 고찰함과 아울러 중한 문학교류의 한 특징을 조명해보고자 한다.

2. 1980년대 전반기의 중국문학 번역 양상

주지하는바 1980년대 한국은 그 어느 시대보다 역사의 전환과 변화가 큰 격동의 시대로 특징적이다. 전반기에는 신군부의 독재가 지배하고 후반기에 민주화로 전환하여 정치·사회·문화 등 여러 영역에서 격변이 이뤄졌다. 따라서 1980년대 한국의 중국문학 번역 이입 양상도 이런 시대의 변화에 따라 대체로 전반기와 후반기가 서로 다른 양상을 보이고 있다.

전반기는 신군부 독재체제 하에 언론과 출판의 검열과 통제가 1970년대의 연장선에 있었기에 중반까지 사회주의 나라의 작가 작품 번역 소개는 여전히 금지되어 있었다.

1980년대 전반기에는 검열과 통제의 무풍지대라고 할 수 있는 중국 고전문학 작품과 무협소설 그리고 노신, 임어당 작품들만이 번역 이입되었다.

소설은 주로 『삼국지』, 『홍루몽』, 『수호지』, 『서유기』, 『금병매』, 『열국지』

등 고전명작과 『중국언문문소설선(中国文言文小说选)』, 『중국고전신화』 등 지괴소설이 번역 이입되었다. 이 작품들은 이미 1960-70년대에 번역 이입된 것으로 재출판 내지 중역에 지나지 않고 수에 있어서는 1970년대만 적어 새로운 양상을 보여주지 못하였다. 그중 『삼국연의』는 『완역 삼국지』(1-5, 罗贯中 著, 禹玄民 译, 博英社, 1980年), 『삼국지』(1-5, 罗贯中 著, 方基焕 译, 智星出版社, 1980年), 『삼국지』(1-5, 罗贯中 著, 金丘庸 译, 三德出版社, 1981年), 『삼국지』(1-5, 罗贯中 著, 郑飞石 译, 大贤文化社, 1981年), 『삼국지』(罗贯中 著, 역자 미상, 圣心图书, 1981年), 『삼국지』(1-6, 罗贯中 著, 金光洲 译, 瑞文堂, 1983年), 『삼국지』(1-5, 罗贯中 著, 吴英译, 恩光社, 1983年), 『삼국지』(1-5, 罗贯中 著, 李文燮 译, 三仙出版社, 1983年), 『삼국지』(1-4, 罗贯中 著, 金东里 译, 宇石出版社, 1984年), 『삼국지』(1-5, 罗贯中 著, 黄炳国 译, 泛友社, 1984年), 『삼국지』(1-10, 罗贯中 著, 李文燮 译, 新元书籍, 1984年), 『삼국지』(罗贯中 著, 异园树 译, 白羊出版社, 1984年), 『삼국지』(上中下, 罗贯中 著, 崔铉 译, 泛友社, 1984年), 『삼국지』(罗贯中 著, 한귀선 译, 경화사, 1985年), 『삼국지』(全五卷, 罗贯中 著, 李炳注 译, 금호서관, 1985年), 『삼국지』(全五卷, 罗贯中 著, 方基焕 译, 大湖出版社, 1985年), 『삼국지』(全15卷, 罗贯中 著, 허문순 译, 东西文化社, 1985年), 『大삼국지』(1-10, 罗贯中 著, 方基焕 外 译, 성환, 1985年) 등 17차례나 중역 내지 재출판되는 양상을 보여주고 있다.

현대 소설 경우는 노신의 「아Q정전」, 『납함』, 『방황』 등 봉건사회 비판과 인간 해방의 주제의 작품, 허지산(许地山) 「구멍난 거미줄」, 노사의 「낙타샹즈」 등 몇 편의 빨간 문학이 아닌 작가들의 작품만이 번역되었을 뿐이다.[1]

시작품은 『시경』, 『杜甫의 诗选』, 『신당시선(新唐诗选)』, 『초사(楚辞)』, 『중국시가선(中国诗歌选)』 등 11개의 고전시 작품들만이 번역 이입되었다. 그중 『시경』은 『시경』(공자 역, 宋贞姬 译, 明知大出版社, 1980年), 『시경』(공자 역, 金学

1 金秉喆, 『韩国现代翻译文学史研究』(하), 乙酉文化社, 1998年 4月, 1011-1017쪽 참조.

主 译, 探求堂, 1981年), 『시경』(공자 역, 李文燮译, 翰林出版社, 1982年), 『시경』(공자 역, 金润涉 译, 义明堂, 1982年), 『시경』(공자 역, 都珖淳 译, 三中堂, 1984年), 『新完译 시경』(공자 역, 金学主 译, 明文堂, 1984年) 등 6편을 차지하고 있다는 안이성을 보이며 현대시의 경우 한산하기 짝이 없는 양상을 보여주었다.[2]

수필은 『생활의 발견』, 『중국역대산문선』 등 23편이 번역되었는데 그중 임어당의 작품이 17편이며, 그 17편 중 19편이 『생활의 발견』이다. 1960-70년대와 마찬가지다.[3]

희곡의 경우 거의 전무 상태이다.

이와 같이 30여 년간 무풍지대의 고전문학 번역에서만 답보 하던 중국문학 번역 양상은 1980년대 중반에 들어서면서부터 금기를 타파한 파격적인 양상을 보여주기 시작하였다. 1985년 10월, 파금의 장편소설 『家』가 약속이나 한 듯 3편의 부동한 번역문이 동시에 출판된다. 1950년대부터 1980년대 중반에 이르기까지 30여 년 만에 처음으로 되는 중국대륙의 현대문학 작품 번역 이입이라고 할 수 있다.

우선, 최보섭 번역으로 청람출판사에서 출간한 『가』를 살펴보기로 한다. 이 번역문은 표지에 "5.4운동을 배경으로 전환기 젊은이들의 격정과 비애를 그린 현대 중국문단의 거목 파금의 대표작이자 금년도 노벨문학상 후보작"이라고 소개되어 있다. 또한 표지 뒷면에는 소설 『가』와 작가 파금에 대한 한국의 언론 보도가 발췌되어 작품 및 작가에 대한 이해를 도와주고자 하였다.

> 유럽문단이 가장 유력한 노벨문학상 후보로 꼽는 파금의 파리 방문에 때 맞추어 그의 대하소설 『가』가 프리마리옹에 의해 출간돼 큰 주목을 끌었다. (『중

---

2 金秉喆, 『韩国现代翻译文学史研究』(하), 乙酉文化社, 1998年 4月, 1019쪽 인용.

3 金秉喆, 『韩国现代翻译文学史研究』(하), 乙酉文化社, 1998年 4月, 1020쪽 인용.

앙일보』, 1979년 6월 15일자)

파금의 복권 후 판을 거듭하고 있는 『가』는 봉건가정의 해체과정을 사실주의적 필치로 그림 작품으로 투르게니에프와 톨스토이의 영향을 받고 썼다고 한다. (『한국일보』, 1980년 2월 16일자)

이 소설로 파금은 중국에서 가장 유명한 작가가 되었고…영어를 비롯, 12개국어로 번역돼 전세계에 널리 알려져 노벨상 후보에도 올랐다. (『서울신문』, 1984년 11월 28일자)

제4차 중국작가협회 총회가 파금을 주석으로 선출하고 창작의 자유와 활발한 토론의 원칙을 강조하는 새 규약을 채택함으로써……중국문학은 돌아설 수 없는 거점을 확보하는 데 성공했다. (『경향신문』, 1985년 3월 4일자)

세계 7대 작가의 한 사람으로 꼽히는 파금은……중국에 관한 충실한 기록자이면서도 서방문학으로부터 많은 영향을 받았다. (『동아일보』, 1984년 6월 28일자)

문화대혁명 기간 중에 비판받고 쫓겨났던 파금의 복권은 이데올로기가 문학을 죌 수 있는 한계를 보여주는 것이다. (『조선일보』, 1985년 1월 11일자)[4]

여기서 우선 『중앙일보』, 『동아일보』, 『조선일보』, 『경향신문』, 『한국일보』, 『서울신문』 등 한국의 주류 매체들이 1970년 말부터 줄곧 중국문단의 동향을 주목해 왔고 시종 금기의 경계선에서 맴돌고 있었음을 알 수 있다. 파금의 『가』가 바로 이런 금기를 타파한 선봉장이라고 할 수 있다. 그 원인은 "『가』의 출판에 붙여"라는 책머리 말에서 어느 정도 찾아볼 수 있다.

오늘의 중국문단을 대표하는 원로 작가 파금의 대표작 <가>가 이제야 우리말

4　巴金, 『家』, 최보섭 옮김, 장기근 해설, 도서출판 靑藍, 표지 뒷면 인용.

로 번역출판된 것은 때 늦은감이 있다.

……작품 <가> 역시 중국 사천성의 한 봉건가정의 해체과정을 사실주의적 필치로 묘사한 장편으로 이념적 색채를 거의 찾아볼 수 없다. 뿐만 아니라 그의 작품들은 이미 10여 개 국어로 번역되어 서방세계에서 널리 읽히고 있고, <가>와 비슷한 시기에 나온 노신의 <광인일기>나 <아Q정전> 등은 이미 국내에도 소개되어 있기 때문에 뒤늦은 <가>의 국내 출판은 기이한 느낌마저 준다. 더우기 그가 79년 파리를 방문하여 대대적인 환영을 받았고 지난 5월에는 미국 문예원의 명예회원으로 지명되기까지 했음에랴!

필자는 작년 5월 동경에서 열린 제47차 국제펜클럽대회에 우리 대표단과 함께 참석, 중공대표단을 이끌고 온 파금을 만났다. 이 대회에서 '핵상황하의 문학'이란 주제 발표까지 한 그는 우리 대표단과의 자리를 같이 하고 동행한 딸의 영어 통역으로 잠시 교환(交欢)했다. 대체로 의례적인 얘기를 나누었을 뿐이지만 80고령에도 불구하고 맑은 눈을 깜박거리며 띄엄띄엄 말하는 그의 단아하고 지적인 분위기는 퍽 인상적이었다. 필자가 87년 봄 서울에서 열릴 펜대회에 참석해줄 것을 요청하자 그는 기꺼이 참석하겠노라며 "작가들은 지적(知的) 세계를 넓히기 위해 상호교류가 필요하고 외국문학을 더 많이 출판해야 한다."고 말했다.

이제 서울펜대회에서 파금에게 한글로 된 그의 대표작을 전해줄 것을 생각하니 흐뭇하기 이를데 없다. 아무쪼록 『가』의 출간이 두 나라 간의 문학을 통한 문화교류의 첫 디딤돌이 되기를 바라마지 않는다.[5]

이 글에서 저자 전숙희(당시 국제펜클럽 한국본부 회장)는 우선 파금은 중국 현대문학사에서 보기 드문 정치색 없는 작가로 중국의 빨간 작가가 아님을

---

5 巴金, 『家』, 최보섭 옮김, 장기근 해설, 도서출판 青藍, 전숙희 "『家』의 출판에 붙여" ｉ인용.

밝히고 다음 소설 『가』는 이념적 색채가 거의 없을 뿐만 아니라 10여 개국어로 번역된 세계명작이라고 소개하고 있다. 그다음 제47차 국제펜클럽대회에서 한국대표단과 중공대표단이 함께 참석하고 파금이 1987년 서울펜대회에 참석할 것을 약속하여 그와의 만남을 위해 소설 『가』 번역문을 출간하고자 한다고 밝히고 있다. 나중엔 『가』 한국어 번역문 출간이 한중 양국 간의 문화교류의 첫 디딤돌이 되기를 기대한다고 밝혔다. 다시 말하면 파금의 『가』는 결코 중국대륙의 빨간 문학이 아닐 뿐만 아니라 세계명작이기에 번역 출간은 당시의 검열과 통제에 어긋나는 작품이 아니었다는 것, 그리고 금기를 타파한 중한 작가 간의 민간교류가 시작되었고 중한 두 나라 작가들은 모두 양국 간의 문화교류의 필요성에 공감하고 있다는 것을 알 수 있다. 사회주의문학 해금을 위한 첫 시도라고도 할 수 있다.

이 번역문은 또 张基槿의 해설 "파금문학의 핵심"과 최보섭의 "옮긴이의 말"을 통해 작가 파금과 소설 『가』에 대해 체계적으로 구체적으로 소개하고 있는데 이는 당시 중국대륙의 현대문학이 너무나 낯선 한국독자들에게 헤드라인 역할을 하기 위해서였다고 하겠다.

다음, 강계철 번역으로 도서출판 세계에서 출간한 『가』를 살펴보기로 한다. 역자 강계철은 "역자 서문"에서 이렇게 쓰고 있다.

> 그는 79년의 파리 방문 이래로 해마다 계속해서 노벨문학상 후보로 추천받아 왔던 것이다.
>
> 중국대륙에서의 그에 대한 인기와 호응의 정도는 가히 상상을 뛰어 넘는 것이라고 볼 수 있다. 한마디로 대륙에서 50년 이상을 살아온 사람 중 그의 작품을 한 편이라도 접해보지 않은 사람은 거의 없을 지경이다, 정열적이면서도 진보적인 그의 사상은 금세기 초반의 봉건적인 사슬로부터 벗어나고자 몸부림치던 수많은 중국 청년들에게 확고한 신념과 용기를 불어넣어 주었던 것이다.

……

이 작품이 보다 많은 중국대륙의 문학이 우리나라에 소개되는 계기가 된다면 역자로서는 더 바랄 나위가 없겠다.[6]

위 인용문에서 역자는 파금은 중국현대작가 중 가장 우수한 작가이며 빨간 문학의 작가가 아닐 뿐만 아니라 79년 이래 해마다 노벨문학상 후보로 추천받은 작가임을 밝히고 있다. 다시 말하면 파금은 중국현대문학의 제1인자이며 그의 작품은 검열과 통제의 대상이 아니라는 것이다. 또한 『가』 번역문은 당시 금기를 넘어선 첫 중국대륙문학임을 밝히고 중한 문학교류의 해빙기를 기대하였다.

이 번역문은 박재연의 "작품 해설"을 부록에 첨부하여 파금과 『가』에 대해 전면적으로 소개하여 독자들의 이해를 돕고 있다.

이 두 번역본에 대한 당시의 한 서평을 보기로 한다.

금년도 노벨문학상의 유력한 수상후보로 꼽혔던 巴金이 근래 우리 한국의 매스컴과 문학도들의 입에 적지 않게 오르내려 명실공히 「巴金붐」이 일어나고 있다. 이에 프랑스와 미국-일본 등에서는 활발한 번역 붐이 있었으나, 우리나라에서는 최근의 그의 대표작 『家』의 번역 출판과 노벨상에 때 맞추어 일어난 것 같다. 이를 계기로 巴金을 기수로 한 중국현대작가들의 작품이 계속 소개될 전망인데 사상성이 배제된 예술성, 문학성이 높은 작품에 대한 관심과 소개는 오히려 늦은 감이 있다. 중국의 현재 작품은 제외하고라도, 1920~1930년대의 뛰어난 걸작들에 대한 연구와 소개 또한 겨우 손꼽을 정도로 미비했었다. 물론 제반 조건의 불충분이 원인이 되기도 했지만, 이제 이 시점을 중국현대문학 연

---

6 巴金, 강계철 옮김, 『家』, 도서출판 世界, 1985년 10월, "파금의 삶과 문학", 5-7쪽 인용.

구의 어떤 전환점으로 삼아 활발한 활동의 전개가 있어야 하겠고 고래로 한중 문학의 필연적 연관성으로 볼 때 이는 또한 충분한 가치를 발휘할 것이다.

……

『家』는 40개의 작은 장으로 나누어 쓰여졌는데 원서에는 소제목이 없으나 두 번역본 모두 독자의 이해를 돕기 위해 임의로 제목을 붙이고 있다. 최보섭 번역본은 일본어판과 프랑스어판을 참조했는데, 아주 능숙하고 매끄러운 문체로 쓰여졌으나, 의역이 많았고, 중국어 원본과는 다소 차이가 있었으며, 특히 중국어에 있는 특수한 호칭이나 습관 등에 대해 제대로 완전히 표현되지 않은 문제점이 있다. 책 앞에 張基權선생의 해설을 넣어 이해에 도움을 주었고, 뒤에 옮긴이의 말로써 『家』와 巴金의 근황을 소개해주고 있다.

강계철 번역본 『家』는 중국어 원본을 번역한 것인데 직역을 원칙으로 번역했으며, 고유명사가 중국어 발음으로 표기되어 있고, 전자의 번역서에 있던 문제점은 없으나 다소의 오역은 보인다. 첫머리에 등장인물을 소개해서 독자에 도움을 주고, 또 巴金의 사진과 그 자신이 쓴 서와 후기들을 번역해 곁들임으로써 『家』의 창작 과정과 巴金 작품 일람표까지 넣어서 巴金의 문학 전반에 대한 해설을 함으로써 독자가 『家』를 이해하는 데 충분한 자료를 제공하고 있다.[7]

이는 최인애의 「파금 『家』의 두 가지 번역본」이라는 서평이다. 이 서평 역시 파금은 노벨문학상의 후보이며 이 작품의 번역이 새로운 전환점이 되기를 기대하고 있다. 또한 두 번역본은 주요 번역방법이 서로 다르기는 하지만 모두 독자들의 이해를 이해 여러 가지로 자료를 첨부했음을 밝히고 있다. 이는 30여 년간 금지구역으로 전혀 범접할 수 없었던 중국현대문학을 접하

7 최인애, 「파금 『家』의 두 가지 번역본」, 『중국어문학』 10집, 영남중국어문학회, 1985년 11월, 297-298쪽 인용.

는 독자들에 대한 배려라고 할 수 있다.

그다음, 박난영 번역으로 이삭문화사에서 출판한 『가』를 보기로 한다. 이 번역문은 표지에 "중국문학사상 노신 이래 최고의 작가 파금의 대표작, 인간성 억압의 봉건가짜질서에 대항하여 마침내 인간성 실현의 참 세상을 이룩하기 위해 싸우는 사람들의 이야기"라고 쓰고 있다. 특히 파금이 역자에게 보낸 편지 원문과 번역문을 첫 페이지에 넣었는데 이 편지는 작가 파금의 평범한 인간성과 순박한 품성을 그대로 잘 보여주고 있다. 그리고 "작가와의 대화"라는 글로 머리말을 대신하여 파금과 역자의 인연 그리고 작가의 문학관을 소개함과 아울러 작가와 한국 사람과의 인연에 대해서 아래와 같이 밝히고 있다.

> 당신은 「火」이라는 작품에서 항일독립운동을 하는 몇몇 한국 사람들을 묘사했는데 그들은 당신이 실제로 본 인물들이었습니까? 어떻게 그들을 알게 되었는지요?
>
> 나는 과거의 생활 속에서 많은 한국 사람을 보았고 그들과 친숙하게 되어 그에 관한 이야기를 쓰게 되었다. 1930년대에 나는 한국인 친구를 하나 알게 되었는데 그가 북경에 와서 한 아파트에 머물고 있었다. 그와 나는 한국민족이 처한 상황과 한국독립운동에 관한 이야기를 나누었는데 단편 「머리이야기(头发的故事)」가 바로 한국독립운동을 배경으로 한 것이다.[8]

여기서 역자는 파금이 당시 중국의 최고의 작가이고 소설 『가』는 빨간 문학의 주제가 아닌 반봉건 작품임을 밝힘과 아울러 역자에게 보낸 편지를 통해 파금은 머리에 뿔 달린 사람이 아니라 여느 사람과 다를 바 없는 극히

---

8 巴金, 박난영 옮김, 『家』, 이삭문화사, 1985년 10월, '작가와의 대화' 17쪽 인용.

평범한 사람임을 밝히고 있다. 특히 파금은 한국독립운동을 배경으로 한 작품을 발표한 한국과 우호적인 인연을 갖고 있는 사람임을 밝혀 한국독자들에게 친근감을 갖게 한다.

작가와 작품 모두 상상과 달리 실제로 당시 금기시할 대상이 아님을 강조하면서 이 번역문 출간의 당위성을 밝혔다고 하겠다.

위 3편 번역문의 서문 및 후기를 통해 파금의 『가』는 원래 검열과 통제에서 금기된 작가와 작품이 아니며 또한 작가는 빨간 문학 작가가 아니라 노벨문학상 후보라는 것에 역점을 두고 있다. 바로 이런 특징으로 인하여 30여년간의 금기를 타파한 첫 중국대륙의 현대문학작품으로 되었다는 것을 알 수 있다.

같은 해, 파금의 『가』를 뒤이어 보다 파격적인 양상을 보여주는 소설집 『상흔(伤痕)』(卢新华 외, 박재연 옮김, 도서출판세계, 1985년 10월)이 번역 출판되었다. 이 소설집에는 「상흔(伤痕)」(卢新华), 「비천(飞天)」(刘克), 「묘비위의 스카프」(易洪斌), 「창구(窗口)」(莫伸), 「결혼현장회(结婚现场会)」(马烽), 「여름」(张抗抗), 「꽃섶에취해」(李剑), 「사랑에 잊혀진 구석(被爱情遗忘的角落)」(张弦), 「아, 내사랑아」(雨煤), 「그물(网)」(竹林), 「기술자」(淘沙), 「초원에 버려진 꿈」(金志国) 등 12편의 현대단편소설이 수록되었는데 표지에 '중국대륙현대단편소설선집'이라고 명확히 밝힘과 아울러 아래와 같은 소개문이 첨부되어 있다.

> 얼어 붙었던 중국대륙문학에 봄이 오고 있다. '10년간의 재난', '지식인의 수난기', '문학의 황폐기'로 불리우던 문화대혁명이 1976년 종결되면서 불기 시작한 창작 자유의 봄바람은 한편으로는 대혁명 당시의 부패와 박해를 폭로하면서, 다른 한편으로는 과거의 정치적인 색채를 띠었던 문학을 순수문학적인 방향으로 이끌고 있다.

이 글에서 소설집 『상흔』은 과거의 정치적인 색채의 문학과 다른 당시 부패와 박해를 폭로한 작품 내지 순수문학적인 작품임을 제시하면서 역시 금기의 대상이 아님을 천명하고 있다. 이어 역자는 '역자 서문'을 통해 이 책이 "거의 2년 동안이나 방 한구석에 방치되어 있던 원고"였음을 제시하고 있는데 1980년대 전반기에는 중국대륙 현대문학작품 번역 이입이 불가능하였음을 알 수 있다.

그 외 이 책은 임헌영의 「쌍백시대의 중국문학」이라는 작품 해제를 수록하여 1949년 이후의 문학을 세 개 시기로 나눠 소개하고 이 작품집에 수록된 매 작품들을 소개하면서 독자들에게는 낯선 중국현대문학의 이해를 도와주고 있다. 그러면서 나중에 이렇게 쓰고 있다.

> 오늘의 중국 소설은 그 주제나 소재, 혹은 기법에서 우리 문학과 많은 유사성을 지니고 있다. 사회체제와 이념의 차이에도 불구하고 이 소설들을 읽으면 인간이 사는 사회란 어차피 그 당면 과제들이 비슷한 공통점을 갖고 있다는 느낌을 확인할 수 있다.
>
> 물론 여기 실린 글들은 중국문학의 전체를 대표할 만한 것들만은 아니나, 몇 편은 세계적 수준에 이른 가작도 있다. 정치·경제·사회적 측면에서만의 중국 문제에로의 접근을 탈피하고 진정한 대륙의 이해를 돕는 데 아마 이 작품은 매우 큰 도움을 줄 수 있을 것이라고 믿어진다. 앞으로 본격적인 소개가 더욱 활발히 이루어지기를 바란다.[9]

중국 현대소설은 한국문학과 많은 유사성을 지니고 있음을 밝히면서 보다

---

9 임헌영, 「쌍백시대의 중국문학」, 卢新华, 박재연 옮김, 『상흔(伤痕)』, 도서출판 세계, 333-334쪽 인용.

많은 소개가 본격적으로 이뤄지기를 기대하였다. 다시 말하면 이 작품집은 결코 반체제적인 금기 작품이 아님을 분명히 밝혔다고 하겠다. 여기서 이 작품집이 출간될 수 있었던 이유도 엿볼 수 있다.

1985년에 이와 같은 중국현대문학작품들이 번역 이입된 것은 대체로 제5공화국 초기에는 이념도서의 부분적 허용이라는 정책적 방향에 배치되지 않은 한도 내에서 조심스럽게 이루어진 것이라고 할 수 있다. 하지만 1985년 5월부터 출판에 대한 통제와 탄압이 더욱 심해주면서 급진 좌경이념서적들이 단속받기 시작하였다. 청람출판사에 출판한 파금의 『가』는 금서로 지정되었다고 한다.[10]

3. 1980년대 후반기의 중국문학 번역 양상

1980년대 후반기에 세계적으로 냉전 체제가 해체되면서 적대국 간에 수교가 맺어지기 시작하였고 한국은 민주화운동으로 1987년에 '6.29선언'을 이끌어냈다. 하여 각종 출판물의 해금이 이뤄졌을 뿐만 아니라 사회주의 나라들의 문학작품들이 공식적으로 이입되기 시작하였다.

그동안 이념과 체제를 달리해 온 중국대륙 현대문학에 대하여 철저하게 외면해 오던 국면이 점차 타개되기 시작하였다.

1986년 도서출판 한겨레는 중국문학 총서를 펴내면서 중국 대륙 현대문학의 본격적 번역 출판을 시도하였다. 이 총서의 제5권 『애청 시선집－기뻐 웃는 불꽃이여』(박재연 역, 도서출판 한겨레, 1986년 4월)는 그 대표작으로 된

---

10 赵相浩, 「한국출판의 언론적 기능과 시대적 역할에 관한 연구－권위주의체제하(1972-1987)의 사회과학 출판을 중심으로」, 한양대학교대학원 신문방송학과 박사학위논문, 113-114, 161-162쪽 참조.

다. 이 시선집에는 「투명한 밤」, 「따옌허(大堰河)－나의 유모」 등 47수의 시와 시인의 4편 시론이 번역 수록되었고 표지 뒷면에 이 책의 출간 의의에 대해 이렇게 쓰고 있다. "오랫동안 우리에게 닫혀있던 중국대륙 시문학에의 암흑을 헤쳐 밝히는 『최초의 번역시집』으로서, 사상과 서정·이념과 예술의 아름다운 혼융을, 그리고 시대와 자유·민중과 평화를 생각하는 이들의 꿋꿋한 반려가 되리라 믿는다." 여기서 이 시집은 최초로 되는 중국대륙 현대시집임을 알 수 있고 또한 당시 한국의 민주화운동에 일조하고자 하였음을 알 수 있다.

이 시선집에는 애청의 시작품만 아니라 시인의 시론, 시인론이 수록되었고 시인 애청에 대한 논평 2편, 그리고 시인 연보와 역자 해설까지 수록되어 "독자들이 이 시와 시론을 통해 애청이 겪어온 삶과 시대, 혁명과 진실의 그림자를 찾고 그에 대한 이해와 인식을 얻은 데는 많은 도움을 주"고자 하였다.[11]

이 책은 "중국시단이 대표 시인으로 꼽히는 애청을 번역 소개하는 최초의 책"으로 된다.

같은 해 같은 달, 다시 말하면 박재연 역으로 된 『애청시선집』과 동시에 유성준 역으로 된 『애청선집－들판에 불을 놓아』가 도서출판 한울에 의해 번역 출판된다. 이 책은 「투명한 밤」, 「따옌허(大堰河)－나의 유모」 등 "시 71수의 시론 4편을 완역하였으며, 자료 부분에서는 이앙패이(李良沛)의 「애청의시」를 번역하여 넣었다. 자료 번역은 애청의 시에 대한 객관적 이해를 위한 것이고 아울러 애청 연표는 그의 생애를 좀 상세하게 알게 할 필요성에서 발췌"하고[12] "역자 후기"도 첨부하였다.

11 박재연 역, 『애청시선집－기뻐 웃는 불꽃이여』, 도서출판 한겨레, 1986년 4월, 291쪽 인용.

12 유성준 역, 『애청선집－들판에 불을 놓아』, 도서출판 한울, 1986년 4월, 265쪽 인용.

이 두 시집은 출판 날짜뿐만 아니라 「투명한 밤」, 「따옌허(大堰河)—나의 유모」 등 같은 시 47수를 선정 번역하고 모두 「애청의 시」라는 이앙페이(李良沛)의 평론문을 자료로 수록하고 역자 해설과 역자 후기에서 모두 중국 신시(新诗)에 대해 편폭을 할애하여 상세하게 소개하는 등 여러모로 공통점을 보여주고 있다.

말하자면 역자들은 모두 시인 애청뿐만 아니라 중국현대시단을 주목해왔고 출판물 해금 직전에 동시에 작품집을 출간하는 양상이다. 사회주의문학 번역 이입이 해금되지 않은 상황에서 중국대륙의 현대시를 제일 먼저 번역 출판한 선봉장들이라고 할 수 있다.

이 두 시집을 이어 1986년에는 矛盾의 장편소설 『子夜』(金河林 옮김, 도서출판 한울, 1986년 4월), 老舍의 장편소설 『루어투어시앙쯔(骆驼祥子)』(최영애 옮김, 김용옥 풀음, 도서출판 통나무, 1986년 10월), 파금의 『애정삼부곡(爱情三部曲)』(상/하, 朴树人 옮김, 일월서각, 1986년 12월) 등 중국현대문학 대표작가들의 대표작들이 번역 출판된다. 하지만 이 작품들은 모두 빨간 문학이 아니라는 공통점을 보여주고 있다.

『자야』의 역자는 「'자야'와 모순」이라는 작품해설에서 『자야』와 30년대 중국, 모순의 생애와 문학 활동에 대해 상세하게 소개한 후 나중에 이렇게 쓰고 있다.

> 원작에는 장 제목이 없으나 번역 과정에서 원작의 내용에 어긋하지 않은 범위에서 장 제목을 첨가하였고, 가능한 한 주를 달아서 독자들의 이해를 돕고자 하였다. ……
>
> 국내에서 중국현대문학에 대한 관심과 연구가 점차 증가되고 있는 것을 볼 때마다, 중국현대문학을 공부하고 있는 한 사람으로서 기쁨과 그 기쁨보다 더 큰 부담감과 부끄러움을 느끼게 된다.[13]

역자는 무엇보다 한국독자들에게 낯설 수밖에 없는 중국현대문학작품의 이해를 돕고자 원문에 없는 장 제목을 첨가하는 배려를 하고 있으며 보다 많은 중국현대문학작품을 소개하지 못하는 안타까움을 호소하고 있다.

『루어투어시앙쯔』는 '나는 어떻게 『루어투어시앙쯔』를 썼는가?', '라오서(老舍) 수칭츠운(舒庆春)', '老舍著书目录', '北京地图' 등 작품 이해를 돕는 자료들을 첨부하고 특히 김용옥의 '푸른 글: 잔잔한 미소, 울다 울다 깨져버린 그 종소리-최근세사의 한 반성으로'라는 글을 실어 이 거작의 올바른 이해를 위한 해설을 첨가하였다. 뿐만 아니라 김용옥은 「후기」에서 아래와 같이 호소하였다.

> …… 이 글을 쓰면서 한가지 꼭 높은 님들께 부탁하고 싶은 것이 있다. 중공에 관한 모든 학술자료가 개방되어야 한다는 것이다. 우리 민족이 살길은 머리로 이기는 수밖에 없다. 나 혼자만 재료를 보아서는 이글이 깨우치고자 하는 근대사의 반성이 이루어지지 않는다. 학술자료는 모두 같이 보아야 한다. 지금 중공자료는 우리에게 해될 것이 아무것도 없다. 기껏해야 마오만세밖에 더 있겠는가? 후학이나 동료들이 이구동성으로 하는 말이 국제우체국 들어가는 것이 포도청으로 들어가는 것 같다고-. 아무아무개 검열관이 서태후보다 무섭다고-. 요즈음은 나아진 모양이다. 그러나 더 나아져야 할 것이다. 중공에서 나온 辞书类도 통관이 되지 않는다 하니, 책 한 권 못 들어오는 것이 우리 민족 문화를 얼마나 후퇴시키는 줄 아는가? 세관님들! 힘없는 서생들 좀 너그럽게 봐주시오. 될 수 있는 대로 이 땅에 들어오게 해주시오. 영감님들! 세관님들이 우리를 잘 봐줄 수 있도록 그들을 잘 봐주소! 法만을 탓 말고 礼로 해결할 수도 있지 않겠오?[14]

---

13 矛盾. 김하림 옮김, 『子夜』(下), 도서출판 한울, 1986년 4월, 278쪽 인용.

14 라오서 지음, 최영애 옮김, 김용옥 풀음, 『루어투어시앙쯔』, 도서출판 통나무, 241-242쪽 인용.

보는 바와 같이 김용옥은 중국대륙작품을 금기하고 있는 당시 한국의 출판물 검열과 통제에 강렬한 불만을 토로하고 있으며 그 해금을 호소하고 있다. 그 호소의 실제 행동으로 이 소설을 번역하였다고 해도 과언이 아닐 것이다. 이 책의 표지 뒷면에는 “중공과 우리나라 사이에서 탁구공이 왔다 갔다 하는 이 시점에서 보다 진실 되게 우리가 그들을 이해하는 양식은 그들 모두의 심금을 울렸던 문학작품의 정수를 이해하는 것이 그 첩경이 될 것이다.”고 쓰고 있는데 이 역시 중국현대문학의 번역 이입의 중요성을 호소한 것이라고 할 수 있다.

1986년 12월 파금의 『애정삼부곡』(상, 하)이 박수인 번역으로 일월서각에 의해 출판된다. 이 소설집에는 「안개」, 「비」, 「번개」 등 3편 단편소설 외에 「개」, 「노예의 마음」 등 6편의 단편소설도 수록하여 “파금 단편소설의 정수를 처음으로 맛볼 수 있”게 되었다.

1986년의 중국문학 번역에서 주목할 것은 한겨레 중국문학 총서 제1권 『노신소설전집』(김시준 옮김, 도서출판 한겨레, 1989년 9월)의 번역 출판이라고 할 수 있다. 이 소설집에는 노신의 제1소설집 『납함』, 제2소설집 『방황』, 제3소설집 『고사신편』 등 3부 소설집의 소설들이 수록되었다. 또한 ‘독자들의 편의를 위해 노신의 간단한 작품 연보와 해설을 부기하였다. 역자는 ‘역자 서문’에서 이 책의 출판에 대해 아래와 같이 소개하고 있다.

> 그동안 우리나라에서는 중국현대문학에 대한 연구가 여러 가지 학문 외적 여건의 제약으로 위축되어 오다가 1976년 중국대륙에서 정치적 대변혁이 있으면서부터 점차 완화되더니 1980년대에 오면서 중국현대문학을 전공하는 교수와 학생들이 나오기 시작하여 논문도 나오고 작품의 번역도 점차 활발하여져 사회에서도 이에 대한 관심이 고조되어 가고 있다. 이에 힘입어 한국에서 최초의 루쉰소설전집의 완역본을 내기에 이르렀다.

역자의 견해로는 이제 중국현대문학은 소개의 차원을 넘어 연구의 단계로 진입하여야 할 시기를 맞았다고 여겨져 이 루쉰소설 완역본이 연구 단계에 접어드는 데 한 가닥 보탬이 되었으면 하는 마음 간절하다.[15]

한국의 출판물 검열과 통제는 1987년 '6.29선언' 전까지 30여 년간 줄곧 악영향을 끼쳐 중국현대문학의 번역 이입이 통제 받고 위축되어 왔다. 1980년대 중반부터 그 양상이 점차 타개되기 시작하자 역자는 단순한 번역 이입만이 아닌 학문적 연구까지 호소하면서 그 실천적 일환으로 이 노신소설전집을 출판한 것이다. 『노신소설전집』의 출판은 한국의 중국현대문학 번역 이입을 연구의 차원으로까지 이끌고자한 과감한 시도라고 하겠다.

이를 뒤이어 모순의 문학평론집 『중국문학의 현실주의와 반현실주의(夜读偶记)』(박운석 역, 영남대출판부, 1987년 8월)이 번역 출판된다.

이 책은 중국문학의 현실주의와 반현실주의를 파악함으로써 지금까지 이어져 오고 있는 중국문학의 흐름을 이해하는 데 도움을 줄 것이다. 동·서양의 문학을 이러한 각도로서 논한 책이 흔하지 않은 편이므로 독자들에게 상당한 흥미를 불러일으키리라고 생각되며, 아울러 한국문학과의 영향 관계도 함께 살펴볼 수 있는 좋은 기회가 될 것이다.[16]

이 책은 한국에서 처음으로 번역 이입한 중국현대문학평론집이다. 이 책을 통해 한국문학과의 영향관계까지 살펴보고자 한다. 이는 1987년 '6.29선언' 후 사회주의문학이 해금되면서 보여준 가장 파격적인 양상이라고 하겠

15 김시준 옮김, 『노신소설전집』, 도서출판 한겨레, 1986년 9월, '역자 서문' 5-6쪽 인용.

16 矛盾, 박운석 역, 『중국문학의 현실주의와 반현실주의』, 영남대출판부, 1987년 8월, 표지 뒷면에서 인용.

다. 비록 중한 양국 간 수교가 이루어지지 않은 상황이었지만 중국현대문학 번역 이입은 이미 해금되기 시작하였다고 할 수 있다.

이런 해금의 무드 속에서 선후로 『봄, 여름, 겨울 그리고 가을』(礼平 저, 박재연 역, 도서출판 온누리, 1987년 10월), 『피어라 들꽃(青春之歌)』(杨沫 저, 박재연 역, 도서출판 자양사, 1987년 11월 상권, 1988년 3월 하권), 『세계시인선11 곽말약』(全寅初 译註, 혜원출판사, 1987년 12월), 『애청시집 구백사람』(유성준 옮김, 도서출판 한울, 1988년 7월), 『毛泽东诗词集 정강산』(유중하 편역, 도서출판 평밭, 1989년 3월), 『中国当代文学杰作选1 붉은수수밭(红高粱)』(莫言 著, 洪熹 옮김, 도서출판 동문선, 1989년 5월), 『중국현대소설1 눈보라치는 흑룡강(今夜有暴风雪)』(梁晓声 等, 도서출판 한울림, 1989년 7월), 『누에도 뽕잎을 먹지 않는다』(矛盾 著, 함종학·이창인 외역, 문덕사, 1989년 10월) 등 중국대륙의 현대문학작품들이 번역 출판되는 활발한 양상을 보이기 시작하였다.

『피어라 들꽃』은 "80년대 이후 많은 시행착오를 거듭하면서도 그 올바른 궤도에 오르지 못한 오늘의 학생들에게 많은 암시와 시사가 될 것이다. …… 관념론적 심리묘사에 너무 치중하는 우리 소설에 신선감을 줄 것이다."[17]고 그 번역 출판 의미를 밝히고 있다.

『毛泽东诗词集 정강산』은 모택동의 해방전(1925-1949) 시사 「심원춘 장사에서」를 비롯한 시사 20수, 해방후(1950-1965) 시사 「유아자선생에게 화답하여」를 비롯한 16수를 수록하고 있다. 이 책은 '모택동의 시편들이 지니는 혁명적 서사성 이외에' '이들 시편을 통해 몇몇 주요한 예술적 특점들을 대하게 된다. 그것은 기본적으로 혁명적 현실주의와 혁명적 낙관주의와의 절묘한 결합을 통해 일관되게 나타난다.' 역자는 이 책의 출판을 "중국혁명의

---

17 杨沫 저, 박재연 옮김, 『피어라 들꽃(青春之歌)』, 도서출판 자양사, 1988년 3월 하권, 222쪽 인용.

세계를 모택동의 시편을 통해 국내 독자들에게 선보일 수 있는 자리"라고 생각하였다.

주지하는 바와 같이 『毛泽东诗词集 정강산』은 문학작품인 동시에 중국대륙의 공산주의 이념도서의 전형이라고 할 수 있다. 이 책의 출판은 중국대륙 현대문학에 대한 전면적인 해금을 의미한다고 하겠다.

『붉은 수수밭』(중국당대문학걸작선1)은 「붉은 수수밭」(莫言)과 「烟壶」(邓友梅) 두 편의 중편소설이 수록되었다. 역자 홍희는 "역자 후기"에서 이 책의 번역 출판 의미에 대해 이렇게 쓰고 있다.

> 중국과 우리는 지리적으로 인접하고 수천 년간 문화적 학술적으로 교류해 온 가까운 나라였으나, 40여 년 전의 남북분단과 함께 이념상의 차이로 두꺼운 벽을 쌓고 단절되었다. 요즘 들어 시대의 조류를 타고 몇 편의 문학작품이 간혹 소개되고는 있다 해도 서로의 상황과 문학을 이해하기에는 충분치 못하며, 중국의 문단 상황이나 활동에 대해서는 별로 알려진 바가 없었다. 앞으로는 점차 중국의 고전문학이나 현대문학 외에도 이념의 장벽으로 가로 막혔던 당대문학의 많은 소개가 있길 바라며, 이번에 각기 특이한 성격을 지닌 중편소설 두 편을 번역하여 소개하고자 한다.[18]

이런 파격적인 양상과 더불어 보다 획기적인 양상이 나타났는데 그것은 바로 『중국현대문학전집』(허세욱·김시준·유중하·성민엽 등 편집, 중앙일보사, 1989년 5월)의 번역 출판이다. 이 획기적인 번역 작품의 출판에 대해 편집위원들은 「중국현대문학전집을 펴내며」라는 글에서 아래와 같이 해설하고 있다.

---

18 莫言 等著, 洪憙 옮김, 『붉은 수수밭(红高粱)』, 도서출판 동문선, 1989년 5월, 283쪽 인용.

민족문학은 항상 세계문학과의 얽힘 속에서 자기동일성을 정립해 간다. 그 얽힘은 주체적이고 능동적인 얽힘이다. 민족문학을 그런 얽힘을 배제한 순수한 것으로 보는 것은 순진한 환상이고, 그 얽힘을 일방적으로 수동적인 영향 받기로 보는 것은 주체성의 포기에 다름아니다.

그런데 그동안 우리에게 세계문학이라는 것은 진정한 의미에서의 세계문학이 아니었다. 그것은 서구문학의 다른 이름에 지나지 않았다. 제3세계문학과 사회주의국가의 문학은 세계문학의 반열에서, 아주 당연하다는 듯이, 제외되었다. 이렇게 된 데는 두 가지 이유가 있다. 하나는 사회·문화 전부 면에 걸친 반공이데올로기의 억압적 지배다. 그것이 사회주의국가의 문학을 세계문학의 반열에서 제외시켰다. 다른 하나는 서구중심주의에의 매몰이다. 그것이 제3세계문학을 세계문학의 반열에서 제외시켰다.

서구문학 중심의 세계문학 관념은 70년대 말부터 수정되기 시작했다. 민족의식의 고조와 자본주의 세계 체계에 대한 인식의 심화를 기반으로 제3세계문학의 의미와 가치가 정당하게 인식되고 그 작품들이 활발히 소개되기 시작한 것이다. 그리고 이제는, 나아가서 사회주의국가의 문학의 의미와 가치를 정당하게 인식하고 그 작품들을 소개할 것이 강력히 요청되고 있다. 이는 반공이데올로기의 억압적 지배에 의해 초래된 우리의 지적 및 감성적 불구를 극복하고 인간과 인간의 삶을 총체적으로 인식해야 한다는 요청에서 비롯되는 것이다.

이 중국현대문학전집은 그와 같은 요청에 부응하여 엮어진다. 사회주의국가 중에서도 중국은 특히 우리에게 의미 깊은 나라가 아닐 수 없다. 근대이전 같은 한자문화권·유교문화권 내에서 긴밀한 관계를 가졌었음은 물론이고, 근대이후 똑같이 식민지 반봉건 사회라는 역사적 체험을 가졌으며, 그 식민지 반봉건 사회의 모순을 우리와는 달리 주체적으로 극복하는 데 성공하였고, 새로운 사회주의 사회를 세운 뒤 희망과 좌절, 기쁨과 고통으로 점철된 역사를 만들어 온 나라가 바로 중국이기 때문이다.

> 중국근대문학의 아버지로 불리우는 노신의 「아큐정전」에서부터 현대 문화부 부장인 왕몽의 1986년 작 「변신하는 인형」에 이르기까지 70년간의 중국문학을 우리 나름의 시각으로 정리한 이 전집이 현대중국문학에 대한 어느 정도 체계적인 이해를 가능케 해줌과 동시에, 현대 중국과 중국인의 삶을 구체적으로 실감하는 데 있어서, 그리고 총체적으로 이해하는 데 기여하기를 바란다. 또 그 이해가 우리 자신의 지적·감성적 개방성을 증대시키고 그리하여 우리의 미래에 대한 기획을 보다 풍요롭게 하는데 기여하기를 바란다.

위 인용문에서 보다시피 이 전집은 1986년에 이르기까지의 70년간의 중국문학을 체계적으로 이해하게 하고 현대 중국과 중국인의 삶을 구체적으로 소개하기 위하여, 한국인들의 지적·감성적 개방성을 증대시키기 위하여 역자들의 시각으로 정리 번역한 것이다. 이 전집은 총 20권으로 되었는데 분량이 방대할 뿐만 아니라 그 내용도 다양하고 전면적이다. 신해혁명 시기부터 1986년에 이르기까지의 소설, 시, 희곡, 평론 등 다양한 장르의 작품들을 그리고 중국대륙뿐만 아니라 대만까지 망라한 광범위한 제반 중국의 작가 작품들을 모두 어우르고 있다. 또한 적지 않은 대륙작품들은 홍색경전(红色经典)으로 이념적 색채가 짙고 영향력이 크다.

파란만장하고 망망대해 같은, 게다가 30년간 단절되어 낯설어진 중국대륙 현대문학을 체계적으로 다양하게 그리고 자세하게 선별 소개한다는 것은 참으로 거창하고 힘든 작업이 아닐 수 없다. 이 전집은 크게 년대별과 장르별의 대표작가와 대표작품으로 분류하여 매 권마다 표지에 그 내용을 간략하게 소개하고 작품 뒤에 체계적으로 자세한 해설을 첨부하는 방식으로 번역 편집되었다.

제1권 『루쉰소설전집(鲁迅小说全集)』(노신, 김시준 역)은 "1918년 중국 최초의 현대소설 「광인일기」를 필두로 봉건사회의 파탄, 민중의 고통과 지식인의 고뇌, 신화·전설·고대사의 재해석에 오른 루쉰소설전집"으로 소개되고 있다.

제2권 『예환지(倪焕之), 침륜·외(沉沦·外)』(叶圣陶, 이영구 역/郁达夫, 전인초 역)은 "신문학 초기를 대표하는 엽성도, 욱달부의 대표작. 빈곤 속에서 방황하는 심리의 세밀한 묘사와 개혁의지를 투철히 그린 수작(秀作)"이라고 소개하고 있다.

제3권 『새벽이 오는 깊은 밤(子夜)』(모순, 김하림 역, 원문 『子夜』, 人民文学出版社, 1982年)은 "1930년대 중국의 각 계급의 생생한 모습, 정치 경제적 상황, 도덕적 풍조, 사상적 동요, 복잡하고 첨예한 모순을 섬세하게 그린 대표적 소설"이라고 소개하고 있다.

제4권 『팔월의 향촌(八月的乡村), 삶과 죽음의 자리(生死场)』(萧军, 서의영 역/萧红, 원종례 역)은 "1931년 9.18만주사변을 배경으로 하여 일본군과 만주 괴뢰정부군에 대항하여 싸우는 인민혁명군의 모습과 국민당 군대의 부도덕성"을 보여주고 있다고 소개하고 있다.

제5권 『낙타상자(骆驼祥子)』(老舍, 유성준 역)은 "인력거 한 대를 갖고 싶어하는 인력거꾼 祥子를 통해서 사회의 단면과 인생의 비극적 행로를 간절히 묘사한 老舍의 대표작"이라고 소개하고 있다.

제6권 『변방의 도시(边城), 이가장의 변천(李家庄的变迁) 외』(沈从文, 심혜영 역/赵树理, 김시준 역)은 "서구문화에 물들지 않은 민중정서로 농부와 병사들의 참혹한 삶을 깊은 애정으로 다룬 사회주의리얼리즘의 수작"이라고 소개하고 있다.

제7권 『추운밤(寒夜), 동터오는 강변(黎明的江边) 외』(巴金·峻青, 김하림 역)은 "항일전쟁을 치르면서 겪는 민중들의 애환·厌战思想, 지식인들의 패배감과 무력감을 엄밀하게 묘사하고 있다."고 소개하고 있다.

제8권 『태양은 상건하에 비친다(太阳照在桑干河上)』(丁玲, 노경희 역)은 "1946

년 '5.4지시'에 의한 토지개혁운동을 통하여 각 계급 간의 갈등과 심리변화를 생동적으로 묘사하였고, 스탈린문학상을 수상한 소설"이라고 소개하고 있다.

제9권 『홍암(红岩)』(罗广斌·杨益言, 박운석 역, 원본: 香港三联书店香港分店, 1977年)은 "1949년 10월 1일 중화인민공화국 정부가 정식으로 성립되기 직전 重庆을 무대로 국민당 특무조직에 항거하는 人民解放军의 생생한 지하투쟁을 묘사하고 있다."고 소개하고 있다.

제10권 『한 노동자의 수기·외(把一切献给党·外)』(吴运铎 外, 유중하 역)는 「포신공(包身工)」(夏衍), 「노만베튠을 회고함(白求恩大夫)」(周而复), 「연안 십년(延安十年)」(柯蓝), 「제2종 충성(第二种忠诚)」(刘宾雁) 등 5편의 보고문학(报告文学) 작품이 수록되었는데 "사회문제나 정치문제를 반영하면서 전투성과 대중성으로 중국혁명발전과 형세를 같이 한 보고문학의 대표작들"이라고 소개하고 있다.

제11권과 제12권 『산향거변(山乡巨变)』(상/하, 周立波, 조관희·이우정 역)은 "1955년 호남성의 한 궁벽한 산촌을 무대로 농업생산 합작사가 세워지고 발전되기까지의 세밀한 과정을 묘사하고 있다."고 소개하고 있다.

제13권 『여지견작품집(茹志鹃作品集)』(『伤痕－中国大陆小说选』, 幼师文化事业公司, 1982年)에는 「중년이 되어(人到中年)」(茹志鹃, 이영자 역), 「천운산전기(天云山传奇)」(谌容, 김용운 역) 등 작품이 수록되어 있는데 이 작품집에 대해서는 "사회주의에 대한 낙관적 신념과 문화대혁명을 거치면서 겪게 되는 사회주의에 대한 환멸과 비판적 성찰을 정밀하게 기록한 反思文学의 작품"이라고 소개하고 있다.

제14권 『허무와 그의 딸들(许茂和他的女儿们)』(周克芹, 김광영 역)은 "문화혁명으로 황폐화된 70년대 중국 농촌의 당면한 모순과 오는 농촌의 삶을 许茂라는 노인의 일가를 통해서 부각한 작품"이라고 소개하고 있다.

제15권 『변신하는 인형(活动变人形)』(王蒙, 성민엽 역)은"1940년대 초 북경 시내 한 가정의 내면풍경을 통해서 본 삶의 복합성과 입체성을 필연적인 형식탐구를 통해서 드러낸 새로운 소설"이라고 소개하고 있다.

제16권 『반하류 사회(半下流社会), 대북 사람들(台北人)』(赵滋番, 허세욱 역/白先勇, 허세욱 역)은 "격동기 중국 사회의 부유한 삶, 고향을 떠나 홍콩, 대만 등 지역에서 대륙을 꿈꾸며 전통에 대해서 꿋꿋한 애정을 고집하는 대만문학의 최고 걸작 두 편"이라고 소개하고 있다.

제17권 『야행화차·외(夜行货车·外)』(陈映真 外, 유중하 역)는 「야행화차(夜行货车)」(陈映真), 「채봉의 꿈(彩凤的梦)」(曾心仪), 「바퀴벌레(蟑螂)」(刘大任), 「바나나 수송선(香蕉船)」(张系国), 「따라지 인생(低等人)」(杨青矗), 「육군상사 도다천(陆军上士陶大千)」(方方), 「어떤 장례식(靡城之丧)」(宋泽莱), 「종전의 배상(终战赔偿)」(李双泽), 「신문 배달부(送报人)」(杨逵), 「포츠담과장(波茨坦科长)」(吴浊流), 「보너스 이천원(奖金二千元)」(王拓) 등 11편의 대만소설을 수록하고 있는데 "1949년 12월 4일 국민당 장개석 정권이 대륙을 등지고 대만으로 철수를 개시한 이래, 그 속에서의 민중들의 삶을 문제적 시각으로 그려낸 향토문학의 선집"이라고 소개하고 있다.

제18권 『뇌우(雷雨), 찻집(茶馆)』(曹禺, 김종현 역/老舍, 오수경 역)은 "反帝·反封建에서 反日·反蔣으로 넘어가는 시대적 과정에서 태어난, 대중성과 혁명성에 입각해 쓰인 대표희곡"이라고 소개하고 있다.

제19권 『현대대표시인선집』(애칭 외, 허세욱·유성준·성민엽 역)은 제1부 현대시 모색기의 시인들(刘大白, 沈伊默, 胡适, 刘复, 郭沫若, 刘延陵, 徐志摩, 朱自清, 闻一多, 李金发, 穆木天, 废名, 朱湘, 施蛰存, 冯至, 戴望舒), 제2부 현대시 형성기의 시인들(殷夫, 浦风, 王亚平, 臧克家, 艾青, 田间, 力扬, 袁水拍), 제3부 연안문예강화 이후의 시인들(郭小川, 贺敬之, 闻捷, 张志民, 阮章竟, 公刘, 严阵, 邵燕祥, 李季, 李瑛), 제4부 사회주의 신시기의 시인들(黄永玉, 白桦, 孙静轩, 流沙河, 刘湛秋, 雷抒雁, 傅天

琳, 北岛, 江河, 黄翔, 徐敬亚, 芒克, 骆耕野, 舒婷, 严力, 杨炼, 梁小斌, 顾城), 제5부 대만의 시인들(谭子豪, 纪弦, 钟鼎文, 周梦蝶, 羊令野, 林亨泰, 余光中, 洛夫, 罗门, 蓉子, 杨唤, 商禽, 痖弦, 张默, 郑愁予, 辛鬱, 叶维廉, 白萩, 戴天, 杨牧) 등으로 구성되었는데 "격동기를 살아 온 중국 민중들의 삶과 꿈을 예리하게 포착하여 민중들에게 되돌려 주는 대표시인들의 시편들"이라고 소개하고 있다.

제20권 『문학과 정치－현대 중국의 문학이론』(곽말약 외, 김의진·심혜영·성민엽 역)은 제1부 근대문학의 이론적 모색 과정에서 나온 대표적 글[「문학개량주의」(胡适), 「문학혁명론」(陈独秀), 「인간의 문학」(周作人), 「신문학의 사명」(成仿吾)], 제2부 20년대 후반 집중적으로 이루어진 문학과 정치와 혁명에 관한 논의[「혁명과 문학」(郭沫若), 「혁명시대의 문학」(鲁迅), 「어떻게 혁명문학을 건설할 것인가」(李初梨), 「취안 속의 몽롱함」(鲁迅), 「문예와 혁명」(鲁迅), 「혁명과 지식계급」(冯雪峰), 「고령에서 동경까지」(矛盾), 「프티부르조아문예이론의 오류」(克兴), 「중국 프롤레타리아 혁명문학의 새 임무」(左联执行委员会)], 제3부 문예대중화 문제와 민족형식 문제에 관한 대표적 글[「1929년에 급히 해결해야 할 문예에 관한 몇 가지 문제」(林伯修), 「집단예술로의 길」(沈端先), 「프로대중문예의 현실 문제」(瞿秋白), 「문제가 되고 있는 대중문예」(矛盾), 「문학 대중화에 관하여」(周扬), 「문학에 있어서의 구형식의 이용에 대한 한 관점」(周扬), 「민족형식의 중심 원천을 논함」(赵纪彬), 「민족형식의 중심 원천은 이른바 민간형식인가」(葛一虹), 「민족형식 고찰」(郭沫若)], 제4부 항일통일전선문학과 인민문학선표까지의 주요 문건[「인민대중은 문학에 대해 무엇을 요구하는가」(胡风), 「"인민대중은 문학에 대해 무엇을 요구하는가"를>(徐懋庸), 「현단계의 문학」(周扬), 「현재의 우리 문학운동을 논함」(鲁迅), 「중화전국문예계 항적협회 선언(中华全国文艺界抗敌协会宣言)」, 「새로운 현실과 문학의 새로운 임무」(周扬), 「문학을 농촌으로, 문학을 부대로」(老舍), 「연안문예좌담회에서의 강화」(毛泽东), 「신중국의 인민문예를 건설하기 위해 분투하자」(郭沫若)], 제5부 리얼리즘과 사회주의리얼리즘에 관한 대표적 글[「마르크스·엥겔스와 문학에 있어서의 리얼리즘」(瞿秋白), 「"사회주의리얼리즘과 혁명적 낭만주의"에 관하여」(周扬), 「리얼리즘시론」(周扬), 「리얼리즘의 오늘의 문제」(冯雪峰), 「문예창작상의 주관과 객관을 논함」(黄药眠), 「사회주의리얼리즘의 방향으로 전진하자」(邵荃麟), 「리얼리즘-광활한 길」(秦兆阳), 「사회주의리얼리즘은 존재하고 있고 발전하고 있다」(张光年), 「낭만주의와 리얼리즘」(郭沫若)], 제6부 새로운 움직임의 단초들[「문예와 인간 소외의 문제」(王若水), 「새로운 미학원칙이 솟아오르고 있다」(孙绍振), 「리얼리즘의 한계와 모더니즘의 대두」(毛时安), 「문학 연구는 인간을 사유중심으로 해야 한다」(刘再复)] 등으로 구성되었는데 "1917년 胡适의 「문화개량주의」로부터 지금까지의 주요 이론을 중국적 특수성과 세계적 보편성 위에서 포착하여 체계를 이룬 현대문학이론의 精粹"라고 소개하고 있다.

위에서 보다시피 이 전집은 비록 20권으로 구성되었지만 그 내용은 제반 중국현대문학을 아우르고 있다. 특히 모택동의 「연안문예좌담회에서의 강화」를 비롯한 사회주의문예이론과 『홍암』을 비롯한 사회주의 홍색경전의 선정 번역은 파격적이고 전형적이다. 따라서 이 전집의 번역 출판은 30여 년 금지되었던 사회주의 빨간 문학이 전면적으로 완전 해금되었음을 알리는 이정표라고 할 수 있다.

이 전집의 출판을 계기로 한국의 중국현대문학 번역 이입은 상전벽해의 새로운 양상을 띠게 되었다.

4. 나오며

본고는 1980년대 한국의 중국현대문학 번역 양상을 전반기와 후반기로 나누어 고찰하여 보았다.

1950년 '6.25'전쟁 이후 30년이 지난 1980년대에 진입하여서도 한국에서의 중국문학 번역 이입은 여전히 냉혹한 검열과 통제를 받아야 하였다. 이런 양상은 1980년대 중반까지 지속되어 검열과 통제의 무풍지대라고 할 수 있는 중국고전문학작품과 무협소설 그리고 노신, 임어당 작품들만이 번역 이입되었다.

1980년대 중반에 들어서면서부터, 말하자면 1985년 10월 파금의 장편소설 『家』가 3개의 부동한 번역본으로 동시에 번역 출판되면서부터 중국대륙의 현대문학작품이 30여 년의 금단을 넘어 한국독자들과 만나보기 시작하였다. 아울러 김용옥을 비롯한 번역가들은 중국대륙작품을 금기하고 있는 당시 한국의 출판물 검열과 통제에 강렬한 불만을 토로하고 있으며 그 해금을 호소하였다.

1980년대 후반기에 세계적으로 냉전 체제가 해체되면서 적대국 간에 수교가 맺어지기 시작하였고 1987년 '6.29선언' 이후 중국을 비롯한 사회주의 나라들의 문학작품들이 해금되어 공식적으로 번역 이입되기 시작하였다.

1989년 『毛泽东诗词集 정강산』의 번역 출판은 중국대륙 현대문학에 대한 전면적인 해금을 의미한다고 하겠다. 특히 『중국현대문학전집』의 번역 출판은 획기적이라고 할 수 있다. 이 전집은 총 20권으로 구성되었는데 분량이 방대할 뿐만 아니라 그 내용도 다양하고 전면적이다. 신해혁명 시기부터 1986년에 이르기까지의 70년간의 소설, 시, 희곡, 평론 등 다양한 장르의 작품들을, 그리고 중국대륙 뿐만 아니라 대만까지 망라한 광범위한 제반 중국의 부동한 유파들의 작가 작품들을 모두 어우르고 있다. 이 전집은 모택동의 「연안문예좌담회에서의 강화」를 비롯한 사회주의문예이론과 『홍암』을 비롯한 중국 사회주의홍색경전을 적지 않게 번역 수록하였는데 이런 작품들은 이념적 색채가 짙고 영향력이 크다. 이런 파격적인 양상은 30여 년 금지되었던 중국현대문학의 번역 이입이 전면적으로 완전 해금되었음을 알리는 이정표라고 할 수 있다.

1980년대 한국의 중국 현대문학 번역 이입 양상은 중한 문학교류의 한 특징을 규명해주고 있다. 우선 1980년대 한국의 중국 현대문학 번역 이입은 신군부 권위주의 체제의 검열과 통제의 여하에 따라 좌우지 되었다. 다음 중한 문학교류는 30여 년간 단절되었지만 한국의 진보적인 언론인, 출판인, 문인들은 줄곧 중국문단의 동향을 주목해 왔고 중국 대륙작품을 금기하고 있는 당시 한국의 출판물 검열과 통제에 강렬한 불만을 토로함과 그 해금을 호소하였다. 또한 실천적으로 시종 금기의 경계선에서 그 돌파를 시도하여 왔다. 1985년 10월 파금의 『가』가 3가지 부동한 번역본으로 동시에 출판된 사례가 이를 잘 말해준다. 그다음 이 시기 중한 수교가 이뤄지지 않았지만 여러 가지 금기 사항을 타파하고 중한 문인들 간의 민간교류를 이루어지고 모두 양국 간의 문학교류의 필요성을 공감하였다. 도쿄 국제펜클럽대회와 1987년 서울 펜대회에서의 중한 문인들의 교류는 실제적으로 이 시기 중국 현대문학 번역 이입 및 중한 문학교류를 추진하였다. 파금의 『추운 밤(寒夜)』(김하림 역)과 『가』(박난영 역)의 번역 출판은 모두 저자와 역자 간의 직접적인 교류에 힘입어 이루어졌다.

요컨대 1980년대 한국의 중국현대문학 번역 이입은 당시 권위주의 당국의 냉혹한 검열과 통제로 굴곡적인 양상을 보였지만 민주화운동을 통해 마침내 30여 년간의 금기를 타파하고 전면적인 해금 시대를 맞이하여 중한 문학교류의 새장을 열어놓았다.

2008년 12월 초고

<국제문화연구> 7-1호(2014년 7월)에 중국어로 게재

참고문헌

金秉喆,『韩国现代翻译文学史研究』, 乙酉文化社, 1998.4.

矛盾, 김하림 옮김,『子夜』, 한울, 1986.4.

矛盾, 박운석 역,『중국문학의 현실주의와 반현실주의』, 영남대출판부, 1987.8.

莫言, 洪熹 옮김,『붉은수수밭(红高粱)』, 동문선, 1989.5.

노신, 김시준 옮김,『노신소설전집』, 한겨레, 1986.9.

杨沫, 박재연 옮김,『피어라 들꽃(青春之歌)』, 자양사, 1988.3.

애청, 유성준 역,『애청선집－들판에 불을 놓아』, 한울, 1986.4.

애청, 박재연 역,『애청 시선집－기뻐 웃는 불꽃이여』, 한겨레, 1986.4.

巴金, 박난영 옮김,『家』, 이삭문화사, 1985.10.

巴金, 강계철 옮김,『家』, 世界, 1985.10.

최인애,「파금 <家>의 두 가지 번역본」,『중국어문학』 제10집, 영남중국어문학회, 1985.11.

제3부

중국에서의 한국문학 교육

중국에서의 한국문학 교육의 현황과 과제

1. 들어가며

세계적으로 한국을 제외하고 한국문학 교육이 가장 폭 넓게 깊이 있게 활발하게 이뤄지고 있는 나라가 중국이라고 할 수 있다.

중국에서의 한국문학 교육은 1950년대 초반부터 시작하여 현재 70년 역사를 이어오고 있다. 대체로 대학 외국어로서의 한국어(조선어)학과와 민족어(모국어)로서의 조선언어문학과 그리고 중국어로서의 중국언어문학과에서 이뤄지고 있다. 학과 특성에 따라 한국문학사라는 하나의 강좌로 통합적인 방식으로 이뤄지기도 하고 한국 고전문학, 근대문학, 현대문학 등 여러 개의 강좌로 나눠 구체적으로 깊이 있게 이뤄지기도 하며 세계문학의 일환으로 일부 작가 작품만 소개하는 방식으로 이뤄지기도 한다.

중국 대학에서의 외국문학 교육은 이데올로기적 특성을 중요시하고 있다. 중국에서의 한국문학 교육은 근 70년간 사회, 정치, 경제, 문화, 외교 등 여러 사회 여건의 변화 속에서 부동한 양상을 띠게 되었다. 한국문학 교육 일환으로서의 한국문학사 강좌는 중한 수교 전 1990년대 초반까지 『조선문학사』라는 강좌로 한국고전문학과 북한 현대문학을 중심으로 한, 광복 후의 한국현대문학은 금지구역으로 된 교육이 이뤄졌고 1990년대 중반부터는 한국 현대문학을 중심으로 교육이 이뤄지면서 광복 후의 북한 현대문학 교육은 몇 개 특정 대학에서만 이뤄지고 있다. 또한 조선-한국현대문학이라는 강좌로 광복 후 한국 현대문학과 북한 현대문학을 포괄적으로 다루는 교육도 이뤄지고 있다.

한국문학 교육의 또 다른 일환으로서의 한국문학강독 강좌는 대체로 1990년대까지 한국 고전명작과 20세기 20-30년대 카프 계열 작가와 작품 그리고 50년대-60년대 북한의 대표 작가와 작품 소개와 감상이 중점으로 되었고 2000년대부터는 한국 당대 문학 대표작 특히 여러 문학상 수상작품 소개와 감상이 중점으로 되고 있다.

본고는 1차자료에 의한 정리 분석을 중심으로 중국에서의 한국문학 교육 현황을 세 갈래로 나눠 살펴봄과 아울러 문제점에 대비한, 향후 한국문학 교육의 폭과 깊이의 확장을 위한 몇 가지 과제를 제시하고자 한다.

2. 중국 대학 한국어학과와 조선언어문학학과에서의 한국문학 교육 현황

중국 대학에서 한국문학 교육을 단독 강좌로 개설한 학과는 외국어로서의 한국어(조선어)학과와 민족어(모국어)로서의 조선언어문학과이다. 이 두 학과에서의 한국문학 교육은 중국 한국문학 교육의 주축을 이루고 있지만 특징상 상호 다른 양상을 띠고 있다.

1) 중국 대학 한국어학과에서의 한국문학 교육 현황

중국 대학 한국어(조선어)학과의 한국문학 교육은 1950년대 초반 북경대학 조선어학과로부터 시작하여 1992년 중한 수교 전까지는 북경대학, 북경대외경제무역대학, 북경외국어대학 등 일부 한국어(조선어)학과에서 조선문학사라는 강좌로 이뤄졌다. 주요 내용은 대체로 한국 고전문학, 근대문학 그리고 조선현대문학을 망라한 개관 또는 개요 방식으로, 한국 프로레타리아문학과 북한 사회주의 건설시기 문학을 중심으로 구성되었다. 대체로 냉전체제 하 사회주의 동질성과 연대성을 구축하는 차원에서 이뤄졌다고 할 수 있다. 중한 수교 후 특히 냉전체제가 무너진 후 한국어(조선어)학과가 우후죽순처럼 개설되어 현재 276개 대학에서 한국어교육이 이뤄지고 있다. 따라서 한국문학 교육도 전국적으로 확장되고 그 내용 또한 한국현대문학을 중심으로 이뤄지게 되었다.

사실 1990년대까지만 하여도 한국문학 강좌가 개설되지 않은 학교들도 적지 않았다. 2000년대에 들어와 한국문학이 점차 중요시되고 최근년에는 필수 강좌로 되었다.

2013년, 중국 교육부는 『고등학교 외국어전공 대학 강의 질량 검증 국가표준』(이하 『국가 표준』으로 약함)을 제정하도록 대학교외국어학과 교육지도위원회에 위촉하여 거듭되는 수정 보완을 거쳐 2018년 3월에 공식 반포하였다.

이 『국가 표준』에서는 "외국어 전공은 전국 고등학교 인문사회과학학과의 중요한 구성 부분으로 외국언어학, 외국문학, 번역학, 국별 및 지역연구, 비교문학 및 교차문화 연구 등을 기초로 하는 학제적 특색이 있는 학과이다."[1]고 정의하고 외국문학지식을 "지식요구"의 한 부분으로 제시하고 문학감상능력을 "능력요구"의 한 부분으로 제시하였다. "문학감상능력"은 "외국어문학작품의 내용과 주제 사상을 이해할 수 있고 여러 장르의 문학작품

---

1 教育部高等学校教学指导委员会编, 『普通高等学校本科专业类教学质量国家标准』(全2册), 高等教育出版社, 2018, 90쪽 인용.

특징과 풍격, 언어 예술 등을 감상할 수 있으며 문학작품을 평가할 수 있는 능력을 말한다"고 해석하였다.[2] 이어 대학 외국어 비통용어종학과(한국어학과가 망라됨)도 이 범주에 속한다고 명시하였다. 따라서 대학 한국어학과 교육은 한국 언어, 문학, 번역, 국가 및 지역 연구 그리고 관련 전공 이론과 실천 등 내용을 포함시키고 학생들로 하여금 올바른 세계관과 가치관을 수립하고 인문과학 소양을 육성 향상시켜야 한다. 그리고 핵심(필수)과정에는 한국어와 중국어 상호 번역, 한국문학사, 한국 문화 등 과정이 포함되어야 한다. 다시 말하면 한국문학사는 한국어학과에서 반드시 개설해야 할 필수 강좌로 되어있다.

또한 교육부의 관련 요구 사항에 좇아 중국 대학 한국어학과에서는 2014년부터 대학 한국어전공 8급 시험을 보게 되었다. 이 시험은 교육부의 위촉을 받고 중국한국(조선)어교육연구학회에서 주관하여 『전국 대학 조선어전공 8급시험 대강(大纲)』 정하고 실행한 전국 전공 능력 검증 시험이다. "본 시험은 수험생들의 종합언어능력과 인문지식 수준을 테스트하는 것을 목적으로 하며 『대학 고급단계 학부 강의 대강』에 정한 듣기, 읽기, 쓰기, 번역 등 네 가지 기본 능력과 한국(조선)언어문학지식을 시험 범위로 한다"고[3] 하였다. 그리고 시험 내용을 듣기와 이해, 어휘와 문법, 읽기와 이해, 인문지식, 번역, 작문 등 여섯 개 부분으로 나눴다. 그중 인문지식 부분은 다시 한국(조선) 언어와 문학기본지식으로 나뉘고 시험문제형식은 단항선택으로, 언어지식 15점 문학지식 15점으로 되었다. 총점 150점을 감안할 때 문학지식은 10%를 차지한다. 이 시험은 매 년 12월에 치르게 되는데 이는 학부과정

2 教育部高等学校教学指导委员会编, 『普通高等学校本科专业类教学质量国家标准』(全2册), 高等教育出版社, 2018, 95쪽 인용.

3 教育部高等学校外语专业教学指导委员会朝鲜语测试组, 『全国高校朝鲜语专业八级考试大纲』, 延边大学出版社, 2014, 1쪽 인용.

제7학기 말에 해당된다. 각 대학마다 채용하는 한국문학사 교재가 다른 상황을 감안하여 중국한국(조선)어교육연구학회에서 8급시험용 통일교재를 편찬하였는데 연변대학출판사에서 2015년 12월에 『한국문학사요』라는 서명으로 이 교재를 출판하였다. 현재 대부분 학교에서 이 교재로 한국문학사를 강의하고 있다. 아래에 한국어(조선어)학과에서의 한국문학 관련 강좌 개설 상황을 [도표 1]에서 살펴보기로 한다.

[도표 1] 한국어(조선어)학과에서의 한국문학 관련 강좌 개설 상황

학교	교과목	학점	시수	학기	필수/선택
북경대학교 한국어학과	한국(조선)문학간사(상)	2	34	6	필수
	한국(조선)문학간사(상)	2	34	7	필수
	한국(조선)문학작품선독(상)	2	34	6	선택
	한국(조선)문학작품선독(하)	2	34	7	선택
복단대학교 한국어학과	한국문학사	2	34	6	선택
	한국문학선독	2	34	5	선택
	한국문학명작감상	2	34	8	선택
남경대학교 한국어학과	한국문학사1	2	34	4	필수
	한국문학사2	2	34	6	필수
	조선(한국)문학정전이해	2	34	5	선택
	당대한국작가이해	2	34	7	선택
	중한(조)문학비교	2	34	8	선택
중국해양대 한국어학과	한국문학사1	2	36	6	선택
	한국문학사2	2	36	7	선택
	한국문학작품강독1	2	36	6	선택
	한국문학작품선독2	2	36	7	선택
산동대학교 한국어학과	한국문학사	2	36	7	선택
	한국문학작품강독1	2	36	5	선택
	한국문학작품선독2	2	36	6	선택
청도대학교 한국어학과	한국문학사1	2	36	6	선택
	한국문학사2	2	36	7	선택

연변대학교 한국어학과	한국문학사	3	48	6	필수
	한국문학작품선독	3	48	7	필수
소주대학교 한국어학과	한국문학작품선독	3	72	7	필수
	한국문학사	2	36	6	선택
	중한문학비교	2	36	7	선택
천진사범대 한국어학과	한국문학사	2	34	6	필수
	한국문학작품선독	2	34	7	필수
화중사범대 한국어학과	한국문학사1	2	34	6	필수
	한국문학사2	2	34	7	필수
화남사범대 한국어학과	한국-조선문학간사	2	34	6	선택
	한국-조선문학작품선독	1.5	17	5	선택
	중한문학비교	2	34	7	선택
하얼빈사범대 한국어학과	한국문학사1	2	36	3	선택
	한국문학사2	2	36	4	선택
	한국문학작품선독1			5	선택
	한국문학작품선독2			6	선택
	한국문학토의	1	26	8	선택
대련외국어대 한국어학과	한국문학개론	2	34	5	선택
	한국문학작품감상	2	34	7	선택
광동외어외무 대학교 한국어학과	한국문학사	2	32	7	선택
	한국문학작품선독	2	32	8	선택
	중한문학비교	2	32	6	선택
절강외국어대 한국어학과	한국문학개론	2	32	7	선택
	한국문학작품선독	2	32	7	선택
중남민족대 한국어학과	한국문학사	2	32	5	필수
	한국문학작품선독	2	32	6	필수
상해상학원 한국어학과	한국문학사	2	32	6	선택
	한국문학작품선독	2	32	6	선택
상해해양대학 한국어학과	한국문학사	4	64	5	필수
	한국문학작품선독	2	32	7	선택
연태대학교 한국어학과	한국문학사1	2	36	7	선택
	한국문학사2	2	36	8	선택

위 도표의 20개 대학은 양적으로는 많지 않지만 중핵대학, 일반대학, 전문대학 등 중국 여러 유형의 대학들을 대표하고 있다. 보다시피 어느 대학이든 모두 한국문학사와 한국문학작품선독(한국문학강독)이라는 두 개의 강좌가 개설되어있다. 한국문학사 강좌는 대체로 고전문학부터 현대문학에 이르기까지 시기별로 대표작가와 작품을 소개 전수하고 한국문학강독은 대체로 고전부터 20세기 80년까지의 대표 작품 15편 내외로 선정하여 이해와 감상을 하는 것으로 이뤄지고 있다. 하지만 이 두 강좌 수업 내용에는 북한문학이 배제되어 있어 제반 한반도 문학을 체계적으로 이해하기 어렵다. 수업시간 또한 한 학기에 34교시로 정해져 있어 교양강좌에 불과할 정도라고 할 수 있다. 또한 외국어로서의 한국문학 교육인 만큼 학생들의 독해 능력, 감상 수준 등 여러 면에서 높은 수준을 기할 수 없다고 하겠다.

2) 중국 대학 조선언어문학학과에서의 한국문학 교육 현황

중국은 소수민족정책 실행의 일환으로 전국 각지에 민족대학들을 설립하여 소수민족인재들을 육성하고 있는데 이런 민족대학에 위글족어, 몽골족어, 조선어 등 소수민족 언어학과를 개설하여 소수민족언어문자를 보존, 전승하도록 하고 있다.

조선족을 대상으로 한 중국 대학 조선언어문학학과는 연변대학과 중앙민족대학에 개설되어있다. 연변대학 조선언어문학학과는 1949년 2월 연변대학 설립과 더불어 개설되었고 중앙민족대학 조선언어문학학과는 1972년에 한조(汉朝)번역전공으로 개설되었다가 1995년에 조선언어문학학과로 승격되었다. 이 두 학과는 교사와 학생이 모두 조선족으로 구성되고 조선어를 모어(母语)로 사용하기에 한국문학 교육은 외국어로서의 한국문학 교육과 특징상 완전 다르다. 우선 [도표 2]를 보기로 한다.

[도표 2] 조선언어문학학과에서의 한국문학 관련 강좌 개설 상황

학교	교과목	학점	시수	학기	필수/선택
연변대학교 조선언어문학학과	조선고전문학사	3	48	3	필수
	조선현대문학사	3	48	4	필수
	조선-한국당대문학	3	48	5	필수
	조선고대문론	3	48	5	필수
	조선문학작품선독	3	48	3	선택
중앙민족대학교 조선언어문학학과	조선고전문학사	3	54	3	필수
	조선현대문학사	3	54	3	필수
	조선-한국당대문학사	3	54	4	필수
	한국고전명가명작	2	36	7	선택
	한국당대명가명작	2	36	7	선택

위 도표에서 보다시피 조선언어문학학과의 한국문학사만 보더라도 한국 고전문학, 현대문학, 당대문학 등 세 개 강좌로 나눠져 있다. 중국 대학에서 문학사는 대체로 고대문학, 근대문학 현대문학, 당대문학 등 4개 부분으로 구분한다. 고대부터 아편전쟁 전까지를 고대문학으로, 아편전쟁 후부터 1911년 신해혁명 전까지를 근대문학으로, 1911년 신해혁명 후부터 1949년 중화인민공화국 건국 전까지를 현대문학으로, 중화인민공화국 건국 후부터 현재까지를 당대(当代)문학으로 구분하고 있다. 이와 같은 기준에 따라 중국 대학 조선언어문학학과에서는 한국문학사를 조선 고전문학사, 현대문학사, 당대문학사로 구분하여 강좌를 개설, 강의하고 있다. 한국당대문학은 1945년 광복 후 분단된 한반도의 역사 시대적 현실을 반영하여 광복 후의 북한문학을 포함시켜 한반도 이북의 조선현대문학과 이남의 한국현대문학으로 재편성한 것이다. 이를 중국 학계 문학사 구분법에 맞춰 조선-한국당대문학사로 통칭하고 있다.

위 [도표 2]에서 보다시피 중국 대학 조선언어문학학과에서는 한국문학

교육이 체계적으로 폭 넓게 깊이 있게 이뤄지고 있다. 강좌, 학점, 강의 시수 모두 한국어(조선어)학과 보다 많을 뿐만 아니라 내용 상 광복 후의 북한문학이 포함되어 있다.

또한 조선언어문학학과 학생들은 한국어를 모어로 사용하기에 학부과정의 한국문학에 대한 이해와 감상 등 여러 면에서 애로 사항이 없고 학부과정에 이어 한국문학 전공 석사, 박사 과정까지 개설되어 한국문학 전공 인재까지 배출할 수 있다. 실제로 현재 중국 대학, 연구소 등 여러 한국문학 관련 영역에서 위 두 대학의 조선언어문학학과 졸업생들이 주류를 이루면서 활약하고 있다. 이는 세계 어느 나라에서도 찾아볼 수 없는 중국의 특수성이라고 할 수 있다.

중국 대학 조선언어문학학과의 한국문학 교육은 한국 국어국문학과의 한국문학 교육과 못지 않다고 해도 과언이 아닐 것이다.

하지만 조선언어문학학과 졸업생이 양적으로 적고 그 영향 범위가 상대적으로 한계가 있다는 점을 간과할 수 없다.

3. 중국 대학 중국언어문학학과에서의 한국문학 교육 현황

중국 대학 중국언어문학학과는 한국의 국어국문학과에 해당되는 학과로서 대학랭킹 5위권에 속하는 중핵학과이다. 이 학과는 대체로 중국문학전공과 중국언어전공으로 구성되어있다. 중국문학전공에는 중국고전문학, 중국현대문학, 중국당대문학 등 교과목 외에 외국문학사가 필수강좌로 개설되어 있다. 석사, 박사 과정에는 '비교문학과 세계문학'이라는 외국문학전공이 개설되어 비교문학 시각에서의 외국문학과 동, 서방 문학의 상호 관련에 대해 강의 연구한다. 비록 학부과정의 외국문학사는 대체로 한 학기에 34교시로 두 학기로 나눠 세계 각국의 대표작가와 작품만 상식적으로 소개하기에 거의 교양강좌에 속한다고 해도 과언이 아니지만 해마다 수 만 명에 달하는 학부생과 대학원생들이 『외국문학사』를 통하여 고금의 외국문학을 접하게 된다. 중국 대학 중국언어문학학과에서의 한국문학 교육은 바로 이 『외국문학사』를 통하여 이뤄진다.

학부과정에서 외국문학사 강좌는 학교 상황에 따라 외국문학사로 통칭되어 있는 경우도 있고 동방문학사와 서방문학사로 나눠진 경우도 있다. 석사박사과정에서는 연구 전공에 좇아 대체로 국별 문학사를 강의하게 된다. 따라서 중국 대학 『외국문학사』 교재는 크게 세 갈래로 나뉜다. 한 갈래는 동서양 문학을 통합적으로 다룬 『외국문학사』 혹은 『세계문학사』이고 다른 한 갈래는 동, 서양을 분별하여 다룬 『구미문학사(欧美文学史)』와 『동방문학사』이며 또 다른 한 갈래는 국가를 분별하여 다룬 『미국문학사』, 『일본문학사』, 『한국문학사』 등 국별 문학사이다.

아래에 『외국문학사』 교재와 『동방문학사』 교재 속의 한국문학 관련 기술 내용을 통하여 중국언어문학학과에서의 한국문학 교육 현황을 살펴보기로 한다.

1) 『외국문학사』에서의 한국문학 교육 현황

중국 대학에서 동서양 문학을 통합적으로 다룬 『외국문학사』 교재는 크게 정규대학 교재와 자습대학 교재로 나뉘며 저서명은 『외국문학사』, 『세계문학사』, 『외국문학교정(外国文学教程)』 등으로 되어있다. 이런 교재 속의 한국(조선)문학 교육 상황을 살피기에 앞서 우선 중국 교육부에서 반포한 『외국문학사강의요강(外国文学史教学大纲)』에 대해 알아보기로 한다.

『외국문학사강의요강』은 국가 교육부 고등교육사(高教司)에서 정한 대학 『외국문학사』 강좌에 대한 기본 요구이자 수업지침이다. 외국문학사 강의 및 평가뿐만 아니라 그 교재편찬도 이 지침에 따라야 한다. 『외국문학사』강좌에서의 한국(조선)문학 교육도 이를 기준으로 해야 한다.

1995년에 출판된 『외국문학사강의요강』은 한국(조선)고전문학은 『춘향전』, 근현대은 신경향파문학, "카프", 사회주의 시기문학 등을 조목식으로 기술하고 작가로는 이기영, 송영, 조기천 등 세 명, 작품으로는 이기영의 장편소설 『고향』 송영의 단편소설 「석공노동조합대표」 등 2편을 기술하고 있다.

'전국 고등교육자학고시(全国高等教育自学考试)'는 중국 대학교육체계의 다른 한 구성부분으로 그 응시생은 해마다 수 만 명에 달한다. 1999년 9월, 전국 고등교육자학시험지도위원회(全国高等教育自学考试指导委员会)는 전국 고등교육자학고시 중국어언문학전공 『「외국문학사」자학고시요강(〈外国文学史〉自学考试大纲)』을 반포하였다. 이 요강에는 고대문학으로 "『춘향전』"을, 현대문학으로 "조선문학"이라 언급하였을 뿐 구체적 내용은 언급하지 않았다.

본고는 1950년부터 2000년대까지 출판된, 동서양 문학을 통합적으로 다룬 『외국문학사』 교재 50여 종을 분석 정리하면서 그중 한국(조선)문학 양상을 대체적으로 살펴보았다. 지면의 제한으로 아래에 15개 대학의 『외국문학사』 교재 및 한국(조선)문학 기술 내용을 [도표 3]에서 살펴보기로 한다.

[도표 3] 중국 대학『외국문학사』 교재 및 한국(조선)문학 기술 내용

저서명	저자	출판사	출판년월	한국(조선)문학 기술 내용
外國文學史(1-4)	二十四所高等院校	吉林人民出版社	1980.7	第二編 中古文學 第五章 朝鮮文學 第一節 概述 第二節 ≪春香傳≫ 第三節 樸趾源和丁若鏞 第四編 現代文學 第九章 朝鮮文學 第一節 概述 第二節 李箕永
外國文學簡明教程	湘贛豫鄂三十四所院校編	江西人民出版社	1982.7	第九章 十九世紀至二十世紀初批判現實主義文學(三) 第一節 概述

				三東方批判現實主義文學的特點 (二) 描寫民族革命的烽火, 塑造民族革命的英雄 第十章 無產階級文學 第一節 概述 四、其他一些國家的無產階級文學
外國文學簡編(亞非部分)	朱維之 雷石榆 梁立基 主編	中國人民大學出版社	1983.2	第二編 中古文學 第九章 中古朝鮮文學 第一節 概述 第二節 樸趾源 第三節 ≪春香傳≫
簡明外國文學史	林亞光主編	重慶出版社	1983.4	第一編 古代文學 第二章 中古文學 第六節 朝鮮文學和≪春香傳≫
外國文學史(上中下)	穆睿清 姚汝勤 主編	北京廣播學院出版社	1986.12	第二編 亞非拉文學 第六章 朝鮮文學 第一節 概述 第二節 ≪春香傳≫第三節 李箕永 第四節 趙基天
外國文學史簡明教程	韓溦潔 郭定國 主編	廣東高等教育出版社	1988.3	第四編 現當代文學 第八章 東方現當代文學 第67節 李箕永
外國文學史(亞非部分)	朱維之主編	南開大學出版社	1988.4	第二編 中古亞非文學綜述 第五章 中古東亞文學 第五節 樸趾源第六節 ≪春香傳≫ 第四編 現代亞非文學綜述 第十三章 現代東亞文學 第五節 李箕永第六節 趙基天
外國文學史話	西北大學 外國文學 教研室	未來出版社	1989.6	亞非文學 ≪春香傳≫藝術談 普天堡戰鬥與≪白頭山≫
外國文學史略	韓溦潔 郭定國 主編	三環出版社	1990.8	上編 東方文學 第四章 現當代文學 第14節 趙基天
外國文學史綱	陶德臻主編	北京出版社	1990.8	第一編 東方文學第二章 中古文學 第三節 朝鮮文學 一、概況 二、≪春香傳≫ 第四章 現代文學第三節 朝鮮文學 一、概況 二、李箕永 第五章 當代文學第三節 朝鮮文學 一、概況 二、趙基天

外國 文學史 綱要	陳 惇 何乃英 主編	北京師範大學 出版社	1995.10	第一部分 亞非文學 第四章 現代文學 第二節 東亞文學 李箕永
外國 文學史 (上中下)	匡 興 陳惇、 陶德臻	北京師範大學 出版社	1996.8	下冊 第五章 當代亞非文學 第二節 趙基天
修訂本 外國 文學史 (亞非卷)	朱維之 主編	南開大學 出版社	1998.10	第二編 中古亞非文學綜述 第五章 中古東亞文學 第四節 ≪春香傳≫ 第四編 現當代亞非文學綜述 第十三章 現當代東亞文學 第五節 李箕永 第六節 韓雪野
外國文學 實用教程	薛瑞東 編著	南京師範大學 出版社	2006.8	亞非文學 第十二章 中古亞非文學第一節 概述四、印度、朝鮮和越南的文學 第十三章 近代及現當代亞非文學 第一節 概述二、現當代亞非文學 2.朝鮮、韓國文學
外國文學 基礎	徐葆耕 王中忱 主編	北京大學 出版社	2008.7	東方(亞非) 文學部分 第二編 中古亞非文學 第五章 東亞中古文學 第五節≪洪吉童傳≫與≪春香傳≫ 第三編 近現代亞非文學 第八章 東亞近現代文學 第五節 徐廷柱與金東裡
世界 文學史 (上中下)	陶德臻 馬家駿 主編	高等教育 出版社	1991.4	上編 亞非文學 二章 中古文學 第二節 東亞文學-樸趾源-≪春香傳≫, 章 現代文學 二節 東亞文學-李箕永 五章 當代文學 第二節 東亞文學-趙基天-千世峰

위 도표에 반영된 한국(조선)문학 기술 내용을 귀납 정리해 보면, 우선 1980년대에 출판된 『외국문학사』 교재에는 대체로 한국(조선) 고전문학 근현대문학 개황이 1-2쪽 분량으로 기술되고 대표작으로 『춘향전』, 『백두산』이, 대표작가로 박지원, 정약용, 이기영, 조기천 등 4명이 기술되었음을 알 수 있다. 거의 모두가 『춘향전』, 이기영, 조기천을 기술하고 있는데 이는

이 시기 한국(조선)문학의 대표작과 대표작가의 대명사로 되었다고 하겠다. 다음 1990년대에 출판된 『외국문학사』 교재에는 대체로 한국(조선) 고전문학 근현대문학 개황이 0.5-1쪽 분량으로 기술되고 대표작으로 『춘향전』이, 대표작가로 이기영, 조기천, 한설야 등 3명이 기술되었다. 이 시기에 출판된 교재는 한국(조선)문학을 반영한 분량이 크게 줄어들고 1980년대의 관례에 따라 『춘향전』, 이기영, 조기천을 한국(조선)문학의 대표작과 대표작가로 기술하고 있을 뿐만 아니라 1980년대에 삭제되었던 한설야가 다시 기술되었다. 그리고 1990년대 말에는 "한국문학"이라는 기술용어가 사용되고 1950년대 후의 한국문학이 기술되기 시작하였다. 그 다음 2000년대에 출판된 교재는 1990년대와 마찬가지로 분량은 적은데 기존의 관례에서 벗어나 "조선-한국문학"이라는 기술용어를 사용하고 있는 것이 특징적이다. 고전문학에서는 관례대로 『홍길동전』과 『춘향전』을 대표작으로 기술하고 근현대문학에서는 관례를 타파하고 서정주와 김동리를 대표적 작가로 기술하고 있다.

구체적으로 살펴보면, 1980년대 첫 『외국문학사』 교재인 『외국문학사』(1-4, 吉林人民出版社)는 중세기 한국(조선)문학을 체계적으로 기술하고 있는데 35쪽의 분량을 차지하고 있다. 고대나 근현대 부분은 전혀 언급되지 않았다. 중국인민대학출판사에서 출판한 『외국문학사간편(外国文学史简编)』(亚非部分)은 처음으로 외국문학사라는 큰 틀에서 아세아 아프리카 문학을 유럽, 미국문학과 분별하여 독자적으로 편찬한 교재이다. 이 교재에는 중세 한국(조선)문학이 25쪽 분량으로 체계 있게 기술되고 현대 한국(조선)문학은 23쪽 분량으로 20세기 초부터 50년대까지의 한국(조선)문학을 간단명료하게 기술하고 있다. 여기서 1945년 8월 15일 광복부터 1950년대 말까지의 조선(북한)문단 윤곽을 보여주고 있다는 것이 특징적이다. 이 교재는 1980년대 전반기와 중반에 가장 권위적이고 심원한 영향력을 과시한 중핵교재로 인정받았다.

1990년대에 일반 고등교육 '95' 국가 중점교재(普通高等教育"九五"国家级重点

教材)들이 속출하기 시작하였는데 그중 주유지(朱维之)가 주필을 맡은 『외국문학사』(亚非部分, 南开大学出版社)가 가장 대표적인 교재의 하나로 되었다. 이 교재는 국가교육위원회의 위촉을 받고 편찬되었는데 1988년 초판부터 1998년 수정본을 거쳐 2000년대까지 무려 10여 만부 인쇄 발행된 교재이다. 1988년 초판 제5장 제5절, 제6절에 박지원과 『춘향전』이 각각 6쪽과 8쪽 분량으로 구체적으로 전면적으로 기술되고 제13장 제5절 제6절에 이기영과 조기천이 각각 8쪽과 5쪽 분량으로 기술되었다. 1998년 수정본(제2판)은 제5장 제4절에 『춘향전』이 8쪽 분량으로 기술되고 제13장 제5절 제6절에 이기영과 한설야가 각각 6쪽 분량으로 기술되었다. 수정본은 초판에 비해 박지원과 조기천이 삭제되고 한설야가 첨가되었는데 이기영과 똑같은 분량을 확보하였다. 수정본에서 특기할 것은 제13장 제1절 개황 부분에서 "현당대 조선한국문학"이라는 학술용어를 사용함과 아울러 2쪽 분량으로 1950-70년대 한국문학을 단독으로 기술하였다는 것이다. 비록 그 분량이 작기는 하지만 이는 20세기 중국의 『외국문학사』 교재에서 처음으로 1950년대 이후의 한국문학을 기술한 것으로 된다. 이 수정본을 통하여 비로소 한국(조선)문학이 부족하게나마 그 총체적 윤곽을 보여주게 되었다고 하겠다.

1990년대 중반부터 중국 국가교육부는 21세기 교재 건설프로젝트를 규획 실행하기 시작하였다. 그 대표적 교재가 바로 『(21세기 대비 교재)외국문학사』(상/하, 郑克鲁 主编, 高等教育出版社, 2009.5) 인데 교육부의 지시로 전국 22개 대학의 38명 교수가 3년 5월에 거쳐 완성한 것이다. 이 교재는 2006년 3월 수정본을 거쳐 수차례 인쇄 되었는데 2000년대 중국 대학 『외국문학사』 교재 가운데서 가장 광범위하게 사용된 교재로 되었다. 이 교재는 "중세기 아세아 아프리카 문학의 발전"이라는 소절부분에서 중세 한국(조선)문학을 1쪽 분량으로 기술하고 "근현대 아세아 아프리카 문학의 발전"이라는 소절부분에서 0.5쪽 분량으로 근현대 한국(조선)문학을 기술하고 있는데 모두 조선문학으로 기술되어 있다. 다만 1950년대 이후 한국(조선)문학에 대해 이렇게 기술하였다.

"2차 세계대전 후 남북의 분단과 더불어 한국문학과 조선문학이 공존하는 상황이 나타났다. 전자는 50년대의 "전후문학파"와 60년대 "신감각파"가 그 영향력이 제일 크며 현대주의를 주도로 하는 문학발전의 길을 걸어 왔는데 "참여문학"과 "순문학"간의 논쟁이 있었다. 후자는 사회주의 문학을 정통으로 삼고 민족해방투쟁을 노래하고 사회주의 건설성과를 반영하는 것을 기본 주제로 하였다. 대표작품으로는 조기천의(1913-1951)의 장편서사시 『백두산』(1947)이 있다."[4]

이 부분은 2006년 3월 수정본에서 이렇게 수정되어있다.

"2차 세계대전 후 남북의 분단과 더불어 한국문학과 조선문학이 공존하는 상황이 나타났다. 전자는 50년대의 "전후문학파"와 60년대 "신감각파"가 그 영향력이 제일 크며 현대주의를 주도로 하는 문학발전의 길을 걸어 왔는데 "참여문학"과 "순문학"간의 논쟁이 있었다. 후자는 사회주의 문학을 정통으로 삼고 민족해방투쟁을 노래하고 사회주의 건설성과를 반영하는 것을 기본 주제로 하였다. 대표작품으로는 조기천의(1913-1951)의 장편서사시 『백두산』(1947)이 있다. 한국문학에서 주목할 작품으로는 최인훈(1936-)의 민족분열을 묘사한 『광장』, 박경리(1927)의 농촌 변혁을 묘사한 『토지』(1972), 조정래의 민족분열비극을 묘사한 『태백산맥』(1988) 등이다."[5]

여기서 이 교재는 한국(조선)문학 분량이 극히 적지만 1950년대 남북 분단 후의 제반 한반도 문학 상황을 편파 없이 진실하게 반영하려 애썼고 한국문학 부분이 보충 첨가되는 양상을 보여주고 있음을 알 수 있다. 이와 같은

4 郑克鲁 主编 『外国文学史』(下), 高等教育出版社, 1999, 260쪽.

5 郑克鲁 主编, 『外国文学史』(下), 高等教育出版社, 2006, 310쪽.

양상은 2000년대 『외국문학사』의 독특한 양상이라고 할 수 있다.[6]

2) 『동방문학사』에서의 한국문학 현황

중국 대학에서 동방문학이라는 개념은 대체로 1958년부터 시작하여 1959년 『외국문학참고자료·동방부분』(고등교육출판사 출판)이 출판되면서 공식적으로 사용되었다. 개혁개방 후 동방문학 강좌는 점차 외국문학사 틀에서 벗어나 하나의 독립적인 강좌로 발전하기 시작하였다.

중국에서 동방문학을 독립적으로 다룬 대학 교재는 대체로 『동방문학사』, 『외국문학사(아세아 아프리카부분)』, 『세계문학사(아세아 아프리카부분)』 등 세 가지 형태로 되어있다.

본고는 1950년부터 2000년대까지 공식 출판 사용된, 동방문학을 독립적으로 다룬 『동방문학사』 교재 15종과 그 참고서(동방문학작품선집) 5종을 분석 정리하면서 한국(조선)문학 교육 양상을 [도표 4] "중국 대학 『동방문학사』 교재 및 한국(조선)문학 기술 내용"을 통하여 살펴보기로 한다.

[도표 4] 중국 대학 『동방문학사』 교재 및 한국(조선)문학 기술 내용

저서명	저자	출판사	출판년월	한국(조선)문학 기술 내용
外國文學參考資料(東方部分)	北京師範大學中文系外國文學教研組編	高等教育出版社	1959.12	第二編 朝鮮文學 一、金日成就朝鮮文藝創作問題發表談話 二、朝鮮文學 三、關於"春香傳" 四、現代朝鮮文學的勝利 五、朝鮮革命文學的新高漲 六、時代的精神 七、魯迅和朝鮮文學 八、高爾基和朝鮮現代文學 九、朝鮮文藝界徹底清算資産階級思想餘毒的鬥爭

6 김장선, 「중국 『외국문학사』 속의 한국(조선)문학」, 『중한문학 비교연구』, 민족출판사, 2011, 29-33쪽 참조.

				十、朝鮮卓越現實主義文學大師 十一、李箕永簡介 十二、韓雪野簡介 十三、戰鬥的詩人－紀念朝鮮趙基天同志犧牲五周年 十四、朝鮮古典和現代文學作品
外國文學簡編(亞非部分)	朱維之 雷石榆 梁立基 主編	中國人民大學出版社	1983.2	第二編 中古亞非文學第九章 中古朝鮮文學第一節 概述 第二節 樸趾源 第三節 ≪春香傳≫第四編 現代亞非文學 第二十一章 現代朝鮮文學第一節 概述 第二節 李箕永 第三節 趙基天
東方文學簡史	主編 陶德臻 副主編 彭瑞智 張朝柯	北京出版社	1985.5	第二編 中古文學第六章 中古朝鮮文學 第一節 概述 第二節≪春香傳≫ 第四編 現代文學第四章 現代朝鮮文學 第一節 概述第二節 李箕永和≪故鄕≫ 第五編 當代文學第三章 當代朝鮮文學 第一節 概述第二節 趙基天和≪白頭山≫
東方文學簡編	張效之 主編	山東教育出版社	1985.12	第二章 中古文學第九節 朝鮮文學與≪春香傳≫ 第四章 現代文學 第六節 朝鮮文學(一)－綜述 朝鮮文學(二)－趙基天和≪白頭山≫
簡明東方文學史	季羡林 主編	北京大學出版社	1987.12	第二編 中古時期的文學 第四章 東北亞中古文學 第六節 ≪春香傳≫第三編 近現代文學 第一章 東北亞近現代文學 第六節 李箕永與韓雪野
外國文學史(亞非部分)	朱維之 主編	南開大學出版社	1988.4	第二編 中古亞非文學綜述 第五章 中古東亞文學第五節 樸趾源 第六節 ≪春香傳≫第四編 現代亞非文學綜述第十三章 現代東亞文學第五節 李箕永 第六節 趙基天
世界文學史(上)	陶德臻 馬家駿 主編	高等教育出版社	1991.4	上篇 亞非文學 第二章 中古文學 第二節 東亞文學-樸趾源－≪春香傳≫ 第四章 現代文學第二節 東亞文學－李箕永第五章 當代文學 第二節 東亞文學-趙基天－千世峰
*東方現代文學史(上, 下)	高慧勤 欒文華 主編	海峽文藝出版社	1994.1	朝鮮、韓國現代文學 第一章 啟蒙文學－從舊文學向現代文學的過度 第一節

				新小說、翻譯政治小說和英雄傳記 第二節 詩歌與小說創作 第二章 純文學和批判現實主義文學 第一節 朝鮮現代短篇小說的開拓者--金東仁 第二節 現實主義作家群 第三章 無產階級文學的興起和發展 第一節 無產階級文學的成就和不足 第二節 無產階級文學和純文學的論戰 第三節 "新傾向派"作家 第四節 "卡普"的文學創作 第五節 以抗日為主題的革命文學 第四章 一九四五年後的南朝鮮文學 第一節 戰後初期的文學 第二節 戰後派文學、參與文學及其他 第三節 七十年代的進步文學 第五章 解放後的北朝鮮文學--新人的典型、戰鬥的形象 第一節 長篇小說創作 第二節 中短篇小說創作 第三節 戰鬥詩人趙基天 第六章 社會主義建設和向千里馬進軍的頌歌 第一節 小說創作 第二節 中短篇小說創作 第三節 戲劇創作－≪紅色宣傳員≫和≪朝霞≫ 第七章 主體文學 第一節 主題文藝理論的內容及其對創作的影響 第二節 體現主題思想的樣板作品
東方文學史通論	王向遠著	上海文藝出版社	1994.2	第三編 世俗化的文學時代 第六章 東方市井文學 第四節 朝鮮和越南的市井文學 朝鮮市井文學的形成－國語市井小說與許筠、金萬重－說唱文學與說唱體小說≪春香傳≫第四編 近代化的文學時代 第九章 近代化文學的分化與終結 第一節 東方無產階級文學 朝鮮無產階級文學與李箕永的≪故鄉≫ 第五編 世界性的文學時代 第十章 現代主義的發展與現實主義的繁榮 第一節 東亞戰後派 韓國戰後派與徐基源 第二節 現代主義文學的發展

				韓國的現代主義和金承鈺
東方文學史(上下)	主編 郁龍餘 副主編 孟昭毅	陝西人民出版社	1994.8	第二卷 中古東方文學 第十章 中古朝鮮文學 第一節 概述 第二節 ≪春香傳≫ 第四卷 現當代東方文學 第十六章 現當代朝鮮、韓國文學 第一節 概述 第二節 李箕永和韓雪野
**東方文學史(上下)	季羨林主編	吉林教育出版社	1995.12	第二編 中古文學(三四世紀-十三世紀前) 第五章 東北亞文學 第五節 朝鮮國語詩歌和漢文文學 第三編 近古文學(十三世紀前後-十九世紀中葉) 第五章 東北亞文學 第七節 朝鮮漢文詩歌 第八節 朝鮮國語詩歌 第九節 文人創作的小說 第十節 說唱腳本小說 第四編 近代文學(十九世紀中葉-二十世紀初) 第二章 東北亞文學 第八節 朝鮮的“新小說” 第五編 現當代文學(二十世紀初至今) 第二章 東北亞文學 第七節 朝鮮的新傾向派和卡普文學 第八節 李箕永和韓雪野 第九節 韓國文學第十節 說唱腳本小說
東方文學簡明教程	張文煥 牛水蓮 張春麗 主編	河南人民出版社	1996.5	第二編 中古文學 第一章 概述 第二節 中古朝鮮文學 第二章 重點作家作品分析 第二節 ≪春香傳≫第四編 中古文學 第一章 概述第二節 現代朝鮮文學 第二章 重點作家作品分析 第三節 李箕永和≪故鄉≫
修訂本 外國文學史(亞非卷)	朱維之主編	南開大學出版社	1998.10	第二編 中古亞非文學綜述 第五章 中古東亞文學 第四節 ≪春香傳≫第四編 現當代亞非文學綜述 第十三章 現當代東亞文學 第五節 李箕永 第六節 韓雪野
東方文學史	郁龍餘 孟昭毅 主編	北京大學出版社	2001.8	第二卷 中古東方文學 第十章 中古朝鮮文學 第一節 概述 第二節 ≪春香傳≫ 第四卷 現當代東方文學 第十六章 現當代朝鮮、韓國文學 第一節 概述 第二節 李箕永和韓雪野

東方 文學史	邢化祥	中國檔案 出版社	2001.12	第二編 中古文學 第三章 中古朝鮮文學 第一節 概述 第二節 ≪春香傳≫ 第四編 現、當代文學 第二章 當代朝鮮、韓國文學 第一節 概述 第二節 李箕永

동방문학사 교재는 일찍 1950년대에 출판되어 1950년대 조선(북한)의 문예시책, 고대, 근현대 문학 개황, 이기영, 한설야, 조기천 등 현대문학 대표 작가, 고전명작 『춘향전』 등 체계적이고 다양하게 기술하고 있다. 1980년대에 출판된 교재는 대체로 한국(조선) 중세기 문학과 근현대문학 개황이 20-50쪽 분량으로 기술되어 있고 1990년대에 출판된 교재는 대체로 한국(조선) 중세기 문학과 근현대문학 개황이 많게는 40쪽 적게는 2쪽 분량으로 기술되어 분량이 심각한 기복을 보여주고 있다. 2000년대에 출판된 교재는 대체로 한국(조선) 중세기 문학과 근현대문학 개황이 많게는 30쪽 적게는 1쪽 분량으로 기술되어 역시 분량이 심각한 기복을 보여주고 있다. 내용상, 1950년대부터 2000년대까지 출판된 교재는 대동소이하여 거의 일관적으로 중세문학은 『춘향전』을 기술하고 근현대문학은 이기영과 『고향』, 조기천과 『백두산』, 한설야와 『황혼』을 기술하고 있다.

구체적으로 볼 때 1983년 2월 중국인민대학출판사에서 출판한 『외국문학사간편(外国文学史简编)』(亚非部分)은 처음으로 공식 출판된 “동방문학사” 교재이다. 이 교재에는 중세 한국(조선)문학이 25쪽 분량으로 체계 있게 기술되고 현대 한국(조선)문학은 23쪽 분량으로 20세기 초부터 50년대까지의 한국(조선)문학을 간단명료하게 기술하고 있다. 1945년 8월 15일 광복부터 1950년대 말까지의 조선(북한)문단 윤곽을 보여주고 있다는 것이 특징적이다.

1994년 2월에 출판된 『동방문학사통론』은 “동방문학사” 교재 가운데서 처음으로 “한국문학”이라는 학술용어를 쓰고 있는데 2쪽 분량으로 한국 전후파문학에 대해 서술하고 같은 해 8월에 출판된 『동방문학사(상, 하)』는 "동방문학사" 교재 가운데서 처음으로 "현당대 조선 한국문학"이라는 학술 용어를 사용함과 아울러 4쪽 분량으로 1950-70년대 한국문학에 대해 서술하였다. 1994년부터 "동방문학사" 교재에 "한국문학"이라는 학술용어들이 도입되기 시작하였다.

그외 『동방문학사』 보조 교재로서의 『동방문학작품선집』 5종에 수록된 한국(조선)문학작품을 [도표 5]를 통해 구체적으로 살펴보기로 한다.

[도표 5] 『동방문학작품선집』에 수록된 한국(조선)문학작품 현황

저서명	저자명	출판사	출판연월	한국(조선)문학 작품 및 기술 내용
亞非文學 參考資料	穆睿清 編	時代文艺 出版社	1986.8	第二編 中古亞非文學 五、 中古朝鮮文學(一) 概述(二) 崔致遠及其詩歌評價(三) 樸趾源(四) ≪春香傳≫ 第三編 近現代亞非文學 五、 近現代朝鮮文學(一) 概述(二) 崔曙海(三) 李箕永及其≪故鄉≫(四) 趙基天及其≪白頭山≫
東方文學 作品選 (上下)	季羡林 主編	湖南文藝 出版社	1986.9	崔致遠詩選(≪江南女≫、≪古意≫) 李奎報詩選(≪代農夫吟≫、≪新穀行≫) 朴趾源≪兩班傳≫、≪穢德先生傳≫ 丁若鏞≪龍山吏≫、≪春香傳≫片斷 崔曙海≪出走記≫、李箕永≪故鄉≫片斷 趙基天≪白頭山≫片斷
東方文學 作品選 (上下)	俞灝東 何乃英 編選	北京 出版社	1987.6	第二部分 中古文學≪春香傳≫(下卷節選) 第四部分 現代文學金素月≪金素月詩選≫(≪招魂≫、≪我們盼望能有耕耘的土地≫、≪在田畦上≫) 李箕永≪故鄉≫("苦肉計"、"黎明的時候") 第五部分 當代文學趙基天≪白頭山≫(第一、四、六章)
世界文學 名著選讀1 亞非文學	陶德臻 馬家駿 主編	高等教育 出版社	1991.10	朝鮮≪春香傳≫ 李箕永: ≪故鄉≫ 趙基天: ≪白頭山≫
外國文學 作品選 (東方卷)	王向遠 劉洪濤 主編	北京師範大 學出版社	2010.3	≪春香傳≫(節選)

[도표 5]에서 보다시피 한국문학작품들은 한국(조선)중세문학작품으로 최치원, 이규보, 박지원, 정약용의 한시 그리고 판소리계소설 『춘향전』(발췌)이 선정 수록되고 그중 『춘향전』은 5종의 작품집에 모두 수록되어 있음을 알 수 있다. 또한 한국(조선) 근현대문학작품으로 김소월의 『초혼』, 『바라건대는 우리에게 보섭 대일 땅이 있었다면』, 『밭고랑우에서』, 최서해의 『탈출기』, 이기영의 『고향』(발췌), 조기천의 『백두산』(발췌) 등이 수록되었는데 그중 『고향』(발췌)과 『백두산』(발췌)이 4종의 작품집에 모두 수록되어 있음을 알 수 있다. 근 반세기 동안 『동방문학작품선집』에 수록된 한국(조선)문학 작품은 대체로 10명 내외 작가들의 10여 편 정도의 작품에 불과할 뿐만 아니라 그중 『춘향전』, 『고향』(이기영), 『백두산』(조기천) 등 3편이 한국(조선)문학의 가장 대표적인 작품으로 중국문학 전공자들에게 널리 소개 전수되었다고 하겠다. 광복 후 한국문학작품은 1편도 수록되지 못한 상황이다.[7]

4. 나오며

상기한 바와 같이 본고는 1950년대부터 현재까지 근 70년간의 중국에서의 한국문학 교육 현황을 대체로 대학 외국어로서의 한국어(조선어)학과, 민족어(모국어)로서의 조선언어문학, 중국언어문학과 등 세 학과 현황을 통하여 살펴보았다. 이를 바탕으로 외국어로의 한국문학교육 목표와[8] 결부하여 향후 중국에서의 한국문학 교육이 보다 폭 넓게 깊이 있게 독자성 있게 발전할 새로운 전기를 맞이하기 위해서 현실적으로 존재하는 문제점을 감안하면

---

7 김장선, 「중국 대학 『동방문학사』 교재 속의 한국(조선)문학」, 『국제문화연구』 4-2, 2011, 146-152쪽 참조.

8 윤여탁, 『외국어로서의 한국문학교육』, 한국문화사, 2007, 76-96쪽 참조 바람.

서 풀어야 할 과제를 제시해 보기로 한다.

첫째, 교육 현장의 실제와 밀접히 결합하여 무엇을 어떻게 배워줘야 할 것인가 하는 한국문학 교육 목표와 방식을 명확히 해야 한다. 무엇보다 외국어로서의 한국문학 교육에서 한국문학사와 한국문학강독 강좌의 내용과 작품 선정에서 시대적으로, 수사학적으로, 주제적으로, 문학사적으로 난해하거나 편협적인 것을 가급적이면 피면해야 한다. 학생들의 눈높이와 실제에 알맞은, 상대적으로 이해하기 쉽고 이질감이 적은 내용과 작품들로 선정하여 한국 언어, 역사, 문화, 한국인 정서 등이 친숙하게 느끼도록 하며 무엇보다 한국어 의사소통 능력을 신장하도록 해야 한다. 중국의 한국문학 교육 현장의 교수진과 한국의 국문학 교육 교수진의 합작과 교류가 요청되는 과제이다.

둘째, 한국문학사와 한국문학강독 강의에 영상매체를 적극 도입하여 학생들의 한국문학에 대한 관심과 취미를 적극 유도해야 한다. 현재 중국에서 문학은 변두리로 밀려있고 입시교육의 영향으로 말미암아 대학생들의 문학 소양도 빈약하여 학생들의 문학에 대한 관심이나 취미가 너무나 결핍하다. 절대대부분이 중국의 4대 고전명작조차 읽어 보지 않은 상황이거늘 외국어학과 강좌로써의 한국문학에 대한 관심과 취미는 더 말할 여지가 없다. 교육에서 취미만큼 큰 동기부여는 없을 것이다. 주지하다시피 현재 대학생들은 1990년대 말~2000년대 초반에 출생한 학생들로서 영상매체와 디지털에 익숙하다. 특히 어린 시절 애니메이션은 일상에서 가장 친한 친구의 하나로 되었기에 성인으로 되어서도 애니메이션에 대한 애착이 남다르다. 실제로 필자는 한국문학 교육 현장에서 『무진기행』, 『삼포가는 길』, 『사랑방 손님과 어머니』 등 한국문학작품을 각색한 예술영화들을 감상하도록 하였지만 관심을 전혀 끌지 못하였다. '만화로 읽는 한국명작' 계열의 책들도 제공해 보았지만 도서 구입, 배치, 감상 습관 등 여러 장애로 인하여 실효성이 없었다. 반대로 『운수 좋은 날』, 『메일꽃 필 무렵』, 『봄봄봄』 등 애니메이션은 학생들의 관심을 끌었다. 이런 애니메이션을 보고 원작을 읽고자 하는 학생들이 나타나기 시작하였다. 또한 『소나기』, 『우리들의 일그러진 영웅』 등 소년들의 생활을 반영한 예술영화도 많은 관심을 끌었다. 2000년대 초반에 『국화꽃향기』, 『늑대의 유혹』, 『그놈은 멋있었다』 등 한국 소설들이 중국에서 베스트셀러로 되면서 한국문학의 붐이 일었다. 이는 당시 이 소설들을 각색한 영화 DVD가 광범위하게 유입 전파된 것과 그 내용과 주제가 동년배로서의 중국 청년독자들의 관심사와 밀접한 관련이 있었기 때문이라고 하겠다. 고로 학생들의 실생활과 가까운 한국문학 작품들을 애니메이션, 단편영화 등으로 제작하여 강의에 활용한다면 한국문학에 대한 학생들의 관심과 취미를 유도한다면 한국문학 교육 질이 효율적으로 지구적으로 향상될 것이다.

셋째, 중국 대학 한국문학 교육 현장의 교육자 및 연구자와 한국의 한국문학교육 현장 교육자 및 연구자들이 공동으로 체계적이고 실용적인 새로운 교재들을 편찬 출판하여야 한다. 현재 시중의 한국문학 교재는 여러 모로 미진한 점이 많아 교육 현장의 수요에 부응하지 못하고 있다. 시중에는 주로 중국학자들이 편찬한 교재들 이를테면 한국어학과 학생들을 대상으로 한 『한국문학사요』(윤윤진, 이명학 등, 연변대학출판사, 2015), 『한국문학사』(윤윤진, 정봉희 등, 상해교통대학출판사, 2008) 등 한국어 한국문학사가 있을 뿐만 아니라 『한국문학간사(韩国文学简史)』(김영금, 南开大学出版社, 2009), 『조선문학사』(韦旭升, 北京大学出版社, 1986) 등 중국어 한국문학사, 『조선-한국문학사(상, 하)』(김영금, 外语教学与研究出版社 解放军外语音像出版社, 2010)와 같은 한중 이중어로 된 한국문학사가 있으며 조선언어문학학과 학생들을 대상으로 한 『조선고전문학사』(허문섭, 료녕민족출판사, 1985), 『조선고전문학사』(문일환, 민족출판사, 1997), 『조선문학사(고대중세부분)』(허휘훈, 채미화, 연변대학출판사, 1998), 『조선한문학사』(이해산, 연변대학출판사, 1995), 『조선문학간사』(박충록, 연변

교육출판사, 1987), 『조선문학사(근대현대부분)』(김병민, 연변대학출판사, 1994), 『조선-한국당대문학사』(김병민, 허휘훈, 최웅권, 채미화, 연변대학출판사, 2000), 『조선-한국당대문학개론』(김춘선, 민족출판사, 2002) 등 한국어 한국문학사가 있다. 또한 한국 학자들이 편찬한, 중국언어문학학과 학생 및 한국문학 연구자 등을 대상으로 한 『조선한문학사(朝鲜汉文学史)』(김태준 저, 张琏瑰 译, 사회과학문헌출판사, 1996), 『한국문학사(韩国文学史)』(조윤제 저, 张琏瑰 译, 사회과학문헌출판사, 1998), 『한국현대문학사(韩国现代文学史)』(김윤식, 김우종 등 32인 저, 金香 张春植 译, 민족출판사, 2000), 『한국문학사논강(韩国文学论纲)』(조동일 등 저, 周彪 刘钻扩 译, 북경대학출판사, 2003), 『조선소설사(朝鲜小说史)』(김태준 저, 全华民 译, 민족출판사, 2008) 등 한국 원문을 중국어로 번역한 한국문학사도 있다. 하지만 적지 않은 교재들은 외국어로서의 한국어 문학교육 특성을 잘 반영하지 못하여 한국어 문학교육이 지향해야 할 목표와 거리가 있다. "한국문학을 소개하고 있는 자료나 교과서 등을 살펴보면, 한국에서는 별로 주목받지 못하는 문학 작품을 소개하거나, 이런 작가나 작품을 연구 대상으로 한 연구들을 다수 발견된다. 이와 같은 한국문학 연구의 문제점을 극복하기 위하여서는 우선적으로 한국문학 작품 중에서 정전이라고 할 수 있는 작품들을 수록한 선집과 이러한 작품을 통사적으로 정리한 한국문학사를 보급할 필요도 있다."[9] 따라서 신속하게 발전하는 시대의 흐름에 맞춰 한국문학사의 고질적 체계와 관념을 타파하고 완전 업그레이드된 교재들을 편찬해야 한다. 그러자면 중국 현장의 교육자와 한국 현장의 문학연구자들이 협력하여 중국 한국어학과 학생들의 언어, 문화, 문학 소양과 눈높이에 알맞을 뿐만 아니라 그들의 경력과 시대에 가깝거나 걸맞는 내용들을 선정하여 문학 교육이 친

9 윤여탁, 「지역학으로서의 한국학 연구 현황과 발전 전략－한국문학을 중심으로」, 『한국(조선)어교육연구』 13호, 2018, 50쪽 인용.

화력을 갖도록 하는 것이 바람직하다. 그리고 영상매체로 제작된 작품이나 대표적인 영상작품들을 다시 문자화한 작품들을 발굴 포함시켜 제반 문학사를 재미있고 용이하게 접근할 수 있도록 해야 한다.

넷째, 한국문학의 중국어 번역 작업을 보다 적극적으로 활성화하여 중국 언어문학학과 학생 그리고 사회 각계각층 한국문학 독자들을 보다 폭 넓게 확보해야 한다. 필자가 한국문학 교육 현장에서 신경숙의 『엄마를 부탁해』를 원문과 중국어 번역문을 제공해주고 학생들더러 자율적으로 텍스트를 선정하고 감상문을 발표하도록 한 바 있다. 한국어학과 학생임에도 대부분 학생들은 중국어 번역문을 읽었다. 이 번역문은 원문보다 독자의 감성과 정서 등을 불러일으키는데 많이 부족하지만 감상문 발표 때 많은 학생들이 공감하고 적지 않은 학생들의 눈물을 자아냈다. 번역문이라도 원문 못지않게 독자들의 공감대를 이루고 있음을 말해 준다. 현재 한국문학의 중국어 번역 작업은 주로 한국문학번역원의 지원으로 이뤄지고 있다. 하지만 해마다 지원 작품이 한정되어 있고 선정 기준도 특정적이기에 번역 출판되는 작품이 양적으로도 너무 적다. 시중에는 여러 유형의 문학사가 적지 않지만 이를 뒷받침하는 한국문학 번역 작품들이 너무나 적다. 따라서 교육적으로 한국문학에 대한 깊이 있는 이해와 접근이 어렵고 사회적으로 중국 독자층을 넓고 두텁게 확보 확장하기에 역부족이다. 시장경제 중심의 인터넷 시대, 문학이 변두리로 밀린 시대에 자율적인 한국문학 번역 작품의 출판은 거의 불가능하다. 이런 국면을 타개하자면 반드시 사회 여러 분야가 협력, 협동하여 물질적 지원을 확보함과 아울러 번역인재 육성에도 정진해야 한다. 근년에 중국 대학 외국어 교육은 번역 능력 양성을 날로 중요시하고 있기에 한국어학과 대학원생 교육에서도 한중, 중한 번역 인재 육성에 주력하고 있다. 한중 번역 교육과 한국문학 번역 작업을 유기적으로 결합시킨다면 중국어 번역 작품을 양적으로 늘려 독자층 확장에 이로울 뿐만 아니라 한중 문학번역가들도 육성할 수 있게 된다. 이 작업은 과학적이고 장기적인 기획으로 풀어야 할 과제이며 특히 한국 문학 교육자와 연구자 그리고 출판사들의 적극적인 협조가 필수적이라고 하겠다.

다섯째, 중국 한국문학 교육 현장에 있는 교사들의 자질 향상을 위한 교육 연수프로그램이나 정보자료지원센터를 구축하는 것이 바람직하다. 여러 여건의 제한으로 인하여 중국 대학 한국문학 담당 교수들은 한국 당대문학 맥락을 제때에 명확하게 이해 파악하기에 어려움이 적지 않다. 아울러 현재 학생들이 2000년대에 출생한 학생들이라는 점과 글로벌 시대, 인터넷 시대라는 점을 감안할 때 현시대를 반영한 현시대 작가 작품들을 언급해야 학생들과 독자들의 공감대를 최대한으로 확보 확대할 수 있다. 공감대가 형성되면 한국문학에 대한 관심과 취미도 이끌어낼 수 있다. 이런 작품 선정은 한국 교수진과 연구진만이 가능하다. 현실적으로 중국의 한국 한국문학 교사들은 스스로의 업그레이드나 충전이 어려운 상황이기에 한국 또는 중국에서 문학교사연수프로그램을 실행하는 것이 바람직하다. 그리고 최신 정보와 자료나 강의 보조 자료들을 전문적으로 정리, 개발하여 제공해주는 시스템이 필요하다. 현시대 학생들의 관심과 취미 그리고 공감대를 형성할 수 있는 애니메이션, 만화, 사진, 동영상 등 영상매체 수단을 적극 활용하자면 디지털화한 문학 교육 자료들이 다량 구비해야 한다. 이런 자료의 개발과 제공은 전문 지원센터가 없으면 역시 불가능한 일이다.

요컨대 중국에서의 한국문학 교육은 보다 활약적이고 심화되고 독창성 있는 발전을 기해야 하며 이는 또한 한중 양국의 문학 교육자와 연구자들의 밀접한 협력과 교류를 요한다.

<세계 속의 한국어문학 연구의 현황과 과제>(보고사, 2019년 2월)에 수록

참고문헌

国家教委高教司 编, ≪外国文学史教学大纲≫, 高等教育出版社, 1995.

中国外国文学学会 编, ≪外国文学研究60年≫, 浙江大学出版社, 2010.

林精华 吴康茹 庄美芝 主编, ≪外国文学史教学和研究与改革开放30年≫, 北京大学出版社, 2009.

王邦維 主編, 『東方文學硏究集刊』(3), 北岳文藝出版社, 2007, 2011.

김병민·허휘훈·최웅권·채미화, 『조선－한국당대문학사』, 연변대학출판사, 2000.

김춘선, 『조선-한국당대문학사』, 민족출판사, 2002.

윤여탁, 『외국어로서의 한국문학교육』, 한국문화사, 2007.

윤윤진, 「중국 한국어학과에서의 한국문학교육내용 및 교육방식 고찰」, 『한국(조선)어교육연구』 8호, 2013.

윤여탁, 「한국어 문학 지식 교육과 연구의 목표와 과제」, 『한국(조선)어교육연구』 9호, 2014.

윤여탁, 「지역학으로서의 한국학 연구 현황과 발전 전략」, 『한국(조선)어교육연구』 13호, 2018.

이광재, 「중국 대학 한국어학과 한국문학 교육 현황 연구」, 『한국학연구』 17집, 2007.

중국 대학 『외국문학사』 교재 속의 한국(조선)문학

1. 들어가며

중국 대학 중국어언문학학과(中文系 或 汉语言文学系)는 랭킹 5위권에 속하는 중핵학과이다. 『외국문학사』는 중국 대학 중국어언문학학과 교육과정의 필수 기초 학과목의 하나로 자못 중요하다. 해마다 수 만 명에 달하는 학부생과 대학원생들이 『외국문학사』를 통하여 고금의 외국문학을 접하게 된다. 한국(조선)문학도 주로 『외국문학사』를 통하여 중국 대학 중국어언문학학과 학부생과 대학원생들에게 수용 전파된다. 따라서 『외국문학사』 교재 속의 한국(조선)문학 지위를 통하여 중국에서의 한국(조선)문학의 수용 전파 양상을 엿볼 수 있다고 하겠다.

중국 대학 『외국문학사』 교재는 크게 세 갈래로 나뉜다. 한 갈래는 동서양 문학을 통합적으로 다룬 『외국문학사』 혹은 『세계문학사』이고 다른 한 갈래는 동, 서양을 분별하여 다룬 『구미문학사(欧美文学史)』와 『동방문학사』이며 또 다른 한 갈래는 국가를 분별하여 다룬 『미국문학사』, 『일본문학사』, 『한국문학사』 등 국별 문학사이다.

본고는 동서양 문학을 통합적으로 다룬 『외국문학사』와 『세계문학사』 교재 속의 한국(조선)문학 양상에 대한 조명을 통하여 건국 후 즉 20세기 후반기 중국에서의 한국(조선)문학 수용 전파의 일면을 살펴보고자 한다.

2. 『외국문학사강의요강(外国文学史教学大纲)』 속의 한국(조선)문학 양상

"인문계 수업요강은 인문계 교육의 기본 법규로 수업내용을 규범화하고 강의를 지도하며 강의 질을 보증하는 중요한 수단이다. 또한 수업관리를 심화하고 좋은 교재를 편찬하며 수업 평가를 진행할 때의 중요하는 의거로 된다."[1]

『외국문학사강의요강』은 국가 교육부 고등교육사(高教司)에서 제정한 대학 『외국문학사』 학과목에 대한 기본 요구이자 수업지침이다.

외국문학사 강의 및 평가뿐만 아니라 그 교재편찬도 이 지침에 따라야 한다.

『외국문학사』 학과목에서의 한국(조선)문학 강의도 이 요강을 따르게 되었다. 1995년에 출판된 『외국문학사강의요강』에 언급된 한국(조선)문학 상황을 살펴보면 다음과 같다.

우선 제2장 "중고(中古)문학"의 "개술(概述)"부분에 "조선에는 민간구두창작에 기초하여 정리한 우수한 작품 『춘향전』이 있다"고 서술되어 있다.[2]

다음 제3장 "근현대문학"의 "개술"부분에는 이렇게 서술되어 있다. "조선 현대문학은 민족 압박에 저항하고 무산계급혁명투쟁을 진행하는 가운데서 성장하였다. 크게 세 개 시기로 나눌 수 있다. 신경향파시기: 20년대 초에

---

1 国家教委高教司 编, ≪外国文学史教学大纲≫, 高等教育出版社, 1995年 3月, ≪前言≫ 1쪽에서 인용.

2 国家教委高教司 编, ≪外国文学史教学大纲≫, 高等教育出版社, 1995年 3月, 119쪽에서 인용.

"신경향파"작가들이 무산계급문예창작의 길을 걷게 되었다. 그들의 작품들은 사회모순을 폭로하고 하층 인민들의 비참한 운명과 저항 정신을 반영하였다. 카프("조선무산계급예술동맹"의 약칭)시기: 이기영(1895-1984)의 장편소설『고향』(1933)과 송영(1903-)의 단편소설「석공노동조합대표」(1926)는 이 시기의 대표작이다.『고향』은 조선 최우수 작품의 하나이다. 소설은 일본제국주의의 조선인민에 대한 압박 착취를 폭로하고 조선인민의 각성과 투지를 표현하였다. 사회주의시기: 이 시기에는 조기천(1913-1951) 등 작가들이 등장하였다."[3]

위에서 보다시피 한국(조선)문학은 고전문학 부분에서는『춘향전』이 언급되고 근현대부분에서는 신경향파문학, "카프", 사회주의 시기문학 등을 조목으로 언급하고 작가로는 이기영, 송영, 조기천 등 세 명이 언급되고 작품으로는 이기영의 장편소설『고향』송영의 단편소설「석공노동조합대표」등 2편이 언급되었다. 외국문학사 강의에서 이 부분 외 기타부분은 언급되지 않아도 괜찮다는 것이다.

이 요강 발표 후의『외국문학사』교재 편찬 및 출판은 대체로 이 요강을 기준으로 하여야 한다. 따라서 이 요강 발표 후 출판된『외국문학사』교재 속의 한국(조선)문학도 대체로 이 요강범위를 벗어나지 않았다.

이 요강은 1993년 초부터 집필되기 시작하여 1994년 3월 중순에 탈고되었는데 이때는 이미 중한 수교가 이루어진 상황이었지만 외국문학사에서 한국문학을 아우르는 시점까지는 이르지 못하였다. 하여 이 시기에 편찬 출판된 절대대부분『외국문학사』교재에는 한국(조선)문학을 조선문학으로 서술하고 있다.

전국 고등교육자학고시(全国高等教育自学考试)는 중국 대학교육체계의 다른

---

3 国家教委高教司 编, ≪外国文学史教学大纲≫, 高等教育出版社, 1995年 3月, 127쪽에서 인용.

한 구성부분으로 그 응시생은 해마다 수 만 명에 달한다. 1999년 9월 전국 고등교육자학시험지도위원회(全国高等教育自学考试指导委员会)는 전국 고등교육 자학고시 중국어언문학전공 『「외국문학사」자학고시요강(<外国文学史>自学考试大纲)』을 제정 반포하고 이에 따른 교재들을 편찬 출판하였다.

이 요강 "동방문학" 부분의 제13장 중고문학(中古文学) 제1절 중고문학개술(中古文学概述)에 "4. 중고조선문학 『춘향전』", 제15장 현대문학 제1절 현대문학개술 "과정내용"에 "3. 조선문학"이라 언급되었을 뿐 기타 구체적이고 실질적인 내용은 언급되지 않았다.[4]

이 요강은 2000년 3월에 반포되었으나 한국(조선)문학은 조선문학으로 기술되어있다.

무릇 교육부의 『외국문학사강의요강』이 반포된 후 편찬 출판된 대학 『외국문학사』 교재는 그 내용과 범위 등 여러 면에서 모두 이 『요강』을 기준으로 삼아야 하고 임의로 내용과 범위를 삭제하지 말아야 한다.

3. 『외국문학사』 속의 한국(조선)문학 양상

중국 대학의 동서양 문학을 통합적으로 다룬 『외국문학사』 교재는 크게 정규대학 교재와 자학대학 교재로 나뉘며 저서명은 『외국문학사』, 『세계문학사』, 『외국문학교정(外国文学教程)』 등 여러 가지로 되어있다.

본고는 1950년부터 2000년대까지 출판된, 동서양 문학을 통합적으로 다룬 『외국문학사』 교재 50여 종을 분석 정리하면서 그중 한국(조선)문학 양상을 대체적으로 살펴보았다.

4 全国高等教育自学考试指导委员会, ≪<外国文学史>自学考试大纲≫, 2000年 3月.

우선 “중국 대학『외국문학사』교재 및 한국(조선)문학 기술 내용” 도표를 살펴보기로 한다.

[도표] 중국 대학『외국문학사』교재 및 한국(조선)문학 기술 내용

저서명	저자	출판사	출판 년월일	인쇄수	한국(조선)문학 기술 내용
外国文学参考资料(东方部分)	北京师范大学中文系外国文学教研组编	高等教育出版社	1959.12	5000	第二编 朝鲜文学 一、金日成就朝鲜文艺创作问题发表谈话 二、朝鲜文学 三、关于“春香传” 四、现代朝鲜文学的胜利 五、朝鲜革命文学的新高涨 六、时代的精神 七、鲁迅和朝鲜文学 八、高尔基和朝鲜现代文学 九、朝鲜文艺界彻底清算资产阶级思想余毒的斗争 十、朝鲜卓越的现实主义文学大师 十一、李箕永简介 十二、韩雪野简介 十三、战斗的诗人 -纪念朝鲜赵基天同志牺牲五周年 十四、朝鲜的古典和现代文学作品
外国文学教学参考资料(1-5)	华东六省一市二十院校选编组	福建人民出版社	1980.6	27,500	无 (只有欧美部分)
外国文学史(1-4)	二十四所高等院校	吉林人民出版社	1980.7	41,510	第二编 中古文学 第五章 朝鲜文学 第一节 概述 第二节 ≪春香传≫ 第三节 朴趾源和丁若镛 第四编 现代文学 第九章 朝鲜文学 第一节 概述

					第二节 李箕永
外国文学简明教程	湘赣豫鄂三十四所院校编	江西人民出版社	1982.7	30000	第九章 十九世纪至二十世纪初批判现实主义文学(三) 第一节 概述 三、东方批判现实主义文学的特点 (二) 描写民族革命的烽火, 塑造民族革命的英雄 第十章 无产阶级文学 第一节 概述 四、其他一些国家的无产阶级文学
外国文学简编(亚非部分)	朱维之 雷石榆 梁立基 主编	中国人民大学出版社	1983.2	50.000	第二编 中古文学 第九章 中古朝鲜文学 第一节 概述 第二节 朴趾源 第三节 ≪春香传≫
简明外国文学史	林亚光 主编	重庆 出版社	1983.4	32,300	第一编 古代文学 第二章 中古文学 第六节 朝鲜文学和≪春香传≫
外国文学教程(上中下)	王忠祥 宋寅展 彭端智 主编	湖南教育出版社	1985.7	7500	亚非文学 第四章 现代文学 第三节 朝鲜文学
外国文学史教程(上下)	雷石榆 陶德臻 主编	浙江大学出版社	1986.2	1700	无 (只有欧美部分)
简明外国文学教程	湖南师大中文系外国文学教研室编	湖南大学出版社	1986.2	18500	亚非文学 第四章 现代亚非文学 第一节 概述 二、亚非现代文学的发展概况
外国文学史(上中下)	穆睿清 姚汝勤 主编	北京广播学院出版社	1986.12		第二编 亚非拉文学 第六章 朝鲜文学 第一节 概述 第二节 ≪春香传≫ 第三节 李箕永 第四节 赵基天

外国文学专题选讲	王忠祥编著	北京大学出版社	1987.5	53000	无
外国文学史(上下)	匡 兴 陈惇 主编	北京大学出版社	1987.6	7000	无
外国文学史新编(上下)	黄 源 主编	浙江文艺出版社	1987.12	8000	无
外国文学史简明教程	韩漱洁 郭定国 陈恕林 主编	广东高等教育出版社	1988.3	10,000	第四编 现当代文学 第八章 东方现当代文学 第67节 李箕永
外国文学史(亚非部分)	朱维之 主编	南开大学出版社	1988.4	10,000	第二编 中古亚非文学综述 第五章 中古东亚文学 第五节 朴趾源 第六节 《春香传》 第四编 现代亚非文学综述 第十三章 现代东亚文学 第五节 李箕永 第六节 赵基天
自学考试外国文学史纲	智 量 主编	上海文艺出版社	1988.7	6,300	第二编 亚非文学 第五章 当代亚非文学 第三节 朝鲜文学
外国文学史话	西北大学外国文学教研室编著	未来出版社	1989.6	2,000	亚非文学 《春香传》艺术谈 普天堡战斗与《白头山》
外国文学史略	韩漱洁 郭定国 刘劲予 主编	三环出版社	1990.8	4000	上编 东方文学 第四章 现当代文学 第14节 赵基天
外国文学史纲	陶德臻 主编	北京出版社	1990.8	2000	第一编 东方文学 第二章 中古文学 第三节 朝鲜文学 一、概况 二、《春香传》 第四章 现代文学 第三节 朝鲜文学 一、概况 二、李箕永 第五章 当代文学

					第三节 朝鲜文学 一、概况 二、赵基天
外国文学简明教程	蹇昌槐主编	华中师范大学出版社	1990.12	10500	无
外国文学史纲	亢西民 杨文华 主编	北岳文艺出版社	1992.11	3000	亚非文学 第二章 中古亚非文学 第一节 概述 三、中古亚非文学发展概况 第四章 现代亚非文学 第一节 概述 三、现代亚非文学发展概况
新编外国文学教程	杜宗义主编	中国人民大学出版社	1993.6		无
外国文学史新编	刘念兹 王化学 主编	青岛海洋大学出版社	1993.8	6000	第十五章 现代东方文学 第一节 时代和文学概貌
外国文学史纲(上下)	张立明等编	南海出版公司	1995.5	3000	下编 东方文学 第三章 近代文学 第一节 概述 二、近代亚非文学的发展概况
外国文学史纲要	陈 惇 何乃英 主编	北京师范大学出版社	1995.10	2000	第一部分 亚非文学 第四章 现代文学 第二节 东亚文学 李箕永
外国文学史(上中下)	匡 兴 陈惇 陶德臻主编	北京师范大学出版社	1996.8		下册 第五章 当代亚非文学 第二节 赵基天
外国文学史新编	韩捷进主编	海南出版社	1998.6	1080	第四编 亚非文学 第十二章 中古亚非文学 第四节 朝鲜文学 第十四章 现当代亚非文学 第三节 朝鲜文学
修订本外国文学史(亚非卷)	朱维之主编	南开大学出版社	1998.10		第二编 中古亚非文学综述 第五章 中古东亚文学 第四节 《春香传》 第四编 现当代亚非文学综述 第十三章 现当代东亚文学 第五节 李箕永 第六节 韩雪野

外国文学史教程	谭 燧 主编	湖南师范大学出版社	1999.4		亚非文学 第二章 中古文学 第一节 概述 二、中古亚非文学发展概况 4.印度、朝鲜和越南的文学 第三章 近现代文学 第一节 概述 四、朝鲜文学
外国文学史(上下)	郑克鲁主编	高等教育出版社	1999.5		亚非文学 第二章 中古亚非文学 第一节 概述 二、中古亚非文学的发展 第三章 近现代亚非文学 第一节 概述 二、近现代亚非文学的发展
外国文学史(1-4)	王忠祥 聂珍钊 主编	华中理工大学出版社	2000.1	6000	无
外国文学史	刘炳范等编著	山东大学出版社	2000.3	9500	无
外国文学史	金元浦 孟昭毅 张良村 主编	华东师范大学出版社	2000.4	20100	东方文学 第十三章 中古文学 第一节 中古文学概述 三、文学状况 5.朝鲜文学 第十五章 现代文学 第一节 现代文学概述 三、文学发展状况 3.朝鲜文学
外国文学新编教程(上下)	郑忠信 王文平 主编	南方出版社	2000.8	6000	东方文学卷 第十八章 现当代东方文学 第一节 概述
外国文学教程	汪介之主编	南京大学出版社	2000.8		无
外国文学史	李定清 李小驹 郑安云编著	中央文献出版社	2001.4		无 (只有欧美部分)
外国文学简明教程	郑克鲁主编	华中师范大学出版社	2001.6		亚非文学 第三章 近现代亚非文学 第一节 概述

					二、近现代亚非文学的发展
插图本外国文学史	陈建华 主编	高等教育 出版社	2002.7		无
新编外国文学教程(修订版)	杜宗义 主编	中国人民 大学出版社	2003.1		第六编 亚非文学 第十三章 中古亚非文学 第一节 概述 二、中古朝鲜文学 第十四章 近现代亚非文学 第一节 概述 二、朝鲜近现代文学
简明外国文学史	杨正先 冯丽军 郑汉生 编著	中国社会 科学出版社	2003.4		亚非文学 第二章 中古文学 第一节 概述 二、中古朝鲜文学 第三章 近现代文学 第一节 概述 二、近现代亚非文学的发展
外国 文学史	张铁夫 王田葵 主编	湖南教育 出版社	2005.3	7000	亚非文学 第七章 东方文学 第一节 概述 二、亚非文学的发展概况
外国 文学史	赵沛林 著	东北师范 大学出版社	2005.12	3000	无
外国 文学史 (修订版) (上下)	郑克鲁 主编	高等教育 出版社	2006.3		亚非文学 第二章 中古亚非文学 第一节 概述 二、中古亚非文学的发展 第三章 近现代亚非文学 第一节 概述 二、近现代亚非文学的发展
外国文学 实用教程	薛瑞东 编著	南京师范 大学出版社	2006.8	3600	亚非文学 第十二章 中古亚非文学 第一节 概述 四、印度、朝鲜和越南的文学 第十三章 近代及现当代亚非文学 第一节 概述 二、现当代亚非文学 2.朝鲜、韩国文学
20世纪	郑克鲁	复旦大学	2007.2	5100	第四编 20世纪亚非文学

外国 文学史 (上下)	主编	出版社			第一章 概述 二、20世纪亚非文学在各国的发展 6.其他国家文学
外国 文学史	张世君著	华中科技 大学出版社	2007.4		无 (只有欧美部分)
外国文学 教程	蒋承勇 主编	高等教育 出版社	2007.7		下编 东方文学 第十三章 中古东方文学 第一节 概述 二、中古东方文学的发展 (二) 朝鲜文学 第十四章 近现代东方文学 第一节 概述 二、近现代东方文学发展概况 1.朝鲜近现代文学
外国 文学史	谭 燧 主编	中南大学 出版社	2007.8		亚非文学 第十六章 中古文学 第一节 概述 二、文学概况 4.印度、朝鲜和越南的文学 第十八章 20世纪文学 第一节 概述 二、文学概况 3、朝鲜文学
外国文学 基础	徐葆耕 王中忱 主编	北京大学 出版社	2008.7		东方(亚非) 文学部分 第二编 中古亚非文学 第五章 东亚中古文学 第五节≪洪吉童传≫与 ≪春香传≫ 第三编 近现代亚非文学 第八章 东亚近现代文学 第五节 徐廷柱与金东里
新编外国 文学史	梁 坤 主编	中国人民 大学出版社	2009.1		无 (只有欧美部分)
外国文学 通用教程	杜宗义 主编	中国人民 大学出版社	2009.3		第六编 亚非文学 第十四章 中古亚非文学 第一节 概述 二、中古朝鲜文学 第十五章近现代亚非文学 第一节概述 二、朝鲜近现代文学

外国 文学史	孟昭毅 主编	北京大学 出版社	2009.3		无
新编外国 文学史	刘 舸 主编	教育科学 出版社	2009.8	5000	下编: 东方文学 第十章 中古东方文学 第一节 概述 二、中古东方文学发展概况 (一) 中古东亚文学 第十一章 近代东方文学 第一节 概述 二、近代东方文学的主要成果 (一) 日本和东亚地区的近代文学 第十二章 现代东方文学 第一节 概述 二、现代东方文学的主要成果 (一) 日本和东亚现代文学
世界文学 史纲	朱韵彬 赵贵山 李德庆 主编	武汉大学 出版社	1990.12	3000	中卷 亚非文学 第六编 中古亚非文学 第二节 中古亚非文学的风貌 (1) 许多民族文学共同兴旺 第七编 近现代亚非文学 第二节 近现代亚非文学的风貌
世界 文学史 (上中下)	陶德臻 马家骏 主编	高等教育 出版社	1991.4	2610	上编 亚非文学 第二章 中古文学 第二节 东亚文学 -朴趾源-≪春香传≫ 第四章 现代文学 第二节 东亚文学 -李箕永 第五章 当代文学 第二节 东亚文学 -赵基天-千世峰
世界 文学史	张德明著	浙江大学 出版社	2006.7		第二编 中古文学 第十章 中古日本和其他亚洲国家 第三节 能剧与俳句

위 도표에 반영된 한국(조선)문학 기술 내용을 귀납 정리해 보면 아래와 같은 특징을 밝혀 볼 수 있다.

첫째, 1950년대에 출판된 교재에는 겨우 1종에 불과하지만 1950년대 조선(북한)의 문예시책, 고대, 근현대 문학 개황, 외국문학(노신, 고리끼)과의 관련양상, 이기영, 한설야, 조기천 등 현대문학 대표 작가, 고전명작 『춘향전』 등 체계적이고 다양하며 현실적인 내용들을 111쪽에 달하는 분량으로 기술하고 있다. 한국(조선)문학 대표작으로 『춘향전』이, 대표작가로 이기영, 한설야, 조기천 등 3명이 소개되었다고 할 수 있다.

1950년대에 출판된 교재는 1950년대 조선(북한)문단 및 제반 문학사의 윤곽을 총괄적으로 반영하였다고 할 수 있다.

둘째, 1960-70년대 공백기를 거쳐 개혁개방을 맞이한 1980년대에 출판된 『외국문학사』 교재는 10여 종에 달한다. 그중 70%에 달하는 교재에 한국(조선)문학이 기술되었다. 대체로 한국(조선) 고전문학 근현대문학 개황이 1-2쪽 분량으로 기술되고 대표작으로 『춘향전』, 『백두산』이, 대표작가로 박지원, 정약용, 이기영, 조기천 등 4명이 기술되었다.

1980년대에 출판된 교재는 거의 모두가 『춘향전』, 이기영, 조기천을 기술하고 있어 이것이 한국(조선)문학의 대표작과 대표작가의 대명사로 되었다고 하겠다. 1950년대에 기술되었던 한설야가 삭제된 것이 또 다른 특징이라고 할 수 있다.

셋째, 전면적인 개혁개방시기에 들어선 1990년대에 출판된 『외국문학사』 교재는 10여 종에 달한다. 그중 90%에 달하는 교재에 한국(조선)문학이 기술되었다. 대체로 한국(조선) 고전문학 근현대문학 개황이 0.5-1쪽 분량으로 기술되고 대표작으로 『춘향전』이, 대표작가로 이기영, 조기천, 한설야 등 3명이 기술되었다.

1990년대에 출판된 교재는 한국(조선)문학을 반영한 분량이 크게 줄어들어 적지 않은 교재의 분량은 3-5줄 정도에 그쳤다. 1980년대의 관례에 따라 『춘향전』, 이기영, 조기천을 한국(조선)문학의 대표작과 대표작가로 기술하고 있을 뿐만 아니라 1980년대에 삭제되었던 한설야가 다시 기술되었다.

그리고 1990년대 말에는 "한국문학"이라는 기술용어가 사용되고 1950년대 후의 한국문학이 기술되기 시작하였다.

넷째, 전면적인 시장경제체제에 들어선 2000년대에 출판된 새 교재는 근 20여 종에 달한다. 한국(조선)문학이 기술된 교재는 1990년대와 다름없이 90%에 달하지만 대부분 교재의 분량은 3-5줄 정도에 그쳤다. 분량이 많은 교재는 대체적으로 한국(조선) 근현대문학 개황이 2-3쪽 분량으로 기술되고 고전문학 대표작으로 『홍길동전』과 『춘향전』이, 근현대 대표작가로 서정주와 김동리가 기술되었다.

2000년대에 출판된 새 교재는 기존의 기술에서 한국(조선)문학을 일괄적으로 조선문학으로 기술하던 관례에서 벗어나 "조선-한국문학"이라는 기술용어를 사용하고 있다. 고전문학에서는 관례대로 『홍길동전』과 『춘향전』을 대표작으로 기술하고 있고 근현대문학에서는 관례를 타파하고 서정주와 김동리를 대표적 작가로 기술하고 있다.

2000년대에 출판된 절대대부분 『외국문학사』 교재에 한국(조선)문학 기술 분량이 크게 줄어 든 것은 이 시기 『동방문학사』가 하나의 상대적으로 독립된 학과목으로 대두한 것과도 관련이 있다고 하겠다.

다음 주요 교재에서의 한국(조선)문학 기술 양상에 대해 살펴보기로 한다.

1950년대에 출판된 『外国文学参考资料(东方部分)』는 한국(조선)문학을 기술할 때 1950년대 『인민일보』, 『문회보(文汇报)』 『문예보(文艺报)』, 『역문(译文)』, 『조선』(백과전서), 『춘향전』(중국어 번역본) 등 여러 언론지, 문예지, 저서, 번역작품집에 번역 발표된 한국(조선)문학 관련 문장들을 선정 수록하는 방식을 취하였다. 즉 1950년대 한국(조선)문학 자료집성이라고 하겠다. 111쪽에 달하는 방대한 분량을 확보하였다.

1980년대 첫 『외국문학사』 교재인 『외국문학사』(1-4, 吉林人民出版社)는 중세기 한국(조선)문학을 체계적으로 기술하고 있는데 35쪽의 분량을 차지하고 있다. 고대나 근현대 부분은 전혀 언급되지 않았다. 중국인민대학출판사에서 출판한 『외국문학사간편(外国文学史简编)』(亚非部分)은 처음으로 외국문학사라는 큰 틀에서 아세아 아프리카 문학을 유럽, 미국 문학과 분별하여 독자적으로 편찬한 교재이다. 이 교재에는 중세 한국(조선)문학이 25쪽 분량으로 체계 있게 기술되고 현대 한국(조선)문학은 23쪽 분량으로 20세기 초부터 50년대까지의 한국(조선)문학을 간단명료하게 기술하고 있다. 여기서 1945년 8월 15일 광복부터 1950년대 말까지의 조선(북한)문단 윤곽을 보여주고 있다는 것이 특징적이다. 이 교재는 1980년대 전반기와 중반에 가장 권위적이고 심원한 영향력을 과시한 중핵교재로 인정받았다.

1990년대에 일반 고등교육 '95' 국가 중점교재(普通高等教育"九五"国家级重点教材)들이 속출하기 시작하였는데 그중 주유지(朱维之)가 주필을 맡은 『외국문학사』(亚非部分, 南开大学出版社)가 가장 대표적인 교재의 하나로 되었다. 이 교재는 국가교육위원회의 위촉을 받고 편찬되었는데 1988년 초판부터 1998년 수정본을 거쳐 2000년대까지 무려 10여 만부 인쇄 발행된 교재이다.

1988년 초판 제5장 제5절, 제6절에 박지원과 『춘향전』이 각각 6쪽과 8쪽 분량으로 구체적으로 전면적으로 기술되고 제13장 제5절 제6절에 이기영과 조기천이 각각 8쪽과 5쪽 분량으로 기술되었다. 1998년 수정본(제2판)은 제5장 제4절에 『춘향전』이 8쪽 분량으로 기술되고 제13장 제5절 제6절에 이기영과 한설야가 각각 6쪽 분량으로 기술되었다. 수정문은 초판에 비해 박지원과 조기천이 삭제되고 한설야가 첨가되었는데 이기영과 똑같은 분량을 확보하였다. 수정문에서 특기할 것은 제13장 제1절 개황 부분에서 "현당대 조선 한국문학"이라는 학술용어를 사용함과 아울러 2쪽 분량으로 1950-70년대 한국문학을 단독으로 기술하였다는 것이다. 비록 그 분량이 작기는 하지만 이는 20세기 중국의 『외국문학사』 교재에서 처음으로 1950년대 이후의 한국문학을 기술한 것으로 된다. 이 수정문을 통하여 비로소 한국(조선)문학이 부족하게나마 그 총체적 윤곽을 보여주게 되었다고 하겠다.

1990년대 중반부터 중국 국가교육부는 21세기 교재 건설프로젝트를 규획 실행하기 시작하였다. 그 대표적 교재가 바로 『(21세기 대비 교재) 외국문학사』(상하, 郑克鲁 主编, 高等教育出版社, 2009.5)인데 교육부의 지시로 전국 22개 대학의 38명 교수가 3년 5월에 거쳐 완성한 것이다. 이 교재는 2006년 3월 수정본을 거쳐 수차례 인쇄 되었는데 2000년대 중국 대학 『외국문학사』 교재 가운데서 가장 광범위하게 사용된 교재로 되었다.

이 교재는 "중세기 아세아 아프리카 문학의 발전"이라는 소절부분에서 중세 한국(조선)문학을 1쪽 분량으로 기술하고 "근현대 아세아 아프리카 문학의 발전"이라는 소절부분에서 0.5쪽 분량으로 근현대 한국(조선)문학을 기술하고 있는데 모두 조선문학으로 기술되어 있다. 다만 1950년대 이후 한국(조선)문학에 대해 이렇게 기술하였다.

"2차 세계대전 후 남북의 분단과 더불어 한국문학과 조선문학이 공존하는 상황이 나타났다. 전자는 50년대의 "전후문학파"와 60년대 "신감각파"가 그 영향력이 제일 크며 현대주의를 주도로 하는 문학발전의 길을 걸어 왔는데 "참여문학"과 "순문학"간의 논쟁이 있었다. 후자는 사회주의 문학을 정통으로 삼고 민족해방투쟁을 노래하고 사회주의 건설성과를 반영하는 것을 기본 주제로 하였다. 대표작품으로는 조기천의(1913-1951)의 장편서사시 『백두산』(1947)이 있다."[5]

이 부분은 2006년 3월 수정문에서 이렇게 수정되어있다.

"2차 세계대전 후 남북의 분단과 더불어 한국문학과 조선문학이 공존하는 상황이 나타났다. 전자는 50년대의 "전후문학파"와 60년대 "신감각파"가 그 영향력이 제일 크며 현대주의를 주도로 하는 문학발전의 길을 걸어 왔는

5 郑克鲁 主编, 『外国文学史』(下), 高等教育出版社, 1999年 5月, 260쪽.

데 "참여문학"과 "순문학"간의 논쟁이 있었다. 후자는 사회주의 문학을 정통으로 삼고 민족해방투쟁을 노래하고 사회주의 건설성과를 반영하는 것을 기본 주제로 하였다. 대표작품으로는 조기천의(1913-1951)의 장편서사시 『백두산』(1947)이 있다. 한국문학에서 주목할 작품으로는 최인훈(1936-)의 민족분열을 묘사한 『광장』, 박경리(1927)의 농촌 변혁을 묘사한 『토지』(1972), 조정래의 민족분열비극을 묘사한 『태백산맥』(1988) 등이다."[6]

여기서 이 교재는 한국(조선)문학 분량이 극히 적지만 1950년대 남북 분단 후의 제반 한반도 문학 상황을 편파 없이 진실하게 반영하려 애썼고 한국문학 부분이 보충 첨가되는 양상을 보여주고 있음을 알 수 있다. 이와 같은 양상은 2000년대 『외국문학사』의 독특한 양상이라고 할 수 있다.

4. 나오며

상기한 바와 같이 본고는 1950년부터 2000년대까지 출판된, 동서양 문학을 통합적으로 다룬 『외국문학사』 교재 50여 종을 분석 정리하면서 그중 한국(조선)문학 양상을 대체적으로 살펴보았다.

총체적으로 살펴볼 때 절대대부분 교재가 교육부의 『외국문학사강의요강』에 좇아 한국(조선)문학을 기술하고 있다. 하지만 그 기술 분량은 각자 나름이어서 몇 개 장절에서 한 단락으로, 100여 쪽에서 100여 자로 줄어든 양상을 보이고 있다. 그리고 절대대부분 교재가 『춘향전』을 비롯한 중세 한국(조선)문학을 중점으로 기술하고 근현대문학은 카프문학 및 이기영, 한설야, 조기천 등 몇몇 작가만 기술하고 있다. 1990년대 후반부터 한국문학이라는

---

6 郑克鲁 主编, 『外国文学史』(下), 高等教育出版社, 2006年 3月, 310쪽.

용어를 사용하고 분단 이후 한국(조선)문학은 조선문학과 한국문학으로 나눠 기술하고 있으며 분단 후의 한국문학은 최인훈, 박경리, 조정래 등 부분적 작가만 몇 글자로 기술하고 있을 뿐 제반 윤곽은 보여주지 못하고 있다.

여기서 가장 문제시되고 주목되는 것은 한국(조선)문학 기술 분량이 1950년대 100여 쪽에서 2000년대 100여 자로 줄어들었다는 것이다. 그 원인은 물론 여러 가지겠지만 주요 원인은 아래와 같은 몇 가지가 아닌가 싶다.

첫째, 중국 대학 『외국문학사』 학과목이 서양문학 중요시하고 동양문학을 홀시하는 경향이 여전히 심각하기 때문이 아닌가 싶다. 글로벌 시대에도 중국 외국문학사 영역의 학자 교사들은 『외국문학사』는 곧 서양문학사이고 동양문학은 타고르, 나쯔메 소우세끼(夏目漱石), 가와바다 야스나리(川端康成), 『아라비안나이트』 『겐지모노가다리』 등 몇몇 작가와 작품밖에 없다는 수십 년 전의 고질적 인식과 틀에서 벗어나지 못하고 있다. 이는 동서양 문학의 불균형을 초래하였을 뿐 만이라 동양문학 내의 불균형도 초래하여 제반 외국문학사의 생태문화균형을 파괴하였다. 한국(조선)문학은 이 불균형 속에서 보다 약화되고 변두리로 밀려나는 상황에 처하게 되었다.

둘째, 중국 대학 『외국문학사』 교재는 그 대부분이 정치 사회학적 기술 방법으로 편찬되면서 문학성 보다 사상성 내지 "주의(主義)"가 중요시되어 한국(조선)문학은 카프나 사회주의문학을 제외한 기타 문학은 기술 범위에 속하지 못하였기 때문이 아닌가 싶다. 지금까지 출판된 절대대분 『외국문학사』 교재에 한국(조선) 근현대 문학은 신경향파와 카프만 기술되어 있다는 점이 이를 잘 말해준다.

셋째, 중국에서의 한국(조선)문학 번역 이입과 그 연구가 시대의 발전을 따르지 못하고 있기 때문이 아닌가 싶다. 1950년대의 대표적 『외국문학사』 교재인 『외국문학참고자료(동방부분)』에서 한국(조선)문학 기술 분량이 무려 111쪽에 달하게 된 것은 당시 한국(조선)문학 번역 이입이 전례 없는 성황을 이룬 것과 크게 관련된다. 『외국문학참고자료(동방부분)』에 “편입된 자료는 이미 번역된 중국어 자료에만 국한되어 있”[7]었기 때문이다. 주지하는 바와 같이 중국에서의 한국(조선)문학 번역 이입은 1950년대부터 1960년대 중반까지 성황을 이루고 그 후 1970년대 말까지 저조기에 있었으며 1980년대 후반부터 점차 회복세를 보이기 시작하여 2000년대에 또다시 성황을 이루었다. 1950-60년대에는 한국(조선)의 중세문학 및 1920-30년대 문학 그리고 50-60년대 조선문학의 주류문학이 번역 이입되었지만 2000년대에는 한국 대중문학의 번역 이입이 그 주류를 이뤄 중국 독자와 문학연구자들에게 한국문학의 제반 특징과 위상을 제대로 보여주지 못하였다. 『외국문학사』 교재 편집 출판인 그리고 주필들의 한국문학에 대한 이해와 연구는 절대대부분이 중국어 번역문에 의존하는 만큼 한국(조선)문학 번역이 부진하면 부진할수록 당연히 『외국문학사』 교재에서의 한국(조선)문학 분량이 줄어들기 마련이라고 생각된다.

넷째, 세계문학발전에서의 한국(조선)문학의 위상이 높지 못하기 때문이 아닌가 싶다. 시장경제체제하에 중국의 대부분 도서 출판은 시장경제법칙에 의해 좌우지 되고 있다. 이익을 창출하지 못하는 책은 출판이 어려울 뿐만 아니라 출판된다고 하더라도 최대치 가격에서 최소치 분량을 추구하여 가능한 그 분량을 줄이는 것이 관례로 되었다. 『외국문학사』 교재 출판에서도 세계문학 속에서의 위상이 높지 못하다고 평가되는 부분을 삭감하는 방식으로 그 분량을 줄이고 출판 이익을 최대화하고 있다. 세계문학 속의 위상은 대체로 노벨문학상을 비롯한 세계적 문학대상을 수상한 작가 작품과 세계적으로 주목받는 작가와 베스트셀러로 평가하고 있다고 하겠다. 한국(조선)문

7 北京师范大学中文系外国文学教研组编, ≪外国文学参考资料(东方部分)≫, 高等教育出版社, 1959年 2月, ≪前言≫ Ⅴ쪽 인용.

학은 이런 작가와 작품을 아직 배출하지 못하고 있는 상황이라고 해도 과언이 아닐 것이다. 이런 기준과 관례에 의해 한국(조선)문학은 시장경제체제 이후 편찬 출판되는 중국『외국문학사』교재에서 점차 그 위치를 잃어가고 있다.

요컨대 중국 대학『외국문학사』교재에서의 한국(조선)문학의 위치를 올바르게 확보하려면 교재 집필 출판인들의 동방문학 내지 한국(조선)문학에 대한 고질적 관념을 타파해야 할 뿐 만 아니라 중국에서의 한국(조선)문학 연구와 번역 이입을 적극 활성화하고 한국(조선)문학의 세계적 위상을 높이기에 노력을 기해야 하지 않을까 한다.

<중한 문학 비교 연구>(민족출판사, 2011년 8월)에 수록

참고문헌

国家教委高教司 编, ≪外国文学史教学大纲≫, 高等教育出版社, 1995年 3月.
中国外国文学学会 编, ≪外国文学研究60年≫, 浙江大学出版社, 2010年 10月.
林精华 吴康茹 庄美芝 主编, ≪外国文学史教学和研究与改革开放30年≫, 北京大学出版社, 2009年 6月.

중국 대학 『동방문학사』 교재 속의 한국(조선)문학

1. 들어가며

중국 대학 『동방문학사』 교재는 중국 대학 랭킹 5위권에 속하는 중핵학과 중국어언문학학과(中文系、汉语言文学系)에서 사용하는 교재이다. 이 교재는 대학에 따라서 필수 학과목 "외국문학사"의 보충교재로 사용되기도 하고 선택 학과목 "동방문학사"의 주요교재로 사용되기도 한다.

중국 대학 『외국문학사』 교재는 크게 세 갈래로 나뉜다. 한 갈래는 동서양 문학을 통합적으로 다룬 『외국문학사』 혹은 『세계문학사』이고 다른 한 갈래는 동, 서양을 분별하여 다룬 『구미문학사(欧美文学史)』와 『동방문학사』이며 또 다른 한 갈래는 국가를 분별하여 다룬 『미국문학사』, 『일본문학사』, 『한국문학사』 등 국별 문학사이다. 통합교재 『외국문학사』는 대체로 동, 서양 문학을 분별하지 않은 "외국문학사" 학과목 교재로 쓰이고 『동방문학사』는 대체로 독립적으로 개설된 "동방문학사" 학과목 교재로 쓰인다. 국별 문학사는 대체로 외국어학과의 전공교재로 쓰인다.

중국 대학 중국어언문학학과에서 동방문학이라는 개념은 대체로 1958년부터 나타나기 시작하여 1959년 『외국문학참고자료·동방부분』(고등교육출판사 출판)이 공식 출판되면서 본격화되었다. 이 시기 북경사범대, 동북사범대, 요녕대학 등 십 여 개 대학들에서 처음으로 외국문학 학과목의 한 구성부분으로 동방문학 학과목을 독립적으로 개설하고『동방문학사』교재를 편찬 사용하기 시작하였다. 동방문학 학과목이 개설되기 전에는 서양문학사가 제반 외국문학사를 대체하였지만 동방문학 학과목이 개설되면서부터 외국문학사 학과목은 동방문학과 서양문학 두 부분으로 구성된 새 체계를 구축하게 되었다.[1]

개혁개방 후 동방문학 학과목은 점차 외국문학사 틀에서 벗어나 하나의 독립적인 학과목으로 발전하기 시작하였다. 특히 1998년 전후 교육부의 지시에 따라 외국문학 학과목과 비교문학 학과목이 합병하여 "비교문학과 세계문학"이라는 새로운 전공으로 출범되면서 동방문학 학과목은 보다 독립적인 학과목으로 발전하기 시작하였다. 학과목의 독립적인 발전은 그 교재개발을 추진하여 개혁 개방 후 여러 가지 동방문학사 교재들이 출현하게 되었다.

중국문학 전공자 또는 연구자들은 대체로 "외국문학사" 교재와 "동방문학사" 교재를 통하여 동방문학을 체계적으로 전문적으로 이해 수용하게 되기에 관련 교재의 여하에 따라 그 수용양상도 달라진다. 또한 대체로 이들의 동방문학 이해 수용양상의 여하에 따라 중국에서의 동방 각국 문학 위상도 다르게 되었다.

본고는 동방문학을 독립적으로 다룬『동방문학사』교재속의 한국(조선)문학 양상에 대한 조명을 통하여 건국 후 즉 20세기 후반기 중국문학 전공자 및 연구자들의 한국(조선)문학 수용 양상을 살펴보고자 한다.

---

1 王邦維 主編,『東方文學研究集刊(3)』, 北岳文藝出版社, 2007年 11月, 4쪽 참조.

2. 『외국문학사강의요강』 속의 한국(조선)문학 양상

중국 대학 절대대부분의 학과목 특히 인문계 학과목은 교육부가 제정한 학과목 강의요강에 따라 수업을 진행하고 그 교재를 편찬 사용하여야 한다. "인문계 수업요강은 인문계 교육의 기본 법규로 수업내용을 규범화하고 강의를 지도하며 강의 질을 보증하는 중요한 수단이다. 또한 수업관리를 심화하고 좋은 교재를 편찬하며 수업 평가를 진행할 때의 중요하는 의거로 된다."[2] 『외국문학사강의요강』은 국가 교육부 고등교육사(高教司)에서 제정한 대학 『외국문학사』 학과목에 대한 기본 요구이자 수업지침이다. 외국문학사 강의 및 평가뿐만 아니라 그 교재편찬도 이 지침에 따라야 한다.

『동방문학사』는 현재까지 독립적인 강의요강이 제정되지 못한 상황이기에 『외국문학사』 학과목의 한 구성 부분으로 『외국문학사강의요강』을 따라야 한다. 『동방문학사』 강의에서 한국(조선)문학 부분도 이 요강을 따르게 되었다.

1995년에 출판된 『외국문학사강의요강』에 언급된 한국(조선)문학 상황을 살펴보면 다음과 같다.

우선 제2장 "중고(中古)문학"의 "개술(概述)" 부분에 "조선에는 민간구두창작에 기초하여 정리한 우수한 작품 『춘향전』이 있다"고 서술되어 있다.[3]

다음 제3장 "근현대문학"의 "개술" 부분에는 이렇게 서술되어 있다. "조선현대문학은 민족 압박에 저항하고 무산계급혁명투쟁을 진행하는 가운데서 성장하였다. 크게 세 개 시기로 나눌 수 있다. 신경향파시기: 20년대 초에 "신경향파" 작가들이 무산계급문예창작의 길을 걷게 되었다. 그들의 작품들

2 国家教委高教司 编, ≪外国文学史教学大纲≫, 高等教育出版社, 1995年 3月, ≪前言≫ 1쪽에서 인용.

3 国家教委高教司 编, ≪外国文学史教学大纲≫, 高等教育出版社, 1995年 3月, 119쪽에서 인용.

은 사회모순을 폭로하고 하층 인민들의 비참한 운명과 저항 정신을 반영하였다. 카프("조선무산계급예술동맹"의 약칭)시기: 이기영(1895-1984)의 장편소설『고향』(1933)과 송영(1903-)의 단편소설「석공노동조합대표」(1926)는 이 시기의 대표작이다.『고향』은 조선 최우수 작품의 하나이다. 소설은 일본제국주의의 조선인민에 대한 압박 착취를 폭로하고 조선인민의 각성과 투지를 표현하였다. 사회주의시기: 이 시기에는 조기천(1913-1951) 등 작가들이 등장하였다."[4]

위에서 보다시피 한국(조선)문학은 고전문학 부분에서는『춘향전』이 언급되고 근현대부분에서는 신경향파문학, "카프", 사회주의 시기문학 등을 조목으로 언급하고 작가로는 이기영, 송영, 조기천 등 세 명이 언급되고 작품으로는 이기영의 장편소설『고향』송영의 단편소설「석공노동조합대표」등 2편이 언급되었다. 외국문학사 강의에서 이 부분 외 기타부분은 언급되지 않아도 괜찮다는 것이다.

이 요강 발표 후의 "외국문학사" 교재 편찬 및 출판은 대체로 이 요강을 기준으로 하여야 하고 따라서『동방문학사』교재 편찬도 대체로 이 요강범위를 벗어나지 말아야 한다.

이 요강은 1993년 초부터 집필되기 시작하여 1994년 3월 중순에 탈고되었는데 이때는 이미 중한 수교가 이루어진 상황이었지만 외국문학사에서 한국문학을 아우르는 시점까지는 이르지 못하였다. 하여 이 시기에 편찬 출판된 절대대부분『동방문학사』교재에는 제반 한국(조선)문학을 조선문학으로 서술하고 있다.

전국 고등교육자학고시(全国高等教育自学考试)는 중국 대학교육체계의 다른 한 구성부분으로 그 응시생은 해마다 수 만 명에 달한다. 1999년 9월 전국

4 国家教委高教司 编, ≪外国文学史教学大纲≫, 高等教育出版社, 1995年 3月, 127쪽에서 인용.

고등교육자학시험지도위원회(全国高等教育自学考试指导委员会)는 전국 고등교육 자학고시 중국어언문학전공 『「외국문학사」자학고시요강(《外国文学史》自学考试大纲)』을 제정 반포하고 이에 따른 교재들을 편찬 출판하였다.

이 요강 "동방문학" 부분의 제13장 중고문학(中古文学) 제1절 중고문학개술(中古文学概述)에 "4. 중고조선문학 『춘향전』", 제15장 현대문학 제1절 현대문학개술 "과정내용"에 "3. 조선문학"이라 언급되었을 뿐 기타 구체적이고 실질적인 내용은 언급되지 않았다.[5]

이 요강은 2000년 3월에 반포되었으나 한국(조선)문학은 조선문학으로 기술되어있다.

이밖에 『외국문학사강의요강』에서 "동방문학" 부분 분량은 총 분량의 20%로 정도로 되어 있다. 한국(조선)문학 분량은 특별히 지정되어 있지 않는 상황이다.

무릇 교육부의 『외국문학사강의요강』이 반포된 후 편찬 출판된 대학 『동방문학사』 교재는 그 내용과 범위 등 여러 면에서 모두 이 『요강』을 기준으로 삼아야 하고 임의로 내용과 범위를 삭제하지 말아야 하고 그 해당 분량을 확보해야 한다.

3. 『동방문학사』 교재 속의 한국(조선)문학 양상

중국에서 동방문학을 독립적으로 다룬 대학 교재는 대체로 『동방문학사』, 『외국문학사(아세아 아프리카부분)』, 『세계문학사(아세아 아프리카부분)』 등 세 가지 형태로 되어있다.

---

5 全国高等教育自学考试指导委员会, ≪<外国文学史>自学考试大纲≫, 2000年 3月.

본고는 1950년부터 2000년대까지 공식 출판 사용된, 동방문학을 독립적으로 다룬『동방문학사』교재 20여 종과 그 참고서(동방문학작품선집) 5종을 분석 정리하면서 그중 한국(조선)문학 양상을 살펴보았다.

우선 "중국 대학『동방문학사』교재 및 한국(조선)문학 기술 내용"([도표 1])을 살펴보기로 한다.

[도표 1] 중국 대학『동방문학사』교재 및 한국(조선)문학 기술 내용

저서명	저자	출판사	출판 년월일	인쇄수	한국(조선)문학 기술 내용
外國文學參考資料(東方部分)	北京師範大學中文系外國文學教研組編	高等教育出版社	1959.12	5000	第二編 朝鮮文學 一. 金日成就朝鮮文藝創作問題發表談話 二. 朝鮮文學 三. 關於"春香傳" 四. 現代朝鮮文學的勝利 五. 朝鮮革命文學的新高漲 六. 時代的精神 七. 魯迅和朝鮮文學 八. 高爾基和朝鮮現代文學 九. 朝鮮文藝界徹底清算資產階級思想餘毒的鬥爭 十. 朝鮮卓越的現實主義文學大師 十一. 李箕永簡介 十二. 韓雪野簡介 十三. 戰鬥的詩人 -紀念朝鮮趙基天同志犧牲五周年 十四. 朝鮮的古典和現代文學作品
外國文學簡編(亞非部分)	朱維之 雷石榆 梁立基 主編	中國人民大學出版社	1983.2		第二編 中古亞非文學 第九章 中古朝鮮文學 第一節 概述 第二節 樸趾源

					第三節 ≪春香傳≫ 第四編 現代亞非文學 第二十一章 現代朝鮮文學 第一節 概述 第二節 李箕永 第三節 趙基天
東方文學 簡史	主編 陶德臻 副主編 彭瑞智 張朝柯	北京出版社	1985.5	18700	第二編 中古文學 第六章 中古朝鮮文學 第一節 概述 第二節≪春香傳≫ 第四編 現代文學 第四章 現代朝鮮文學 第一節 概述 第二節 李箕永和≪故鄕≫ 第五編 當代文學 第三章 當代朝鮮文學 第一節 概述 第二節 趙基天和≪白頭山≫
外國文學 (上冊, 東方部分)	吳文輝 易新農 張國培 編著	廣西人民 出版社	1985.9	46000	第六章 朝鮮文學 第一節 朝鮮古代文學 第二節 朝鮮現代文學
東方文學 簡編	張效之 主編	山東教育 出版社	1985.12	3500	第二章 中古文學 第九節 朝鮮文學與≪春香傳≫ 第四章 現代文學 第六節 朝鮮文學(一) --綜述 朝鮮文學(二) --趙基天和≪白頭山≫
簡明東方文 學史	季羡林 主編	北京大學出 版社	1987.12	5200	第二編 中古時期的文學 第四章 東北亞中古文學 第六節 ≪春香傳≫ 第三編 近現代文學 第一章 東北亞近現代文學 第六節 李箕永與韓雪野
外國 文學史 (亞非部分)	朱維之 主編	南開大學 出版社	1988.4	10,000	第二編 中古亞非文學綜述 第五章 中古東亞文學 第五節 樸趾源 第六節 ≪春香傳≫ 第四編 現代亞非文學綜述 第十三章 現代東亞文學

					第五節 李箕永 第六節 趙基天
新東方文學史(古代·中古部分)	梁潮 麥永雄 盧鐵澎	廣西師範大學出版社	1990.8	1000	第二編 中古東方文學 第六章 中古東方文學掃描 三、中古東方文學的成就 1.中古朝鮮文學史綱
亞非文學簡史	張朝柯 主編	遼寧大學出版社	1991.4	3000	第五編 當代文學 第三章 當代朝鮮文學 第一節 概況 第二節 趙基天和≪白頭山≫
世界文學史(上)	陶德臻 馬家駿 主編	高等教育出版社	1991.4	2610	上篇 亞非文學 第二章 中古文學 第二節 東亞文學 --樸趾源--≪春香傳≫ 第四章 現代文學 第二節 東亞文學 --李箕永 第五章 當代文學 第二節 東亞文學 --趙基天--千世峰
*東方現代文學史(上下)	高慧勤 欒文華 主編	海峽文藝出版社	1994.1	1500	朝鮮、韓國現代文學 第一章 啟蒙文學--從舊文學向現代文學的過度 第一節 新小說、翻譯政治小說和英雄傳記 第二節 詩歌與小說創作 第二章 純文學和批判現實主義文學 第一節 朝鮮現代短篇小說的開拓者--金東仁 第二節 現實主義作家群 第三章 無產階級文學的興起和發展 第一節 無產階級文學的成就和不足 第二節 無產階級文學和純文學的論戰

					第三節 “新傾向派”作家 第四節 “卡普”的文學創作 第五節 以抗日為主題的革命文學 第四章 一九四五年後的南朝鮮文學 第一節 戰後初期的文學 第二節 戰後派文學、參與文學及其他 第三節 七十年代的進步文學 第五章 解放後的北朝鮮文學--新人的典型、戰鬥的形象 第一節 長篇小說創作 第二節 中短篇小說創作 第三節 戰鬥詩人趙基天 第六章 社會主義建設和向千里馬進軍的頌歌 第一節 小說創作 第二節 中短篇小說創作 第三節 戲劇創作--≪紅色宣傳員≫和≪朝霞≫ 第七章 主體文學 第一節 主題文藝理論的內容及其對創作的影響 第二節 體現主題思想的樣板作品
東方文學史通論	王向遠著	上海文藝出版社	1994.2	2000	第三編 世俗化的文學時代 第六章 東方市井文學 第四節 朝鮮和越南的市井文學 朝鮮市井文學的形成--國語市井小說與許筠、金萬重--說唱文學與說唱體小說≪春香傳≫ 第四編 近代化的文學時代 第九章 近代化文學的分化與終結

					第一節 東方無產階級文學 朝鮮無產階級文學與李箕永的≪故鄉≫ 第五編 世界性的文學時代 第十章 現代主義的發展與現實主義的繁榮 第一節 東亞戰後派 韓國戰後派與徐基源 第二節 現代主義文學的發展 韓國的現代主義和金承鈺
東方文學史(上下)	主編 郁龍餘 副主編 孟昭毅	陝西人民出版社	1994.8	3000	第二卷 中古東方文學 第十章 中古朝鮮文學 第一節 概述 第二節 ≪春香傳≫ 第四卷 現當代東方文學 第十六章 現當代朝鮮、韓國文學 第一節 概述 第二節 李箕永和韓雪野
**東方文學史(上下)	季羨林 主編	吉林教育出版社	1995.12		第二編 中古文學(三四世紀-十三世紀前) 第五章 東北亞文學 第五節 朝鮮國語詩歌和漢文文學 第三編 近古文學(十三世紀前後-十九世紀中葉) 第五章 東北亞文學 第七節 朝鮮漢文詩歌 第八節 朝鮮國語詩歌 第九節 文人創作的小說 第十節 說唱腳本小說 第四編 近代文學(十九世紀中葉-二十世紀初) 第二章 東北亞文學 第八節 朝鮮的"新小說" 第五編 現當代文學(二十世紀初至今) 第二章 東北亞文學

					第七節 朝鮮的新傾向派和卡普文學 第八節 李箕永和韓雪野 第九節 韓國文學 第十節 說唱腳本小說
東方文學簡明教程	張文煥 牛水蓮 張春麗 主編	河南人民 出版社	1996.5	2000	第二編 中古文學 第一章 概述 第二節 中古朝鮮文學 第二章 重點作家作品分析 第二節 ≪春香傳≫ 第四編 中古文學 第一章 概述 第二節 現代朝鮮文學 第二章 重點作家作品分析 第三節 李箕永和≪故鄉≫
修訂本 外國文 學史 (亞非卷)	朱維之 主編	南開大學 出版社	1998.10		第二編 中古亞非文學綜述 第五章 中古東亞文學 第四節 ≪春香傳≫ 第四編 現當代亞非文學綜述 第十三章 現當代東亞文學 第五節 李箕永 第六節 韓雪野
東方文學 概論 (21世紀中 國語言文學 系列教材)	何乃英 主編	中國人民大 學 出版社	1999.4		第三章 中國文化體系與東方文學 第三節 中國文化體系對朝鮮文學的 影響
東方 文學史	郁龍餘 孟昭毅 主編	北京大學 出版社	2001.8		第二卷 中古東方文學 第十章 中古朝鮮文學 第一節 概述 第二節 ≪春香傳≫ 第四卷 現當代東方文學 第十六章 現當代朝鮮、韓國文學 第一節 概述 第二節 李箕永和韓雪野
東方 文學史	邢化祥	中國檔案 出版社	2001.12	2000	第二編 中古文學 第三章 中古朝鮮文學 第一節 概述 第二節 ≪春香傳≫ 第四編 現、當代文學

					第二章 當代朝鮮、韓國文學 第一節 概述 第二節 李箕永
簡明東方文學史	孟昭毅 黎躍進 編著	北京大學出版社	2005.7		第二章 中古東方文學 第一節 中古東方社會文化特點與文學概況 二、三大文化圈的文學發展及其特點 (一) 東亞文化圈的文學 第三章 近代東方文學 第一節 近代東方社會文化特點與文學概況 二、近代東方文學的主要成果 (一) 日本和東亞地區的近代文學 第四章 現代東方文學 第一節 現代東方社會文化特點與文學概況 二、現代東方文學的主要成果 (一) 日本與東亞現代文學 第五章 當代東方文學 第一節 當代東方社會文化特點與文學概況 二、東方當代文學主要成果 (一) 日本與東亞地區的文學
新編簡明東方文學	何乃英 編著	中國人民大學出版社	2007.6		第二章 中古文學(上) 第四節 ≪春香傳≫

위 [도표 1]에 반영된 한국(조선)문학 기술 내용을 귀납 정리해 보면 아래와 같은 특징을 밝혀 볼 수 있다.

첫째, 교재 출판 상황을 살펴보면 대체로 1950년대 1종, 1960-70년대 0종, 1980년대에 7종, 1990년대에 8종, 2000년대에 4종으로 되어 있다. 1950년대는 초창기, 1960-70년대는 공백기, 1980-90년대는 전성기, 2000년대는 침체기라고 할 수 있다. 특기할 것은 1990년대에 출판된 『동방현대문학사』(상/하, [도표 1]*)와 『동방문학사』(상하, [도표 1]**)는 그 방대한 분량(전자는 110여 만자, 후자는 120여 만자)으로 인하여 일반 교재로 채용되지 못하였지만 동방문학 연구 성과를 집대성함과 아울러 중국 동방문학사체계를 기본적으로 확립하여 동방문학 전공자와 연구자들의 필수 지침서로 되고 있다는 것이다. 2000년대에는 이와 같은 연구저서가 출현되지 못하였고 대신 국별 문학사가 많이 출현되기 시작하였다.

둘째, 교재 기본기술 내용 및 그 분량을 볼 때, 1950년대에 출판된 교재는 1950년대 조선(북한)의 문예시책, 고대, 근현대 문학 개황, 외국문학(노신, 고리끼)과의 관련양상, 이기영, 한설야, 조기천 등 현대문학 대표 작가, 고전명작 『춘향전』 등 체계적이고 다양하며 현실적인 내용들을 111쪽에 달하는 분량으로 기술하고 있다. 1980년대에 출판된 교재는 대체로 한국(조선) 중세기 문학과 근현대문학 개황이 20-50쪽 분량으로 기술되어 있고 1990년대에 출판된 교재는 대체로 한국(조선) 중세기 문학과 근현대문학 개황이 많게는 40쪽 적게는 2쪽 분량으로 기술되어 분량이 심각한 기복을 보여주고 있다. 2000년대에 출판된 교재는 대체로 한국(조선) 중세기 문학과 근현대문학 개황이 많게는 30쪽 적게는 1쪽 분량으로 기술되어 역시 분량이 심각한 기복을 보여주고 있다. 내용 및 그 분량이 1980년대부터 지금까지 뚜렷한 하강선을 긋고 있다. 이는 한국(조선)문학이 현재 날로 변두리로 밀리고 있음을 말해준다.

셋째, 교재의 주요 기술 내용을 살펴보면 1950년대부터 2000년대까지 출판된 교재는 대동소이하여 거의 일관적으로 중세문학은 『춘향전』을 기술하고 있고 근현대문학은 이기영과 『고향』, 조기천과 『백두산』, 한설야와 『황혼』을 기술하고 있다. 중국의 중국문학전공자 및 연구자들은 근 반세기 동안 대체적으로 한국(조선)문학의 대표작은 『춘향전』, 『고향』(이기영), 『백두산』(조기천) 등 몇 편, 대표적 작가는 이기영, 한설야, 조기천 등 몇 명으로 알고 있다고 해도 과언이 아닐 것이다. 이는 "동방문학사" 교재 편찬자 및 출판인들의 한국(조선)문학 이해 수용 자세가 줄곧 한 시점 내지 한 틀에서 벗어나지 못하였기 때문이 아닌 가 본다.

1950년대에 출판된 교재는 『외국문학참고자료(동방부분)』가 유일무이하며 중국 대학의 첫 "동방문학사" 교재로 평가받고 있는데 사실 엄격한 의미에서 말하면 교재가 아니라 자료집성이라고 할 수 있다. 당시 이 책의 편집자들은 "동방문학에 관한 지식이 거의 제로일 뿐만 아니라 동방문학 자료가 엄중하게 부족하였기에", "당시 찾을 수 있는 모든 자료들을, 간단한 소개문까지 모두 수집 수록하였다"고 한다.[6]

1983년 2월 중국인민대학출판사에서 출판한 『외국문학사간편(外国文学史简编)』(亚非部分)은 처음으로 공식 출판된 "동방문학사"교재이다. 이 교재에는 중세 한국(조선)문학이 25쪽 분량으로 체계 있게 기술되고 현대 한국(조선)문학은 23쪽 분량으로 20세기 초부터 50년대까지의 한국(조선)문학을 간단명료하게 기술하고 있다. 1945년 8월 15일 광복부터 1950년대 말까지의 조선(북한)문단 윤곽을 보여주고 있다는 것이 특징적이다.

1994년 2월에 출판된 『동방문학사통론』(왕향원 저)이 "동방문학사" 교재 가운데서 처음으로 "한국문학"이라는 학술용어를 사용하였는데 2쪽 분량으로 한국 전후파문학에 대해 서술하였고 같은 해 8월에 출판된 『동방문학사(상, 하)』(郁龍餘 주필)은 "동방문학사" 교재 가운데서 처음으로 "현당대 조선 한국문학"이라는 학술용어를 사용함과 아울러 4쪽 분량으로 1950-70년대 한국문학에 대해 서술하였다. 다시 말하면 1994년부터 "동방문학사" 교재에

6 王邦維 主編, 『東方文學研究集刊(3)』, 北岳文藝出版社, 2007年 11月, 4-5쪽 참조.

"한국문학"이라는 학술용어들이 도입되기 시작하였다. 그전의 교재는 한국(조선)문학을 천편일률로 조선문학이라는 학술용어로 통칭하였다.

다음 "중국 대학 『동방문학사』 참고서(동방문학작품선집)에 수록된 한국(조선)문학작품"([도표 2])을 살펴보기로 한다.

[도표 2] 중국 대학 『동방문학사』 참고서(동방문학작품선집)에 수록된 한국(조선)문학작품

저서명	저자명	출판사	출판 연월일	인쇄수	한국(조선)문학 작품 및 기술 내용
亞非文學參考資料	穆睿清 編	時代文艺出版社	1986.8	1800	第二編 中古亞非文學 五 中古朝鮮文學 (一) 概述 (二) 崔致遠及其詩歌評價 (三) 樸趾源 (四) ≪春香傳≫ 第三編 近現代亞非文學 五 近現代朝鮮文學 (一) 概述 (二) 崔曙海 (三) 李箕永及其≪故鄕≫ (四) 趙基天及其≪白頭山≫
東方文學作品選(上下)	季羡林 主編	湖南文藝出版社	1986.9	2000	崔致遠詩選(≪江南女≫,≪古意≫) 李奎報詩選(≪代農夫吟≫,≪新穀行≫) 朴趾源≪兩班傳≫,≪穢德先生傳≫ 丁若鏞≪龍山吏≫ ≪春香傳≫片斷 崔曙海≪出走記≫ 李箕永≪故鄕≫片斷 趙基天≪白頭山≫片斷
東方文學作品選(上下)	俞灝東 何乃英 編選	北京出版社	1987.6	6000	第二部分 中古文學 ≪春香傳≫(下卷節選) 第四部分 現代文學 金素月≪金素月詩選≫(≪招魂≫,≪我們盼望能有耕耘的土地≫,

					≪在田畦上≫) 李箕永≪故鄕≫("苦肉計", "黎明的時候") 第五部分 當代文學 趙基天≪白頭山≫(第一, 四, 六章)
世界文學 名著選讀1 亞非文學	陶德臻 馬家駿 主編	高等教育 出版社	1991.10	12100	朝鮮≪春香傳≫ 李箕永: ≪故鄕≫ 趙基天: ≪白頭山≫
外國文學 作品選 (東方卷)	王向遠 劉洪濤 主編	北京師範 大學出版 社	2010.3		≪春香傳≫(節選)

위 [도표 2]의 내용을 귀납 정리해 보면 아래와 같은 특징을 밝혀 볼 수 있다.

첫째, 한국(조선) 중세문학작품으로 최치원, 이규보, 박지원, 정약용의 한시 그리고 판소리계소설 『춘향전』(발췌)이 수록되는데 그중 『춘향전』은 5종의 작품집에 모두 수록되어 있다.

둘째, 한국(조선) 근현대문학 작품으로 김소월의 『초혼』, 『바라건대 우리에게 우리의 보습대일 땅이 있었더라면』, 『밭고랑우에서』, 최서해의 『탈출기』, 이기영의 『고향』(발췌), 조기천의 『백두산』(발췌) 등이 수록되었는데 그중 『고향』(발췌)과 『백두산』(발췌)이 4종의 작품집에 모두 수록되어 있다.

다시 말하면 근 반세기 동안 중국 대학 『동방문학사』 참고서(동방문학작품선집)에 수록된 한국(조선)문학 작품은 대체로 10명 정도밖에 안 되는 작가들의 10여 편 정도의 작품들에 불과할 뿐만 아니라 그중 『춘향전』, 『고향』(이기영), 『백두산』(조기천) 등 3편이 한국(조선)문학의 가장 대표적인 작품으로 중국문학 전공자들에게 소개 전수되었다고 하겠다. 광복 후 한국문학작품은 1편도 수록되지 못한 상황이다.

4. 나오며

상기한 바와 같이 본고는 1950년부터 2000년대까지 출판된 『동방문학사』 교재 20여 종과 그 참고서 5종을 분석 정리하면서 중국문학 전공자 및 연구자들의 한국(조선)문학 수용양상을 대체적으로 살펴보았다.

총체적으로 살펴볼 때 절대대부분 교재가 교육부의 『외국문학사강의요강』에 좇아 한국(조선)문학을 기술하고 있다. 하지만 그 기술 분량은 각자 나름이지만 100여 쪽에서 2쪽으로 줄어든 하강세를 보이고 있다. 그리고 한국(조선) 고전문학은 『춘향전』을 중심으로 중세 한국(조선)문학만 기술하고 근현대문학은 카프문학 및 이기영, 한설야, 조기천 등 몇몇 작가만 기술하고 있다. 1994년부터 한국문학이라는 용어를 사용하고 있지만 광복 후 한국문학의 제반 윤곽은 보여주지 못하고 있다.

이와 같은 양상은 주로 아래와 같은 몇 가지 요인으로 기인된 것 아닌가 본다.

첫째, 중국 대학 『외국문학사』 학과목이 1950년대부터 2000년대까지 줄곧 서구문학 중심에서 벗어나지 못하였기 때문이 아닌가 싶다. 1980년대 초에 반포된 "사범대 외국문학강의요강"에는 동방문학의 비중이 30%를 넘었지만 1990년대 중반에 반포된 『외국문학사강의요강』에는 동방문학의 비중이 20%에 그치고 한국(조선)문학 분량은 특별히 지정되어 있지 않는 상황이다.

둘째, 동방문학사가 점차 독립적인 학과목으로 발전하면서 동남아, 남아세아, 서아세아, 중앙아세아 그리고 북아프리카, 남아프리카 등 광범위한 지역 문학이 동방문학사 범주에 귀속되어 기존의 한국(조선)문학 비중이 희석되었기 때문이 아닌가 싶다.

셋째, 중국 대학 『동방문학사』 교재는 수십 년간 정치 사회학적 기술 방법으로 편찬되면서 문학성 보다 사상성 내지 "주의(主義)"를 중요시하는 전통적 고정관념에서 벗어나지 못하여 한국(조선)문학은 카프나 사회주의문학을 제외한 기타 문학은 기술 범위에 속하지 못하였기 때문이 아닌가 싶다.

넷째, 중국에서의 한국(조선)문학 번역 이입과 그 연구가 부진하기 때문이 아닌가 싶다. 주지하는 바와 같이 중국에서의 한국(조선)문학 번역 이입은 1950년대부터 1960년대 중반까지 성황을 이루고 그 후 1970년대 말까지 저조기에 있었으며 1980년대 후반부터 점차 회복세를 보이기 시작하여 2000년대에 또다시 성황을 이루었다. 1950-60년대에는 한국(조선)의 중세문학 및 1920-30년대 문학 그리고 50-60년대 조선문학의 주류문학이 번역 이입되었지만 2000년대에는 한국 대중문학의 번역 이입이 그 주류를 이루었다. 종교, 철학, 민속, 윤리도덕 등 다양한 측면에서 사상성과 예술성이 유기적으로 융합된 명작과 주류 작품들에 대한 번역 이입이 활발하지 못한 상황이다. 또한 한국(조선)문학 번역 작품에 대한 평문이나 연구 논문 논저가 부진상태여서 중국문학 전공자와 연구자들에게 한국(조선)문학의 제반 특징과 위상을 제대로 보여주지 못하고 있다.

다섯째, 현시대 세계문학발전에서의 한국(조선)문학 위상이 기대에 미치지 못하기 때문이 아닌가 싶다. 시장경제체제하에 중국의 대부분 도서 출판은 시장경제법칙에 의해 좌우지 되고 있다. 『동방문학사』 교재 출판에서도 세계문학 속에서의 위상이 높지 못하다고 평가되는 부분을 삭감하는 방식으로 그 분량을 줄이고 출판 이익을 최대화하고 있다. 세계문학 속의 위상은 대체로 노벨문학상을 비롯한 세계적 문학대상 수상 여부와 세계적 주목을 받는 작가 작품을 기준으로 평가하고 있다고 하겠다. "동방문학사"에서 일본문학과 인도문학의 비중이 1-2위를 차지하고 있는 것은 바로 노벨문학상 수상과 관련된다고 할 수 있다.

요컨대 중국 대학 『동방문학사』 교재에서의 한국(조선)문학 위상을 올바르게 확보 향상시키려면 무엇보다 먼저 중국에서의 한국(조선)문학 주류작품 번역 이입 및 그 연구를 활발히 진행함과 아울러 한국(조선)문학 학계와 중국 문학학계간의 각종 교류를 적극 활성화하여야 한다고 생각된다.

<국제문화연구> 4-2호(2011년 8월)에 게재

참고문헌

国家教委高教司 编, ≪外国文学史教学大纲≫, 高等教育出版社, 1995.3.
中国外国文学学会 编, ≪外国文学研究60年≫, 浙江大学出版社, 2010.10.
林精华, 吴康茹, 庄美芝, ≪外国文学史教学和研究与改革开放30年≫, 北京大学出版社, 2009.6.
王邦維, 『東方文學硏究集刊』(3), 北岳文藝出版社, 2007.11.
王邦維, 『東方文學硏究集刊』, 北岳文藝出版社, 2011.7.